NORBERT
ZÄHRINGER

WO WIR WAREN

ROMAN

ROWOHLT

Der Autor dankt der Kulturverwaltung des Berliner Senats
und dem Hessischen Literaturrat für die Unterstützung
der Arbeit an diesem Buch und der Robert-Bosch-Stiftung
sowie dem Literarischen Colloquium Berlin für die Förderung
seiner Recherchen im Rahmen des Grenzgänger-Programms.

1. Auflage März 2019

Satz aus der Albertina, InDesign
Gesamtherstellung CPI books GmbH, Leck, Germany
ISBN 978 3 498 07669 6

This is a present from a small distant world,
a token of our sounds, our science, our images,
our music, our thoughts and our feelings.
We are attempting to survive our time so we may
live into yours.

JIMMY CARTER,
Voyager Golden Record

ERSTER TEIL

IM MEER DER RUHE

Jul 21 1969

109:24:15

Der Mond ist versunken, die schwarze Nacht ist da, es gibt kein Zurück.

Er lag in der Finsternis des Schlafsaals der Jüngeren und lauschte dem Atmen der anderen Kinder. Obwohl er müde von der Feldarbeit war, hatte er sich gezwungen, wach zu bleiben, und während er mit geschlossenen Augen dalag, war ihm, als würde er außerhalb seines Körpers über den Betten schweben.

Der Schlafsaal der Jüngeren war der größte im ganzen Heim. Hier, im Mönchs-Dormitorium des ehemaligen Klosters, schliefen die vier- bis neunjährigen Jungen. Die Mädchen durften noch, bis sie zwölf waren, bei den ganz Kleinen bleiben, die Älteren – Jungen wie Mädchen – schliefen im Hospitaltrakt nebenan.

Im Nachbarbett hörte er den kleinen Schröder im Traum mit seinen Eltern reden. Bald würde er mit dem Hund sprechen, mit der Katze, mit dem Hasen und seinen Brüdern und wer sonst noch alles in dem Auto gewesen war, und dann würde er wieder ins Bett machen. Eigentlich hatte er dem kleinen Schröder versprochen, dass er ihn wecken würde, wenn er im Schlaf redete, damit er nicht in dem verdammten Auto sitzen müsste, wenn der Unfall passierte, sondern vorher den Topf unter seinem Bett benutzte. Sonst bekam er Schläge oder musste, wenn die Sauerei besonders schlimm war, im Keller ins Fass.

Er dachte an das Fass und stellte sich vor, welch große Angst der kleine Schröder darin haben würde. Der ganze Plan kam ihm auf einmal dumm und falsch vor, wie etwas, auf das er sich nie hätte einlassen sollen. «Nein, Mama», flüsterte der kleine Schröder, «nein, Mama.»

Es würde noch dauern, aber irgendwann würde der Schleicher kommen, und dann stand er im Wort, im Blutwort, denn mit Blut hatten sie ihre Abmachung besiegelt, er und der Schleicher, hatten sich die Hände geritzt mit dem Messer, das der Schleicher immer bei sich trug. Alle Jungen wussten von dem Messer, aber die Schwestern und die Erzieher und die Hilfsaufseher und der Pförtner merkwürdigerweise nicht, und der Schleicher hatte ihm gesagt, dass, wenn einer von beiden kneifen sollte, wenn einer den anderen verriete, vorher, sodass die Sache aufflöge, oder hinterher, sodass einer von beiden geschnappt würde, der andere den Verräter finden werde, wenn der schon gar nicht mehr an ihn denke, und ihm mit einem Messer den Hals aufschlitze vom einen bis zum anderen Ohr. Er hatte nicht zu fragen gewagt, ob der Schleicher sich auch selbst den Hals aufschlitzen würde, vom einen bis zum anderen Ohr, sondern hatte nur still und ehrfürchtig seine kleine, blutige Hand in die größere, aber seltsam zarte, fast mädchenhafte Hand des Älteren gelegt, der mit beachtlicher Kraft zudrückte, während er auf die grau-fleckige, blutige Schneide des Messers starrte und Halsschmerzen bekam.

Der Schleicher, der in Wirklichkeit Andreas Krämer oder Kramer hieß, war ein großer, schlaksiger Junge mit abstehenden Ohren und hellen blauen Augen, die nicht recht zu seinem schwarzen Haar passten. Trotz seiner Schlaksigkeit bewegte er sich geschmeidig und lautlos wie eine Katze, konnte urplötzlich neben einem stehen oder schon lange in der Ecke eines Raumes warten, ohne dass man ihn bemerkt hätte. Schon mehrmals war er «entwichen», wie das in der Sprache des Heimleiters Dr. Wassermann hieß, doch immer wieder eingefangen worden. Mal hatten sie ihn völlig durchnässt und unterkühlt unter einer Brücke aufgegriffen, mal hatte ihn ein Gastwirt in Neuorth, dem nächsten Dorf, verpfiffen, und ein anderes Mal hatte er es sogar bis an den Stadtrand geschafft, war in der Dunkelheit über einen Zaun geklettert, hinter dem er eine Garage entdeckt hatte, die ihm als geeignete Schlafstätte erschienen war. Ohne es zu wissen, hatte er eine Wohnanlage der U.S. Air Force betreten. Die Amerikaner hatten ihn zwar nicht gehört, aber am Tag darauf schlafend in einem Oldsmobile gefunden.

Dr. Wassermann, der sein Büro praktisch nie verließ und dort den ganzen Tag, eine Flasche Weinbrand neben sich, am Finanzplan des Kinderheims tüftelte, hatte gelächelt, als die beiden Militärpolizisten ihm den Schleicher wieder zurückbrachten. Offenbar hatte es ihn amüsiert wie einer der Witze, die er manchmal den Größeren erzählte und über die er selbst gerne lachte.

Sein Stellvertreter, Herr Martin, hatte auch gelächelt. Und als der Jeep der Amis durch das alte Tor gefahren und hinter der Kurve der Landstraße verschwunden war, da nahm der lächelnde Herr Martin den Schleicher mit in den Keller der Brüder, wo einen niemand mehr sieht und niemand mehr hört, und verabreichte ihm die dreifache Tracht Prügel, und danach musste der Schleicher eine ganze Woche im Fass bleiben.

Dieses letzte Wieder-eingefangen-Werden schien den Schleicher Mores gelehrt zu haben. Er benahm sich, nachdem man ihn aus dem Fass geholt hatte, wie ein Musterschüler, sodass selbst Herr Martin überrascht gewesen war. Zunächst war er nur von einer vorübergehenden «Charakteraufhellung» ausgegangen, aber nach einem Jahr des vorbildlichen Benehmens war er mehr denn je davon überzeugt, dass seine Erziehungsmethoden nicht nur die härtesten, sondern auch die erfolgreichsten weit und breit waren.

Alle mussten sie ab dem fünften Geburtstag arbeiten. Da hieß es noch nicht Arbeit, sondern Naturerziehung, weil es sonst verboten gewesen wäre. Das Leben fange mit der Ackerkrume an, erklärte ihnen Schwester Ursula, aber man müsse nicht sein gesamtes Leben auf dem Felde verbringen, wenn man nur schön anständig und fleißig und folgsam sei. Wer in ihren und Herrn Martins Augen schön anständig, fleißig und folgsam war, hatte gute Aussichten, eines Tages die Jüngeren auf dem Feld oder in der Küche oder im Schweinestall herumzukommandieren, was einer fürstlichen Entlohnung der Jahre entsprach, in denen man selbst herumkommandiert worden war.

Nach seiner «Bekehrung» hatte es der Schleicher vom Vorarbeiter über den Jauchegrubenkommandeur bis zum Schlafsaalaufseher gebracht. Aber warum er dann ausgerechnet ihn, der ja noch ein Pimpf war, zu seinem Vertrauten gewählt hatte, blieb ihm lange ein Rätsel. Vielleicht, weil er wie der Schleicher ein Vergessener war. Obwohl er kein hässliches Kind, vollkommen gesund und «in Maßen» intelligent sei, so hatte Dr. Wassermann es kurz vor Weihnachten einmal den versammelten Kindern gesagt, hätten sich für Nummer 13 auch in diesem Jahr leider keine neuen Eltern gefunden.

Nummer 13 – das war er, Hardy Rohn. Wieder keine Post für Nummer 13. Keine Geburtstagsgeschenke für Nummer 13. Keine Anrufe, keine Besuche. Zwar stimmte es, er war ein blonder, fünfjähriger Junge mit einem freundlichen Lächeln und wachen Augen, doch «in Maßen intelligent» war nicht unbedingt richtig. Hardy hatte es geschafft, sich noch vor dem ersten Schultag das Lesen beizubringen.

«Aber darauf», hatte ihm der Schleicher eines Tages erklärt, «kommt es überhaupt nicht an. Die Mamas und Papas dadraußen, die keine eigenen Kinder haben können, die wollen Kinder, die noch ganz klein sind, dumm und klein, damit sie sich nicht an ihre wahren Eltern, an das Heim und den ganzen Dreck erinnern können. Deswegen wollen die dadraußen nur Babys adoptieren, denn spätestens sobald du drei bist, kannst du dich erinnern, an Wassermanns Weinbrandfahne, an den Rohrstock vom lieben Herrn Martin oder an das Geschrei von Schwester Ursula. Dann ist es vorbei, und du musst hier verrotten, bis du ein uralter Mann mit weißem Bart bist oder sie dich totgeprügelt haben. Aber darauf willst du doch nicht warten, oder?»

Wann hatte er sich zum ersten Mal gefragt, was jenseits der Hügel hinter dem Kloster lag? Wann hatte er begonnen, in der Nacht von Ländern zu träumen, die er noch nie gesehen hatte? Und wann war ihm zum ersten Mal der Gedanke an Flucht gekommen?

Wahrscheinlich, nachdem Herr Martin ihn eines Sonntags mit einem Buch in der Schulbibliothek erwischt hatte. «Kannst du denn schon lesen?», hatte er verwundert gefragt, und Hardy hatte vorsichtig genickt. «Du bist doch aber noch gar nicht in der Schule, Nummer 13?»

Er hatte die Älteren gefragt, beinahe angebettelt, sie mögen ihm erklären, wie das gehe mit dem Lesen, und die Älteren hatten nach anfänglichem Widerwillen festgestellt, dass sie selbst besser lesen konnten, wenn sie zusammen mit Nummer 13 ein paar Absätze in der Fibel geübt hatten, ja dass sie das mehr als einmal vor dem Rohrstock rettete.

Herr Martin glaubte nicht, dass jeder lesen können musste. Das Landesschulamt war da anderer Ansicht und hatte einen allgemeinen Test am Ende des ersten Grundschuljahres in allen Heimerziehungsanstalten angeordnet. Als in einem Jahr die Ergebnisse im Aubacher Kloster besonders schlecht ausgefallen waren, hatten es doch tatsächlich zwei aufgeregte Inspektoren des Amtes bis hinter die Klostermauern geschafft und Fragen gestellt und erst dann mit der Fragerei aufgehört, nachdem Direktor Wassermann einen hingebungsvollen Vortrag über die negativen Einflüsse von Radiohören, Fernsehen, Comics und Negermusik auf die Lesebegeisterung der Kleinsten gehalten und seinen teuersten Kognak für die Zukunft des Aubacher Heims und damit natürlich irgendwie auch für seine eigene geopfert hatte.

Seit dieser ärgerlichen Episode war Herr Martin unentwegt darum bemüht, die Lesebegeisterung der Kleinsten zu steigern, und das bewährte Mittel dafür war und blieb der Rohrstock. Die Älteren vermuteten, dass Hardy aus Angst vor Bestrafung noch vor der ersten Klasse hatte lesen lernen wollen, aber das war nicht der wahre Grund. Herr Martin hatte während all der Jahre eine Art sechsten Sinn für Begabungen seiner Schützlinge entwickelt, die ihm bedrohlich werden konnten. Er wusste, dass Nummer 13 nicht aus Furcht vor ihm oder dem Stock lesen gelernt hatte.

Als er ihn in der Bibliothek gesehen hatte, vertieft in den «Atlas der Entdeckungen», eine für Kinder aufbereitete Geschichte der Entdeckungsreisen der Menschen seit der Antike (reich illustriert mit grandiosen Zeichnungen von griechischen Triremen, portugiesischen Karavellen, bärtigen spanischen Konquistadoren und des noch bärtigeren Ernest Shackleton und schließlich – man stelle sich das vor! – sogar mit einem Bild des ersten Menschen im All, der ja ein «Roter» gewesen war), da spürte er instinktiv die Gefahr, die von solcher Lektüre ausging: Hier ging es um Männer, die sich durch nichts und niemanden aufhalten ließen, die ein reines Gewissen hatten und keine Angst. Wortlos nahm er Hardy das Buch aus der Hand, und ebenso wortlos verabreichte er ihm eine Tracht Prügel mit dem Rohrstock.

«Das ist nur der Anfang. Sobald der Angst hat, dass du schlauer wirst als er, geht's dir so wie dem dummen Gustav.

Den hat er im Keller ins Fass gesteckt, aber vorher hat er seinen Kopf erst noch ein paarmal gegen die Wand gedotzt, und als der Gustav dann wieder rauskam aus dem Fass, da war er so blöde, wie er jetzt eben ist. Willst du darauf warten, bis du blöde aus dem Fass rauskommst?» Der Schleicher sah ihn prüfend an. «Oder willst du abhauen?»

Hardy schwieg.

Der Schleicher nickte. «Klar willst du. Gibt's jemanden, zu dem du gehen kannst?»

«Ich habe einen Onkel, aber den habe ich noch nie gesehen, und ich weiß auch nicht genau, wo er wohnt.»

«Das findet sich, das findet sich», sagte der Schleicher leise und fügte noch leiser hinzu: «Ich mach bald weg, aber ich brauche jemanden, der mir hilft. Einen Mitverschworenen. Du wärst genau der Richtige.»

Erst viel später hatte ihm der Schleicher seinen Plan enthüllt, nicht ohne ihm davor, mittendrin und danach mit dem qualvollen Durchschneiden der Gurgel zu drohen, sollte er nur das kleinste bisschen verraten. Und da konnte Hardy dann auch verstehen, warum ausgerechnet er der Auserwählte war.

«Dreizehn?»

«Ja?»

«Bist du wach?»

«Ja.»

Lautlos ist der Schleicher in den Schlafsaal gekommen, plötzlich steht er neben Hardys Bett.

«Es ist so weit.»

«Wie spät ist es?»

«Fast halb vier.»

«So spät schon!»

«Psst. Leise. Bist du bereit?»

«Ja.»

«Alles läuft so, wie wir's abgemacht haben?»

«Ja.»

«Schwörst du's?»

«Ja.»

«Schwörst du's beim Leben deiner Mutter?»

«Meine Mutter ist tot.»

«Das ist egal. Meine auch. Also?»

«Ich schwör's bei meiner toten Mutter.»

Er klettert aus dem Bett, wirft einen letzten Blick auf den kleinen Schröder, der im Traum durch die Nacht fährt. Ganz still ist er, atmet ruhig – vielleicht muss ja in dieser Nacht das Auto nicht aus der Kurve rutschen, die Leitplanke durchbrechen und in den Abgrund stürzen. Hardy streift sein Nachthemd ab, unter dem er schon Hemd und Hose trägt, schlüpft in die Schnürstiefel.

«Los geht's!»

Sie schleichen die Treppe hinunter. Die Stufen sind ausgetreten von den Mönchen, den Irren, den Kriegsversehrten, Verbrechern, Flüchtlingen und Waisen, die sie zuvor hinuntergestiegen sind. Über ihnen wölbt sich die Decke, kleine Drachenköpfe beobachten ihre Flucht. Wie viele sind wohl so schon unter ihnen durchgeschlichen, und wie viele sind dann doch geblieben?

«Gibt eine schlechte Nachricht», sagt der Schleicher. «Heute hält Max Schmeling Wache.»

Seit Anbeginn der Zeit versieht Kurt als Pförtner seinen Dienst. Doch immer häufiger plagen ihn inzwischen üble Gichtanfälle, und immer häufiger muss Herr Martin sich nach einer Aushilfe umsehen, einer Aushilfe wie dem jungen, baumlangen Kerl mit der offensichtlich schon mehrfach gebrochenen Nase, den sie alle deshalb nur Max Schmeling nennen.

Wie Gespenster huschen sie an Dr. Wassermanns Büro und an Schwester Ursulas Dienstzimmer vorbei. Alle sind sie im Bett, schlafen oder hören, wie die Älteren es jetzt gerade heimlich tun, leise Radio, vertrauen darauf, dass der Schleicher den Schlaf der Jüngeren hütet, der Schleicher, der zuvor verlauten ließ, dass er auch in dieser Nacht die Aufsicht übernehme, weil er mit den Amis so seine Probleme habe (da musste selbst Herr Martin lachen) und der Mond ihn mal gernhaben könne, der interessiere ihn genauso wenig wie Cassius Clay oder die ganze Negermusik. Das zauberte Herrn Martin ein weiteres freundliches Lächeln ins Gesicht, denn er wusste ja nun, dass er sich auf seinen lieben Andreas verlassen konnte, und er legte ihm sogar die Hand auf die Schulter, ganz sanft, ohne zu ahnen, wie viele Jahre vergehen sollten, bis er ihn wiedersehen würde – an einem Abend, einem ganz normalen Freitagabend, an dem das Schlimmste der Woche überstanden schien, wird er ihn wiedersehen und sich daran erinnern müssen, dass man auch einen Freitag nicht vor dem Abend loben soll.

Etwas liegt in der Luft. Verborgen im Schatten, biegen sie in den letzten Gang ein, an dessen Ende die eisenbeschlagene Tür nach draußen führt. Zu dieser Tür geht es vier, fünf breite Stufen hinab, der Gang liegt höher. Es brennt kein Licht, doch drei Meter vor der Tür befindet sich die neue, erst im Frühjahr eingebaute, verglaste Pförtnerloge. Jetzt, im Sommer, steht ihre Tür zum Gang immer halb offen, damit wenigstens von dort ein wenig frische Luft in den kleinen Raum gelangen kann.

Dort drinnen, unter dem Pult, an dem der Pförtner für gewöhnlich sitzt, gibt es einen Schalter, einen Druckknopf, der die Tür am Ende des Flurs mit einem leisen, elektromagnetischen Klicken öffnet. Dieser Schalter ist es, um den sich in Schleichers Plan alles dreht. Zwar könnte vielleicht auch er unbemerkt durch die halb geöffnete Pförtnertür schlüpfen und unter das

Pult kriechen, doch wer würde dann im rechten Moment die Ausgangstür aufziehen und aufhalten?

In der Dunkelheit hören sie die Stimmen. Gedämpft zunächst, aber dann, als sie sich weiter voranschleichen, immer deutlicher. Aus der Pförtnerloge dringt oszillierendes Licht in den Gang, flackert auf der gegenüberliegenden Wand auf, als wäre es die Projektion einer kaputten Laterna magica.

«Hab ich's dir nicht gesagt, hab ich's dir nicht gesagt», flüstert der Schleicher. Alle hätten sie nur die Amis und den dummen Mond im Kopf.

Sie hören die Stimme eines deutschen Kommentators und ein Gewirr von Funkgeräuschen, Fragen auf Englisch und Bestätigungen auf Englisch, das sich mit dem Fiepen und Kratzen kosmischer Störungen mischt. Als sie die Pförtnerloge fast erreicht haben, hält der Schleicher ihn fest, deutet auf die offene Tür. Kurts Vertretung hat ihnen im Drehstuhl den Rücken zugewandt (sie sehen seine breiten Schultern, den dicken Hals, den Bürstenhaarschnitt), er hat weder sie noch die Anstaltstür im Blick. Der Schleicher hebt seine rechte Hand, spreizt alle fünf Finger: Das ist das Zeichen, die Verabredung, der Blutschwur.

Jetzt gilt es. Jetzt nimm deinen Mut zusammen. Wenn du es jetzt vermasselst, bist du fällig, fast schon mausetot, vielleicht schlitzt er dich gleich hier auf, der Schleicher – denkt Hardy, während Max Schmeling auf den Zauberspiegel starrt, den sich Kurt vor einem Jahr, kurz vor den Olympischen Spielen, gebraucht gekauft hat: über zehn Jahre alt und defekt, damals einer der ersten, dreiundvierzig Zentimeter Bildröhre, Grundig Zauberspiegel Modell 237, kein Ton, aber für 'nen Appel und 'n Ei. Der Kurt hat ihn wieder hingekriegt, hat ihn zum Sprechen gebracht, hat gesagt: «Ich hab noch jeden zum Sprechen gebracht», und hat ihn allen Jungs, die an ihm vorbeimussten, stolz gezeigt, hat ihn flimmern, brummen, quietschen, hüpfen und quasseln lassen und davon erzählt, wie er ihn repariert hat, vor allem aber, wo ihm das Reparieren beigebracht worden ist, in Italien, als er in der Division Reichsführer (da hat ihm Herr Martin gegen das Schienbein getreten) … in der Nachrichtenabteilung 16 (und noch mal gab's einen Tritt gegen das Schienbein) … also im Krieg gelernt hat, wie man so einen Empfänger eben repariert.

Fünf Finger – das heißt fünf Sekunden. Wenn du den Schalter gedrückt hast, wenn es vorne klickt, zieht der Schleicher an der Tür, zieht sie ein winziges Stück auf und zählt stumm bis fünf, und wenn du bis dahin nicht bei ihm bist, zieht er sie gerade so weit auf, dass er durchpasst, und haut lautlos ab, und dann fällt die Tür wieder langsam ins Schloss, und er ist weg, und du bist da und allein, und niemand macht dir je wieder auf.

Auf allen vieren kriecht er auf die Pförtnerloge zu, gelangt unentdeckt durch die Türöffnung unter das Pult. Ein Piepsen und Fiepen und die Stimme aus dem Kontrollzentrum erfüllen den kleinen Raum. *Armstrong ist jetzt auf der Leiter.* Und da, nicht weit über ihm, ist der Schalter! Und er hört sein Herz pochen und wundert sich, wie einfach das doch alles ist. *Armstrong steigt die Leiter hinab.* Drück den Knopf! Drück den Knopf und verschwinde!

Er will ja. Er will es wirklich. Aber gerade als er sich zum Schalter streckt, schaut er in den Zauberspiegel und sieht den Mann die Leiter seines kleinen Raumschiffes hinabhüpfen und erwartet gebannt diesen letzten, ersten Schritt, gleich ist er unten angekommen, gleich steht er auf der fremden Welt.

1901

Heute verläuft im Norden von Neuorth die Fernstraße, rumpeln schwere Laster an den Ausläufern des Dorfes vorbei, hört man auch in tiefer Nacht noch das gleichförmige Brummen ihrer Motoren, das sich mit dem Rauschen des Waldes und der Hecke auf dem Hügelgrat vermischt. Vom Kahlen Hang aus, den die Neue Siedlung sich langsam hinaufgeschoben hat, kann man jetzt, da der Tannenhain schon lange gerodet ist, sofern nicht die Dächer der Doppelhäuser den Blick verstellen, den Rhein sehen, bis zu dessen Ufer man mit dem Auto nur fünfzehn Minuten braucht, außer morgens und abends, wenn der Pendlerverkehr sich beinahe bis zur Fußgängerampel am Ortseingang staut, oder auch an den Wochenenden, wenn sie die umliegenden Altenheime und die nahe Irrenanstalt auf dem Auberg durchlüften und Greise und Verrückte in Omnibussen in das beschauliche Uferdorf verfrachten, das Auwinkel heißt, aber in der Kindheit von Hardy Rohns Großvater Adam nur das Sumpfdorf genannt wurde. Denn diejenigen, die dort wohnten, waren, so erzählte man es sich, entweder aufgrund irgendeiner Verfehlung aus Neuorth verjagt worden oder von noch weiter her gekommen, wo sie niemand hatte haben wollen, und fristeten ein armseliges Leben als Flößer oder Handwerker.

Damals war die Welt noch klein, keine asphaltierte Straße, kein Geleis, keine Hochspannungsleitung, kaum ein Feldweg gab ihr Kontur. Sie endete im Westen am trägen, grauschwarzen Strom, und im Osten führte eine von den Gendarmen kontrollierte Straße, die noch aus der Römerzeit stammte, zu den Städten im Süden, die größer sein mussten, als es sich jeder in

Neuorth vorstellen konnte, was auch daran lag, dass niemand je dort gewesen war. Wollte man die Straße entlangfahren, musste man jenseits der Hohen Hecke Wegzoll zahlen, das jedenfalls hatte Adams Vater Arthur ihm, dem jüngsten Sohn, erzählt. Ab und an kamen Herrschaften diese Straße entlang, um hinunter zum Rhein zu fahren und in dem einen oder anderen Weinlokal Rast zu machen, und fuhren dann in ihren Kutschen weiter.

Adam hatte zwei ältere Brüder und zwei ältere Schwestern, war als jüngstes Kind das einzige, das nicht in dem graubraunen, niedrigen Haus der Rohns am Rande des Dorfes geboren worden war. Er war auf dem Auberg, in der Nervenheilanstalt, zur Welt gekommen – nicht weil seine Mutter verrückt gewesen wäre, sondern weil sich sein Vater, ein wortkarger, groß gewachsener Mann mit kantigem Gesicht und einer schiefen Nase, im letzten Moment entschieden hatte, nicht länger auf die Hebamme aus Auwinkel zu hören, die empfahl, nach dem Pfarrer zu schicken, damit das Kind, bevor es tot aus der Mutter gezogen werde, wenigstens noch getauft werden könne, auf dass dann Mutter und Sohn gemeinsam in das Himmelreich, das himmlische Paradies, einziehen würden. Er machte eine Geste, die seinen Söhnen Helmuth und Ullrich bedeutete, den Wagen zu holen und den Gaul vorzuspannen, und seinen Töchtern Hedwig und Gerda befahl, mit dem Jammern aufzuhören, die Wehklage aufzuschieben, Decken und frisches Wasser zu besorgen und alles vorzubereiten, um die Mutter in dieser Nacht zum nächsten Doktor zu bringen, der sich, wie jeder wusste, nun mal in der neuen Irrenanstalt auf dem Auberg befand. So war Adam, noch bevor er geboren worden war, auf eine Reise gegangen, von der alle in Neuorth annahmen, dass sie ohne Wiederkehr sein würde, eine Reise, um die sich noch lange nach seiner Rückkehr im Dorf Gerüchte rankten. So oder so war es die erste und für viele Jahre die weiteste Reise, die Adam unternahm.

Noch als Zehnjähriger wusste er nicht nur nichts von der Welt, er wusste vor allem nicht genau, wie sie aussah. Als sie die Eisenbahn gebaut hatten, als die Ortschaften am Fluss größer und wohlhabender wurden, als in Auwinkel eine Sektkellerei errichtet worden war, deren Besitzer, der Enkel eines verachteten Sumpfdörflers, eines Tages in einem weißen Anzug auf einem knatternden, feuerspuckenden Motorenwagen den Hohen Hang hinaufgefahren kam, vorbei an Weinbergen, die nun alle ihm gehörten, und dann durch Neuorth fuhr, hupend die Hühner und Schafe vor sich hertrieb und auf dem Platz vor der kleinen Kirche wendete, bevor er, lachend und Sekt trinkend und Verwünschungen gegen alle Dörfler hinausbrüllend, in einer nach Sekt, Schafscheiße und Auspuffgasen duftenden Dreckwolke wieder verschwand, da fand Adam auf dem Weg zurück von der Schule, als sich der Staub schon gelegt und sich die Schafe und Hühner beruhigt hatten, auf der Straße ein kleinformatiges, aber dickes Büchlein, das voll war mit Wörtern, deren Gestalt ihm völlig unbekannt war.

Er hatte in der Klosterschule, unweit der Irrenanstalt, in der er geboren worden war, lesen gelernt. Das heißt: Er hatte versucht, es dort zu lernen.

Eigentlich war es gar keine richtige Klosterschule. Neuorth besaß kein eigenes Schulgebäude, was lange niemanden gestört hatte, bis der preußische Oberpräsident entschied, dass das preußische Schulgesetz auch im letzten Winkel des Reiches und daher selbst in Neuorth durchzusetzen sei. Damit die Kinder fortan nicht mehr ihre Kindheit auf dem Rübenacker vertaten, sondern lesen und schreiben lernten und brave, gottesfürchtige Untertanen wurden, hatte man die Schule in einem Seitentrakt des eigentlich verlassenen Aubacher Klosters untergebracht, dessen Blütezeit Jahrhunderte zurücklag. In jenen Tagen war es nur noch von wenigen Laienmönchen bewohnt, die, wie Adam fand, nach Schafen rochen und in ihren abgetragenen Kutten auch so aussahen, Mönchen, von denen es hieß, dass sie auf die Rückkehr des zukünftigen Abts warteten, der nach Rom aufgebrochen war, um beim Papst die Neugründung des Klosters zu erbitten, das zeitweise als Gefängnis, als Kaserne und zuletzt als Irrenhaus gedient hatte, bis die neue, auf den neuesten Erkenntnissen der Wissenschaft gründende Nervenheilanstalt auf dem Berg nebenan gebaut worden war. Nur die Weinberge waren noch von Wert gewesen, doch die hatte sich der Graf von Auberg schon vor einiger Zeit unter den Nagel gerissen, bevor er sie an jenen motorisierten Sektpanscher aus Auwinkel verkaufte oder ja vielleicht sogar im Spielcasino an diesen Luftikus verlor.

Im Kloster gab es nichts mehr, was an den einstigen Glanz hätte erinnern können. Alles, was auch nur annähernd von Wert gewesen war, hatten schon lange zuvor die Mainzer Domherren, die legitimen und die illegitimen Grafen von Auberg, die Sträflinge und die Soldaten verschiedener Armeen verscherbelt oder zur baldigen Verscherbelung weggeschleppt, und was dann noch übrig gewesen war, fand seinen Weg in das Feuer, das die sich selbst überlassenen Irren an einem Nachmittag im Winter 1848 zu ihrer Erwärmung und auch zu ihrem Entzücken entfacht hatten. Nur eine Sache sollte all die Jahrhunderte auf wundersame Weise unbeschadet überstehen.

An seinem ersten Schultag hatte Adam den Saal, in dem die Dörfler unterrichtet werden sollten, nicht gleich gefunden. Er war durch die kühlen, modrig riechenden Gänge gestolpert, denn der Holzfußboden war krumm. Der Marsch der Mönche, Sträflinge, Soldaten, Irren hatte ihn über die Jahrhunderte an manchen Stellen abgesenkt, dann wieder angehoben, man konnte an einzelnen, hochstehenden Dielen hängen bleiben oder sich die Sohlen an alten, handgeschmiedeten Nägeln aufritzen – es war, als ginge er auf den Planken eines gestrandeten Schiffes. Schließlich, nach mehreren Türen, die seinem Druck mit einem Ächzen nachgegeben hatten, ohne mehr als allerlei Gerümpel und den Geruch längst vergangener Zeiten preiszugeben, stand er vor der letzten, am Ende des Flurs. Als er gerade nach der Klinke greifen wollte, fühlte er sich beobachtet, spürte, dass da noch jemand oder etwas war, und drehte sich um: Links an der Wand, gegenüber von einem hohen Fenster, dessen hölzerne Läden zum Schutz gegen die Sonne zugeklappt waren, sodass den Flur ein öliges, nachmittägliches Dämmerlicht erfüllte, hing etwas.

Im ersten Moment dachte er, es wäre nur ein weiterer gekreuzigter Heiland, aber der Schatten an der Wand hatte die Beine seltsam weit abgespreizt, und diese Beine waren dick. Nein, das konnte kein Heiland sein, denn Christus mit abgespreizten, dicken Beinen, das wäre schändlich gewesen. Vielleicht war es ein ausgestopftes Tier, ein Bärenfell?

Was es auch sein mochte, schon auf die Entfernung roch es ranzig, gleichzeitig muffig und alt und scharf. Und als er näher herantrat und sich seine Augen an das schlechte Licht gewöhnt hatten, erkannte er, dass es kein Bärenfell, sondern die aufgespannte Haut eines noch größeren Tieres war, auf die jemand Zeichen, Figuren und Fabelwesen, Flüsse, Wüsten und feuerspeiende, von stürmischen Ozeanen umspülte Berge gemalt hatte. Was den Heiland anging, hatte Adam nicht völlig falschgelegen: Hoch oben, bereits jenseits des turbulenten Geschehens und außerhalb der tosenden See, die die Länder in der Mitte umgab, saß auf einem goldenen Thron Jesus Christus, Gottes Sohn.

Das Merkwürdige an ihm war, dass er so alt wirkte. Seine Haare waren silbern, so als hätte er nach seiner Auferstehung nicht nur Tage, sondern noch Jahre auf der Erde zugebracht.

Reglos sah er Adam an, und reglos betrachtete er die Welt, als ob ihm das Treiben von Mensch und Tier ziemlich wurst wäre.

Ein wenig unterhalb davon sah Adam etwas, das sich allein schon deswegen vom Rest abhob, weil es farbiger war. Alles auf der Tierhaut erschien im Zwielicht des Flurs in stumpfen Braun- und Rottönen, doch dort war ein Wald abgebildet mit weit ausladenden, fremdartigen Bäumen, in denen bunt gefiederte Vögel zwischen leuchtend grünem Laub hockten – beinahe glaubte er, das Rauschen des Windes in den Wipfeln und die Rufe der exotischen Vögel hören zu können. Gleichzeitig aber war der Wald von allem anderen auf der Karte getrennt: Eine hohe, dunkle Dornenhecke umgab ihn, in deren Ranken er kleine, rostende Schwerter, silbrige Rüstungen, Helme und die Gerippe von Rössern und ihren toten Reitern ausmachen konnte.

Lautlos, nur mit einem Luftzug, öffnete sich die Tür. Vor ihm stand ein Mann in einer Kutte. Er war hager, aber kräftig. Der fast kahle Kopf und die lange Nase ließen ihn älter wirken, doch sein Blick war klar. Er konnte kaum älter als Adams Vater sein.

«Wer bist du?», fragte der Mann leise.

«Ich bin der Adam. Aus Neuorth. Ich suche die Schule.»

«Was willst du dort?»

«Ich muss lesen lernen.»

«Niemand *muss* lesen lernen.»

«Der Kaiser hat gesagt, dass ich muss.»

«Willst du denn lesen und schreiben lernen?»

«Ja.»

«Und wenn du jetzt fliegen lernen wolltest?»

«Kann man das hier auch lernen?»

Die Andeutung eines Lächelns huschte über das Gesicht des Mannes, der nun schwieg.

Bleiben oder gehen? Den langen Flur zurückrennen, nicht

stolpern, nicht schreien, sich nicht einmal umdrehen, einfach verschwinden, denn noch war nichts passiert, noch konnte das Leben so weitergehen, wie es immer weitergegangen war, konnte er die Woche über zusammen mit seinem Vater und seinen Brüdern auf Feld und Hof arbeiten und sich abends in der Stube auf die Bank vor dem Ofen fallen lassen, wo ihm eine seiner Schwestern ein Stück Brot reichen würde und, wenn es ein guter Tag war, noch ein Stück Schinken dazu, und er würde schweigend kauen und in die Gesichter seiner älteren Brüder blicken, die genauso müde waren wie er selbst, und niemand würde etwas sagen, denn wie all die Tage zuvor und all die Tage, die noch kommen würden, gäbe es nichts zu sagen, und er würde schon nach dem letzten Bissen einschlafen, den Hinterkopf an die Ofenwand gelehnt, und irgendwann würde ihn eine Schwester antippen, und er würde aufstehen, wie im Traum die Stiege nach oben gehen und in sein Bett fallen und bis zum Morgengrauen schlafen.

Immer noch sah ihn der Mann an. Immer noch schwieg er. Wenn das nun gar kein Lehrer war, sondern einer jener Verrückten, die vor noch nicht allzu langer Zeit hier gehaust hatten, bevor man die Anstalt auf dem Berg gebaut hatte, einer, den sie vergessen hatten in einer der Zellen für die Gemeingefährlichen?

«Gut», sagte der Mann schließlich, «ich bin Bruder Roland. Du kannst hier lesen lernen. Als Nächstes musst du die wichtigsten Wörter lernen.»

«Als Nächstes? Bin ich zu spät? Hab ich schon was verpasst?»

«Du hast die erste Lektion hinter dir. Die erste Lektion ist das Schweigen. ‹Am Anfang war das Wort, und das Wort war bei Gott, und Gott war das Wort.› Zuerst müssen wir schweigen, bevor wir unsere eigenen Worte sprechen dürfen. Du denkst vielleicht, alles besteht aus Wörtern, aber schon ein einfacher

Satz besteht aus Wörtern und den Räumen *dazwischen* – den Pausen, dem Unsagbaren, der Stille. Wer das Unsagbare nicht lesen kann, ohne es auszusprechen, wird niemals wirklich verstehen.»

Er stieß die Tür weit auf und deutete mit einer Geste an, dass er hindurchgehen solle. Adam drehte sich noch einmal um und sah nach der bemalten Tierhaut.

«Eine Karte», erklärte Bruder Roland, «eine Karte der Welt, wie sie früher einmal war. Schau, da – der Berg Ararat mit Noahs Arche, der Turm zu Babel, Moses auf dem Berg Sinai und, in der Mitte, das heilige Jerusalem.»

«Und wo sind wir?»

«Wir?»

«Auf der Karte.»

Der Mönch runzelte die Stirn, dann deutete er auf den grünen Wald. «Vor langer Zeit waren wir einmal hier.»

«Und jetzt?»

«Jetzt?» Er lachte. «Jetzt sind wir nirgendwo!»

Bruder Roland hatte nicht sonderlich viele Schüler. Am Anfang war es gerade mal ein Dutzend, von denen drei Jungen wie Adam aus Neuorth kamen: der ständig verschnupfte Sohn des Tischlers, ein weiterer Bauernsohn, der das Schweigen perfektioniert zu haben schien, und ein stämmiger, dicker Junge, Georg, genannt Schorsch, dessen Vater das Gasthaus «Zum Weißen Ochsen» betrieb und der sich um das Schweigen wenig scherte, häufig dazwischenredete und dabei Dinge sagte, die in keinem Zusammenhang mit dem zu stehen schienen, was an der Tafel stand, doch von Bruder Roland nur maßvoll dafür gerügt wurde. Schorsch irritierte seine Klassenkameraden durch die eigenartige Unruhe, die er ausstrahlte. Einmal hatte ihm der Sohn des Tischlers in der Mathematikstunde den Schnürsenkel seines rechten Schuhs aufgezogen. Schorsch beschwerte sich nicht, sondern verbrachte die Schulstunde damit, unter der Bank den Schuh zu binden. Immer, wenn er schon fertig war, gefiel ihm etwas nicht, und er zog die Schleife wieder auf und begann von vorne.

Bruder Roland ignorierte das zuerst, aber irgendwann fragte er: «Vier und vier? Georg? Vier und vier – sind?»

Schorsch hob noch nicht einmal den Kopf, sondern band weiter seinen Schnürsenkel, während er sagte: «Vier und vier sind acht und vier sind zwölf und vier sind sechzehn und vier sind zwanzig und vier sind vierundzwanzig und vier sind achtundzwanzig und vier sind zweiunddreißig und vier sind ...»

Wie ein klappernder Webstuhl sagte er die Zahlen auf, und wenn die anderen am Anfang noch leise gekichert hatten, dann kicherten sie spätestens ab «hundertundacht» nicht mehr. Der Tischlersohn war kreidebleich geworden. Später sollte er herumerzählen, dass der Teufel in den armen Schorsch beim Schuhebinden gefahren sei. Verlassen habe der Teufel ihn dann bei einer unglaublich hohen Teufelszahl, an die er sich nicht mehr erinnern könne. Tatsächlich war Schorsch gerade bis zur Neunhundertvierundsechzig gekommen, als die Glocke der kleinen Kapelle läutete und die Stunde zu Ende war.

Von da an ließen die meisten ihn in Ruhe, auch Bruder Roland sah über ihn hinweg, was vielleicht vor allem daran lag, dass Schorsch als Sohn des Ochsenwirts das meiste Essen mitbrachte. Denn ein Teil des Schulgeldes bestand aus Naturalien: Fleisch, Würsten, Milch. In dem verwilderten Garten des Klosters bauten die etwa zwanzig Mönche zwar Gemüse an, und es gab auch ein paar Obstbäume, doch Adam sah, dass sie sich nicht sonderlich geschickt dabei anstellten, auf jeden Fall reichte es nie für alle.

Im ersten Jahr tat er sich schwer in der Schule. Das Rechnen ging leidlich, aber Lesen blieb ihm ein Rätsel. Er verstand die

Buchstaben nicht, und deswegen verstand er auch keines der Wörter. Die Wörter waren für ihn nichts weiter als unergründliche Symbole, Brandzeichen ihres Eigentümers auf dem Pergament, deren Gestalt er sich einprägen musste, wollte er sich beim täglichen Vorlesen nicht blamieren.

Er lernte das Geschriebene auswendig. Zunächst war das noch einfach. «Am Anfang schuf Gott Himmel und Erde» – da die einzige Lektüre die Heilige Schrift war, half es weiter, wenn man Formulierungen wie «Und Gott sprach» oder auch «Und Gott schuf» sofort erkennen konnte, sollte man einmal den Text vergessen haben. Doch dann wurde die Geschichte, die Geschichte von Gott und den Menschen, komplizierter und länger und unübersichtlicher, und Adam hatte immer mehr Mühe, ihr zu folgen.

«Du musst die Buchstaben zusammenzählen», sagte Schorsch, «die großen und die kleinen, und das richtige Ergebnis ist dann das Wort!»

«Buchstaben sind doch keine Zahlen», widersprach Adam. Er saß im Unterricht die meiste Zeit neben Schorsch, was ihm unangenehm war, allerdings half sein Banknachbar ihm manchmal, indem er ihm die Wörter leise vorsagte.

«Doch! Buchstaben sind Zahlen! Wörter sind Zahlen!», sagte Schorsch.

«Bücher sind also auch Zahlen?»

«Ja! Ja! Ja!» Der Gedanke schien Schorsch aufzuregen.

«Und das Buch Gottes besteht auch aus Zahlen?»

«Natürlich!»

«Und der liebe Gott selbst – ist der auch eine Zahl?»

Da verstummte Schorsch und versank in sein typisches, in sich gekehrtes Gebrabbel, bei dem er leise und schnell Worte sprach, die niemand verstehen konnte, ein kaum hörbares Flüstern, das manchmal Stunden andauerte. Es war, als hätte diese letzte Frage in seinem Kopf etwas in Gang gesetzt, ganz so, wie einst das Schnürsenkelaufziehen etwas in Gang gesetzt hatte.

Adam fragte seinen älteren Bruder Ullrich, der zwei Jahre lang in die Schule in Auwinkel gegangen war, bevor sie zu seiner Erleichterung nach einem Hochwasser geschlossen wurde, wie er bloß lesen lernen könne.

«Musst halt die Silben klopfen», antwortete der Bruder und stampfte mit einem Bein auf. «Wa-gen-rad! Rü-ben-ak-ker!»

Wie auch immer die Buchstaben zusammenzuzählen, zu klopfen oder zu stampfen waren, es half nichts. Auch am Ende seines zweiten Jahres an der Schule konnte Adam nicht richtig lesen und behalf sich damit, sich die *Gestalt* der Wörter einzuprägen.

In dem Jahr, in dem Amundsen und Scott zum Südpol aufbrachen, an einem Nachmittag im August 1911 auf dem Heimweg von den Schafsmönchen – Adam war voller düsterer Erwartungen, was den Fortgang der biblischen Handlung anging und welche Rätsel ihm die Wörter in der Zukunft noch aufgeben mochten –, brauste Otto Cohn, Eigentümer der Sektkellerei «Schloß Auwinkel» (es gab gar kein Schloss außer dem, das er auf das Etikett der Flaschen hatte prägen lassen), mit dem Motorenwagen an Adam vorbei. Adam hustete, rieb sich die Augen und schaute ebenso erschrocken wie fasziniert dem knatternden Gefährt nach. Wo kam es her, wo fuhr es hin? Er wandte sich um und wollte sich gerade wieder auf den Weg nach Hause machen, als er auf der Straße das Buch liegen sah.

Es war, wie er befürchtet hatte, voll mit Wörtern, die er noch nie gesehen hatte. Es enthielt aber noch etwas anderes: Zeichnungen mit Symbolen, Linien und – was konnte es anderes sein – der Darstellung von Flüssen und Bergen. Diese Zeichnungen erinnerten ihn an die bemalte Tierhaut, die er im Kloster gesehen hatte.

«Daschind Karten», sagte Schorsch, als Adam ihm am nächsten Tag das Buch zeigte. Schorsch aß das letzte seiner zahlreichen Wurstbrote, sprach mit vollem Mund. «Dadrin getsch um Schätze, wenn du misch fragscht.» Er kaute zu Ende und wischte sich den Mund mit dem Ärmel ab. «Ist ein Schatzführer. Von einem alten Schatzsucher mit Namen Baedeker. ‹Schätze des Rheinlands› steht hier! Und hier, das ist eine große Karte, mein Vater hat so was in der Wirtschaft hängen, das ist die Welt von oben, als ob man ein Vogel wäre und fliegen könnte, dann würde man das so sehen. Und da, schau! Auf der Karte, wo da unten der Rhein ist, sind da oben wir!»

Adam war beeindruckt. Schorsch kannte wesentlich mehr Wörter als er selbst. Das Faszinierendste aber war die Karte, die er nun herausgeklappt hatte. Er fand darauf Neuorth, einen winzigen schwarzen Punkt über dem mit einem Kreuz markierten Aubacher Kloster, fast am oberen Rand des Blatts. Da war auch der Fuhrweg vom Kloster zum Dorf als dünne, gestrichelte Linie eingezeichnet, auch der kleine Bach entlang des Weges. Über Neuorth waren Büsche aufgereiht, die, wie Adam und Schorsch sofort erkannten, nur die Hohe Hecke bezeichnen konnten.

«Und dahinter?», wollte Adam wissen. «Was ist hinter der Hecke?»

Schorsch drehte das Blatt um. «Gar nichts. Das weiß noch nicht einmal der Schatzsuchermeister Baedeker selbst, was da ist.»

Jedes Kind kannte die Hohe Hecke, das undurchdringliche Dickicht jenseits der Felder, der Rübenäcker, der Apfelbäume, tief im Wald. Es war die Grenze ihrer Welt – errichtet von den alten Herren von Auberg, deren einstmals schimmernde Rüstungen im bereits verpfändeten Herrenhaus der Grafen nun auf den

Abtransport nach Pennsylvanien warteten, während ihre Gebeine in vergessenen Gräbern längst zu Staub zerfallen waren, errichtet gegen die Chatten, die Marser, Cherusken und kinderfressenden Vandalen. Die Äste niedriger Buchen waren dort immer wieder zu Boden gebogen und ineinandergezwungen worden, und man hatte Dornengestrüpp dazwischengesetzt und mit den Buchenzweigen verflochten. So war mit der Zeit ein Dickicht gewachsen, das sich von Ross und Reiter nicht durchdringen ließ. Manchmal, wenn sie im Wald spielten, wagten sich die Jungen an den Rand der Hecke, die ihnen düster und nicht geheuer schien, und hörten Geraschel und Jammern, als ob darin immer noch die verlorenen Vandalenheere einen Ausweg suchten. Aber was war dahinter? Diese Frage ließ Adam nicht mehr los.

Der Herbst kam und dann der Winter, und Adam lernte ein paar Wörter dazu und konnte irgendwann seinen Namen und einfache Sätze schreiben, und er konnte auch zwei und zwei zusammenzählen und drei und vier, und immer wieder schaute er sich den Reiseführer an, den er unter seinem Bett versteckt hatte. Dann wurde es wieder Frühjahr, und einmal, als es schrecklich hagelte, ging er mit Schorsch nach der Schule mit, und in einem Hinterzimmer des «Weißen Ochsen» zeigte ihm der Freund ein Buch, das seine Mutter gegen den Willen des Vaters dem Kolporteur abgekauft hatte, der einmal im Jahr nach Neuorth kam und von den meisten im Ort der «dreckische Jud'» genannt wurde, weil er nicht nur als schmutzig galt, sondern angeblich auch «schmutzige Bildchen» verkaufte. Aber das Buch war nicht schmutzig. Es hieß «Das Neue Universum», und Schorsch las ihm heimlich daraus vor. Er las von wundersamen Erfindungen wie dem Aeroplan und dem Unterseeboot und von Entdeckungsreisen durch den Dschungel Afrikas und dem tragischen Marsch von Sir Scott zurück vom Pol durch die

Eiswüste der Antarktis, und diese Dinge vermischten sich mit Adams Vorstellung von der Hecke. Er glaubte nicht, dass jenseits des Dornengestrüpps einfach gar nichts war. Dieses Buch bewies es: Überall war etwas. Jedes Mal, wenn er fortan an der alten Karte im Kloster vorbeiging, wurde die Frage, was hinter der Hecke sein mochte, drängender.

«Ich würde gerne ein Entdecker werden», sagte Adam eines Tages beim Mittagessen.

Sein Bruder Helmuth hob kaum den Kopf, sondern schlürfte weiter lautstark die Suppe, seine Schwestern schienen vor sich hin zu träumen, seine Mutter schwieg.

Sein Bruder Ullrich lachte auf. «Was willst du denn schon entdecken? Ist doch schon alles entdeckt! Kannst den Misthaufen hinterm Haus entdecken!»

Sein Vater sagte: «Nach der Schule machst eine Lehre beim Wagner in Auwinkel.»

«Ich gehe noch in den Wald», sagte Adam.

«Jetzt?», fragte die Mutter.

«Holz schlagen.»

Der Vater guckte erstaunt, aber sagte nichts mehr. Worte waren kostbar, denn wer konnte schon wissen, wie viel man noch zu sagen hatte?

Nach dem Essen packte Adam Beil und Säge ein und machte sich auf den Weg zur Hohen Hecke. Die ersten jungen Äste hatte er mit dem Beil schnell niedergemacht, aber allmählich wurde das Gehölz fester, sodass er die Baumsäge nehmen musste und nur mühsam vorankam. Zurückschnellende Zweige schlugen ihm ins Gesicht, Dornenranken schnitten ihm in die Unterarme. Je tiefer er in das Gestrüpp vordrang, desto dunkler wurde es. Obwohl es draußen noch hell sein musste, herrschte in der Hecke bereits modriger Dämmer. Vögel stoben in den

Wipfeln über ihm auf (er konnte sie hören, aber nicht sehen), gestört durch das Krachen morscher Äste. Bald kroch er auf Knien, sägte oder hieb die Äste hockend entzwei. Einen Tunnel grub er sich durchs Gestrüpp, einen Gang, der immer enger und düsterer wurde.

Als der Abend anbrach, wusste Adam nicht, wie viel des Weges er noch vor sich hatte. Er hatte den Eindruck, dass sich hinter ihm die Äste wieder schlossen, die gestutzten Zweige nachwuchsen. Und was war das? Nicht weit von ihm entfernt brachen Äste, er glaubte, das Schnaufen eines Pferdes zu hören, und bekam es mit der Angst. Indem er sich mit dem einen Arm vor den Dornen schützte und mit der Hand des anderen auf das Dickicht vor sich einschlug, stolperte er voran. Mehr denn je schien ihm die Hohe Hecke selbst lebendig – wie etwas, das ihn mal in die eine, dann wieder in die andere Richtung lenkte, das ihn nie wieder loslassen würde.

Als er an eine lichtere Stelle kam, sank er erschöpft an einem Buchenstamm nieder. Er holte sein Messer hervor und ritzte in den Baum die Worte:

ICH WAR HIER – A.R.

Der Mond schien, und sein bläuliches Licht rieselte die Zweige hinab auf die verrosteten Schwerter der Cherusker, ihre von Asseln bewohnten, löchrigen Helme, die im weichen Boden verfaulenden hölzernen Schilde. Kurz bevor Adam einschlief, sah er schemenhaft ein riesiges Skelett, das Gerippe des Urs, jenes Tieres, auf dessen Haut die Mönche den Eingang zum Paradies gemalt hatten.

«Ich dachte schon, du kommst nicht», sagte der Schleicher, «bleibst an dem dummen Mond kleben wie 'ne Fliege am Honig.» Er steckte sich eine Zigarette an, legte den Kopf in den Nacken, wie er es in Filmen gesehen hatte, und betrachtete den Himmel.

Sie hockten im Straßengraben, hinter sich die Mauern des Klosters. Hardy wäre am liebsten gleich weitergerannt, auch wenn er keine Ahnung hatte, wohin, aber der Schleicher hatte auf einer «kleinen Rauchpause» bestanden, als wäre das verhasste Heim nicht hundert Meter, sondern hundert Kilometer von ihnen entfernt.

Nachdem sie lautlos durch die Tür geschlüpft waren, hatte alles ganz einfach ausgesehen. Der Zugang zu den Feldern und dem Gemüsegarten der alten Klosteranlage bis hin zu den Weinbergen war durch einen hohen, stacheldrahtbewehrten Zaun versperrt, aber am Haupttor an der Straße, durch das auch die Besucher gehen mussten, stand nur die alte, brüchige Mauer, die zu überwinden noch nicht einmal Hardy Mühe gehabt hatte. Vielleicht hatte man nicht damit gerechnet, dass hier jemand ausbrechen würde, oder man wollte nicht, dass das Heim von der Straßenseite aus aussah wie das Gefangenenlager, das es war. Hardy drehte sich um. Es dämmerte bereits, aber die Gebäude, in denen sie so viele Jahre zugebracht hatten, standen noch in der Dunkelheit, als hätten nicht nur sie beide, sondern auch alle anderen sie verlassen.

«Ob da noch jemand ist?», flüsterte der Schleicher. Er hatte sich auf die Böschung gelegt und blies Rauchringe in Richtung der blasser werdenden Sterne. «Da oben, meine ich.»

Hardy überlegte. «Ja», antwortete er dann, «ich glaube schon, dass da noch welche sind.»

«Schätze mal», sagte der Schleicher leise, «dass der sich nicht sonderlich für mich interessiert. Ich mich aber auch nicht für ihn.» Er schnippte seinen Zigarettenstummel weg. «Auf geht's!»

Ruckartig erhob er sich. Hardy folgte ihm.

«Okay, Nummer 13, das ist der Plan: Ich gehe die Straße nach links, und du gehst die Straße nach rechts, und wenn Gott einen guten Tag hat, werden sich unsere beiden Wege nie wieder kreuzen.»

Hardy starrte den Schleicher mit offenem Mund an.

«Ich weiß», flüsterte der, «das hast du dir anders vorgestellt, aber ich kann dich nicht mitnehmen. Du bist Ballast, verstehst du? Ein Klotz am Bein. Hast du nicht was von 'nem Onkel erzählt?»

«Hab ich erfunden.»

«Dein Pech. Da kann ich dir auch nicht helfen. Hier endet unsere gemeinsame Geschichte. Ab hier hat jeder seine eigene. Du die Straße rauf, ich die Straße runter.» Er wandte sich zum Gehen, drehte sich aber noch einmal um. «Ich denke mal, dass die dich in ein paar Stunden wieder einfangen, aber vergiss nicht: Wenn du was ausplauderst und die kriegen mich auch, dann hocke ich bald wieder mit dir in dem verdammten Loch, und glaube mir, niemand kann mich davon abhalten, dir die Gurgel durchzuschneiden.» Mit diesen Worten und einer letzten, eindeutigen Geste ging der Schleicher die Straße hinunter, und bald schon war er hinter der nächsten Kurve im Morgendunst verschwunden.

Plötzlich fühlte sich Hardy allein. Wie alle Waisen hatte er sich immer schon verlassen gefühlt, aber gleichzeitig war immer jemand um ihn herum gewesen, die anderen Kinder, aber auch die Aufpasser, die Schwestern, die Erzieher. Er hatte ständig, auch wenn sie ihm verhasst gewesen waren, unter ihrer Aufsicht gestanden, und nun überwältigte ihn das Gefühl, auf sich gestellt zu sein. Es drängte ihn, aus dem Graben zu steigen und, so schnell er nur konnte, die Auffahrt zurück zum Heim zu laufen, über die Mauer zu klettern und reumütig an der Tür zu klopfen.

Er zitterte und fing leise an zu weinen, und obwohl der Schleicher schon weit weg sein musste, glaubte er, aus dem Wald heraus höhnisches Gelächter zu hören. Er schluchzte, und dann war er eine Weile lang ganz still, aber irgendwann erhob er sich und ging die Straße hinauf, wie der Schleicher es ihm gesagt hatte.

Nach einer halben Stunde kam er an eine Kreuzung: Eine Straße führte nach rechts, einen Hang hinauf, die andere ging geradeaus, ebenfalls bergauf, aber nicht so steil wie die erste. Der rechte Weg endete auf dem Auberg, «Staatliche Nervenheilanstalt Auberg» stand auf dem Wegweiser, aber das wusste Hardy sowieso. Denn der Auberg war der Ort, wo jene hausten, die noch unter ihnen, den Heimkindern, standen, und wer es im Heim allzu dolle trieb, wer nun wirklich überhaupt nicht gebessert werden konnte, den schickte Herr Martin ins Irrenhaus, der kam auf den Auberg, und vom Auberg kam niemand mehr zurück.

«Glaubt mir, selbst die Hölle ist schöner», hatte der Schleicher einmal zu ihm und dem kleinen Schröder gesagt, und dann hatte er die Zähne gefletscht und einen Veitstanz aufgeführt und ihnen erzählt, dass auf dem Auberg nicht nur die harmlosen «Spastis und Mongos und Schizos» hausten, sondern in einer speziellen Abteilung auch die ganz grausigen Mörder, denen man vorwarf, ihre Frauen gevierteilt und die eigenen Kinder gekocht und gefressen zu haben, die man aber nicht habe aufhängen können, weil sie bei ihrer Verhaftung einen genauso irren Tanz wie er jetzt getanzt und sich selbst für nicht zurechnungsfähig erklärt hätten.

So gesehen hatte Hardy also gar keine andere Wahl, als dem linken Weg zu folgen, der, wie es auf dem Schild stand, nach Neuorth führte, ein Dorf, von dem er schon einmal gehört hatte, mit dem er aber nichts Bestimmtes verband.

Grau schlängelte sich die Straße durch den Wald, der langsam erwachte, während Hardy weiterging und es vermied, darüber nachzudenken, wo sie und damit das ganze Unternehmen enden würden, denn hätte er darüber nachgedacht, so hätte er sich unweigerlich eingestehen müssen, dass er es nicht wusste. Ich kann nirgendwohin, durchfuhr es ihn. Wohin sollte ein fünfjähriger Junge schon gehen, was konnte er machen?

Vor seiner Flucht hatte er sich allerlei Tagträumen hingegeben – dass er und der Schleicher sich auf einem Lastkahn verdingen und den Rhein flussabwärts fahren würden und dass sie dabei Freunde werden könnten wie Huckleberry Finn und Jim, aber davon hatte er dem Schleicher nichts erzählt (unter anderem weil Jim ja ein «Neger» war und der Schleicher seit der Sache mit den Amis, die ihn ins Heim zurückgebracht hatten, keine «Neger» mehr mochte). Bis ans Meer würden sie fahren, und dort wollte er sich als blinder Passagier auf einem Passagierdampfer in einem Rettungsboot verstecken und den Ozean überqueren. In Amerika würde er eine Goldader oder einen alten Indianerschatz finden und steinreich werden, sodass er einer der Ersten wäre, die es sich leisten könnten, zu den neuen Mond- und Marskolonien zu fliegen, die es, wenn er erst einmal erwachsen wäre, sicher geben würde. Und er hatte sich vorgestellt, dass er eines Tages von Mond und Mars und Amerika ins Heim zurückkehren und alle Erzieher entlassen, alle Kinder befreien, den Herrn Martin ins Gefängnis bringen und danach das Kloster niederbrennen würde.

Nur hatte der Schleicher von Anfang an andere Pläne gehabt. Der Schleicher, der beinahe schon erwachsen war, würde bestimmt irgendwo auf einem Hof eine Arbeit finden, oder er könnte mit seinem Messer am Straßenrand lauern und Leute überfallen. Aber er, Nummer 13? Wenn er noch länger darüber nachgedacht hätte, hätte er sich eingestehen müssen, dass Schleichers Vorhersage sich bewahrheiten musste und sie ihn in ein paar Stunden, spätestens in einem Tag wieder einfangen würden, und dann würde er zusammen mit dem kleinen Schröder, der seinetwegen ins Bett gemacht hatte, im Keller ins Fass gesperrt, und das alles für nichts.

Aber er hatte beschlossen, nicht darüber nachzudenken. Hatte Ernest Shackleton nicht mit einem kleinen, offenen Boot das südliche Eismeer bezwungen, war es Marco Polo nicht gelungen, die grausige Wüste Lop Nor zu durchqueren, waren Neil Armstrong und Buzz Aldrin jetzt nicht gerade, in diesem Moment, auf dem Mond, wo es keine Luft gab, kein Wasser, nichts außer der Leere des Alls und lebensfeindlicher kosmischer Strahlung? Das hier, sagte er sich, war nur ein Wald, kein tropischer Dschungel, kein tödlicher Sumpf, kein Staubmeer auf dem Mond, einfach nur ein Wald. Vielleicht konnte er ja in dem Dorf, zu dem die Straße führte, Unterschlupf finden, sich tagsüber in einer Scheune oder einem Stall verstecken und dann in der Nacht weiterwandern zum Fluss, zum Meer, sich in Hamburg auf einen Ozeanriesen schleichen und in einem Rettungsboot, als blinder Passagier, nach New York gelangen.

Vögel sangen, trillerten, schnarrten, krächzten und schrien in den Wipfeln der Bäume, und ab und zu hörte er ein Knacken, ein Ächzen im Unterholz. Ein Schatten huschte auf die Straße und blieb in der Mitte stehen, zwei Augen schauten ihn an. Er erschrak, und so verharrten beide – der Schatten, der, wenn man länger hinschaute, einem Waschbären nicht unähnlich war, und Hardy – für einen Moment reglos in der Zeit, bevor das Tier unbekümmert weitertrottete.

Hinter den Bäumen war die Sonne bereits aufgegangen, als er die Ausläufer des Dorfes, einen dunklen Hof am Ortseingang, erreichte. Kaum näherte er sich, bellte ein Hund und stürmte gegen den Holzzaun, der den Hof umgab. Hardy sah ein riesiges Maul und gefletschte Zähne, und als Zaunlatten schwankten, lief er, so schnell es ging, wieder zurück zur Hauptstraße.

In der Heimbibliothek hatte er den «Atlas der Entdeckungen» mehr oder weniger auswendig gelernt, er hatte einen großformatigen alten Weltatlas studiert, der Jahre zuvor seinen Weg aus der britischen Besatzungszone in das Kloster gefunden hatte, er hatte Expeditionsberichte gelesen, die ihn durch die Wüste Gobi und durch Tibet geführt hatten, und zwar so oft, dass er die Wüste Gobi und Tibet mittlerweile im Schlaf durchqueren konnte, und er hatte Reiseführer studiert, die ihm die Sehenswürdigkeiten von Spanien, Paris und Amerika beschrieben hatten, aber er besaß keine Vorstellung von dem Stückchen Erde um das Heim herum. Als Neil Armstrong nach seinem ersten und einzigen Spaziergang auf dem Mond zurück in die Landefähre stieg und hinter sich die Luke zuzog, entschloss er sich, aus Angst vor einem Hund, statt in das Dorf hinein darum herum zu gehen, was ihn auf jenen Weg brachte, der sein Leben bestimmen sollte.

1914

Der Krieg kam langsam und ohne große Eile nach Neuorth, und bevor er sich endgültig im alten Kloster einrichtete, bezog er, unentschlossen, ob er bald weiterziehen oder auf Dauer bleiben sollte, im Gasthof zum «Weißen Ochsen» eine Weile lang Logis. Dort hatte Schorschs Vater eine Tageszeitung auf dem Tresen ausliegen, und jeder, der wollte, konnte aus ihr die neuesten Nachrichten von der Front erfahren.

Der Schuster war noch beim letzten Krieg gegen die Franzosen dabei gewesen und hatte an der Eroberung von Metz teilgenommen. An diese Zeit hatte er trübe Erinnerungen. Er behauptete, die damals neuen Krupp-Geschütze seien daran schuld, dass er nun auf einem Ohr taub sei, und wenn ihn jemand auf die Überlegenheit der deutschen Kanonen hinwies, erzählte er von den französischen Schnellfeuerbatterien, jenen Höllenmaschinen, die seine anstürmenden Kameraden umgemäht hätten wie die Schnitter das Korn in der Erntezeit, und vor einem Glas saurem Apfelwein sitzend, machte er das Geräusch der «Mitrailleuse» nach, eine Art klapperndes Zischen, das er irgendwie mit seinen verbliebenen Zähnen und der Zunge hinbekam.

Trotzdem meldete sich der jüngere Sohn des Metzgers freiwillig. Helmuth und Ullrich, Adams ältere Brüder, wollten auch, doch ihr Vater verbot es ihnen. Wer sollte sonst im Herbst die Ernte einbringen?

So fand der Krieg zunächst nur im «Weißen Ochsen» statt, wenn Schorsch aus der Zeitung vorlas, was er mit monotoner und gerade dadurch beängstigend wirkender Stimme tat, sodass einige schon in den ersten Tagen murrend forderten, er solle mal aufhören mit dem Kriegsgeleier, das halte man ja auf die Dauer nicht aus. Woraufhin Schorsch entgegnete: «Ich kenne keine Parteien mehr – ich kenne nur noch Deutsche.»

Die Deutschen gewannen eine Schlacht nach der anderen. «Regierung der Franzosen flüchtet Hals über Kopf nach Bordeaux», verlas Schorsch, und Helmuth und Ullrich starrten in ihre geriffelten, halb leeren Apfelweingläser. «Generaloberst von Hindenburg, der Held von Tannenberg», verlas Schorsch wenig später, «ersäuft russische Njemen-Armee in den masurischen Sümpfen.» Da war sie nun ersoffen, die Njemen-Armee, und Helmuth und Ullrich schüttelten betrübt die Köpfe, denn wenn die riesige Njemen-Armee in den Sümpfen ersoffen war, dann würde das Abenteuer vorbei sein, noch bevor das letzte Feld abgeerntet, der letzte Apfel gepflückt wäre. «Französische Gegenoffensive gestoppt», verlas Schorsch eines Tages, und die Hoffnung, die in Helmuth und Ullrich aufgekeimt war, weil die Franzosen überhaupt mal irgendeine Offensive begonnen hatten, verdorrte sogleich wieder, was auch daran lag, dass die beiden von Kriegsführung keine Ahnung hatten, sonst hätten sie, ebenso wie Schorsch, dem nächsten Satz mehr Aufmerksamkeit geschenkt: «Frontverkürzung erfolgreich abgeschlossen.» Das war nämlich nur ein anderes Wort für Rückzug.

Als Adam Anfang September, wie sein Vater es gewollt hatte, zum Wagner nach Auwinkel ging, packte der gerade seinen Tornister und sagte lachend: «Jetzt hat der Lehrjunge wohl erst mal keinen Meister.» Dann wedelte er mit einem Stück Papier und rief: «Marschbefehl! Marschbefehl!» Zum Abschied strich er Adam über den Kopf und sagte: «Gehst halt weiter zur Schule, bis ich zurück bin.»

Einige Wochen später öffnete sich die Tür des Unterrichtssaals in der Klosterschule, und zwei Uniformierte kamen herein. Sie stellten sich neben Bruder Roland, beachteten ihn allerdings nicht, sondern begutachteten die Decke, die Fenster und – mit einem Aufstampfen ihrer Stiefel – den Boden. Sie nickten und murmelten etwas, lachten und gingen durch die Bankreihen hindurch, und weil sie Uniformen und Orden trugen, sagte niemand ein Wort. Schließlich wandte sich einer der beiden den Schülern zu. Er betrachtete sie einige Sekunden lang, bevor er sagte: «Na ja …», und dann noch einmal: «Na ja», bis der andere brüllte: «Weitermachen!», und sie durch die Tür verschwanden.

Bald darauf mussten alle Schüler in den kalten, dunklen Keller der Brüder umziehen, wo die Mönche ihre Wein- und Bierfässer gelagert hatten, von denen einige immer noch leer herumstanden. Sie standen da seit den fernen Zeiten, als die Erde noch eine Scheibe gewesen war, jeder seinen Platz auf ihr gekannt und es noch ein Paradies gegeben hatte. Die aus dem Paradies Vertriebenen hatten dort unten das eine oder andere Saufgelage veranstaltet, aber inzwischen war aus dem Kloster ein Gefängnis, eine Kaserne, eine Irrenanstalt und eine Schule geworden, und nun war es ein Lazarett.

Von den ersten Verwundeten des Krieges, die man im großen Mönchsdormitorium unterbrachte, wurden Fotos gemacht, die später, auf Sammlermessen, hohe Preise erzielen sollten. Es waren Leichtverletzte, die, in ihren Krankenbetten sitzend, mit gewichsten Schnurrbärten und ungebrochener Zuversicht in die Kamera blickten, und neben ihnen standen Krankenschwestern mit gestärkten weißen Schürzen und gestärkten weißen Häubchen. Ein Fotograf aus Auwinkel schoss die Fotos, vervielfältigte sie und zog sie auf postkartengroßen Karton auf, sodass die Soldaten sie mit einem Gruß nach Hause schicken konnten.

Nach der ersten Flandernschlacht wurde alles anders.

Der Dorfgendarm kam in den «Weißen Ochsen» und verbot Schorsch das Vorlesen. Helmuth wurde eingezogen, und bei seiner Abfahrt gab er seiner Mutter und den Schwestern lachend einen Kuss. Ullrich hoffte im Stillen, der Krieg möge auch noch für seine eigenen Heldentaten reichen.

Eines Morgens, als Bruder Roland, der Lehrer, im Brüderkeller erschien, wo die Dorfjungen in einem aufgeschnittenen Fass gerade «Ausharren bei Trommelfeuer» spielten – vor allem Schorsch ahmte das Pfeifen und die Einschläge der Granaten täuschend ähnlich nach –, sah er verändert aus. Er trug eine graue Uniform und eine graue Schirmmütze mit einem Kreuz darauf und wirkte erregt, als er verkündete, dass er an der Front gebraucht werde, nein, dass Gott ihn an die Front rufe, was Schorsch, der nicht glauben konnte, dass Gott sich in den Krieg einmischte, dermaßen verstörte, dass er einen riesigen Blindgänger niedersausen ließ und sich dann in die hinterste Ecke des Fasses zurückzog, wo er mit dem kleinen Taschenmesser, das ihm ein französischer Kriegsgefangener geschenkt hatte, Primzahlen ins Holz ritzte, einsame, gottlose Zahlen, die nur sich selbst haben.

Kurz darauf kam ein uniformierter Schulinspektor, besichtigte den Keller, schüttelte den Kopf, und der Unterricht wurde wieder ans Tageslicht verlegt. Der Keller hingegen wurde zum Karzer: Wer dem neuen Lehrer nicht folgte, wem es an der nötigen Liebe zum Vaterland fehlte, wer nicht an den Sieg glaubte, ja wen auch der Rohrstock nicht überzeugen konnte, der sollte darin, eingesperrt in der Dunkelheit längst vergangener Jahrhunderte, zur Besinnung kommen.

Auch dieser neue Lehrer, Herr Beltz, trug eine Uniform, deren Zugehörigkeit zu irgendeinem bestehenden oder ehemaligen Truppenteil aber selbst den uniformkundigsten Jungen der Klasse rätselhaft blieb, sodass einige annahmen, er habe sie sich schneidern lassen. Mal sprach er von einer alten Kriegsverletzung, die ihn vom derzeitigen Krieg abhalte, dann wieder von einem Abenteuer, bei dem er sich eine chronische Krankheit zugezogen habe. Oft mussten sie bei ihm patriotische Gedichte auswendig lernen, wofür ihm Adam und Schorsch dankbar waren, denn im Auswendiglernen konnte sie keiner schlagen. Einmal hielt er einen langen Vortrag über die Herstellung von Wein und Weinbrand und deren kulturgeschichtliche Bedeutung, und die Jungen kicherten und verstanden nichts, doch wer beim Kichern erwischt wurde, bekam Schläge mit dem Rohrstock.

In den Stunden, in denen Herr Beltz zwar nicht vom Wein sprach, aber wahrscheinlich schon welchen getrunken hatte, war seine Stimmung sprunghaft. Hatte er Adam eben noch ein Gedicht vortragen und dann alle Jungen ein dreifaches «Hurra!» auf den Kaiser rufen lassen, verfiel er im nächsten Moment in tiefe Melancholie, redete von den armen jungen Soldaten, die gerade an der Front ihr Leben verloren, weil ihre «gestählten» Körper von Granaten zerfetzt wurden. Das alles klang so seltsam, dass die Schüler heilfroh waren, wenn sie die Glocke läuten hörten, ohne vorher den Rohrstock gespürt zu haben.

Nur noch selten erschien der Fotograf im Kloster, denn es wurde immer schwieriger für ihn, etwas Passables in seinen Kasten zu bekommen. Wie sollte man auch einen günstig erwischen, dem sie ein Bein amputiert hatten oder dem ein Arm fehlte oder das halbe Kinn? Viele Soldaten begannen, ihre Gesichter zu verlieren: Ihre Köpfe und die Stellen, wo die Gesichter gewesen sein mussten, wurden von dicken Bandagen verdeckt. Morgens, wenn Adam und Schorsch quer über den Hof des Klosters zum Schulgebäude gingen, sahen sie die Neuankömmlinge auf den Bahren liegen – manche leise stöhnend, die meisten ganz still.

Im zweiten Kriegsjahr verpflichtete man die Schüler zu

Hilfsarbeiten im Lazarett, und zu dieser Zeit begegnete Adam seinem Retter Dr. Robert Cohn.

Der Doktor war ein Mann vielseitiger Interessen. Er stammte aus Auwinkel, aber nachdem seine Familie nach Schlangenbad umgezogen war, hatte er in Berlin physikalische Chemie studiert, bevor er sich mit der Psychologie und auch der Medizin befasste. An der Charité nannte man ihn «den Mann mit der goldenen Hand», denn seine Fähigkeiten als Chirurg überstiegen schon im ersten klinischen Jahr die der meisten seiner älteren Kollegen. Trotzdem sollte er niemals eine Karriere als gefeierter Chirurg machen. Dies ist die Tragik all jener, die zu viel vermögen: dass sie sich nie für eines ihrer vielen Talente entscheiden können.

Und genau so war es. Schon nach seinen ersten Erfolgen als Chirurg wandte er sich – wenn er sich die Zeit nicht gerade mit einem physikalisch-chemischen Experiment oder einem seiner zahlreichen Hobbys wie dem der Malerei vertrieb – der Psychoanalyse zu. Doch obwohl er mit der Zeit die Seelen der anderen immer besser verstand, blieb ihm seine eigene verschlossen, dabei hatte er sich gerade dort, in seinem tiefsten Inneren, die meisten Erkenntnisse erhofft.

Er verliebte sich in eine Französin aus dem Elsass, die er an der Physikalisch-technischen Anstalt kennengelernt und eines Tages, mit einer Schnittwunde am linken Oberschenkel, in der Klinik wiedergetroffen hatte. Er desinfizierte und nähte die Wunde und konnte danach weder die Frau, Madelaine, noch ihren Oberschenkel vergessen.

Die Hochzeit fand ein Jahr später statt, und im Jahr darauf wurde Eva Cohn geboren. Eine alte, vergilbte Fotografie, die 1942 im Hinterzimmer einer Schneiderei in Shanghai in einer Holzkiste liegen sollte, zeigt die Cohns vor einer gemalten südländischen Landschaft. Der junge Dr. Cohn steht neben einem Säulenpodest, auf das er seinen linken Arm gelegt hat. Seitlich vor ihm sitzt seine Frau Madelaine mit der kleinen Eva auf dem Arm, die – was auf Fotografien nicht gerne gesehen wurde – lacht. So sah das Glück aus, im Jahr 1900. Schon kurz danach war Cohns Frau zum zweiten Mal schwanger, und der Doktor dachte an den Lärm der beiden schreienden Kinder, der ihre Wohnung am Tiergarten bald erfüllen würde. Er dachte an Automobile und Zeppeline, an neue Methoden der Desinfektion, an die Glühbirne, er dachte an Professor Freuds Deutung der Träume und an Marconis Apparat zur drahtlosen Telegraphie. Die Zukunft, dachte er, die Zukunft. Woran er nicht dachte, war, wie schnell diese Zukunft enden und sich in eine ewige, quälende Gegenwart verwandeln konnte.

Vier Wochen vor dem errechneten Termin fuhr eine Ambulanz durch die Nacht. Als sie in der Charité eintraf, hatte Madelaine Cohn bereits das Bewusstsein verloren. «Zange oder Messer, die Frau oder das Kind», sagten die Kollegen im Operationssaal, die besten, die die Klinik zu bieten hatte. Doch der Doktor zögerte. Vielleicht zu lang, vielleicht war es da schon längst entschieden, wer kann das schon sagen? Als sie sahen, dass er sich nicht entscheiden konnte, entschieden sie für ihn, aber es war zu spät. Seine Frau starb, und mit ihr starb das ungeborene Kind. Wochen, Monate verstrichen, in denen der Doktor kaum mehr aus dem Haus ging und die Tage vor dem offenen Balkonfenster mit einem Fläschchen Laudanum und mit Tagträumen verbrachte.

Schließlich zog er mit seiner Tochter zurück nach Schlangenbad, zu seinem Bruder. Otto Cohn hatte zu diesem Zeitpunkt bereits ein beachtliches Vermögen angehäuft. Er hatte Weinberge gekauft, war Inhaber sowohl der Sektkellerei «Schloß Auwinkel» als auch der Schnapsbrennerei «Ritter Hohenstein» geworden, wobei es weder Schloss noch Ritter gegeben hatte. Außerdem hielt er Beteiligungen an mehreren Weingütern rheinaufwärts, die es ihm erlaubten, die Einkaufspreise zu bestimmen. Dennoch war er in der Familie der belächelte Sektpanscher und Schwarzbrenner geblieben. Insgeheim war er immer neidisch auf seinen Bruder, den renommierten Arzt, gewesen, aber als er ihn nun sah, war er es nicht mehr. Der Doktor war nur noch ein Schatten seiner selbst, und es kostete Otto einige Überredungskunst, ihn davon zu überzeugen, wieder als Arzt zu arbeiten.

Dr. Cohn fing bei der neuen Staatlichen Nervenheilklinik auf dem Auberg als Arzt «für alles» an. Als Koryphäe aus Berlin wurde er zwar von seinen Kollegen, den Nervenärzten, misstrauisch beäugt, aber bald schon sollten sie die Vorteile sehen, die man in einer Klapsmühle mit einem erfahrenen Chirurgen hatte.

Damals probierte man neue Methoden aus. Jahrhundertelang war der Wahnsinnige nur der Wahnsinnige gewesen, und die Art seines Wahnsinns hatte himmlische oder höllische Ursachen gehabt. Da der Einfluss des Menschen auf Himmel und Hölle gering war, überließ man die Wahnsinnigen, zumindest die ungefährlichen, weitgehend sich selbst, wartete, bis vor der Macht des Todes auch der Wahnsinn kapitulierte. Deswegen hatte die Irrenanstalt, als sie noch im Kloster untergebracht gewesen war, nicht Irrenanstalt, sondern «Herzogliche Siechenanstalt» geheißen. Die Insassen waren Todgeweihte, und vom Tod gab es keine Heilung.

Dann kamen die Maschinen und mit ihnen die Idee, dass auch der Mensch nur eine Maschine sei, allerdings eine sehr, sehr komplizierte. Wenn der Mensch aber eine Maschine war, dann konnte man ihn auch reparieren.

In der Irrenanstalt, die vom Kloster auf den Auberg umgezogen war und inzwischen «Klinik» hieß, wurden, als Dr. Cohn dort anfing, alle Arten von Reparaturen vorgenommen, und die Mittel waren Kaltwasserbäder, Isolation, Fasten und Elektroschocks, Laudanum und Kokain, mitunter Gesprächskuren und Hypnose und für die Gemeingefährlichen: Trepanation. Dr. Cohn hatte mit diesen Methoden anfänglich wenig zu tun. Er versorgte all jene Patienten, bei denen die gewählte Therapie unerwünschte Nebenwirkungen hervorgerufen hatte. Zum Beispiel führte die Gabe einer bestimmten Droge, die der Fachmann für Schizophrenie und Leiter der Klinik, Professor Brunner, aus einem mexikanischen Kaktus gewann, bei einigen Patienten zu der festen Überzeugung, sie könnten fliegen. Was sie regelmäßig mit Knochenbrüchen auf den Operationstisch des Doktors brachte.

Für die Dauer des Rausches empfehle er dem Herrn Professor, die Patienten in einem Zimmer in der geschlossenen Abteilung unterzubringen, sagte Dr. Cohn zu seinem Vorgesetzten Brunner.

Der winkte ab. «Wissen Sie, werter Kollege, diese Menschen leben doch sowieso schon in einem Gefängnis – einem Gefängnis des Geistes. Und da soll ich sie noch in ein richtiges sperren? Das Meskalin ist der Weg in die Freiheit, nicht in die Unterwerfung.»

«Eine Fraktur des Schlüsselbeins gehört für Sie zum Weg in die Freiheit?»

Der Professor lachte. «Vielleicht sollten Sie das Meskalin selbst einmal probieren?»

Hinter vorgehaltener Hand nannte Dr. Reichmayer Brunner einen Sonderling. Er verteufelte die Kakteen der Mexikaner und glaubte an die heilsame Wirkung von Elektroschocks. «Wir leben doch nicht mehr im Mittelalter, wo man den Kranken irgendwelche Wurzeln oder Fliegenpilze gibt, mein lieber Dr. Cohn!»

«Kakteen.»

«Kakteen, Pilze, Würmer – weiß der Kuckuck, was Brunner da in seiner Alchimistenküche zusammenbraut. Und ich denke, ich will's auch gar nicht wissen», sagte Dr. Reichmayer und hielt Dr. Cohn zwei Elektroden hin. «Hier! Das ist das 20. Jahrhundert! Strom wird bald alle unsere Städte beleuchten, Strom wird unsere Maschinen antreiben, und Strom fließt durch unsere Körper!»

«Und was ist mit der unsterblichen Seele?», fragte Dr. Cohn.

«Ha!», rief Dr. Reichmayer. «Da fragen Sie lieber den Kollegen Selke.»

Dr. Selke wiederum, der in einem Schweizer Sanatorium die Technik der therapeutischen Schädel-Trepanation erlernt hatte, umgab eine Aura des Mysteriösen. Diejenigen, die weder auf Meskalin noch auf Elektroschocks ansprachen und sich keiner Kaltwasserkur und Hypnose zugänglich zeigten, waren entweder vollkommen normal oder von so schwerwiegender Verrücktheit befallen, dass ihnen nur noch Selke helfen konnte.

Er praktizierte in einem einzeln stehenden, zweistöckigen Gebäude und hatte nur wenige Patienten, doch seine Fälle galten als spektakulär und hatten der Klinik zu einem gewissen Ruf verholfen. Zwei Jahre bevor Dr. Cohn in der Klinik anfing, hatte Dr. Selke einen Mörder aus Bad Kreuznach therapiert. Der Mann war schon in jungen Jahren gewalttätig gewesen, hatte mit vierzehn seinen Vater in den Rhein gestoßen, mit sechzehn einen Geliebten seiner Mutter zum Krüppel geschlagen und schließlich einem Armeeoffizier mit dessen eigenem Säbel den Schädel gespalten. Darauf stand für gewöhnlich der Tod, doch die Sache hatte einen Haken: Der Offizier war der Liebhaber seines Mörders gewesen, und das Militär hatte keinerlei Interesse an einer weitergehenden Untersuchung. Die Geistesgestörtheit des Täters bot einen einfachen Ausweg, allerdings musste vermieden werden, dass der Verrückte anderen Verrückten verrücktes Zeug erzählte. Deswegen kam Dr. Selkes Trepanationsbohrer zum Einsatz, und der leistete ganze Arbeit, denn danach war der einstige Triebtäter nur noch ein tapsiger, müder Bär, der in der geschlossenen Abteilung den Innenhof fegen durfte.

«Die Armee war derart begeistert vom Ergebnis», erzählte Dr. Selke mit einem etwas überheblichen Lächeln in den Mundwinkeln, «dass sie mich fragten, ob ich die Operation nicht verfeinern und ihren Soldaten die Angst und das Mitgefühl herausbohren könnte.» Er schüttelte den Kopf. «Gewissen, Gefühle, die Seele – was für ein Hokuspokus! Das Hirn ist eine Ansammlung chemischer Prozesse, eingeschlossen in organischer Substanz. Schon möglich, dass man das, was ich da aus dem Kopf des Patienten bohre, eines Tages ‹Seele› nennen wird, wer weiß.»

Nach und nach begann Dr. Cohn, wieder zu dem Mann zu werden, der er einmal gewesen war: ein Arzt. Nicht, dass er das Vergangene hätte vergessen können, doch die Arbeit ließ ihm nicht mehr genügend Zeit, es sich wieder und wieder ins Gedächtnis zu rufen. Im Haus seiner Familie in Schlangenbad, das nach dem Tod der Eltern inzwischen das Haus seines Bruders Otto war, hatte er für seine Tochter wenig Zeit. «Wenn du nicht aufpasst, wird sie irgendwann zu mir Papa sagen und zu dir Onkel!», sagte sein Bruder, der das war, was man einen eingefleischten Junggesellen und einen Schürzenjäger nannte. Immer häufiger blieb Dr. Cohn bis spät in die Nacht in der Klinik, manchmal schlief er dort sogar.

In einer dieser Nächte, als er auf der Recamiere in seinem Konsultationszimmer lag, eine Zigarre paffte und Rauchringe in die Luft blies, läutete die Klingel. Jedes Mal, wenn sie klingelte, rief er: «Die verdammte Klingel!», als wäre es die Klingel, die all die Ereignisse auslöste, zu denen sie ihn rief.

Manche alltäglichen Dinge überstehen ihre Reise durch die Zeit beinahe unverändert – Treppenstufen, Türgriffe, Heizungsrohre, Schreibtischlampen, Dinge, die uns das ganze Leben über begleiten, die uns aufwachsen, siegen, scheitern und sterben sehen und denen wir trotzdem kaum Beachtung schenken. Abgenutzt, ramponiert sind sie, aber immer noch da. Die in einem roten Metallkästchen über der Tür angebrachte Klingel in Dr. Cohns Dienstzimmer gehörte dazu, denn es war dieselbe, die viele Jahre später den Arzt rufen sollte, der Hardy Rohns Mutter am Eingang der Klinik in Empfang nahm. Das Besondere daran war, dass, hätte die Klingel in jenem Moment, in dem Dr. Cohn auf der Recamiere lag, Rauchringe in die Luft blies und mit erstaunlichem Erfolg versuchte, an gar nichts zu denken, nicht geklingelt, sie viele Jahre später auch nicht geklingelt hätte.

Der Grund für das Klingeln war Arthur Rohn. Der Nachfahre eines Hugenotten namens Ronard, den der Graf einst zusammen mit hundert weiteren Glaubensbrüdern mit dem Versprechen der Religionsfreiheit aus Frankreich in seine Ländereien gelockt hatte, um sie in den Schieferbergen ebenso erbarmungslos wie vergeblich nach Gold graben zu lassen, ein Mann, der sein ganzes Leben lang so viel sprach wie andere in einem Monat, hatte wie gesagt eine Entscheidung getroffen. Er hatte entschieden, weder seine hochschwangere Frau Johanna noch sein ungeborenes Kind dem zweifelhaften Geschick der Hebamme oder der noch viel unsichereren Gnade Gottes zu überlassen. Deshalb hatte er, statt nach dem Pfarrer zu schicken, den Wagen anspannen lassen, um den nächsten Arzt aufzusuchen.

Alle gemeinsam – Arthur, seine zwei Söhne und seine beiden Töchter – fuhren mit der Schwangeren durch die Nacht.

«Wohin bringst du mich?», fragte Johanna, die hinten auf dem Pferdewagen lag. «In die Kirche?»

Arthur hielt es nicht für nötig, darauf eines seiner kostbaren Worte zu verschwenden.

Sie fuhren den holprigen Weg hinunter ins Tal, wo der Aubach gurgelte, von dem man sich damals erzählte, dass manchmal, in mondhellen Nächten, die Wassergeister und Feen in seinem Ufergesträuch wilde Feste feierten. Aber die Rohns hörten nichts und sahen nichts davon, nur den dunklen Wald links und rechts des Weges und den halben Mond über den Wipfeln und über sich die Sterne.

Johanna hatte die Augen geschlossen. Sie sah erst wieder etwas, als der Pferdewagen hielt und sie die Augen öffnete.

«Jesus!», schrie sie. «Es ist das Irrenhaus! Schande über mich! Das Irrenhaus!»

Wenig später läutete die verdammte Klingel, und noch ein wenig später hievte man die immer noch zeternde Frau auf Dr. Cohns Operationstisch. Hatte er geahnt, dass dieser Moment kommen würde? Vor ihm lag eine Schwangere, das ungeborene Kind war verschlungen in der Zeit vor dem Anfang, und er stand vor dem Tisch, wie er schon einmal vor einem solchen Tisch gestanden hatte, ein Déjà-vu.

«Däscha was?» Johanna sah ihn mit glasigen Augen an. «Du bist der Teufel», sagte sie.

Der Doktor wusch sich die Hände und begann den Leib der Frau zu ertasten, in dem Adam nach dem Leben drängte. Zange oder Messer?

«Satanas!», keuchte sie.

«Chloroform», sagte er.

Damals war es Dr. Cohn so vorgekommen, als hätte die Klingel ihm eine zweite Chance gegeben, und nachdem Mutter und Kind den Eingriff überlebt hatten, war er entschlossen, sich in gewissen Abständen nach dem Jungen zu erkundigen. Er malte sich aus, wie er die Familie einmal im Jahr besuchen würde, ihre Dankbarkeit malte er sich aus, sonnige Sonntage malte er sich aus, doch wie aus so vielen Plänen, die in der Euphorie eines Augenblicks geschmiedet werden, wurde auch aus diesem nichts.

Er wurde Oberarzt und zog mit seiner Tochter auf das Klinikgelände. Das Haus No. 7 glich Dr. Selkes Haus No. 10, stand aber in unmittelbarer Nähe des großen Tors, das auf das Klinikgelände führte. Es hatte ursprünglich Wohnung und Büro des Verwaltungsleiters beherbergt, doch nachdem der alte pensioniert worden war, hatte es sein Nachfolger vorgezogen, in der Stadt zu wohnen. Sein Büro, das im Erdgeschoss des Hauses No. 7 gewesen war, hatte er ins Hauptgebäude verlagert und im Erdgeschoss stattdessen die Patientenbibliothek untergebracht.

Das Problem mit der Patientenbibliothek war von Anfang an gewesen, dass die wenigsten Patienten willens, befugt oder in der Lage waren, ihre Krankenstation zu verlassen, um sich ein Buch ausleihen zu gehen. Und die wenigen, die dazu befugt und in der Lage waren, wussten nach dem Umzug der Bibliothek nicht mehr, wo sie sich eigentlich befand. Sie wurde also nicht mehr genutzt, als der Doktor mit seiner Tochter in das Haus zog und sie zwischen den hohen Bücherregalen hindurchgehen mussten, um zu der Treppe zu gelangen, die zu ihren Wohnräumen hinaufführte. Eva Cohn, die damals fünf Jahre alt war, strich mit ihren Fingern über die Buchrücken, und es schauderte sie, als sie sich vorstellte, welche Geheimnisse und Abenteuer sie hier erwarten mochten.

Kaum hatte sie lesen gelernt, begannen die Jahre des Staunens: Sie las alles, was ihr in die Finger kam, sie las von der Rache des Grafen von Monte Christo, von der Suche nach den Nilquellen, von Oliver Twist und den Londoner Slums, von der Eroberung des Nordpols, vom Flug der Brüder Wright. In einem der Regale hatte sie eine Buchreihe entdeckt, die sich «Das Neue Universum» nannte. Direktor Brunner hatte sich ein Abonnement für die Reihe aufschwatzen lassen, und so kam jedes Frühjahr der dickleibige, verschwitzte Kolporteur mit seinem Pferdewagen voller Schauerromane und Liebesschmonzetten auf den Auberg und lieferte wie vereinbart einen Band. Auf diese Weise erfuhr Eva, wie tragisch Scott und dessen Männer am Südpol gestorben waren, wie die Benz-Automobile ein Rennen nach dem anderen gewonnen hatten und wie die neue Luftpostbeförderung zwischen Darmstadt und Frankfurt funktionierte. Sie las von Entfesselungskünstlern und Hypnotiseuren, vom Untergang der Titanic, von Radiowellen und Kanonen, Schlachtschiffen und neuartigen Waffen, von ruhmreichen Feldzügen deutscher Generäle in fernen Kolonien und von Magnetismus, Pendeln und dem unsichtbaren Äther, der alles und jedes umgab.

Sie war vierzehn, und es war Sommer, und die Luft roch nach Elektrizität, feucht und aufgeladen, als an einem Samstagvormittag des Jahres 1914 Direktor Brunner in der Uniform eines Stabsarztes der Reserve auf der Eingangstreppe des Hauptgebäudes stand, tief Luft holte, mit der rechten Faust auf die steinerne Brüstung des Treppengeländers schlug und etwas schrie, das sich nach längerem, näherem Hinhören als eine flammende Rede für die Verteidigung des Vaterlandes und die Rettung der Zivilisation herausstellte. Die Patienten, denen es erlaubt war, die Blumenbeete zu gießen oder nach dem Frühstück im Klinikpark spazieren zu gehen, hielten kurz inne, dann jubelten sie Professor Brunner zu. Sie wussten nicht, worum es ging, aber das war ja auch egal. Wer einen Hut hatte, der warf ihn mit lautem Hurra in die Höhe, und Schorsch, der ein halbes Dutzend Gläser Zwetschgenmus in der Klinik abliefern musste, erzählte noch Jahre später, er habe am Tag der Mobilmachung seine Mütze so hoch geworfen, dass sie nicht wieder zurück auf die Erde gefallen sei.

1969

Viele Jahre später, während eines Fluges von New York nach Los Angeles, erinnerte sich Betti wieder an den Morgen, an dem sie Hardy Rohn zum ersten Mal gesehen hatte.

Sie war fast sieben Jahre alt und lebte mit ihren Eltern in der Alten Gärtnerei am Rande der Siedlung von Neuorth, einem Neubaugebiet, das damals nicht mehr als zwei Straßenzüge mit Einfamilienhäusern umfasste. Sie gingen von der Schnellstraße ab, die die Siedlung mit dem Dorf verband.

Niemand, der dabei war, hat diesen Morgen je vergessen. Es gibt Fotos der Nacht und des Morgens danach, auch Betti hatte einen Abzug bekommen, und wann immer sie sich darauf betrachtete, wunderte sie sich, dass sie einmal das kleine Mädchen mit den unordentlichen Haaren gewesen war, das entgegen aller Prophezeiungen der Müdigkeit getrotzt und die ganze Nacht über auf dem Sofa zwischen den Erwachsenen gesessen hatte.

Es war der Morgen des 21. Juli 1969 – der Moment, in dem Neil Armstrong den Mond betrat. Alle waren sie seit dem Abend bei Walther Bischoff versammelt, der damals im ehemaligen Gewächshaus der Gärtnerei zur Miete wohnte. In dessen Wohnzimmer schoss Alwin Völkle, Bettis Vater, mit einer Leica-Kleinbildkamera das Foto, und das bedeutete, dass er selber den historischen Moment verpasste, weil er für die Aufnahme hinter dem Fernseher stehen musste. Erst als Erwachsene begriff Betti die tiefe Liebe, die in dieser Geste zum Ausdruck kam.

Jeder auf dem Foto starrt in die Kamera, vielmehr auf einen Punkt etwas darunter, dorthin, wo auf dem Bildschirm der Mann im Raumanzug Sprosse für Sprosse die Leiter hinabsteigt. Das Foto ist schwarzweiß, aber das große Sofa darauf war eigentlich grün, dunkelgrün. Rechts auf dem Sofa sitzen Walther und eine seiner zahlreichen Freundinnen, links ein großer, dicker Mann mit einer verloschenen Zigarre im Mundwinkel – Dr. Kunze aus dem Haus gegenüber – und eine zierliche, junge Frau mit einem Glas in der Hand – das ist Jessica, Dr. Kunzes Ehefrau. Auf der linken Sofalehne hockt Frau Völkle, deren Goldzähne die Kleinkinder erschreckten, in der Mitte fläzt sich Betti, ihre jüngste Tochter, und hinter dem Sofa stehen Männer, Walthers «Mannschaft». Man kann sie auf dem Foto nicht unterscheiden, man sieht nur Brust, Hüften und Hände, die Zigaretten halten.

Walther hatte Freunde, Kollegen und einige seiner Nachbarn aus der Siedlung zu einer «Der erste Mann auf dem Mond»-Party eingeladen. Er war Schriftsteller und als solcher der Erfinder der Romanheftserie «Captain Ronin – Entdecker der Zukunft», die zu jener Zeit so beliebt war, dass sie wöchentlich erschien, weshalb der Verlag weitere Autoren hatte anheuern müssen, um den Lesern pünktlich jeden Freitag ein neues Weltraumabenteuer präsentieren zu können. Selbst in der Zeitschriftenecke des Dorfladens lagen die Hefte aus.

Captain John Ronin war schon im ersten Heft auf dem Mond gelandet, und in Heft Nummer zwei hatte er dann die Corriolaner getroffen, die ihm das Geheimnis der Fusionsenergie verrieten. Am Morgen des 21. Juli 1969 war das alles gut sechs Jahre und über dreihundert Hefte her, und der zum Admiral beförderte Ronin schwirrte längst mit seinem fusionsgetriebenen Raumschiff irgendwo in der Nähe des Sirius herum.

Walther war, kurz nachdem Betti das Laufen gelernt hatte, in die Alte Gärtnerei gezogen, die ihrem Vater gehörte. Die Alte Gärtnerei war eines der ersten Gebäude, die man sah, wenn man von der Schnellstraße kam und nicht nach Neuorth weiterfuhr, sondern zur Neuen Siedlung abbog. Damals war die Neue Siedlung, die zu Neuorth gehörte und irgendwie auch wieder nicht, gerade erst am Entstehen. Man hatte die Flüchtlingsbaracken – die wellblechgedeckten Nissenhütten, die auf dem Feld vor dem Wald gestanden hatten – abgerissen, und seither schoben sich die Bagger immer weiter in den dunklen Forst vor, sodass an der Stelle der hohen Kiefern gleichförmige, zweistöckige Häuser mit Satteldach, Garage und einem kleinen Vorgarten emporwuchsen.

Die Alte Gärtnerei war ursprünglich gar keine Gärtnerei gewesen, sondern das bescheidene Gehöft eines Obstbauern. Als Bettis Vater und seine vielköpfige Familie «den Roten entkommen» und ins schöne Neuorth umgesiedelt waren, hatte er das Gehöft gekauft und ziemlich schnell erkannt, dass die Neu-Neuorther, die zukünftigen Bewohner der Neuen Siedlung, weder an grünen Äpfeln noch an saurem Apfelwein Interesse hatten. Sie brauchten anderes Grünzeug. Denn nachdem der alte Wald gerodet worden war, sah es in den Vorgärten der kleinen, neugebauten Häuser so trostlos aus wie in der «Steppe hinter Karaganda», wie Frau Völkle einmal bemerkte. Was den Vorgärten fehlte, waren Azaleen, Rhododendren, Koniferen und drum herum eine ordentlich gestutzte Buchsbaumhecke. All dies kultivierte der findige Alwin Völkle zusammen mit den drei Söhnen in seiner Gärtnerei. Dort, wo er herkomme, erzählten sich die Dorfbewohner, also aus der Steppe Asiens, da habe er eine riesige Baumwollkolchose der Roten geleitet, und zwar so erfolgreich, dass man ihn trotz erwiesener politischer Unzuverlässigkeit nicht habe gehen lassen wollen. Erst habe er auf Stalin scheißen müssen, bevor man ihn und seine Familie habe ziehen lassen.

Er hatte versucht, einen alten Stall, der neben dem Wohnhaus stand, durch den Einbau von Fenstern in eine Art Gewächshaus zu verwandeln, aber es erwies sich als zu klein für das Kultivieren von Zierpflanzen, weshalb er einen Rübenacker auf der anderen Seite der Schnellstraße pachtete und dort zwei große, voll verglaste Gewächshäuser hinstellte, in dem die zukünftigen Buchsbaumhecken viel besser gediehen. Das frei gewordene Gewächshaus vermietete er an Walther, der eines Tages auf einem Motorrad, mit dem er angeblich einmal die Welt umfahren hatte, in Neuorth aufgetaucht war.

Der Dorflegende nach hatte sich Walther in den Jahren vor seinem Auftauchen «rumgetrieben», und in dieser Zeit der Rumtreiberei hatte er unter dem falschen Namen Walt Sterling die ersten Groschenhefte oder – wie er es nannte – «gehobenen Unterhaltungsromane» geschrieben: einige Folgen der Western-Serie «Marshall McDonnel – ein Colt räumt auf» und des Krimis «Jimmy White – Spezialagent des FBI». Aber irgendwann war Walt Sterling in seinen Träumen Captain Ronin begegnet, und danach hatte er es aufgegeben, über die Vergangenheit (den Wilden Westen) oder die Gegenwart (das FBI) zu schreiben, und war darangegangen, von der Zukunft zu erzählen.

Es war die Zeit von Sputnik und Wostok, von Explorer und Mercury, die Zeit, in der man Küchenschaben, Ratten, Hunde, Affen und sogar einen Menschen ins All schickte (dem, wie Alwin Völkle felsenfest behauptete, er vor dem Start die Hand gedrückt habe, was natürlich niemand glaubte). Es waren die Jahre, in denen es auch dem letzten Hinterwäldler oder, besser gesagt, dem letzten Hinterlandswäldler dämmerte, dass, wenn man einen Menschen zu den Sternen schicken konnte, *alles* möglich war. So kam es, dass sich Walthers Science-Fiction-Heftromane, zunächst nur auf zehn Ausgaben angelegt, bald so großer Beliebtheit erfreuten, dass der Verlag die Reihe erst auf zwanzig, dann auf fünfzig, schließlich auf eine unbestimmte Zahl von Folgen ausdehnte und zusätzliche Autoren ins Boot holte, die sich wöchentlich bei Walther im Gewächshaus der Alten Gärtnerei trafen, um dort den Inhalt der nächsten Hefte zu besprechen. Viele Kinder der Neuen Siedlung, vor allem die jüngeren, verstanden die Geschichten, um die es in den Heften ging, noch nicht, aber bei Alwin Völkle, den Walther als seinen «Obergeneralmäzen» bezeichnete, lag immer schon einen Tag vor dem regulären Erscheinungsdatum das neueste «Captain Ronin»-Heft herum, dessen farbige Titelseite ausreichte, die kindliche Phantasie wie Völkles Fliederbüsche blühen zu lassen.

Da gab es riesige Raumschiffe, Zeitdilatoren und Planetenkanonen zu sehen und breitschultrige Männer in glitzernden Raumanzügen mit Lasergewehren und entschlossenen Mienen. Grausige, lilafarbene Außerirdische mit Rüsseln und glibberigen Mäulern, die sich schon nach einmaligem, kurzem Hinschauen in die nächtlichen Träume schmuggeln konnten. Vollbusige Frauen in knappen Badeanzügen und goldenen Stiefeln, die von den lilafarbenen Glibbermonstern entführt wurden und darauf warteten, von einem echten Helden gerettet zu werden. Fremde Welten, die für jeden in Neuorth noch unerreichbarer waren als der Mond, aber für Captain Ronin nur einen Katzensprung bedeuteten.

Zu seiner Mondlandungsparty hatte Walther jene legendäre Erstausgabe ausgestellt, auf deren Titelblatt Captain Ronins schnittige Rakete inmitten eines zerklüfteten Mondgebirges zu sehen war, im Hintergrund das seltsam grün fluoreszierende Raumschiff der Corriolaner. Darum war Betti ein wenig enttäuscht, als sie die ersten Fernsehbilder des echten Mondes sah. Die Amis waren mit ihrer kleinen, spinnenbeinigen Blechbüchse in einer leeren, flachen Staubwüste gelandet, aber sie waren wirklich da. Den Mann im weißen Raumanzug, der auf dem zementgrauen Staub so ungelenk herumhüpfte, den gab es tatsächlich, das war der Unterschied.

Gebannt sah Betti auf den Fernsehschirm, als Neil Armstrong den berühmten Satz sprach, und wie alle anderen versuchte sie sich vorzustellen, wie sich das wohl anfühlte, da oben, in dem dicken unförmigen Anzug, der vor der tödlichen Kälte des Alls schützte, im gleißenden Licht der Sonne auf dem Mond zu spazieren, wie das wohl war, der erste Mensch in einer fremden Welt zu sein.

Eigentlich hätte sich die Party auflösen sollen, nachdem die Männer auf dem Mond gelandet waren, aber alle waren zu aufgekratzt, als dass sie sofort hätten gehen wollen. Würden Armstrong und Aldrin vielleicht in einem Staubloch versinken? Oder was wäre, wenn ihre Mondlandefähre beschädigt wurde? Dann würden sie nie wieder zurückkehren, und Walthers Party würde vielleicht erst zu Ende sein, wenn denen da oben der Sauerstoff ausging.

«Das ist doch gar nicht auf dem Mond», raunte Dr. Kunze plötzlich und kaute dabei auf seiner kalt gewordenen Zigarre. «Ich glaube, das ist in 'nem Filmstudio in Hollywood aufgenommen worden.»

Nach dieser Bemerkung begann eine längere Diskussion zwischen den Autoren und Dr. Kunze über die Frage, warum oder warum gerade nicht die Amis das alles in einem Filmstudio gedreht haben könnten. Alwin Völkle setzte sich neben seine jüngste Tochter, schloss die Augen und nickte ein. Auch Betti begann schläfrig zu werden, und während vor ihr noch der Bildschirm flimmerte und ein Fachmann etwas über die Bedeutung der Mondgesteinsproben erzählte, fiel auch sie in einen leichten Schlaf.

Jedem, der noch da war, muss das Auftauchen des Jungen in buchstäblichem Sinne merkwürdig vorgekommen sein, abgesehen davon, dass es an sich schon merkwürdig war, dass ein kleiner Junge, keine sechs Jahre alt, morgens um halb sieben vor einer der großen Glasschiebetüren des Gewächshauses der Alten Gärtnerei stand. Aber Betti fand daran gar nichts merkwürdig. Im Gegenteil, als sie die Augen öffnete und ihn hinter der Glasscheibe stehen sah – blond, dünn und verloren in seiner schmutzigen, zerrissenen Kleidung –, hielt sie ihn gleich für den, der er von da an immer für sie sein sollte: den Jungen vom anderen Stern.

Ihre einzige Sorge war, dass sie noch nicht aufgewacht sein mochte und alles nur träumte, und deshalb stand sie auf, ging zur Glastür, zog sie zur Seite und fragte:

«Wer bist du denn?»

«Ich», antwortete Hardy leise, «bin Nummer 13.»

1916

Ein grauer Morgen mit Regenwolken, die wie schwarze Reiter über den Himmel jagten, das Schnauben eines Pferdes, Geklapper von Blechgeschirr, Stöhnen und leises Wimmern, der Klang genagelter Stiefel auf den Pflastersteinen, Rufe: «Den hier herüber, die beiden anderen da rauf!» Geruch nach Kohlsuppe, Schweiß und Verbänden, die dringend gewechselt werden mussten.

Ob es ihn juckte unter dem Mull? Fror er? War ihm zu warm? Oft fragte sich Adam später, was der unbekannte Soldat gesehen, gehört, gerochen, gefühlt haben mochte, als er und Schorsch ihn zum ersten Mal sahen.

Sie kamen mit dem Pferdewagen von Neuorth und brachten die wöchentliche Sammlung für das Vaterland: Rüben, Kohl, Kartoffeln und etwas Schweinespeck. Der unbekannte Soldat lag auf einer Trage mitten auf dem Platz vor dem Hauptgebäude des Klosters. Eine graue Decke war über ihn gebreitet bis zur Brust, und auf der Decke ruhten seine verbundenen Arme. Er war vollständig bandagiert, wie eine Mumie. Nur Augen und den Mund hatten sie freigelassen.

Ein Küchengehilfe erschien, und sie mussten die Kisten mit den Rüben, dem Kohl, den Kartoffeln und dem Speck hineintragen. Als sie zurückkamen, lag der unbekannte Soldat noch immer an der Stelle, an der man die Trage abgestellt hatte, und starrte in den Himmel. Es fing an zu regnen.

«Was steht ihr da rum, nichtsnutzige Lümmel! Soll er hier ersaufen? Los! Mit angepackt!»

Der Krankenwärter, der sie anherrschte, trug einen weißen Kittel voller rostbrauner Flecken. Der Mann war dick, und sein

Gesicht war rot vor Zorn und Ungeduld. Ohne dass Adam und Schorsch länger darüber nachgedacht hätten, standen sie schon am Fußende der Trage, jeder an einer Seite, und als der Krankenwärter vor ihnen in die Knie ging und «Hebt an!» brüllte, gingen sie ebenso in die Knie, hoben dann alle drei gemeinsam den unbekannten Soldaten hoch und trugen ihn, wie zuvor die Rüben, den Kohl, die Kartoffeln und den Speck, hinein.

Das letzte Mal, als Adam und Schorsch im alten Schlafsaal der Mönche gewesen waren, war der riesige Raum nahezu leer gewesen. Adam konnte sich nicht mehr genau erinnern, wann das gewesen war, doch Schorsch, der nie etwas vergaß, wusste, es war im Sommer gewesen, im Juli 1911. Sie hatten ein paar Hocker holen müssen, die dort in einer Ecke gestanden hatten, und Schorsch erinnerte sich daran, wie still und angenehm kühl es in dem niedrigen Saal gewesen war und wie das Sonnenlicht durch das Laub der Bäume vor den Fenstern geflimmert hatte.

Jetzt war kein Fenster mehr zu sehen. Der ganze Saal war vollgestellt mit Betten, die manchmal durch Paravents, manchmal durch Vorhänge, die man an Schnüren zwischen den gotischen Säulen aufgehängt hatte, voneinander abgetrennt waren. Ein ständiges, leises Ächzen konnten sie hören, eine Art Grundgeräusch wie von einer verborgenen Maschine, dazwischen Husten, Lachen, Flehen, Rufe: «Schwester! Doktor!»

Beide – Schorsch und Adam, Adam und Schorsch – erwischten sich dabei, wie sie versuchten, einen Blick des Soldaten zu erhaschen. Bewegten sich seine Augen? Bekam er von alldem etwas mit? Interessierte es ihn? Lebte er überhaupt noch? Seine Augen waren offen, aber hatte das etwas zu bedeuten?

Sie gelangten in einen abgeteilten Bereich mit einem Schreibtisch, einem Bett, einer Liege und einem fahrbaren Gestell, auf dem sie die Trage ablegten. In dem Verschlag standen eine Krankenschwester und ein Arzt. Als der die beiden Jungen sah, runzelte er die Stirn und fragte den Krankenwärter, wen er ihm denn da mitgebracht habe.

Doch bevor der Pfleger Luft für eine Antwort holen konnte, stand Schorsch schon stramm. Der Lehrer Beltz hatte ihnen in den vergangenen Monaten beigebracht, dass sie immer und unter allen Umständen vor Erwachsenen, insbesondere vor Angehörigen des Militärs, strammzustehen hätten, denn Disziplin sei der Schlüssel zum Sieg. Eine Woche lang, jeweils drei Stunden am Tag, hatte Beltz die Klasse strammstehen, marschieren und querfeldein rennen lassen, und dafür war sogar der Deutschunterricht ausgefallen, sodass am Ende zwar alle strammstehen konnten, aber Schillers «Lied von der Glocke», das sie im Monat zuvor mühsam hatten auswendig lernen müssen, wieder vergessen hatten. Schorsch, der nie etwas vergaß, hatte dieses Trainingsprogramm gefallen. Er hatte seine Schritte beim Marschieren gezählt und die Atemzüge addiert, die sie alle beim Strammstehen getan hatten, obwohl er glaubte, dass man beim Strammstehen genau genommen gar nicht atmen durfte.

«Schüler Georg Bahr zu Ihren Diensten, Herr Stabsoberfelddoktor!», brüllte er, schlug die Hacken zusammen und hielt die Luft an. Dann fiel ihm ein, dass er etwas vergessen hatte. «Und das hier ist mein Kamerad Adam Rohn, Eure Exzellenz!»

Der Arzt hob die Augenbrauen. «Heißt seine Mutter Johanna Rohn?»

Adam nickte.

Es war ein folgenreicher Augenblick. Hier stand der Arzt, und da standen Adam und Schorsch, und zwischen ihnen lag der bandagierte, unbekannte Soldat, der in ihrer aller Erinnerung seine Augen erst auf den Jungen und dann auf den Arzt richtete, bevor er wieder zur Decke blickte, als wäre er sich in diesem Moment bewusst, dass all dies durch ihn geschah, ja dass diese seltsame Zusammenkunft seine Aufgabe und damit sein Schicksal war.

«Wie das Leben so spielt», sagte Dr. Cohn.

Niemand wusste, was dem unbekannten Soldaten widerfahren war. Die einen vermuteten, er sei Opfer eines Gasangriffs geworden, das Gift habe ihm Zunge und Rachen und auch die Stimmbänder und Lungen verätzt, seine Haut sei erst blasig geworden und dann abgefallen. Andere behaupteten, er sei der einzige Überlebende eines Flammenwerfertrupps, ein Geschoss habe den Tank mit dem Flammöl getroffen und den ganzen Trupp ausgelöscht – außer ihn. Es gab Gerüchte, dass der unbekannte Soldat in einem Bunker gesessen habe, als der von einem Flammenwerfer ausgeräuchert worden sei, und da die gegnerische Seite so gut wie keine Flammenwerfer einsetzte, führte dieses Gerücht zwangsläufig zu der Frage, ob er Freund oder Feind sei, denn auf seiner Karte war statt eines Namens nur das Wort «Unbekannt» notiert, so wie es sonst bei Toten üblich war.

Keiner zweifelte daran, dass der unbekannte Soldat bald sterben würde, auch wenn niemand sagen konnte, wann. Er konnte nicht sprechen, doch seine Augen bewegten sich hin und her und zeigten jedem, dass er immer noch am Leben war. Da gelegentlich die Verbände gewechselt wurden, wussten die Schwestern und Ärzte um die Schwere seiner Verletzungen, und mehr als einmal war Dr. Cohn versucht, ihm eine letzte Dosis Morphium zu geben, aber dann sah er ihm in die Augen und tat es nicht. Der unbekannte Soldat sprach nicht, doch er klagte auch nicht, was für Dr. Cohn ein Rätsel, für die Schwestern hingegen ein Wunder war und Dr. Selke, der nicht an Wunder glaubte, zu der Annahme brachte, dass in seinem Kopf genau in jenem Bereich des Gehirns ein Granatsplitter stecken musste, der für die Schmerzempfindung zuständig war.

«In Mainz haben sie einen Röntgenapparat, da könnten wir das feststellen.»

«Nein, einen weiteren Transport übersteht er nicht.»

«Cohn, stellen Sie sich nur vor, wenn wir herausfänden, wo genau der Schmerz entsteht! Nicht nur der vorübergehende Schmerz, den man spürt, wenn man sich mit einer Nadel sticht oder seinen Finger über eine Kerze hält, sondern der Schmerz an sich!»

«Wenn er tot ist, können Sie ihn so oft röntgen, wie Sie wollen.»

«Wenn er tot ist, hat er keine Schmerzen mehr.»

Immer wenn Adam und Schorsch beim Abladen auf dem Hof, im Lager oder in der Küche hatten aushelfen müssen, gingen sie nach getaner Arbeit zum unbekannten Soldaten, ohne dass jemand sie daran gehindert hätte. Anfangs war es Neugierde, und sie betrachteten ihn aus sicherer Entfernung. Doch von Besuch zu Besuch wagten sie sich näher an ihn heran, bis sie schließlich neben seinem Bett standen.

«Guten Tag», sagte Schorsch.

«Lass uns gehen», sagte Adam.

«Er ist doch ganz allein», sagte Schorsch.

«Lass uns wieder gehen.»

«Ich bin der Schorsch, und das ist der Adam.»

Die Augen betrachteten erst Schorsch, dann Adam.

«Wir haben Sie hierhergebracht», fuhr Schorsch fort, «das letzte Stückchen, mein ich.»

Der Soldat starrte wieder die Decke an.

«Das hier ist eigentlich unsere Schule», erklärte Schorsch. «Früher war das mal ein Kloster.»

Der Soldat starrte weiter die Decke an.

«Und später ein Irrenhaus.»

«Gute Genesung», sagte Adam und zog Schorsch mit sich.

Und dann, eines Tages, saß das Mädchen neben seinem Bett. Zuerst dachten sie, sie wäre eine der Krankenschwestern, aber schon im nächsten Moment fiel ihnen auf, dass sie noch zu jung dafür war und dass sie außer dem weißen Häubchen keine Schwesterntracht trug. Sie hatte seinen Kopf angehoben und flößte ihm etwas Brühe ein.

Adam wollte am liebsten sofort wieder gehen, aber da drehte sich das Mädchen um, und er wusste, dass er nicht wieder gehen würde. Eva Cohn war damals sechzehn Jahre alt, und ihre Augen waren von einem Blau, wie er es noch nie gesehen hatte. Gleichzeitig leuchtend und tief.

Monatelang, in immer kürzeren Abständen, hatte Eva ihren Vater angebettelt, sie möge ihm helfen dürfen bei seiner Arbeit im Lazarett, die er zusätzlich zu seiner Arbeit in der Heilanstalt übernommen hatte, damit sie endlich ihre Pflicht gegenüber dem Vaterland erfüllen könne. Aber er war nicht der Ansicht, dass verwundete Soldaten der richtige Umgang für seine Tochter waren. Das lag nicht nur an den grausigen Verletzungen, die er gesehen hatte, sondern auch an dem eigenartigen Blick, mit dem ihn die Verwundeten anschauten.

Einige behandelte er in der Heilanstalt. Die waren zwar nur leicht verletzt, aber hatten einen «Dachschaden», wie Professor Brunner sagte. «Gefechtsneurose» war die halbwegs wissenschaftliche Bezeichnung für ihre Leiden. Manche zitterten am ganzen Leib, konnten nicht ruhig stehen. Andere konnten weder hören noch sehen, obwohl ihren Ohren und Augen nichts fehlte. Wiederum andere litten unter seltenen Formen der Amnesie, die es ihnen unmöglich machte, sich an Dinge zu erinnern, die länger als ein paar Minuten zurücklagen, als würde das Grauen der Schlacht sie für immer an einem Punkt der Zeit gefangen halten. Die Militärärzte hielten diese Soldaten für Simulanten, aber Dr. Cohn hatte sich wieder an seine Berliner Jahre erinnert und begann, sie einer Sprechkur zu unterziehen.

«Sprechen? Worüber soll ich denn sprechen?», fragten sie am Anfang jeder Behandlung.

«Über alles. Über alles, was Ihnen gerade einfällt.»

Dr. Selke amüsierte das. «War die Sprechkur nicht ursprünglich wohlhabenden hysterischen Frauen vorbehalten, die Probleme mit ihrem Sexualtrieb hatten?», fragte er.

Und Dr. Reichmayer wollte wissen: «Was machen Sie denn mit denen, die behaupten, taub zu sein?»

Dr. Cohn erwiderte nichts, sondern hielt den beiden ein Blatt Papier hin, auf dem geschrieben stand: SPRECHEN SIE BITTE ÜBER ALLES, WAS IHNEN GERADE EINFÄLLT.

Aber in den Augen derer, die über nichts sprachen, die nicht zitterten und sich an alles erinnerten, ja die im großen Schlafsaal des Aubacher Klosters ihrer Genesung und der nächsten Schlacht entgegenfieberten, hatte Dr. Cohn etwas bemerkt, das ihn viel mehr verstörte: ein kaltes Feuer, eine Unerbittlichkeit, die er nicht kannte. Das Töten hatte diese Männer verändert, und gegen diese Veränderung halfen keine Medikamente und keine Sprechkur.

«So ein Lazarett ist kein Ort für dich», hatte er entschieden, doch wie viele seiner Entscheidungen war auch diese von Eva mal durch beleidigtes Schweigen, dann durch beharrliches Fordern ausgehöhlt worden, bis er trotz seiner Bedenken nachgegeben hatte.

«Was machst du da?», platzte es aus Adam Rohn heraus.

«Ich gebe ihm zu trinken», entgegnete Eva, ohne sich umzudrehen. «Wonach sieht es denn aus?»

«Darfst du das denn?»

«Soll er verdursten?»

«Du bist keine von den Krankenschwestern.»

«Na und?»

«Ist der dein Vater?», fragte jetzt Schorsch. Das schien ihm eine logische Erklärung für die Anwesenheit des Mädchens zu sein.

Der unbekannte Soldat hatte die ganze Zeit nur das Mädchen angeschaut, aber als es ihm nun ein Kissen unter den Kopf schob und sich den beiden Jungen zuwandte, sah auch er sie an. Adam fühlte sich unbehaglich. Einerseits ärgerte es ihn, dass das Mädchen «ihren» Soldaten pflegte, andererseits musste er sie die ganze Zeit anstarren.

«Ich glaube nicht, dass du das darfst», beharrte Schorsch.

Eva stand auf, stellte sich vor Adam und flüsterte, ohne Schorsch dabei anzuschauen: «So, glaubst du nicht, Dickmops? Und was glaubt dein Freund, der Bauerntölpel hier?»

Adam wusste nicht, was er glauben sollte. Sie sah ihm in die Augen, und dieser Blick war so stechend, dass er beinahe hilfesuchend zu dem unbekannten Soldaten schaute.

Da wurde der Vorhang zur Seite geschoben, und Dr. Cohn erschien. Er sah sich um und fragte leise: «Wie geht es ihm?»

«Ich glaube, ganz gut», flüsterte Eva.

«Ganz gut?», flüsterte Adam.

«Den Umständen entsprechend», sagte Schorsch recht laut und war ganz glücklich über diese sehr professionelle Bemerkung.

«Der da ist mein Vater», flüsterte Eva und deutete auf Dr. Cohn.

Von diesem Tag an trafen sie sich regelmäßig am Bett des unbekannten Soldaten. Eva gab ihm zu trinken, besorgte Blumen, Schorsch und Adam holten eine Vase.

Nach einem dieser Besuche sagte Eva: «Wir sollten ihm etwas vorlesen. Was meint ihr?»

«Ich darf leider von Amts wegen nicht mehr vorlesen», sagte Schorsch.

«Also ich weiß nicht …», sagte Adam.

«Nur was?», überlegte Eva. «Einen Klassiker vielleicht? Shakespeare? Oder Gedichte? Am besten einen Roman! Einen richtig dicken Schinken! Thomas Mann!»

«Winnetou!», schlug Schorsch vor.

«Und was ist», fragte Adam, «wenn er stirbt, bevor das Buch zu Ende ist?»

Das war allerdings ein Argument. Und je länger sie darüber nachdachten, desto grausamer erschien es ihnen, dem unbekannten Soldaten eine Geschichte vorzulesen, deren Schluss er nicht mehr hören würde. So kam es, dass sie ihm aus den Jahrbüchern des «Neuen Universums» vorlasen. Noch einmal begann der Wettlauf um den Südpol, wurden die Nilquellen und die Wunder des Elektromagnetismus entdeckt und die Funktionsweise eines U-Bootes erklärt.

Sie lasen abwechselnd vor: Eva, Schorsch, dann Adam. Doch immer wenn Adam dran war, begannen die anderen, auf ihren Stühlen hin und her zu rutschen. Er las stockend, zeigte aber gerne die Illustrationen, die die Artikel ergänzten, und tat häufig so, als machte er rhetorische Pausen, während er grübelte, welche Wörter er da vor sich hatte. Liebe oder Leib, Sieg oder Sieb – das alles war so ähnlich. Sein Vorlesen dauerte derart lange, dass der Wettlauf zum Südpol ihnen doppelt lang vorkam.

Selbst der unbekannte Soldat scheint unruhig zu werden, dachte Schorsch, dem aufgefallen war, dass der Finger des Mannes leicht zuckte, als würde ihn diese Langatmigkeit stören.

«Du kannst gar nicht richtig lesen», sagte Eva nach einer dieser Vorlesestunden, und Adam ließ die Schultern hängen. «Komm heute Nachmittag zu mir.»

Adam fand die Bibliothek beängstigend. Hier waren mehr Bücher zusammengetragen, als er bis dahin in seinem Leben gesehen hatte. Und diese Bücher waren voller unbekannter Wörter.

«Du musst die Wörter nicht auswendig lernen», sagte Eva und sah ihn dabei spöttisch an. «Wie viele Wörter hat die deutsche Sprache? Zwanzigtausend? Fünzigtausend? Wörter bestehen aus Buchstaben, und von denen gibt es nur sechsundzwanzig. Jedes Wort ist eine Kombination aus Buchstaben: b-a wird zu ‹ba›. Und umgekehrt: a-b wird zu ‹ab›. Verstanden?»

Sie schrieb ihm alle Kombinationen, die ihr einfielen, auf drei Briefbögen auf. Er war fasziniert. Einerseits von der Aussicht, nun doch alle Bücher, die in diesem Haus gesammelt waren, zumindest theoretisch lesen zu können. Andererseits von ihr: vom Geruch ihrer Haare, von der Form ihrer Nase, ihrem Hals und schließlich ihrer Hand, die den Füllfederhalter hielt, mit dem sie die Buchstaben auf die Briefbögen schrieb.

«Und was ist mit dem Platz zwischen den Wörtern?»

«Dem Platz zwischen den Wörtern?»

«Der Stille.»

Da lachte sie nur.

Der unbekannte Soldat starb an einem sonnigen Dienstag im August. Adam, Eva und Schorsch standen vor seinem Bett, und als sie seine geschlossenen Augen sahen und die fahle Haut, da wussten sie, dass es vorbei war. Eva nahm Adam bei der Hand, und Schorsch, der das sah, dachte, dass dies vielleicht der Grund dafür sein mochte, dass es den unbekannten Soldaten überhaupt gegeben hatte.

Denn, glaubte er, man muss schon einen Grund haben, um auf der Welt zu sein. Und sei es auch nur, damit Adam und Eva sich bei den Händen halten.

ZWEITER TEIL

DAS MEER DER HEITERKEIT

Jul 21 1969
121:40:45

Als die beiden Astronauten am Nachmittag in ihrer kleinen Landefähre erwachten, als sich Buzz vom Boden hochrappelte und Neil über der Motorabdeckung den Kopf hob, hatte Betti lange geschlafen und dann noch lange im Bett gelegen und von dem Leben geträumt, das vor ihr lag. Auf einmal hatte sie Angst, dass sie den Start der Mondfähre zurück zur Erde und damit den Fortgang der Geschichte vielleicht verpasst haben könnte, aber nein, es waren noch mindestens zwei Stunden Zeit bis dahin. Sie stand auf und sah aus dem Fenster ihres Mansardenzimmers über die Straße, wo vor dem Haus gegenüber ein Polizeiwagen abgestellt war. Es war ein VW-Käfer, das Auto des Dorfpolizisten, den alle «Sheriff Becht» nannten.

Die beiden Straßen, die sich in der Mitte der Siedlung in einem flachen Winkel trafen, hießen «Am kahlen Hang» und «An der hohen Hecke». Die Gärtnerei ihres Vaters stand am Eingang der Siedlung, an der Ecke zur Schnellstraße, und hatte die Adresse «An der hohen Hecke 3». Im Haus gegenüber, «An der hohen Hecke 1», wohnten die Kunzes. Jessica Kunze war Lehrerin in der Grundschule in Auwinkel, in die auch die Kinder aus Neuorth gingen. Im Gegensatz zu den alten, griesgrämigen Lehrerinnen und Lehrern, die dort sonst noch unterrichteten, war sie jung und lachte oft. Sie hatte rote, lockige Haare und sehr weiße Zähne, und ihre Fächer waren Deutsch und Sport. Bei fast allen war sie beliebt, mal abgesehen von den Dorfjungen, die es gewohnt waren, im Sportunterricht Handball, Brennball, Völkerball und natürlich Fußball zu spielen. Sie fanden es gut, wenn der Sportlehrer zwei Mannschaften bildete, sodass sie gegen die Mädchen und die Siedlungskinder antreten konnten, was zu üblen, aber für die Dorfjungen immer siegreichen Schlachten führte.

Jessicas Sportunterricht war anders. Bei ihr mussten die Kinder turnen, und die Dorfjungen hassten sie dafür. «Das ist doch was für Mädchen», behaupteten sie, doch die Wahrheit war, dass sie alle zwar den Ball kicken, aber keine Rolle und schon gar keinen Handstand machen konnten. Es gab ein paar Mädchen, die konnten ein Rad schlagen – Jessica Kunze konnte das alles und noch viel mehr. Sie konnte sich aus der Rückwärtsrolle in den Handstand hochdrücken und dann noch einige Meter auf den Händen gehen. Sie beherrschte den Handstandüberschlag. Sie konnte einen Salto machen. Sie war nicht sehr groß, schlank und sah auf den ersten Blick fast zerbrechlich aus, aber das täuschte. Sie war, im Verhältnis zu ihrem Gewicht, unglaublich stark.

Einmal hatte Betti in der Turnhalle ihren Sportbeutel vergessen und ging zurück, um ihn zu holen. Da sah sie sie, allein mitten in der Halle, wie sie sich in den Handstand hochdrückte, aber nicht einmal, nein, dreimal, viermal, fünfmal, sechsmal, zigmal. Betti bewunderte sie und verlangte von da an täglich von einem ihrer älteren Brüder, dass er ihre Beine hielt, wenn sie den Handstand übte.

Dr. Kunze war rund zwanzig Jahre älter als seine Frau, ein jovialer, breitschultriger, korpulenter großer Mann, der in einer Zeit, in der es schon etwas aus der Mode war, noch einen Hut trug und meist eine Zigarre im Mundwinkel hatte. Er fuhr einen schwarzen Mercedes Benz, neigte, wenn er sprach, zu Wiederholungen und pflegte seinen Gesprächspartnern, wenn er nicht mehr weiterwusste, mit einer seiner großen Hände auf die Schulter zu klopfen.

Warum er einen Doktortitel hatte, konnte niemand erklären. Von Beruf war er Versicherungsvertreter, «Generalagent», wie er betonte, und er war ständig mit seinem riesigen Wagen unterwegs, um den Leuten, die noch keine Versicherung hatten, eine aufzuquatschen. Da er recht erfolgreich darin war, wurden seine Geschäftsreisen immer länger.

Am Morgen, als Hardy Rohn vor Walther Bischoffs Glastür stand, nahmen die Kunzes ihn ohne Diskussionen zu sich mit. Es erschien allen anderen, Walther eingeschlossen, nur folgerichtig, dass sie das taten, denn schließlich war Jessica Kunze Lehrerin, und wer sonst hätte sich des verwahrlosten Jungen annehmen sollen?

«Ist aus dem Heim abgehauen», sagte Bettis Bruder, der Mittlere, der gerade geduscht hatte und, nur mit Unterhosen und seiner komischen Indianerweste bekleidet, hinter ihr aufgetaucht war. Er rubbelte sich mit einem Handtuch die dichten schwarzen Haare trocken, während sie immer noch aus dem Fenster zum Nachbarhaus schaute, vor dem das Polizeiauto stand.

Betti wusste, was das bedeutete. Das Heim war im Alten Kloster an der Straße nach Auwinkel untergebracht, und den Siedlungskindern war eingebläut worden, sich niemals auch nur in der Nähe des Heims aufzuhalten, denn dort lebten die Strolche und zukünftigen Mörder.

Die Tür mit den gelben Butzenscheiben öffnete sich. Sheriff Becht kam aus dem Haus der Kunzes, und an der Hand hatte er den Jungen vom anderen Stern, zog ihn hinter sich her und wollte ihn wohl gerne noch stärker ziehen und vielleicht auch ein wenig treten und schlagen, aber das durfte er nicht. Die Einfamilienhäuser verboten es ihm, eine Straße voller Einfamilienhäuser war eine Straße voller Augen, und eine Straße voller Augen war eine Straße voller Ärger. Er wusste das, und er wollte sein Gesicht und seinen Ruf als Amtsperson nicht verlieren, er wollte alles richtig machen und auch nicht schlecht aussehen dabei, sondern wie ein ordentlicher Polizist. Nicht, dass der Junge sich wehrte, er machte einfach nur nicht mit. Die Kunzes standen in der Tür, und beide sahen sie, wenn auch vielleicht aus unterschiedlichen Gründen, nicht glücklich aus.

Kurz bevor Sheriff Becht ihn in den VW stopfte wie schmutzige Wäsche in einen alten Sack, drehte sich der Junge noch einmal um. Er schaute nach oben und winkte Betti zu. Klein war er und ängstlich, und Betti winkte zurück, bis er als dunkles Knäuel im Käfer verschwand, der Sheriff den luftgekühlten Motor polternd startete, anfuhr und leider – wie ihr Bruder bemerkte – ohne Blaulicht und Sirene um die Ecke bog.

«Den werden wir wohl nicht wiedersehen», sagte er.

Aber das stimmte nicht. Betti wusste, dass das nicht stimmte, denn der Junge vom anderen Stern hatte sie angeschaut, und das konnte nur heißen, dass die Geschichte noch lange nicht zu Ende war.

1970

Der Weltraum ist riesig und kalt und dunkel, sehr, sehr dunkel, hatte Gagarin bei seinem ersten und einzigen Raumflug gesagt, und einige Jahre und Dutzende Flüge später, 1970, nachdem die Astronauten der Apollo-13-Mission sich noch einmal, wenn auch nur knapp, vor der endgültigen Dunkelheit gerettet haben und die Brasilianer Fußballweltmeister geworden sind, in der ersten Woche nach dem Ende der großen Ferien, der Woche, in der die Erstklässler aus der Siedlung verprügelt werden, hat sich auf dem Hof der Auwinkler Wilhelm-Rufer-Grundschule – benannt nach einem Heimatkünstler, der sich bereits im fortgeschrittenen Alter und ohne wirkliche Not durch ein paar mittelmäßige Aquarelle mit blonden Maiden vor Flusslandschaften die Gunst Adolf Hitlers erpinseln konnte – ein Kreis aus Schülern gebildet. In der Mitte: Ralf, der stärkste Junge aus der 3b, Sohn des Metzgers von Neuorth, und ein Erstklässler.

«Ral-fi, Ral-fi, Ral-fi!», brüllen die Jungen aus Neuorth.

Ralf ist gut einen Kopf größer als sein Opfer, aber um Fairness geht es hier nicht. Es geht darum, «der kleinen, feigen Ratte aus der Siedlung eine Lektion zu erteilen», und diese Lektion beginnt so, wie alle Lektionen zuvor begonnen haben: Der Kreis ist geschlossen, die Zuschauer fiebern dem Höhepunkt der Hofpause entgegen, und Ralfi schubst mit der Lässigkeit eines hartgesottenen Matadors sein Gegenüber durch die Arena. Einmal, zweimal, mit sich steigernder Heftigkeit.

Die meisten fangen da an zu heulen. Weil es ihnen dämmert, dass es kein Entkommen gibt und – was vielleicht noch schlimmer ist – dass ihnen niemand beistehen wird. Der Kreis bleibt ein Kreis, niemand löst sich aus der Menge der Kinder, niemand sagt: «Genug!», niemand schreitet ein. Alle skandieren nur: «Ral-fi, Ral-fi, Ral-fi!», als könnten sie dadurch teilhaben an der Kraft und dem unvermeidlichen Sieg des zukünftigen Metzgers und den ebenso unvermeidlichen Zusammenbruch des kleinen Scheißers aus dem Neubaugebiet beschleunigen.

Aber der schmächtige blonde Junge weint nicht, er geht nur ein paar Schritte zurück.

«Was ist los? Was ist los mit dir?», höhnt Ralfi. «Haste Schiss?» Und er schubst ihn noch einmal. «Willste dich nicht wehren? Du Arschgeige, du Pissnelke, du Spast!»

Doch der Junge geht nur immer weiter zurück.

Alle wissen, was jetzt kommt: Die nächste Steigerung wird die Backpfeife sein, darin ist Ralf ein Spezialist, er hat für sein Alter ungewöhnlich große, fleischige, immer schwitzende Hände, Metzgerhände eben, einige, die diese Hände spüren mussten, haben noch Stunden später rote, feuchte Backen. Ein paar Jungen wenden sich ab. Zwar sind sie auch aus der Siedlung, aber trotzdem werden sie dem Jungen nicht zu Hilfe kommen, weil niemand aus der Siedlung sich mit Ralfi anlegen will, denn gleich, noch vor dem Pausenklingeln, wird der Junge auf dem Asphalt liegen, und Ralfi wird auf ihm sitzen und ihm unter dem Gejohle der Dorfbengel ins Gesicht spucken und lachen und brüllen: «Gibste auf?»

«Du feige Sau!», ruft Ralfi und geht weiter auf sein Opfer zu. «Weißt du, was?» Er macht eine salbungsvolle Pause, schaut sich um, während seine Kumpel aus dem Dorf den Atem anhalten. «Ich hab deine Mutter gebumst!»

Das ist, alle wissen es, Angeberei. Das kann Ralfi doch noch gar nicht. Stärkster Junge hin oder her. Dafür ist er noch zu klein. Das hat er von irgendwem gehört, oder er hat es auf der Trennwand im Jungenklo gelesen, auf die einer mit einem dieser neuen, wasserfesten Filzstifte geschrieben hat: HOSE RUNTER BEINE BREIT BUMSEN IST NE HERRLICHKEIT.

«Willste wissen, wie's war?»

Der Junge starrt ihn an, bewegt sich nicht.

«Zeig's ihm, Ralfi!»

Ralfs nächster Schubser geht ins Leere. Irgendwie hat der Junge eine Bewegung gemacht, die keiner der Zuschauer so recht erfasst hat, und steht plötzlich hinter dem Stärksten der 3b. Doch da sind auch schon Ralfis Arm und Ralfis riesige Hand und Ralfis Gesicht, fleischig, rosig und voller Hohn, weil auch er weiß, dass niemand dem Kleinen zu Hilfe kommen wird, denn gleich, noch vor dem Pausenklingeln, wird der Knirps auf dem Asphalt liegen, und er wird auf ihm sitzen und ihm ins Gesicht spucken und lachen und brüllen: «Gibste auf?»

Aber dann ist da noch ein Arm und noch eine Hand, die niemand erwartet hat, und diese Hand packt Ralfis Arm, und eine andere Hand packt Ralfis Schulter, und mit einer Bewegung, die gleichzeitig schnell und erbarmungslos ist, als gäbe es nur diese eine Chance, stürzt der Junge Ralfi über sein Bein. «Ralfi, Ral-fi, Ral-fi!», brüllen die Dorfbengel, aber da liegt er schon auf Ralfi drauf und hat dessen Kopf umklammert, und alle, die eben noch Ralfi angefeuert haben, und alle, die eben noch unsicher waren, ob sie dem Neuen nicht vielleicht helfen sollten, und alle, die sich eben noch dafür geschämt haben, dass sie ihm nicht zu Hilfe gekommen sind, halten den Atem an – während der Knirps mit seiner Faust immer wieder auf Ralfis Auge drischt – bamm! bamm! bamm! –, und noch mal und noch mal. Das Auge schwillt zu wie sonst nur die Augen der Gegner von Cassius Clay, und die Dorfjungen sind starr vor Schreck, und Ralfi versucht, sich eine Hand vors Gesicht zu halten, und als endlich, endlich die Klingel ertönt und der Junge von ihm ablässt, faltet sich Ralfi zusammen wie ein Klappmesser, und sein ganzer Körper bebt, und er hält sich seine großen Pranken vors Gesicht und schluchzt.

«Hallo», sagt der Junge leise, als er an Betti vorbeigeht, und sie erkennt ihn sofort: Es ist der Junge vom anderen Stern, der Junge, den Sheriff Becht ein Jahr zuvor abgeholt und zurück ins Heim geschafft hat, der Junge ohne Namen, dafür mit einer Nummer, Nummer 13.

Er hieß Hardy, und die Kunzes hatten ihn als Pflegekind angenommen – «weil Frau Kunze keine Gebärmutter mehr hat», behauptete Bettis älteste Schwester. Er war dünn und nicht besonders groß für sein Alter, aber dennoch hatte er Kraft genug gehabt, Ralfi auf den Asphalt zu schicken. Er hatte hellblonde Haare, leicht abstehende Ohren und ein freundliches, fast unschuldiges Lächeln, das er im Gegensatz zu den Ohren, die er sich irgendwann später operieren ließ, sein Leben lang behalten sollte. Obwohl man nicht in ihn hineinsehen konnte, schien es in seinem Kopf ständig zu arbeiten, ja seine Klassenkameraden hatten den Eindruck, dass er immer nachdachte.

Anfangs stotterte er, was jeder, ebenso wie seine Hagerkeit, auf die Zeit im Heim zurückführte. Wahrscheinlich, dachten sie, stotterten alle Heimkinder, wenn sie überhaupt sprechen konnten. Allerdings konnte Hardy, wie sich bald zeigte, vom ersten Schultag an lesen und – wenn auch nicht ganz fehlerfrei – schreiben, er konnte addieren und subtrahieren und das kleine Einmaleins aufsagen, und er wusste sogar, was Primzahlen waren.

Eine Weile lang kursierte das Gerücht, dass er wegen der Prügelei zurück ins Heim müsse, was keinen wunderte, genau genommen war es eigentlich das, was sich die meisten seiner Mitschüler wünschten, immerhin kam er ja aus dem Heim, war also ein Asozialer, einer, vor dem man sich in Acht nehmen musste, einer, der einem vielleicht die Buntstifte aus dem Mäppchen stahl oder die neuen Turnschuhe aus dem Turnbeutel, wenn man nach dem Sportunterricht im Umkleideraum gerade nicht hinschaute. Das Heim war der Hort der Verkommenheit, war eine Drohung, die alle Eltern in Neuorth parat hatten, deren Kinder nicht folgen wollten – «dann kommst du eben ins Heim!» Diese Drohung verfehlte ihre Wirkung selten, denn im Gegensatz zu den übrigen Schrecken ihrer Kindheit – Knecht Ruprecht, dem lieben Gott, dem Teufel, dem Butzemann – konnten sie das Heim jeden Morgen sehen, wenn sie mit dem Bus nach Auwinkel zur Grundschule fuhren. Dann sahen sie das eiserne Tor, sahen die vergitterten Fenster im Erdgeschoss, hinter denen sich, wie die Größeren wussten, die «Folterzellen» befanden, und manchmal, an einer ganz bestimmten Stelle in der Kurve, die der Bus Richtung Auwinkel nehmen musste, im November oder Februar, wenn die Bäume kein Laub trugen und jeder schlechte Laune hatte, sahen sie auch die Kinder, das heißt, sie nannten sie, wie die Erwachsenen sie nannten: «dreckige Strolche». Und da auch diese dreckigen Strolche zweifellos Eltern hatten, denen sie aber etwas Unaussprechliches angetan haben mussten, hielten sie es für alles andere als unmöglich, dass auch sie, die Siedlungskinder, eines Tages hinter dieser Mauer, hinter diesen Gittern und schlussendlich in den Folterzellen enden konnten.

Im November oder im Februar, wenn Weihnachten noch zu weit weg oder schon zu lange her war, wenn es tagelang regnete und sie das Licht der Sonne vergessen hatten, drückten sie sich während der Fahrt in der Kurve die Nasen an den beschlagenen Fenstern des Busses platt, und manchmal sah das ein Kind hinter der Heimmauer, und ein Stein knallte gegen die Scheibe, sodass alle zurückzuckten, obwohl gar nichts weiter passiert war. Jedenfalls wuchs die Angst noch mehr, nachdem Hardy den Drittklässler verdroschen hatte, denn Hardy war eine halbe Portion, und wenn der schon so zulangen konnte, welche Ungeheuer lauerten dann noch hinter diesen Gittern?

Tatsächlich hatte auch Hardy damit gerechnet, zurück ins Heim zu müssen, schon bevor er Ralfi überhaupt begegnet war. Im ersten Monat, den er bei seiner neuen Familie wohnte, noch während der Ferien, war er jeden Morgen um fünf Uhr aufgestanden und hatte eine Viertelstunde später sein Bett so akkurat gemacht, wie Dr. Kunze das nur aus seiner Zeit als Soldat kannte, hatte sich angezogen und seinen Schlafanzug und seine wenigen Habseligkeiten in eine alte, braune Ledertasche gepackt, die neben seinem Bett stand. Es war ein unförmiges, großes Ding, wie es früher von Landärzten benutzt wurde und wohl auch einmal einem gehört hatte, denn auf der Innenseite konnte man noch schwach die Prägung «Dr. R. C.» erkennen.

«Was soll das?», fragte Dr. Kunze.

«Du musst deine Sachen nicht packen», sagte Jessica sanft. «Du kannst jetzt hierbleiben, verstehst du? Du musst nicht einpacken, du kannst wieder auspacken. Du gehörst jetzt hierher.»

Hardy sagte nichts, starrte die beiden nur an und packte weiterhin jeden Morgen die Tasche.

«Er ist verstört. Er traut uns nicht. Weiß der Himmel, was die da mit ihm gemacht haben», sagte Jessica zu ihrem Mann.

Möglich, dass der Himmel es wusste, aber Hardy erzählte niemandem, was die da mit ihm gemacht hatten, vor allem nicht, was sie in dem Jahr mit ihm gemacht hatten, nachdem er abgehauen und wieder eingefangen worden war.

«Was sollen wir tun?», fragte Jessica ratlos.

Dr. Kunze hatte keine Ahnung. Er kannte Kinder nicht. Er erinnerte sich ja kaum noch daran, selbst einmal eines gewesen zu sein. Ein wenig ging der Junge ihm auf die Nerven mit seiner

Tasche und seinem Schweigen. Aber er wollte zeigen, dass er ein guter Mensch war, und deshalb führte er Hardy den Kühlschrank vor.

«Hast du schon unseren Kühlschrank gesehen?»

«Nein, Herr Dr. Kunze.»

«Hör mal mit dem Dr.-Kunze-Quatsch auf, Junge. Für dich bin ich der Horst, verstehst du, der Horst, und der Horst ist jetzt dein neuer Papa. Also hier, schau: General Electric. Amerikanisch!»

«Ja.»

«Der Straßenkreuzer unter den Kühlschränken, mein Junge, der absolute Straßenkreuzer. Der Cadillac. Nicht einer von diesen mickrigen Dingern, diesen mickrigen Drecksdingern, die schon voll sind, wenn man nur ein Fläschchen Bier und einen Sekt reinstellt.» Dr. Kunze riss die Kühlschranktür auf. «Dadrin ist Platz, was?»

«Er ist sehr groß, Herr Dr. – Horst.»

«Groß? Riesig! Gigantisch! Phänomenal! Wir haben auch eine neue Küchenmaschine. Ich zeig dir jetzt mal die Küchenmaschine. Ganz neu! Jessica kann nämlich nicht kochen. Also, nicht richtig kochen. Kochen kann sie schon, aber nicht richtig. Na ja, du wirst da vielleicht keine Ansprüche haben. Was bekommt man in so einem Heim? Wahrscheinlich dasselbe, was wir beim Kommiss bekommen haben. Aber gut, in Ordnung, lassen wir das, man soll nicht in den alten Sachen rühren, man kann es sich halt nicht aussuchen. Ha! Nicht aussuchen kann man's sich. Aber bei meiner geliebten Frau, das bleibt jetzt unter uns, schmeckt alles wie von gestern. Oder vorgestern. Aufgewärmt. Aber das ist nicht so wichtig. Wirklich nicht wichtig. Ich sage immer: Liebe geht durch den Magen, aber es gibt ja auch Restaurants. Hier! Na, was sagst du dazu! Ganz neu! Das ist ein Maschinchen, was, das kocht praktisch von selbst!»

Eine Woche nach der Schulhof-Prügelei packte Hardy seine Tasche nicht mehr. Eine Woche nach der Schulhof-Prügelei wohnte er immer noch bei den Kunzes und ging immer noch auf die Grundschule in Auwinkel. Und der Vater von Ralf kam in die Schule, und an der Hand hatte er Ralf, dessen rechtes Auge mittlerweile einen bizarren violettgelben Farbton angenommen hatte, und die beiden gingen wortlos an Hardy vorbei zum Büro des Direktors, und als sie wieder rauskamen und Ralf stumm auf seine Füße sah und dann seinem Bezwinger die Hand reichen musste, war allen klar, dass Hardy bleiben würde.

Sein Zimmer lag im Obergeschoss des Hauses, das Dr. Kunze Jahre zuvor, kurz nach der Heirat mit Jessica, einem bankrottgegangenen Bauunternehmer abgekauft hatte. Der Bauunternehmer hatte die fixe Idee gehabt, den Bauern das Land abzukaufen und es zu parzellieren und darauf Häuser zu bauen, so wie es später dann auch geschah, aber er hatte diese Idee zu früh gehabt, zu einer Zeit, als es gerade erst aufwärtsging und die Verheerungen des Krieges noch nicht aus dem Blick der Überlebenden gewichen waren. Kaum jemand hatte damals ein Auto, und abgesehen davon, dass auch kaum jemand Geld für eines der Häuser gehabt hätte, die der Bauunternehmer bauen wollte, war ein Auto nun einmal die Voraussetzung, wenn man zwar in der Stadt arbeiten, aber auf dem Land wohnen wollte.

Der Bauunternehmer hatte sich auch darin verschätzt, was die Größe der Häuser anging. Das Haus, das die Kunzes jetzt bewohnten und das das erste von vielen hatte sein sollen, war einfach zu groß für die Kleinfamilien, die dann knapp zehn Jahre danach tatsächlich in die Siedlung zogen. Niemand brauchte ein Villenviertel am Kahlen Hang. Doch der Bauunternehmer war uneinsichtig und stur gewesen, «hatte keinen Geschäftssinn», erklärte Dr. Kunze, «viel Phantasie, aber einfach keinen Sinn fürs Geschäft». Er hatte sich durch Ausgaben für Bodengutachten, Genehmigungen, die Rodung, die Erschließung, für Architekten, teure Verkaufsprospekte und nicht zuletzt für das Schmieren diverser Lokalpolitiker immer weiter verschuldet, noch bevor das erste Haus überhaupt fertig war. Als es dann fertig war, hatte er (und mit ihm die Bank) feststellen müssen, dass niemand an den darüber hinaus geplanten Häusern Interesse zeigte. Mehr noch: Die Flüchtlinge, von denen damals noch einige in den wellblechgedeckten Nissenhütten wohnten, die man nach dem Krieg für sie errichtet hatte, beäugten den protzigen Bau mit Misstrauen. Sie, die sich noch keine Häuser leisten konnten, fürchteten ein weiteres Mal, vertrieben zu werden.

Also zog der Bauunternehmer nie in sein Musterhaus ein, sondern vermietete es, um halbwegs liquide zu bleiben, an das US-Militär, das dort eine Zeitlang Offiziere einquartierte. Er verpfändete die ihm von Dr. Kunze aufgeschwatzte Kapitallebensversicherung an die Bank, und Dr. Kunze, der einen guten Draht zur Kreditabteilung der Bank und außerdem einen sehr ausgeprägten Geschäftssinn hatte, musste einfach nur abwarten, bis der Bauunternehmer mehr oder weniger von selbst zu ihm kam, um ihm das Haus und die vermeintlich wertlosen Grundstücke am Kahlen Hang samt allen Gutachten, Genehmigungen, Vorplanungen und Expertisen für einen Spottpreis zu verkaufen.

All das geschah nicht innerhalb weniger Wochen, sondern zog sich über Monate, Jahre hin, aber Dr. Kunze, der damals noch nicht in Neuorth wohnte und auch noch nicht Generalvertreter, sondern nur Vertreter war, hatte die Geduld des Spekulanten und wusste, wann er zuschlagen musste. Und als er Haus und Grundstücke gekauft hatte, wurde er auch nicht über Nacht reich, wohl aber in relativ kurzer Zeit. Der Verkauf der Grundstücke fünf Jahre später machte aus ihm jedenfalls einen sehr wohlhabenden Mann.

Das Haus hatte ein Erdgeschoss und ein Obergeschoss, und weil es am Hang stand, gab es unter dem Erdgeschoss noch eine Kelleretage, die zur Straßenseite fast unter der Erde lag, zur anderen Seite aber Fenster und eine Tür hatte, die auf eine Gartenterrasse hinausgingen, auf der Dr. Kunze manchmal Grillpartys veranstaltete. So waren denn auch im Untergeschoss nicht nur Heizung und Öltank untergebracht, sondern auch Wein- und Partykeller. Im Stockwerk darüber lagen Küche, Wohn- und Esszimmer sowie das Bad und Schlafzimmer seiner Pflegeeltern.

Hardy bewohnte einen Raum im Obergeschoss, unter dem Dach, wo sich außerdem eine Abstellkammer, ein kleines Bad und ein Gästezimmer befanden. Das Fenster seiner Mansarde lag über dem Flachdach der Garage, und abends im Bett hörte er das Brummen des Motors und den quietschenden Keilriemen des Mercedes, wenn Dr. Kunze spät von einem Kunden oder von einem feuchtfröhlichen Treffen mit anderen Generalvertretern nach Hause kam. Das Zimmer war zwar nicht besonders groß, trotzdem kam es Hardy, der noch nie in seinem Leben ein Zimmer für sich allein gehabt hatte, wie ein Palastsaal vor. Sein Bett stand in einer Nische, in der die Dachschräge begann, aber das störte ihn nicht. Jessica hatte die Wände in einem gelben, freundlichen Pastellton streichen lassen und, aus welchen Gründen auch immer, das Aquarell einer asiatischen Hafenstadt über das Fußende des Bettes gehängt. Schwarze Dschunken mit roten Segeln tanzten in der Abenddämmerung auf einem graugrünen Fluss, und auf einer davon konnte man sogar den Steuermann erkennen, der Hardy zuzuwinken schien.

Vor dem Fenster stand ein Schreibtisch, neben der Tür ein Regal und gegenüber vom Bett ein alter Schrank mit einem Türspiegel, in dem sich Hardy oft betrachtete. Außer im Gemeinschaftswaschraum hatte es im Heim keine Spiegel gegeben, und der eine Spiegel war so hoch angebracht gewesen, dass er kaum mehr als seine Stirn darin hatte sehen können. Nun stand er vor seinem Ebenbild, Tag um Tag, und wunderte sich: Seltsam fremd kam er sich vor, wie jemand, dem er noch nie begegnet war.

Die einzige Sache, die ihn an seinem Zimmer irritierte, war die Luke in der Decke über seinem Bett, die zum Dachboden führte. Mit einem Stab, der in der Abstellkammer stand, konnte man sie öffnen, und dann, hatte Dr. Kunze ihm erklärt, komme eine Leiter heraus, die genau neben seinem Bett auftreffe, sodass man auf den Dachboden gelangen könne, was aber praktisch niemals notwendig sein werde, außer «ein Storch baut eines schönen Tages sein Nest genau auf dem Schornstein». Hardy hatte «Strolch» verstanden und sich noch eine ganze Weile lang mit der Vorstellung geplagt, ein weiterer Strolch, also ein geflohenes Heimkind wie er, könne jenseits der Luke unter dem Dach hausen.

«Tja», hatte Dr. Kunze hinzugefügt, «der Mann, der das Haus gebaut hat, hätte die Bodenluke natürlich auch woanders hinmachen können, in den Flur zum Beispiel, aber nein, sie musste da hin, weil dieser Mann leider keinen Sinn fürs Praktische hatte, überhaupt keinen Sinn, völlig unpraktisch, der Mann, und auch ungeschickt in Gelddingen, ein Träumer eben.»

In manchen Nächten schlief Hardy ein und träumte, er schlafe ein und träume, dass er in seinem Bett liege und Schritte über sich höre und Gemurmel und ein Scharren, als würden über ihm schwere Kisten hin und her gerückt, und irgendwann in diesen Träumen bewegte sich der kleine Metallring in der Luke, in den man den Haken einhängen musste, und die Luke ging langsam auf, und die Leiter sauste heraus und blieb neben seinem Bett stehen, und dann hörte und spürte er, dass jemand oder etwas auf der obersten Stufe stand und sich anschickte, zu ihm hinabzusteigen, aber noch bevor er erkennen konnte, wer oder was da herunterkam, wachte er auf und befand sich im Traum davor, in dem die Dschunken mit den roten Segeln munter über den Fluss segelten und einer der chinesischen oder japanischen Steuermänner ihm zurief:

«Ahoi, Junge!»

«Ahoi, Kapitän!»

«Du fragst dich, was über der Luke ist, stimmt's?»

«Ja.»

«Warum schaust du nicht einfach nach?»

Doch das tat er nie. Es war, als ob über ihm seine Angst eingeschlossen wäre, und es schien ihm das Beste, alles dort zu lassen, wo es war.

Die wenigsten sahen Hardy in den ersten Wochen. Jeden Morgen nach dem Frühstück stiegen er und Jessica Kunze in den großen Mercedes, und Dr. Kunze fuhr die beiden zur Schule nach Auwinkel. Und weil Jessica an der Grundschule unterrichtete, waren sie die Ersten, die kamen, und die Letzten, die gingen. Während der Fahrt sagte Hardy meistens nichts, sondern las flüsternd in dem einen Buch, das er aus dem Heim mitgenommen hatte, dem «Atlas der Entdeckungen». Dass er schon lesen konnte, ärgerte Dr. Kunze, ohne dass er recht verstand, warum.

Was Dr. Kunze freilich noch mehr an ihm ärgerte als das Lesen und das Flüstern, war das Schweigen, war die Stille zwischen seinen Worten, denn auch wenn er sich selbst am liebsten reden hörte, hätte er von dem Jungen doch ab und zu gerne einen Satz der Bewunderung oder der Dankbarkeit gehört. Manchmal versuchte er, mit ihm zu Beginn der Fahrt ein Gespräch anzufangen, fragte ihn nach den Fächern in der Schule oder wie er geschlafen habe oder wie er es finde, mit einem Mercedes gebracht zu werden, beziehungsweise wie seine Schulkameraden das fänden, und einmal fragte er ihn auch nach dem Buch. Doch als Hardy gerade antworten wollte, bogen sie in die Kurve ein, und am Straßenrand tauchten die Mauern des alten Klosters auf, und Hardy sagte kein Wort mehr.

«Du musst ihm etwas Zeit geben», sagte Jessica.

Dr. Kunze fragte sich, wie man Zeit geben konnte. Irgendwie hatte er das Gefühl, jeder hatte seine eigene Zeit, und die konnte, anders als ein Ei oder eine Versicherung oder ein Haus, nicht veräußert werden. Und weil jeder seine eigene Zeit hatte, hatte auch jeder seine eigene Uhr, aber seitdem der Junge da war, hatte er das Gefühl, seine ginge falsch.

«Ein schwieriges Kind», hatte der Direktor des Kinderheims sie gewarnt. «Die Pflege eines jüngeren Kindes, vorzugsweise bevor es das dritte Lebensjahr erreicht hat – denn danach können die sich an alles erinnern, Sie verstehen? –, ist ja im Allgemeinen wesentlich leichter und erfolgversprechender. Wir hätten da –»

Doch Jessica war der Junge seit jenem Tag im Juli 1969 nicht mehr aus dem Kopf gegangen, und wenn er, Dr. Kunze, eine Schwäche habe, so verriet er einmal seinen Kollegen beim jährlichen geselligen Zusammensein nach der Generalvertreter-Generalversammlung in Pirmasens, dann sei das eben seine Frau: Er könne ihr einfach nichts abschlagen.

Auch die Nachbarn wunderten sich. Wenn die Lehrerin schon keine Kinder kriegen konnte, warum nahm sie dann einen sechsjährigen Jungen aus dem Heim auf? Warum nicht so ein kleines süßes Baby, um das sie sich von Anfang an wie um ihr eigenes hätte kümmern können? Aber vielleicht konnte sie ja nicht nur keine Babys bekommen, vielleicht konnte sie sich auch um keines kümmern? Sie arbeitete ja!

Keine der anderen Frauen in der Siedlung arbeitete, dabei verdiente keiner der Ehemänner so viel wie Dr. Kunze. Ohne dass sie es wollten oder sich dessen auch nur bewusst gewesen wären, waren diese Frauen voller Missgunst, wenn sie sich am späten Vormittag trafen, in der Zeit zwischen halb elf und halb zwölf, der Stunde zwischen Staubwischen und Kochen, der Stunde, die dem Schaumwein, den Attika-Filterzigaretten, den Beruhigungspillen, also den kleinen Beschützern vor der Angst und der Einsamkeit gehörte. War diese Jessica nicht sonderbar? Nie kam sie, wenn man sie am Wochenende zum Kaffee einlud. Na ja – die Schule, da hat man als Lehrerin auch nebenher zu tun und wenig Zeit. Heißt es zumindest, oder? Aber jetzt dieses Heimkind. Warum tut sie sich das an? Aus Nächstenliebe? Das hätte sie einfacher haben können. Die Frau Ott, die manchmal dem Pfarrer im Haushalt aushalf («um nicht am Nichtstun zu sterben», wie sie behauptete), die hatte eine Brief-Patenschaft für ein Negerkind in Afrika übernommen und schickte Geld, und der Kleine, der auf den Fotos, die er seinen unverständlichen, weil auf Französisch geschriebenen Briefen beilegte, immer so fröhlich lachte, gedieh ganz wunderbar, ohne dass er dafür bei Frau Ott oder, Gott bewahre, Frau Ott hätte bei ihm wohnen müssen.

Weil Hardy jeden Morgen mit dem Auto gebracht wurde, nannten die Kinder in der Schule ihn bald den «kleinen Lord». Einmal standen ein paar Mädchen kichernd Spalier und verbeugten sich, als er am Anfang der Pause aus dem Schulgebäude kam. Das war immerhin nicht das Schlimmste, was einem passieren konnte, und manch einer hätte wohl gerne mit ihm getauscht, war es doch tausendmal besser, als «fette Fleischwurst» genannt oder beim Spießrutenlaufen (und es waren wirkliche Spießruten, die die Dorfbengel mit ihren Fahrtenmessern aus dem Gehölz der Straßenböschung schnitten) blau und blutig geschlagen zu werden.

Nur wollte er kein kleiner Lord sein. Am Morgen, nachdem er erfahren hatte, wie er genannt wurde, stand er früher auf als sonst, packte seine Schulsachen und sagte zu Dr. Kunze, der gerade in der Küche seinen zweiten Kaffee trank und nachdenklich die weiße, große Kühlschranktür betrachtete: «Ich fahre mit dem Bus.»

Jeder wusste, dass man im Schulbus, den die Gemeindeverwaltung bei einem Fuhrunternehmer gemietet hatte, aufpassen musste, dass man nicht ganz hinten saß, weil man ganz hinten, ganz unbemerkt, verdroschen wurde. Hardy aber, der in dieser Zeit nur langsam wuchs, wenig sprach und, wenn er doch sprach, manchmal stotterte, wurde nie verdroschen, denn die Schlägerei mit Ralf hatte sich ins Gedächtnis aller eingebrannt, und selbst nachdem Ralf auf die Realschule gewechselt war, wurde die Geschichte weitererzählt und ausgeschmückt. Mal schlug Hardy ihm einen Zahn aus, mal brach er ihm den Arm, und als Kwai Chang Caine auf deutschen Fernsehschirmen durch die USA des 19. Jahrhunderts wanderte, da war die Legende festgeschrieben: Hardy mochte zwar schmächtig sein, aber er besaß das Wissen um eine geheime, asiatische Kampfkunst, das Wissen Kwai Chang Caines – er war ein Adept der Shaolin, er konnte Kung-Fu.

In jenen Tagen spielten die Siedlungskinder meistens auf der Straße. Der Fußballplatz, eine graue Geröllfläche mit zwei rostigen Toren ohne Netz, lag genau in der Mitte zwischen der Siedlung und Neuorth und war fest in der Hand der Dörfler. So blieben ihnen nur der «Kahle Hang» und die «Hohe Hecke», zwei Asphaltstreifen, auf denen Fußballturniere ausgetragen oder Gummihüpf-Spiele ersonnen wurden. Niemand parkte auf der Straße, alle fuhren morgens zur Arbeit und kamen erst abends wieder zurück und stellten den Wagen in die Garage. Wenn ein Auto kam, rief ein Kind «Auto!», und alle gingen an die Seite, so wie es ihnen die Eltern eingebläut hatten. Wer jemanden treffen wollte, irgendjemanden, der ging raus und kickte einen Ball von links nach rechts oder kritzelte ein Himmel-und-Hölle-Spiel auf den Asphalt oder fuhr mit dem Fahrrad hin und her. Irgendwer würde schon kommen, oder auch nicht.

Hardy ging anfangs nicht zum Spielen auf die Straße. Während der ersten Tage in seinem neuen Heim, als ihm «die Wendung des Schicksals», so hatte es Direktor Wassermann mit tränenerstickter Stimme formuliert, «ohne große Vorankündigung eine neue Mama und einen neuen Papa beschert hatte», war er überhaupt nicht aus dem Haus gegangen.

«Besuchst du mich mal?», hatte der kleine Schröder ihn beim Abschied gefragt.

Und Dr. Kunze hatte, noch bevor sein frisches Pflegekind etwas hätte sagen können, geantwortet: Sobald Hardy sich etwas eingelebt habe, bestimmt.

«Vielleicht suchen Sie ja noch einen Bruder für ihn», hatte Schröder vorsichtig gesagt.

«Ähm», hatte Dr. Kunze entgegnet, «zurzeit eher nicht.»

Dann hatte Herr Martin freundlich gelächelt und ihm viel Glück gewünscht, und während er das machte, hatte Dr. Kunze, wie er viel später einmal erzählen sollte, überlegt, wo er Herrn Martin, der ihm bei jedem Heimbesuch schmerzhaft bekannt vorgekommen war, schon einmal gesehen haben könnte. Und Herr Martin hatte Hardy umarmt und dabei so leise, dass nur Hardy ihn verstehen konnte, geflüstert: «Ein Wort, und du bist wieder hier. Für immer.»

Schließlich waren Jessica und Hardy und Dr. Kunze in den Mercedes gestiegen, und Dr. Kunze hatte den Motor angelassen, und alle hatten gewinkt, auch Hardy, und als er dem kleinen Schröder nachgesehen hatte, hatte er sich im Stillen geschworen, ihn eines Tages da rauszuholen, wenn er erst reich sein würde, so reich wie Dr. Kunze, der sich, als sie auf die Straße eingebogen waren, mit dem Handballen gegen den eigenen Kopf gestoßen hatte, als wäre der ein kaputtes Radio oder ein flackernder Fernseher, ohne dass ihm jedoch wieder eingefallen wäre, wo in drei Teufels Namen er diesem Herrn Martin schon einmal begegnet war.

Die ersten Tage im Haus der Kunzes hatte Hardy vor dem Fernseher verbracht.

«Tolles Bild, was?», hatte Dr. Kunze gesagt. «Neuestes Modell. Der alte fing an zu spinnen, ging an und aus, wie er wollte, da hab ich den hier besorgt. Hat mich ein ganz schönes Sümmchen gekostet. Neuestes Modell! Riesen-Röhre! Gigantisch! Das ist ein Bild, was?»

Als noch Ferien gewesen waren, vor seinem ersten Schultag, hatte sich Hardy ab dem frühen Nachmittag bis zum frühen Abend jede Sendung angesehen, die kam. Inzwischen war das weniger geworden, und er sah sich abends und an den Wochenenden mit Dr. Kunze, der in einem großen Ledersessel saß oder eher lag, die «Sportschau» an, manchmal auch Spielfilme und Familienserien mit Jessica. Er hatte nicht vergessen, dass ein Jahr zuvor, nach seinen ersten Stunden in diesem Haus, das ihm wie eine uneinnehmbare Burg vorgekommen war, jemand an der Tür geklingelt hatte: ein schnaufender, dicker, uniformierter Mann, der einzige, den er je in seinem Leben kennenlernen sollte, der Schnupftabak schnupfte, ein Vergnügen, das er sich sozusagen alle naselang bereitete, sogar als er mit Dr. Kunze im Flur sprach. Er hatte nicht vergessen, dass dieser schnaufende, dicke Mann, dem der Schnupftabakrotz aus der Nase lief, die Macht besessen hatte, von Dr. Kunze, der ihm doch in jeder Hinsicht größer und mächtiger schien, die «Auslieferung des kleinen Strolches» zu verlangen. Immer noch zuckte er zusammen, wenn sie jetzt vor dem Fernseher saßen und jemand an der Tür klingelte.

«Der Junge schaut zu viel fern», meinte Jessica.

«Ach was», sagte Dr. Kunze und überlegte, ob er sich von Hardy nicht noch ein Bier aus dem Kühlschrank oder eine Flasche Schaumwein, Marke «Kellergeister», aus dem Keller holen lassen sollte. Irgendwann war aber auch bei ihm der Stolz auf das neue Fernsehgerät aufgebraucht. «Hör mal zu, Junge», sagte er, «ich mein's nicht bös, aber ich denke, Jessica hat recht: Du musst mal an die frische Luft. Geh raus in den Garten, spielen.»

Das Haus der Kunzes hatte im Gegensatz zu den meisten Häusern der Siedlung einen großen Garten, der von einem auf einer kniehohen Mauer stehenden Jägerzaun umfriedet war. Mitten auf dem Rasen hatte Dr. Kunze eine Schaukel aufstellen lassen. Als Hardy zum ersten Mal in den Garten ging, fand er es völlig normal, dass ihn eine Mauer umgab. Es kam ihm vor wie das Natürlichste der Welt, es beruhigte ihn.

Aber etwas in seinem Inneren, dasselbe Etwas, das ihn gedrängt hatte, vor der Zeit lesen zu lernen und von den Abenteuern großer Entdecker zu träumen, meldete sich wieder. Es fing damit an, dass er auf die Birken kletterte, die in einer Ecke des Gartens standen, zur Straße hin. Das war zwar nicht richtig verboten, aber auch nicht erlaubt. Erst auf die niedrigste, dann auf die zweithöchste und schließlich auf die höchste in der Mitte, was gar nicht so einfach war, weil der erste Ast, auf den er steigen musste, schon sehr hoch lag. Aber nach ein paar vergeblichen Versuchen, bei denen er sich die Innenseiten seiner nackten Knie aufscheuerte, schaffte er es und stieg, ebenso langsam wie entschlossen, hinauf in den Wipfel.

Von dort oben schien es ihm, als könnte er die ganze Welt überblicken. Noch nie war er so hoch in den Lüften gewesen. Er sah die Häuser mit ihren Buchsbaumhecken drum herum, die Schnellstraße und dahinter die Ackerfelder, die bis zum Rand des dunklen Waldes reichten, sah Völkles Gärtnerei und in der anderen Richtung das Dorf, aus dem sich die Straße nach Auwinkel schlängelte, wo er in einer Senke das Heim vermutete, und nebenan den Berg, den Auberg, auf dem, wie jeder wusste, die weißen, herrschaftlichen Gebäude der staatlichen Irrenanstalt standen. Alles, was ihm zu ebener Erde verwirrend und planlos vorkam, ergab von hier oben einen Sinn. Der Wind raschelte in den Birkenblättern und wiegte den Baum hin und her, während er rittlings auf einem Ast saß und den Stamm mit Armen und Beinen fest umklammert hielt. Er glaubte, er könnte auf diese Weise ewig dort oben bleiben, allein über der Welt.

Als er nach unten blickte, sah er, dass jemand etwas mit rosa Kreide auf die Straße gekritzelt hatte.

HE DU DA OBEN!
KOMST DU IRGEWAN MAL RUNDER???

«Sieh an, der Junge vom anderen Stern. Ich bin Betti», sagte Betti.

Er war auf den untersten Ast der höchsten Birke hinabgestiegen, von dem aus er sie nun betrachtete. Sie hatte große, dunkle Augen und dunkle, halblange Haare, die irgendwie unordentlich und ohne Schnitt waren.

«Uns gehört die Gärtnerei.»

Hardy schaute auf die andere Seite der Straße zu der Gärtnerei, als würde ihm erst jetzt auffallen, dass da etwas war. «Es h-h-heißt *irgendwann* und nicht ‹irgewan›.»

«Du bist Hardy, stimmt's?»

«Und ‹k-kommen› schreibt man mit zwei ‹m›.»

«Hardy – ist das dein richtiger Name oder eine Abkürzung oder so was? Ich heiße eigentlich Bettina, aber niemand nennt mich so, nicht mal meine Mutter.»

«Nein.»

«Sicher? Du heißt nicht in Wirklichkeit Hartmut, Harald oder Hans-Bernd?»

«S-so heißt doch keiner.»

«Wär nicht schlimm, ich würd's auch nicht weitererzählen.»

«Nein», antwortete er, «nur Hardy.»

«Die Erwachsenen verteilen manchmal Namen, die sie selbst gerne gehabt hätten. In unserer Klasse gibt's eine Elisabeth. Wer heißt denn so! Elisabeth, die Königin von England, heißt so, aber ihre Mutter heißt Erna, finster, und ich meine, wenn die Mutter schon so heißt, dann ist doch alles klar.»

Er starrte Betti an.

«Willst du den ganzen Tag auf dem Ast hocken und mich anstarren?»

Keine Antwort.

«Wir könnten was machen.»

Er ließ die Beine baumeln und sah zum Wald. Er fragte sich, was hinter dem Wald war, aber er traute sich nicht, dem Mädchen vorzuschlagen, nachschauen zu gehen.

«Wir könnten was spielen, zum Beispiel.»

Er hatte vergessen, was spielen war. Dunkel hatte er eine Erinnerung daran, dass er im Alter von drei, vier Jahren mit den älteren Mädchen des Heims auf den Fluren Fangen und im Schlafsaal Verstecken gespielt hatte, aber das schien ihm sehr, sehr lange her, und die Bilder, die diese Erinnerung in ihm wachrief, waren so verschwommen, dass sie ihm wie Traumfetzen vorkamen. Langsam ließ er sich vom Ast hinabgleiten, kletterte über den Zaun, und ohne dass er es recht gewollt hätte, stand er plötzlich auf der Straße, vor dem Mädchen.

Sie war gut einen Kopf größer als er und sah auf ihn herab. «Wie alt bist du?»

«Bald sieben.»

«Glaub ich dir nicht.»

«Und du?»

«Fast zehn.»

«Glaub ich dir auch nicht.»

«Ist mir egal.»

Sie gingen über die Straße, und Betti zeigte ihm einen alten, kaputten Simca 1000, der keine Räder mehr hatte, sondern auf Backsteintürmchen in der Einfahrt der Völkles aufgebockt war.

«Was ist das denn?»

«War mal ein Auto», antwortete Betti. «Jetzt ist es ein Raumschiff.»

Als sich Hardy neben sie in den Simca setzte, musste er an das Fass denken, an dessen dumpfe, holzige Stille, den beißenden Geruch und die grenzenlose Dunkelheit, die, sobald im Keller das Licht gelöscht worden war, darin geherrscht hatte. Für einen Moment fürchtete er, immer noch dort zu sein, fürchtete, alles, was seitdem geschehen war, wäre nicht geschehen. Doch im nächsten Moment saß er wieder in dem alten, rostigen Simca auf dem Beifahrersitz, neben einem *älteren* Mädchen, das ihn aufforderte, so zu tun, als ob das Auto ein Raumschiff wäre, und das war so ungewöhnlich, dass er zu dem Schluss kam, er könne sich das unmöglich ausgedacht haben. Die Sonne brannte auf das Wagendach, und es roch nach heißem Kunststoff und dem klebrigen Kondensat zahlloser Zigaretten, die Bettis Brüder mit ihren jeweiligen Freundinnen geraucht hatten, als das Raumschiff noch vier Räder gehabt hatte und nicht ins All geflogen, sondern über die Landstraße zum «Funky Donkey» gerollt war, einer Diskothek in Rüdesheim.

«Kennst du ‹Raumpatrouille Orion›? Aus dem Fernsehen? Du bist der Astrogator, und ich bin Leutnant Jagellovsk.»

«Und der Kommandant?»

«Muss Hausaufgaben machen.»

«Warum muss ich dann der Astrogator sein?»

«Du Knirps. Willst du jetzt mitten im Weltall rumdiskutieren?»

Fortan spielten sie an den Nachmittagen die Abenteuer Captain Ronins oder der Raumpatrouille Orion nach. Hardy war mal Ronin, mal Major McLane, mal Hasso, aber Betti war immer Leutnant Jagellovsk, die stets das Sagen hatte. Es war ein warmer Spätsommer, die Amerikaner bombardierten Kambodscha, Jimi Hendrix starb, die Sonne schien auf den mokkafarbenen Simca, und innen wurde es beinahe unerträglich heiß. Betti verbot, die Fenster herunterzukurbeln, als sie auf der Venus landeten, denn die Venus, sagte sie, sei nun mal sehr, sehr heiß. Bald flogen sie zum Mars und dann zu einem Planeten, den nur Betti kannte und der ganz von einem Ozean bedeckt war und «Stella» hieß. Der Simca versank im türkisfarbenen, warmen Wasser des stellarischen Ozeans, der von Meerjungfrauen mit smaragdgrünen Augen und von Ungeheuern bevölkert war, den – wie Betti sie nannte – «Monstern aus der Zeit davor». Niemand kannte deren wahre Erscheinung, weil sie seit Jahrhunderten in der tiefsten Tiefsee lauerten, die allein vom gespenstischen Leuchten ihrer Tentakel erhellt wurde.

1971

Mehrere Monate war Hardy nun schon in der Obhut der Kunzes, aber noch kein einziges Mal hatte er mit jenem Mann gesprochen, vor dessen Glastür er am Morgen des 21. Juli 1969 gestanden hatte.

Unter den Erwachsenen der Siedlung galt Walther Bischoff als Sonderling, als komischer Kauz, als unsolider Zeitgenosse. Die frischgebackenen Hausbesitzer misstrauten seiner Gastfreundschaft, vor allem aber seiner Phantasie und sahen in ihm einen Eindringling, dabei wohnte er schon länger in Alwin Völkles ehemaligem Gewächshaus, als es die Siedlung gab. Gerüchte kursierten, dass er und Völkle sich schon gekannt hatten, lange bevor er eines Tages mit seinem Motorrad vor der Gärtnerei aufgetaucht war. Angeblich hatte er mit diesem Motorrad die Welt umrundet, aber konnte man das glauben? Die meisten Erwachsenen hielten diese Weltumrundungsgeschichte für stark übertrieben. Wahrscheinlich, vermuteten sie, war er nur bis Gibraltar oder bis an die Südspitze Italiens gekommen und dann wieder umgedreht. Einige wenige freilich hegten einen ganz anderen Verdacht.

«Dieser Bischoff war nirgendwo», sagte Dr. Kunze eines Abends bei Handkäs und Äppelwoi seinen Vertreterkollegen, «außer im Knast. Da hat er sich seine Münchhausen-Geschichten ausgedacht, sage ich euch, diesen Cowboy und den Weltraumaffen, die hat er sich da ausgedacht, und da hat er auch seinen Kumpel, den Gärtner, kennengelernt, denn ihr wisst ja», sagte er lachend, «der Mörder ist immer der Gärtner!» Er goss sich aus einem Bembel nach, trank einen großen Schluck.

«Nee, nee, jetzt mal Spaß beiseite, ich mag den Knaben, ungelogen, ich mag ihn. Was macht das schon, wenn einer mal im Kittchen war? Gar nix!» Er senkte die Stimme und raunte seinen Kollegen zu: «Denn ihr wisst ja: Jeder, der in diesem Land wieder auf die Beine gekommen ist, war vorher auf den Knien im Dreck.» Die Kollegen nickten schweigend, und Dr. Kunze lehnte sich entspannt zurück. «Also, wie gesagt, nichts für ungut, ich mag ihn. Obwohl er noch nie eine Versicherung bei mir gekauft hat. Na ja, mal abgesehen von der für sein Motorrad.»

Dieses Motorrad stand tagsüber meistens in der Einfahrt der Gärtnerei, unmittelbar vor dem kleinen Buchsbaumheckenlabyrinth.

«Eine tolle Maschine haben Sie da», sagten viele von Alwin Völkles Kunden, frischgebackene Einfamilienhausbesitzer, die sich von dieser Bemerkung vielleicht einen Preisnachlass erhofften.

«In der Tat», antwortete Alwin Völkle dann in seinem irgendwie altertümlichen Deutsch, «nur ist es nicht meine, sondern die meines Freundes, der damit den Erdball umrundet hat.»

«Er ist damit um die Welt gefahren?»

«Das will ich wohl meinen! Und wenn ihm nicht irgendwo zwischen Sachalin und Japan der Kraftstoff ausgegangen wäre, so hätte es dieser kühne Mann wohl noch ein zweites Mal gewagt.»

Und dann erzählte er jedem, wer Walther Bischoff wirklich war, ein «Poet der Steppe» nämlich und außerdem ein bedeutender Romanschriftsteller, dessen Schreibmaschine niemals ruhe, weil er nicht nachlasse, die Geheimnisse ebenjenes Erdballs und des ihn umgebenden Universums auf Papier zu bannen, ein «Epiker von kosmischem Format», dem er, ein einfacher Landmann, Obdach geben dürfe.

Tatsächlich saß Walther jeden Tag in seinem Glashaus hinter seiner mechanischen Olympia-Reiseschreibmaschine und tippte. Inzwischen druckte der Verlag wöchentlich ein «Captain Ronin»-Heft. Zwar wechselten sich die Autoren ab, doch Walther übernahm häufig zwei Hefte hintereinander, er schrieb und schrieb. Das Ungewöhnliche daran war, dass trotzdem jeder durch die meist unverschlossene Glasschiebetür schlüpfen und ihn etwas fragen konnte. Er unterbrach sein Schreiben und gab eine Antwort. Oder er unterbrach es nicht und antwortete dennoch.

Walther Bischoff kannte viele Frauen, aber er hatte keine Kinder. Trotzdem besuchten die Kinder der Siedlung ihn manchmal, taten das unter dem Vorwand, ihn etwas zu fragen, wobei es gar nicht wichtig war, was sie ihn fragten. Es war wichtig, dass er antwortete, dass er nie sagte, «dafür seid ihr noch zu klein». Manchmal fragten sie ihn nach der Beschaffenheit der Welt: Wer hat sie erschaffen – und wer hat den Schöpfer der Welt erschaffen? Warum gibt es etwas und nicht einfach nichts? Dann wieder wollten sie wissen, ob die Marsbewohner die Erde noch vor den Sommerferien erobern würden oder ob er glaube, dass es auf der Venus fleischfressende Pflanzen gebe. Und warum wir alle eines Tages sterben müssten.

«Was ist hinter dem Wald?», fragte Hardy.

«Was denn für einem Wald?», wollte Betti wissen.

«Unserem Wald, dem Wald da hinter den Rübenfeldern.»

Sie hatten den Samstagvormittag damit verbracht, im Simca zu spielen, aber die Reisen des Raumschiffs Orion hatten begonnen, eintönig zu werden, und an irgendeinem Punkt des Spiels hatten sie sich in die Polster fallen lassen und durch die zerkratzte Windschutzscheibe den blassblauen Himmel angestarrt, in der Hoffnung, einen Starfighter zu sehen. Als keiner kam, langweilten sie sich.

«Keine Ahnung. Das nächste Dorf, ein anderer Wald, die Autobahn, irgend so was halt.»

«Warst du schon mal in dem Wald?»

«Klar. Jeder war schon mal im Wald.»

Die Eltern in der Siedlung sahen es nicht gerne, wenn ihre Kinder im Wald spielten. Es gab da so eine Geschichte, die besagte, dass vor über zehn Jahren dort jemand umgebracht worden sei, und auch wenn sie vielleicht gar nicht stimmte, hatte sie sich unter den Erwachsenen herumgesprochen und war mit ähnlich grausigen Einzelheiten ausgeschmückt worden wie unter den Kindern die Geschichte des stärksten Jungen aus der 3b.

Außerdem waren da noch die Dörfler. Die Dörfler spielten selten im Wald, aber wenn sie im Wald spielten, spielten sie Krieg. Sie verbrachten dann viel Zeit damit, ein «Wehrlager» zu bauen, dessen Mittelpunkt der «Donnerbalken» war, weil der «Donnerbalken», so hatten sie es von ihren Vätern und Großvätern gelernt, der wichtigste Teil eines jeden Lagers und damit irgendwie des ganzen Krieges sei. Kaum war die letzte Palisade aufgestellt, die Grube ausgehoben, der Balken gezimmert, kehrte jedoch die unvermeidliche Lethargie der Etappe ein: Die Soldaten hatten nichts zu tun. Ein Feind musste her. Und so legten sie sich mit ihren Flitzebögen, Zwillen und Holzgewehren mit aufgepflanzten Taschenmesserbajonetten auf die Lauer und warteten auf einen Siedlungsjungen, der so dumm war, sich ihrem Wald zu nähern.

«Halt! Parole!», gellte es dann vom Wegesrand, und natürlich kannte niemand aus der Siedlung die Parole, zumal es gar keine Parole gab, was die Dörfler für besonders schlau hielten, denn so konnten sie die Parole auch nicht vergessen. Und weil der Siedlungsjunge die Parole nicht kannte, wurde er gefangen genommen und musste den Donnerbalken einweihen, musste vor den Augen des Anführers und seiner Bande die Hosen runterlassen und sich auf den rauen Stamm hocken und vorscheißen, was nicht jedem gelang und somit wieder nur den Zorn und den Hohn und die Strafmaßnahmen der Soldaten (Stiefel lecken, Pisse trinken) zur Folge hatte. Aber die Dörfler spielten nur am Rand des Waldes, und das auch nicht oft, weil sich ihre Art der Kriegführung herumgesprochen hatte und es dadurch immer weniger Feinde gab, die den Donnerbalken einweihen wollten, und weil sie der Wald ganz einfach nicht interessierte.

Ein Feldweg führte über den Rübenacker und die Obstwiese, kroch den Hang hoch und verschwand im Wald, wo er zum Pfad wurde und sich schließlich im Dickicht der Hohen Hecke verlor. Von der hatte Hardy in der Schule gehört, hatte gelernt, dass die Mönche von Aubach sie einst gegen plündernde germanische Stämme angelegt hatten. In einem der Schulbücher gab es eine Doppelseite, die die Entstehung der Hecke genau beschrieb. Von alten Hügelgräbern erzählte das Buch und von der «Hinterwald-Schanze», an der in den alten Zeiten Wegzoll genommen worden war. Von diesem Tor war nichts mehr übrig – an seiner Stelle hatte man für den Bau der Umgehungsstraße und deren Anschluss an die zukünftige Siedlung eine vielleicht fünfzig Meter lange Betonröhre durch den Hügel getrieben. Damals gab es die Straße durch den Wald noch nicht, und es gab auf der anderen Seite des Tunnels auch das neue Gewerbegebiet noch nicht, es gab weder die Auffahrt noch die Tankstelle, das Drive-in, den Lebenmitteldiscounter, den Huka-Möbelmarkt oder das McGrün-Gartencenter, das Völkles Gärtnerei eines Tages ruinieren sollte. Aber es stimmte schon: Hardy und Betti hätten einfach nur einen Kilometer am Wald entlang und dann durch den Tunnel spazieren müssen, um herauszufinden, was hinter der Hohen Hecke war.

Doch Hardy hatte andere Pläne. Er träumte schon seit langem von einer Expedition, einer echten Expedition, wie er sie aus seinen Büchern kannte, einer Expedition mutiger Abenteurer, die sich unter Strapazen durch eine gefährliche Wildnis kämpften. Er wollte nicht nur die Hecke durchqueren, er wollte im Wald auch das Hügelgrab mit seinem Germanenschatz, die Fossilien diverser Urzeittiere und vielleicht sogar das alte Flugzeug finden, das angeblich dort vor Jahrzehnten abgestürzt war.

An einem Sonntag zogen sie los – er mit einem Rucksack, in dem er eine selbstgezeichnete Karte, einen Kompass, ein Notizbuch zum Aufzeichnen seiner Entdeckungen, einen Klappspaten und Dr. Kunzes Feldstecher trug, und Betti mit den Dingen, die sich als nützlicher erweisen sollten: einer Handsichel und einem Beil. Das Licht nahm ab, während sie dem Pfad folgten, wechselte von einem hellen Flimmern zu graugrünem Zwielicht. Immer tiefer drangen sie mit Sichel und Beil in das verschlungene Dickicht ein. Bald konnten sie nur noch gebückt gehen, während sich das Geäst hinter und über ihnen wieder schloss. Armeen von Ameisen kreuzten ihren Weg, und sie hörten Geräusche, die sie noch nie in ihrem Leben gehört hatten. Aber sie fanden nichts – weder ein Hügelgrab noch einen Germanenschatz, noch irgendwelche Urzeitknochen und auch kein verrottetes Flugzeug.

Nach zwei, drei Stunden machten sie Rast. Betti setzte sich in ihren Lederhosen auf den Waldboden, lehnte sich an einen Baum und betrachtete ihre langen, zerkratzten Beine. Aus einer U.S.-Army-Feldflasche, die Dr. Kunze Hardy geschenkt hatte, tranken sie kalten Tee. Im Unterholz krachte es, und über ihnen schwand langsam der Tag und machte der Nacht Platz. Hardy hockte neben ihr, hielt seine Karte und seinen Kompass in der Hand und tat so, als könnte er die Richtung bestimmen, in der sie Flugzeug, Germanenschatz oder die Urzeitknochen demnächst ganz sicher finden würden.

«Ich glaube, wir müssen hier lang», sagte er und deutete in eine Richtung.

«Glaube ich nicht», sagte Betti. «Wir sollten umdrehen. Wird bald dunkel.»

«Es ist nicht mehr weit», sagte Hardy.

«Quatsch. Hier ist nix.»

«Irgendwo hier muss aber was sein.»

«Was denn?», spottete Betti. «Die Bärenknochen, der olle Flieger oder die Germanengeister? Hui-buuh!»

«Irgendwas!», erwiderte Hardy trotzig. Er hatte sein Notizbuch aufgeschlagen. Zwischen die Seiten hatte er Blätter gelegt, die er unterwegs gesammelt hatte, aber die Seiten waren leer.

«Warum bin ich überhaupt mitgekommen?» Betti gähnte. «Na ja, mal was anderes. Aber jetzt gehe ich zurück. Und du kommst mit.»

«Du kannst mir gar nichts befehlen!»

«Doch. Kann ich. Weil ich die Ältere bin und ich dich hier nicht allein lasse. Und weil ich keine Lust habe, später im Dunkeln nach dir zu suchen.»

Hardy sah sie düster an.

«Und wenn du mir jetzt mit Kung-Fu oder so was kommst: Ich hab drei Brüder, die zerlegen dich wie die Katze die Maus.»

Er wusste, dass sie jetzt umkehren würden. Ein bisschen erleichterte ihn das, ja insgeheim bewunderte er ihre Entschlossenheit, aber es machte ihn auch wütend, dass er mit leeren Händen, ohne Schatz, ohne Knochen, zurückkam. «Na gut», brummte er, «wenn du unbedingt willst.»

Betti stand auf. «Hier, schau mal», sagte sie und deutete auf den Baumstamm, an den sie sich gelehnt hatte. «Wer das wohl war?»

«Mir doch egal», sagte Hardy, «irgendjemand halt.»

In die Baumrinde hatte dieser Irgendjemand etwas geritzt. Es musste lange her sein, denn was es auch war, lesen konnten sie es nicht mehr, außer die letzten beiden Buchstaben: A.R.

Als sie in der Dämmerung die Siedlung erreichten und Betti von ihrer Mutter zum Abendessen gerufen wurde, hätte auch Hardy nach Hause gehen müssen, doch das Glashaus, das ihn im Morgengrauen seiner Flucht so magisch angezogen hatte, hatte nichts von seiner Zauberkraft verloren. Wie zufällig geriet er in das Heckenlabyrinth, dessen Oberkante kaum höher war als er. Abendlicht strich durch die kleinen Blätter, und nach kurzem Herumirren stand er am Ausgang und damit vor ebenjener Glastür, vor der er schon einmal gestanden hatte.

Vorsichtig hielt er seine Hand an die Scheibe und spähte hinein. Es war niemand da. Trotzdem stand die Tür wie damals einen Spalt weit offen. Er erinnerte sich genau an jenen Morgen, an den Geruch und an das Licht und an die überraschten Gesichter drinnen. Für einen Moment war ihm, als stünde er immer noch dort, als wäre alles, was geschehen war, nicht geschehen und die Zeit stehengeblieben. Sachte schob er die Tür etwas weiter auf und trat ein.

Ein Teil des Wohn- und Arbeitszimmers war erhöht, was ihm bei seinem ersten Besuch nicht aufgefallen war. Auf diesem Podest standen wie auf einer Bühne ein hölzerner Drehstuhl und ein einfacher Tisch mit einer Schreibmaschine. Dahinter führte eine Wendeltreppe zu einer Galerie unter dem Dach. Er ließ seinen Blick durch den Raum schweifen. Ebenerdig standen die Couchgarnitur, der Fernseher und, an der nicht verglasten Wand, ein großes Bücherregal. Die Mattscheibe des Fernsehers war schwarz, und das Sofa sah nicht so aus, als hätte vor kurzem jemand darauf gesessen. Wie konnte er überhaupt sicher sein, dass dies ein Augenblick nach seinem Eintreten war und nicht lange davor? Mit diesem schaurigen Gedanken im Kopf ging er zwischen Fernseher und Sofa hindurch zum Bücherregal.

Er kannte keines der Bücher, aber soweit er die Titel deuten konnte, waren es dicke Wälzer über Astronomie, Physik, Geologie, Raumfahrt und Archäologie. Vor dem Regal, etwas seitlich, stand ein Tritt, und er stieg darauf, nahm sich das dickste Buch, das er gerade noch erreichen konnte, und schlug es an irgendeiner Stelle auf.

DIE WELT ALS GANZES

Kapitel 3, Zeit und Raum, Abschnitt a)
Die Struktur der Zeit

> Die Richtung des Zeitablaufes ist nicht umkehrbar; in der Welt laufen eine Reihe irreversibler Prozesse ab, die die Rückkehr der Welt in einen früheren Zustand unmöglich machen –

«Wen haben wir denn da?», fragte eine Stimme hinter ihm.

Vor Schreck wäre Hardy beinahe vom Tritt gefallen. Er drehte sich um.

Sie war vielleicht zwanzig und hatte eine Art goldenen Bikini an, dessen Oberteil mit dem Höschen durch mehrere Goldkettchen verbunden war. Auf ihrem Kopf prangte ein Diadem, und ihre Beine steckten in goldenen, kniehohen Stiefeln. Zwischen zwei Fingern hielt sie eine große, unförmige Zigarette, an der sie jetzt genüsslich zog, bevor sie, ebenso genüsslich, Rauchringe in die Luft blies. Mit trägen, katzenartigen Schritten ging sie auf Hardy zu.

Er stieg vom Tritt, wich einen Schritt zurück. «Verzeihung. Die Tür war offen.»

«Die Tür ist immer offen, Kleiner.» Sie nahm ihm das Buch aus der Hand und schaute auf die aufgeschlagene Seite. «Das verstehst du doch noch gar nicht!»

«Da steht, dass man die Uhren nicht zurückdrehen kann.»

«Ha! Was weißt du schon!», rief sie und lachte. «Wer bist du überhaupt?»

«Nummer 13», flüsterte jemand.

«Was?»

«Ich heiße Hardy. Ich wohne gegenüber.»

Sie kam jetzt noch näher auf ihn zu, bis sie fast vor ihm stand. «Warum bist du dir so sicher, dass alles stimmt, was in den Büchern steht?» Wieder zog sie an der unförmigen Zigarette und fing dann plötzlich an zu kichern. «Gefalle ich dir?» Sie strich sich vom Brustbein über die Goldkettchen zum Bauch.

Er nickte.

«Weißt du, wer ich bin?» Sie beugte sich zu ihm, sodass ihm ihr Geruch in die Nase stieg: süßlich und schwer.

Er schüttelte den Kopf.

«Ich bin Dejah Thoris», sagte sie und blies einen weiteren Rauchring aus, «vom Mars.»

«Du musst dir was überziehen, Dejah vom Mars.»

Ein Mann war in den Raum gekommen. Es war der Mann, den Hardy an jenem Morgen nach der Flucht aus dem Heim schon einmal gesehen und mit dem er seitdem aber nie gesprochen hatte. Er hatte ein kantiges Gesicht, große Augen und volles, dunkles, an manchen Stellen schon graues längeres Haar, das er nach hinten gekämmt trug. Vielleicht hatte Hardy ihn sich damals nicht genauer angesehen, aber jetzt, bei ihrer zweiten Begegnung, musste er zugeben, dass Walther Bischoff genauso aussah, wie Betti ihn zuweilen beschrieben hatte: verwegen. Er trug ein grobes Hemd, eine Cordhose mit Hosenträgern, ein Halstuch und einen breitkrempigen Hut, als wäre er einem amerikanischen Western entstiegen.

«Das ist Hardy», erklärte ihm Dejah Thoris, deren Blick ganz glasig war. «Er ist von gegenüber. Und das ist John», fügte sie kichernd hinzu, «John Carter aus Amerika.»

«Ich weiß. Wir haben uns schon häufiger mal kurz gesehen», sagte Walther, «du wohnst bei Jessica, stimmt's?» Er kam näher und reichte ihm die Hand. «Ich bin Walther Bischoff. Freut mich, dich endlich kennenzulernen, Hardy.» Er drückte ihm die Hand, wie Erwachsene Erwachsenen die Hand drücken, und lächelte. «Willst du verreisen?»

«Wir waren im Wald. Betti und ich.»

«Ach so, darum der Rucksack.»

«Haben das Hügelgrab gesucht.»

«Wusste gar nicht, dass es hier eins gibt. Und?»

«Wir haben's nicht gefunden. Wir haben gar nichts gefunden.»

«Manchmal sucht man etwas und findet was ganz anderes.» Walther zwinkerte ihm zu. «Ich würde mich ja gerne weiter mit dir unterhalten, aber wir sind verabredet und müssen heute Abend noch zu einer Party auf den Mars. Das heißt, du musst jetzt leider gehen, aber du kannst ein andermal wiederkommen, wenn du magst.»

Dann standen sie draußen, in Völkles Einfahrt. Dejah hatte sich einen Ledermandel übergezogen und stieg zu Walther auf die Maschine. Der trat den Kickstarter durch, und als Hardy das tiefe Gurgeln des Motorrads hörte, beschloss er, eines Tages selbst die Welt mit so einem Ding zu umrunden. Er versuchte, sich vorzustellen, wo es schon überall gewesen war, versuchte, die Städte, Wüsten und Dschungel vor sich zu sehen, die es durchquert hatte.

Bevor sie losfuhren, drehte sich Dejah noch einmal zu ihm

um, rollte mit den Augen und sagte: «Die Frage ist, ob du den Mumm hast, Kleiner! Den Mumm, die Uhren vor- und zurückzudrehen! An vielen Orten gleichzeitig zu sein! Das Unmögliche möglich zu machen! Wenn du den Mumm hast, kannst du viele Dinge tun, aber», fügte sie hinzu, «die meisten haben den Mumm nicht!»

Dann ließ Walther Kupplung und Bremse los, und sie rollten ein Stück den Kahlen Hang hinab, bevor sie auf die Schnellstraße einbogen und in der Nacht verschwanden.

Soweit Hardy sich erinnern konnte, war Walther der erste Mensch, der zu ihm gesagt hatte, dass er sich freue, ihn kennenzulernen. Jessica hatte bestimmt so etwas Ähnliches irgendwann einmal gesagt, aber es musste ihm entfallen sein. Oft sprach sie davon, welch großes Glück es sei, dass ihr der Zufall so einen großartigen Jungen geschenkt habe. Dr. Kunze kannte keine glücklichen Zufälle, er versicherte die Menschen gegen unglückliche Zufälle, und auch als sie sich zum zweiten Mal, im Heim, begegnet waren, hatte er nicht gesagt, dass er sich darüber freue. Er war freundlich und großzügig, doch letztlich der Überzeugung, dass es Hardy sei, der sich freuen müsse.

Von diesem Abend an ging Hardy regelmäßig zu Walther. Oft stand er minutenlang vor dem im Hof abgestellten Motorrad und strich mit der Hand darüber. Oder er wartete schweigend vor der Glastür und lauschte dem Tippen, bis Walther von seiner Schreibmaschine aufsah, ihn hinter der Scheibe entdeckte und hereinwinkte.

Hardy wollte alles über die Weltreise wissen, und Walther gab ihm bereitwillig Auskunft, erzählte von Istanbul, Teheran, Kabul und dem Himalaya, von Borneo, Sabah, Yokohama und Panama. Die Namen dieser Orte fachten Hardys Phantasie an, und Walthers Erzählung vermischte sich mit den Schicksalen der großen Abenteurer, von denen er gelesen hatte. Abends, wenn er in seinem Zimmer lag und nicht einschlafen konnte, weil der einsame Mond durch das Giebelfenster schien und die Dschunken mit den roten Segeln auf ganz eigenartige Weise beleuchtete, malte er sich wieder und wieder aus, wie er eines Tages all diese Orte bereisen würde.

«So, so», sagte einer der Dschunkenkapitäne, «du willst also fremde Länder kennenlernen! Aber hast du deinen großen Freund auch mal nach den Sachen gefragt, von denen er dir noch nicht erzählt hat? Nach den Würmern, die er sich in Lahore eingefangen hat und mit denen er drei Wochen lang leben musste, drei Wochen mit blutigem Durchfall und wundem Arsch auf einem Motorrad, bis ihn so eine nepalesische Kräuterhexe in Pokhara mit einem Mittel, das neben zerstampften Kräutern hauptsächlich aus gepanschtem indischen Whisky bestand, leidlich kurierte? Das ist kein Spaß! Oder hat er dir erzählt, wie ihn in Kalkutta die Gelbsucht so heftig erwischt hat, dass man dachte, er sei ein Chinese? Du bist noch jung, und deswegen möchte ich dir nicht näher beschreiben, was du wahrscheinlich nur durch die schmutzigen Witzchen kennst, die ihr euch im Schulbus erzählt, aber so viel sei gesagt: Wenn aus deinem, wie nennst du es gleich, Schwanz, Schwengel, Glied, Penis, Pullermatzi, also wenn aus deinem Ding so eine gelbe, tranige Flüssigkeit kommt und es brennt wie Feuer, dann hast du besser noch ein paar Dollar übrig, um den nächsten Doktor zu bezahlen, der dir eine richtige Medizin gibt, den gelobten Saft von Bayer, Hoechst oder Ciba-Geigy und nicht irgendwelche zermanschten Kräuter von sonst wem. Was guckst du so? Hat er dir von der Mückenplage auf Borneo erzählt, vom Gestank der Fäkalien oder von den Toten, die den Mekong hinunter aufs Meer getrieben sind, Hinterlassenschaft eines fernen Krieges? Er hat sie gesehen, mehr, als er zählen konnte, vom Bug des rostigen Seelenverkäufers aus, auf dem dein großer Freund mit seinem Motorrad nach Yokohama fuhr, wo man ihn, eine zerlumpte, verflohte, stinkende Langnase, erst einmal in Quarantäne steckte – hat er dir davon nicht erzählt? Du Träumer!»

«Mein Gott, Hardy», sagte Jessica am nächsten Morgen beim Frühstück, «wie siehst du denn aus!»

«Hab schlecht geschlafen. Albträume.»

Aber nicht immer war Hardy allein, wenn er Walther besuchte. Auch die anderen Kinder aus der Nachbarschaft saßen auf dem Sofa, es gab Kakao oder Limonade, und Walther erzählte von Captain Ronins zukünftigen Abenteuern. Gelegentlich machte er Pausen, als ob er sich nicht sicher wäre, wie Ronins Geschichte weitergehen sollte, und fragte: «Oder was meint ihr?» Und dann hatte jeder eine Idee, wie es weitergehen würde.

Wahrscheinlich gab es nur vier oder fünf, aber später, in ihrer Erinnerung, gab es viele Nachmittage, an denen sie auf Walther Bischoffs grünen Polstern lümmelten, während er, nicht im mindesten gestört, schrieb und sie phantastische Geschichten spannen. Manchmal fing es dann an zu regnen, dicke Tropfen hämmerten auf das Glasdach, und das Trommeln des Regens mischte sich mit dem Geklapper der Schreibmaschine. Und das waren die glücklichen Tage der Kindheit.

1975

Das Grundstück neben dem der Kunzes war lange unbebaut geblieben, doch eines Morgens stand ein Bagger darauf, und ihm folgten Betonmischmaschinen und ein Baukran und Bauarbeiter, und kein Jahr verging, bis die neuen Nachbarn einzogen, was Dr. Kunze anfangs übellaunig machte, denn er hatte eine Weile mit dem Gedanken gespielt, das Nachbargrundstück von der Baufirma zurückzukaufen, es dann aber aus Trägheit doch nicht getan. «Jetzt haben wir den Salat», sagte er und malte Jessica und Hardy die schweren Zeiten aus, die ihnen bevorstünden, wenn die Nachbarn Idioten oder – schlimmer noch – «rote Socken» seien. Seine Stimmung hellte sich erst auf, als er erfuhr, dass Herr Fritz, der neue Nachbar, Bankdirektor war, genauer gesagt, war er der Filialleiter einer Bank in Auwinkel, und in dieser Funktion vergab er ebenjene Kredite, mit denen die Leute in der Siedlung Grundstücke kauften und Häuser bauten.

So zogen auch die Geschwister Krass an die «Hohe Hecke», die dicke, gemeine Sabine und ihr kleiner Bruder Jens, der bald wachsen und zum «Schrecklichen Jens» werden sollte. Ihr Vater, Gunther Krass, besaß ein Optiker-Geschäft in Rüdesheim und war ein dünner Mann mit Brille, der seiner Frau, die die Figur einer Gewichtheberin hatte, niemals widersprach.

Auch die Zwillinge Sandra und Verena Schmidt zogen in die Straße, Rechtsanwaltstöchter, die beide zum Ballettunterricht gingen, Tennis spielten, im Winter Urlaub auf Teneriffa machten und angeblich ein Pferd hatten, auf dem sie jedes Wochenende ausritten.

Dr. Kunze war zufrieden, beinahe euphorisch, denn mit

der Empfehlung von Herrn Direktor Fritz versicherte er die neuen Häuser aller Zugezogenen gegen Blitz und Hagel, Überschwemmungen und heiße Bügeleisen, die sie vielleicht vergaßen auszuschalten. Er machte Gunther Krass klar, dass er angesichts seiner unberechenbaren Nachkommen eine weitreichende Haftpflichtversicherung mit allen möglichen Zusatzklauseln dringend nötig habe, und er erinnerte Herrn und Frau Dr. Schmidt daran, dass man beim Ballett mit dem Fuß umknicken, sich beim Tennis die Bänder reißen und trotz allen Talents einmal vom Pferd fallen könnte und dass einem dann vielleicht nur noch gewisse hochspezialisierte Ärzte in der Schweiz helfen würden, deren Hilfe, wie die Frau Doktor ja wisse, von der allgemeinen Krankenversicherung nicht abgedeckt sei. Bald kaufte er sich einen neuen, noch größeren Mercedes, und nun fuhr Hardy mit seinen Pflegeeltern in den Sommerferien an die Côte d'Azur.

Nachdem sie in den vergangenen Ferien in einem Kurhotel im Schwarzwald Urlaub gemacht hatten, hatte Jessica vorgeschlagen, diesmal nach Italien ans Meer zu fahren, doch leider wollte Dr. Kunze «überallhin, nur nicht nach Italien». Auf ihre Frage, warum er nicht nach Italien wolle, hatte er nur mit den Achseln gezuckt und gebrummt, er möge die Italiener nicht, die wollten einen übers Ohr hauen.

Hardy war die Côte d'Azur ganz recht. Er freute sich auf einen Ausflug nach Monaco, weil es dort das Ozeanographische Museum gab, dessen Direktor Jacques-Yves Cousteau war. Diesen Meeresforscher, sein Schiff «Calypso» und die Fernsehserie «Geheimnisse des Meeres» fand er beinahe so gut wie Ronin, McLane, Captain Kirk und die Geheimnisse des Weltalls.

Die Fahrt mit dem Mercedes über den Rhein und später, die Rhône entlang, Richtung Süden war die längste Reise, die er bis dahin unternommen hatte. Er schaute aus dem Fenster, wollte nichts, kein Dorf, keinen Fluss, keinen Weinberg, keinen Baum, keinen Strauch, verpassen, wollte die ganze Landschaft in sich aufnehmen, und als sie einmal Rast machten und er ausstieg, sog er die Luft und den fremden Geruch so tief und lautstark ein, dass ihn Jessica verwundert musterte.

Auf der Reise schienen seine Pflegeeltern glücklich miteinander zu sein. Zu Hause waren sie nett zueinander, der Alltag war von gegenseitigen Bitten, Gunstbezeugungen und dem Wort «Schatz» geprägt. «Könntest du mir bitte meine Brille vom Regal holen, Schatz?», oder: «Kannst du mir bitte hinten das Kleid zumachen, Schatz?», oder: «Ob da wohl in dem Kühlschrank noch ein Bier für deinen Schatz ist, Schatz?» Sie stritten sich selten, und wenn, dann nur leise und hinter verschlossenen Türen, aber ihr Verhalten war distanziert, was Hardy zunächst nicht auffiel – er kannte es nicht anders. Erst in Südfrankreich sah er, dass sie sich manchmal umarmten, lachten und einmal sogar küssten.

Auf der Höhe von Nîmes bog Dr. Kunze von der Nationalstraße ab, über der die heiße Luft flimmerte, und schlug vor, sich einen Landgasthof für die Nacht zu suchen. Sie fuhren durch einige kleine Dörfer, über einen Fluss und dann einen holprigen Schotterweg entlang und kamen zu einer Art Gutshaus, das Gästezimmer anbot und «La maison verde» hieß, obwohl es gar nicht grün war.

«Na ja, früher war es mal grün», sagte Dr. Kunze.

Jessica sah ihn überrascht an. «Du warst schon mal hier?»

«Vielleicht», brummte Dr. Kunze, plötzlich wieder ganz der Alte, und zuckte mit den Achseln. «Ist lange her, sehr lange. Als ich mal jung war, da war ich auf der Durchreise mal hier, ganz kurz, auf der Durchreise. Die werden sich wohl kaum noch an mich erinnern, so kurz, wie das war.»

Vor dem Abendessen machten sie noch einen Spaziergang.

Es dämmerte, und es war warm, die Grillen zirpten, und Dr. Kunze tat ein wenig geheimnisvoll, als sie die Schotterstraße entlanggingen, in ein Pinienwäldchen hinein. Sie kamen auf eine Lichtung, eine Art Parkplatz, auf dem ein einziges Fahrzeug stand, ein VW-Bus, gar nicht mal so alt, aber eigenwillig lackiert: Wogen von Farbe hatten sich über den Bus ergossen, weiße Einhörner galoppierten auf der einen Seite, silbrige Wale sprangen auf der anderen, und auf der Heckklappe stand in leuchtenden orangen Lettern: «Submarine to Eternity». Vor dem Bus war ein Vorzelt aufgebaut, und ein verdreckter Grill stand herum. Ein angeleinter Hund unbestimmbarer Rasse schlief, die Augen zusammengekniffen, und furzte, aber ansonsten war niemand zu sehen.

«Jetzt schaut euch das an», sagte Dr. Kunze kopfschüttelnd und winkte, ihm zu folgen.

Sie gingen auf einem schmalen, von Pinien gesäumten Pfad, bis sich vor ihnen ein steiler Abhang auftat. Am Fuße des Abhangs lag der Fluss, blaugrün und klar, und dieser Fluss wurde von einem alten sandsteinfarbenen Aquädukt überspannt, der so hoch wie eine Kathedrale vor ihnen aufragte.

«Das ist was, was? Riesig, monumental, beeindruckend, nicht wahr?», sagte Dr. Kunze.

Es war in der Tat beeindruckend. So etwas hatte Hardy bislang nur in Büchern gesehen. Seine Suche nach dem Hügelgrab kam ihm plötzlich bedeutungslos vor.

«Haben die Römer gebaut. Zweitausend Jahre alt», erklärte Dr. Kunze mit einer weit ausladenden Geste seines rechten Arms, «kaum zu glauben, wozu die damals schon in der Lage waren … Was ist denn da los? Jetzt schaut euch das mal an!»

Er zeigte den Abhang hinunter. Dort hatte es sich die Besatzung des «Submarine to Eternity» am Flussufer bequem gemacht. Süßliche Rauchschwaden wehten zu ihnen hoch.

Es waren vier – zwei junge bärtige Männer und zwei junge langhaarige Frauen. Einer der Männer spielte auf einer Gitarre, der andere badete mit einer der beiden Frauen im Fluss, und die zweite Frau saß auf einem Felsen und blinzelte zu ihnen herauf. Ebenso wie die drei anderen war sie, von Stirnbändern und bunten Ketten abgesehen, nackt.

«Also so was», sagte Dr. Kunze.

Die Frau auf dem Felsen war die erste nackte Frau, die Hardy in seinem Leben sah, und weil sie ein Stirnband im Haar und eine lange goldene Halskette trug, ähnelte sie Dejah Thoris.

«Vielleicht sollten wir das auch machen», schlug Jessica vor, und einen winzigen Augenblick lang war sich Hardy nicht sicher, ob sie es ernst meinte.

«Was?», erwiderte Dr. Kunze. «Da unten baden? Nackt? Kann ich mir vorher noch eine Blume ins Haar stecken?»

Jessica lachte.

Er schüttelte abermals den Kopf und drehte sich um. «Na, das war was, Junge, oder? Kannste zu Hause deinen Schulkameraden erzählen. Römer und nackige Hippies in Frankreich! Auf geht's, Zeit fürs Abendessen!»

Nach den Sommerferien bekam Betti eine Zahnspange, ein fest verschraubtes, chromblitzendes Ding, das etwas Bedrohliches an sich hatte. Sie war nicht länger Leutnant Jagellovsk, denn wenn sie lächelte, sah sie aus wie ein Roboter. Im Simca spielten sie und Hardy überhaupt nicht mehr, denn während sie sitzengeblieben war, hatte er in der Grundschule zwei Klassen übersprungen, und inzwischen ging sie in Auwinkel auf die Realschule und er auf das Gymnasium in der Kreisstadt. Auch dort hatte er keine Freunde. Er blieb ein Streber, ein Besserwisser, der falsche Sohn einer Lehrerin. Ältere Jungen, die er nicht kannte, besuchten Betti manchmal, und wenn sie ihm dann zufällig begegnete, tat sie, als würde sie ihn nicht kennen.

Die neue Nachbarsfamilie Fritz bestand aus dem Ehepaar und ihrem einzigen Kind, Thomas, der etwas älter als Hardy war, aber im Gymnasium in eine Parallelklasse ging. In dieser Klasse gab es schon zwei Jungen, die Thomas hießen, und dieser Umstand führte dazu, dass er seinen Vornamen verlor und zunächst von seinen Lehrern, bald aber auch von allen anderen nur «Fritz» genannt wurde. Er trug eine Brille, bei der es sich offenbar um eine kleinere Ausführung jenes Modells handelte, das der Kanzlerkandidat der CDU/CSU, Dr. Helmut Kohl, im Bundestagswahlkampf trug, was ihm, der schon damals einen hohen Haaransatz hatte, eine gewisse Ähnlichkeit mit dem Politiker verlieh – sie wurde besonders dann offensichtlich, wenn er an der Bushaltestelle neben einem der übergroßen Wahlplakate stand. 1976 verlor Kohl, was Dr. Kunze abermals in trübe Stimmung brachte.

«Weißt du, Hardy, der Schmidt mag ja ganz anständig sein, aber die roten Socken, die er da im Gepäck hat, vor allem dieser Wehner, dieses ganze rote Gesocks, das ist die Fünfte Kolonne, sag ich dir. Die wollen die Wiedervereinigung doch bloß, weil sie wissen, dass dann die ganze Zone bis in alle Ewigkeit SPD wählt.»

Fritz und Hardy hatten wenig miteinander zu tun. Sie grüßten sich, wenn sie sich an der Haltestelle oder im Bus trafen, und sprachen manchmal über belanglose Dinge – über die Lehrer an ihrer Schule, über einen Film, den sie im Fernsehen gesehen hatten. Fritz kam aus Frankfurt, dort hatten sie in einer kleinen Wohnung im 18. Stock eines Hochhauses gewohnt, und auch wenn ihm sein großes Zimmer und die neue Schaukel im Garten anfangs gefallen hatten, so sehnte er sich mittlerweile nach der hässlichen, lärmenden, stinkenden Stadt zurück, nach dem Hochhaus mit Ömer ein Stockwerk über ihm und Georgios ein Stockwerk unter ihm und Karin von nebenan, mit denen er auf dem Bolzplatz hatte Fußball spielen oder nach der Schule am «Kongo» hatte rumhängen können, dem schmalen Bach, der sich zwischen den Hochhäusern hindurchschlängelte. Doch eine Stelle als Filialleiter war Herrn Fritz nur in Auwinkel angeboten worden, und Frau Fritz hatte Angst vor den Flugzeugen gehabt, die manchmal recht tief über das Hochhaus hinwegflogen. Also waren er und seine Mutter seinem Vater und dem «Ruf des Geldes» mehr oder weniger widerstandslos gefolgt.

Fritz konnte nicht verbergen, dass er seine Mitschüler für dumpfe Landeier hielt, weshalb auch bei ihm die Zahl der Freunde überschaubar war – zumal er sich zu früh für Mädchen interessierte und sich trotz seiner Brille und der dünnen Haare unwiderstehlich fand. «Ti amo», hatte er der dicken Sabine Krass entgegengehaucht, und die hatte ihm dann, mehr aus Verlegenheit, zwischen die Beine getreten. Er brauchte also einen Freund, einen Kumpel, doch seine Versuche, Hardy für sich zu gewinnen, waren anfangs wenig erfolgreich. Manchmal fing er ihn ab, wenn er auf dem Weg zum Schulbus war, und wollte ihn in ein Gespräch verwickeln, doch Hardy gab einsilbige Antworten, und bald versandete das Gespräch.

«Wir könnten eine Runde Elektrotennis spielen», schlug Fritz ihm eines Tages vor.

Hardy sah ihn fragend an.

Ungefähr drei Monate zuvor hatte sich in Rüdesheim der 56-jährige Inhaber des Radiogeschäfts «Hi-Fi-Neumann» mit dem Netzkabel eines Farbfernsehgeräts erhängt. Er hatte sich unglücklich in eine Prostituierte verliebt, die zu allem Übel auch noch heroinabhängig war, und er hatte sich geschworen, sie «da rauszuholen». Sie aber hatte ihm klargemacht, dass das nur gehen werde, wenn er sie weiterhin mit «dem Stoff» versorge. Was er dann auch tat.

Leider war der Stoff nicht billig, und als er merkte, dass die Umsätze seines Ladens nicht reichten, verpfändete er die Waren und nahm bei der Bank von Herrn Fritz in Auwinkel einen Kredit auf. Der schneller als gedacht aufgebraucht war.

«Dann muss ich mir das Geld für den Stoff eben wieder auf die alte Tour verdienen», hatte die Geliebte gesagt und war gegangen.

Diesen Teil der Geschichte erzählte Herr Fritz natürlich nicht, als er eines Abends beschwingt nach Hause kam und unter dem Arm etwas aus der Neumann'schen Insolvenzmasse hatte, einen bunten Pappkarton, der die elektronische Spielkonsole «Odyssey» enthielt.

«Das ist der letzte Schrei», sagte er, «man schließt es an den Fernseher an.»

Von da an gab es bei ihnen keine «Waltons» mehr, keine «Kleine Farm», kein «Haus am Eaton Place», keine Mainzelmännchen, keine «Tagesschau», und auch das «Raumschiff Enterprise» wurde nur noch selten gesehen. Stattdessen flog auf dem Fernsehschirm ein kleines weißes Quadrat hin und her, das an jeder Seite von zwei länglichen weißen Rechtecken zurückgeworfen wurde, sofern Fritz und Herr Fritz schnell genug die Rädchen an ihren Steuerboxen drehten. Sonst verschwand es im Nirwana jenseits des Bildschirmrands, und Herr Fritz oder Fritz erhielt einen Punkt. Das Ganze nannte sich «Table Tennis», und Vater und Sohn spielten es abends, morgens und oft das ganze Wochenende hindurch.

«Heute kommt ‹Dalli Dalli›», gab Frau Fritz zu bedenken, aber das interessierte die beiden nicht. Zwar erinnerte sich Herr Fritz an die üble Geschichte von Abhängigkeit und Sucht, die ihm den kleinen Kasten in die Hände gespielt hatte, aber vom

Elektrotennis konnte er nicht lassen. Er entwickelte einen eigenartigen Ehrgeiz, der dadurch befeuert wurde, dass sein Sohn, der in der Schule immer schlechter wurde, meistens besser war als er. Obwohl er wusste, es war falsch, und sich selbst nicht wiedererkannte, wollte er nur noch gewinnen. Und weil er das nicht konnte und Fritz, nachdem er ihn mal wieder besiegt hatte, so hämisch lachte, stand er plötzlich vor ihm, groß und übermächtig, die Hand mit dem Steuergerät drohend erhoben, und wollte – ja was eigentlich? Brüllen? Mit dem Plastikkasten seinen Sohn verprügeln? Jedenfalls sah er die Angst in dessen Augen und erschrak.

Fritz widersprach nicht, als sein Vater sagte, jetzt sei es mal genug mit dem ewigen Elektrotennis, sie sollten mal richtig Tennis spielen, das sei viel gesünder. Die Konsole verschwand samt Zubehör wieder in ihrem bunten Originalkarton, und Herr Fritz legte ihn in der Garage in ein Regal, wo sich langsam Staub darauf sammeln konnte.

«Man schließt es an den Fernseher an», erklärte Fritz, als er und Hardy nun vor dem bunten Karton standen. «Macht echt Laune.»

Hardy fand dann nicht, dass es so sehr Laune machte, was auch daran lag, dass es keinen Ton von sich gab und sie auch sonst keinen Lärm machen durften. Fritz hatte ihn unter der Bedingung, sehr, sehr leise zu sein, ins Haus gebeten, und dann hatten sie das Gerät ausgepackt und angeschlossen. Stumm flog das weiße Quadrat hin und her, und Hardy, der anfangs verlor, aber bald gewann, gähnte.

«Ist da nicht noch ein anderes Spiel in dem Karton?»

«Psst! Nicht so laut!»

«Ich bin doch gar nicht laut.»

«Meine Mutter schläft.»

«Jetzt?»

«Sie nimmt Tabletten, die müde machen, und dann schläft sie um diese Zeit meistens.»

«Warum nimmt sie denn die Tabletten?»

Fritz zögerte. «Weil sie Angst hat. Das sind so Tabletten gegen Angst. Gegen zu viel Angst.»

Hardy wandte sich dem Inhalt des Kartons zu. Tatsächlich waren der Konsole noch einige andere Spiele beigelegt, die Fritz, wie er gestand, nie ausprobiert hatte, da er mit seinem Vater am Elektrotennis hängengeblieben war. Eines der Spiele hieß «Die Eroberung des Sonnensystems». Dafür musste man eine Art Stoffmaske, auf der die Planeten zu sehen waren, auf dem Bildschirm befestigen, und dann das kleine weiße Quadrat über die Planeten manövrieren. Es war eine Geschicklichkeitsübung, bei der es weder Gewinner noch Verlierer gab, und Hardy fand das Spiel noch langweiliger als Elektrotennis, aber plötzlich hielt sich Fritz, schlafende Mutter hin oder her, ein imaginäres Funkgerät an den Mund und gab ihm Anweisungen:

«Bodenkontrolle an Major Hardy! Sie sind vom Kurs abgekommen. Wenn Sie weiter in diese Richtung fliegen, werden Sie unweigerlich in die Sonne stürzen!»

«Verstanden, Bodenkontrolle! Versuche Ausweichmanöver!»

«Sie müssen die Nuklearaggregate zünden!»

Fritz bewies eine erstaunliche Fähigkeit, sich immer neue, haarsträubende Schwierigkeiten auszudenken, und so machte das Spiel auf einmal Spaß, und sie trafen sich bald beinahe täglich vor dem Fernseher.

«Was macht ihr da?», fragte Frau Fritz, die eines Tages schlaftrunken im Türrahmen des Wohnzimmers stand.

«Wir erobern das Sonnensystem.»

«Oh», sagte Frau Fritz, «wie schön.»

«Amerikanisch», sagt Dr. Kunze. Er ist begeistert von dem neuen Spielzeug, das er Hardy geschenkt hat, und begeistert von sich selbst, weil es teuer war und ihn das nicht juckt, da er nicht auf die Raten für ein Bauspardarlehen gucken muss wie seine Nachbarn in der Siedlung. «Hab ich über meinen Freund, den *Mädscher*, bekommen.» Er kennt einen amerikanischen Offizier, der ihm manchmal Dinge aus den Läden besorgt, in denen nur amerikanische Militärangehörige einkaufen dürfen. «Made in the U. S.», sagt er. «Hehe, wahrscheinlich haben sie die Pläne von uns geklaut, was glaubt ihr, Jungs?» Sein Blick wird ernst. «Also aufgepasst, das ist kein Spielzeug. Versteht ihr? Kein Spielzeug!»

Sie stehen in der offenen Doppelgarage der Kunzes, es riecht nach Motoröl und Whiskey. Links parkt der silberne Mercedes, Hardys Bonanza-Rad lehnt hinten an der Wand, das alte Kettcar steht in der Ecke. Es ist die zweite Woche der großen Ferien, und Rad und Kettcar sind die Vergangenheit, das sind Reliquien der Kindheit. Aber rechts, unter dem Fenster aus Glasbausteinen, steht Hardys Werkbank, ein schwerer Stahltisch mit einem halben Dutzend Schubladen voller Schrauben, Nägel und Leim, Kabellitzen, Bananensteckern und Lötkolben – der Tisch, an dem er mit Fritz bis gerade eben gearbeitet hat.

«Kein Spielzeug!», wiederholt Dr. Kunze, der, das wissen die Jungen inzwischen, keine Ahnung davon hat.

Hardy nickt. Er nickt und schweigt. Er will möglichst schnell weg aus dem Gravitationsfeld seines Pflegevaters, der in jedem Jahr seit der Mondlandung ein Kilo zugelegt hat. In der Hand hält er die soeben erst zusammengebaute rot-weiße Modellrakete «Alpha eins» und ein schmales, graues, elektrisches Zündgerät, Fritz trägt die Startrampe: einen dreibeinigen Plastikständer mit einer dünnen Führungsstange aus Metall für die etwa einen halben Meter lange Rakete. Die beiden wollen raus auf den Rübenacker ohne Dr. Kunze, aber daraus wird nichts. Denn der hat die Schwarzpulver-Feststoffmotoren, die die Rakete antreiben, und er will beim Jungfernflug dabei sein.

«Keine Angst», sagt er. «Ich kenne mich aus. Ich kann euch helfen, die Dinger abzuschießen. Hab ich im Krieg auch gemacht.» Er steckt sich die kleinen Papprollen, die aussehen wie die Chinakracher an Silvester, in seine rechte und die handliche Flasche Bourbon-Whiskey in die linke Hosentasche.

Hardy grinst säuerlich, und sie gehen los. Fritz fragt sich, wie alt Dr. Kunze ist, und ihm wird klar, dass er den Krieg erlebt hat, aber nicht wie sein Vater («Wir sind die ganze Strecke gelaufen, übers zugefrorene Haff, ich war erst acht und hab mich nicht beschwert») oder wie seine Mutter («Immer wenn die Sirene geheult hat, mussten wir in den Keller, und dann musste ich ganz, ganz still sein, verstehst du, ganz, ganz still, damit uns die Flieger nicht hören»). Vielmehr ist Dr. Kunze offenbar als Soldat im Krieg gewesen, mit Uniform und Gewehr und Bajonett und mit Stahlhelm und Läusen am Sack und schweren Stiefeln, die gedrückt haben, und vielleicht ist er durch die Polesischen Sümpfe gewatet oder durch die Libysche Wüste gekrochen und hat unterwegs auf Menschen geschossen, und Menschen auf ihn, und das findet Fritz schon irgendwie grausig, aber auch interessant, und deshalb fragt er ihn: «Was haben Sie denn so im Krieg gemacht?»

Dr. Kunze hebt eine imaginäre Panzerfaust auf seine rechte Schulter und macht mit seinen wulstigen, whiskeyfeuchten Lippen ein Explosionsgeräusch, bevor er mit einem gewissen Bedauern in der Stimme antwortet: «Wir haben den Roten eingeheizt, mächtig eingeheizt», und weder Fritz noch Hardy haben Zweifel daran, dass die «Roten» die Russen gewesen sind. «Aber die uns auch.»

Hardy bleibt stehen, tritt die Erde des Feldwegs fest und schaut sich um. Schließlich deutet er auf die Stelle, auf die Fritz die Startplattform stellen soll: «Hier!»

Sein Pflegevater setzt sich ins Gras und wischt sich die Stirn mit einem Taschentuch ab, bevor er sich einen Schluck aus der kleinen Flasche genehmigt. Melancholisch schaut er auf die rotweiße Rakete, die Hardy in der Hand hält, und dann schaut er an ihm vorbei, schaut über die Wiese und die Äcker und in den Wald hinein und wieder aus ihm hinaus, immer weiter.

Hardy steckt sich einen Finger in den Mund, hält ihn hoch. Kein Wind. Der Himmel wolkenlos. Sehr hoch über ihnen zieht ein Bussard seine Kreise.

«Wisst ihr», sagt Dr. Kunze, «wenn, ich meine nur: *wenn*. Also wenn der Krieg nur ein klein wenig länger gedauert hätte, dann hätten wir Raketen gebaut, die bis nach Amerika geflogen wären. Bis nach New York.» Er nimmt noch einen Schluck Whiskey, den ihm der *Mädscher* günstig besorgt hat, und fügt hinzu: «Mitten hinein in ihr verdammtes Empire State Building.»

Der Bussard ist hinter dem Hügel verschwunden, suchend im Meer grüner Wipfel, die Luft ist klar und durchsichtig, die Sonne fast im Zenit. Es ist der erste Start einer Rakete auf einem Rübenacker bei Neuorth. Widerwillig hat Dr. Kunze die kleinen Pappröhren aus der Tasche gezogen. Plötzlich ist er griesgrämig – vielleicht, weil er gerne erklären möchte, wie das jetzt geht, es aber nicht erklären kann, vielleicht auch einfach nur, weil seine kleine Flasche leer ist.

Hardy hat eine Röhre in die Rakete gesteckt und den Zünder mit den langen Kabeln verbunden, die zu dem batteriebetriebenen Startgerät führen. Fritz und er gehen ein paar Schritte zurück, er hält das Startgerät, Fritz darf zählen: «Zehn, neun, acht …» Es ist der Sommer der ersten Male, Fritz hat die vergangenen Wochen damit zugebracht, den Schmidt-Zwillingen Sandra und Verena hinterherzulaufen, hat es geschafft, beim Apfelweinfest im Mai mit einer der beiden zum ersten Mal eng umschlungen zu tanzen, und einmal, im Freibad in Auwinkel, ganz hinten an den Kleiderspinden, kurz vor den Mädchen-Toiletten, als schon fast alle gegangen waren, ist es ihm gelungen, eine der beiden zum ersten Mal zu küssen. «Sieben, sechs, fünf, vier …» Aber danach behauptete jede der beiden, die andere gewesen zu sein, und trotzdem dauerte es noch eine ganze Weile, bis er begriff, dass sich die zwei über ihn lustig machten und ihnen weder der erste Tanz noch der erste Kuss irgendetwas bedeutete. «Drei, zwei, eins …» Und dann gab es da noch einen ersten Abend mit Hardy und dem «Kosakenkaffee», einem übel süßen Kaffeelikör, den Fritz, der mittlerweile in seinem alten Spielzimmer im Keller wohnt und von seinen Eltern ab der «Tagesschau» vergessen wird, aus der Hausbar stibitzt hat, ein Abend, an dessen Ende er würgend über der Kloschüssel hing. «Zündung!»

Es gibt einen winzigen Moment der Verzögerung, ein Loch in der Zeit, eine Sekunde zwischen dem Augenblick, in dem Hardy auf den Knopf drückt und die kleine Rakete Feuer spuckt, und dem Abheben. Fast ist es, als wollte sie noch in ihrer Trägheit verharren, als könnte die Erde sie, allen Berechnungen zum Trotz, festhalten, als fände ein Kampf zwischen ihr und einer verborgenen Kraft statt, bevor sie zischend nach oben schießt. Sie ist unglaublich schnell, und sie fliegt unglaublich hoch und und und –

Hardy und Fritz rufen: «Ohh! Aaah! Haaah! Hooh!»

Und das ist etwas ganz anderes als jeder Raketenstart, den sie im Fernsehen gesehen haben, denn dieser Start ist *wirklich*, er geschieht vor ihren Augen. Und das ist auch keine Silvesterrakete, die ja vor allem laut ist und keinen Sinn hat. Diese Rakete hat einen Sinn, denn sie hat ein Ziel, und dieses Ziel ist die Zukunft. Ihre Zukunft. Sie halten sich die Hände über die Augen, um die Rakete nicht aus dem Blick zu verlieren.

Als der Motor ausgebrannt ist, wird der feine Strich über der Landschaft langsamer, kippt, taumelt, dann bläht sich der bunte Fallschirm über der Rakete auf, und die Alpha eins trudelt zum Planeten zurück.

«Na, das ist ja mal was!», sagt Dr. Kunze. «Oder, Jungs?»

Die Jungs nicken, und Dr. Kunze dreht betrübt seine leere Whiskeyflasche um. Mit einem Mal hat er das Interesse an der Rakete verloren. Gleichgültig schaut er in die Luft, als eine plötzliche Böe die Rakete erfasst und von ihnen wegtreibt.

«Na, dann sucht mal schön», ruft er Hardy und Fritz hinterher, und im Augenwinkel sieht Hardy noch, wie er aufsteht, sich mit einem Taschentuch den Staub von der Stirn wischt und auf dem Rückweg immer kleiner wird.

Sie rennen über das Feld, ihren Pazifik. Sie schreien. Sind außer Atem. Und da liegt die Rakete. Sie ist noch unversehrt, bereit für den nächsten Flug.

«Wie viele von den Dingern hast du noch?»

«Motoren.»

«Meinetwegen.»

«Fünf!»

Sie laufen zurück. Jemand steht neben dem Startapparat. Es ist Betti. Sie hat einen kurzen schwarzen Rock und ein rotes, ausgewaschenes T-Shirt an, auf dem noch die Worte «JIMI HENDRIX» und darunter «*There must be some kind of way out of here*» zu erkennen sind. Ihre Beine sind sehr braun, weil sie die ersten beiden Wochen im Freibad verbracht hat. Mit ihren lockigen, inzwischen langen, dunklen Haaren und ihren dunklen Augen sieht sie ein wenig aus wie Lieutenant Uhura.

«Hi», sagt sie und lächelt, und dieses Lächeln wirft für Fritz die Frage auf, warum er statt hinter ihr hinter den blonden, heimtückischen Zwillingen hergelaufen ist.

Auch Hardy ist es aufgefallen: Die Zahnspange ist weg. Die Zahnspange und der Typ mit dem Mofa, Marko, mit dem zusammen er Betti die letzten Wochen gesehen hat. Er ist aus dem Dorf, und er macht mit seinem Mofa mächtig Eindruck bei den Mädchen in der Siedlung. Als Kapitän der Neuorther A-Jugendfußballmannschaft, die vor kurzem von der untersten Liga in die zweitunterste Liga aufgestiegen ist, trägt er immer diese sehr knappen Satinfußballhosen, weshalb sie ihn Glitzerhöschen nennen, aber nicht vor Betti, die ganz stolz darauf war, mit ihm rumzuziehen.

«Marko ist Geschichte», sagt sie, ohne dass Hardy sie nach ihm gefragt hätte. «Und was macht ihr so?»

«Raketen», erklärt Hardy. «Wir schießen Raketen hoch. Pass auf –»

«Wie an Silvester?»

Hardys Augen werden schmal. «Nein. Nicht wie an Silvester. Diese Rakete fliegt *wirklich*. Und sie hat einen Fallschirm, mit dem sie wieder landen kann. Wir können sie immer wieder starten und landen lassen. Sooft wir wollen.»

«Mit dem Ding da?»

«Mit dem Ding da und diesen Motoren.»

«Chinaböllern?»

«Das sind keine Chinaböller.»

«Die sehen so aus wie der Chinaböller, der dem Schrecklichen Jens den kleinen Finger abgerissen hat.»

Nachdem Sabine Krass allen Jungs in der Siedlung außer Hardy zwischen die Beine getreten hatte, war sie ruhiger geworden und widmete sich ganz dem Genuss von Schokoriegeln und Cola, anders als ihr kleiner Bruder Jens, der zum Schrecklichen Jens heranwuchs. Im selben Maße wie seine Ruchlosigkeit wuchs er selbst. Weil er sich der Liebe seiner Mutter und seiner Schwester nicht erwehren konnte, wuchs er erst mal in die Breite. Im Keller des Krass'schen Hauses stand der eigentliche Ursprung dieser Ansammlung von Masse: eine riesige, brummende Kühltruhe, voll mit all den Herrlichkeiten Krass'scher Liebe – Tiefkühlpizza, Tiefkühl-«Texas Steak», Fischstäbchen, Eiscreme, Eiskonfekt, Schokoladenkuchen und -torten. Hardy, Betti und Fritz glaubten, dass sich Sabine und Jens vollständig von Tiefkühlkost ernährten.

Lange Jahre war Jens nicht mehr als ein Ärgernis gewesen, dem man besser aus dem Weg ging. Er war derjenige, der im Kindergarten die Bauklötzchentürme der anderen zum Einsturz brachte, der in der Schule die Hausaufgaben des Banknachbarn ruinierte, indem er Tinte darüberkippte, und wenn man feststellte, dass jemand einem die Luft aus den Fahrradreifen gelassen hatte, dann konnte man meistens ihn hinter irgendeinem Mäuerchen kichern hören.

Dann aber passierte etwas, das aus dem Lausbuben einen Psychopathen machte: Gunther Krass verschwand. Jahrelang war der Familienvater jeden Morgen in seinen Ford Taunus gestiegen und zum Optikerladen gefahren und abends mit ebendiesem Ford Taunus wieder nach Hause gekommen. Doch eines Tages kam der Taunus abends nicht nach Hause und konnte deswegen am nächsten Morgen auch nicht losfahren. Eine Weile kursierte das Gerücht, dass man Gunther Krass, wenn man nur wollte, fein zerkleinert im Keller seines Hauses in der Tiefkühltruhe finden könnte. Aber der neue Opel von Sheriff Becht tauchte nie bei der Familie auf, und es hatte auch nie eine Vermisstenanzeige oder eine Ermittlung gegeben.

Ob Jens seinem Vater nachtrauerte, wusste niemand, doch von da an wuchs er nicht weiter in die Breite, sondern in die

Höhe. Er war immer noch fett, aber langsam schauten aus dem Fett Muskeln hervor, und der Blick seiner zusammengekniffenen Augen wurde bösartiger. So hatte er seinen kleinen Finger auch nicht einfach nur durch einen Chinaböller verloren, sondern weil er versucht hatte, den bereits angezündeten Böller in eine leere Bierflasche zu stopfen, die er in einen Vorgarten hatte werfen wollen.

«Nur das erste Glied», sagt Hardy.

«Das erste Glied?»

«Die Flasche mit dem Böller hat ihm nur das erste Glied seines kleinen Fingers abgerissen. Der Rest ist noch dran. Aber das hier ist kein Böller, sondern ein Motor. Und wir zünden ihn auch nicht mit einer Lunte wie im Mittelalter, sondern elektronisch.»

Betti lächelt ein wenig abschätzig. Das liegt am Klang von Hardys Stimme. Es ist die Ernsthaftigkeit darin, die sie verwirrt. Sie kennt sie nur von den Erwachsenen. Hardy spricht wie jemand, der genau weiß, was er tut, und weil er weiß, was er tut, scheint er auch zu wissen, wer er ist. Das ist etwas, das niemand von ihnen, weder sie noch Fritz, noch die Zwillinge und der Schreckliche Jens, von sich behaupten kann.

Als er die Rakete wieder startbereit gemacht hat, dreht er sich um und geht auf Betti zu. Er fragt sie gar nicht erst, sondern drückt ihr das Startgerät in die Hand.

«Du drehst den Schalter, und wenn das kleine Licht leuchtet, zählst du von zehn runter, und dann drückst du den Knopf.»

Grillen zirpten, und Heugeruch stach in den Nasen, während die Sonne tiefer und tiefer sank und Wolkenschleier im Westen das Blau blasser wischten, bevor die Nacht es verschlang. Als es so dunkel geworden war, dass sie die Rakete auf dem benachbarten Stoppelfeld nicht mehr wiedergefunden hätten, trug Hardy nur noch einen Raketenmotor in der Tasche, den stärksten, den er für den letzten Flug aufgehoben hatte. Er sah zum Himmel und schien unschlüssig zu sein, ob er diesen einen Start noch wagen sollte oder nicht. Betti entschied, zurück zur Gärtnerei zu gehen.

Der menschenverlassene Mond stieg über Wald und Hoher Hecke auf, als sie die Gärtnerei erreichten, wo Walther in seinem Glashaus saß und beim Licht der alten Schreibtischlampe tippte. Durch die Tür sah Hardy ihn: Die Pfeife im Mundwinkel, schaute er auf den eingespannten Bogen Papier und hämmerte auf die Tasten, während der Schlitten der Maschine sich immer weiter bewegte in der Zeit – ein Mann, vollkommen eins mit seiner Arbeit. Hardy hatte schon mitbekommen, dass das für die Erwachsenen nicht der Normalzustand war. Arbeit bedeutete für die meisten eine Last, die sie «zugrunde richtete», deren Verlust sie aber fürchteten und der sie in so große Verzweiflung stürzen konnte, dass sie auf der A3 mit hundertachtzig Sachen gegen die Leitplanke fuhren. Das hatte der Herr Haller vom anderen Ende der Siedlung gemacht, während die Frau und der kleine Sohn sich zu Hause auf dem Sofa «Am laufenden Band» mit Rudi Carrell anschauten.

Und trotzdem sahen viele der Erwachsenen auf Walther herab, denn Schreiben war für sie keine richtige Arbeit. Hardy hatte nicht vergessen, wie er sich im ersten Jahr am Gymnasium im Deutschunterricht voller Stolz gemeldet und behauptet hatte, einen *echten Schriftsteller* zu kennen.

«Captain Ronin?», erwiderte der Lehrer kopfschüttelnd, und Hardys Kameraden fingen an zu tuscheln. «Dann ist er wohl so ein Groschenromanschreiber, jedenfalls kein ernsthafter Schriftsteller wie zum Beispiel – Thomas Mann.»

«Was ist ein ernsthafter Schriftsteller?», hatte Hardy Walther später gefragt.

«Na einer, der keine Witze macht.»

«Hat Thomas Mann Witze gemacht?»

Walther sah ihn an. Er schien über diese Frage nachzudenken. «Ja», sagte er schließlich, «hat er.»

Hardy wusste, was Arbeit war. Schon als Fünfjähriger hatte er im Garten des Kinderheims die Kartoffeln aus der Erde graben müssen. Er hatte gestöhnt, und die anderen Kinder hatten auch gestöhnt, und Schwester Ursula hatte gesagt: «Wenn ihr jetzt schon so stöhnt, ihr Faulenzer, wie soll das dann erst werden, wenn ihr groß seid?»

Es konnte nur schlimmer werden, wenn man groß war, davon war er damals überzeugt gewesen. Und deshalb war der einzige Grund, größer zu werden, der, dass man den Größeren, die einen auf dem Feld drangsalierten, eines Tages gewachsen war, sodass man nicht mehr die eigenen Kartoffeln in ihren Korb legen und somit alle Arbeit zweimal machen musste.

Aber seitdem er das Heim hinter sich gelassen hatte und bei seinen neuen Eltern lebte, war alles leicht gewesen, so leicht, dass er tief in seinem Inneren auf der Hut war. «Das dicke Ende kommt noch», war eine der beliebteren Redewendungen von Dr. Kunze, und während er sie hauptsächlich auf die «rote» Regierung des «Genossen Schmidt» bezog und als «dickes Ende» den endgültigen Sieg des Sozialismus heraufbeschwor, glaubte Hardy an ein dickes Ende, ohne eine Vorstellung davon zu haben, wie es aussehen könnte.

Als sie das Glashaus betraten, sah Walther von seiner Schreibmaschine auf, lehnte sich zurück und nahm die Pfeife aus dem Mund.

«Wir haben eine Rakete gestartet!», rief Betti, «eine richtige Rakete!», und zeigte auf Hardy, der Rakete und Startrampe in den Händen hielt. «Das hättest du sehen müssen!»

Hardy schwieg. Eigentlich hätte er die Rakete zusammen

mit Walther starten und in den blauen Himmel schießen müssen, doch zwischen Dr. Kunze und Walther Bischoff war es nicht mehr so wie früher.

«Limonade?», fragte Walther, stand auf und verschwand in der Küche. Kurz darauf kam er mit Sektgläsern und je einer Flasche Limonade und Sekt zurück.

Sie setzten sich um seinen Couchtisch, und als er die Gläser austeilte, sagte Betti: «Ich habe schon mal Sekt getrunken.»

Walther stellte die Limonadenflasche unter den Tisch. «Kein Wort zu euren Eltern.» Er goss allen ein halbes Glas Sekt ein. «Auf den erfolgreichen Start der – wie heißt eure Rakete?»

«Alpha eins!»

«Auf den erfolgreichen Start der Alpha eins also», sagte Walther.

Später saßen sie auf seinem Sofa und sahen die Abendnachrichten. Es war der 20. August 1977, und hinter dem Nachrichtensprecher war ein Foto eingeblendet, das eine startende Rakete zeigte. Sie hatte die Sonde Voyager 2 auf eine Bahn gebracht, die sie zum Jupiter, zum Saturn und noch viel weiter führen sollte. Auf Voyager 2, sagte der Sprecher, werde eine Schwestersonde folgen, Voyager 1.

Betti fragte, warum Voyager 2 vor Voyager 1 gestartet worden sei, doch niemand wusste es. Walther konnte immerhin erklären, warum die beiden Sonden gerade jetzt starteten: Jupiter, Saturn, Uranus und Neptun seien im Moment aufgereiht wie auf einer Perlenschnur, und ihre Schwerkraft werde die Sonden von einem Planeten zum nächsten und dann hinaus in die Leere zwischen den Sternen schleudern.

«Das kommt nur ein Mal alle 176 Jahre vor», sagte er.

Als sie zwei Tage später wieder auf das Rübenfeld hinter der Gärtnerei gingen, um die Rakete zu starten, waren statt

Dr. Kunze Jessica und Walther mitgekommen. Das Ganze hatte etwas von einem Kindergartenausflug an sich. Obwohl Hardy dreizehn und Fritz fünfzehn und Betti schon fast erwachsen war, fühlten sie sich an diesem Nachmittag im Spätsommer noch einmal wie Kinder, die gebastelt hatten und den Erwachsenen das Ergebnis zeigen wollten.

Die Luft war schwül. Schwalben jagten im Tiefflug über eilig abgeerntete Felder, während sich im Westen graudunkle Wolken türmten, schwarze Schatten, durch die die Sonnenstrahlen hindurchstießen wie Nadeln. Den ganzen Tag über war es heiß und nahezu windstill gewesen, doch jetzt nahm der Wind, anfangs kaum merklich, zu. Unten am Rhein regnete es vielleicht schon.

Hardy hatte den Vormittag damit verbracht, die Rakete mit einem größeren Fallschirm auszustatten. Jetzt zählte Fritz noch einmal von zehn hinunter, und noch einmal drückte Hardy den Startknopf, und noch einmal schien die Rakete für einen Augenblick zu verharren, bevor sie zischend aufstieg.

Weil sie den stärksten Motor hatte, flog sie schneller und höher als die anderen zuvor. Bald konnten sie sie nicht mehr sehen, standen auf dem Acker, den beißenden Geruch von Schießpulver in der Nase. Kniehohe weiße Rauchschwaden lagen wie gefroren auf dem Feld. Sie blinzelten, starrten in den Himmel, kniffen die Augen zusammen. Die ersten Blitze über dem Fluss, Donnergrollen aus dem Tal, näher kommend. Dann ein oranger Fetzen im Grau: der Fallschirm, den Hardy gebastelt hatte und an dem die Rakete nun sehr langsam, mit kreisenden Bewegungen, herabschwebte.

Die Konstruktion war gut – zu gut, denn je langsamer eine ausgebrannte Rakete an einem Fallschirm zur Erde zurückkommt, desto länger bleibt sie in der Luft. Eine Bö ergriff sie und trieb sie weg. Die Köpfe in den Nacken gelegt, rannten sie ihr hinterher.

Es war aussichtslos. Während sie sahen, wie der orange Fallschirm tiefer und tiefer sank, lenkte der Wind ihn über die Hohe Hecke, und bald schon schwebte er knapp über den Wipfeln des Dickichts, bevor er darin verschwand. Sie wussten, sie würden die Rakete dort nicht wiederfinden.

Es donnerte und krachte und begann zu regnen. Auf dem Feldweg standen Walther und Jessica, er hatte schützend seinen Arm um sie gelegt, obwohl das gegen das Gewitter wohl kaum etwas half, und sie winkte, die drei sollten schnell zurückkommen. Also liefen sie durch das Gewitter, Betti Arm in Arm mit den beiden Jungen, die ihre Hüfte umfasst hielten. Der Regen prasselte auf sie herab, und sie lachten, und als sie vor der Gärtnerei stehen blieben, küsste Betti erst Hardy, dann Fritz, lange und ohne etwas zu sagen.

In der letzten warmen Nacht der Sommerferien lagen Betti, Hardy und Fritz auf einer Wiese zwischen den Feldern und aßen Brombeeren im Mondlicht. Hardy hatte einen Feldstecher dabei, der seinem Pflegevater gehörte. Dr. Kunze war Mitglied in verschiedenen Sportvereinen, darunter die «Auwinkler Schützengilde», und er war passionierter Jäger, besaß sogar ein richtiges Gewehr. Ab und zu fuhr er mit Freunden auf die Jagd, aber Hardy und Jessica begleiteten ihn nie.

Damals war es nachts noch dunkel und still, nur ab und zu hörten sie, weit entfernt, einen Hund bellen. Um sie herum stand das Gras, und über ihnen schienen Sterne. Hardy hob das Fernglas an die Augen und beobachtete den Himmel, bis Betti «Lass mich auch mal» sagte und er ihr das Glas gab und sie nach kurzem Schweigen flüsterte: «Wie viele sind das?»

«Zehntausende, Hunderttausende – mit bloßem Auge kann man sechstausend Sterne sehen. In einer klaren Nacht. Bei Neumond. Aber in der Milchstraße sind natürlich noch viel mehr.»

«Wirklich?», sagte Betti leise. Sie roch anders. Schärfer. Diesen Geruch überdeckte sie mit dem Kölnischwasser ihrer Mutter, was ihn intensiver und gleichzeitig irritierender machte. «Willst du auch mal?», fragte sie und reichte Fritz das Glas.

Er nahm es und sah wortlos hindurch. Hardy ging ihm auf die Nerven mit seiner Besserwisserei. Er ging ihm auf die Nerven mit seinem Feldstecher. Und die Sterne gingen ihm mit einem Mal auch auf die Nerven.

«Glaubst du, dass wir jemals zu einem dieser Sterne fliegen werden?», fragte Betti.

«Dazu müssten wir eine Rakete bauen, die ein klein wenig größer ist als die Alpha eins», sagte Fritz spöttisch.

«Wenn wir das Energie-Problem lösen, könnten wir ein Raumschiff bauen, das konstant mit einem G beschleunigt», erklärte Hardy ruhig. «Dann könnten wir die nächsten Sterne in vielleicht fünf bis zehn Jahren erreichen. Wenn wir dann aber zurückkommen, sind auf der Erde Jahrzehnte vergangen, und alle, die wir mal gekannt haben, sind steinalt oder tot.»

Fritz hatte das Glas abgesetzt. Zikaden trommelten gegen die Nacht an, und ein leichter Wind trieb den Geruch von frisch gemähtem Gras herüber, der sich mit Bettis Schweißgeruch und Frau Völkles Kölnischwasser verband.

«Dann bleiben wir doch besser hier», sagte sie.

Die Sonde Voyager 1 startete am 5. September, sechzehn Tage nach Voyager 2, am ersten Schultag nach den Ferien, dem Tag, an dem Terroristen den Mann entführten, dessen Bild danach so lange die Nachrichten beherrschen sollte, dass über Raketen, Sonden oder Reisen zu den Sternen nicht mehr berichtet wurde.

Hardy sah das Foto des Arbeitgeberpräsidenten im Fernsehen, und er sah das Schild oder was es auch immer war, das vor ihm stand oder das er hielt oder das jemand anderes vor ihn hielt, und das Kidnapping und alles, was folgte – die Fahndung, die Appelle und schließlich die Geiselbefreiung, der grausige Mord an dem Entführten und die Selbstmorde der Inhaftierten –, war für ihn nichts weiter als eine entsetzliche Vergeudung. Die Erwachsenen sagten: Wozu müssen wir Raketen ins Weltall schießen, wenn wir doch hier auf der Erde genug Probleme haben! Für Hardy war es von Anfang an, dem Tag, an dem er aus dem Heim geflüchtet war, genau andersherum: Warum schlagen wir uns hier auf der Erde noch mit solchen Problemen herum, wenn wir doch schon längst zu fremden Planeten fliegen könnten?

Doch so wie er schien kaum jemand zu denken. Die Amerikaner hatten ihr Mondlandeprogramm für den Krieg in Vietnam aufgegeben und hatten ihn verloren. «Ohne diesen Krieg», rechnete Hardy Fritz vor, «wären wir schon längst auf dem Mars.»

1978

Im Februar des neuen Jahres kam der «Krieg der Sterne» in Auwinkel ins Kino, das «Rheingold» hieß und im umgebauten Tanzsaal einer ehemaligen Gaststätte untergebracht war. Hardy, Betti und Fritz fuhren mit Jessica und Walther hin, und weil Betti, die sie zum Mitkommen hatten überreden müssen, darauf bestand, im Kino nicht ganz vorne neben den beiden Erwachsenen zu sitzen, zahlte Hardy von seinem Taschengeld dazu, um in einer hinteren Reihe drei Plätze zu finden.

Betti saß zwischen Hardy und Fritz, und an einer Stelle des Films (der Stelle in der Müllpresse) nahm sie Hardys Hand und drückte sie und legte sie auf ihren Oberschenkel, wo sie liegen blieb, bis der Millennium-Falke den Schergen des Imperiums entkam –

Piuu-piuu! So etwas hatte noch niemand gesehen: Wüstenplaneten, Todessterne, Raumschlachten, die kannten sie allenfalls aus den Heften, in denen Captain Ronin gegen übermächtige Feinde für das Gute kämpfte. Aber das waren Orte der Phantasie, Geschichten von imaginären Welten, die sich Walther und seine Kollegen ausgedacht hatten. Hier im «Rheingold» sah der Wüstenplanet echt aus, sahen die Raumjäger echt aus, wirkten selbst die Leere und Finsternis des Alls echt.

«In Wirklichkeit ist es dadraußen ganz still», flüsterte Hardy.

«Was?»

«Psst!»

«Wegen dem Vakuum. Im Weltall gibt es keine Luft, also kann sich der Schall nicht ausbreiten.»

«PSSSST!»

«Da gibt's kein Laser-piuu-piuu oder so was.»

«A-ha», flüsterte Betti.

Nach dem Film warteten Jessica und Walther vor dem Kino. Sie hatte ihren Arm bei ihm eingehängt und lächelte erst ihn an und dann die drei Freunde. «Na, wie fandet ihr's?»

«Han Solo war süß», antwortete Betti.

Später, in ihrer Erinnerung, ist Jessica nie älter als zu der Zeit, als sie ihre Grundschullehrerin gewesen war. Als sie Dr. Kunze geheiratet hatte, musste sie Anfang zwanzig gewesen sein und er fast zwanzig Jahre älter. Betti hatte den Altersunterschied nicht weiter ungewöhnlich gefunden, das tat sie erst, als Dr. Kunze älter und dicker wurde und sich seine Freundschaft zum Whiskey vertiefte und er ihr merkwürdige Blicke zuzuwerfen begann.

«Kannst du dir vorstellen, dass Walther und Jessica miteinander bumsen?», flüsterte sie Fritz ins Ohr.

Auch Walther war zwanzig Jahre älter als Jessica, aber er sah nicht so aus. Er hatte immer noch volles Haar, das er nach hinten kämmte. Er rauchte Pfeife. Er trug eine Lederjacke, wenn er aus dem Haus ging. Er hatte keinen Bausparvertrag und keinen Vorgarten. Er hatte Bücher und eine Schreibmaschine und ein Motorrad. Und er hatte neben Dejah Thoris zahlreiche weitere Freundinnen, die er häufig wechselte, was unter den Nachbarn zu noch mehr Gerede führte.

Er wirkte abwesend an diesem Abend. Sie stiegen alle zu Jessica in den VW-Käfer, und während der Rückfahrt sagte er kein Wort.

«Ich glaube, die beiden bumsen miteinander», sagte Betti, als sie später mit Fritz in der winzigen Dachkammer saß, die sie in der obersten Etage des Völkle-Hauses bewohnte. Dort war sie praktisch allein, denn ihre beiden Brüder, die hier auch Zimmer hatten, waren selten da. «Sie kann keine Kinder kriegen, deswegen haben sie Hardy geholt, wusstest du das?»

In der Kammer standen ein Tisch, ein Stuhl, ein Schrank und ein Bett – für mehr war wegen der Dachschräge kein Platz. Sie saßen beide auf dem Bett. Auf dem Fußboden stand eine halb leere Flasche Lambrusco, aus der sie abwechselnd tranken.

«Du meinst, Jessica und Walther haben was miteinander?»

«Das sieht doch ein Blinder.»

«Hardy hat nichts davon erzählt.»

«Falls dir das noch nicht aufgefallen ist: Der erzählt nie irgendwas. Der würde sich eher die Zunge abbeißen.»

«Dass es bei dir immer nur ums Bumsen gehen muss», sagte Fritz und seufzte.

Sie nahm einen Schluck aus der Lambrusco-Flasche. «Worum soll's denn sonst gehen?»

Fritz dachte nach. «Könntest du dir vorstellen, was mit mir zu haben?»

Betti runzelte die Stirn, und Fritz erschrak einmal mehr vor seiner Unverfrorenheit, während sie ihm gleichzeitig wohlige Schauer über den Rücken jagte.

«Na ja», lautete diesmal die Antwort. «Wenn du dir vielleicht eine andere Brille zulegen könntest?»

Dann lachte sie.

Betti war jetzt sechzehn. Ihr ältester Bruder hatte eine Autowerkstatt drei Dörfer weiter und war längst aus dem Haus. Auch ihre zwei Schwestern lebten nicht mehr in Neuorth: Eine hatte einen Maurer geheiratet, und die andere arbeitete bei der Post. Die zwei übrigen Brüder wohnten die meiste Zeit bei ihren jeweiligen Freundinnen und arbeiteten in der Gärtnerei – kamen nur nach Hause, um sich die Wäsche waschen zu lassen, was ihre Mutter klaglos machte. Manchmal freilich, wenn die Freundinnen wieder gewechselt hatten, riet sie ihren Söhnen, sich endlich Frauen zu suchen, die Wäsche waschen könnten, da sie ja nicht ewig leben werde.

Frau Völkle führte nicht nur den Haushalt, sondern sie versorgte auch den Obstgarten und die Gemüsebeete, die ihr Mann hinter dem ziegelroten Wohnhaus angelegt hatte. Die Vorstellung, dass sie die Kartoffeln selbst ausgrub, die abends dampfend auf dem Esstisch der Familie standen, befremdete alle anderen Frauen in der Siedlung. Zwar konnten auch sie sich noch an die Zeiten erinnern, da ihre Mütter und Großmütter die Brombeeren vom Wegesrand zu Marmelade einkochten und Holunderblüten sammelten, um daraus Sirup zu machen, nur wollten sie nicht an sie erinnert werden.

Das war Frau Völkle ziemlich egal. Wie ihr Mann stand sie mit beiden Beinen fest auf dem Boden, und es schien nichts zu geben, das sie aus der Ruhe bringen konnte. Wenn sie mit ihrer Hausarbeit fertig war, was nun, da die Mehrheit ihrer Kinder nicht mehr daheim wohnte, immer früher am Tag der Fall war, saß sie meistens auf der Treppe vor dem Eingang des Backsteinhauses und schnitt Äpfel oder schälte Kartoffeln für das Abendessen, neben sich die Katze, die jeden, der an der Gärtnerei vorbeikam, ebenso aufmerksam wie gleichgültig beobachtete. Ab und zu stand die Katze auf und fing eine Maus, die sie dann neben den Topf mit den Kartoffeln legte.

Frau Völkle trug bunte, lange Röcke, die dazu führten, dass Fremde sie für eine «Zigeunerin» hielten, und meist ein Kopftuch, das diesen Verdacht erhärtete. Es war für die Kinder der Siedlung schwer zu sagen, wie alt sie war, und auch die Erwachsenen konnten ihr Alter nur schätzen. Wenn sie einen anlachte und ihre Goldzähne blinkten, musste man sie für eine alte Hexe halten, doch wenn sie nachdachte und das Licht in einem bestimmten Winkel auf sie fiel, sah man eine Frau von großer Schönheit.

Betti hatte von ihrer Mutter diese Schönheit geerbt, wobei sie einmal sagte, dass sie, was das Erben angehe, in erster Linie auf die Goldzähne scharf sei. Früh hatte es ihr Vater aufgegeben, sie morgens wie seine übrigen Kinder in den Gemüsegarten zu scheuchen, um dort Kartoffeln, Radieschen oder Tomaten zu ernten. Meistens kam sie mit einem einzigen Stück zurück, und auch Strafen änderten daran nichts. Sie war nicht faul, denn an manchen Tagen stand sie als Erste auf, ging in den Garten und kam mit einem Eimer voller Obst zum Frühstück zurück, ohne dass sie jemand darum gebeten hätte. Sie war anders.

«Das kommt daher», erklärte ihre Mutter, «dass sie nicht daheim geboren ist. Der fremde Himmel, der fremde Himmel.»

Unter welchem Himmel auch immer – Betti hatte weder vor, bei der Post zu arbeiten, noch wollte sie einen Maurer heiraten. Nach ihrem Schulabschluss an der Realschule winkte eine Ausbildung als Versicherungskauffrau, die Dr. Kunze schon eingefädelt hatte.

«Ach, ich weiß nicht», sagte sie zu Hardy, «ob ich das machen soll. Da werde ich Tippse oder so was. Versicherungstippse. Vielleicht sogar bei deinem Vater? Bloß nicht! Wenn ich genug Geld zusammenhabe, will ich um die Welt reisen, so wie Walther.» Sie lag bäuchlings auf ihrem Bett, ließ den Kopf über die Bettkante hängen und betrachtete Staubflusen.

«Er ist nicht mein Vater», sagte Hardy. «Mein Vater ist tot. Und überhaupt: Wie willst du das anstellen? Zum Reisen braucht man Geld. Wie willst du das verdienen?»

«Geld? Keine Ahnung.» Sie hob den Kopf und grinste. «Wir könnten uns ja zusammentun.»

Damit sie die Schule schaffte, brauchte sie Hilfe, und sie hatte beschlossen, dass Hardy genau der Richtige dafür sei. Eines Tages hatte sie ihn abgepasst und geradeheraus gesagt, dass er ihr ab jetzt mindestens einmal die Woche Nachhilfe in Mathematik und Naturwissenschaft geben müsse.

«Ich zahle auch dafür!»

«Wie viel?»

«An wie viel hast du denn so gedacht?»

«Zwei Mark die Stunde.»

«Happig.»

«Angemessen.»

«Na gut, aber du bekommst das Geld erst, wenn ich meinen Abschluss habe, oder anders ausgedrückt: Du bekommst es *nur*, wenn ich meinen Abschluss habe.»

«Also eine Art Erfolgshonorar.»

Sie beugte sich vor, bis sich ihre Nasenspitzen fast berührten. «Genau das habe ich gemeint.»

«Du könntest absichtlich durchfallen, damit du nicht bezahlen musst.»

«No risk, no fun.»

Von jenem Tag an ging Hardy einmal in der Woche zur Gärtnerei, grüßte Frau Völkle und die Katze auf der Außentreppe und stieg die Stufen zum Eingang hinauf, betrat das Haus und sog die Gerüche von gekochtem Kohl und Fleisch und Knoblauch ein, schaute nach dem alten Hund, der in der Küche lag und immer schlief, sodass Hardy sich mehr als einmal fragte, ob er vielleicht ausgestopft war, und ging nach oben, vorbei an der Waschküche und an der Außentoilette auf halber Treppe, deren Zwergentür fast immer offen stand, sodass man durch das Fenster bis an den Rand der Hohen Hecke blicken konnte, stieg weiter hinauf durch das mit einer hellgrünen, an Waldmeistereis erinnernden Ölfarbe gestrichene Treppenhaus, bis er in Bettis Dachkammer stand.

Beim ersten Mal fragte sie: «Womit fangen wir an?»

«Mathe.»

«Hab ich schon befürchtet.»

«Alles ist Mathematik.»

«Glaub ich nicht.»

«Das ist vielleicht das Problem.»

«Wenn du mich anschaust, dann denkst du nicht an mich, sondern an was anderes, und das ist *dein* Problem.»

«Du musst mir eure Bücher und die Hefte geben, damit ich weiß, was du gemacht hast.»

«Ich hab schon eine ganze Menge gemacht.»

Am Anfang fiel es ihm schwer, ihr Mathematik beizubringen, denn jetzt war sie es, die an andere Dinge dachte, sobald sie die Aufgaben zu mühselig fand, was nach durchschnittlich zwei Minuten der Fall war. Oder sie stellte Fragen nach dem Sinn des Ganzen, Fragen, die sie seiner Ansicht nach nur stellte, um vom Eigentlichen abzulenken.

Sie mochte ihn. Sie mochte, dass er da war, und mochte es, ihn zu beobachten, wenn er neben ihr auf dem Bett saß und ihr ein Problem erklärte und sich schnell darin verlor. Glitzerhöschen und seine Kumpel aus dem Dorf hatten immer wenig Worte verloren, wenn sie auf diesem Bett gesessen hatten, und sie war, ehrlich gesagt, darüber auch immer ziemlich froh gewesen.

Dieser Junge hier, der so viel jünger war als sie und auf seine Art so viel älter, war anders. Das fing schon damit an, dass er nicht ständig seine Hand am Schritt hatte. Glitzerhöschens selbstvergessenes Gekraule war ihr so sehr auf die Nerven gegangen, dass sie ihn einmal gefragt hatte:

«Ist noch alles da?»

Leider wusste Glitzerhöschen mit Ironie überhaupt nichts anzufangen. «Worauf du einen lassen kannst, Schwester.» Schmutziges Grinsen, Ende der Konversation.

Hardy konnte sie stundenlang zuhören, obwohl sie nicht immer verstand, wovon er sprach. Gerade weil er nicht viel von sich erzählte, fühlte sie sich bald als seine Vertraute, ja Gefährtin, denn von einem Moment zum nächsten konnte es vorkommen, dass er von Dingen sprach, über die er noch nie zuvor gesprochen hatte.

«Wozu muss ich wissen, was Primzahlen sind?», fragte sie einmal.

Er sah von ihrem Schulbuch auf und schwieg, und es war nicht ganz klar, ob er sich eine gute Antwort überlegte oder in Wahrheit an etwas ganz anderes dachte. «Als ich noch im Heim war», sagte er dann, «da haben sie mich mal eingesperrt.»

Das war interessant: das Heim! Eingesperrt! In einem – «In einem Verlies?», fragte sie.

Sie mochte das Wort, wie sie überhaupt die alten Wörter mochte. Ihr Vater kannte eine Menge alter Wörter, Wörter, die ihre Mutter manchmal aussprach, wie um ihren Geschmack noch einmal im Mund zu haben, Wörter, die nicht nur einen Klang, sondern auch eine Farbe und einen Geruch hatten. Verlies war braun, schmeckte metallisch, roch feucht und modrig.

«Im Keller. In einem Fass.»

«O Gott! In einem Fass! *Wirklich?*»

«In dem Keller haben die Mönche früher den Wein gelagert, und die alten Holzfässer standen noch da rum, das heißt, eigentlich lagen sie, Riesenfässer, und in einem hatte man an einer Seite eine abschließbare Tür mit einem Fenster einbauen lassen. Dadrinnen gab es so eine Holzpritsche, auf der man sitzen und schlafen konnte.»

Sie sah ihn gespannt an.

«Und weil es so stockduster war», fuhr er fort, «und weil es nichts zu tun gab, habe ich mir die Primzahlen aufgesagt, damit … Damit mir's nicht so geht wie dem Gustav.»

Die letzten Worte hatte er ganz leise gesagt, und sie spürte, dass es keine gute Idee war, nach diesem Gustav zu fragen, wer auch immer das gewesen sein mochte.

«Aber warum haben sie dich ins Fass gesteckt?»

«Als Strafe.»

«Als Strafe wofür?»

«Na ja, irgendwie als Strafe für alles.» Er zuckte mit den Achseln. «Vielleicht dafür, dass ich überhaupt da war.»

Schon damals im Kino, im «Krieg der Sterne», war ihr aufgefallen, dass er erschrak, als sie seine Hand genommen hatte. Er zittert, hatte sie gedacht, er zittert wie jemand, dessen Hand nie von irgendwem gehalten worden ist. Auch jetzt zuckte er leicht, fast unmerklich zurück, als sie ihn wie aus Versehen berührte, aber er schob die Hand, die ihm über den Nacken strich, oder das nackte Knie, das gegen sein Knie drückte, nicht weg.

Obwohl sie in Mathematik und Physik nur langsam vorankamen, bestand Betti auf ihren zwei wöchentlichen Terminen und bereitete sie akribisch vor. Sie machte ihr Bett und breitete eine Tagesdecke darüber. Sie stellte frische Blumen in einer Milchflasche auf das Fensterbrett. Wenn es draußen heiß war, machte sie einen Krug mit Limonade, und wenn es kalt war, eine Kanne Tee. Dann legte sie sich auf das Bett, schloss die Augen und wartete, bis sie seine Schritte hörte und er, etwas außer Atem, in der Tür stand. Und hätte sie jemand danach gefragt, hätte sie nicht sagen können, was sie mehr genoss: seine Ankunft oder das Warten darauf.

Das Fernsehen kam an einem Mittwoch in die Siedlung. Hardy und Fritz gingen nach der Schule zusammen von der Haltestelle des Bahnbusses nach Hause, und als sie in die «Hohe Hecke» einbogen, waren sie einigermaßen überrascht, als sie vor Völkles Gärtnerei, neben dem Eingang, drei Männer sitzen sahen.

Noch nie zuvor hatten sie ein Fernsehteam gesehen. Der Kameramann hatte seine Kamera auf der Gartenmauer abgestellt, der Tonmann fummelte am Windschutz seines Mikrophons herum, und der Reporter rückte seine Krawatte zurecht und blickte in die Ferne. Er wirkte auf Hardy wie einer dieser überkorrekten deutschen Fernsehkommissare.

Als er und Fritz näher kamen, rafften sich die drei widerwillig auf.

«Na, ihr beiden», begann der Reporter, «ihr seid ja bestimmt auch große Fans?»

«Fans wovon?», fragten sie.

«Von Captain Ronin natürlich.»

Ja, das stimmte. Und als der Reporter fragte, was sie an den Ronin-Geschichten besonders toll fänden, sagten sie es ihm.

«Also, Ronin ist für euch so etwas wie der Beschützer der Menschheit?»

Hardy und Fritz nickten.

«Die vielen technischen Details, stören die euch nicht?», fragte er weiter. «Also, ich war in Physik immer eine Niete. Was ist zum Beispiel eine Neuroemitterkanone?»

Hardy erklärte es ihm.

Der Reporter fragte seinen Kameramann: «Hast du das?», und der Kameramann nickte, und der Reporter sah auf die Uhr, bedankte sich, und dann gingen die drei zu einem blauen Kombi mit der Aufschrift des Senders. Fritz hatte gerade noch genug Zeit zu fragen, wann und wo ihr Beitrag zu sehen sein werde.

Den Rest der Woche warteten sie darauf, dass der Beitrag gesendet wurde. Und als er dann am Freitag endlich kam, saßen sie bei Walther auf der Couch. Sogar Fritz' Mutter war da. Und Jessica. Sie wollten ihre Söhne im Fernsehen sehen.

Das Merkwürdigste an allem war, dass nicht einmal Walther

etwas geahnt hatte. Das Fernsehteam hatte ihn und ein paar andere Autoren aus seiner «Mannschaft» bei ihm zu Hause interviewt, sie waren höflich und auch interessiert gewesen, hatten gesagt, es gehe in ihrem Beitrag um die wiedererwachende Begeisterung für Science-Fiction. Ging es dann ja auch, irgendwie.

SPRECHER: «Ein Gespenst geht um in Europa. Dieses Gespenst trägt Tunika und Laserschwert!»

Filmausschnitt aus «Krieg der Sterne» – Luke Skywalker kämpft mit seinem Laserschwert gegen imperiale Sturmtruppen.

SPRECHER: «Wer dachte, die Begeisterung für die Unterwerfung fremder Welten habe nach der letzten Folge von ‹Raumpatrouille› oder ‹Raumschiff Enterprise› ein stilles Ende gefunden, wird in diesem Jahr eines Besseren belehrt: Schon in den USA feierte das Zukunftsmärchen ‹Krieg der Sterne› Zuschauerrekorde, und auch hierzulande lässt die Sehnsucht nach einer fernen Galaxie die Kinokassen klingeln!»

Umschnitt – Warteschlange vor einem Kino.

SPRECHER: «Vordergründig geht es in dem Film um den Widerstand eines Häufleins tapferer Rebellen gegen ein böses Imperium, doch wer genauer hinschaut, sieht, dass hier vor allem weiße Wohlstandsbürger gegen einen Trupp von Bürokraten mit Asthma anrennen.»

Filmausschnitt aus «Krieg der Sterne» – Darth Vader und die Offiziere des Todessterns.

SPRECHER: «Wer hat eigentlich Prinzessin Leia gewählt? Das verrät der Film nicht. Und warum wird Luke Skywalker zum Retter der Menschheit auserkoren? Weil er der Beste ist? Nein – wegen seines Blutes! Die ‹Macht› – nur ein anderes Wort für rassische Überlegenheit – ist ‹mit ihm›, was in Wahrheit bedeutet: Er hat den richtigen Abstammungsnachweis. Wer bei dieser Revolution des weißen Mannes im Weltraum nicht mitmachen will oder kann, darf entweder in der Wüste Schrott sammeln oder als Halbaffe der Herrenrasse die klapprigen Raumkisten reparieren, oder er endet als tuntiger, vergoldeter, zotenreißender Don Blech.»

Filmausschnitte aus «Krieg der Sterne» – Sandmänner, Chewbacca, C-3PO.

SPRECHER: «Die Begeisterung für die Flucht in die Zukunft kommt nicht von ungefähr. In den USA sind es Comics, die den Weg bereitet haben, in der Bundesrepublik vor allem eine Heftromanserie: ‹Captain Ronin – Entdecker der Zukunft›. Ronin ist ein blonder Siegfried, der die Zwerge dieses Universums in Atem hält, ein Konquistador des Weltalls. Er stiehlt ein paar außerirdischen Unterwesen die Antriebstechnologie, um damit dann den Rest der Galaxie zu unterwerfen. Das Ganze ist ein immerwährender Verteidigungskrieg zur Rettung der ‹überlegenen› menschlichen Rasse, in den Heftchen euphemistisch ‹Terraner› genannt.»

Umschnitt – Hardy und Fritz vor Völkles Gartenmauer.

FRITZ: «Klar, wenn einer die Menschheit retten kann, dann Ronin.»
HARDY: «Er hat einfach die bessere Technologie.»
FRITZ: «Aber er setzt seine Waffen nur zur Verteidigung ein.»
HARDY: «Ja, nur im Notfall.»
SPRECHER: «Rassische Überlegenheit und Wunderwaffen – das Ganze garniert mit dem ewigen Märchen von der Selbstverteidigung. Terraner, wehrt euch! Kommt das jemandem bekannt vor? Die terranische Wunderwaffenzentrale befindet sich übrigens in diesem Haus –»

Umschnitt auf Alwin Völkles Gärtnerei.

SPRECHER: «Hier wurde vor bald zwanzig Jahren Captain Ronin, der Entdecker der Zukunft, erfunden, der allen Aliens das Fürchten lehrt. Chefautor Walther Bischoff hatte im Schmidt-Verlag – einschlägig bekannt für seine Lanzerheftchenreihe ‹Der Kamerad› – bereits mit dem Indianer killenden ‹Marshall McDonnel› und dem schießwütigen FBI-Spezialagenten ‹Jimmy White› Geld gescheffelt, bevor sein Weltraumarier ‹Captain Ronin› zur allgemeinen Erbauung Massenvernichtungswaffen basteln durfte. Zum Beispiel die raffinierte ‹Neuroemitterkanone›. Sie verstrahlt ihre Gegner, lässt aber deren Produktionsmittel, ganz der Logik der US-Wirtschaft folgend, unversehrt.»

Umschnitt auf Walther Bischoff in seiner Wohnung, umgeben von einigen Mitautoren.

WALTHER BISCHOFF: «Na ja, die Neuroemitterkanone sendet eben tödliche radioaktive Strahlung aus, sodass vor Ort alle organischen Wesen sterben, aber ihre Raumschiffe intakt bleiben.»
SPRECHER: «‹Kanonenwalther› wird Herr Bischoff in der Szene auch genannt. Im Krieg erwarb er sich zweifelhafte Meriten, bevor ihn die Rote Armee aus Gründen, über die nur spekuliert werden kann, zu mehreren Jahren Zwangsarbeit verurteilte. Dass er jetzt in seinen Schmuddelheftchen die Neutronenbombe vorhersagt, wird die Geheimdienste mehr interessieren als die Literaturkritik!»

Niemand sagte etwas. Hardy hätte sich am liebsten an einen anderen Ort teleportiert oder in eine andere Zeit, in der er dem Reporter und dessen Team nie begegnet wäre. Er starrte auch dann noch auf den Fernseher, als der bereits ausgeschaltet war. Irgendwann standen sie alle auf und gingen.

Tagelang sah Hardy Walther nicht. Wenn er ihn besuchen wollte, war die Schiebetür verschlossen. Das Motorrad stand im Hof, immer an derselben Stelle, und es sah nicht danach aus, als ob es in letzter Zeit bewegt worden wäre. War Walther da? War er verreist? Auch Betti wusste es nicht.

Eines Tages, als Hardy von der Schule nach Hause kam, stand die Schiebetür wieder offen. Eigentlich wollte er zu Betti, aber dann sah er, dass der Türgriff nach unten zeigte, und nach kurzem Zögern fasste er sich ein Herz und schob die Tür auf.

Walther saß vor seiner Schreibmaschine und rauchte. Ein Bogen Papier war eingespannt, leer. Auf dem Tisch neben der Maschine stand ein halb leeres Glas Rotwein.

«Hallo», sagte er, «wie geht's?»

«Gut.»

«Was gibt's?»

«Wollte nur mal so vorbeischauen.»

Walther nahm die Pfeife aus dem Mund und lehnte sich nach hinten. Eine unangenehm lange Pause entstand, in der Hardy nicht wusste, ob er bleiben oder gehen sollte. Walther zog an der Pfeife, die beinahe ausgegangen war, paffte und starrte auf das weiße Blatt Papier.

«Es tut mir leid», sagte Hardy.

«Was tut dir leid?»

«Das, was wir im Fernsehen gesagt haben.»

«Wieso? War ja nicht falsch.»

«Nein, ich meine, dass wir überhaupt mit denen geredet haben. Wir konnten doch nicht wissen … Sie haben gesagt, sie machen eine Sendung über Ronin und seinen Erfinder, den berühmten Schriftsteller Walther Bischoff –»

«Auch Kanonenwalther genannt. ‹Berühmt›! Hast du mich nicht mal gefragt, was ein ernsthafter Schriftsteller ist? Ich bin keiner. Ich mach das für Geld, verstehst du?» Er legte die Pfeife, die inzwischen ausgegangen war, neben die Schreibmaschine mit dem leeren Blatt. «Weißt du, was der Verlag gesagt hat? Ich soll erst mal eine Pause einlegen. Aus der ‹Schusslinie› gehen. Die wollen mir sogar Geld dafür geben, dass ich aus der Schusslinie gehe, am besten für immer, und verstehst du, warum? Weil ich mit denen einen Vertrag habe, in dem steht, dass ich der Chefautor und gleichzeitig der Chefredakteur bin und bestimmen kann, wer die nächsten Ronin-Hefte schreibt und was drinsteht!» Er schaute verärgert auf sein Weinglas. «Aber was soll's. Der Film, den wir im Kino gesehen haben, das ist die Zukunft. Ein paar Jahre noch, dann wird sich sowieso niemand mehr für Captain Ronin interessieren. Und auch nicht für Kanonenwalther.»

Einige Tage danach ging Hardy wieder zu ihm, diesmal mit Fritz. Die beiden machten ernste Gesichter.

«Jemandes Katze gestorben?», fragte Walther.

«Ich möchte mich auch bei Ihnen entschuldigen», sagte Fritz und rückte die Brille auf seiner Nase gerade. Er hielt einen Aktenordner vor seiner Brust, was ihn älter erschienen ließ, und in der Hand einen kleinen schwarzen Kasten.

«Geschenkt.» Walther, der wieder vor seiner Schreibmaschine und einem leeren Bogen saß, runzelte die Stirn.

«Wir haben eine Lösung gefunden», sagte Hardy. «Wir schlagen vor, dass du deine Marke erweiterst.»

«Wie bitte?»

«Er meint», erklärte Fritz, «du musst den Vertrag ändern und dir möglichst viel Kohle sichern und gleichzeitig, ähm, deine Marke erweitern.»

«Meine Marke erweitern.»

«Es ist ganz einfach», sagte Hardy. «Du verzichtest auf deinen Chefautoren- und Chefredakteursposten gegen eine Gewinnbeteiligung. Du schreibst stattdessen ein bis zwei Romane im Jahr, die nicht immer von Ronin handeln, aber im Ronin-Universum spielen, richtige Bücher, gebundene Bücher. Gleichzeitig erweiterst du deine Marke, das heißt, die Gewinnbeteiligung bezieht sich auf alle Einnahmen, die die Marke ‹Captain Ronin› bringt und bringen wird, also nicht nur auf Hefte und Bücher, sondern auch auf Filme, Fernsehserien, Hörspiele, Comics, T-Shirts, Brettspiele, Gummifiguren –»

«Gummifiguren?»

«Und natürlich auf noch unbekannte Verwertungsformen, das heißt auf Verwertungsformen, die jetzt noch niemand kennt, weil es sie noch gar nicht gibt.»

«Ich soll mir die Einnahmen sichern von etwas, das es noch gar nicht gibt?»

Fritz nickte. «Wir haben alles ausgerechnet! Mit dem Taschenrechner!» Er zeigte ihm triumphierend den kleinen schwarzen Kasten. «Hardy hat sogar ein Programm geschrieben!»

Der kleine schwarze Kasten war ein «Texas Instruments SR-52 Programmable Pocket Calculator» mit Magnetkartenspeicher und roter LED-Anzeige, den Fritz' Vater, obwohl er ihn weder bedienen noch programmieren konnte, neuerdings zur Berechnung der Immobiliendarlehen verwendete, da er bemerkt hatte, dass sich Kredite den Kunden viel leichter mit den rot glimmenden Ziffern seines «unbestechlichen kleinen Kollegen aus Texas» verkaufen ließen als durch irgendwelche komplizierten Zahlenbeispiele auf Papier. «In zwanzig Jahren sind Sie schuldenfrei, und das Haus gehört Ihnen», konnte er am Ende eines Beratungsgesprächs sagen, und auf der Anzeige des SR-52 leuchtete eine kleine rote «20» auf. Wer wollte da noch widersprechen?

«Wie kommt ihr auf das alles?» Walther, in dessen Zukunft es zwar Zeitdilatoren und Raumschiffe mit Überlichtgeschwindigkeit, aber keine programmierbaren Taschenrechner gab, sah die beiden ungläubig an.

«Hat er in einem Buch gelesen.»

Tatsächlich, Hardy hatte die Idee aus einem Buch, das der *Mädscher* seinem Pflegevater zum 55. Geburtstag geschenkt hatte und das den Titel «Success – How to Build a Business Empire» trug. Dr. Kunze hatte es nie aufgeschlagen, wozu auch, er war mit seinem Versicherungsimperium mehr als zufrieden, außerdem waren seine Englischkenntnisse bescheiden, und so verstaubte das Buch in der großen Schrankwand im Wohnzimmer, in der auch die Hausbar war, verstaubte unter dem Bourbon-Whiskey, dem teuren Cognac und dem Kirschlikör, verstaubte zwischen der Brockhaus-Enzyklopädie, den Angélique-Liebesromanen, dem «Lexikon der Mixgetränke», einer Buchclub-Ausgabe der «Blechtrommel» und dem Weltatlas, in dem Deutschland immer noch in den Grenzen von 1937 dargestellt war, ja in dem die masurischen Seen, die kaschubischen Strände, die alten Speicher im Hafen von Danzig und das zerschossene Königsberg lediglich unter polnischer beziehungsweise sowjetischer «Verwaltung» standen und die Abkürzung «DDR» noch nicht die Abkürzung «SBZ» verdrängt hatte. Hardy hatte das dicke Buch in zwei Tagen durchgelesen, und dann hatte er noch einen halben Tag für das Studium der Bedienungsanleitung des SR-52 gebraucht, die den Rechner als «wahre Problemlösungsmaschine» anpries.

«Na gut», sagte der Verlagsleiter in der Woche darauf, nachdem Walther mit einer Aktenmappe unterm Arm in seinem Büro aufgetaucht war, «du würdest also die Chefredaktion und auch deine Position als Chefautor von ‹Ronin› unwiderruflich räumen, wenn du», er blätterte in den Papieren, die vor ihm auf dem Tisch lagen, «wenn du vom Nettoerlös der Hefte 2,25 Prozent erhältst, von der Wiederauflage alter Ausgaben, die du geschrieben hast, 4,5 Prozent, von den, wie nennst du sie doch gleich, ach ja, hier, also von diesen ‹Kosmos›-Romanen, die du jedes Jahr schreiben wirst, 12,5 Prozent, von allen Nebenrechten, die wir an Dritte verkaufen, 50 Prozent sowie 75 Prozent aus bislang unbekannten, zukünftigen Verwertungsformen. Was soll das sein? Bildschirmtext? Autokinos auf dem Mond?»

«Keine Ahnung», antwortete Walther. «Deswegen sind sie ja unbekannt, diese Verwertungsformen.»

Der Verlagsleiter seufzte. Der Fernsehbericht war nur das Tüpfelchen auf dem i gewesen. Ihm setzte inzwischen auch ein linkes Nachrichtenmagazin mit Recherchen zur Landserheftchenserie «Der Kamerad» zu, für die ganz am Anfang auch Walther Bischoff geschrieben hatte. Man vermutete, dass unter den Autoren der ersten Stunde gestandene Nazis waren, möglicherweise sogar Kriegsverbrecher. Als ob das nicht genug wäre, drohte ihm aus den USA auch noch eine Plagiatsklage gegen die «Jimmy White»-Reihe, und die Verkaufszahlen des einstigen Western-Flaggschiffs «Marshall McDonnel» befanden sich, wie das linke Nachrichtenmagazin in einem Nebensatz angemerkt hatte, «stukagleich» im Sturzflug. «Na gut», sagte der Verlagsleiter zu Walther, «dann machen wir es so.»

Walther Bischoff hatte auf einmal viel Zeit. Er verbrachte sie damit, sich an seine Jugendjahre zu erinnern, als er nach der Entlassung aus der sowjetischen Gefangenschaft mit einem Motorrad um die Welt gereist war, zumindest um die halbe, bevor ihm das Geld ausging und er sein Motorrad verkaufte und den Rest in ein Ticket für die Heimreise von San Francisco nach Hamburg stecken musste – für ihn die langweiligste Seereise, die man sich vorstellen konnte.

«Das Motorrad draußen im Hof ist also gar nicht das, mit dem du um die Welt gefahren bist?»

«Nein, mit dem war ich nur am Gardasee.»

Er saß in seinem Glashaus auf dem Sofa, und Jessica lag mit dem Kopf auf seinem Schoß, hatte die Beine übereinandergeschlagen und sah nach oben. Es war Nacht, und wegen der Nachbarn hatten sie kein Licht an. Der Mond schien durch das Glasdach auf den Couchtisch, auf zwei halbvolle Gläser und eine Flasche Wein.

Hardy war auf Klassenfahrt im Taunus, wo Besichtigungen der Saalburg und des Limes auf dem Programm standen, und Dr. Kunze war in Holland, weil man ihn zusammen mit anderen Generalvertretern für das erfolgreiche Verkaufen von Autoversicherungen mit einer Reise nach Zandvoort belohnt hatte.

«Erzähl mir vom Bazar in Teheran», bat Jessica, «und von den Tempeln in Baktapur …»

Wann sich die Ordnung in der Neuen Siedlung auflöste, hätte Betti später nicht sagen können, denn es geschah nicht von heute auf morgen, nicht von einer Woche zur nächsten, sondern so langsam, dass die Auflösung, ohne dass man es so recht bemerkte, zum eigentlichen Zustand wurde. Aber Betti spürte sie, spürte, wie sich hinter den zahllosen Buchsbaumhecken aus der Gärtnerei ihres Vaters erst Unbehagen, dann Überdruss und schließlich Chaos breitmachten.

Den Anfang hatte Frau Haller gemacht, die Frau des Mannes, der auf der Autobahn «mit Karacho», wie der Schreckliche Jens es formuliert hatte, gegen die Leitplanke gefahren war, während sie und ihr kleiner Sohn «Am laufenden Band» geschaut hatten. Auch wenn jeder in der Siedlung glaubte, dass er das getan hatte, weil er entlassen worden war, zahlte die Lebensversicherung wohl auf Empfehlung Dr. Kunzes unverzüglich.

So war Frau Haller, gestern noch Hausfrau eines einfachen Angestellten der Chemieindustrie, mehr oder weniger über Nacht zur reichen jungen Witwe geworden, denn sie war erst 28, und obwohl ihr Gesicht eines jener Gesichter war, an die man sich, kaum hatte man es gesehen, schon nicht mehr erinnern konnte, hatte sie sich nach der Schwangerschaft, wie ihre Nachbarinnen anerkennen mussten, erstaunlich gut gehalten, war nicht dick und träge geworden wie die meisten Frauen in der Siedlung, oder sie war träge geworden, und man sah es ihr nicht an. Auf jeden Fall schlief sie nach nur zwei Wochen Trauerarbeit mit dem Nachbarn zur Linken und dann mit dem zur Rechten, und dann schlief sie sich langsam die Straße hinauf. An der hohen Hecke Nummer 23 blieb sie hängen, an einem Baustatiker, der für sie seine Frau sitzenließ und zu ihr zog, und Betti bedauerte das ein wenig, denn sie hätte gerne gewusst, was passiert wäre, wenn der «Hallerpokal», wie sie es nannte, weiter zu Herrn Direktor Fritz oder zu Dr. Kunze gewandert wäre.

Frau Krass war die Nächste, von der man redete. Seitdem ihr Mann sich davongemacht hatte, hatten sie, ihre Tochter Sabine und ihr inzwischen «halbstarker» Sohn Jens (der gar nicht mehr halbstark, sondern richtig stark war, seitdem er im Keller Gewichte stemmte) auf die Dienste einer Firma namens «Plusfrost» vertraut, deren Kühlwagen zweimal wöchentlich in der Siedlung auftauchte und Vanilleeis, tiefgefrorene Erdbeeren, Klöße, Pommes frites, Texas-Steak und den «Gefüllten Saumagen Pfälzer Art» brachte, den absoluten Renner des Sortiments. Gefahren wurde der Wagen von einem dünnen, etwa 40-jährigen Jugoslawen namens Drago, der auch die Bestellungen aufnahm, kassierte und die Tiefkühlprodukte in die jeweiligen Truhen oder Schränke packte, was ihm einen intimen Einblick in das Leben und die Gewohnheiten seiner Kundinnen verschaffte. Drago wuchsen überall schwarze Borstenhaare, jedenfalls hatte er Arme, die stärker behaart waren als bei anderen Männern der Kopf, und auch aus seinem weißen «Plusfrost»-Hemd, dessen oberste zwei Knöpfe er auch dann offen trug, wenn die Außentemperatur die Innentemperatur seines Wagens unterschritt, quollen wollige schwarze Borsten.

«I-gitt», sagte Betti, aber Fritz, dessen dünnes Haupthaar schon damals zurückzuweichen schien, bemerkte nachdenklich:

«Es gibt bestimmt viele Frauen, die auf so etwas stehen.»

Zumindest eine gab es, die auf so was stand: Frau Krass. Sie soll ihn ihren «Eber» genannt haben, was, wenn man die Behaarung bedachte, eine treffende Bezeichnung war. Allerdings war Drago eher ein schmächtiger Zeitgenosse, anders als der Schreckliche Jens, der als notorischer Schulschwänzer eines

Vormittags auf seinem knatternden, frisierten Moped um die Ecke bog und wenige Augenblicke später in der Tür des Elternschlafzimmers stand, was Drago aber nicht mitbekam, da das Ächzen unter ihm alles übertönte. Er betrat das Schlafzimmer und zog ihn an seinen Haaren aus dem Bett und aus dem Schlafzimmer und dann die Treppe hinunter und durch die Tür aus dem Haus und durch den Vorgarten über die Betonsteinplatten zum Gartentor, bevor er ihm am Kühlwagen mit einem tiefgefrorenen Saumagen «Pfälzer Art» die Nase brach und zwei Schneidezähne ausschlug.

Mit wem es wiederum Herr Schmidt trieb, der Rechtsanwalt und Vater der Zwillinge Sandra und Verena, wusste niemand. Es gab Gerüchte: Vielleicht mit seiner Sekretärin? Vielleicht doch mit Frau Haller, dem Wanderpokal? Oder mit dem Kindermädchen, das immer noch ab und zu kam, obwohl die Zwillinge schon längst mit Jungs rumzogen? Auf jeden Fall, so erzählte man es sich beim Bäcker und beim Friseur, gäre es ob der Fehltritte ihres Mannes ganz gewaltig im Innern von Frau Schmidt, und dieser Gärungsprozess fand eines Abends, während einer Grillparty, seinen katastrophalen Abschluss, als sich nämlich die beiden Eheleute anschrien und Frau Schmidt mit der Grillzange nach ihrem Mann schlug, der sich mit flüssigem Grillanzünder verteidigte und dabei buchstäblich Öl ins Feuer goss, das mit einer Stichflamme explodierte und eine ihrer Töchter in Flammen setzte. Sandras rechte Hand bis hoch zum Arm, ein Teil ihres Halses und ihre rechte Wange waren so schwer verbrannt, dass mehrere komplizierte Operationen und Hauttransplantationen nötig waren, um sie und ihr Gesicht zu retten.

«Ich sag's ja», sagte Dr. Kunze, «auf dieser Welt passieren die unmöglichsten Dinge, und dann ist man froh, wenn man die richtige Versicherung hat.»

Was folgte, war der totale Krieg: Verfahren zwischen Herrn und Frau Schmidt, zwischen den Schmidts und der Versicherung und abwechselnd zwischen Herrn und Frau Schmidt und dem Vormundschaftsgericht, dem Jugendamt und der Finanzkasse, dann der Scheidungsprozess, Schadensersatzklagen, Sorgerechtsanhörungen, Streitigkeiten mit dem Versicherer, dem Steuerberater und dem Familiengericht. Am Ende folgte der Krieg um die Kinder und das Haus und den Rasen und den Swimmingpool und die Buchsbaumhecke drum herum, um die Aktienpakete, die Optionen und das Gold in Luxemburg, um das Geld in der Schweiz, ja sogar um das Pferd, das Frau Schmidt, wie sie schwor, vor den Augen ihres Exmannes «in Wurst verwandeln» lassen wollte. Erst zog Herr Schmidt aus, und dann zog er wieder ein, und Frau Schmidt zog aus und wieder ein, und dann – nach der Androhung des Jugendamtes, die Kinder für die Dauer des Sorgerechtsstreites in das nahe gelegene Heim zu verbringen (ja genau, in *das* Heim, hinter dessen unheimlichen Klostermauern die zukünftigen Mörder, Zuhälter, Drogensüchtigen und Prostituierten herangezüchtet wurden) – wechselten sie sich nach einem außergerichtlich ausgehandelten Schema ab. Und weil das so kompliziert war und immer die Gefahr bestand, dass sie sich im Haus begegneten, zogen die beiden erst vorsorglich, dann endgültig aus, sodass die Zwillinge, verlassen von den Eltern und vergessen von den Gerichten, irgendwann alleine in dem großen Haus wohnten und beinahe jedes Wochenende eine laute Party feierten, bei der viel geraucht, getrunken und – wie Betti feststellte – «nicht nur geknutscht» wurde.

Von Zeit zu Zeit hatte Hardy versucht, sich vorzustellen, wie es wohl sein mochte, wenn man richtige Eltern hatte. Er hatte die anderen Kinder beobachtet und dann damit begonnen, sich einzureden, dass Jessica und Dr. Kunze seine richtigen Eltern seien, aber es gelang ihm nicht zu vergessen, dass er nicht ihr Kind war, sondern in Wirklichkeit Nummer 13 aus dem Heim.

In der Wirklichkeit, die er meinte, wusste man, wer seine Eltern waren, selbst wenn sie mittlerweile nicht mehr lebten. Alle wussten das, nur er wusste es nicht. Er wusste nicht, wo er herkam, und er wusste nicht, wo er hingehen würde, aber mehr und mehr hatte er das Gefühl, dass er Neuorth verlassen musste.

«Kannst du dir vorstellen, von hier wegzugehen?», fragte ihn Jessica eines Abends.

Sie saßen auf dem Sofa, Dr. Kunze war mal wieder bei einem seiner mehrtägigen Generalvertreter-Treffen, und im Fernseher moderierte Peter Frankenfeld die Show «Musik ist Trumpf».

«Für wie lange?», fragte Hardy.

«Für sehr lange.»

«Für immer?»

«Vielleicht.»

Er zuckte mit den Achseln.

«Es könnte sein», fuhr Jessica fort, «dass Horst und ich, also dass wir beide irgendwann … dass jeder irgendwann sein eigenes Leben führen muss. Aber dann bist da immer noch du, und wir sind für dich verantwortlich, und deswegen muss ich wissen, wie du darüber denkst.»

«Weiß er davon?», fragte Hardy.

«Wer?»

«Weiß er davon, dass du beschlossen hast, dein eigenes Leben zu führen, ohne ihn?»

«Horst? Nein, ja, also irgendwie weiß er das schon.»

Das war sie wieder, dachte Hardy, die Welt der Halbwahrheiten der Erwachsenen. Wirklich und unwirklich zugleich und voller Enttäuschungen. Bestimmt wusste Dr. Kunze nichts. Wusste – im Gegensatz zu Betti – nichts von den heimlichen Rendezvous seiner Frau mit Walther und – im Gegensatz zu Hardy – nichts von ihrem Fernweh und ihrem langsam Form annehmenden Plan, ihn zu verlassen. Tatsächlich spürte Dr. Kunze zwar seit längerem, dass sich seine Frau von ihm entfernte und zwischen ihnen ein unsichtbarer Graben entstanden war, den zu überbrücken ihm immer schwerer fiel, da er immer weniger Lust zum Brückenbauen hatte. Aber er dachte auch: Auf Regen folgt Sonnenschein. Manchmal sagte er: «Weißt du, Hardy, mein Sohn, alle großen Unternehmungen haben ihre Krisen, und Mann und Frau, das ist eine große Unternehmung, und die hat dann auch mal eine Krise, aber sie ist irgendwann wieder vorbei.»

«Ich meine», fuhr Jessica fort, «immerhin hast du ja jetzt hier viele Freunde, und da könnte ich verstehen, wenn du lieber bei deinen Freunden und deinem Vater bleiben willst.»

Hardy sagte: «Er ist genauso wenig mein Vater, wie du meine Mutter bist», und stand auf.

An diesem Abend erinnerte er sich an den kleinen Schröder, und ihm wurde bewusst, dass er all die Jahre nicht mehr an ihn gedacht hatte. Plötzlich musste er immer wieder an ihn denken, ja er träumte sogar von ihm, und sooft er sich auch einredete, dass der kleine Schröder inzwischen gar nicht mehr so klein sei und ganz bestimmt auch eine Familie gefunden habe, hatte das schlechte Gewissen ihn eingeholt und verließ ihn nicht mehr.

«Es wird Zeit, noch einmal zurückzukehren», sagte eines Nachts der Steuermann auf dem Bild mit den Dschunken.

«Zurückzukehren wohin?», fragte Hardy.

«An einen Ort, den du vor langer Zeit verlassen hast.»

«Da will ich aber nicht hin. Wozu sollte das gut sein?»

«Nur wenn wir wissen, wo wir waren, können wir dorthin gehen, wo wir noch nicht gewesen sind.»

«Spar dir deine fernöstlichen Weisheiten. Du bist ein Traum, nichts weiter!»

«Wer garantiert dir, dass nicht dein ganzes Leben einer ist?»

«So, so. Und wer bist du?»

«Ich bin Kobayashi, der Steuermann.»

«Quatsch! Unfug! Ich träume, dass der Kapitän einer gemalten Dschunke mit roten Segeln zu mir spricht, das ist alles. Aber gleich wache ich auf, und das war's dann mit dir, Kobayashi!»

Der nächste Tag war der erste Samstag im Monat, was bedeutete, dass Hardy schulfrei hatte. Er beschloss, zum alten Kloster, zum Heim, zu gehen. Weder Betti noch Fritz erzählte er davon, und Jessica und Dr. Kunze sagte er lediglich, er gehe nach Auwinkel in die Stadtbücherei. Sie waren seit dem Frühstück in einen stummen Streit verwickelt, schwiegen sich an und belauerten sich zugleich. Ärger erfüllte sie, obwohl keiner der beiden einen Grund hätte nennen können, der diesen Ärger ausgelöst hatte, abgesehen vom immer schwerer zu ertragenden Anblick des anderen am morgendlichen Frühstückstisch.

Es war Frühling geworden, an den Bäumen spross das erste Grün, die ersten Blüten zeigten sich. Die Sonne schien ihm ins Gesicht, als er auf der Hauptstraße durch das alte Neuorth ging, vorbei am Gasthaus «Zum Weißen Ochsen», unter dessen Schild mit dem weißen, hölzernen Ochsen seit kurzem ein kleineres, beleuchtetes mit dem Schriftzug «Ristorante Pizzeria» hing. Dann wanderte er die gewundene Straße hinunter, die er in der Nacht seiner Flucht vor so langer Zeit hinaufgegangen war, vorbei am Aubach, der wie in den alten Tagen der Wassergeister und Feen aufgeregt rauschte und gluckerte, weiter bis zu jener Stelle, an der er und der Schleicher sich einst getrennt hatten. Er seufzte, dann wandte er sich dem Tor des Klosters zu.

Das Erste, was ihm auffiel, war, dass es offen stand. Das Zweite waren die Autos, die auf der Auffahrt vor dem Hauptgebäude parkten: ein Löschzug der freiwilligen Feuerwehr, ein Notarztwagen und zwei Polizeifahrzeuge. Bei einem der Polizeiwagen flackerte stumm das Blaulicht, beide hatten ein Rüdesheimer Kennzeichen.

Als er sich der Eingangstür näherte, öffnete sie sich, und zwei Sanitäter kamen heraus. Sie trugen eine geschlossene Trage, eine Art Wanne, wie er sie manchmal in Fernsehkrimis gesehen hatte. Er wusste, dass in Filmen immer das Opfer darin lag. Schon wollte er umdrehen und wieder heimgehen, aber gleichzeitig zog ihn das Kloster an. Wer war der Tote, den sie da gerade in den Notarztwagen schoben?

Ein Mann, der einen Schnauzbart hatte und eine Lederjacke trug, kam auf ihn zu, und in dem Moment wusste Hardy, dass er jetzt alles durfte, nur nicht kehrtmachen und davonlaufen. Und so war es auch: Der Mann ging in einem Halbkreis um ihn herum, wobei seine Lederjacke einmal kurz den Blick auf ein Pistolenhalfter freigab, dann stand er zwischen ihm und dem Eingangstor und sah ihn abwartend an.

«Gehörst du hierher?»

Das war gar keine einfache Frage. Hardy zögerte. «Nein», sagte er dann, «ich komme aus Neuorth. Ich wohne in der Siedlung.»

Der Mann nickte. «Und was willst du hier, wenn du nicht hierhergehörst?»

«Ich hab die Polizeiwagen gesehen, und da bin ich neugierig geworden.»

Der Mann sah ihn weiter abwartend an.

Da wurde Hardy klar, dass es eben doch nicht so war wie in den Fernsehkrimis: Der Mann, der vor ihm stand, hatte schon unzählige Menschen befragt, und er wusste ganz genau einzuschätzen, was sie ihm antworteten. Er würde ihn nicht belügen können. Also sagte er: «Ich wollte nach einem Freund fragen, einem Freund von früher, der mal hier in dem Heim war. Wo sind die ganzen Kinder?»

«Sie machen einen Ausflug. Warum interessiert dich das?»

«Ich war auch mal in dem Heim hier. Bis vor fast acht Jahren. Aber jetzt wohne ich in Neuorth, bei den Kunzes, Jessica Kunze ist Grundschullehrerin in Auwinkel, und Dr. Kunze –»

«Der Versicherungsmensch?»

«Ja, genau der.»

«Wie heißt du?»

«Hardy … Kunze. Na ja, früher Rohn, bevor sie mich adoptiert haben.»

«Rohn …», wiederholte der Mann leise, als würde er überlegen, ob und wo er diesen Namen schon einmal gehört hatte. «Ich bin von der Polizei. Kripo. Was dagegen, wenn wir uns drinnen ein bisschen unterhalten?» Er wich nicht von der Stelle, sondern deutete mit seiner Hand zum Haupteingang. Hardy ging wortlos voran, betrat die verglaste Pförtnerloge. Nichts erinnerte mehr an die alten Tage. Der Zauberspiegel war verschwunden, es gab noch nicht einmal ein Radio. Dafür war ein Aufkleber neben der Tür angebracht: «Bewacht von Blohfeld & Co.»

«Wen hast du besuchen wollen?», fragte der Polizist, nachdem sich Hardy gesetzt hatte.

«Den kleinen Schröder. Tim Schröder, meine ich.»

Der Polizist schrieb den Namen auf einen Notizblock.

«Aber was ist hier eigentlich passiert?»

«Hat einen Toten gegeben.»

«Den sie da eben rausgetragen haben?»

«Ja.»

«Wer … ist denn rausgetragen worden?»

Der Polizist sah ihn wieder auf diese ruhige und zugleich abwartende Art an. «Der Heimleiter.»

«Dr. Wassermann?», rief Hardy.

Der Polizist runzelte die Stirn. «Dr. Wassermann? Nein. Ein anderer. Ein Herr ...», er blätterte in seinen Notizen, «Martin.»

Hardy gab sich alle Mühe, sich nichts anmerken zu lassen. «Herr Martin ist tot?», fragte er.

«Hast du ihn gekannt?»

«Jeder hat ihn gekannt.»

«Bist nicht sonderlich unglücklich, dass er tot ist, was?»

Hardy schüttelte den Kopf.

Ein jüngerer Mann kam in die Pförtnerloge und sprach den Polizisten mit «Herr Kommissar» an. Der winkte ab und fragte Hardy, seit wann und für wie lange er im Heim gewesen sei, fragte ihn noch einmal nach dem kleinen Schröder und nach seinem Namen und dem Namen seiner Eltern, und nachdem Hardy ihm gesagt hatte, sie seien beide tot und er kenne ihre Namen nicht, machte der Kommissar wieder eine Notiz, riss den Zettel von seinem Block ab und gab ihn dem jüngeren Mann mit den Worten, er solle die mal raussuchen und außerdem einen Kaffee und eine Limonade oder so was besorgen, woraufhin der jüngere Mann, der Hardy nur kurz angeschaut hatte, wieder verschwand.

Es war eng in der Pförtnerloge. Sie saßen an einem kleinen Tischchen, das der Kommissar aus einer Nische gezogen hatte, und Hardy war, die Glaswand zum Gang im Rücken, beinahe eingeklemmt.

«War nicht gerade beliebt, der Herr Martin?»

Hardy schüttelte wieder den Kopf.

«Nach dem, was ich gehört habe», fuhr der Kommissar fort, «war er sogar verhasst.» Er betrachtete Hardy wieder auf seine ruhige, abwartende Art und schwieg, bis der jüngere Mann mit einer Tasse Kaffee, einem Fläschchen «Florida Boy»-Limonade und einem orangen Schnellhefter zurückkam. Der Kommissar bedankte sich knapp, öffnete die Flasche und stellte sie vor Hardy hin.

Hardy kannte diese Hefter. In den orangen Heftern waren die persönlichen Unterlagen der Heimkinder. Auch über ihn war eine solche Akte geführt worden, wahrscheinlich lag genau diese jetzt da.

«Bist du mal abgehauen?», fragte ihn der Kommissar.

Hardy nickte.

«Na ja, wer kann's dir verdenken.»

Hardy erwartete, dass er ihn nun nach dem Schleicher fragte, aber das tat der Kommissar nicht. Stattdessen wollte er wissen, wo Hardy am Abend zuvor, so etwa bis Mitternacht, gewesen sei.

Er sagte es ihm: Erst war er bei Betti gewesen, dann mit Betti bei Walther, und dann waren er, Betti und Fritz nach Alt-Neuorth auf das Dorffest gegangen.

Das «Äppelwoifest» fand jedes Jahr im Frühling statt, angeblich schon seit dem Mittelalter, was Hardy bezweifelte, denn er war sich ziemlich sicher, dass es das Dorf im Mittelalter noch gar nicht gegeben hatte, jedenfalls war das Gasthaus «Zum Weißen Ochsen» erst nach dem Dreißigjährigen Krieg gebaut worden, und ein noch älteres Haus fand sich in ganz Neuorth nicht. Beinahe drei Tage lang, von Freitagmittag bis Sonntagabend, war das Dorf vom Apfelwein des vergangenen Jahres berauscht, und selbst der latente Hass auf die Neu-Neuorther, die sich sonst hinter ihren Buchsbaumhecken verschanzt hielten, war wie vergessen. Am Freitagnachmittag gab es ein kleines Kulturprogramm im Festzelt: Die Apfelkönigin wurde gewählt, das unvermeidliche Auwinkler Männerballett trat auf, und ein Koloss namens Albert Nickel, ein zwei Meter großer Fleischklops, der mehr als ein Jahrzehnt zuvor im Schwergewicht Dritter bei den Deutschen Amateurboxmeisterschaften geworden war, stellte sich nach einem Schaukampf gegen einen ehemaligen Vereinskameraden als gutmütiger Preisboxer zur Verfügung, den man für fünf Mark, die dem Neuorther Heimatverein zufließen sollten, herausfordern konnte.

Das Fest zog, vielleicht weil der Vorjahrs-Apfelwein und alles andere (der Schweinepfeffer, die Rippchen mit Kraut, der Handkäs, die Bowle und der Aprikosenschnaps) so billig waren, viel billiger als später im Jahr bei den Weinfesten am Rhein, auch Leute von außerhalb an. Und als Hardy, Fritz und Betti dort eintrafen und Fritz einen Bembel «Äppelwoi» organisierte und Hardy und Betti sich auf eine der Bierbänke neben der Hofeinfahrt des «Weißen Ochsen» setzten, gegenüber vom Dorfplatz, wo auf dem provisorischen Boxring gerade der Nickel Albert wie ein kurzsichtiger, überfressener Bär auf einen jungen Kerl mit Föhnfrisur und Schnauzbart zutapste, da fielen Hardy die drei Männer auf, die in der Hofeinfahrt zum «Weißen Ochsen» standen, zwei auf den Füßen, der dritte aber auf Händen. Es war ein bleicher, blonder Hüne, der aus dem Handstand heraus Liegestütz machte, und die anderen, ein breitschultriger, muskulöser Kerl mit asiatischen Gesichtszügen und ein Schwarzer mit Brille, schauten dabei zu. Der Kopf des Schwarzen war vollkommen kahl, und während der Hüne seine Liegestütz machte, zählte er laut mit: «Four, five, six, seven …» Hardy war klar, dass die drei – in ihren Football-T-Shirts, Jeans und weißen Baseballstiefeln – Amerikaner von einer der umliegenden Militärbasen sein mussten.

«Guck mal», sagte Betti, «das mit dem Handstand kann sonst nur deine Mutter.»

Sie ist nicht meine Mutter, wollte Hardy sagen, aber er hatte das schon so oft gesagt.

Da kam Fritz mit dem Apfelwein zurück und stellte jedem ein Glas hin. Obwohl Hardy den sauren Apfelwein nicht sonderlich mochte, nippte er daran. Am anderen Ende der Bierbank saßen Fans vom Schnauzbart, der jetzt begonnen hatte, im Boxring um den desorientierten Albert Nickel herumzutänzeln, wobei er ein paar kurze Jabs austeilte, die den Bären noch mehr verwirrten. Seine Anhänger johlten und grölten. Auch sie waren zu dritt, junge Kerle, die Hardy noch nie zuvor gesehen hatte. Es war die Sorte junger Männer, die am Wochenende mit ihren aufgemotzten Autos von einem Dorf zum nächsten fuhren, wo überall nichts los war, sodass sie sich langweilten und auf Streit aus waren.

Leichtfüßig umkreiste der Schnauzbart auf den grob gehobelten Brettern des Boxrings den Bären, der, abgesehen von Boxstiefeln und Handschuhen, nur mit einem Paar grotesk großer, schwarzer, goldgefasster Satinshorts bekleidet war. Während er versuchte, sich mit der Geschwindigkeit eines Öltankers neu auszurichten, verursachte jeder Schlag seines Gegners einen rosigen Fleck auf seiner Haut.

Betti stieß Hardy leicht an und deutete in Richtung der Hofeinfahrt, wo inzwischen der Asiate Handstand-Liegestütz machte. Der blonde Hüne sah verdrießlich drein, denn der Asiate schaffte, wahrscheinlich weil er leichter war, in der gleichen Zeit viel mehr, was den Hünen dazu zwang, aus dem großen Bembel, den sie neben sich auf den Boden gestellt hatten, reichlich Apfelwein zu trinken.

Im Boxring näherte sich der Kampf seiner entscheidenden Phase. Die jungen Fans vom anderen Ende der Bierbank zweifelten nicht daran, dass ihr Mann gewinnen werde, doch da bereitete Albert Nickel, der Bär aus dem Hinterlandswald, dem Gehopse ein jähes Ende, als er, vielleicht aus Überdruss, vielleicht weil ihm langsam schwindelig wurde, zu einem brutalen Schwinger ausholte. Eigentlich schlug er gar nicht richtig zu, zumindest nicht so stark, wie es seine Masse ermöglicht hätte, sondern streckte mehr oder weniger nur den Arm aus. Der Schnauzbart ging, zum Entsetzen seiner Freunde, sofort zu Boden, und der Schock darüber war offenbar so groß, dass er wenig Lust hatte, innerhalb der vorgeschriebenen zehn Sekunden wieder aufzustehen.

Dieser Ausgang der Begegnung machte die Unterstützer vom anderen Ende der Bierbank übellaunig. Sie brummten etwas von Schiebung, riefen der Bedienung eine Beleidigung hinterher, und dann entdeckten sie Hardy, Fritz und Betti und hofften, bei ihnen zu finden, was sie die ganze Zeit gesucht hatten. Wie aus Versehen stießen sie Hardys Glas um, nannten Fritz einen Schwulen, machten sich an Betti ran, und das Ganze hätte wohl zu einer ungleichen Schlägerei geführt, wenn nicht plötzlich jemand gefragt hätte:

«Gibt problems hier?»

Der Schwarze mit der Brille hatte das gefragt, und als ihn die drei Männer verdutzt ansahen, fragte er Hardy:

«Machen die problems?»

Und dann sah er die drei Männer vom anderen Ende der Bierbank an, und neben ihm standen der blonde Hüne und der Asiate, und die sahen auch die Männer an, bis sie etwas Unverständliches murmelten, aufstanden und gingen.

Fritz lud die Retter sofort zum «Äppelwoi» ein, doch die gaben etwas verlegen zu, dass ihnen das saure Zeug nicht schmecke, und so einigte man sich auf eine Runde Amarillenschnaps. Sie hießen John, Jake und Kim, und sie freuten sich, ihnen gegen die «Nazigang» geholfen zu haben. Nur der kleine Schwarze mit der runden Brille, John, sprach etwas Deutsch.

Er sagte: «Great Volksfest! Really. Great Kämpfer! Was ist sein Name?»

«Nickel, Albert Nickel.»

«Man nennt ihn auch: Nickel der Bär.»

«Ah, Nickel the Bear? Great!», sagte John.

Und Jake, der Hüne, wiederholte: «Big fighter. Really big!»

Und Kim nickte, doch sagte nichts.

Eine Weile tauschten sie Nettigkeiten aus, wie «pretty» das Dorf sei, wie «pretty» sie Betti fänden, was Freundschaft bedeute und dass Hardy bei sich zu Hause einen amerikanischen Kühlschrank habe, der alle anderen Modelle an Größe übertreffe. Irgendwann kamen sie auf ihre Zukunft zu sprechen.

«Nach der school – was macht ihr?»

Fritz ließ den Kopf hängen. «Ich werde wohl in einer Bank eine Ausbildung machen. Und dann werde ich Wirtschaft studieren und Bankdirektor werden wie mein Vater.»

Kim und Jake nickten anerkennend.

John sagte: «Bankdirektor, very well! Du machst das money! And you?» Er sah Betti an.

«Reisen, um die ganze Welt.»

«Join the Army», schlug der Hüne grinsend vor, nachdem John es übersetzt hatte, «then you will travel to places you can not imagine! »

John dachte nach. «You could become a flight attendant – wie heißt das – eine Stewardess. Da kannst du um die Welt reisen, und das ist much more comfortable als bei uns – you don't have to fight, you don't have to die … And what about you?» Er hatte sich Hardy zugewandt.

«Astronaut», sagte der, ohne zu zögern.

Die drei Soldaten sahen ihn mitleidig an.

«You want to fly to the moon?», fragte Jake.

«Yes», sagte Hardy, «and to Mars.»

«Hahaha», lachte John, «alle kids wollen das. It's difficult. Du musst einen Jet fliegen, und du musst in the Air Force sein, und du musst Tests machen, nicht zu klein und nicht zu groß und nicht zu dick und nicht zu dumm. You're American?»

«There will be German astronauts», entgegnete Hardy.

«German astronauts, yeah, of course.» John legte ihm die Hand auf die Schulter. «Better you build your own rockets, son.» Er trank den Rest seines Amarillenschnapses, stand auf und sagte, es sei Zeit zum Aufbrechen.

Sie verabschiedeten sich, wünschten sich alle das Beste, und dann gingen die Soldaten durch das Gedränge in die eine Richtung und die drei Freunde in die andere Richtung, jeder zurück in seine Geschichte.

Erst gegen halb elf war Hardy daheim. Jessica war noch wach und alles andere als erfreut, dass er so spät nach Hause kam.

«Nach Hause» – diese Worte kamen ihm seltsam vor, als er im Alten Kloster in der Pförtnerloge saß. Der Kommissar nickte wieder, schob ihm ein Blatt Papier und einen Kugelschreiber über den Tisch und bat ihn, die Namen der Genannten aufzuschreiben.

«Ah, ein Linkshänder», bemerkte er, als Hardy schrieb.

«Was ist … mit dem Herrn Martin denn passiert?»

Der Kommissar hatte begonnen, im Schnellhefter zu blättern. Er antwortete nicht, sah auch nicht auf, und es verging einige Zeit, bis er Hardy fragte, wann er seinen Freund, den Tim, das letzte Mal gesehen habe.

In diesem Moment wusste Hardy, dass der Schnellhefter nicht sein Schnellhefter, sondern der des kleinen Schröder war. Er ahnte, dass etwas vorgefallen sein musste, und doch war alles, was er fühlte, als der Kommissar ihm sagte, dass der kleine Schröder tot sei, gestorben durch einen Unfall, vor zwei Jahren schon, einen Sturz vom Turm der Klosterkirche, auf den zu steigen, wie Hardy wusste, streng verboten war, eine eigenartige Taubheit, gepaart mit Wut und dem Verlangen, hinauszurennen und den toten Herrn Martin aus seinem Sarg zu zerren und ihn büßen zu lassen für all die verlorene Zeit und alles, was geschehen war.

«Komisch, dass du ausgerechnet heute hierhergekommen bist», sagte der Kommissar.

Hardy sah stumm auf die Tischplatte. Was hätte er auch antworten sollen? Dass ein japanischer Steuermann namens Kobayashi ihm im Traum aufgetragen hatte, genau das zu tun?

«Aber manchmal passieren komische Dinge, nicht wahr? Du kannst jetzt gehen. Wir melden uns.» Der Kommissar stand auf und legte ihm die Hand auf die Schulter. «Tut mir leid.»

Draußen, vor dem Haupteingang, parkte immer noch der Wagen, in den sie den Sarg geschoben hatten, und davor stand der jüngere Polizist und befragte einen Mann in der blauen Uniform der Wachfirma «Blohfeld & Co.». Einen Moment lang hoffte Hardy, der Wachmann könnte Max sein, doch er war es nicht.

Stattdessen sah er, wie sich aus dem Klostergarten eine Gestalt in einem Rollstuhl näherte. Morgendlicher Dunst hing über dem Boden, und so hatte es tatsächlich den Anschein, als rollte der Stuhl samt seinem Insassen aus dem Nebel der Vergangenheit. Erstaunlich schnell schoss das Gefährt auf Hardy zu, erstaunlich schnell, wenn man bedachte, dass sein von Gicht geplagter Fahrer mittlerweile über achtzig sein musste. In dem Rollstuhl, der vor Hardy zum Stehen kam, saß Kurt.

Er grinste Hardy irre an, ohne dass klargeworden wäre, ob er ihn wiedererkannte oder nicht, gab ein stakkatohaftes Röcheln von sich, das auch ein verhustetes Lachen sein konnte, und deutete auf den Wagen mit dem Sarg, während er mit einer einfachen Handbewegung erklärte, was dem Toten widerfahren war: Vom einen Ohr zog er den schmutziggelben Nagel seines abgespreizten rechten Daumens über seine Kehle zum anderen Ohr, bevor ein neuerlicher Hustenanfall ihn schüttelte.

«Grausiger Raubmord», deklamierte Dr. Kunze am Montag die Überschrift in der Lokalzeitung, die er seit Jahren abonniert hatte und jeden Morgen Zeile für Zeile las. «‹Heimleiter überraschte den Einbrecher und wurde selbst Opfer.› Na, wenn das nicht mal einer seiner eigenen Strolche war», sagte er, ohne sich dessen bewusst zu sein, dass ein ehemaliger Strolch gerade mit ihm am Frühstücktisch saß. «Der oder die Täter erbeuteten knapp 800 Mark aus der Heimkasse sowie die Wertsachen des Opfers. Um ihre Spuren zu verwischen, legten sie einen Brand im Verwaltungsgebäude, der aber von der beherzten Freiwilligen Feuerwehr Auwinkel schnell gelöscht werden konnte», las er weiter vor und schüttelte den Kopf. «Was sind das nur für Zeiten, wo sie einen für ein paar hundert Mark und eine Armbanduhr abstechen und das Haus anzünden!»

Der Zeitungsbericht, wunderte sich Hardy, erwähnte den Schleicher mit keinem Wort, offenbar ging die Polizei tatsächlich von Einbrechern aus. Herr Martin, der dem pensionierten und mittlerweile auch verstorbenen langjährigen Heimleiter Dr. Wassermann auf den Posten gefolgt war, wurde als treuer und umsichtiger Staatsdiener beschrieben, sein gewaltsamer Tod, so zitierte die Zeitung den zuständigen Beamten, sei ein «unersetzlicher Verlust».

Dr. Kunze betrachtete das Foto, das schon älter sein musste, und wieder fragte er sich, ob und, wenn ja, wo er ihn schon einmal gesehen haben könnte. Aber es fiel ihm nicht ein, und so, wie die Dinge nun lagen, war es ja auch egal.

«Jetzt bist du frei», sagte Kobayashi im Traum zu Hardy. «Du kannst gehen, wohin du willst. Nur eine Frage ist noch offen: Was ist auf dem Dachboden?»

Hardy beschloss, Kobayashis Rat zu folgen und endlich nachzuschauen, was sich hinter der Bodenluke über seinem

Bett verbarg. Er besorgte sich den Stock mit dem Haken aus der Besenkammer und angelte damit nach den Metallring in der Luke. Als der Haken griff, bewegte sich die Luke nicht. Hardy stand auf dem Bett und zog und zog und hüpfte auf der Matratze herum, aber nichts tat sich. Schließlich hängte er sich mit seinem ganzen Gewicht an den Haken, und die Luke sprang auf. Die daran befestigte Leiter rutschte heraus und landete krachend neben seinem Bett.

Über ihm klaffte das Schwarze Loch. Ein Schwall lange eingeschlossener Luft sackte zu ihm herunter, und ihm war, als könnte er die Jahrzehnte, die vergangen waren, riechen. Mit einem Mal hatte er wenig Lust, da hochzugehen, andererseits stand die Luke nun mal offen. Auf geht's, sagte er sich und stieg die Leiter hinauf.

Auf dem Dachboden war nichts. Nur Staub und Mäusedreck und Spinnweben und trübes Licht, das durch eine blinde Dachluke fiel. Und irgendwie wunderte ihn das noch nicht einmal, im Gegenteil: Der Dachboden kam ihm vor wie der größte Teil seines bisherigen Lebens – schmutzig und leer.

«Ich werde mit euch gehen», sagte Hardy kurz vor den Sommerferien zu Walther. «Wenn ihr weggeht, komme ich mit.»

Walther war so perplex, dass ihm zunächst nicht einfiel, was er antworten könnte. Schließlich sagte er: «Na, dann werden wir wohl nicht mit dem Motorrad verreisen.»

In der ersten Woche der großen Ferien fuhr Dr. Kunze zum alljährlichen Kongress der Generalvertreter nach Wiesbaden wo er, obwohl er jeden Abend nach Hause gekonnt hätte, diesmal auf Kosten der Versicherung übernachtete. Er logiere im «Schwarzen Bock», dem ersten Haus am Platze, erklärte er Hardy beim Abschied. «Halt die Ohren steif, bis ich wieder zurück bin, und pass auf die Damen auf», sagte er ihm am Montagmorgen, bevor er sich eine Zigarre in den Mundwinkel steckte und den Hut aufsetzte.

Am Wochenende hatte es einen wüsten Streit zwischen ihm und Jessica gegeben, wonach er mit stierem Blick bis zum Sendeschluss im Wohnzimmer vor dem Fernseher gesessen und beinahe eine ganze Flasche Whiskey ausgetrunken hatte. Sie hatten sich angeschrien und gegenseitig Vorwürfe gemacht, die zu den immergleichen Fragen führten – Fragen, die Jessica ihm nie beantworten konnte.

«Was ist denn mit dir los? Was hast du denn! Hast du nicht alles, was du brauchst? Bist du nicht zufrieden?! Was genau passt dir denn nicht?!»

«Die Leere», antwortete Jessica, «diese schreckliche Leere hier!»

Und er hatte sich umgeschaut und die Schrankwand, die Polstergarnitur, den Couchtisch, den Fernseher und die gutgefüllte Hausbar gesehen, und er hatte nicht gewusst, was er dazu sagen sollte.

Zwei Tage später bog Walther mit einem alten VW-Bus um die Ecke, den er bei einem Gebrauchtwagenhändler in Mainz gekauft hatte. Der Bus war grün, weil er früher einmal Teil des Fuhrparks der Polizei gewesen war, aber ansonsten erinnerte nichts an seine Vorbesitzer. Jessica war in die Stadt gefahren, um Besorgungen zu machen. Hardy beobachtete durch das Küchenfenster, wie Walther mit dem Bus gegenüber in die Einfahrt rollte, ausstieg, zweimal um ihn herumging, stehen blieb, die Hände in die Hüften stemmte und das Fahrzeug aufs Neue begutachtete. Alwin Völkle kam die Treppe herunter und stellte sich neben ihn, und Hardy sah, wie die beiden sich unterhielten. Völkle legte Walther einen Arm um die Schulter, und so standen sie eine Weile lang, ohne ein Wort zu sagen, neben dem Bus.

Am Vorabend hatte Jessica begonnen, die Sachen zu packen,

aber nicht, wie sie es mit ihrem Mann besprochen hatte, um mit Hardy für zwei Wochen nach Italien an den Gardasee zu fahren. In Wirklichkeit wusste sie nicht genau, wohin es gehen würde, das war sogar eine ihrer Bedingungen gewesen.

Irgendwann im vergangenen Winter, vielleicht kurz nachdem sie mit Walther und den Kindern im Kino gewesen war, hatte sie sich zum ersten Mal in ihrem Leben als Lehrerin gefragt, ob das nun alles gewesen sei, ob es nur miefige Klassenräume zu bieten habe. Sie hatte genug vom Bohnerwachsgeruch der alten Sporthalle, von den speckigen Turnermatten, von den übergewichtigen, unbeweglichen Mädchen, die leise, aber rücksichtslos furzten, von den Jungen, deren Sportschuhe stanken und die nur Fußball spielen wollten, sie hatte genug von den meist schlecht gelaunten Kollegen, die in den beiden großen Pausen im verrauchten Lehrerzimmer saßen, bis die Glocke zur nächsten Stunde läutete. An diesem Tag war sie spät nach Hause gekommen, und als sie vor dem großen Haus, dem schönen Garten und der breiten Garage gestanden hatte, hatte sie sich gefragt: Wie bin ich bloß hierhergekommen?

«Darf ich das Bild mitnehmen?», fragte Hardy.

«Welches Bild?», fragte Jessica.

«Das mit den Dschunken.»

Sie war überrascht. «Das hing schon hier, als wir eingezogen sind.»

Einen Moment lang hielt sie inne, und er konnte sehen, wie der erste Tag in diesem Haus an ihr vorbeizog. Sie sah traurig dabei aus.

Erst jetzt fiel ihr auf, dass Hardy seine Tasche in der Hand hatte, die alte lederne Arzttasche mit den Initialen eines Dr. R. C., mit der er einst zu ihnen gekommen war. Da fing sie an zu weinen und wandte sich ab. «Ja, natürlich. Wenn es in deine Tasche passt.»

Betti spürte es. Sie hatte es schon vorher gespürt, vielleicht schon in dem Augenblick, als sie ihn das letzte Mal die Treppe hinaufsteigen hörte, um ihr Nachhilfe in Mathematik zu geben.

«Also, wie war das noch mal mit der Relativitätstheorie?», fragte sie am Ende der Stunde, in der eigentlich die Wärmelehre Thema gewesen war. «Wenn du mit deinem Raumschiff zu einem fremden Stern fliegst und dann zurückkommst, bin ich steinalt?»

«Ja, das heißt, kommt drauf an, wie schnell ich fliege und wie weit der Stern entfernt ist.»

Sie legte eine Hand in seinen Nacken, und dann küsste sie ihn. Es war ein wenig plötzlich und auch ein wenig ungeschickt, aber trotzdem war das einer jener Küsse, die man nicht vergisst: der alles und nichts verspricht und alles und nichts bedeuten kann, am Beginn einer unmöglichen Liebe oder bei einem Abschied.

Im Gegensatz zu den meisten Erwachsenen in Neuorth oder auf dem Auberg wusste Schorsch schon recht früh, schon im ersten Jahr des Krieges, dass er verloren war. Im «Weißen Ochsen» hatte er Unbehagen verursacht, als er mit tonloser Stimme die neuesten Meldungen von der Front vorlas. Noch mehr Unbehagen hätte er erzeugt, wenn er vorgetragen hätte, wie das alles ausgehen würde.

Er hatte zwar nur Berichte vorgelesen, aber während er das tat, waren die Zahlen, die in den Berichten aufgeführt wurden, in ihn eingesickert, und obwohl er wusste, dass das so war, hatte er nichts dagegen tun können. Wenn er abends im Bett lag und von unten der Wirtshauslärm gedämpft zu ihm nach oben drang, das raue Husten der alten Männer, wenn er, um einzuschlafen, die Gläser zählte, die klirrend abgeräumt wurden, dann erwachten die Zahlen aus den Zeitungen, sie reckten sich, sie streckten sich und begannen zu tanzen. Anders konnte er es auch seinem Freund Adam nicht erklären: Die Zahlen tanzten. Sie tanzten wild, sie tanzten verrückt, und sie lachten ihn aus.

Glorreicher Sieg, bittere Niederlage, Verlustmeldung, Rationierung, Geländegewinn, Flügelkampf, Frontbegradigung, Flankenschutz. Stoßtrupp, Bataillon, Division, Armee, Armeegruppe. Verwundet, vermisst, gefallen. Angriff, Sturmangriff, Trommelfeuer, Granaten, Granattrichter, Reichweite der Geschütze, Kaliber, Ausfälle, Feuerrate der Karabiner, Länge der Bajonette, Windungen des Stacheldrahts, Tiefe der Stellungen, Tiefe der Gräben. Tief über Mitteleuropa, Windrichtung, Regen, Matsch, Sichtweite, Morgennebel, Wasser. Typhus, Ratten, Ruhm, Tod. Schorsch wusste, dass all das, wollte er nicht verrückt werden, geordnet werden musste. All das musste in Reih und Glied stehen, sonst hatte es keinen Sinn!

So ordnete er in der Nacht die Zahlen, denn er hatte Angst, und nur diese Ordnung konnte sie ihm nehmen.

«Rückzug», hatte er eines frühen Morgens im Jahr 1914 in seiner Kammer geflüstert, nur Stunden bevor der deutsche Generalstabschef zähneknirschend ebenden befahl.

«Waffenstillstand», flüsterte er gut vier Jahre später, denn er hatte nicht nur eins und eins, sondern auch den ganzen Rest zusammengezählt. Trotzdem war er nicht fröhlich, als tags darauf die Zeitung, die im «Weißen Ochsen» auslag, den Waffenstillstand verkündete.

Die Abschlussrechnung war verheerend: gefallen, gefallen, gefallen, vermisst, verschollen, verkrüppelt. Adams Bruder Helmuth, im ersten Kriegsjahr eingezogen, hatte die vorderste Front nie gesehen, eine Granate hatte seinen Transport in der Etappe getroffen und den ganzen Zug ausgelöscht. Sein anderer Bruder, Ullrich, kehrte zurück – auf einem Bein und nur mit einem Auge. Das Auge, das ihm geblieben war, glühte, so schien es Adam, vor Wut und Hass.

Seine Schwestern wurden schnell verheiratet, aber seine Mutter, Johanna, redete jetzt immer mehr von der Vergangenheit und ansonsten wirres Zeug. Arthur, sein Vater, schien um Jahrzehnte gealtert und war noch sparsamer mit den Wörtern als zuvor: Schorsch zählte 784 bis zu seinem Tod.

Einmal sagte Arthur Rohn zu Adam, als sie alle im «Weißen Ochsen» saßen, dass er eines Tages den Hof übernehmen müsse, woraufhin Ullrich wütend den Krug auf den Tisch knallte und erklärte, dass ja wohl ihm der Hof zustehe, oder habe er mit seinem Bein und seinem Auge etwa auch sein Geburtsrecht verloren?

Arthur Rohn erwiderte nichts darauf, vielleicht, überlegte Schorsch, weil er wusste, dass ihm nicht mehr viele Wörter bis zum letzten blieben.

Auch Adam sagte nichts. Er war froh, dass Ullrich den Hof übernehmen wollte. Mit der Unterstützung Dr. Cohns war er nach Rüdesheim auf die technische Realschule gekommen, und mit Evas Hilfe und etwas Glück hatte er seinen Einjährigen-Abschluss geschafft. Der wurde großzügig verliehen, damit die Absolventen möglichst schnell an die Front konnten. Aber das Glück war ihm treu geblieben und hatte die Front zur rechten Zeit zusammenbrechen lassen. Nun wollte er alles, nur keinen Bauernhof.

«Der Herr ist sich wohl zu fein!», schrie Ullrich außer sich vor Wut.

Sein Vater schwieg.

Adam sah betreten zu Boden. Er wollte vor allem weg. Weg aus dem Elternhaus, weg aus Neuorth, weg von dem düsteren Wald und hinaus in die Welt, die er nur aus den Jahrbüchern des «Neuen Universums» kannte. Er wollte auf seiner persönlichen Landkarte die weißen Flecken tilgen.

Irgendwann hatte Arthur Rohn nur noch 187 Worte übrig. Bald würde der Hof also seinem Sohn Ullrich gehören. Die Gebeine seines ältesten Sohnes lagen in Flandern, seine Töchter waren mit dummen Männern verheiratet, seine Frau behauptete, in der Nacht Feen am Aubach tanzen zu sehen.

Aber er war trotz allem nicht unglücklich. In Wahrheit war er sogar ziemlich glücklich. Sein Sohn Adam lernte in Berlin das Handwerk des Seefunkers, und auch wenn er nicht genau verstand, warum er nicht auf dem Land funken konnte, ja wie man Wörter, die doch so kostbar waren, still und heimlich durch die Luft übertragen konnte, so schien ihm der Beruf des Funkers doch ebenso in die Zukunft zu weisen wie seine damalige Entscheidung, in Entbindungsfragen nicht auf Gott zu vertrauen.

Beim Abschied hatte Eva eine Träne im Auge gehabt und Adam geküsst, und er hatte ihr wenn schon nicht ewige Liebe, so doch wenigstens ewige Freundschaft gelobt.

Aber wie das so ist: Das Neue verdrängt das Alte, und schon nach einigen Wochen, kurz nachdem er in einem Berliner Nachtclub die Nackttänzerin Celly de Rheydt gesehen hatte, begann er, nicht nur Neuorth und seine Familie, sondern auch Eva langsam zu vergessen.

Der Einzige, den er nicht vergaß, war Schorsch. Zwar in großen Abständen, aber doch regelmäßig bekam der Freund Post von ihm.

Lieber Schorsch,
alles läuft ganz wunderbar! Nächste Woche ist Abschlussprüfung, aber alle reißen sich jetzt schon um uns. Komme wahrscheinlich sofort auf einen Passagierdampfer. Freue mich darauf.
Nach der Prüfung Biergarten Patzenhofer – Ehrensache! Dann noch in die Icke-Bar, die haben Tänzerinnen, kann ich Dir sagen. Letzte Woche lungerte ein Typ vor dem Eingang herum, Heilsarmee oder so was, und hatte ein Schild, da stand drauf: «Gegen den entgötterten Geschlechtsverkehr!» Das muss man sich mal vorstellen! Gott und Geschlechtsverkehr! Wusstest Du, dass, wenn ich auf den Passagierdampfer steige und von euch wegfahre, die Zeit bei mir langsamer vergeht als bei Dir? Komische Sache, hat hier so ein Strubbelkopf Vorlesungen drüber gehalten, Eisenstein

oder so, totale Berühmtheit, und alle von der Funkerschule sind da hingegangen und ich also auch.
Viele Grüße,
Dein Adam

Lieber Schorsch,
Prüfung bestanden! Bin bereits seit einer Woche mit der «Esmeralda» auf hoher See, aber weil für mich die Zeit ja langsamer abläuft (haha!), kommt's mir vor wie gestern.
Als Funkoffiziersanwärter muss ich leider die dummen Arbeiten machen. Aber gestern war der Erste krank, und da habe ich dann die Telegramme von den Passagieren angenommen und eine Menge Trinkgeld kassiert. Heute Nacht erreichen wir Lissabon.
Viele Grüße,
Dein Adam

Lieber Schorsch,
inzwischen fahre ich auf der «Rio Ebro», jetzt als Zweiter Funkoffizier. Darf auch schon mal am Kapitänstisch sitzen. Typische Mittelmeerreise: morgen Genua, dann Neapel.
Das Essen an Bord ist richtig gut. Heute Mittag gab es Indische Reissuppe, Kalbskeule gebraten (in Rahmtunke!), dazu Nudeln in Parmesan und neue Kartoffeln und danach noch eingemachte Aprikosen und Kaffee! Würde Dir auch schmecken! Heute Abend freue ich mich auf Ölsardinen und Kaiserjagdwurst!
Viele Grüße,
Dein Adam

Obwohl er es gerne getan hätte, antwortete Schorsch nicht auf die Briefe, weil er sich nie sicher war, wohin er sie hätte schicken sollen. Stattdessen hob er jeden einzelnen von ihnen auf und besorgte sich eine große Weltkarte, auf der er die Landnahmen seines Freundes markierte: Lissabon, Genua, Neapel, Venedig, Athen. Madeira, Havanna, New Orleans. Buenos Aires, Ushuahia, San Francisco. Tokio, Jakarta, Bombay. Er las mehrere Bücher über Navigation, berechnete, wann Adam wo sein könnte, und fertigte Zeittafeln dazu an. Und er malte. Er malte das Abendlicht auf dem Rio de la Plata, und zwar so, wie er es sich vorstellte. Und den Morgennebel in Bombay. Und er malte ein Bild, das schwarze Dschunken mit roten Segeln auf dem graugrünen Wasser im Hafen von Yokohama zeigte. Auf einem der Schiffe konnte man sogar den Steuermann erkennen, der ihm zuwinkte.

1926 kaufte sich Adam von seinem ersparten Geld eine der ersten Kleinbildkameras und schickte Schorsch fortan Fotos zu den Briefen mit. Und auch diese Fotos hob der Freund auf, heftete sie auf seiner Weltkarte neben die Orte, von denen sie stammten.

Aber alles Glück hat ein Ende, und das Ende des Glücks hatte in Adams Fall die Gestalt eines kleinen grauen Kastens, des sogenannten Autoalarmgeräts. Es sorgte dafür, dass das Funkgerät auf einem Schiff nicht mehr rund um die Uhr doppelt besetzt sein musste, weil, wenn ein Seenotsignal einging, ein Alarm ertönte. Man brauchte jetzt nur noch die Hälfte an Funkoffizieren. Dieser Kasten, in Kombination mit dem Börsenkrach 1929 und der Weltwirtschaftskrise, hatte zur Folge, dass Adam, wie er es nannte, «auf Grund lief».

Lieber Schorsch,
wir hängen jetzt alle hier in Hamburg rum. Vertreiben uns die Zeit in Bars und mit Mädchen. Stimmung ist trotzdem schlecht. Heuer gekürzt. Jeder erwartet seine Entlassung. Vor allem uns Junggesellen wird's wohl treffen.

Ach was … Anbei ein Foto von Tänzerin Milly Minkowitz, zur Erbauung.
Viele Grüße,
Dein Adam

Einige Monate vergingen, bis Schorsch einen weiteren Brief mit einem Foto erhielt. Es zeigte einen Strand, einen Leuchtturm, eine Holzbaracke und davor zwei riesige Antennen.

Lieber Schorsch,
bin bis auf weiteres gestrandet. Hatte auf die Fidschis gehofft, aber auf dem Foto siehst Du die Küstenfunkstelle Memel, östlichste Ostsee. Vor dem Krieg war das deutsch, jetzt ist es Litauen, aber der Sender in der Bretterbude gehört aufgrund irgendwelcher Verträge immer noch der Firma. Wenig los hier, nur Dünen und Möwen und ein paar klapprige Pensionäre, die die Dünen und Möwen malen und von den alten Zeiten träumen.
Viele Grüße,
Dein Adam

Wieder vergingen Monate, bis Adam einen Brief schickte. In diesen Monaten geschah einiges.

Viele Menschen verloren ihre Arbeit.

Die Neuorther legten sich große Hunde und Schrotflinten zu, weil die Menschen ohne Arbeit dazu neigten, in der Nacht auf den Feldern Kartoffeln auszugraben.

Schorschs Mutter starb.

Im fernen Amerika, in Ohio, wurde ein Junge namens Neil Alden Armstrong geboren.

Schorschs Vater lernte eine Frau aus der Stadt kennen, die ihn mit ihren komplizierten Sätzen, ihren vom Hunger großen Augen und ihrem Hintern so durcheinanderbrachte, dass er sie heiratete und kaum widersprach, als sie sagte, es störe sie, dass Schorsch in ihrer Gegenwart ständig Zahlen hersage, ein Arzt müsse ihn und seine Zahlentollheit mal untersuchen.

So kam Schorsch auf den Auberg. Erst nur für ein paar Stunden, dann für Tage, dann für Wochen und Monate und dann für immer. Am Anfang fand er es noch ganz unterhaltsam, aber das war nur am Anfang, wenn alle Dinge leicht sind.

Manchmal fragte er nach Dr. Cohn. Oder nach Eva. Aber Dr. Cohn hatte das Hospital schon vor Jahren verlassen und mit ihm seine Tochter.

Und manchmal fragte er nach seiner Mütze, die er am Beginn des Großen Krieges in die Luft geworfen hatte, die aber nie zurück zur Erde gefallen war, und dann bekam er eine Spritze, was die Mütze freilich auch nicht wieder zurückbrachte.

Mit Rücksicht auf sein sensibles Gemüt schränkte man seinen Kontakt zur Außenwelt auf ein erträgliches Maß ein, ja man gestattete Verwandtenbesuche nur an kirchlichen Feiertagen und ersparte ihm jegliche belastende Korrespondenz, indem man an ihn gerichtete Post öffnete, inspizierte und anschließend verwahrte.

So las jemand anderes als Schorsch den Brief, in dem Adam schrieb:

Lieber Schorsch,
Du ahnst es nicht – habe geheiratet!

Und Schorsch sah auch das Foto nicht, das aus dem Umschlag des nächsten Briefes fiel, als der Pfleger ihn nach ganz zufällig da hineingeratenen Geldscheinen untersuchte.

Es zeigt ein kleines Mädchen, Martha Rohn. Sie ist kaum ein Jahr alt und starrt mit großen Augen ins Objektiv der Leica ihres Vaters, ohne zu ahnen, dass sie achtunddreißig Jahre später unweit des Ortes, an dem der Brief ihres Vaters samt ihrem Foto in einen grünen Papierkorb fällt, durch Weinberge flüchten und auf einen Mann treffen wird, der wie ein Indianer aussieht und sie fragt, woher sie komme, während über ihr, im Meer der Ruhe, die Astronauten in ihrem kleinen Raumschiff einen Schalter umlegen, die Triebwerke zünden und zurück zur Erde fliegen.

DRITTER TEIL

DIE REGENBOGENBUCHT

Jul 21 1969

124:22:00

Als der erste Mensch den Mond betrat, stand sie in ihrer Einzelzelle am Fenster und sah über den noch dunklen Hof des Gefängnisses, sah zum Block der wegen Ehebruchs Verurteilten, der Diebinnen und Betrügerinnen gegenüber. Es war drei Uhr morgens, und es dämmerte bereits, doch in den Laufgängen und Zellen würde das Licht erst um halb sechs angehen. Dann würde sich die kleine Klappe in der Eisentür öffnen, und die Wärterin würde hereinschauen, und sie wäre nicht mehr da.

Jenseits des Hofes und des Blocks, der im Zwielicht wie ein Teil einer mittelalterlichen Burg aussah, jenseits der Mauer, des Zauns und des Stacheldrahtes verlief die Straße als Grenze in der Zeit, dehnte sich die Stadt in ihrer ganzen unbekannten Gegenwart bis zum Fluss aus. Die Stadt, von der sie nur ein paar Dächer, die schwarzen Umrisse der Giebel und Traufen und schließlich die Silhouette des Kirchturms erkennen konnte, war ihr in den Nächten immer leer vorgekommen – so still war es gewesen, dass sie sich manchmal vorgestellt hatte, die Bewohner hätten die Häuser längst verlassen. Doch in dieser Nacht stiegen Wispern, Stimmen und Musik darüber auf, vereinten sich im Äther mit dem Knacken und Rauschen atmosphärischer Störungen zu einem eigenartigen Summen, das wie das Staunen der Welt klang und alles zu durchdringen schien, selbst den Trakt der Lebenslänglichen, selbst ihre Zelle, in der jede Uhr schon seit Jahren stehengeblieben war.

Wie schön, dachte sie. Wie schön, jetzt noch.

Als der Mann die Leiter des erstaunlichen Apparates hinabstieg, als selbst die Wärterinnen in ihrem Dienstzimmer und die wegen Kuppelei verurteilten, alternden Huren vor ihrem sorgsam gehüteten Radio verstummten, da fühlte sie so etwas wie ein Bedauern darüber, dass sie die Gegenwart nicht mehr erreichen konnte. Sie griff in ihren Gefängniskittel, holte ein paar Krümel hervor, steckte sie sich in den Mund und trank, immer noch aus dem vergitterten Fenster blickend, einen Schluck Wasser, den sie mit einem Holzlöffel aus einem Kübel geschöpft hatte.

Sie hatten ihr beinahe alles abgenommen: Schnürsenkel und Strümpfe sowieso, Geschirr und Gläser, Gabeln, Löffel, das Bettzeug bis auf Matratze und Kopfkissen. So gab es in ihrer Zelle fast gar nichts mehr. Es war ein Raum, der trotz seiner Winzigkeit und Leere eine furchterregende Weite besaß, die nicht an den Mauern endete, sondern sich in der Zeit erstreckte – eine Weite, die jener nicht unähnlich war, vor der der Mann auf dem Mond nun stand.

Lautlos einen Fuß vor den anderen setzend, bewegte er sich in dem mehlweichen, hellgrauen Staub ein paar erste Schritte von seinem Fahrzeug weg. Unmöglich zu sagen, wie weit der Horizont, wie weit auch nur der Rand des nächsten Kraters entfernt waren. Still muss es sein, dachte er, während er sich atmen hörte, vollkommen still. Für einen Moment spürte er das Verlangen, den Helm abzunehmen, um die Stille zu hören, aber schon im nächsten wollte er schreien: *Ich bin hier!* Letztlich stand er nur da, reglos und gebannt von der eigenen Winzigkeit.

Es wird vielleicht gar nicht auffallen, wenn ich nicht mehr da bin, dachte sie. Oder die Wärterin wird die Klappe öffnen und sich freuen, dass eine Zelle frei ist.

Während der erste Mann auf dem Mond den zweiten fotografierte, wie er die Leiter hinabstieg, aß sie die letzten Krümel. Wochenlang hatte sie diese Krümel bei jedem Abortgang gesammelt. Sie stammten von dem kleinen Wasserrohr, das von der Wand zum Spülkasten führte. Die Wärterinnen hatten die Kette vom Spülkasten gekürzt – jetzt könne sich nicht mal mehr ein Hamster daran aufhängen, hatten sie gesagt. Zum Spülen musste sie nun auf das Toilettenbecken steigen und dann am Rest der Kette ziehen. Sie aber hatte entdeckt, dass sich mit dem blanken Ende der Kette etwas von dem Rohr abkratzen ließ: Farbe und Blei.

Als die beiden Männer wieder in den Apparat stiegen, als sie sich noch einmal umdrehten und die schier endlose Ebene überblickten, ahnend, dass sie nie wieder zurückkehren würden und dies ihre ersten und letzten Schritte auf dem Mond gewesen waren, als sie die Luke hinter sich schlossen und dabei eine ihnen bis dahin unbekannte Traurigkeit verspürten, öffnete die Wärterin die kleine Klappe in der eisernen Zellentür und sah, wie sie sich auf dem Boden wälzte, blauen Schaum vor dem Mund, und abwechselnd schrie und sich gegen Gestalten wehrte, Schemen der Vergangenheit oder Zukunft, die nie jemand sehen konnte außer ihr. Und obwohl die Gefangene weder groß noch kräftig war, ging die Wärterin nicht zu ihr hinein, sondern zum Telefon, sagte, Martha Zimmermann habe es wieder getan, winde sich auf dem Boden, schreiend und blöde, man solle sich mal beeilen, solle die Glotze ausmachen und den Hintern hochbekommen. Und trotzdem dauerte es eine ganze Weile, jedenfalls länger als sonst, bis jemand kam und sie zu dritt waren wie die Männer dadraußen – zwei auf dem Mond, den der dritte umkreiste, damals der einsamste Mensch im Universum – und sie hineingingen, sie aufhoben, irgendwie festbanden, zur Krankenstation trugen oder vielmehr schleiften, weil sie um sich schlug, während die anderen Lebenslänglichen klopften, kratzten, klapperten: Sie hat es wieder getan.

Die Astronauten schliefen, als sie ihr den Schlauch einführten und den Magen auspumpten. Bleierne Kotze stieg wie Schlacke in ihr auf, sodass sie sich vorkam wie der WC-Spülkasten – der Schlauch die gekürzte Kette, an der der Arzt jetzt zog, bis dessen Ende in ihrem leeren Magen schlackerte wie der trockene, verdreckte Schwimmer im Spülkasten. Jetzt ist alles raus, Himmelherrgott, was ist denn das für ein Zeug, wo hat sie das her, Farbe oder Dreck oder sonst was, was weiß ich, die wird das immer wieder tun, wenn Sie mich fragen, und wir haben das dann jedes Mal am Hals, vom Papierkram ganz zu schweigen, also was machen wir jetzt, erst mal ruhigstellen, würde ich sagen. Und dann die Spritze, die sie vollends aus der Zeit schoss, die ihr ein Stück vom Leben nahm, das unwiederbringlich im Nichts verschwinden würde.

Jetzt ist erst mal Ruhe, sagte der Arzt, überlegte, wohin mit der Frau, denn sie konnten sie ja nicht einfach wieder zurück in die Zelle bringen, so viel war klar. Er kramte nach seinen HB, zündete sich eine an, betrachtete rauchend die Frau, dachte: Gutachten, Eilanträge, Amtshilfeersuchen, am besten länderübergreifend. Dann griff er zum Telefonhörer.

Ein paar Anrufe, ein mürrischer Richter, der sich mit seiner Frau die Nacht vor dem Fernseher um die Ohren geschlagen hatte – was das alles gekostet hat, hatte sie gesagt, was das alles gekostet hat, und die Negerkinder in Afrika hungern, du und dein blöder Mond, und er hatte geschwiegen und sich an seine Kindheit erinnert, an die Pappraketen, die er gebaut hatte, an das Kino in der Stadt, die Frau im Mond, das silbern glänzende Raumschiff auf der Leinwand, den Countdown, den Flug durchs All, die schartigen Mondberge, wie flach das alles in Wirklichkeit war – flach oder bergig, das ist den armen Negerkindern egal, hatte seine Frau gesagt, und er hatte sich an den Jungen im Film erinnert, den blinden Passagier, der er selbst gerne gewesen wäre, einen Jungen so alt wie er, und ihm war eingefallen, dass er sich damals im Kino gefragt hatte: Werden sie jemals zurückkehren?

Es war schon Nachmittag, als sie sie, auf einer Tragbahre festgeschnallt und erneut sediert, in einen Transporter schoben. Sie lag zwischen den sich gegenüberstehenden Sitzbänken, auf denen sonst die Gefangenen Platz nehmen mussten, zu beiden Seiten ihres Kopfes die Stiefel der zwei Beamten, die sich über die Mondlandung unterhielten. Jetzt wird alles anders, sagte der eine, nichts, nichts wird sich ändern, sagte der andere, die Menschen werden weiter stehlen, huren, morden.

Schweigend fuhren sie den Fluss entlang, rauchten, als Martha und der zweite Mann auf dem Mond beinahe gleichzeitig erwachten. Die Sekunde, in der man nicht weiß, wo man ist, in der alles nur ein Traum gewesen sein kann – sind wir wirklich hier, Neil? Ja, Buzz, das sind wir.

Ich glaube nicht, wiederholte der eine Beamte, als sie die steile Auffahrt zur Klinik hinauffuhren, dass die da oben sind, wahrscheinlich haben sie es in Hollywood oder sonst wo gedreht, diese Amis. Sie war benommen, wusste zunächst nicht, wo sie war, spürte nur das Wackeln des Fahrzeuges, hörte, wie sich der Motor in niedrigem Gang einen Berg hinaufquälte, hatte Angst, sie könnte mitsamt der Trage hinten aus der sich plötzlich öffnenden Wagentür rutschen, einen schier endlosen Berg hinab, verfolgt vom schallenden Gelächter der Wärter, begleitet vom Gemurmel der Toten, die links und rechts dieser wahnwitzigen Abfahrt standen und Pralinen aßen (willst du auch eine?), während sie, funkensprühend, verdientermaßen zur Hölle fuhr.

Kaum war der Transporter auf dem Parkplatz der Klinik zum Stehen gekommen, hoben die beiden Wärter die Tragbahre aus dem Wagen. Sie hielt die Augen geschlossen, tat, als wäre sie immer noch ohne Bewusstsein, versuchte, den Ort, an dem sie sich befand, an den Geräuschen und an seinem Geruch zu erkennen: dem Geruch des Sommers, der erdigen Feuchtigkeit, die vom Boden aufstieg. Sie trugen sie über den Parkplatz, setzten sie für einen Moment ab, kramten nach den Papieren, klingelten am Tor, verärgert, dass niemand kam. Hab ich ja gesagt, von wegen Empfangskomitee: Fehlanzeige. Sie spürte den Schatten von Bäumen, hörte Blätterrauschen und, weit entfernt, Musik. Ich bin also immer noch da.

Dann kam doch jemand, ein junger Arzt, der übernächtigt aussah, das Meckern der Schließer ignorierte, sie oberflächlich untersuchte und die Formulare, die am 21. Juli 1969 die Überstellung der Mörderin Martha Zimmermann, geborene Rohn, vom Frauenzuchthaus Neuwied in die forensische Psychiatrie Auberg besiegelten, einschließlich aller Formalitäten, die so eine kurzfristige, länderübergreifende Überstellung mit sich brachte, unterschrieb. Sie hoben sie auf ein Gestell und fuhren sie in eine Art Vorraum, die Beamten wollten los. Der Arzt las die Papiere durch, die ihm die beiden in die Hand gedrückt hatten, fragte nach der Medikation.

Das sei nicht ihr Metier, sagten sie, aber zur Sicherheit solle er mal gleich zwei kräftige Damen die Frau eskortieren lassen und vielleicht in nächster Zeit besser auf Pralinen verzichten, sagten sie noch und zwinkerten ihm zu, man wisse ja nie, immerhin habe die Gifthexe zwei Männer hopsgehen lassen, mit Schnapsbohnen und Pflanzenschutzmittel, einfach so. Dann sahen sie sich um, weil immer noch niemand vom Pflegepersonal gekommen war, sagten aber nichts, sondern winkten und verschwanden.

Der Arzt setzte sich in dem Vorraum neben das Krankenbett, rief auf dem Hausapparat jemanden an, fragte, warum das so lange dauere, und betrachtete die Frau, die, mit zwei Lederriemen festgeschnallt, auf dem Bettgestell lag. Nach dem, was im Bericht stand, musste er annehmen, dass sie noch mindestens fünf Stunden schlafen würde. Sie wirkte klein und zerbrechlich auf ihn, nicht sehr gefährlich. Drei Suizidversuche in zwei Monaten, allesamt ohne Ankündigung, geradezu minuziös geplant – kein Zweifel, es war ihr ernst. In der vergangenen Woche hatte sie das Essen verweigert, danach Bleivergiftung, kaum möglich, dass sie jetzt gleich aufsprang und über ihn herfiel. Da gibt es ganz andere, dachte er, als jäh die Alarmglocke über der Tür schrillte, eine Lampe auf dem Überwachungspult blinkte und gleichzeitig das Haustelefon läutete wie verrückt. Er hob ab.

Die Stimme am anderen Ende war atemlos. Ein Patient habe sich eine leere «Weißer Riese»-Waschmitteltonne, in die er mit dem Daumen zwei große Löcher für die Augen gedrückt habe, umgekehrt auf den Kopf gesetzt und stürme damit, laut brüllend und um sich schlagend, durch den Saal 3. Ich bin der Erste, rufe er, ich, ich, ich, ein großer Schritt für mich, ich bin Captain Ronin!

Der Patient hieß Georg Bahr, genannt Schorsch, und Schorsch war auf dem Mond gelandet. Der Arzt wusste, dieser Mond in Saal 3 war bewohnt: von Menschen, die nachts Begegnungen mit Maria Callas, Hitler oder Cassius Clay hatten, die Stimmen aus dem Jenseits oder auch aus einer gewöhnlichen Steckdose hörten, die mit Agenten der Organisation Consul im Bunde standen, von Gott persönlich Anweisungen bekamen oder vom CIA oder KGB oder von beiden verfolgt wurden. Einige waren jung und hatten wüste Geschichten mit allen möglichen Drogen hinter sich, die zu allen möglichen Straftaten geführt hatten, an die sie sich naturgemäß nicht mehr erinnern konnten; andere waren schon so lange in der Psychiatrie, dass die altgedienten Pfleger in den Keller, ins Archiv, hätten hinabsteigen müssen, um herauszufinden, warum man sie einst eingeliefert hatte. Schorsch war einer von ihnen, manche sagten, er sei schon vor dem Krieg hier gewesen, und schon damals habe er von Männchen auf dem Mars und Raketen zum Mond geschwatzt, von Triebwerken, die er entworfen habe, Strahlenwaffen und Raumstationen, von unterirdischen Bergwerken, in denen all das gebaut werde. Und dann hatte er eines Tages, das muss 1962 oder '63 gewesen sein, zufällig eine Ausgabe der Heftromanserie «Captain Ronin» gefunden, hatte die Umschlagzeichnung gesehen, die Ronins Raumschiff auf dem Mond zeigte, und sich daraufhin bitterlich darüber beschwert, dass irgendjemand, wahrscheinlich so ein Ami, aus seinem Leben eine Groschenheftchenserie gemacht habe, und von der Anstaltsleitung verlangt, Roosevelt «in allen Punkten» zu verklagen.

Es sei, meinte die Stimme am anderen Ende des Haustelefons, vielleicht keine gute Idee gewesen, den armen Schorsch, der schon am Sputnik schwer zu kauen gehabt habe, vor die Fernsehnachrichten zu setzen. Das habe ja beinahe zwangsläufig zu so einem Ausbruch führen müssen, progressive Methoden hin oder her.

Der Arzt dachte einen Moment nach, sagte, er komme sofort, aber man solle umgehend jemanden runterschicken, um ihn abzulösen. Dann legte er auf und wartete. Als zwei, drei lange Minuten vergangen waren, blinkte der Alarm immer noch, aber es war niemand gekommen. Gerade schaute er sich um, betrachtete die festgeschnallte, reglose Frau und überlegte, was zu tun sei, als irgendwo im Haus ein Krachen zu hören war, gefolgt von einigen heiseren Schreien des Weißen Riesen.

Der Arzt lief los.

Martha sah ihm nach, wie er durch die Tür hinausrannte, ohne sie hinter sich zu verschließen.

Als sie den Start vorbereiteten, lief Martha durch die Weinberge. Buzz hatte einen Schalter abgerissen, und die beiden Männer untersuchten die helle Bruchstelle. Mit meinem Hintern, sagte der zweite Mann auf dem Mond, einfach abgerissen, so was Dummes, wozu ist der eigentlich da, der Schalter, jetzt bleiben wir vielleicht für immer hier. Ja, vielleicht, sagte Neil.

Sie hörte Musik. Es war ein warmer Sommerabend, und unten im Tal flimmerte das letzte Sonnenlicht auf der Oberfläche des Rheins, während sie in ihrer Zuchthauskleidung barfuß vorwärtsstolperte, immer der Musik nach. Jemand sang und spielte dazu – es hörte sich an wie eine Mischung aus Geigenklängen und dem Fauchen einer Katze, und trotzdem zog sie diese Musik an, lief sie ihr entgegen durch die Reben, deren grüne Spaliere schmale Gassen bildeten. Im Zuchthaus, wo man ihr das Radio bald abgenommen hatte, hatte sie aus dem Zellentrakt gegenüber manchmal Schlager gehört, «Ciao, ciao bambina», oder auch «Junge, komm bald wieder». Der Mann, der jetzt sang, sang auf Englisch, und auch wenn sie nicht alles verstand, so erinnerte sie diese Stimme aus dem Weinberg an Jim, dem sie hatte folgen wollen, Jim, der sie und ihr gemeinsames Kind hätte mitnehmen sollen, aber es dann doch nicht tat. *There must be some kind of way out of here,* sang die Stimme.

Houston, wir nehmen einen Filzschreiber. Einen Filzschreiber, wozu? Um den Schalter zu bedienen, den ich mit meinem Hintern abgerissen habe.

Der Weinberg war zu Ende, und vor ihr lag eine Wiese, und jenseits der Wiese stand ein Schuppen oder eine Scheune. Auf der Wiese saßen Menschen, sie saßen da und tranken und rauchten und lachten, ein Dutzend junger Frauen und Männer, und die Musik kam von einem Karren, auf dem Geräte und Lautsprecher aufgebaut waren. Plötzlich stand ein Mann vor ihr: Seine langen Haare wurden von einem Stirnband aus dem

Gesicht gehalten, er trug eine gestreifte, weite Hose und über seinem nackten Oberkörper eine rötliche Weste, die aussah, als hätte er sie aus einem alten Orientteppich genäht – vielleicht ein Indianer, dachte sie, jetzt bin ich endgültig verrückt geworden.

«Alles klar?», fragte der Indianer. Alles klar. Bereit machen zum Start. Was, wenn das Triebwerk nicht zündet?, dachte die Frau des Astronauten. Zehn, neun, acht, sieben, sechs. Wenn sie niemals zurückkommen, wie soll ich das den Kindern erklären? Fünf, vier, drei, zwei, eins. Werden die Kinder dann ihr ganzes Leben lang den Blick gesenkt halten, wenn nachts der Mond scheint? «Geht's dir gut, Schwester?» *Outside in the cold distance a wildcat did growl / Two riders were approaching and the wind began to howl.* «Woher kommst du?»

Sie wusste nicht, was sie antworten sollte. Schweigend stand sie unter dem halben Mond, der langsam, mit zunehmender Dunkelheit, immer heller wurde.

1969

«Wie geht es Ihnen?»

«Ich weiß nicht. Ich habe Kopfschmerzen.»

«Nennen Sie mir bitte Ihren vollständigen Namen.»

«Martha Zimmermann, geborene Rohn. Wo bin ich hier?»

«Sie sind in einem Krankenhaus. Wissen Sie, warum Sie hier sind?»

«Ich habe versucht, mir was anzutun.»

«Und weiter?»

«Ich glaube, ich bin weggelaufen. Aber jetzt bin ich hier. Wie bin ich hierhergekommen?»

«Sie sind zusammengebrochen. Zum Glück hat Sie jemand gefunden und hierhergebracht.»

«Der Indianer … Vor allem ein Glück für Sie, oder?»

«Mein Name ist Dr. Junge. Ich bin Psychiater. Das hier ist die forensische Psychiatrie Auberg. Nachdem Sie im Zuchthaus in Neuwied versucht haben, sich umzubringen, hat man Sie hierherverlegt. Ich muss Sie untersuchen, und dann – warum lachen Sie?»

«Ich bin auf dem Auberg? Wirklich?»

«Ja. Was ist daran komisch?»

«Mein Vater ist hier geboren. Hat er immer erzählt, wenn er Spaß gemacht hat. Wild rumgetanzt hat er dann und hat Grimassen gezogen und erzählt, dass er vom Auberg kommt, wo die Irren hausen, ‹aus Irrenhausen auf dem Auberg komm ich her und will euch sagen, ich irre mich sehr›, weil er hier geboren und eines Tages abgehauen ist und Seemann wurde. Das hat er mir erzählt, und ich hab das natürlich geglaubt als Kind. Hab versucht, mir das vorzustellen, wie das ist, wenn man als eigentlich Normaler in so einer Irrenanstalt lebt, wo sie alle Nachthemden anhaben und so tanzen und Zeug reden und Stimmen hören. Also, mein Vater ist hier geboren und dann abgehauen, und ich bin abgehauen und komm hier wieder rein – das ist doch komisch, oder?»

«Ja, da haben Sie recht.»

«Wann werden Sie mich wieder zurückschicken? Ich bin eine Zuchthäuslerin, lebenslang, zweimal, also wann schicken Sie mich wieder zurück? Morgen? Übermorgen?»

«Ich kann Sie erst zurückschicken, wenn ich glaube, dass Sie nicht mehr versuchen werden, was Sie versucht haben. Und um das herauszufinden, müssen wir uns unterhalten. Ich schlage vor, Sie erzählen mir etwas über sich. Das ist kein Verhör, und was Sie mir erzählen, unterliegt der ärztlichen Schweigepflicht. Am besten erzählen Sie von Anfang an. Sie sagten, Ihr Vater sei auf dem Auberg geboren. Wo sind Sie geboren?»

«In der Regenbogenbucht. So hat mein Vater sie genannt, die Regenbogenbucht. Aber die gibt's natürlich nicht in Wirklichkeit. Es gibt keine Regenbogenbucht, meine ich, und wahrscheinlich bin ich auch nicht in unserem Haus geboren worden, sondern in einem Krankenhaus in Memel, was damals litauisch war und dann deutsch, und jetzt sind die Russen da. Und da war auch keine Bucht, aber das Meer, das war schon da.

Ich kann mir ehrlich gesagt nicht vorstellen, dass meine Mutter mich in unserem Haus zur Welt gebracht hat. Sie war nicht für so was, da hätte sie gesagt, nur die Kühe bekommen ihre Kinder im Stall. Sie achtete sehr auf sich, und sie war empfindlich, und es sollte nicht alles wie bei den Bauern sein. Mein Großvater, der Vater meiner Mutter, war Reeder, oder vielleicht sollte ich sagen, Dampfschiffbesitzer, auf jeden Fall gehörten ihm ein paar kleinere Schiffe, Fähren und Barkassen, die die Küste auf und ab und im Haff herum schipperten, und er hatte acht Kinder, zwei schon als Kind gestorben, aber dann waren da immer noch drei Söhne und drei Töchter, und meine Mutter war die zweitjüngste. Sie hatte lange niemanden, hatte vielleicht schon Angst, als alte Jungfer zu sterben, aber dann kam mein Vater.

Mein Vater fuhr eigentlich zur See, also nicht als Matrose, sondern er war Offizier, Funkoffizier auf richtig großen Pötten, Passagierdampfern und so, und das war er so lange, bis die Wirtschaftskrise kam und sie ihn auf die Küstenfunkstelle versetzt haben. Und weil er sich immer noch Funkoffizier nannte und irgendwie auch einer war und weil er eine Uniform hatte, die er sonntags in der Kirche trug, so eine richtig schöne Marineuniform mit goldenen Knöpfen, in der er fast wie ein Kapitän aussah, warfen meine Mutter und vor allem mein Großvater ein Auge auf ihn, und dann kam eins zum anderen, Hochzeit und so, und dann wurde ich geboren.

In der Regenbogenbucht. Stimmt schon, unser Haus stand fast direkt am Meer. Da war der Sand, weißer feiner Sand, wie Sie ihn noch nicht gesehen haben, und dahinter waren die ersten Dünen und so was wie ein Weg, immer halb zugeweht, das letzte Stück der Strandpromenade. Da stand unser Haus, und neben dem Haus, das ein Holzhaus war, standen die anderen Häuser, also die Baracken und Hütten vom Sender und die zwei riesigen Antennen, ewig lange Kabel, die zwischen baumhohen Masten gespannt waren. Und jedes Mal wenn ich staunend vor diesen beiden Antennen stand, erklärte mir mein Vater, dass man damit die Stimmen der ganzen Welt hören kann, und ich stellte mir vor, dass ich damit überall auf der Erde Freunde finden würde, Eskimos, Chinesen, Indianer, was man sich als kleines Kind halt wünscht.

Ehrlich gesagt, meine Eltern waren nicht gut miteinander. Sie waren kalt miteinander. Möglich, dass das am Anfang anders war, muss es ja, sonst gäbe es mich nicht. Nach mir, da war meine Mutter noch mal schwanger, aber das Kind ist gestorben, als ich noch ganz klein war. Vielleicht kam's zu früh oder wurde krank, es ist nie darüber gesprochen worden, nur ein Mal, da sagte meine Mutter: ‹Ganz kurz, da hast du ein Brüderchen gehabt, und kaum haste geblinzelt, da war's im Himmel›, und sie hat das so komisch gesagt und mich so angeschaut dabei, dass ich dachte, ich wär's gewesen, die mein Brüderchen in den Himmel geblinzelt hat, dass ich dran schuld wär, dass es jetzt nicht mehr da war, und dass sich deswegen meine Mutter unglücklich fühlte und die Dinge so waren, wie sie waren.

Aber in Wirklichkeit war's wahrscheinlich so, dass das Kinderkriegen nichts für meine Mutter war. Auf jeden Fall hat sie keine Kinder mehr bekommen, ich glaube, auch wegen ihrer Gesundheit, und dann haben meine Eltern nicht mehr gewusst, was sie miteinander anfangen sollten. Sie haben nie gestritten, oder sie haben gestritten, und ich hab das nicht mitbekommen, aber ich hab schon gemerkt, dass da was war oder vielmehr: dass da immer weniger war.

Ich glaube, mein Vater wollte wieder auf ein Schiff, er wollte wieder zur See fahren. Ein paarmal hat die Firma ihn auch gefragt, das weiß ich, denn da war ich schon älter, und da hat er mich gefragt, so halb im Scherz, ob ich, solange er auf See wäre, den Funkdienst übernehmen und nach dem Rechten schauen könnte und reparieren, was kaputtgeht. Ich kann Radios reparieren, verrückt, nicht wahr? Und Funkgeräte. Wenn Sie eins hier haben – aber wahrscheinlich haben Sie keins hier.

Mein Vater ist dann doch nicht gefahren, meine Mutter hat's nicht zugelassen. Hat Zeter und Mordio geschrien, von wegen, er würde Frau und Kind hier sitzenlassen, seine arme, arme Tochter, aber vor allem ging's natürlich um sie. Ich hätt es verstehen können, wenn er gefahren wäre, auch ohne mich.

Wissen Sie, wenn Sie am Meer wohnen, dann wissen Sie, warum's einen da rauszieht. Wobei ich natürlich gebettelt hab, er soll mich mitnehmen.

Da war ich so sechs, sieben Jahre alt, und es gab schon Aufmärsche auf den Straßen, und den Litauern und den Juden wurde es langsam mulmig, das hab selbst ich mitbekommen. Im Sommer fuhren wir manchmal mit der Schule auf die Nehrung, und in der Mitte von diesem schmalen Landstreifen war die Grenze. Auf der anderen Seite von der Grenze hatte die HJ ein Ferienlager, und da sahen wir sie dann singen und marschieren, und unsere Jungs wären am liebsten rüber und gleich mitmarschiert. So war das. Wir konnten ja nicht wissen, wie das alles ausgehen würde. Wir dachten, dass immer alles besser wird. Dass vor uns die Zukunft liegt, weit und groß, so wie das Meer. Wenn ich im Sender war, dann habe ich mir BBC, Radio Buenos Aires oder, mit viel Glück, Radio Tokio eingestellt, und auch wenn ich nicht verstanden hab, wovon die Stimmen sprachen, so schien mir doch die ganze Welt zum Greifen nah.

In Memel, da gab es ein Theater und ein Kino, und einmal, in einem bitterkalten Winter, kam ein Herr von Sowieso, ein reicher Graf, dem eine Automobilfabrik gehörte, und der sauste mit einem Raketenauto – oder soll ich sagen, Schlitten, also, das sah aus wie ein Rennauto auf Kufen – über das zugefrorene Haff, und wir haben zugeschaut. Er hat einen Rekord aufgestellt damit.

Manchmal sind wir auch nach Königsberg gefahren, eine Stadt, die mir riesengroß vorkam, und als ich ganz klein war, waren wir sogar in Berlin, aber daran kann ich mich nicht mehr erinnern, ich habe nur Fotos gesehen. Mein Vater hatte eine Kleinbildkamera, eine Leica, und damit hat er viel geknipst, und wenn mir langweilig war, dann habe ich mir seine Fotos angeschaut, die Fotos aus der Zeit, als er noch zur See gefahren ist.

Und da habe ich verstanden, warum er diese Sehnsucht hatte, und insgeheim glaubte ich, dass ich der Grund sei, dass er immer noch hier war, aber das sagte ich nie.

Irgendwann kaufte er einen Jollenkreuzer, ein Segelboot mit Kajüte, das wir eines Tages bei einem Spaziergang im Hafen entdeckt hatten. ‹Eva› hieß es, und über dem Namen hing ein Holzschild, ‹Günstig abzugeben›. Mein Vater, der Adam hieß, sagte nur: ‹Das passt ja.› Mit der ‹Eva› sind wir dann raus aufs Haff und später sogar auf die Ostsee, und er hat mir als Kind schon das Segeln beigebracht. Segeln und ein Funkgerät bedienen, das kann ich, aber das nutzt mir jetzt nichts mehr.

Meiner Mutter hat das Segeln keinen Spaß gemacht, und mein Großvater hat gesagt: ‹Warum fahrt ihr mit so einer Nussschale rum›, wir hätten ja auch mit einem seiner Dampfschiffe einen Ausflug machen können. Er hat das nicht verstanden, und mein Vater sagte dann immer: ‹Der Großvater ist eben kein Seemann, sondern ein Reeder, dem geht es nur ums Geldverdienen mit seinen Rostkähnen.› Und so waren wir oft zu zweit.

Ganz selten hat mein Vater mal was von seiner alten Heimat erzählt, von Neuorth, das er ‹Kuhkaff› nannte, wobei wir bei uns in der Umgebung auch ziemlich viele Kuhkäffer hatten, die eigentlich ganz schön waren, und die Kühe mit ihren feuchten Nasen und den großen, sanften Augen, die mochte ich. Er sagte, in Neuorth sei alles anders, sogar die Kühe seien anders, und das Dorf sei eng und dunkel, mit Bergen und Urwäldern drum herum, sodass man kaum den Himmel sehen könne. Irgendwie war's dann ja auch so, aber das wusste ich damals noch nicht.

Ich weiß nicht mehr genau, wann es war, ob wir erst das Segelboot gekauft haben oder kurz danach, auf jeden Fall waren wir im Sommer auf der Nehrung, ich war so sieben oder acht Jahre alt, das heißt, es muss um das Jahr '38 gewesen sein, kurz vor dem Krieg. In Nidden gab es Ferienhäuschen und eine Künstlerkolonie, in der Dichter und Maler lebten, Thomas Mann hat da mal zwei oder drei Sommer verbracht, wirklich, und dort trafen wir Freunde meines Vaters, alte Freunde aus Neuorth, dem Kuhkaff. Es war ein netter grauhaariger Arzt mit seiner Tochter und Enkelin, und die Frau war etwa so alt wie meine Mutter und hieß Eva, und ihre Tochter hieß Johanna und war so alt ich. Wir spielten den ganzen Tag am Strand miteinander und redeten uns ein, wir wären Schwestern, Zwillingsschwestern. Der Arzt hieß Dr. Cohn, aber wie Eva mit Nachnamen hieß, weiß ich nicht mehr, sie war geschieden, und die drei wohnten im Haus eines befreundeten Malers, und wir besuchten sie in jenem Sommer fast jedes Wochenende. Meiner Mutter gefiel das gar nicht, weil das Boot so hieß wie die Frau oder die Frau so hieß wie das Boot und weil sie sah, wie vertraut mein Vater mit dieser Eva war und wie fremd mit ihr. Und einmal, als mein Vater und ich am Strand spazieren gingen, fragte ich ihn geradeheraus, ob er nicht lieber die Eva geheiratet hätte anstatt meine Mutter, aber er sagte: ‹Manchmal verläuft das Leben nicht so, wie man sich das gedacht hat, man kommt an eine Kreuzung, und an der geht man statt nach rechts nach links, man kann ja nicht stehen bleiben, bis man tot ist, aber man kann auch nicht wissen, was kommt, und dann kommt es eben nicht so, wie man es sich vorgestellt hat, aber deswegen nicht schlechter.› Wenn er Eva statt meiner Mutter geheiratet hätte, dann könnte er heute nicht mit mir den Strand entlanggehen, und ich sei ihm nun mal das Liebste auf der Welt.

Irgendwann ging der Sommer zu Ende, aber die drei blieben, und eines Tages erklärte mir Johanna, warum sie in Nidden waren: nicht wegen dem Meer, nicht wegen der guten Luft, nicht wegen dem wunderschönen Strand oder dem wunderschönen Haus und schon gar nicht wegen uns. Sie wollten auf einen

Ozeandampfer, der sie nach Schweden bringen sollte und dann weiter nach Amerika. Sie sagte mir, dass sie auf der Flucht waren, und ich fragte sie: ‹Vor wem?› Und sie antwortete: ‹Vor euch.›

Flucht und Flüchtlinge, ich wusste noch nicht, was das bedeutet. Doch wenn wir nach Memel in die Stadt zum Einkaufen gefahren sind, sind mir die vielen Menschen mit ihren Säcken, Taschen und Koffern aufgefallen, Menschen, die fremd und scheinbar ziellos die Straßen entlangzogen, die Schlange standen vor irgendwelchen öffentlichen Gebäuden, um Papiere oder eine Schiffspassage zu ergattern, Menschen, die im Hafen zwischen dem Stückgut auf ihren Säcken, Taschen, Koffern saßen und warteten, warteten, warteten.

Ich kann mich nicht erinnern, dass wir Abschied genommen haben. In meiner Erinnerung gibt es keine Umarmungen, keine Abschiedsküsse, keine Tränen, was vielleicht viel schlimmer ist, meinen Sie nicht? Eines Tages fragte ich, wann wir wieder auf die Nehrung fahren und Eva und Hanni besuchen, aber da waren sie schon weg. Niemand sagte mir, wohin. Mein Großvater, der ihnen keine Fahrkarte auf einem seiner Dampfer hatte geben können oder geben wollen, meinte bloß: ‹Gut, dass die Juden endlich fort sind.›

Das war nur wenige Wochen, bevor das Memelland wieder zu Deutschland kam. Ich kann mich an die Paraden erinnern, an das Tschingderassabumm, an all die Uniformen und den Jubel und das Geschrei. Meinem Vater gefiel das nicht so, aber mein Großvater war begeistert. ‹Endlich! Endlich!›, rief er unentwegt, obwohl sich gar nicht viel geändert hat, zumindest nicht für uns. Ich habe jedenfalls nicht verstanden, worauf sich dieses ‹endlich, endlich› eigentlich bezog.

Ja, und eines Tages stand ich dann mit meiner Schulklasse auf der Hafenmole, und ein Schiff aus der Heimat legte an – warum aus der Heimat? Unsere Heimat war doch hier, dachte ich, aber ich wagte nicht zu fragen. Quer über die Landungsbrücke war ein Transparent gespannt: WILLKOMMEN, DEUTSCHE BRÜDER. Wir hatten Fähnchen, mit denen haben wir gewinkt, und gesungen haben wir auch, als eine Kompanie Marinesoldaten von dem Schiff herunterkam und unter dem Transparent durchmarschierte. So war das damals. Und beim Spielwarenhändler Stein konnten wir nicht mehr einkaufen, weil sie ihm erst das Schaufenster beschmiert und dann eingeworfen hatten und er verschwunden war. ‹Da hätten die sich das Geschmiere auch sparen können›, sagte mein Vater, ‹wenn sie dem armen Stein seinen Laden sowieso demolieren.›

Die Frau meines Großvaters, meine Oma Emma, war verrückt, und weil sie verrückt war, war sie die meiste Zeit im Sanatorium. Ich habe sie nur zwei-, dreimal gesehen, als ich noch ziemlich klein war, bei Familienfesten, und dann später noch mal, als wir sie in dem Sanatorium besucht haben. Und soweit ich das noch vor Augen habe, war sie da immer lustig, und ich mochte sie, die Oma Emma, aber sie ist leider früh gestorben. Ich kann mich an eine Beerdigung erinnern, meine erste Beerdigung, bei der ich dabei sein musste, und ich glaube, das war ihre.

Die übrigen Verwandten meiner Mutter, die haben uns nie gemocht. Für die war mein Vater ein Zugezogener, ein Provinzler, und sich selbst hielten sie für den Nabel der Welt. Großvater hatte das alte Gemälde eines Ururahnen in seinem Kontor hängen, und dieser komische Kerl mit gepuderter Perücke und steifer Uniform hatte angeblich die erste regelmäßige Schiffsverbindung von Memel nach Reval begründet, da waren sie alle mächtig stolz drauf. Da konnte mein Vater durch den Beagle-Kanal und über den Pazifischen Ozean und durch die Straße von Malakka zum Kap der Guten Hoffnung gefahren sein, das hat die alle nicht interessiert, das war alles viel weniger wert als ihre klapprige Dampfflotte nach Reval. Die haben immer die Nase gerümpft, wenn sie uns gesehen haben.

Meine anderen Großeltern, die Eltern meines Vaters, habe ich nie kennengelernt. Sie waren bei meiner Geburt schon tot, doch zwei seiner Geschwister lebten noch – Onkel Ullrich und Tante Gerda. Onkel Ullrich kannte ich nur von einem Foto, er hatte ein Glasauge und eine Beinprothese, und selbst auf dem Foto sah er zum Gruseln aus. Meine Tante Gerda besuchte uns mit ihrem Mann und ihrem Sohn im Sommer '39, dem letzten Sommer im Frieden. An ihren Mann kann ich mich nicht mehr erinnern, aber sie war eine dumme, dicke Person, die eine Unmenge Essen in sich hineinstopfen konnte. Ihr Sohn, Frank, war da ganz anders: ein schlanker, gutaussehender Junge, vier Jahre älter als ich, der so ein gewinnendes Lächeln hatte, einer, der beim Laufen und Schwimmen und Radfahren meistens schneller als alle anderen war und der so viele Dinge konnte – Feuer machen, Mundharmonika spielen, Vögel nachahmen, Luftgewehr schießen –, dass ich ihn grenzenlos dafür bewunderte. Er war ein wenig hochnäsig, aber auch nett, zumindest zu mir, und als die Ferien zu Ende waren, freute ich mich, dass die dicke Tante wieder von der Nehrung verschwand, aber dass mein Cousin abreiste, das hat mich traurig gemacht.

Dann kam der Krieg. Am Anfang haben wir nicht viel davon gemerkt. Soldaten kamen und gingen, für sie war Memel nur ein Ort, um von Bord zu gehen, den Tornister aufzunehmen und weiterzumarschieren, eine Etappe auch für die schwitzenden Pferde, die die Kanonen zogen, für die endlosen Lastwagenkolonnen und für die Panzer, die Fensterscheiben und Erde beben ließen, wenn sie durch die Straßen fuhren, eine Etappe auf dem Weg zum Sieg.

Eine spezielle Einheit quartierte sich im Sender, in den Holzbaracken, ein. Ich konnte sie morgens sehen, wenn sie herauskamen und sich im Freien am Brunnen wuschen. Mein Vater trug jetzt eine andere Uniform, und die trug er jeden Tag. Ich glaube, er war Oberleutnant oder so was, doch habe ich nie erfahren, ob er die Soldaten kommandierte oder nicht. Sie hatten den Auftrag, den Funkverkehr abzuhören, den auf der Ostsee oder im Nordmeer oder auf der ganzen Welt, und sie waren tagsüber im Sender und nachts auch. Ich denke mal, sie sendeten nichts, sie lauschten nur. Mein Vater nahm ab und zu einen Zettel von ihnen entgegen, manchmal unterschrieb er ihn, manchmal nicht, und das schien mir alles zu sein, was er machte. Vermutlich mochte er es nicht, dass die Soldaten da waren, und ich mochte sie auch nicht. Im Wald hinter den Dünen stellten sie ein Flakgeschütz auf, und das gefiel ihm noch viel weniger, selbst meine Mutter protestierte. Und es dauerte auch nicht lange, bis die ersten russischen Flieger über Memel aufgetaucht sind, aber die waren schnell vertrieben, und dann dauerte es eine ganze Weile, bis wieder welche kamen. Als wir im Sommer '44 das erste Mal evakuiert wurden, war das noch wie ein Schulausflug, nach einer Woche durften wir wieder zurück. Wir haben alle gedacht, jetzt sind die Russen zurückgeschlagen, wir hatten ja zuvor all unsere Soldaten, Pferde, Kanonen, Laster und Panzer gesehen. Aber es war nur ein Aufschub.

Einen Monat später sah ich meinen Vater zum letzten Mal. Die Soldaten zogen von unserem Sender ab und mit ihnen mein Vater, der auf einen alten Kreuzer abkommandiert wurde, einen rostigen, düsteren Kahn, der noch aus dem Kaiserreich stammte und aussah, als könnte er jeden Moment untergehen. ‹Auf das Schiff kommt es nicht an›, erklärte mir mein Vater, ‹sondern auf die Geschütze. Mit denen helfen wir unseren Soldaten an Land.› Er hatte recht, die Kanonen sahen tatsächlich imposant aus, und in seiner frisch gewaschenen Marineuniform sah auch er imposant aus, als er meiner Mutter und mir am Kai einbläute, dass wir, falls wir für länger flüchten müssten, uns in Neuorth wiedertreffen sollten. Dann gab er meiner Mutter und mir einen Kuss und drückte mich, drehte sich um und ging auf dieses alte, grausige Schiff mit seinen rußschwarzen Schloten, seinem rostigen Bug und den bleigrauen, langen, in den trüben Himmel gerichteten Kanonenrohren.

Es vergingen nur wenige Wochen, bis wir alle mit gepackten Sachen im Hafen auf dem Kai standen und auf eines der Boote meines Großvaters gehen sollten. Doch dazu kam es nicht mehr. Es hatte schon früher Luftangriffe gegeben, das waren immer nur zwei, drei Flugzeuge gewesen, aber diesmal waren es Dutzende, Hunderte! Die Sirenen heulten, zu spät. Wo sollten wir auch hin? Auf die Boote? In die Keller? Sie griffen den Hafen an. Noch heute höre ich nachts manchmal die Sirenen, das Röhren der Flugzeugmotoren, das Surren der Fliegerbomben, die aus dem grauen Herbsthimmel auf uns herabfielen. Nur die Explosionen höre ich nicht. Die Bilder jenes Tages, an die ich mich noch erinnern kann, sind wie aus einem Stummfilm geschnitten. Ich habe mich unter einem eisernen Lkw-Anhänger verkrochen, Menschen haben ihren Mund weit aufgerissen, sie schreien, weil die Bomben ihnen Arm oder Bein abgerissen haben oder weil jemand, der gerade noch neben ihnen stand, nicht mehr da ist – ich höre sie nicht. Menschen, die durcheinanderrennen, von den Druckwellen auseinandergepeitscht werden, ins Wasser purzeln wie Spielfiguren, lautlos. Meinen Großvater hat man nicht mehr gefunden, er ist mit den Resten seiner stolzen Familie (zwei Söhne gefallen, einer kriegsinvalid) und seiner Barkasse gesunken. Meine Mutter lag auf dem Pier. Ich hab sie an ihren Schuhen erkannt, Schuhen mit hohen Absätzen. Am nächsten Tag hab ich sie begraben, da brannte der Hafen noch.

Ich verbrachte noch eine Nacht im Sender. Die abziehenden

Soldaten hatten das meiste mitgenommen oder zerstört, aber der Kurzwellenempfänger funktionierte noch. Ich saß in der Dunkelheit und hörte Radio Buenos Aires, Tangomusik.

Am Morgen darauf saß dann der Junge vor der Tür. Er war vielleicht neun oder zehn, und auch er hatte seine Eltern verloren. Er suchte bei uns nach Essen. Als ich die Tür aufmachte, rannte er erst weg, versteckte sich hinter der Regentonne, aber ich hab ihn trotzdem gefunden. Peter hieß er. In der Ferne konnte man schon Geschützdonner hören, wir mussten weg.

Also packten wir zusammen, was wir tragen konnten, ich und das Peterle, und sind zum Hafen gegangen. Dort herrschte das reinste Chaos. Die zerstörten Lagerhallen qualmten, überall lagen Trümmer herum, die Hafenausfahrt war durch einen versenkten Dampfer meines Großvaters blockiert, und ein Bergungsschiff versuchte, sie wieder frei zu räumen. Ich traf einen seiner Angestellten und dessen Frau und Kinder, und er bat mich, ihnen Plätze auf einem der anderen Boote meines Großvaters zu besorgen. Mich! Aber die gab es nicht mehr.

Was es gab, waren Gerüchte. Dass die Hafeneinfahrt vermint werden sollte oder fünf Kilometer davor in der Ostsee schon von den Russen vermint worden war. Dass Tiefflieger Jagd auf jeden machten, der versuchte, über die Nehrung nach Königsberg zu gelangen. Dass die Trecks beschossen wurden. Dass die Russen schon morgen da wären. Dass die Russen Memel niemals einnehmen könnten, weil unsere Kreuzer zurückkommen und die Stadt mit ihren Kanonen verteidigen würden. Dass die Stadt bereits eingeschlossen war.

Weil sich niemand für uns interessierte und weil uns niemand half, beschloss ich, uns selbst zu helfen. Ich nahm den Peter bei der Hand, und dann gingen wir dorthin, wo die Fischerboote und die Kurenkähne lagen. Die meisten Boote waren schon weg, aber die ‹Eva› war noch da, lag an dem schmalen

Pier und zog abenteuerlustig an ihren Festmachern, wie am ersten Tag.

Mein Vater hatte das Boot immer bereithaben wollen, damit wir am Wochenende rausfahren konnten. Es gab einen Wasserkanister und einen Spirituskocher, zum Teekochen. Ein paar Konservendosen waren da und sogar zwei Flaschen Bier. Pullover und Ölzeug, falls das Wetter schlechter würde. Ich sagte dem Peter, er solle sich einen Bleistift nehmen und alles auf einem Blatt Papier auflisten. Das tat ich, damit er was zu tun hatte und nicht anfing nachzudenken. Leuten, die Angst haben, muss man was zu tun geben. Ich dachte mir, die Flieger kommen bestimmt zurück, und deshalb warteten wir, bis es dunkel war, und erst dann legten wir ab. Das Peterle fing an zu weinen, als wir aus dem Hafen hinaus Richtung Haff fuhren, aber ich drückte ihm die Vorschot in die Hand, und er hörte auf.

Wir waren noch keine fünf Kilometer vom Hafen entfernt, als wir die Sirenen hörten und die Flak – bamm, bamm, bamm. Ich hatte es ja geahnt, die Flieger kamen zurück. Und das Pfeifen der Bomben. Der Donner und das Geräusch, wenn es die Welt zerreißt. Ich stand an der Pinne, die ‹Eva› machte gute Fahrt bei halbem Wind, und als ich mich umdrehte, sah ich hinter uns die brennende Stadt, die sich auf dem schwarzen Wasser spiegelte, sah das Aufblitzen der Explosionen, sah, wie die glühenden Trümmer eines Speichers in den Hafen fielen, sah die Flammen aus einer der letzten Fähren züngeln, und ich fragte mich, wer da wohl noch drin gewesen sein mochte und was aus dem Angestellten meines Großvaters und dessen Frau und den Kindern geworden war. Er hatte nichts machen können, um die Seinen zu beschützen, genauso wie ich nichts hatte machen können, nur dass er erwachsen war und ich noch nicht. In diesem Moment schwor ich mir, dass ich niemals einen Krieg anfangen und dann meine Kinder darin zurücklassen würde.

Es war das letzte Mal, dass ich die Stadt, meine alte Heimat, gesehen habe, und der Peter war ganz still und sagte nichts. Wir glitten hinein in die Nacht, und es war ganz seltsam, denn auf einmal fühlte ich mich frei, und ich freute mich daran, dass unser Boot so schnell fuhr, und war nicht weiter traurig.

Als der Morgen graute, sahen wir achteraus noch Rauch aufsteigen und an Backbord einen flachen Kahn oder ein Floß, das sich Richtung Festland entfernte. Die Leute darauf gestikulierten und riefen uns etwas zu, was ich aber nicht verstand. Brauchten sie Hilfe? Oder wollten sie uns helfen? In Memel hatte man gesagt, ein Teil des Haffs sei vermint, aber wir sahen keine Minen, vielleicht war das wieder nur so ein Gerücht, oder man hatte gemeint, dass nicht das Haff, sondern die Strände vermint seien. Wir hatten einfach Glück. Wir hätten auch gar nicht gewusst, wie so eine Mine aussah, aber wir erschraken schon ziemlich, als die ‹Eva› gegen etwas stieß. Als wir auf das Wasser blickten, sahen wir so was Schwarzes, aber als es an uns vorbeizog, erkannten wir: Es war bloß ein Koffer. Ein schwarzer Koffer. Und der Peter wollte ihn noch rausziehen und wäre fast ins Wasser gefallen dabei, und ich schimpfte mit ihm, aber er meinte, da sei vielleicht ein Schatz drin, in dem Koffer. Ich sagte, das sei mir egal. Ich wusste ja, dass da kein Schatz drin war, sondern nur das, was immer in diesen Koffern ist: Habseligkeiten. Komisches Wort, nicht wahr? Als ob was von der Seele in dem Koffer wär. Na ja. Jedenfalls hoffte ich, dass wir nicht gegen eine richtige Mine stoßen würden, aber gleichzeitig glaubte ich nicht daran, dass uns etwas passieren könnte, nicht auf dem Wasser. Ich war mir sicher, Kobayashi würde mich beschützen.

Der Morgennebel verzog sich, der Wind frischte auf, und wir segelten mit guter Fahrt dicht unter Land. Steuerbord lag die Nehrung, und ich sah die riesigen Wanderdünen und den Uferwald und die kleinen hübschen Häuser, und ich fragte mich, was wohl aus dem Maler geworden war, bei dem Eva und Hanni mit dem alten Arzt gewohnt hatten, ja was aus diesen dreien geworden war und wohin es sie verschlagen hatte. Und in dem Moment fiel mir das Buch ein, das Logbuch, das mein Vater auf der ‹Eva› geführt hatte und das noch unter Deck in der Navigationskiste liegen musste.

Es war ein in blaues Leinen gebundenes Buch, und ich kann mich noch erinnern, wie mein Vater mir erklärt hatte, dass wir von nun an alle unsere Reisen hineinschreiben würden, was wir wann, wo und wie erlebt haben, und ich war ganz aufgeregt gewesen, denn da gab es all die leeren weißen Seiten, und ich war gespannt, was wir noch alles zusammen erleben würden. ‹Wo wir waren› hatte mein Vater auf die erste Seite geschrieben, in einer Schrift, die aussah, als ob er den Buchstaben nicht traute, und als ich in der kleinen Kajüte die Kiste mit dem Peilkompass und den Karten öffnete, lag das Buch genau da, wo er es nach unserer letzten Fahrt hingelegt hatte. All unsere Touren standen darin, und manchmal hatte er mit seiner Kamera ein Foto gemacht und es dann später eingeklebt, oder ich hatte etwas malen dürfen: einen Leuchtturm oder einen Fisch oder ein Seeungeheuer. Doch in dem Augenblick, als ich vor dem Buch hockte, wo waren wir da? Oktober 1944, Mama und Opa tot, Papa im Krieg. Besatzung: ich und der kleine Peter. Fuhren bei gutem Wind entlang der Nehrung, Kurs Südsüdwest.

Ich legte das Buch wieder an seinen Platz, nahm den Kompass und die Karte heraus, und dann peilte ich eine Kirchturmspitze an und eine Landzunge. Der Peter wunderte sich, was das sollte, denn er hatte keine Ahnung, was eine Kreuzpeilung ist und wie man daraus seine Position auf die Karte überträgt. Aber ich wusste es. Ich wusste, wo wir waren.

Wir haben die nächste Nacht an einem Anlegesteg verbracht, der zu einem verlassenen Holzhäuschen gehörte, und ich dachte mir, es gäbe vielleicht was zu holen in dem Häuschen, jetzt, wo seine Bewohner fort waren und wahrscheinlich, das habe ich damals schon geahnt, nie wieder zurückkehren würden, aber dann hätte ich das Boot und den Peter zurücklassen müssen, und er sah mich so verängstigt an, dass ich es bleiben ließ. Ich habe ihm gesagt, dass er mich um Mitternacht wecken soll, und ihm die Uhr in die Hand gedrückt, aber natürlich ist er eingeschlafen, und wir sind beide erst aufgewacht, als es schon hell war.

Also fuhren wir weiter, immer dicht unter Land die Nehrung entlang, und auf der Nehrung sahen wir Trecks, vielleicht auch nur einen einzigen großen Treck, mit Geflüchteten, die Richtung Königsberg entkommen wollten. Ursprünglich hatte auch ich den Plan gehabt, entlang der Nehrung Richtung Süden zu segeln und dann anzulanden und irgendwie weiter nach Königsberg zu gelangen, aber dann hatte ich eine andere Idee. Diese Idee kam mir zunächst verrückt vor, denn ich hatte zwar eine Karte vom Haff, aber nur eine ungefähre Vorstellung von dem Rest, und trotzdem entschloss ich mich, es zu versuchen. Denn sonst hätte ich das Boot, unsere treue ‹Eva›, am Strand liegen lassen müssen, und dann hätten wir auf einem Pferdewagen oder zu Fuß oder sonst wie weitergemusst mit all diesen Leuten, und diese Vorstellung gefiel mir überhaupt nicht. Wissen Sie, warum der Kapitän immer als Letzter sein Schiff verlässt? Das ist nicht wegen der Tradition oder der Ehre oder so. Das macht er deshalb, weil das Schiff der beste Ort ist, wo er sein kann. Bis zum Schluss.

Und so sind wir nach Labiau gesegelt, in die Mündung der Deime hinein, und in Labiau hab ich es geschafft, das Boot irgendwie unter der Brücke durchzumanövrieren. Wir mussten den Mast umlegen, und auf der Brücke standen die ganzen Geflohenen, Alte, Frauen und Kinder, aber wir hatten unser Boot, und darum waren wir nicht wie sie, und sie schauten uns ungläubig nach, lachten nicht, schimpften nicht, riefen nicht, sondern sahen uns nur hinterher, als wir den Fluss hinaufkreuzten, gegen die Strömung.

Wir hatten Glück. Bald kam der Wind aus Norden und drückte das Wasser aus dem Haff hinein. Dadurch gab es fast keine Strömung mehr. So kamen wir gut voran.

Das Land ist anders vom Wasser aus. Wir sahen Vieh am Ufer stehen, Kühe und sogar ein klappriges Pferd, und sie sahen traurig und verlassen aus. Wahrscheinlich war das auch so, denn was hätten die Menschen auch tun sollen? Sie konnten ja nicht die Höfe als Ganzes mitnehmen, und da hatten manche die Tiere eben laufen lassen, damit sie nicht im Stall verreckten.

Und während wir zwischen den grünen Wiesen und den braunen Äckern und den schon lichten Auwäldern hindurchglitten, fiel mir ein Buch meines Vaters wieder ein, das ‹Neue Universum›, in dem die Geschichte von einem Afrikaforscher erzählt wird, der auf einem Boot den Nil oder den Kongo oder sonst einen Fluss hinauffährt. Alles ist ihm fremd, was er von seinem Boot aus sieht, und er versteht nicht, was das Fremde am Ufer zu bedeuten hat. Wir sahen Häuser brennen, sahen in der Ferne Rauchschwaden zum Himmel aufsteigen, und wir fragten uns: Sind die Russen schon da? Und wir sahen zwei Männer am Ufer kampieren, die hatten Gewehre und winkten, aber wir dachten nur: Unsere oder die anderen? Deshalb winkten wir nicht zurück, sondern machten, dass wir weiterkamen.

Als es Nacht wurde, hatten wir den Pregel noch nicht erreicht, und ich holte das Kielschwert ein und suchte uns einen Platz am Ufer, eine flache Stelle mit Bäumen, wo wir vom Land aus kaum gesehen werden konnten. Ich sagte dem Peter, er solle sich diesmal als Erster schlafen legen, ich würde ihn wecken für die zweite Wache, und er legte sich in eine der Kojen und schlief sofort ein. Ich saß in Decken gehüllt draußen und lauschte dem Klang der Nacht.

Es war schon ziemlich kalt, und ich fing an zu frieren. Gerade wollte ich unter Deck gehen, als ich so ein Gluckern hörte und ein Geräusch, als würde jemand paddeln oder sich mit einem Stecken nach vorne schieben, und dann glitt an unserem Ankerplatz beinahe lautlos ein flacher Kahn flussabwärts vorbei, und dieser flache Kahn war voller dunkler Gestalten, manche lagen, manche stützten sich auf ihre Gewehre, manche rauchten, sodass ich ihre Zigaretten im Dunkeln glimmen sah. Ich weiß nicht, ob sie uns gesehen haben, ich glaube nicht. In der Mitte des Kahns stand etwas, ein Dreibein mit einem Rohr, vielleicht eine Art Kanone, und am Heck schoben zwei Männer den Kahn in die Richtung, aus der wir gekommen waren, und ich dachte: Das ist ein Geisterschiff, die sind schon alle tot, sie wissen es nur noch nicht. Es dauerte nicht sehr lange, vielleicht ein, zwei Minuten, dann war der Kahn samt seiner Besatzung in der Finsternis verschwunden.

Ich nickte ein, und als ich aufwachte, dämmerte es schon. Ich stieg hinunter in die Kajüte und weckte den Peter nicht, der tief und ruhig atmete, sondern legte mich in meine Koje und war sofort eingeschlafen.

Am nächsten Morgen klarte es auf, es kam sogar die Sonne heraus. Als ich aus der Kajüte stieg und zum Himmel blickte, sah ich über uns Wildgänse, die sich zu ihrem Flug nach Süden sammelten – die ging das alles gar nichts an. Wir aßen ein paar Kekse und den Rest der Dose vom Vorabend, machten das Boot klar und segelten dann bei fast keiner Strömung den Fluss hinauf. Bald kamen wir an einem Fährhaus vorbei, vor dem ein flacher Kahn zum Übersetzen des Viehs lag, und ich sah einen Mann, den Fährmann, wie ich vermutete. Ich dachte noch: Hoppla, warum steht der da auf der Bank vor dem Haus?

Aber als wir näher kamen, sah ich, das war eine optische Täuschung, der stand auf keiner Bank, die Bank stand hinter ihm, an der Hauswand. Er hing an einem Balken des Vordachs, und sie hatten ihm ein Schild um den Hals gehängt, auf dem ‹Ich habe deutsche Frauen und Kinder verraten› stand. Ich sagte: ‹Peter, schau weg, schau doch endlich weg›, aber der konnte gar nicht anders, musste wie ich die grässliche Leiche anstarren, an der wir unendlich langsam, als hielte ein dunkler Geist voller Hass die Zeiger der Uhr fest, vorbeigezogen sind.

Wie erleichtert war ich, als wir endlich Tapiau erreichten, wo sich Deime und Pregel treffen, das heißt, von wo aus die Deime Richtung Haff fließt. Vor der ersten Brücke musste ich wieder den Mast umlegen, und wir trafen auf einen Schiffer, der uns ein Stück mitschleppte. Sein ganzes Leben lang war er mit seinem Lastschiff zwischen Tapiau und Königsberg hin- und hergefahren, hatte alles transportiert, was darauf passte, Kohlen, Kartoffeln, Vieh und Menschen. Viele Menschen. Als er uns fragte, wo wir hinwollten, antwortete Peter wie aus der Pistole geschossen: ‹Am liebsten nach Amerika!› Ich dachte an den Gehängten und trat gegen sein Schienbein, sodass ihm die Tränen in die Augen stiegen. Aber der Schiffer lachte nur. Als er noch ein junger Mann war, erzählte er uns, noch vor dem Krieg – also nicht vor diesem, sondern dem davor –, da hatte er auch schon viel Volk den Pregel hinuntergefahren. Die waren aus dem Osten gekommen, aus Galizien, aus den Polesischen Sümpfen, aus den Steppen Asiens, und wollten nach Königsberg oder nach Hamburg oder Bremerhaven und dann weiter nach Amerika. Und dann kurz vor dem nächsten Krieg noch mal: Auf nach Amerika! Er lachte wieder. Was sei denn schon so besonders an Amerika? Und dann sagte er leise: Er sei zufrieden mit dem, was er habe, und egal, was passiere, ob jetzt der Führer oder Stalin oder Churchill oder die Amerikaner den Krieg gewinnen würden, der Fluss werde weiter fließen, und er werde darauf weiter Kohlen, Kartoffeln, Vieh und Menschen transportieren.

So wie der Schiffer dachten noch viele in Tapiau. Die störten sich zwar daran, dass die ganzen Flüchtlinge aus dem Memelland plötzlich da waren, aber die hofften auch, dass man den Vormarsch der Russen gestoppt habe und dem Führer schon was einfallen werde beziehungsweise schon längst eingefallen sei, und man sagte ihnen das ja auch an jeder Ecke, dass der Endsieg nah sei, obwohl, wer hat an den wirklich noch geglaubt? Der Peter nicht, der kleine Peter, der nie was anderes gekannt hatte als die Uniformen und den Führer und die Paraden und die Siege und der schon als Pimpf den Arm ausgestreckt hatte, ohne dass ihm daran was seltsam vorgekommen wäre, der hatte begonnen zu zweifeln. Der hatte erkannt, dass ein X kein U war. Seitdem wir den Gehängten am Fährhaus gesehen hatten, hatte er kaum noch etwas gesagt, aber als wir jetzt auf dem Fluss durch die Stadt fuhren und die Sonne durchbrach, da lächelte er zaghaft und erzählte von einem Onkel, der in Königsberg lebte, jetzt aber wahrscheinlich an der Front war – bevor die Sonne wieder hinter den Wolken verschwand und er aufs Neue in Schweigen verfiel.

Wir übernachteten nach der letzten Brücke, immer noch am Lastkahn des Schiffers vertäut, und am nächsten Tag sagten wir ihm Lebewohl. Sein Kahn hatte einen Motor, und trotz der Rationierung hatte er noch Kraftstoff bekommen, und so tuckerte er in den Morgennebel hinein und war schnell außer Sicht. Auch wir fuhren in den Nebel hinein, und eine Weile lang sahen wir kaum das Ufer, sodass uns war, als wären wir nirgendwo und als würde die Zeit langsamer vergehen. Manche sagen, dass bei den alten Griechen der Pregel Chronos hieß – Chronos, das ist der Herr über die Zeit, wussten Sie das? Hat uns der Lehrer mal erzählt.

Der Nebel wurde dichter, nicht das leiseste Lüftchen wehte, und die schlaffen Segel schlugen unruhig gegen das Rigg, während ich versuchte, das Boot gerade so in der Strömung zu halten, dass ich die Uferlinie, oder was ich dafür hielt, noch erkennen konnte. Irgendwann war der Nebel so dicht geworden, dass ich auch das Ufer nicht mehr sah und wir kaum mehr wussten, in welche Richtung wir trieben. Ich schickte den Peter mit einem Paddel zum Bug, damit er Ausschau hielt und wir nicht mit irgendwas zusammenstießen. Mein Vater hatte mal eine Glocke gehabt, die er mich, bei Nebel auf dem Haff, immer hatte läuten lassen, aber als ich in der Backkiste danach suchte, fand ich sie nicht.

Geräusche drangen zu uns: Stimmen, ein Nebelhorn, das Stampfen eines Motors, Musik – alles nah und fern zugleich. Wir sahen niemanden, hörten nur. Und dann, nach ein, zwei Stunden, die wir langsam mit der Strömung flussabwärts trieben, lichtete sich der Nebel, und der Himmel war blau, und ein paar weiße Wolken spiegelten sich auf dem graugrünen Fluss, auf dem niemand war außer uns. Das Land war flach und weit, und wir sahen Felder und Wiesen und dahinter Wälder, ausgebreitet am Horizont, und das bunte Laub der Bäume leuchtete in der Oktobersonne. Kennen Sie das? Kurz bevor die kalte Jahreszeit kommt, bäumt sich der Sommer noch einmal auf, mit ein paar letzten, warmen Tagen. So war das damals auch. Es wurde so warm, dass wir am Ufer anlegten und sogar im Fluss baden gingen. Wir aßen von den Vorräten, und das Peterle erzählte mir von sich und seiner Familie, von seinem viel älteren Bruder, der im Krieg war und von dem sie nichts mehr gehört hatten. Er erzählte von Ausflügen, die er mit seinen Eltern gemacht hatte, und dass er auch eines Tages so sein wollte wie sein Bruder. Dass seine Eltern bei dem Bombenangriff umgekommen waren, darüber sprachen wir natürlich nicht. Später in der Nacht hörte ich ihn schluchzen, und da bin ich zu ihm hin und hab ihn in den Arm genommen, und dann sind wir beide so halb im Sitzen eingeschlafen.

Der Fluss teilte sich, und wir segelten am nächsten Tag in einen Nebenarm, und wir fühlten uns wie die Entdecker eines fremden Kontinents. Merkwürdig, aber wir haben niemanden gesehen. Natürlich müssen da irgendwo welche gewesen sein, und einmal hörten wir auch hinter dem Ufergestrüpp Rufe und Pfiffe, als ob da jemand sein Pferd oder sein Vieh angetrieben hätte. Trotzdem kamen wir uns vor wie die letzten Menschen auf der Welt. Es ging fast kein Wind, und so kamen wir nur langsam voran, aber das störte uns wenig. Im Gegenteil, ich glaube, eigentlich wären wir beide ganz gerne ewig weiter auf dem Fluss gefahren.

Wir sprachen darüber, was wir später einmal machen würden. Peter sagte, er müsse wohl das Geschäft seines Vaters übernehmen, der ein Handelskontor in Memel hatte, und schien völlig vergessen zu haben, dass es das Kontor und seinen Vater nicht mehr gab. Ich sagte zu ihm, er könne ja auch zur See fahren, als Funker so wie mein Vater früher, das würde ich jedenfalls machen, und er hielt es für eine gute Idee, dass wir zusammen auf einem Ozeandampfer anheuern, als Erster und Zweiter Funkoffizier, denn er war noch nie auf einem richtig großen Dampfer gewesen, hatte die immer nur im Hafen liegen sehen. Er fragte mich, ob Frauen denn überhaupt zur See fahren dürfen, und ich sagte ihm, normalerweise nicht, aber bei den Funkerinnen machen sie eine Ausnahme, und wenn sie mich nicht nehmen würden, dann könnte ich immer noch Pilotin werden, Postfliegerin, die die eiligen Briefe von einer Stadt zur nächsten transportiert, Postfliegerin in Afrika oder Australien oder Amerika. Diese Idee gefiel ihm beinahe noch besser, und er fragte, ob er da auch mitkommen könnte, und ich sah den blauen Himmel über uns und antwortete: ‹Natürlich, jeder gute Pilot braucht einen guten Navigator, sonst fliegt er ja mitten ins Nirgendwo, wenn er nicht aufpasst.›

Die Nacht war sternenklar, und ich erzählte ihm von den Polynesiern, die keine Seekarten und keinen Kompass kennen und nur mit Hilfe der Gestirne und ihrer Erinnerung navigieren, weil sie nämlich für jeden Ort der Erde die richtige Sternenkonstellation im Kopf haben – vor tausend Jahren haben sie ein riesiges Inselreich beherrscht, von dem aber heute niemand mehr weiß. Also malten wir uns aus, wie es wäre, wenn wir mit der ‹Eva› in die Südsee segeln würden, um dort die letzten Reste ihres Reiches zu finden.

Am nächsten Morgen, als wir vom Seitenarm wieder in den Hauptarm gelangten, verfinsterte sich der Himmel. Es gewitterte, und wir fuhren in eine Regenwand hinein, und als wir wieder herauskamen, sahen wir die ersten Ausläufer von Königsberg, zumindest von dem, was davon übrig war. Die erste Brücke war schwer beschädigt, und dahinter stauten sich die Schiffe, während Trümmer der vorangegangenen Bombenangriffe aus dem Wasser gezogen wurden. Überall sahen wir Ruinen, Häuser, die halb eingestürzt waren, Häuser ohne Dächer, Häuser, von denen nur noch eine Wand stand, dahinter Wohnstuben unter freiem Himmel. Und natürlich Flüchtlinge: vor den Ruinen Flüchtlinge, in den Ruinen Flüchtlinge und zwischen dem Schutt und dahinter auch. Zum Hafen gab es kein Durchkommen, man verbot uns weiterzufahren, an Land gestikulierte ein Uniformierter wild herum. Wir mussten an der Uferpromenade festmachen, und der Gendarm nahm uns mit zur Polizeiwache.

Dort wollten sie natürlich wissen, wo wir herkämen und wer wir seien. Der Peter hatte gar keine Papiere, und sie fragten, ob er mein Bruder sei. Ich hätte ja sagen können. Es wäre so leicht gewesen. Ich hätte ja sagen können, und dann hätte ich einen Bruder gehabt, und alles wäre anders gekommen. Ich würde heute nicht hier liegen, mit festgeschnallten Armen, und Sie, Herr Doktor, würden dort nicht sitzen. Alles wäre anders. Aber manchmal tut man etwas, und es ist falsch, und manchmal tut man nichts, und es ist genauso falsch.

Also, ich habe nicht ja gesagt. Hab gar nichts gesagt, und der Peter hat angefangen zu weinen, und schließlich hat er ihnen erzählt, dass seine Eltern tot sind und er zu einem Onkel in der Stadt will. Ich hab gesagt, dass ich zu einer Tante muss, im Rheingau.

Auf der ‹Eva› durften wir nicht mehr übernachten. Wir mussten unsere Sachen holen, und dann brachten sie uns in so eine Art Heim, wo noch andere Kinder ohne Eltern waren, und da half es auch nichts, dass ich sagte, wir kämen ganz gut allein zurecht. Tags darauf holten sie den Peter ab, um mit ihm nach dem Onkel zu suchen, denn das Haus, in dem der mal gewohnt hatte, stand nicht mehr. Wir sagten uns Adieu, und ich dachte, dass wir uns bald wiedersehen würden, aber wir sahen uns nicht wieder. Ich blieb noch eine Woche in dem Heim, und dann bekam ich neue Papiere und eine Zugfahrkarte nach Berlin.

An meinem letzten Tag hab ich mich von der ‹Eva› verabschiedet. Die hatten sie in einen anderen Teil des Hafens geschleppt, wo überall Soldaten und Volkssturmmänner waren, aber wenn ich mich nachts angeschlichen hätte, hätte ich das Boot vielleicht kapern können, wie in einem Piratenfilm, wer weiß? Wenn man immer schon vorher wüsste, wie eine Sache ausgeht, dann wäre man besser dran – dann wüsste man, was man tun und was man besser lassen sollte.

Einer der Soldaten hat mir das Vorhängeschloss aufgesperrt, das vor der Kajüte hing, und ich habe mir den Kompass und das Logbuch genommen. Er versprach, dass er gut auf die ‹Eva› aufpassen würde, und fragte, ob wir nach dem Krieg mal eine Segeltour unternehmen könnten, und da haben wir beide gelacht und uns angesehen, denn wir wussten, dass das niemals geschehen wird. Ich habe Buch und Kompass in meine Tasche geschoben, und dann war es höchste Zeit, zum Bahnhof zu gehen.»

Sie schwieg.

«Es ist spät geworden.»

«Ja.»

«Wollen Sie weiterreden?»

«Nein.»

«Dann schlage ich vor, wir unterbrechen hier, und Sie erzählen morgen weiter. Es ist besser, wenn Sie sich jetzt etwas ausruhen.»

«Ausruhen? Ans Bett gefesselt?»

«Diese Maßnahme dient nur der Sicherheit.»

«Der Sicherheit? Meiner oder Ihrer?»

«Sie sollten den Taster da am Bett erreichen können. Wenn also etwas ist oder Sie Hilfe brauchen, können Sie klingeln. Dann kommt jemand. Außerdem wird regelmäßig jemand nach Ihnen schauen. Das ist eine Vorsichtsmaßnahme, zumindest in den ersten zwei Tagen.»

«Bleibt das Licht die ganze Nacht an?»

«Diese Nacht ja.»

«Wissen Sie, nach dem Krieg wollte ich wissen, was aus dem Peter geworden ist. Hab zuerst auf eigene Faust versucht, was rauszukriegen, aber dann hab ich eine Anfrage beim Roten Kreuz gestellt, und irgendwann, ich glaube, das war 1952 oder so, ich hatte es schon ganz vergessen, bekam ich einen Brief, und in dem stand, dass sein Name auf einer Passagierliste von einem der Schiffe steht, die die russischen U-Boote im Januar '45 versenkt haben.»

«Das ist schlimm, aber nicht Ihre Schuld.»

«Wessen Schuld sollte es denn sonst gewesen sein? Einfach nur ‹ja›, mehr hätte ich nicht sagen müssen.»

«Wir werden morgen darüber sprechen. Gute Nacht.»

Dr. Junge ging zur Tür und kramte dabei in seiner Kitteltasche nach einem Zigarettenpäckchen. Er hatte die Klinke schon in der Hand, als ihm etwas einfiel und er sich noch einmal umdrehte.

«Wer ist Kobayashi?»

1978

Als die beiden Raumsonden Voyager 1 und Voyager 2 mit je einem Foto seines Vaters den Asteroidengürtel zwischen Mars und Jupiter durchflogen, jene Trümmerzone zwischen den inneren und äußeren Planeten, einen Ring aus vereisten, trudelnden, kreisenden Gesteinsbrocken, manche Hunderte Kilometer im Durchmesser, einige nicht größer als ein Haus, Resten eines riesigen Planeten, den etwas vor Jahrmilliarden aus seiner Bahn gebracht und zerrissen hatte, überquerte Hardy zusammen mit Walther und Jessica die neue Brücke über den Bosporus.

Der Morgen graute, Menschen liefen die Straße entlang, Autos hupten, Händler zogen die Rollläden vor den Auslagen ihrer Geschäfte hoch, er hörte das Quengeln eines kleinen Kindes an der Hand seiner Mutter, die Rufe der Marktschreier hinter ihren Obstständen – fremde Stimmen, fremde Geräusche, fremde Gerüche, eine fremde Welt. Wie weit entfernt jetzt alles war: seine frühe Kindheit hinter den Klostermauern des Heims, Neuorth und die Enge der Siedlung, die Nachmittage bei Walther, der nun den Bus in einer Seitenstraße von Istanbul vor einem Café abstellte. Sie stiegen aus, und Hardy beobachtete, wie Jessica die Arme ausbreitete und sich drehte wie ein Derwisch im Kreis.

Anfangs hatte sich alles wie ein normaler Urlaub angefühlt. Sie waren zwar nicht, wie angekündigt, an den Gardasee gefahren, hatten aber eine Woche bei Freunden von Walther im Tessin verbracht. Erst als sie quer durch Italien und Griechenland fuhren, wurde Hardy bewusst, dass die Reise lang und anders werden würde. Ihm war nicht klar gewesen, wie minuziös Jessica alles vorbereitet hatte – sie hatte ihn und sich unter einem Vorwand von der Schule beurlauben lassen, hatte für Pässe, Visa und Impfungen gesorgt.

Es folgte eine Zeit, in der sie von Walthers nun bald schon zwanzig Jahre zurückliegenden Erinnerungen und ansonsten von Liebe und Freiheit geleitet wurden. Vor allem die Freiheit war Jessica ganz wichtig – nie mehr wieder wollte sie, wie sie sagte, «in Gefangenschaft» leben. Hardy fand das übertrieben, sagte aber nichts.

Die Großstadt in einem warmen Sommerregen hinter sich lassend, fuhren sie die Schwarzmeerküste entlang, bevor sie nach Trabzon und dann ins Landesinnere gelangten. Sie schliefen in einfachen Hotels oder Gasthäusern, manchmal stellten sie den Bus auch am Straßenrand ab. Die Landschaft war karg und majestätisch zugleich, die Straße führte sie durch kahle Hochebenen und tiefe Täler, gesäumt von braun-karstigen Gebirgszügen, vorbei an den Festungen vergangener Herrscher, durch einsame Dörfer und verschlafene Provinzstädte. Irgendwann kündigte Walther an, dass man bald den Ararat sehen werde, und schlug halb im Scherz vor, anzuhalten und hinaufzusteigen, um nach Noahs Arche zu suchen, doch Hardy, der neben ihm saß, sagte, er glaube nicht, dass es eine Arche gegeben habe, und daher müssten sie auch nicht anhalten.

Er wollte nicht anhalten. Alle Sehenswürdigkeiten, die hinter ihnen lagen, das Kolosseum, die Akropolis, die Hagia Sophia, die Blaue Moschee, hatten ihn zwar beeindruckt, aber nur für eine gewisse Zeit. Immer hatte er bald weiterfahren wollen. Der Grund war nicht etwa Langeweile, es war mehr als Ungeduld. Es war eine körperliche Unruhe, ein Gefühl, das er schon manchmal gehabt hatte, das jetzt jedoch stärker war als zuvor. Sobald sie wieder unterwegs waren, war alles gut. Stundenlang konnte er, den Kopf angelehnt, durch das Seitenfenster die vorbeiziehende Landschaft betrachten, mochte sie noch so eintönig sein.

«Glaubst du», fragte Jessica Walther, «dass es die Sintflut tatsächlich gegeben hat?»

«Ein Kollege von mir behauptet, die Arche sei in Wirklichkeit ein Raumschiff gewesen.» Walther lachte.

«Und wir alle sind Nachfahren der Raumfahrer!», rief Hardy.

«So ein Quatsch», sagte Jessica, «glaub bloß nicht so einen Unfug.»

Ja, dachte Hardy, aber was wäre, wenn es nun doch stimmt und wir alle Nachkommen interstellarer Flüchtlinge sind? Wenn das Wissen um die Raumfahrt über die Jahrtausende lediglich vergessen worden ist, während die Wracks der Raumschiffe unter dem Berg Ararat, in der ägyptischen Wüste oder im dichten Dschungel der mexikanischen Halbinsel Yucatán nur auf ihre Entdeckung warten? Aber warum haben unsere Vorfahren ihre Heimatwelt verlassen müssen? Ist ein Asteroid auf ihrem Planeten eingeschlagen, ist ihre Sonne langsam erkaltet? Haben außerirdische Invasoren sie vertrieben? All das gab es in der Version des Universums, die Captain Ronin bereiste.

«Vielleicht haben sie's einfach nur versaut», sagte Hardy.

«Wie bitte?», fragte Jessica.

«Unsere Vorfahren, die Raumfahrer, vielleicht haben sie's einfach nur versaut. Haben ihren Planeten in die Luft gesprengt oder so lange ausgeplündert, bis es nichts mehr gab, keine Luft, keine Energie, keine Nahrung, nichts.»

«Wie die Heuschrecken», sagte Walther.

Obwohl die Grenze zum Iran noch weit entfernt war, kramte Jessica in ihrer Tasche nach den Pässen, ihrem und dem von Hardy. Seitdem sie ihn adoptiert hatten, war er offiziell Hardy Kunze, so stand es auch in seinen Papieren. Er erinnerte sich an den Abend, an dem ihm Dr. Kunze und Jessica verkündet hatten, dass er jetzt endgültig «ihr Kind» sei.

«War keine große Sache», hatte Dr. Kunze damals gesagt.

«Ich bin nicht euer Kind», hatte Hardy erwidert.

«Meinst du nicht, dass du ein klein wenig undankbar bist, Junior?», hatte Dr. Kunze gefragt.

«Wie viel muss ich wert sein». Hatte Hardy geantwortet, «damit ihr dankbar seid?»

«Hört auf!», hatte Jessica gerufen. «Hört sofort auf damit! Du wirst immer mein Junge sein, immer, und ich bin dankbar, sehr dankbar, seit dem ersten Tag.»

Wie so oft hatte Dr. Kunze gebrummt: «Hab's nicht so gemeint, Hardy», und Hardy hatte nichts erwidert, und Dr. Kunze hatte nichts weiter gesagt, sondern sich ein Bier genommen. Und Jessica hatte ihren Arm um Hardy gelegt.

Seitdem sie losgefahren waren, behandelte sie ihn anders – mehr wie einen Gleichberechtigten. Nicht wie einen Erwachsenen, auch nicht mehr wie ein Kind, eher, so kam es ihm vor, wie einen jüngeren Freund, einen Jungen, der der Sohn von Freunden war, die entweder für eine unbestimmte Zeit in ein fernes Land verreist oder nicht mehr am Leben waren. Während sie durch stille Einöden fuhren, spann er diesen Gedanken weiter und stellte sich vor, dass seine Eltern Opfer eines Flugzeugabsturzes und davor Freunde von Jessica und Walther gewesen waren, und nun wären die beiden seine Paten und gleichzeitig seine Freunde. Diese Version der Geschichte behagte ihm mehr, als sich wie früher einreden zu müssen, Jessica und Dr. Kunze seien seine richtigen Eltern. Zumal ihn noch immer die Vorstellung umtrieb, die so viele Kinder im Heim nachts in ihre Kissen hatte weinen lassen, dass ihre Eltern nämlich doch noch lebten und alles, das ganze bisherige Leben, in Wahrheit die Folge eines furchtbaren Irrtums, einer grausamen Verwechslung am

Tag der Geburt gewesen war. «Erlösung und Vergebung», hatte Schwester Ursula einst gesagt, «die gibt es nur, wenn ihr euch von diesem Unsinn mal verabschiedet.»

Als der Berg Ararat links vor ihnen in den Blick kam, bis auf den Gipfel, der von einem Wolkenkranz verborgen war, da dachte Hardy, dass Noah zu beneiden sei, denn er hatte einmal die Chance bekommen, neu anzufangen, ohne Rücksicht auf das, was gewesen war, ohne Grübeleien über Dinge und Ereignisse, die lange zurücklagen, ohne Träume, sprechende Bilder und Zweifel daran, wo er herkam oder wohin er gehen würde, und ohne die Frage, ob der Name in seinem Pass der richtige war und ob seine wirklichen Eltern noch lebten.

Die Polizisten an der Grenze zum Iran stellten keine Fragen, sahen nur abwechselnd in die Ausweispapiere und auf Jessica, Walther und ihn. Am Ende wollte eine Frau in Uniform bloß eines: sein blondes Haar berühren. Selbst das Innere des Busses interessierte sie nicht.

Wieder fuhren sie an der Küste entlang, zu ihrer Linken nun das Kaspische Meer, flach, weit, graublau und still, und rechts bewaldete Hügel, als wären sie an der Küste Frankreichs. Bis auf ein paar Lkw, die rußschwarze Abgasschwaden hinter sich herzogen, war die Straße nahezu leer. Einmal überholte sie ein amerikanischer Straßenkreuzer, ein rotes Cadillac Eldorado Cabriolet. Vorne saßen zwei Männer und hinten zwei junge Frauen, die Kopftücher und Sonnenbrillen trugen, und der Fahrer hupte, und die Frauen lachten und winkten ihnen zu, als sie den Bus in einer Staubwolke hinter sich ließen.

In einer Stadt namens Babol Sar verbrachten sie ein paar Tage am Strand, bevor sie nach Teheran weiterfuhren, wo Walther einen Freund treffen wollte, der, so erzählte er, die Stadt wie kein Zweiter kenne und ihnen alles zeigen werde. Aber statt des Freundes war nur ein junger Mann da, der sich als Neffe des

Freundes ausgab, und als Walther ihn nach dem Freund fragte, sah sich der angebliche Neffe mehrmals um und bot Walther an, ihm selbst die Stadt zu zeigen. Es war klar, dass er dafür Geld haben wollte, wenn auch nicht viel. Sie schauten sich also die Stadt an, und irgendwann, in einem kleinen Restaurant in einer der engen, sich ständig verändernden Gassen des Großen Bazars, rückte der Neffe mit der Sprache raus.

Die SAVAK, sagte er, die Geheimpolizei, habe Walthers Freund geschnappt, das heißt, Moment, eigentlich habe sie ihn zu einer Befragung mitgenommen, gewiss nichts Ernstes, nothing serious, sein Onkel komme demnächst nach Hause, ganz bestimmt, es sei nur alles so durcheinander, gehe zu schnell, die Veränderungen, der Fortschritt, die Zukunft, die Menschen seien wie in zwei gerissen, wollten das Neue haben, doch an das Alte glauben, und deshalb könne man schon mitgenommen werden, wenn man nur ein Foto des Ayatollah Khomeini bei sich habe, wobei er den nicht besonders möge, zu fanatisch seien der und seine Anhänger, aber was soll man sagen, was sich wünschen? So sei es nun mal, alle seien nervös, besonders die von der SAVAK, die eine Armee von Spitzeln unterhalte, jeder könne einer sein, denn die SAVAK sei überall.

Dann könne er ja auch von der Geheimpolizei sein, bemerkte Walther.

Da lächelte der Neffe verschmitzt, und dann kam das Essen.

Der Freund erschien nicht am nächsten Tag und auch nicht am übernächsten und auch nicht am Tag darauf, und alle drei – Walther, Jessica und Hardy – waren nicht wirklich unglücklich darüber und brachen schließlich wieder auf.

Walther erzählte, während sie weiterfuhren, nicht viel von seiner ersten Reise um die «halbe Welt». Er meinte, es wäre nicht fair ihnen gegenüber, sie sollten alles so sehen, als hätte es seine erste Reise nicht gegeben. Wenn er doch von damals erzählte, ging es um praktische Fragen – ob diese oder jene Straße inzwischen befahrbar sei oder wo sie übernachten könnten. Hardy war froh, dass sie sich nicht an jedem Ort eine Anekdote aus seiner Vergangenheit anhören mussten.

Einmal allerdings erzählte er, weshalb er damals überhaupt auf Reisen gegangen war. Da fuhren sie auf einer staubigen Piste durch eine trockene, von Geröll bedeckte Ebene. Weit und breit war niemand zu sehen. Jessica döste hinten im Bus, Walther saß am Steuer und Hardy neben ihm.

«Ich bin als einer der Letzten aus der Gefangenschaft entlassen worden. Nach acht Jahren Lager in Kasachstan, acht Jahren in der Steppe. Wir mussten schwer arbeiten, mussten Eisenbahnschienen verlegen, Gräben ausheben, und um uns herum war nichts, nur der endlose Himmel und nachts die Sterne. Viele sind gestorben, und einige sind verrückt geworden. Ich bin als Junge in den Krieg gezogen, da war ich kaum älter als du, und als Mann bin ich zurückgekommen. Zu Hause war kein Platz mehr für mich, ich war ein Fremder unter Fremden, lebte mal hier, mal dort und versuchte mich in verschiedenen Berufen. Eine Weile lang war ich sogar Staubsaugervertreter – ja wirklich, nicht lachen! Obwohl ich ganz gut verdient habe, wurde ich immer unglücklicher damals, trank zu viel, spielte. Zufällig traf ich einen alten Schulkameraden, wollte ihm einen Staubsauger verkaufen, und der schrieb diese Heftchenromane, ‹Marshall McDonnel› und ‹Jimmy White›. Er meinte, versuch's doch mal damit, und ich versuchte es damit und merkte, dass ich das besser konnte, als Staubsauger zu verkaufen. Jedenfalls holte ich mir nach einem Jahr von dem Geld, das mir der Marshall und Jimmy White, der FBI-Agent, eingebracht hatten, ein gebrauchtes Motorrad und wollte damit um die Welt fahren. Wäre übrigens um ein Haar schiefgegangen, schon in Bayern hat mich ein Laster beinahe aus der Kurve geschoben. Na ja, wie dem auch sei, während dieser Reise hatte ich das, was die Hippies von heute wohl eine ‹Erleuchtung› nennen würden. Ich hatte Bücher dabei, die hatte ich aus einer Leihbücherei, darunter waren auch Science-Fiction-Romane, Lem, Heinlein, und eines schönen Tages, da fuhr ich auf einer Straße wie dieser, und das verdammte Lager, die Steppe und der Sternenhimmel fielen mir wieder ein, und plötzlich hatte ich – peng! – die Figur im Kopf: Captain Ronin, der Entdecker der Zukunft.»

Vieles, was Walther auf seiner ersten Reise gesehen hatte, hatte sich verändert oder war ganz verschwunden, aber vieles hatte sich auch überhaupt nicht verändert. Das Blau der Seen von Band-e Amir war immer noch das blaueste Blau, das man sich vorstellen konnte, und im Tal von Bamiyan, zwischen Herat und Kabul, standen in ihrer steinernen Feste immer noch die riesigen, gesichtslosen Buddha-Statuen aus dem 6. Jahrhundert. Die stünden da auch noch, sagte Walther, «wenn wir alle nicht mehr da sind».

Im Tal von Bamiyan gab es auch immer noch das Gasthaus, das er viele Jahre zuvor aufgesucht hatte und in dem sich inzwischen die «Overlander» trafen – junge Europäer, Amerikaner und Australier auf ihrem Weg nach Indien. Am Abend kreisten die Joints, sodass der Gemeinschaftsraum der Herberge mit süßlichem Dunst erfüllt war, untermalt von Gelalle, Gekicher und den psychedelischen Klängen von Pink Floyds «The Dark Side of the Moon», das ein Österreicher namens Sepp auf eine Kompaktkassette überspielt hatte und jetzt in seinem Radiorekorder rauf und runter dudelte. Die meisten Frauen und Männer, die da auf den Teppichen saßen oder lagen und rauchten und träumten, waren zwischen achtzehn und achtundzwanzig, also waren Walther und Jessica, die zwar irgendwie jugendlich wirkten, es aber nicht mehr waren (Jessica war jetzt dreiunddreißig, Walther über fünfzig), Fremdkörper, latente Störenfriede. Die Overlander, in der Mehrheit Söhne und Töchter aus gutem Hause, behütet aufgewachsen und seit ihrer Pubertät ständig bedroht von Langeweile, junge Leute, die nach dem Abschluss der Oberschule und den ersten, mehr oder weniger verschlafenen Vorlesungen über «Feministische Kapitalismuskritik – die Krise des Kapitals als Krise des männlichen Körpers» oder über «Die Grundlagen der marxistischen Ökonomie anhand von Beispielen indigener Völker in Mittel- und Nordamerika» vor der Wahl zwischen Stadtguerillatum, Disco-Fieber oder Hippie-Trail gestanden hatten, wussten einfach nicht genau, woran sie bei diesen beiden waren. Hatten sie nicht den fürsorglichen Fängen ihrer Eltern entkommen wollen, war das nicht der Grund gewesen, sich überhaupt auf den Weg zu machen? Denn der Weg war das Ziel, wie Buddha oder wer auch immer es schon gesagt hatte, und auf diesem Weg gab es all das, was in den heimischen Siedlungen, hinter den Buchsbaumhecken, nicht zu haben gewesen war: viel Dope, freie Liebe und – als Folge davon – Sex.

Zwar waren Walther und Jessica, das mussten sie zugeben, keine Spießer, aber als am Morgen Kimberly alle am gemeinsamen Tisch aufgefordert hatte, sich an den Händen zu halten, zu schweigen und «an den Welthunger» zu denken (was etwas unglücklich formuliert war, sie hätte sagen müssen: «an die Hungernden auf der ganzen Welt»), hatte Walther, eher beiläufig und ohne dass auch nur eine Spur von Tadel oder Vorwurf in seiner Stimme gewesen wäre, die Bemerkung fallen lassen, dass wohl kaum einer am Tisch jemals in seinem Leben wirklich gehungert habe. Da waren dann alle still gewesen.

Gleichwohl war den jungen Späthippies nicht entgangen, dass Walther und Jessica im Umgang mit Hardy ziemlich locker waren, zumindest zogen sie alle drei, als sie da auf dem Teppich saßen, an dem Pfeifchen, das man ihnen angeboten hatte. Na ja, dachten einige, vielleicht wollten sie einfach nicht unhöflich sein.

Hardy hatte aber nicht aus Höflichkeit, sondern aus Neugierde daran gezogen, und nun verspürte er einen leichten Schwindel. Er hörte, wie Walther mit einem Studenten aus Amsterdam heftig über die Existenz und die Absichten von Außerirdischen diskutierte, während Jessica hinter Wolken von Marihuanaqualm verschwand. Plötzlich hatte er das sehr starke Bedürfnis nach frischer Luft, schnappte sich seinen Schlafsack und ging hinaus auf das flache Dach des Gasthauses, wo er sich hinlegte.

Über ihm schienen die Sterne, unzählbar viele, denn hier, im Tal von Bamiyan, war die Nacht noch die Nacht, wie sie vor dem Auftauchen der Menschen, vor Feuer, Kerzen, Petroleumfunzeln, Straßenlaternen und Leuchtreklamen, vielleicht einmal gewesen war. Das war es, woran er sich noch erinnern würde, wenn die Erinnerung an Moscheen, Bazare und Buddhas längst verblasst wäre.

Das Mädchen, das zu ihm aufs Dach kam, hatte ihn schon unten, im Gemeinschaftsraum, die ganze Zeit über angeschaut, hatte gelacht und ihm Zeichen gemacht, die er nicht verstand. Sie war viel älter als er, achtzehn, neunzehn, vielleicht sogar zwanzig. Sie legte ihren noch glimmenden Joint neben seinen Schlafsack, und er hatte Angst, dass das Ding ihm ein Loch hineinbrennen würde, doch er kam weder dazu, ihr das zu sagen, noch, nach ihrem Namen zu fragen, denn sie fing sofort an, ihn zu küssen. Er wehrte sich nicht, er war nur überrascht.

Irgendwann hörte sie auf und betrachtete ihn. «Hast du Angst?»

«Wovor?»

«Na, dass deine Eltern uns erwischen.»

«Sie sind nicht meine Eltern. Meine Eltern sind tot.»

«Oh, Jesus!»

«Flugzeugabsturz.»

Sie fing wieder an, ihn zu küssen, und obwohl ihn das, was darauf folgte, sehr, sehr irritierte, konnte er nichts dagegen tun. Es war, als hätte er sich aufgespalten in einen Teil, der es genoss und den Triumph auskostete, dass sie das, was noch wenige Wochen zuvor der Traum und die hoffnungslose Sehnsucht aller seiner Klassenkameraden gewesen war, einfach so mit ihm machte, und in einen zweiten, der vor lauter Verlegenheit zum nächtlichen Himmel sah.

Sie seufzte, und dann war es vorbei und eine Weile lang sehr still.

«Die Sterne sind ganz anders», sagte er schließlich.

Sie setzte sich auf, um sich den Joint wieder anzuzünden, und sah zu ihm hinunter. «Hä?»

«Weil wir südlicher sind. Andere Konstellationen. Der Sternenhimmel sieht hier anders aus.»

Sie lachte. «In dieser verrückten Welt ist immer alles anders.»

In Kabul gab es immer noch das deutsche Restaurant, das ein Aussteiger aus Hannover namens Werner eröffnet hatte, und als Hardy ihn fragte, ob ihn die Schützenpanzerwagen, die in den Straßen standen, nicht beunruhigen würden, zuckte er nur mit den Achseln.

«Die werden sich schon wieder einkriegen. Hat 'nen kleinen Putsch gegeben, vor kurzem. Was soll's. Interessiert eigentlich keinen. Die meisten von den Leuten hier wissen gar nicht, was das sein soll, Kapitalismus, Kommunismus, Weltrevolution, Gleichheit, Gerechtigkeit und so weiter. Hauptsache, du glotzt ihre Töchter nicht zu lange an, sonst» – er machte eine Geste mit dem Daumen vom einen Ohr zum anderen, was Hardy für den Bruchteil einer Sekunde an den Schleicher denken ließ – «oder du musst sie heiraten! Hahaha, du verstehst schon? Heiraten!» Er lachte schallend, und man konnte sehen, dass die Afghanen, auch was die Zahnmedizin betraf, einen gewissen Nachholbedarf hatten. «Ich bin den ganzen Tag breit», bekannte er, «und wenn ich nicht breit bin, koch ich Essen für welche, die breit sind, und für so welche wie euch. Und jetzt mal ehrlich, wenn das nicht das Paradies ist, was ist es dann?»

Die Toilette im obersten Stockwerk eines Hotels in Kathmandu, auf der Hardy einige Zeit danach saß, war es jedenfalls nicht. Erschöpft sah er durch das schmale, offene Fenster über die Dächer der Stadt, auf denen Wäsche trocknete und eine Affenmutter zwischen den Regenwassertonnen ihre Jungen jagte. Hinter ihm lagen Besichtigungen des Taj Mahal, des Goldenen Tempels der Sikhs, der Roten Forts von Agra und Delhi, der Sümpfe des Terai und der kleinen Stadt Lumbini, wo Maya, die Mutter Buddhas, ihren Sohn stehend zur Welt gebracht haben soll, sowie diverse Absteigen und Restaurants, vermeintliche «Geheimtipps» von diesem oder jenem Overlander oder noch aus Walthers oft genug trügerischer Erinnerung. In einer dieser Kaschemmen hatte er sich etwas eingefangen, Bakterien, Parasiten oder Würmer, die der einäugige, alte Hotelangestellte, der für die Sauberkeit der Etagen verantwortlich war, «little nasty enemies» nannte, deren Strategie darin bestand, ihren Krieg in Hardys Gedärm auszutragen, was der Grund dafür war, dass er nun saß, wo er saß, und auf eine neue Attacke in seinem Unterbauch wartete, einen weiteren Schwall dünnflüssigen, braungrünen Durchfalls.

«After all», hatte der einäugige Hotelangestellte gesagt, «you have a nice view.»

Und da war Hardy der Verdacht gekommen, dass er nicht der Erste war, dem er das sagte, und dass man ihm das Durchfallzimmer gegeben hatte. Aber es stimmte schon: Er hatte einen schönen Blick.

In den Gassen von Thamel und um den Durbar Square herum fuhren Fahrräder und ein paar klapprige Rikschas, aber noch nicht die Schwadronen teuer über Indien eingeführter, knatternder japanischer Motorräder und die ständig hupenden Kleinwagen und Minivans, die später einmal die Straßen verstopfen sollten. Damals war Kathmandu eine eher kleine Hauptstadt mit kaum einer Viertelmillion Einwohnern. In den Läden um die weiße Thahiti Stupa, an den Marktständen und von den fliegenden Händlern wurden die Waren schon in Plastiktüten gelegt, doch diese Tüten schwammen danach nicht sofort im Fluss, zusammen mit Coladosen, PVC-Badelatschen, silbrigen Lay's-Knabberchips-Beuteln und halb versunkenen Gorkha-Bierflaschen. Und der Fluss war auch noch nicht dermaßen verdreckt, dass man allein vom Anblick Ausschlag bekam. Drin gebadet hätte trotzdem keiner der Fremden, die die Stadt zu jener Zeit besuchten.

Es gab auch noch nicht die Reiseagenturen, die dicht an dicht in den gedrungenen Häuserzeilen ihren Sitz haben sollten, um jedermann Hochgebirgstouren und Gipfelbesteigungen und Flüge um den Mount Everest anzubieten, und auch noch nicht die Geschäfte dazwischen, vor denen sich die bunten Schlafsäcke, Rucksäcke und Zelte aus chinesischer Produktion stapelten. Die Reisenden suchten auch nicht danach.

Die Fremden aus dem sagenhaften Westen, die in jenen Tagen das ihnen ebenso sagenhaft erscheinende Nepal bereisten, hatten vor allem zwei Gründe, das zu tun: Sie strebten nach Erleuchtung und nach Dope, am besten gleichzeitig, und beides war dort billig zu haben. Auch wer kaum Geld hatte, fand irgendeine Bleibe in der Altstadt, in den Gassen um die Freak Street herum, fand eine Strohmatte, auf die er sich für ein paar Münzen legen konnte, um in Ruhe ein Pfeifchen zu rauchen und zu vergessen, während über ihm Tag und Nacht im Klingklong der Tempelglöckchen zu verschmelzen begannen. Wer hingegen viel Geld hatte, wohnte im Hotel Shanker, lag oder saß dort am Pool und blinzelte, einen Drink in der Hand, den schneebedeckten Gletschern zu.

Dann gab es aber noch die, die weder auf Strohmatten Hasch rauchen wollten noch sich die Poolpartys im Shanker auf Dauer leisten konnten. Die landeten im «Pilgrims Guest House», das sich in der alten Villa eines nepalesischen Adeligen befand. Er war mit seiner britischen Geliebten und dem Familienvermögen nach Australien getürmt, was der Grund dafür gewesen sein musste, dass die Familie das schon etwas heruntergekommene Gebäude in ein Hotel verwandelt hatte. Ursprünglich am Rande der Stadt gelegen, war es vom Stadtleben nach und nach geschluckt worden, einer Oase nicht unähnlich, die vom lärmenden, unsteten Treiben der Händler, Bauern, Viehtreiber, Tagelöhner und Mönche, der Freaks, Taugenichtse, Gurus und Bettler umgeben war. Hasch zu rauchen war auch im Hotel nicht verboten, aber der Verkauf fand strikt woanders statt. Es gab keinen Swimmingpool, dafür jedoch einen großen Palmengarten, in dem eine Voliere mit zwei ebenso bunten wie hässlichen Vögeln stand, deren Gesang wie eine Polizeisirene in der Fernsehserie «Einsatz in Manhattan» klang, und es gab, eingelassen in der hohen Mauer, die den Garten einfasste, eine alte Statue des elefantenköpfigen Ganesha, des Herrn der Hindernisse, dem zu huldigen allen Gästen geraten wurde – insbesondere jenen Wagemutigen, die vorhatten, den höchsten Berg der Erde zu besteigen, was bis vor nicht allzu langer Zeit ein Privileg der Götter gewesen war.

Vor allem aber gab es im «Pilgrims Guest House» für den Fall, dass der Strom ausfiel, einen Dieselgenerator, und es gab fließendes Wasser. Die teureren Zimmer hatten sogar ein WC, und dieses WC war für Hardy überlebenswichtig, da er es halbstündlich aufsuchen musste, es eigentlich gar nicht mehr verließ. Er hatte somit viel Zeit, aus dem Fenster in der obersten Etage des Hotels zu schauen.

Von dort konnte er weit über die Stadt blicken, sah schmutzige Terrassen, aufgehängte Wäsche, spielende Kinder, und einmal, an einem sehr klaren Tag, sah er auch die Sechs-, Sieben-, ja vielleicht sogar die Achttausender des Himalaya, zum Greifen nah und zugleich unendlich weit entfernt. Damals gab es noch Berge, die unberührt waren, und Hardy fragte sich, wie das sein mochte, dort zu sein, wo noch nie ein Mensch zuvor gewesen war, wie sich das wohl anfühlte, da oben im ewigen Schnee die ersten Spuren zu hinterlassen.

Unten, in den engen Gassen, schob sich eine Prozession voran. Gefeiert wurde das Dashain-Fest zu Ehren der Göttin Durga – der König trat auf, Diplomaten aus allen möglichen Ländern schüttelten ihm die Hand, Opfertiere wurden geschlachtet. Die Kumari, die fleischgewordene, kindliche Göttin von Kathmandu, verließ ihren Palast in einer goldenen Sänfte, nahm an den Prozessionen teil und gab Audienzen.

Hardy hatte ein Foto von ihr gesehen, an seinem ersten Tag in Kathmandu, an einer Art Schwarzem Brett im Hotel, wo der Ablauf der anstehenden Festivitäten angekündigt wurde, ein in ein rotes, golddurchwirktes Gewand gehülltes Mädchen, das eine fächerförmige Krone trug und auf der Stirn ein aufgemaltes drittes Auge hatte. Jessica hatte ihm erklärt, was man sich über sie erzählte.

«Sie wird schon als ganz kleines Kind auserwählt, und dann muss sie ihre Familie verlassen und wohnt in diesem Palast, den sie kaum noch verlassen darf. Kannst du dir das vorstellen?»

Hardy betrachtete das Foto. Ja, er konnte sich das vorstellen.

«Aber nur solange sie noch ein Kind ist, das heißt ungefähr bis zum Alter von dreizehn Jahren, wenn sie ihre erste Menstruation hat. Du weißt, was das ist, oder?»

«Tja», sagte Walther, «dann hört das alles auf, und sie ist keine Göttin mehr, sondern wieder ein ganz gewöhnlicher Mensch oder, besser gesagt, zum ersten Mal ein ganz gewöhnlicher Mensch. Und das ist vielleicht das Schlimme daran, dass sie, die nie etwas anderes gekannt hat als den Palast und die Huldigungen und die Diener und so was, plötzlich das Leben eines einfachen Mädchens führen muss.»

«Kann ich sie besuchen?»

«Wie bitte?»

«Ob ich sie besuchen kann.»

«Nein, das glaube ich kaum. Es heißt, dass sich sogar der König vor ihr in den Staub wirft. Du musst dir das so vorstellen wie beim Papst. Den kann man auch nicht einfach so besuchen. Man braucht eine Audienz, und ich nehme mal an, dafür muss man sehr, sehr wichtig sein.»

Allerdings, fand Hardy heraus, bekamen auch die einfachen Leute die Kumari zu sehen – zum Beispiel während einer der Prozessionen. Raja, der umtriebige Hotelmanager des «Pilgrim Guest House», hatte, als er ihn vor dem Foto hatte stehen sehen, sofort angeboten, einen Führer anzuheuern, einen entfernten Cousin, der sie für wenig Geld zu den Orten in der Stadt führen werde, von denen aus die Kumari an den entsprechenden Tagen am besten zu sehen sei. Doch zwei Stunden später hatte Hardy zum ersten Mal das Treppenhaus des Hotels hochrennen müssen, und von da an war an den Besuch einer öffentlichen Audienz oder einer Prozession nicht mehr zu denken gewesen.

Seitdem saß er also die meiste Zeit auf der Toilette und sah aus dem Fenster. Allmählich fielen ihm mehr und mehr Einzelheiten auf, und er entwickelte eine Art Ehrgeiz darin, immer wieder Neues zu entdecken: wann die halbwüchsigen Jungen zwei Häuser weiter hinausgingen, um im Hof Fußball zu spielen, welche Wäscheteile die Frau auf dem Dach gegenüber an welchen Tagen zum Trocknen aufhängte, wann die Affenmutter unter dem Wassertank mit ihren Jungen spielte und wann sie schlief, wann aus dem Schornstein des Hauses, das an der nächsten größeren Kreuzung liegen musste, schwarzer Rauch emporstieg, wann hinter den drei Jalousien die Nähmaschinen zu rasseln begannen. Hinter jeder dieser Häuserwände, dachte er, spielte sich ein anderes, ihm für immer fremd bleibendes Leben ab. Da lebten Menschen, die wie er und gleichzeitig nicht wie er waren, die ganz andere Sorgen, Erwartungen, Träume hatten. Wer bin ich, fragte er sich, wer will ich sein, und wer werde ich sein?

Gegen Mittag zog meistens der Geruch von Gebratenem herauf, und ihm wurde übel. Wenn er konnte, verließ er dann seinen Hochsitz für eine halbe oder, mit etwas Glück, für eine ganze Stunde, ging hinunter in den Hotelgarten, wo die Gäste träge an der Bar oder in ihren Liegestühlen saßen und jeder ihn mitleidig anschaute, da inzwischen fast alle um seinen Zustand wussten.

In den ersten Tagen, als er noch Fieber gehabt hatte, war Jessica kaum von seiner Seite gewichen, und Walther hatte das Hotel nur verlassen, um bei dem britischen Arzt, den man ihm empfohlen hatte, das gelbe Pulver zu kaufen, Elektrolyte, die er in Wasser rührte, das Hardy trinken musste, obwohl es schmeckte, als wäre es Brackwasser, geschöpft aus einem schmutzigen Tempelbassin. Doch als nur noch der Durchfall geblieben war und Hardy sich das gelbe «Tempelwasser» selbst zubereiten konnte, waren Walther und Jessica stundenweise zu Entdeckungstouren in die Stadt aufgebrochen, und er verbrachte die Tage mehr oder weniger allein im Zimmer oder an der Hotelbar, wo er sich ein Fläschchen Coca-Cola bestellte und, nachdem er die Hälfte getrunken hatte, das gelbe Pulver ins Glas rieseln ließ, was widerlich schmeckte, aber half.

Gelegentlich sprachen ihn dann Hotelgäste an und fragten, was das für ein Pulver sei, und wenn sie noch nichts von seinem Durchfall wussten, dachte er sich jedes Mal etwas anderes aus: Es sei ein Mittel gegen Malaria, eine Mischung hochkonzentrierter Vitamine oder ein «Sonnenschutzpulver», und einem jungen Kerl, Greg, der zu einer Reisegruppe aus den USA gehörte, erzählte er sogar, es sei eine Droge, das Neueste vom Neuesten, ein spezielles Steinsalz aus dem Himalaya, das Visionen erzeugen könne. Er erklärte, im Gegensatz zu den meisten anderen Pülverchen habe es keine Nebenwirkungen, und bot ihm ein Tütchen an.

Gemeinsam kippten sie sich je einen Beutel in ihre Cola, und Hardy rührte feierlich wie ein Priester um. Danach trank er das Gebräu beinahe in einem Zug, rollte mit den Augen, wiegte sich leicht auf seinem Barhocker hin und her und fragte auf Englisch:

«Spürst du's schon?»

Und Greg antwortete: «Das haut vielleicht rein, Mann, ist das ein Zeug!», bevor er zu seinem Liegestuhl im Garten wankte.

Nach einer Woche ging es Hardy besser, und er begleitete Jessica und Walther in die Stadt. Das mehrtägige Fest war inzwischen vorüber, keine lärmende Prozession schob sich mehr an den schmalen Häusern entlang. Was blieb, war das Gewimmel des Alltags. Die Stadt von unten war ihm weit weniger angenehm als die Stadt von oben, und ein Gefühl der Enge beschlich ihn. Vor beinahe jedem Tempel rauchten die Öllämpchen, und hier und dort saßen weise Männer herum, die etwas vor sich hin murmelten oder wortlos ins Leere starrten. Er sah auch Hippies, die ihre letzte Rupie für Dope ausgegeben hatten und jetzt verdreckt, übermüdet und mit wirrem Blick durch die Straßen geisterten, in der Hand selbstgebastelte Flöten, denen sie ein paar schräge Töne entlockten, bevor sie sie betuchten Touristen aufdrängten. «Only one dollar, Mister.»

An eine baldige Weiterreise war nicht zu denken. Während der Fahrt von Pokhara nach Kathmandu waren zwei Radlager des Busses gebrochen, und die Zylinderkopfdichtung des Motors leckte. Die Reparatur ließ auf sich warten, da die nötigen Ersatzteile nicht vorrätig waren und erst in Indien bestellt werden mussten. Tatsächlich war wegen der Feiertage die Bestellung noch nicht einmal abgeschickt worden. «Sorry, Sir, holy days, holy holy Durga party, you know», sagte der Mechaniker, als Walther ihn fragte, wie lange es noch dauern werde. «One week, two weeks, who knows.»

Raja, der ihnen den Mechaniker genannt hatte, war untröstlich, auch weil ja nun die Feiertage vorüber waren und sich die göttliche Kumari wieder im Palast aufhielt. Doch schon am nächsten Tag kam er freudestrahlend auf Hardy zu und sagte, er kenne jemanden, der jemanden kenne, der im Kumari-Palast arbeite, eine Dienerin der Göttin, eine Frau, die der Kumari nur selten von der Seite weiche. Natürlich müsse man ihr für die Hilfe ein kleines Trinkgeld zukommen lassen, fügte er hinzu, und nachdem er es erhalten hatte, ließ er es sich nicht nehmen, Hardy persönlich zu begleiten.

«Das heißt, ich kann die Kumari jetzt sehen?»

«Viel besser!», versprach Raja.

Als sie den Palast erreicht hatten, deutete er auf eine Steinbank, die auf einem Vorplatz stand. Es war noch früh am Morgen, und nur wenige Menschen waren unterwegs.

Hardy setzte sich auf die Bank und sagte: «Ich nehme an, jetzt muss ich hier so lange sitzen, bis die Kumari an irgendeinem Fensterchen auftaucht.»

«O nein!», rief Raja und lachte. «Ich meine, natürlich wäre auch das möglich. Einige Touristen zahlen hohe Summen für so etwas und warten dann noch stundenlang darauf, dass die Kumari sich ihnen auf dem Balkon im Innenhof zeigt. Aber wie lange? Vielleicht zwanzig, dreißig Sekunden? Das ist doch Betrug, und Sie dürften mich zu Recht einen Halsabschneider nennen. Nein, sehen Sie das unscheinbare Fenster da oben, mit dem Holzgitter davor?»

«Ja.»

«Sie müssen verstehen, dass die Kumari sehr einsam ist. Das hat die Göttlichkeit so an sich. Sie ist den ganzen Tag in diesem Palast, allein mit Dienerinnen, die ihr jeden Wunsch von den Lippen ablesen, aber sie kann mit ihnen weder spielen noch normal sprechen. Seit ihrer frühen Kindheit, seitdem sie auserwählt wurde, ist sie von ihrer Familie getrennt und hat keine Freundinnen und Freunde – was nützt es da, wenn sich der König vor einem in den Staub wirft? Wenn man in einer goldenen Sänfte durch die Straßen getragen wird? Hinter dem Fensterchen da oben sitzt die Kumari viele Stunden am Tag und beobachtet die Menschen auf dem Platz, beobachtet das Leben, das sie nicht führen kann. Das heißt, wenn Sie hier sitzen, junger Sahib, dann sieht sie Sie, und je länger Sie hier sitzen, desto stärker wird der Eindruck sein, den Sie bei ihr hinterlassen, denn sie wird sich natürlich fragen: Wer ist der fremde junge Mann, der da die ganze Zeit auf der harten Steinbank sitzt und zu mir herauf sieht? Und sie wird sich vielleicht eine Geschichte zu Ihnen ausdenken, eine Geschichte von Liebe, Leidenschaft und Verrat, und obwohl sie Sie gar nicht kennt und nie kennenlernen wird, werden Sie so zu einem Teil ihres Lebens. Ist das nicht viel, viel mehr als die zwanzig Sekunden, die Sie sie für fünfzehn Rupien auf ihrem Balkon sehen könnten?»

Bis zum Nachmittag blieb Hardy auf der Bank sitzen. Ab und zu sah er zu dem Fenster hinauf und dachte daran, wie es gewesen war, als man ihn selbst eingesperrt hatte, wie entsetzlich die Einsamkeit gewesen war und was er unternommen hatte, ihr zu widerstehen. Aber das war lange her. Es war das Leben eines anderen, und jetzt war das alles vorbei, Schluss, aus, Vergangenheit, sagte er sich. Alles war ganz anders gekommen, als der, der er mal war, gedacht hatte.

Regengüsse im Terai und in Nordindien verzögerten die Lieferung der Ersatzteile auf unbestimmte Zeit, doch wer wollte Ganesha, dem Herrn der Hindernisse, da Vorschriften machen? Auch wenn im höher gelegenen Tal von Kathmandu die Sonne schien, hatte der Regen die Straßen in der südlichen Ebene, die von Sumpfkrokodilen und Malaria beherrscht wurde, unpassierbar gemacht.

Wieder entschuldigte sich Raja ausgiebig, diesmal für das Wetter und den schlechten Zustand der Straßen. Jetzt, wo es dem jungen Sahib viel besser gehe, empfehle er einen Ausflug, vielleicht sogar einen Tagesausflug in die Berge.

Zu dritt fuhren sie am nächsten Morgen mit dem öffentlichen Bus nach Bhaktapur, und nachdem sie sich auch dort die Tempelanlagen und Heiligtümer angeschaut hatten, brachen sie zu einer mehrstündigen Wanderung nach Nagarkot auf, einem kleinen Dorf auf einem Kamm, von wo aus man, so hatte Raja versichert, den wohl besten Blick auf den Himalaya habe. Er hatte ihnen für nur eine Rupie eine Karte überlassen, eine selbstgezeichnete und anschließend vervielfältigte Karte, und ihnen erklärt, dass sie nur der gewundenen Straße bergauf folgen müssten. In den Serpentinen sollten sie den Weg einfach abkürzen, indem sie die Trampelpfade der Bauern nahmen.

Sie kamen gut voran – zunächst auf der Schotterpiste, dann gingen sie auf Trampelpfaden durch grünen Buschwald, bis sie wieder auf die Straße trafen. Ab und zu winkte ihnen aus einem Reisfeld jemand zu.

Als sie erneut auf einen Waldweg abbiegen wollten, hörten sie im Busch Geräusche. Zweige knackten, ein Schnaufen drang zu ihnen. Raja hatte erzählt, dass es in diesen Bergen noch Bären, Wildkatzen und Büffel gebe, die den Menschen aber mieden. Trotzdem, sobald man etwas Unbekanntes höre, solle man Krach machen, das werde die scheuen Tiere sicher vertreiben. Also machten Hardy, Walther und Jessica Krach, klopften mit Stöcken gegen Bäume, riefen «Hallo!», «He!» und «Hier sind wir!», als ob ein Himalaya-Bär damit etwas anfangen könnte.

Doch entgegen Rajas Vorhersage ergriff, was auch immer im Unterholz war, nicht die Flucht. Im Gegenteil, die Geräusche, das Knacken und ein seltsames Stöhnen, das wie das Echo ihrer eigenen Rufe klang, kamen auf sie zu. Hardy und Walther hatten je einen dicken Ast in der Hand, als sich vor ihnen die Blätterwand öffnete.

Es waren zwei, eine Frau und ein Mann. Beide hatten sie lange Haare, der Mann zudem einen langen, zotteligen Bart. Sie trugen weite, halb zerrissene, bunte Kleider, Stirnbänder und billige Halsketten. Schmutzig und halb verhungert, wie sie waren, hatten ihre Blicke etwas Irres. Das Erste, was sie sagten, war: «Sprecht ihr Deutsch?»

Inge und Gert waren Anfang dreißig und, wie sich herausstellte, bereits seit eineinhalb Tagen unterwegs. Auch sie waren zu dem Dorf auf dem Bergkamm aufgebrochen, aber Gert hatte das Geld für Karte oder Führer sparen wollen, was zunächst kein Problem gewesen war – bis ihnen auf einem der Trampelpfade zwei Kühe den Weg versperrten. Sie hatten davon gehört, dass man niemals, unter keinen Umständen, eine Kuh schlagen, zur Seite schubsen oder, wenn man es genau nahm, auch nur schief ansehen durfte. Die seien nun mal heilig, erklärte Inge mit bebender Stimme, die dürfe man nicht stören und rumscheuchen oder so was, sonst bekomme man Ärger, und obwohl weit und breit niemand gewesen war, mit dem sie hätten Ärger bekommen können, hatten sie sich daran gehalten und sich beim Versuch, die Kühe weiträumig zu umgehen, verirrt. Die Nacht hatten sie im Freien verbracht, zusammengekauert unter einem Felsvorsprung, während Tausendfüßler über ihre nackten, blasigen Füße krabbelten und, wie Gert hinzufügte, in der Dunkelheit grausige Laute zu hören waren, wahrscheinlich das Gebrüll eines Himalaya-Bären, erstaunlicherweise aber auch die Sirene eines amerikanischen Polizeiwagens, wie man sie aus der Fernsehserie «Einsatz in Manhattan» kenne. Das hatte sie zunächst hoffen lassen, sie befänden sich in unmittelbarer Nähe einer Ansiedlung, was sich leider als trügerisch erwies.

Hardy verkaufte den beiden die selbstgezeichnete Karte für einen Dollar, und als sie erleichtert den Berg hinab zur Straße stolperten, fragte Walther, ob das nicht überteuert gewesen sei. Ein Dollar seien wie viele Rupien? Zwanzig? Dreißig?

«Da ist überhaupt nichts überteuert», erklärte Hardy. «Die Karte hab ich ihnen geschenkt. Der Dollar war dafür, dass ich ihnen darauf gezeigt habe, wo genau sie gerade waren.»

Sie erreichten das Dorf zwei Stunden später, ohne dass sie die Karte vermisst hätten. Das von Raja empfohlene Restaurant war nirgends zu sehen, aber am Ende der Straße war ein Wegweiser an einem Baum befestigt, auf dem stand: «End of Road and EVERYTHING! Restaurant with Great Food and Views upstairs!» Daneben ging ein unbefestigter Fußweg steil durch den Wald den Berg hinauf. Oben angekommen, sahen sie einige

Holzhütten und ein langgestrecktes Haus mit einem Wellblechdach und einer großen Terrasse. Dass es sich um das Restaurant handelte, erkannte man nur an dem selbstgemalten Schild: THE RESTAURANT AT THE END OF THE WORLD. Neben der Eingangstür lag, den Kopf mit einer Hand aufgestützt, auf einer Art Holzbank ein junger Nepalese.

«Willkommen, Fremde!», rief er auf Englisch. Er stand auf und bat die drei, ihm zu folgen. Er sei Ram, stellte er sich vor, was auf Englisch Gedächtnis bedeute. Hardys Einwand, dass es auf Englisch keineswegs Gedächtnis bedeute, ließ er nicht gelten – vielleicht nicht in Europa, aber in Amerika, da bedeute «Ram» Gedächtnis, das habe ihm Steve, ein Amerikaner, erklärt.

Jessica unterbrach ihn und sagte, man habe ihnen das Restaurant wegen der Aussicht empfohlen, doch man sehe hier ja gar nichts?

Tatsächlich waren Wolken aufgezogen, und das Wetter war diesig geworden, sodass man gerade mal bis zum nächsten Berg sehen konnte. Dahinter war nur eine Wand aus Dunst.

Das sei alles kein Problem, versicherte Ram, morgen früh könne es schon ganz anders aussehen. Er habe vier neugebaute Lodges zur Auswahl, und nur eine davon sei belegt, sie könnten also unter den drei anderen die beste auswählen. All das werde sie kaum etwas kosten, und das köstliche Essen, das sein erfahrener Koch zubereiten werde, sei sogar schon inklusive.

Es war noch hell, als sie auf der Terrasse zu Abend aßen. Die einzigen Gäste außer ihnen waren zwei Italiener, der eine ein Bergsteiger aus Südtirol, der andere ein reicher Graf namens Antonio DiMonti.

«Ihr könnt mich Toni nennen!», sagte der Graf, ein kräftiger, braun gebrannter Mittvierziger, der eine türkisblaue Daunenjacke mit roten Pfeilen auf den Ärmeln trug. Er war ebenfalls unglücklich über das Wetter, aber nicht wegen der Aussicht.

DiMonti, der in einem alten Schloss an einem See nördlich von Mailand lebte und von seinem Großvater ein Kochtöpfe- und Bratpfannenimperium geerbt hatte, das seit seiner Kindheit von einer Treuhandgesellschaft geführt wurde, hatte viel Zeit und viel Geld, doch statt in seinem Schloss beides mit sinnlosen Festivitäten zu vergeuden, hatte er angefangen, «die letzten weißen Flecken auf der Weltkarte zu beseitigen», was ein wenig übertrieben war, denn dort, wo es ihn hinzog, war er keineswegs immer der Erste gewesen: Er hatte mit einem Hundeschlitten das nördliche Kanada von West nach Ost durchquert, hatte eine italienische Expedition an den Nordpol angeführt, war den Amazonas hinaufgefahren und den Kongo hinab, hatte die Pyramiden neu vermessen, war kurz hintereinander auf den Kilimandscharo und auf den Fujiyama gestiegen, war in Australien den Spuren des verschollenen Ludwig Leichhardt gefolgt und hatte beinahe ein halbes Jahr in einer Forschungsstation in der Antarktis verbracht.

In diesem Jahr hatte er auf einer neuen Route den Mount Everest besteigen wollen. Zunächst war ihm ein gewisser Reinhold Messner, «dieser eingebildete Yeti, diese verschlagene Lawinengefahr», mit der «Ohne-Sauerstoff»-Masche zuvorgekommen, dann hatte ihm die verantwortliche nepalesische Stelle überraschend die Genehmigung entzogen («Messner hatte auch keine Genehmigung, hat sich einfach an eine Klettergruppe drangehängt!»), und jetzt, wo er nach langem Hickhack und persönlicher Intervention beim König eine neue bekommen hatte, war es zu spät: Das Wetter war schlecht, und selbst wenn es schon morgen besser würde, sei es unmöglich, noch vor dem Kälteeinbruch eine Expedition zu organisieren. Er werde bis Mai nächsten Jahres warten müssen.

«Können Sie nicht schon im Februar auf den Everest steigen?», fragte Hardy.

DiMonti sah ihn scharf an. «Eine Winterbesteigung? Die ist schwierig. Und riskant. Aber du hast recht – warum eigentlich nicht?»

Während er sprach, schien diese Idee in seinem Kopf Gestalt anzunehmen, formte sich schon eine Route entlang des Khumbu-Gletschers und durch das Tal des Schweigens, zwischen bläulich schimmernden Séracs und über Schneeverwehungen, tückische Gletscherspalten und den berüchtigten Eisbruch hinweg. Bald sprach er nicht mehr mit Jessica und Walther, sondern mit Hardy, den er instinktiv als wesensverwandt erkannt hatte. Er hatte seinen Vater, einen echten Hallodri, noch vor Vollendung seines ersten Lebensjahrs verloren und war danach vaterlos aufgewachsen, bei seiner gleichgültigen, mittlerweile dementen Mutter und seinem strengen Großvater. Was ihm in dem verwinkelten Schloss, in dem er von Privatlehrern unterrichtet wurde, am Leben gehalten hatte, war das Labyrinth der Räume gewesen, in dem es neben zahlreichen Gemälden seiner Vorfahren auch Tapetentüren und sogar Geheimgänge gab. So hatte er sich vorstellen können, er wäre in einem alten Aztekenpalast, einem Mayatempel oder einer Pyramide.

«Eine Winterbesteigung durch die Südwestwand», sagte er wie elektrisiert und sah Hardy dabei in die Augen, «die hat noch keiner gewagt! Weißt du, wie das ist, wenn man über ein Stück Erde geht, über das noch nie ein Mensch, ja vielleicht noch nie ein Lebewesen gegangen ist?»

Am nächsten Morgen war der Himalaya immer noch nicht zu sehen. Es war feucht und weiterhin diesig, doch Ram versicherte, dass am kommenden Tag mit einer Wetterbesserung zu rechnen sei. Außerdem regne es unten im Tal, da sollten sie doch besser dableiben.

Sie warteten drei Tage – drei Tage, in denen Jessica jeden Morgen Yogaübungen machte, die ihr diverse Meister entlang der Reiseroute beigebracht hatten, Walther an dem Roman arbeitete, den er dem Verlag versprochen hatte, und DiMonti zusammen mit dem Bergführer und Hardy die Winterbesteigung des Mount Everest plante. Erst am vierten Morgen klarte es endlich etwas auf. Plötzlich konnten sie es sehen, das Himalaya-Gebirge, unwirklich nah und verheißungsvoll zugleich ragten hinter einem dünnen Dunstschleier, der wie ein Gazevorhang schien, die Sechs- und Siebentausender auf – der Dorje Lhakpa, der Limpo Ghyang, der Phurbi Gyachu – und ganz hinten, mehr eine Ahnung als eine Gewissheit, vielleicht auch der Gipfel des höchsten Berges der Erde.

Gegen Mittag machten sie sich auf den Rückweg. Sie verabschiedeten sich von Ram, dem Tiroler Bergführer und DiMonti und nahmen die Route den Berg hinab, auf der sie auch gekommen waren. Niemand begegnete ihnen. Nicht einmal eine Kuh.

Für Hardy war es eintönig, denselben Weg zurückzugehen, doch dann passierte etwas, das er nicht für möglich gehalten hätte: Während er auf dem schmalen Pfad durch das Unterholz wanderte, fiel ihm jener lange zurückliegende Tag ein, an dem er mit Betti aufgebrochen war, um die Geheimnisse der Hohen Hecke zu erkunden, das Dickicht fiel ihm ein und das Rauschen des Waldes und der Baum mit der Inschrift – A.R. Und zum ersten Mal in seinem Leben hatte er, wenn auch nur für einen kurzen Moment, Heimweh.

1969

«Ich erinnere mich noch genau an den Tag, an dem ich in Neuorth angekommen bin. Es war ein kalter, nebeliger Samstag im Februar '47, und ich sah vor mir das Dorf und habe sofort verstanden, warum mein Vater immer von dort weggewollt hatte. Düster war's, verstehen Sie? Nicht dunkel, sondern düster, und hässlich war es auch.

Unter dem Ortsschild war ein weiteres Schild angebracht: ‹IN UNSEREM DORF SIND UNERWÜNSCHT: WILDSCHWEINE – KARTOFFELKÄFER – FLÜCHTLINGE!› Natürlich bin ich trotzdem weitergegangen und hab nach meinem Vater und seinen Verwandten gefragt, aber die Leute haben kaum den Mund aufgekriegt. Ich hatte noch eine Adresse, doch an der Tür von dem Haus, wo sie wohnen sollten, stand auf einem Zettel: ‹Typhusverdacht! Es kann von Amts wegen niemand aufgenommen werden!›

Ich bin dann in das einzige Gasthaus am Ort gegangen, den ‹Weißen Ochsen›, und als ich in der Gaststube stand, sagte einer der alten Männer, die da an einem der Tische über ihren Gläsern hingen: ‹Jetzt kommt das Sudetengesindel schon in die Wirtschaft.›

Ich hab die Wirtin nach den Rohns gefragt, aber die hat nur mit den Achseln gezuckt, und dann hab ich sie nach einem Zimmer gefragt, und da hat sie gesagt: ‹Nichts mehr frei, versuch's doch mal in Kleinasien!›

Zuerst hab ich gedacht, das ist nur so eine weitere Gemeinheit, bis mir dann einer gesagt hat, Kleinasien, das ist das Flüchtlingsheim in dem alten, halbverfallenen Kloster, an dem ich auf dem Weg nach Neuorth vorbeigelaufen bin. ‹Da hockt der Rest von euch Kieschitzkis, da laust sich die ganze Polackenbande!›

Was haben die gelacht. ‹Nichts gegen die Polacken!›, rief einer. ‹Die konnten wenigstens arbeiten!› Und da haben alle genickt und noch mehr gelacht. Und dann sagte einer: ‹Jetzt hauste lieber ab, Junge, bevor wir alle hier die Krätze kriegen!›

Ich bin dann die Straße wieder zurück, vielleicht zwei, drei Kilometer, und es wurde schon dunkel. Da stand es dann vor mir, das Kloster Aubach. Mein Vater war dort mal zur Schule gegangen, denn nachdem die Mönche verschwunden waren, da hatten sie das Kloster als Gefängnis, als Irrenhaus, als Schule und als Lazarett genutzt. Und jetzt eben als Flüchtlingsheim. Eine kleine, dünne Frau saß an der Pforte, und nachdem ich ihr gesagt hatte, wer ich war, stand sie auf und schob mich durch die halbdunklen Gänge des Gemäuers, bis wir in einen großen Saal kamen, wo wohl früher mal die Mönche geschlafen hatten. Jetzt war der Saal durchzogen von Schnüren, an denen Anziehsachen hingen, oder schmutziggraue Vorhänge, mit denen die Bettenlager voneinander abgetrennt waren. Rauch sammelte sich unter den Deckenbögen, Rauch und der Geruch von kalter Kohlsuppe.

Die Frau zeigte mir meinen Platz: ein Stockbett in einer fensterlosen Ecke, abgeteilt von zwei Vorhängen. Ich hatte Glück und das Bett für mich allein, legte meine Sachen unten hin und kletterte nach oben.

Ich erinnere mich noch, wie müde ich war. Den ganzen Tag war ich gelaufen, und jetzt das. Aber ich bin nicht gleich eingeschlafen, weil jemand das Leintuch zum nächsten Verschlag zur Seite zog, sodass ich nach meinem Messer gegriffen habe, einem Klappmesser, das ich mit einer Hand öffnen konnte, und dann ging das schmutzige Tuch noch weiter zur Seite, und ich sah das Gesicht eines jungen Mädchens, das mich beobachtete, nichts sagte, nur schaute. Ich überlegte, wie alt sie wohl sein mochte, zehn oder elf vielleicht, und da klappte ich das Messer wieder ein.

‹Bist du ein Mädchen oder ein Junge?›, flüsterte sie, und ich antwortete:

‹Ein Mädchen, so wie du.›

Und sie fragte: ‹Was ist mit deinen Haaren passiert?›

Und ich sagte: ‹Früher, als ich noch klein war, da hatte ich auch so schöne blonde Zöpfe.›

‹Ja›, sagte sie, ‹aber wer hat sie dir abgeschnitten?›

Und da hab ich ihr gesagt, dass ich mir die Haare selbst abgeschnitten hab, denn das hatte ich getan, schon in Berlin, noch bevor die Russen kamen, als wir in dem Keller hockten, da hab ich sie mir abgeschnitten und von da an nicht mehr wachsen lassen.

An jenem Abend lag ich noch sehr lange wach in dem großen Saal, inmitten von all dem Schnarchen, Stöhnen, Flüstern, Husten und Schnäuzen, und ich fragte mich, ob mein Vater dort auch gewesen war, ob er da vielleicht an einer Schulbank gesessen hatte, zusammen mit seinen Kameraden, ob er da gelacht und geträumt hatte oder getadelt worden war. Ich versuchte, mir vorzustellen, wie mein Vater als Junge ausgesehen hatte, als kleiner Lausbub, nur so richtig gelang mir das nicht. Was, wenn wir all das immer wüssten? Wenn's kein Vorher und kein Hinterher mehr gäbe? Wenn wir wüssten, wo und wie alle mal waren und wo und wie wir selbst mal sein werden? Was würden wir dann tun?

Es heißt ja, dass das, was man in seiner ersten Nacht an einem neuen Ort träumt, in Erfüllung geht. Ich kann mich nicht mehr daran erinnern, was ich in der Nacht geträumt hab, aber es muss etwas sehr, sehr Schlimmes gewesen sein, Herr Doktor, sonst wär ich ja jetzt nicht hier.»

«Ich kenne das alte Kloster Aubach. Ist jetzt ein Kinderheim. Gleich hier in der Nähe. Wie lange waren Sie dort?»

«Am Anfang dachte ich, das ist nur für ein paar Tage, bis ich die Verwandten gefunden hab oder mein Papa aus der Gefangenschaft kommt. Damals hatte ich noch Hoffnung. Wir hatten uns ja versprochen, dass wir uns in Neuorth wiedertreffen, und alle haben gesagt, wenn er jetzt noch in der Gefangenschaft ist, dann entlassen sie ihn in den Westen.

Ich hätte mir Besseres vorstellen können, wirklich. In Berlin hatte ich mich ausgekannt, da wusste ich, wo ich was bekommen konnte, und da war immer was los gewesen. Aber in dem Heim, das war eine einzige riesige Wartehalle, in der es gar nichts zu tun gab. In unserem Teil vom Schlafsaal, da waren die Frauen, die jungen ledigen Frauen und die Frauen mit Kindern, die ihre Männer verloren hatten, entweder waren sie gefallen, in Gefangenschaft oder vermisst. In dem Heim gab es viele Sudetendeutsche und Schlesier, sogar ein paar Donauschwaben, aber niemanden aus dem Memelland.

Ich bin dann noch ein paarmal nach Neuorth, um bei meinen Verwandten nachzufragen – das waren der Onkel Ullrich, der mit dem komischen Glasauge, der wohnte noch in dem Haus, aber ich hab ihn nur ein Mal ganz kurz zu Gesicht bekommen, bevor er dann auch unter der Erde lag. Ja, und seine Frau, die zwei Töchter mit in die Ehe gebracht hatte. Die haben mir klipp und klar gesagt, dass in ihrem Haus kein Platz sei für mich, mit oder ohne Typhus, sie selbst hätten kaum genug, um über die Runden zu kommen. Ein paarmal bin ich da hin, weil ich dachte, wenn ich ihnen erkläre, wie's mir ergangen ist, dann werden die ein wenig Mitgefühl haben, das waren doch Onkel, Tante und Cousinen, aber ich glaube, meinen Vater, den hat niemand von denen in Neuorth gemocht. Sie sagten, dass er sich ja immer für was Besseres gehalten habe, sie seien immer nur die dummen Bauern gewesen. ‹Aber wer ist jetzt der Dumme?›, haben sie gefragt. ‹Erst den Krieg anfangen und verlieren, und jetzt wollt ihr auch noch unsere Häuser haben?›

So haben viele gedacht, damals. Die haben sich tatsächlich eingeredet, dass die Ostflüchtlinge den Krieg irgendwie alleine angefangen und verloren haben, von wegen Danzig und so, und dass sie nun dafür bestraft werden – als hätten sie nicht auch dem Hitler zugejubelt, als wären sie nicht selber mitmarschiert! Die eine von den Schwestern war verheiratet mit einem, der im Gemeinderat saß und verhindert hat, dass die Flüchtlinge privat unterkommen konnten, bei den Leuten im Ort und bei den Bauern, mal abgesehen von den Flüchtlingen, die früher selbst Bauern gewesen waren, die haben sie gerne als Knechte genommen. Das muss man sich mal vorstellen: Bauern aus dem Ermland, die Höfe gehabt hatten, die zehnmal größer waren als die paar Rübenfelder und Kartoffelacker um Neuorth herum, die wurden nun wie Tagelöhner behandelt und bekamen einen Hungerlohn und mussten sich noch glücklich schätzen dabei, denn was bekam einer, der kein Bauer war, was bekam ein Rechtsanwalt aus Tilsit? Nichts, und wenn er das tat, als wäre er mal Bauer gewesen – und glauben Sie mir, das taten am Anfang viele –, dann merkten die Neuorther das ganz schnell und haben ihn mit Schimpf und Schande vom Hof gejagt.

Und deswegen war das Flüchtlingsheim im Kloster in der ersten Zeit eine große Wartehalle. Die meisten wollten wieder zurück. Kann man sich heute nicht mehr so richtig vorstellen, aber die haben Eingaben an den Gemeinderat geschickt: ‹Da ihr uns ja sowieso nicht haben wollt, wollen wir bitte wieder zurück.› Und dann haben sie an die alliierte Militärverwaltung, an die Amis, geschrieben und später dann an die neue Regierung, ob sie nicht mit den Tschechen oder Polen oder Russen reden könnten, denn hier könne man es nicht länger aushalten, hier könne man nicht bleiben, hier gehöre man nicht hin.

Ich hab auf meinen Papa gewartet. Ich hatte vom Roten Kreuz nur eine Mitteilung bekommen, dass er wahrscheinlich in Gefangenschaft geraten ist und wahrscheinlich in den Westen entlassen werden wird, aber nichts Persönliches, keine Briefe, keine Karte, nichts. Am Anfang bin ich noch jedes Mal hochgeschreckt, wenn die Post kam, später dann nicht mehr. Ich hab das unterdrückt, die Erwartungshaltung, diese Spannung oder wie man das auch immer nennen mag, das hält man nicht lange aus, verstehen Sie? Da gibt's dann nur die zwei Möglichkeiten – dass Sie entweder verrückt werden oder sich das Warten abgewöhnen. Man muss aufhören zu hoffen, denn wenn man das nicht tut, bleibt man auf immer ein Gefangener.

Ich glaube, es war so um das Jahr 1950 herum, vielleicht aber auch '51 oder '52, dass mein angeheirateter Vetter im Gemeinderat sich mit dem Flüchtlingsrat im Kloster zusammengetan hat, mit denjenigen, die erkannt hatten, dass es keinen Weg zurück in die alte Heimat gab, und dann haben sie das mit der Flüchtlingssiedlung ausbaldowert, Nissenhütten, die sie auf ein Stück Brachland gestellt haben, den ‹Kahlen Hang›, weil dort, warum auch immer, nichts so richtig gewachsen ist.

Wissen Sie noch, was das ist, eine Nissenhütte? Das ist so eine langgestreckte Hütte mit einem halbrunden Wellblechdach, im Sommer immer schön warm, im Winter immer schön kalt. Da hab ich dann drin gewohnt, in einer Hälfte von so einer Hütte, zusammen mit der Effi, das war ein anderes Mädchen, ein Jahr jünger als ich. Sie wartete darauf, dass ihre Mutter und ihre jüngeren Brüder aus der Ostzone nachkamen, und deswegen verstanden wir uns ganz gut, weil wir ja beide gewartet haben. Wir arbeiteten auch zusammen, als Küchenhilfen in der Kantine von einer Chemiefabrik am Rhein, neben der Knochenmühle, wo Tierkadaver und Knochen zu Seife verkocht wurden – zwei Jahre lang, in denen wir nicht wussten, ob der Gestank nun vom Essen oder von der Knochenmühle kommt. Jeden Morgen um fünf mit dem Werksbus hin und abends mit der Bahn und zu Fuß wieder zurück.

Manchmal sind wir nach der Arbeit in die Stadt gefahren, um ins Kino zu gehen, und ab und zu sind wir zum Tanzen nach Auwinkel, ins ‹Rheingold›. Dort waren auch immer ein paar amerikanische GIs, und mit denen hat die Effi getanzt. Mit einem hat sie auch angebandelt, sodass er eine Zeitlang so was wie ihr Freund war, aber sie hat gleich gesagt, dass das nicht für immer wär und dass der irgendwann wieder weg sein würde. Abends, wenn wir in unserer Hälfte der Hütte auf den Betten lagen, von der vierköpfigen Familie nebenan nur durch eine Bretterwand getrennt, da rauchten wir die Zigaretten, die uns die Amis geschenkt hatten, und flüsterten und lachten leise und träumten davon, dass sich vielleicht doch einer von den Amerikanern in uns verlieben und uns heiraten würde, sodass wir weggehen könnten von hier, weit weg, für immer, nach Kentucky oder so, um dort neu anzufangen. Denn trotz des ganzen Elends und der Wellblechhütte und der Knochenmühle waren wir uns immer ganz sicher, dass es uns eines Tages besser gehen würde, dass das hier noch nicht alles war, was das Leben zu bieten hatte, dass es eine Zukunft gab, eine schöne, helle, fröhliche Zukunft, vielleicht nicht ganz so farbig und glitzernd und aufregend wie die aus unseren Träumen, aber doch gut genug. Wir zweifelten jedenfalls nicht daran, dass es sich lohnte, die Gegenwart noch ein klein wenig länger zu ertragen.

Ich glaube, im Herbst '53 fing ich an, für den alten Jahnke zu arbeiten. Jahnke hatte eine Leihbücherei in Auwinkel, und die Effi und ich, wir liehen uns da für ein paar Groschen so Schmöker aus, Abenteuer- und Liebesromane. Ich hatte in der

Abendschule meinen Abschluss nachgemacht und auch Kurse in Maschinenschreiben und Buchhaltung belegt, und davon erzählte ich dem Jahnke, und er fragte mich, ob ich nicht lieber ihm helfen wolle, anstatt immer nur Teller und Töpfe neben der Knochenmühle auszuspülen. Und das hab ich dann gemacht. Und weil der Jahnke schon so alt war und außerdem halbblind, hab ich nicht nur seinen Papierkram und die Buchhaltung gemacht, sondern bald den ganzen Laden fast allein geschmissen. Heute ist das ja nicht mehr so, aber damals konnte man mit einer Leihbücherei gutes Geld verdienen. Kaum jemand konnte sich einen Fernseher leisten, da blieb nur das Radio, Kino oder eben die Leihbücherei. Jahnke war schon ein Knauserer und bezahlte nicht sehr gut, aber dafür konnte ich jetzt all die Bücher und Romanhefte umsonst lesen. Es machte mir Spaß, den Tag im Laden zu verbringen und auf den nächsten Kunden zu warten, und ich überlegte mir, ob ich nicht etwas von meinem Lohn zur Seite legen sollte, damit ich eines Tages meine eigene Leihbücherei aufmachen könnte oder vielleicht sogar eine richtige Buchhandlung. Das war von da an mein Traum, einer, der vielleicht nicht so schön war wie der Traum von Kentucky, aber dafür viel leichter zu verwirklichen.

Im Jahr darauf ist dann Effis Mutter mit ihren Söhnen in den Westen gekommen, und von da an war ich allein in meiner Hüttenhälfte. Wir trafen uns noch ein paarmal, aber sie zogen alle nach Bad Kreuznach, und von da an sahen wir uns gar nicht mehr. Nach der vierköpfigen Familie war nebenan ein Ehepaar eingezogen, zwei mittelalte, kleine Leutchen, deren einziger Sohn im Krieg geblieben war. Jeder konnte sehen, dass sie darüber nicht hinwegkamen, und ihr Anblick war so trostlos, dass einige im Lager darüber nachdachten, wie man sie wieder loswerden könnte. Wir andern hatten ja noch die eine oder andere Hoffnung, und es war nicht gut zu sehen, wie die

Tage vorüberzogen und es trotzdem für die beiden keine Zukunft gab.

In dieser Einsamkeit kamen dann natürlich Erinnerungen hoch, und oft dachte ich an meinen Papa. Immer mal wieder hatte ich beim Roten Kreuz nachgefragt, und weil kein Brief, keine Nachricht, einfach gar nichts kam, war auch die Hoffnung von mir geschwunden. Ganz tief in mir drin war sie noch da und mit ihr der Glaube, dass das alles ein gutes Ende nehmen würde, aber gleichzeitig wusste ich, na ja, mit einer anderen Hälfte meiner selbst, dass keine Nachricht meistens bedeutete, dass niemand mehr da war, der eine schreiben konnte. Aber will man das wahrhaben?

In Memel, als ich noch klein war, so fünf oder sechs, da verkündete der Pfarrer einmal in seiner Predigt, dass alles schon im Himmel entschieden ist, denn der Himmel ist die Ewigkeit, und die Ewigkeit Gottes kennt kein Vorher und kein Nachher, sondern nur das Jetzt oder vielmehr das ewige Jetzt, in dem alles war, ist und sein wird, und deswegen kennt Gott alle unsere Taten, die guten wie die bösen, vor allem aber auch jene, die wir noch gar nicht getan haben, und das hieß ja, dass Gott damals in der Kirche schon alles von mir wusste, dass er vor mir von Kobayashi wusste und dass er auch wusste, was ich eines Tages Schreckliches tun würde, und als der Pfarrer von Gottes Güte sprach, fragte ich mich, ob Gott uns schon alles vergeben hatte oder ob er uns in Wahrheit jetzt schon für etwas hasste, das wir noch gar nicht getan hatten.

Eines Abends klopfte es jedenfalls an meiner Tür, und das Unglück nahm seinen Lauf. Oft hab ich mich danach gefragt, was ich getan hatte, dass die Dinge so kamen, wie sie kamen, aber wenn Gott in seiner himmlischen Ewigkeit schon weiß, was passieren wird, dann ist das ja eigentlich auch egal. Es klopfte also an meiner Tür, und ich freute mich, denn ich dachte, das kann nur die Effi sein, die von Kreuznach rübergekommen ist, um mich zu überraschen, und einen Augenblick lang, einen ganz kurzen Augenblick lang, malte ich mir aus, was wir beide an dem Abend machen würden, vielleicht ins Kino oder Tanzen gehen, oder beides.

Aber es war nicht die Effi. Ich hab ihn nicht gleich erkannt, erst als er sagte: ‹Martha? Erkennst du mich nicht? Ich bin's, der Frank.›

Vor mir stand der Frank Zimmermann, mein Cousin, der uns mit seiner Mutter auf der Nehrung besuchen gekommen war. Ich hab ja schon gesagt, dass ich ihn als kleines Mädchen so bewundert hatte, weil er immer alles wusste und immer alles konnte. Er sah so aus wie damals, und gleichzeitig sah er auch ganz anders aus, aber ich wusste damals noch nicht, warum. Ich wusste nicht, was der Krieg mit so jungen Kerlen wie ihm gemacht hatte, und ich wusste auch nicht, was er im Krieg gemacht hatte. Nur Gott wusste das, und trotzdem hatte er es nicht verhindert, und er hat auch nicht verhindert, dass er jetzt vor mir stand. Etwas war neu in seinem Gesicht, etwas Grobes war darin. Trotzdem war ich froh, als ich ihn sah, und wollte ihm schon um den Hals fallen, aber er guckte so ernst, und da, in dem Moment, wusste ich, was passiert war.

Mein Papa war in der Gefangenschaft gestorben. Sie hatten meine Adresse nicht gehabt, daher war die Benachrichtigung erst an die Verwandten in Neuorth gegangen. Sie haben mir die Nachricht nicht zukommen lassen, aber der Frank, der hat denen gesagt, das kann man nicht machen, das sei unmenschlich und grausam, der leiblichen Tochter nicht zu sagen, dass der Vater verstorben ist. Aber die haben ihm nur gesagt, er solle sie in Ruhe lassen, schließlich hätten sie kurz zuvor selbst einen Trauerfall in der Familie gehabt, Onkel Ullrich, der mit dem Glasauge, war gestorben, und das habe die polnische Trine ja auch nicht interessiert. Dabei hatte ich das ja noch nicht einmal gewusst, woher auch?

Ich fing an zu zittern und zu stammeln, und ich glaube, ich hielt mir die Hände vors Gesicht, aber es stimmt schon, was ich dann später vor Gericht ausgesagt habe: Geweint hab ich nicht.»

«Warum nicht?»

«Wissen Sie, Sie sind noch jung, wie alt sind Sie? Nicht älter als dreißig, stimmt's?»

«Neunundzwanzig.»

«Sehen Sie! Sie haben diese Jahre, die frühen Jahre kurz nach dem Krieg, nicht so erlebt wie ich, Sie wissen nicht, was diese Zeit aus mir und anderen gemacht hat. Als ich aus Berlin weggegangen bin, da gab's keinen Baum mehr in der Stadt, die hatten wir alle gefällt, in dem kalten Winter, in dem viele erfroren sind, und verbrannt haben wir noch den letzten Ast und was uns sonst so in die Finger kam, ob's nun ein alter Stuhl, ein Klavier oder ein Kreuz aus einer Kirche war. Das haben wir alles ins Feuer geworfen, doch wer erst mal alles verbrannt hat, damit er nicht erfriert, der hat auch keine Tränen mehr, weder für sich noch für die anderen.»

«Nicht trauern zu können ist kein Zeichen von Stärke.»

«Darum ging's nicht. Es ging darum zu überleben, durchzukommen, irgendwie. Als ich im Flüchtlingsheim ankam, besaß ich die Schuhe an meinen Füßen und zwei Kleider: eins für die Woche und eins für die Sonntage. Und als ich in die Hütte zog, hatte ich ein drittes für den Fall, dass das für die Woche schmutzig wurde. Schmutzig durfte es werden, aber ein Loch durfte nicht reinkommen, und so war es mit allem. Und als der Frank vor meiner Tür stand, Jahre später, da hatte ich immerhin schon vier Kleider und zwei Paar Schuhe.

Der Frank wohnte damals bei seiner Mutter in Rüdesheim, und er sah immer noch gut aus, allerdings zog er ein Bein leicht nach. Eine Kriegsverletzung, hat er behauptet, ein Scharfschütze hätte ihn da erwischt, aber es sei Glück im Unglück gewesen, denn durch den Heimatschuss musste er nicht lange an die Front. Erst kurz vor Kriegsende, da haben sie ihn dann zum Volkssturm geholt, und am Ende war er in einem Gefangenenlager von den Amis.

Er fuhr einen Motorroller, weil er den mit der Hand schalten konnte, und obwohl er das Bein nachzog, rannten ihm die Frauen hinterher. Ich bin ihm nicht hinterhergerannt, ich nicht, aber er mochte mich, dachte ich jedenfalls, und ich mochte ihn auch. Wenn ich das jetzt so sage, dann kommt Ihnen das bestimmt seltsam vor, aber es ist nicht gelogen. Er hatte was Leichtes, und es war ja auch so, dass ich ganz alleine war, da übersieht man Dinge, die man sonst vielleicht nicht übersehen würde, die, wie soll ich sagen, Schattenseiten.

Denn schon damals hat der Frank ‹Geschäfte› gemacht, das war alles, was er geantwortet hat, wenn ich ihn danach gefragt hab, ‹Geschäfte›, und das blieb auch so. Ich glaube, am Anfang war das ganz einfach Schwarzmarkthandel, die üblichen Schiebereien. Seine ‹Geschäftspartner› waren junge Kerle, ehemalige Kameraden aus der Wehrmacht, die mit ihm in derselben Einheit gewesen waren oder die mit ihm auf den Rheinwiesen gesessen hatten, in dem Lager von den Amis. Mal ging es um Zigaretten und Whiskey, mal um Strümpfe, Kaugummi und Schokolade, aber später dann, als wir uns wiederbegegnet waren, da hat er andere Geschäfte gemacht, denn da gab's ja keinen Schwarzmarkt mehr, und die Sachen, mit denen er Geschäfte gemacht hat, die konnte man sich auch nicht mehr einfach so unter den Mantel schieben. Es ging um Ersatzteile für Maschinen oder ganze Wagenladungen Schrott, an die er und seine ‹Geschäftspartner› günstig gekommen waren.

Auf jeden Fall hatte er immer Geld und bald auch ein Auto,

ein gebrauchtes amerikanisches Auto, das er wie vieles andere von einem Ami übernommen hatte, er brauchte eins mit Automatik, wegen dem Bein. Er hatte immer Geld, aber er hat es auch immer ausgegeben, in den Kneipen und bei den Frauen. Oft hat er mich mitgenommen, und bald gehörte ich zu seiner Clique von Freunden, und es stimmt schon, wir hatten Spaß. Wir haben getanzt und getrunken, und er hat teure Zigarren geraucht und auf weltmännisch gemacht. Ein Weltmann in einer Kneipe in Rüdesheim! Er hatte, wie man so sagt, ein Auge auf mich geworfen, aber natürlich ist mir aufgefallen, damals schon aufgefallen, dass er nicht nur Augen für mich hatte. Er hatte eigentlich auf jede ein Auge geworfen, nur, wie das so ist als junges Ding, man denkt halt immer, dass man am Ende doch die Einzige ist. War ich aber nicht. Hab's nur nicht rechtzeitig gemerkt. Kam ja auch eins zum anderen.

1956 haben wir uns verlobt und ein Jahr später geheiratet, im Oktober 1957, als die Russen gerade den Sputnik ins All geschossen hatten und die ganze Welt verrückt war. Nicht kirchlich, weil wir ja nicht dieselbe Konfession hatten, außerdem waren wir Cousin und Cousine. Am Abend gab es eine kleine Feier in einer Kneipe in Geisenheim, und wir waren alle betrunken, Frank, seine Freunde und ich, und ich glaube, er hat schon an diesem ersten Abend, in der Hochzeitsnacht, in der Kneipe mit anderen Frauen angebandelt.

Er hatte ein kleines Haus am Rand von Auwinkel, so ein schiefes, einstöckiges altes Handwerkerhäuschen, an das er, wie an alles andere auch, ‹günstig› gekommen war. Da standen so ein paar Brettergaragen rum, und in eine von denen stellte er seinen Straßenkreuzer, und in die anderen fünf oder sechs kam der Schrott, oder was immer er so eingesammelt und weiterverscherbelt hat. Seine Mutter, die Tante Gerda, die war natürlich gegen die Heirat gewesen, weil sie sich immer ‹etwas Besseres› für ihren Sohn gewünscht hatte, nicht so ein armes Flüchtlingsmädel wie mich. Aber am Anfang hab ich dem nicht so große Beachtung geschenkt, hab mir halt gedacht, das ist jetzt eben die böse Schwiegermutter, kennt man ja, was kümmert's mich? Trotzdem hat mich gestört, dass sie mindestens zweimal die Woche bei uns aufgetaucht ist, um, wie sie das nannte, ‹nach dem Rechten zu schauen›. Kontrolliert hat die mich, dass ich ihrem Sohnemann, während der seinen Geschäften nachging oder mit seinen Freundinnen in der Kneipe saß, auch ja die Wäsche wasche und die Pantoffeln hinstelle. Dabei hatte ich meine eigene Arbeit.

Immer noch fuhr ich jeden Tag vormittags mit dem Fahrrad zu Jahnkes Leihbücherei und abends wieder zurück. Der Frank hatte nur Spott dafür übrig, Jahnke war für ihn ein ‹blinder Bücherwurm›, und die Bücher nannte er ‹Schundhefte›. Einerseits fand er es ganz gut, dass noch etwas Geld hereinkam, denn vom Geld, sagte er, kann man nie genug haben, andererseits hat es ihn gestört, dass ich überhaupt welches verdient hab. Er verlangte, dass ich das Geld bei ihm abliefere, so wie das die Ehefrau nun mal zu machen habe. Ich hab ihm aber nicht alles gegeben, hab den Jahnke als noch knausriger beschrieben, als er war, und immer etwas beiseitegelegt.»

«Wofür?»

«Ja, wofür? Gute Frage. Am Anfang hab ich es gespart, um vielleicht eines Tages Jahnkes Leihbücherei zu übernehmen, aber es kam ja dann ganz anders. Und ich glaube, das Geld hätte sowieso nicht gelangt, außerdem hätte man einen Kaufvertrag aufsetzen müssen, und den hätte mein Mann nicht unterschrieben. Ich wusste das alles oder konnte es mir zumindest denken, wofür also hab ich das Geld beiseitegelegt?

Vielleicht für ein späteres, besseres Leben. Vielleicht dachte ich insgeheim, das kann doch nicht alles gewesen sein, das Leben, das wir hatten. Am Anfang, da hatten wir Spaß miteinander, aber als wir dann verheiratet waren, da hab ich mir gedacht: Wenn ich jetzt ein Kindchen hätte, jemanden, für den wir gemeinsam sorgen könnten, dann wär das doch was.

Aber wir bekamen keine Kinder. Frank sagte, ich soll doch mal zu einem Arzt gehen, damit der rausfindet, was falsch mit mir ist. Ich glaube, immer wenn wir im Bett beisammen waren, dann war er nicht zufrieden, er sagte sogar einmal, andere seien da ganz anders, die würden nicht einfach so daliegen und die Decke anstarren. Ich war dann tatsächlich beim Arzt, und der hat gesagt, dass mit mir alles in Ordnung ist, ich soll es nur eifrig weiter mit meinem Mann probieren, und wenn ich dann immer noch nicht schwanger bin, soll ich mal mit ihm reden, ob er nicht auch mal zum Arzt gehen könnte.

Aber was wusste der schon. Der wusste ja nicht, wie das inzwischen mit uns war. Solche Dinge gehen ganz langsam, Tage werden zu Wochen und Wochen zu Monaten, und ehe man sichs versieht, sind Jahre vergangen, und man blickt zurück und fragt sich – wie bin ich bloß hierhergekommen? An diesen Ort, in dieses Leben? Und dann wird einem von einem Moment zum nächsten klar, wie unglücklich man ist.

Der Frank machte inzwischen aus seinen Frauengeschichten keinen Hehl mehr. Parfümierte und puderte sich, zog sich seinen teuersten Anzug an, bevor er sich eine seiner Zigarren in den Mund steckte und aufgetakelt wie eine Diva zu seinem Wagen hinkte. Einmal hab ich ihn sogar tagsüber bei uns mit einer seiner Dirnen erwischt, weil ich mich krank fühlte und deswegen früher bei Jahnke Schluss gemacht hatte. Da hat er nur gelacht und gesagt, ich solle gefälligst den Anstand haben und in der Küche warten, bis seine ‹Bekannte› sich angezogen hat und verschwunden ist. Später hieß es, ich sei krankhaft eifersüchtig gewesen.

Was für ein Unsinn. Ich war gekränkt, ja, aber wenn man eifersüchtig ist, ist man dann nicht auf jemanden Bestimmtes eifersüchtig? Muss man einen Mann nicht lieben, um auf eine andere eifersüchtig zu sein? Nicht nur wusste ich überhaupt nicht, mit wem er rumgemacht hat, ich merkte auch, dass es mir immer gleichgültiger war. Und immer häufiger hatten wir Streit. Einmal nannte er mich eine vertrocknete dumme Jungfer, und da hab ich ihm dann die Wahrheit an den Kopf geworfen, von wegen, was der Arzt zu mir gesagt hat, dass er mal schön vor der eigenen Tür kehren soll, und da hat er mich geschlagen, ins Gesicht hat er mich geschlagen, und dann hat er mich aufs Bett gezwungen, und ich hab mich gewehrt und getreten und gebissen, aber das hat alles nichts genutzt.

Wissen Sie, ich bin als junges Mädchen aus dem Memelland nach Berlin geflohen, hab dort das Kriegsende in einem Keller überlebt, hab in der zerstörten Stadt in Ruinen gehaust, bevor ich durch die sowjetische Zone nach Westen abgehauen bin, und in all der Zeit hat nie ein Russe oder sonst wer auch nur Hand angelegt an mich, was damals nicht selbstverständlich war. Und das alles, um dann später, in den eigenen vier Wänden, im eigenen Bett, vom eigenen Mann geschlagen und geschändet zu werden?

Doch das war nicht der Auslöser für das, was dann passiert ist. Eines Tages, als ich wie jeden Morgen in der Leihbücherei ankam, saß der Jahnke an seinem Tischchen, vor sich sein Butterbrot und eine Tasse Kaffee und seine Zeitung. So hatte er all die Jahre dort gesessen, Jahre, in denen die Tage an ihm vorbeizogen und ich für ihn die Arbeit machte, und Sie werden jetzt vielleicht sagen, dass das ein eintöniges, armseliges Dasein gewesen ist, aber ich glaube das nicht. Er war damals schon uralt, aber sein Kopf, der funktionierte noch einwandfrei, ‹famos› – das war so ein Jahnke-Wort.

An die unmöglichsten Sachen konnte er sich erinnern, an Dinge, die sich vor dem Krieg ereignet hatten, und damit meine ich nicht den letzten, sondern den Krieg davor, als es noch einen Kaiser gab und all das. In jener Zeit ist er viel rumgekommen, erzählte er immer, war sogar eine Weile lang in der französischen Fremdenlegion, ist durch die Sahara marschiert, hat für die Briten im Sudan gekämpft und in Karthum einen Pfeil in den Hintern bekommen – die Narbe könne man noch sehen, mehr als fünfzig Jahre später, ob ich sie mal sehen wolle, hat er gefragt, aber dann sofort hinterhergeschoben, nein, das sei jetzt wirklich zu unschicklich, natürlich wolle ich das nicht, er wolle sich inzwischen auch nicht mal mehr von hinten sehen, sich altes Wrack, und dann haben wir beide gelacht.

Jedenfalls ist er, nachdem er in Karthum einen Pfeil in den Hintern bekommen hat, wieder zurück in die schönen deutschen und österreichischen Kaiserlande gegangen und hat dort den Beruf des Kolporteurs gewählt, weil der seinem abenteuerlichen Herzen am nächsten gekommen sei, hat sich so eine Art Zirkuswagen gekauft, der noch von Pferden gezogen wurde, und dadrin waren die ganzen Bücher, die er per Subskription verkauft oder ausgeliehen hat, und dadrin hat er auch gewohnt. Das war seine beste Zeit, hat er immer gesagt, ‹Bücher und Abenteuer, heute hier, morgen dort, was will man mehr!›. Und dann sei er hier gestrandet, in diesem miesen kleinen Nest, das übrigens früher völlig zu Recht das Sumpfdorf geheißen habe, hat er gesagt, und hier sei auch er versumpft, in dieser schäbigen, staubigen, muffigen Leihbücherei, zusammen mit seiner kleinen grauen Maus, die ihm den Laden schmeiße.

Er hat mich oft seine kleine graue Maus genannt, aber das hat er nicht bös gemeint. Von Frank hab ich ihm nie erzählt, die beiden sind sich nie begegnet. Er wusste immerhin, dass ich verheiratet war, trotzdem nannte er mich immer noch bei meinem

Mädchennamen, Fräulein Rohn. Aber er bekam sehr genau mit, wenn es bei mir zu Hause mal wieder besonders schlimm war, dann hat er mir so hintenrum ganz reizende Komplimente gemacht. Hat Dinge gesagt wie: ‹Na, wie schön, dass das Fräulein Rohn immer nur diese Kleider von der Stange trägt, denn wenn sie mal einen Schneider bezahlen könnte, dann wär ich sie los, das Fräulein Rohn, weil der Fürst von Monaco oder der Schah von Persien sie mir dann wegschnappen würde, wie sie das mit allen schönen Frauen machen!› Oder auch: ‹Fräulein Rohn, ich könnte Ihnen jetzt sagen, dass Sie keine graue Maus, sondern die schönste Frau östlich des Rheins sind, aber wenn ich das täte, stiege Ihnen das bestimmt zu Kopf, und Sie würden hier nicht mehr für mich arbeiten wollen. Deswegen lass ich es lieber, denn ich brauche Sie noch.›

Ja, so war das. Der Jahnke war alt, uralt, aber ein feiner Mensch, und die Leihbücherei war klein, muffig und brachte Jahr für Jahr weniger ein, aber es war trotzdem kein schlechtes Geschäft, und obwohl es nicht viel zu tun gab, liebte ich diese Arbeit, liebte es, dort vormittags anzukommen, wenn Jahnke schon vor seinem Kaffee und über seiner Zeitung saß und kaum den Kopf hob.

So war das auch an jenem Morgen. Ich kam herein und sagte wie immer: ‹Guten Morgen, Herr Jahnke.›

Und er hob nicht den Kopf und sah mich nicht an, und er sagte auch nichts. Sonst brummte er immer einen Gruß, diesmal nicht.

Also sagte ich noch einmal: ‹Guten Morgen, Herr Jahnke.›

Er antwortete nicht.

Er war gestorben. Vor seinem Kaffee und über seiner Zeitung friedlich eingeschlafen, der große Abenteurer.

Manchmal hatte er auch von Abenteuern mit Frauen erzählt, also nichts Schlüpfriges oder so was, sondern Geschichten wie die, dass er fast die Tochter des Emirs von Karthum geheiratet hätte, seine große Liebe, solche romantischen Märchengeschichten eben, wie sie auch in den Büchern vorkamen, die wir verliehen haben. Doch in Wirklichkeit war es wohl so, dass er niemanden hatte, keine Frau, keine Kinder, keine Verwandten oder sonst wen – außer mir.

Wie sich herausstellte, hatte er mir die Leihbücherei vermacht. Die Bücherei und dazu noch Geld, das er auf einem Sparbuch all die Jahre angesammelt hatte. Gab sogar ein Testament, und darin stand:

Mein liebes Fräulein Rohn,

denken Sie bitte nicht, dass ich nicht wüsste, dass Sie mich für einen herzlosen Geizkragen halten. Sehen Sie es so: Ich habe Sie all die Jahre schlecht bezahlt, damit Sie gar nicht erst in Versuchung kommen, Ihr Geld in die Likörbude zu tragen oder bei liederlichen Tanzveranstaltungen auszugeben. Trotzdem sind Sie bei mir geblieben, dabei hätten Sie längst eine andere, besser bezahlte Arbeit annehmen können.

Wenn Sie dies lesen, bin ich nicht mehr. Übernehmen Sie also bitte jetzt mein Geschäft und das wenige, das ein alter Geizkragen wie ich zusammengespart hat, und werden Sie glücklich damit.

Hochachtungsvoll,
Jahnke

Glücklich werden – wenn das so einfach gewesen wär! Natürlich konnte ich die Erbschaft nicht vor meinem Mann verbergen, und der sah das Geld dann auch gleich als seines an, schließlich war er ja mein Mann, und meins war seins, so wollte es das Gesetz. Ganz gierig wurde er, als er von der Erbschaft hörte, was auch daran lag, dass seine Geschäfte nicht mehr so gut liefen. Viele seiner ehemaligen Kameraden saßen entweder im Kittchen oder waren ehrbare Bürger geworden, hatten jetzt Baufirmen oder Handwerksbetriebe oder arbeiteten beim Amt. Der Frank aber hatte Schulden, und um die zu bezahlen, ging schon mal fast die Hälfte meines Geldes drauf. Den Rest wollte er ‹investieren›, und die Leihbücherei sollte ich verkaufen. ‹Die bringt doch eh nichts mehr ein›, sagte er. ‹Die Leute wollen Fernsehen, keine Bücher. Das ist die Zukunft.›

Ich hatte mich ja schon damit abgefunden, dass das geerbte Geld in ziemlich naher Zukunft futsch sein würde. Auch wenn es mir den Magen umdrehte bei dem Gedanken, dass das Geld, das der gute Jahnke sein ganzes Leben lang gespart hatte, in ein paar Monaten ‹investiert›, sprich verplempert wäre, so wusste ich doch nicht, was ich dagegen hätte tun können. Aber die Bücherei verkaufen – das war entsetzlich, das durfte nicht sein. Wo hätte ich denn dann hinsollen? Der Frank, der hatte schon gesagt, dass er sich das so vorstellte: Ich sollte ihm von nun an den ganzen Tag den Haushalt machen, denn er hatte ja immer gemeckert, ich würde nicht genug im Haushalt machen, nicht einkaufen, nicht kochen. Während er sich mit seinen Miezen vergnügte, sollte ich hinter ihm herputzen, so hat er sich das vorgestellt. Ich war so verzweifelt. Was sollte ich bloß tun?

Ohne dass er mir das gesagt hätte, hatte er eine Anzeige in die Zeitung gesetzt: ‹Leihbücherei günstig abzugeben – Käufer gesucht›. Und es kamen tatsächlich ein paar Interessenten, aber nicht viele, standen unangekündigt in meinem Geschäft, sind aber alle ganz schnell wieder gegangen. Wahrscheinlich hatte der Frank nicht ganz unrecht: Die Leute wollten Fernsehen, das war die Zukunft. Als sich kein Käufer fand, hatte ich für eine kurze Weile Ruhe.

Aber dann, in einer Sonntagnacht, brannte die Bücherei völlig aus. Ich werde nie vergessen, wie ich am Montagmorgen vor dem verkohlten Laden stand, zusammen mit der Feuerwehr. Der Frank hatte ein paar Wochen vorher noch eine Versicherung auf das Geschäft abgeschlossen, und natürlich stellten die von der Versicherung Fragen, aber sie konnten ihm nichts nachweisen. Ich wusste, dass er's war, und sagte es ihm auch auf den Kopf zu. Wissen Sie, was er da geantwortet hat?

Er hat es überhaupt nicht abgestritten, sondern im Gegenteil gesagt, wenn er's noch mal machen könnte, dann würde er's während der Woche machen, damit ich mit dem ganzen Schund gleich mit verbrenne. Und ich glaube, das war der Moment, wo ich wusste, dass es so nicht weitergehen kann.»

«Warum sind Sie nicht zur Polizei und haben ihn angezeigt?»

«Und dann? Wär ich ihn los gewesen? Den wär ich doch nicht los gewesen. Der wär nach kurzer Zeit wieder rausgekommen, und dann hätte er mir das Leben endgültig zur Hölle gemacht. Aber es war nicht so, dass ich nicht nach anderen Möglichkeiten gesucht hätte. Ich hab sogar daran gedacht abzuhauen, also einfach für immer wegzugehen, aber wo hätte ich denn hinsollen? Ich hatte doch nichts, und mein Geld hatte er. Bis heute denke ich darüber nach, ob es nicht was anderes gegeben hätte, was ich hätte tun können, und wenn ich lange genug darüber nachdenke, in Ruhe, jetzt, wo ich weiß, wie das alles ausgegangen ist, dann kann's schon sein, dass ich mir eines Tages an den Kopf greife und rufe: Das ist es! So hätte ich's machen müssen! Aber jetzt ist es zu spät.

Soll ich Ihnen die Wahrheit sagen? Die Wahrheit ist, dass die Sache entschieden wurde, als ich vor meinem ausgebrannten Laden stand. Der war in einem alten Haus in einer schmalen

Gasse, und über dem Laden wohnte ein altes Ehepaar, der Mann war fast taub, und wenn die Feuerwehr nicht rechtzeitig gekommen wär, dann wären die beiden mit verbrannt, aber das ist dem Frank völlig egal gewesen. Hätte gut sein können, dass der ganze Straßenzug in Flammen aufgegangen wär, es waren ja alles alte Fachwerkhäuschen, die hätten gebrannt wie Stroh. ‹Um die alten Judenhütten wär's nicht schade gewesen›, hat er nur gesagt. Zum Glück ist die Feuerwehr so schnell gekommen. Das lag daran, dass der Besitzer der Drogerie gegenüber gerade Inventur gemacht hat. Er hat gesehen, wie die ersten Flammen aus der Bücherei gezüngelt sind, und gleich den Notruf gewählt.

Ich bin dann am nächsten Tag noch mal hin und wollte mich bei dem Mann bedanken, aber der hat nur abgewinkt. Er hat sich entschuldigt, dass er's nicht früher entdeckt hat, das Feuer, und hat immer wieder gesagt, wie leid ihm das für mich tut, erst der Tod vom alten Jahnke, den er ja genauso lange kannte wie ich, vielleicht sogar ein bisschen länger, und jetzt das, so ein Unglück. Ja, und wie ich dann da in der Drogerie stand, wurde unser Schicksal besiegelt, das vom Frank und das von mir. Das heißt, eigentlich hat er's ja selbst besiegelt, er hätte die Bücherei ja nicht anzünden müssen.

Also, hinter dem Drogisten im Regal, da stand die Flasche, und auf der Flasche stand: ‹Gegen saugende und fressende Schädlinge›, mit so einem Totenkopf drauf, und ich fragte ihn, ob das auch gegen Kartoffelkäfer hilft, und da hat er gesagt, das hilft sogar gegen Elefanten, falls ich einen im Garten habe, und da mussten wir beide lachen. Er sagte dann, das Zeug ist so giftig, dass man Handschuhe tragen muss, wenn man's anwendet, und außerdem eine Gasmaske, wenn man's sprüht, andernfalls darf man es nur mit einer Pipette oder einer Spritze an die Pflanzen tun, am besten unten, nahe der Wurzel, wo die Viecher raufkriechen. Ob ich Kinder hätte, fragte er mich noch, und ich schüttelte den Kopf, und er sagte, gut, denn dann hätte er mir empfohlen, es extrasicher wegzuschließen, denn schon ein kleiner Schluck von dem Zeug, und dann hilft kein Notarzt mehr, hat er gesagt. Weil die ganze Handhabung nicht einfach ist, hatte er es schon länger nicht mehr verkauft. Mittlerweile gebe es was anderes, hat er mir erklärt, nicht ganz so giftig, aber halt leider auch nicht so wirkungsvoll. Er hat mir die Flasche umsonst gegeben, das sei doch das mindeste, was er tun könne.

Der Frank hatte Probleme mit dem Magen, hat immer erzählt, dass er sich damals in dem Lager auf den Rheinwiesen was eingefangen hat, so eine ‹Negerkrankheit›, die die Amis eingeschleppt hätten, doch ich glaube, das war dummes Gewäsch. Er hat zu viel gesoffen, und auch immer die harten Sachen, am liebsten Bourbon-Whiskey aus Kentucky, dann kam er sich vor seinen Miezen wie Al Capone oder sonst wer vor. Ich hab ihm immer gesagt, dass das nicht gut für den Magen ist, das harte Zeug, aber er hat nur gesagt: ‹Ich kann ja nicht jeden Tag Schampus trinken.›

Und weil er Schnaps mochte, mochte er auch diese Schnapsbohnen, kennen Sie die? Die aus Edelbitterschokolade, die anderen waren ihm zu süß. Im Wohnzimmer lag meistens eine Packung davon auf dem Regal, und da hat er sich dann ein, zwei oder auch drei rausgenommen, wenn er im Radio die Fußballberichte hörte. Ja, und dann hab ich beim Hausarzt eine Spritze mitgehen lassen, als der gerade nicht im Besprechungszimmer war, und damit hab ich zuerst ein bisschen von dem Schnaps aus so einer Bohne rausgeholt und dann das Schädlingsgift reingefüllt. Bei den ersten beiden hat es nicht richtig geklappt, deswegen musste ich sie wegschmeißen, aber dann hatte ich den Bogen raus und hab die ganze restliche Packung befüllt.

Als er nach Hause kam und sich ans Radio gesetzt hat, ist ihm dann aufgefallen, dass zwei Bohnen gefehlt haben, und er hat ein Riesentheater veranstaltet, von wegen ich soll die Finger von seinen Sachen lassen und ihm nichts ‹wegfressen› und so. Und ich hab ihm gesagt, dass ich mir gar nichts aus diesen Süßigkeiten mache.

Na ja, er hat dann das Radio angemacht und eine Schnapsbohne gegessen und noch eine, weil eine ja nicht reicht. Und ich glaube, er hat gesagt, dass die seltsam schmecken würden, aber ehrlich gesagt, bin ich mir da nicht sicher, vielleicht bilde ich mir das ein. Auf jeden Fall hat er die Pralinen gegessen, erst drei Pralinen, und die Eintracht schoss ein Tor, dann zwei Pralinen ohne Tor, und es passierte nichts. Ich dachte mir, das mit dem Elefanten war vielleicht doch übertrieben gewesen.

Aber dann rutschte er plötzlich von dem Lehnstuhl, auf dem er immer saß, und stöhnte und ächzte ganz schrecklich, und ich dachte, er wollte Wasser, aber ich konnte ihn ja kaum verstehen. Ich bin dann in die Küche und hab ein Glas Wasser geholt, und als ich zurückkam, lag er zusammengekrümmt auf dem Boden und zuckte, wie wenn er einen elektrischen Schlag bekommen hätte, und Spucke kam aus seinem Mund und machte einen Fleck auf dem Teppich, dem teuren, teuren Orientteppich, mein Gott, was er um den immer für ein Theater gemacht hat, und er starrte mich an. Ich weiß, was Sie jetzt fragen wollen: Sie wollen wissen, was ich dabei gefühlt habe, ob ich kein Mitleid hatte und ob ich meine Tat bereue?

Ich kann Ihnen nur sagen, dass der, der da auf dem Boden lag, mir Gewalt angetan hatte. Der hatte mich noch in der Hochzeitsnacht mit anderen Frauen betrogen, hatte mich bestohlen, geschlagen und mein Geschäft niedergebrannt. Und als er da so lag, war ich selbst überrascht, wie gleichgültig er mir war. Ich bereue alles, was danach daraus entstanden ist, ich bereue die Folgen, die das hatte, den Fluch der bösen Tat, und wenn ich heute noch mal die Wahl hätte, wenn ich die Zeit anhalten und zurückdrehen könnte, dann würde ich alles anders machen. Aber damals, in dem Moment, wo er auf dem Boden lag, war mir das egal, da hab ich, so abscheulich sich das vielleicht anhören mag, gar nichts empfunden.

Es war halt nur nicht schön anzusehen. Und weil ich ja nicht wusste, wie lange das noch so weitergehen würde, mit dem Zucken und der Spucke auf dem Teppich und so, hab ich eben doch den Notarzt gerufen.

Aber der Drogist hatte recht – als der Notarzt endlich kam, war's schon zu spät. Ich hab dem von den Magenproblemen meines Mannes erzählt, und danach lautete seine Diagnose ‹Magendurchbruch›, und das hat er dann auf den Totenschein geschrieben.

Mein Mann war tot, und ich war eine Mörderin geworden. Das hätte sich Kobayashi nicht gedacht.»

1979

Die Reise, die Monate, die sie unterwegs gewesen waren, waren wie ein Rausch für sie gewesen, aus dem sie Anfang 1979 in einer hässlichen Frankfurter Mietwohnung jäh erwachten. Alles um sie herum kam ihnen fremd und eng vor.

Hardy fiel auf, dass Walther an etwas litt, das Jessica spöttisch «seine Midlife-Krise» nannte. Aus Angst vor Haarausfall hatte er angefangen, sich morgens rohe Eier auf dem Kopf zu zerschlagen und den Glibber einzumassieren.

«Ist doch gut, wenn meine Midlife-Krise erst jetzt ist», sagte er grimmig, als Hardy in dem winzigen Badezimmer neben ihm vor dem Spiegel stand. «Dann werde ich hundertundvier! Was will man mehr?»

Die Mietwohnung war nicht nur hässlich, sie war auch viel zu klein. Darum schlug Walther vor, in einem Vorort in ein Einfamilienhaus zu ziehen, was Jessica in Rage versetzte: «Du willst mit mir aufs Land, in ein Reihenhäuschen? Da hätte ich doch gleich in Neuorth bleiben können! Dort hatte ich übrigens keinerlei Geldsorgen.»

Den Sommer verbrachten sie in Spanien, an der Mittelmeerküste kurz hinter der französischen Grenze, wo Walther ein Haus gemietet hatte. Kurz überlegte er, ob sie nicht ganz dort bleiben sollten, schreiben konnte er schließlich überall. Das Haus lag zwar am Meer, war aber abgelegen, sodass er zögerte, und mit dem Zögern kamen die Zweifel, und das Wetter wurde schlechter, und jemand klaute Jessicas Tasche, während sie in der nächsten Stadt auf dem Wochenmarkt einkaufen waren, und so landeten sie im Herbst in einer riesigen Wohnung in

Berlin-Schöneberg, die ein alter Freund von Walther bewohnte, der Gustl genannt wurde. Er hatte darin eine Art Künstlerkommune ins Leben gerufen, und drei der insgesamt neun Zimmer waren frei und «warteten», wie Gustl sagte, nur auf sie.

In der WG wohnten Studenten, Künstler und Literaten, zumindest solche, die sich dafür hielten. Gustl, der sich als Dichter verstand, hatte immer wieder andere «Musen», meist wenig bekannte Schauspielerinnen oder Malerinnen, die in der Wohnküche seine Gedichte vortragen durften.

Der eitrige, puddingfarbene Mond
Steht über dir und mir
Bier
Und dann
Eine Zigarette
Bevor der Schein flackert

Er war gegen Atomkraft, obwohl er, wie Hardy schnell feststellte, von der einschlägigen Technik keine Ahnung hatte, genauso gut hätte er gegen Goldfischteiche oder Windmühlen sein können. Immer trug er weite weiße Schlafanzugklamotten und sah mit seiner Nickelbrille und seinen langen Haaren aus wie eine Krähe. Was Hardy an Gustl am meisten auffiel, war der Umstand, dass seine weißen Gewänder tatsächlich weiß waren, das heißt, sie waren sauber, was man von der Wohnung nicht behaupten konnte.

Sie befand sich in einem Haus, das zufällig neben jenem Haus stand, in dem vor noch nicht allzu langer Zeit David Bowie gewohnt hatte, was dazu führte, dass regelmäßig Leute an der Tür klingelten und nach ihm fragten. Nachdem Hardy zwei jungen Frauen einmal erklärt hatte, dass «Mister Bowie» hier leider nicht wohne und, soweit er wisse, auch nicht mehr in dem Haus nebenan, nahm ihn Gustl zur Seite und sagte: «Alter, das nächste Mal, wenn hier so scharfe Groupies bimmeln, setzt du sie an den Küchentisch und sagst ihnen: David Bowie kommt gleich.»

Wie die meisten seiner Untermieter gab auch Gustl vor, nur Sex und Drogen im Kopf zu haben, und vielleicht war das der Grund, warum seine Gedichte so waren, wie sie waren. Allerdings bestand die Möglichkeit, dass Gustl und die anderen bloß so taten, als ob sie nur Sex und Drogen im Kopf hätten, weil das damals eben so sein musste. Aus ihren Gesprächen schlussfolgerte Hardy, dass sie anderes viel mehr beschäftigte, zum Beispiel die Sorge, vom «System» unterwandert zu werden oder zum sogenannten «Establishment» zu gehören.

Die Freiheit, auf der alle in der WG im selben Maße beharrten, wie die Familienväter in Neuorth auf dem geraden Schnitt ihrer Buchsbaumhecken beharrt hatten, war nicht die Freiheit, die Hardy vom Reisen kannte. Warum lag überall Dreck, warum stand überall schmutziges Geschirr herum? Warum konnte man das Bad nicht abschließen? Er hatte zunächst angenommen, der ein Dutzend Mal überstrichene Riegel klemme, doch als er ihn mit ein paar Handgriffen repariert hatte, hagelte es Proteste: «Mensch, Alter, nur wer zum Establishment gehört, schließt Türen ab.»

Hardy hasste es, wenn jemand hereinkam und sich, während er auf der Toilette saß oder in der Badewanne lag und sein Elektronikmagazin und das neue «Spektrum der Wissenschaft» las, vor dem Waschbecken die Zähne putzte. Noch mehr hasste er es allerdings, wenn er selbst hereinkam und eine von Gustls schon nicht mehr ganz taufrischen Musen gerade rauchend auf der Schüssel hockte. «Hey Hardy», hieß es dann, «kannst ruhig reinkommen, stört mich überhaupt nicht.»

Die Wohnung hatte einen zweiten Ausgang, der in ein

Treppenhaus im Seitenflügel führte, und in diesem Treppenhaus gab es auf halber Höhe ein Außen-WC, das mit Gerümpel vollgestellt war. Hardy fragte den Hausverwalter, zu welcher Wohnung die Toilette gehöre, aber der zuckte nur mit den Achseln und sagte: «Von mir aus kannste den janzen Tag draufhocken, nur det Jerümpel musste vorher selbst wegschaffen.» Das tat Hardy, und er reparierte das Schloss und den Spülkasten, besorgte eine neue Klobrille, strich den winzigen Raum und schaffte es sogar, ein Waschbecken zu installieren. Prompt entwickelte sich die Toilette zu einer Art Einnahmequelle. Für die Benutzung boten ihm seine Mitbewohner Geld und kleine Gefälligkeiten an: Zweimal seine Abwaschschicht in der Küche zu übernehmen, das war der gängige Preis für einen längeren Aufenthalt.

«Darf ich dann auch in deinem ‹Spektrum› lesen?», fragte einer der Studenten.

«Nur, wenn du außerdem noch den Müll runterträgst», antwortete Hardy.

In der Schule, drei U-Bahn-Stationen von der Wohnung entfernt, hatte er das Problem, dass er sich offenbar nicht für die gleichen Dinge interessierte wie seine Mitschüler. Auch er interessierte sich für Musik und Mädchen, aber wie konnte man sich für den Rest nicht interessieren? Waren Physik und Mathematik nicht die Königsdisziplinen der Wissenschaften, die den meisten Erkenntnisgewinn versprachen? Seine Mitschüler und mehr noch seine Lehrer diskutierten über die Unterdrückung der Arbeiter und die Ausbeutung der Völker der Dritten Welt, über die nukleare Bedrohung, über Emanzipation, Freiheit und Individualität, über Heinrich Böll, die RAF, Rasterfahndung und den Radikalenerlass, aber sie dachten selten über Sachen nach, über die noch nie jemand nachgedacht hatte. Das führte dazu, dass man Hardy wieder für einen Sonderling und Streber hielt. Mehr als einmal schwänzte er den Unterricht, um mit der U-Bahn zur Amerika-Gedenkbibliothek zu fahren, dem Ort, der ihm in der geteilten Stadt am besten gefiel. Dort verbrachte er den Tag lesend zwischen Büchern.

Deshalb tat es gut, dass ihn die jüngeren WG-Bewohner, die Studenten, ein paarmal in ihre Stammlokale mitnahmen, Kneipen, die in Neukölln oder Kreuzberg lagen, wo die Häuser noch Einschusslöcher aus dem Krieg hatten und die Welt an der Zonengrenze zu Ende war. Alle kamen sie aus Westdeutschland und waren auf der Flucht vor ihren «Spießereltern», dem Wehrdienst oder beidem in diesen Kneipen gelandet, in denen rund um die Uhr Musik dröhnte, viel Bier getrunken und viel geraucht wurde, doch ansonsten wenig passierte. Schon möglich, dass David Bowie in einem anderen Berlin gelebt hatte, einem aufregenden, glamourösen, inspirierenden, subversiven Berlin, doch das Berlin, in dem Hardy und seine WG-Genossen lebten, war laut, grau, ärmlich und verdreckt, und weil darum herum noch eine Mauer stand, war es für ihn nichts anderes als ein weiteres, riesiges Gefängnis.

Auch Jessica und Walther waren nicht glücklich. Immer häufiger stritten sie sich. Die langen Flitterwochen waren vorüber, und nun begannen die Mühen des Alltags, vor dem sie die Großstadt hatte bewahren sollen. Jessica bot Yoga- und Gymnastikkurse an, die jedem, der daran teilnahm, nach drei Besuchen zu anstrengend wurden. Walther schrieb. Er hatte es schnell aufgegeben, in der Kommune weiter an seinem «Kosmos»-Roman zu arbeiten, da Gustl die enervierende Angewohnheit besaß, ohne anzuklopfen ins Zimmer zu kommen und nach dem Stand der Arbeit zu fragen. Mittlerweile hatte Hardy Gustl im Verdacht, dass er das vorsätzlich machte – dass er, der ständig vom eigenen großen «Werk» schwadronierte, verhindern wollte, dass Walther auch nur eine Zeile schrieb.

Hatte Walther gehofft, in Anwesenheit von Gustl oder anderen Möchtegerndichtern ein «ernsthafter» Schriftsteller zu werden? Sollte das sein Plan gewesen sein, dann war er gründlich schiefgegangen. Zwei Straßen weiter mietete er sich ein kleines Arbeitszimmer, und immer wenn er von dort zurückkam, war seine Stimmung deutlich besser.

Für Hardy schienen alle Aussichten trübe. Da er sich nicht erklären konnte, warum Jessica und Walther daran festhielten, in «Schloss Schabenhall» wohnen zu bleiben, musste er entweder Geld verdienen, um möglichst schnell ausziehen zu können, oder aber abwarten, bis er die Schule abgeschlossen hätte und irgendwo weit weg studieren würde. So kam es, dass er im Januar 1980 begann, nach der Schule bei Orgel-Heinz zu arbeiten, der Hammondorgeln, E-Pianos, Moog-Synthesizer und seit kurzem auch Heimcomputer von Apple, Commodore und Tandy verkaufte, und im Hinterzimmer dieses verrauchten, wenig einladenden Ladens war es, dass er sein erstes Computer-Programm in BASIC schrieb.

Vier Monate später erschien Walthers «Kosmos»-Roman. Gustl ließ zur Feier des Tages eine Flasche Sekt auf «unseren Erfolgsautor» springen, offenbar in der sicheren Annahme, dass der Erfolg sich in überschaubaren Grenzen halten würde. Warum sollte die Kiosk-Kundschaft, die diese labbrigen, billigen Groschenhefte gewohnt war, wesentlich mehr Geld für ein gebundenes Buch ausgeben, in dem, «seien wir mal ehrlich, Alter», auch nichts anderes stehe als in den Heften? Niemand rechnete damit, dass sich von «Hüter des Kosmos» – so der Titel – innerhalb eines halben Jahres beinahe hundertfünfzigtausend Exemplare verkaufen sollten und Walther mit einem Schlag um Zigtausende D-Mark reicher war.

Auf einmal gab er Lesungen und machte Lesereisen, etwas, was er bis dahin nicht gekannt hatte, und bekam sogar einen

«Preis für das beste phantastische Buch» zugesprochen – keinen großen Literatur-Preis, aber immerhin. Er wurde zu einer Sci-Fi-Convention nach Los Angeles eingeladen, und als er zurückkam, schenkte er Hardy ein Autogramm von Aldrin, dem zweiten Mann auf dem Mond. «Neil Armstrong sollte auch kommen», erklärte er, «aber am Ende kam er dann doch nicht. Außerdem gibt der sowieso keine Autogramme mehr.»

Walther hatte Fotos von der Veranstaltung gemacht, und während er sie zeigte, sagte er immer wieder, dass sie Jessica und Hardy auch gefallen hätte – bis Jessica, die gerade wieder einen Gymnastikkurs wegen mangelnder Teilnehmerzahl hatte streichen müssen, ihn fragte, warum er sie eigentlich nicht mitgenommen habe. Walther ging nicht darauf ein, sondern zeigte weiter seine Fotos, auf denen er mal mit William Shatner alias Captain Kirk, mal mit Mr. Spock, Arthur C. Clarke und Ray Bradbury zu sehen war. Hardy spürte den Ärger, der sich in Jessica aufgestaut hatte, und fürchtete, dass sich dieser Ärger in den nächsten Minuten lautstark entladen könnte. Da rutschte ein weiterer Abzug auf den Tisch, ein Foto, auf dem nur ein kleines Haus zu erkennen war.

«Und», höhnte Jessica, «welcher Berühmtheit gehört diese Hütte?»

«Gar keiner», sagte Walther, «diese Hütte gehört uns. Ich habe sie gekauft. Sie steht im Topanga-Canyon, der ist zwischen Los Angeles und Malibu, und wenn man sich aufs Dach stellt, kann man sogar das Meer sehen. Muss noch ein bisschen was dran gemacht werden, war aber dafür spottbillig, 80 000 Dollar. Vierzig hab ich gleich hingelegt, den Rest muss ich abstottern, aber wenn das nächste Buch nur halb so erfolgreich ist wie das letzte, ist das in null Komma nichts bezahlt.»

Wieder packte Hardy seine alte Ledertasche, die – zusammen mit ein paar Teilen Säuglingskleidung, einem Fläschchen, einem Schnuller und einer Rassel – bei seiner Ankunft im Heim sein einziger Besitz gewesen war. Die gütige Schwester Ursula hatte ihm den Schnuller sofort abgenommen, überzeugt davon, dass Gott es nicht gutheißen könne, wenn ein kleiner Junge am Gummiimitat einer weiblichen Brustwarze nuckelte, und die Rassel hatte sie eingesteckt, weil ihr das Rasseln auf die Nerven ging. So hatte Hardy bereits an seinem ersten Tag im Heim die harte Lektion lernen müssen, dass man nicht nur die Mutter, sondern auch alles andere verlieren kann.

Natürlich hatte er geschrien, länger und lauter als die anderen in seinem Alter, denen ebenfalls das Teuerste genommen worden war – Schmusedecken und Kuscheltiere, ohne die sie nicht einschlafen konnten, Holztierchen, an denen sie gerne zur Beruhigung lutschten, das ganze, wie Schwester Ursula sagte, «verkeimte, unhygienische, gottlose Zeugs», und weil er so lange und laut geschrien hatte, wenn junge und manchmal auch nicht mehr ganz so junge Paare kamen, um vielleicht ein Kind zu sich zu nehmen, hatte niemand auch nur das geringste Interesse an ihm gezeigt. Erst nachdem ein Jahr vergangen war, hatte er mehr oder weniger über Nacht mit dem Schreien aufgehört, was Dr. Wassermann, Herrn Martin und Schwester Ursula so sehr verwunderte, dass sie einen Tag lang überlegten, ob sie nicht einen der Ärzte aus der nahen Irrenanstalt holen sollten.

Sein Schreien war einem grimmigen Schweigen gewichen, einem zornigen Ballen der kleinen Fäuste und einem für einen Eineinhalbjährigen erstaunlich stechenden Blick. Dieses Schweigen und der Blick erwiesen sich für mögliche Pflegeeltern als noch abschreckender, als es das Schreien gewesen war, zumal Hardy einfach nicht sprechen wollte.

An manchen jener lang vergangenen Abende war Dr. Wassermann, meist nach dem Genuss einer halben Flasche Cognac, von einer starken Melancholie ergriffen worden, und dann war er in den Schlafsaal der Kleinsten gegangen, wo die Melancholie bedauerlicherweise nur noch zugenommen hatte. Da sah er sie liegen, die kleinen Racker, und dachte darüber nach, welch trauriges Schicksal sie zu ihm gebracht hatte. Er wollte ihnen ein guter Anstaltsleiter, ein guter Vater sein, wusste jedoch, dass Schwester Ursula und Herr Martin keine guten Menschen waren. Aber er wusste auch, dass er zu schwach und zu bequem war, etwas gegen sie zu unternehmen.

Immer wenn er eine halbe Flasche Cognac intus hatte, verspürte er den Wunsch, den Kleinsten, die da im Saal in ihren Bettchen lagen, wenigstens eine einzige, winzige Chance zu verschaffen. Er hatte nur keine Ahnung, wie. Manchmal sang er ihnen dann leise ein Gutenachtlied vor, am liebsten «Lalelu – nur der Mann im Mond schaut zu». Er konnte nicht besonders gut singen, aber er mochte Heinz Rühmann und den Film, in dem der das gesungen hatte, in der Rolle eines Mannes, von dem Dr. Wassermann glaubte, dass er ihm wesensverwandt sei. Denn tief im Inneren ahnte er, was er war: ein trauriger, saufender Clown.

Es war an einem dieser trüben, cognacschwangeren Abende, dass sein Gesang vor Hardys Bettchen endete. Er sah den achtzehn Monate alten Jungen an, der noch nie ein Wort gesagt hatte, aber jetzt streng, wie ihm schien, zu ihm aufblickte.

«Tja», sagte Dr. Wassermann.

«Mond», sagte Hardy.

1969

«Nach der Beerdigung meines Mannes kam die Effi bei mir vorbei. Wir hatten uns bei der Trauerfeier wiedergesehen, ich hatte sie gebeten zu kommen, sonst hatte ich ja niemanden. Zur Beerdigung waren außer ihr nur die Verwandten meines Mannes und ein paar von seinen komischen Freunden gekommen, sogar eine seiner Miezen war da. Die hat Rotz und Wasser geheult und wurde von einem dieser Schubiaks gestützt, als ob sie gleich aus den Latschen kippen würde, und alle haben mich angeschaut, als wüssten sie was.

Nur die Effi nicht. Sie war inzwischen verheiratet, mit einem Architekten, der richtig viel Geld verdiente, sie hatten ein schönes Haus in Bad Kreuznach. Ich fand sie immer noch recht lebenslustig, die Effi, eigentlich sogar noch mehr als vor der Heirat, auf jeden Fall kam sie nach der Beerdigung zu mir, um mal zu schauen, wie's mir geht. Ich hatte ihr das bei der Trauerfeier nicht gesagt, aber als sie zu mir kam, da hab ich ihr dann erzählt, wie's in meiner Ehe wirklich zugegangen ist. Alles hab ich ihr erzählt, nur nicht das mit dem Gift, das hab ich ihr natürlich nicht erzählt.

Und die Effi, die hat gleich verstanden, dass meine Trauer nicht besonders groß war, weshalb sie nur vier Wochen nach der Beerdigung gesagt hat, ich müsse mal auf andere Gedanken kommen. Also haben wir angefangen, abends durch die Kneipen zu ziehen, und das war dann wie früher, ich hab mich irgendwie jung gefühlt, abends, wenn wir tanzen waren und uns die Kerle aufgefordert haben, wir waren ja noch ganz gut beieinander. Ich hab mich schon gewundert, dass die Effi das so oft machen konnte, aber sie hat nur gesagt, ihrem Mann sei das egal, der komme eh kaum aus seinem Büro raus, und überhaupt, sei sie denn die Gefangene ihres Mannes? Sein Eigentum? Man sehe ja bei mir, wohin so was führen könne! Und dann sagte sie noch eine ganze Menge solcher Sachen, zum Beispiel, dass es Zeit sei, dass die Frauen sich vom Leben nehmen, was ihnen zusteht, und das sei nun mal mehr als nur ein Butterbrot.

Und so sind wir dann immer wieder losgezogen, praktisch jedes Wochenende. Durch die Lebensversicherung meines Mannes und die Witwenrente hatte ich plötzlich Geld, so viel Geld wie noch nie in meinem ganzen Leben. Wissen Sie, was ich noch gemacht hab in der Zeit? Ich hab Autofahren gelernt! Der Frank hatte mir das nicht erlaubt, aber ich hab das ganz fix gelernt, das Fahren und die vielen Regeln, und dann hatte ich den Führerschein und fuhr mit seinem Angeberauto rum.

Seine Mutter und die Verwandten von ihm, die haben sich das Maul über mich zerrissen, von wegen, dass ich nicht mal anstandshalber die Trauerzeit eingehalten hätte und mich jetzt rumtreiben würde wie ein Flittchen, und ein paar von seinen komischen Freunden tauchten ab und zu bei mir auf, der Martin und so ein komischer alter Knacker, der Kurt hieß, und noch so welche, von denen ich die Namen vergessen hab, und die dachten wohl, dass bei mir noch was zu holen wär. Einmal, da saßen die in der Küche, als ich vom Einkaufen kam, sagten, ich hätte vergessen, die Tür zuzumachen, ich soll mal besser aufpassen, gibt ja so viel Gesindel, aber ich bin mir ziemlich sicher, dass ich die Tür zugesperrt hatte. Das Gesindel waren die nämlich selbst, saßen da frech am Tisch und haben sich von mir bedienen lassen, haben rumgeschnüffelt und mich ausgefragt, ob der Frank nicht auch was für sie hinterlassen habe, und ich hab denen geantwortet, sie hätten sich doch schon zu Lebzeiten von ihm aushalten lassen, ob's nicht langsam mal genug sei. Und da sind sie böse geworden und haben gesagt, ich soll mal ganz still sein, und sie würden wiederkommen, ich könnte mir ja mal überlegen, ob mir nicht doch was einfällt. Was die eigentlich wollten, Geld oder irgendwas, das mit Franks krummen Geschäften zu tun hatte, das hab ich nie erfahren, das kam ja auch später in der Gerichtsverhandlung nicht zur Sprache, weil der Anwalt, mein Verteidiger, mir gesagt hat, dass ich das alles besser nicht erwähnen soll, ich sollte nur sagen, dass mein Mann mich betrogen und misshandelt hat. Vielleicht war das die falsche Strategie, aber jetzt, wo das Urteil längst gesprochen ist, da kann ich es ja sagen, was ich damals nicht sagen sollte, dass ich nämlich die vergifteten Schnapsbohnen und die Flasche mit dem Gift nicht einfach dahinten im Schrank vergessen hatte – war doch klar, dass mir das niemand glauben würde. Ich hatte sie absichtlich da aufbewahrt, weil ich mir dachte, wenn diese üblen Kerle noch mal wiederkommen, wenn die mir noch mal drohen, dann kriegen sie von mir ein paar Pralinen serviert, an die sie sich bis an ihr Lebensende erinnern werden!

In Auwinkel, nicht weit von dem Haus entfernt, in dem meine Bücherei gewesen war, gab es immer noch das ‹Rheingold›, und die Amis von der Air Base, die kamen oft dorthin. Das waren nicht so gewöhnliche Soldaten, sondern welche von der Air Force, es waren sogar Piloten dabei, Hubschrauberpiloten oder so welche, die diese großen Transportmaschinen flogen, aber auch richtige Jet-Piloten, Kampfflieger, und die Effi und ich, wir machten uns einen Sport daraus, wer es am Abend schaffte, mit einem von denen zu tanzen, am liebsten mit einem Starfighter-Piloten, denn die waren was Besonderes. Wir erkannten sie an der Uniform, und sie waren auch selten, denn viele von denen waren schon verheiratet oder hatten ein Mädchen zu Hause, und darum musste man sich wirklich ein wenig auf die Lauer legen, bis man an so einen rankam. Ich gebe gern zu, ich bin mit einigen Soldaten ausgegangen und mit manchen auch nach Haus, ich schäme mich nicht, kein Stück, nicht das kleinste bisschen, denn ich war frei, zum ersten Mal im Leben war ich frei, und es machte Spaß, das Tanzen und das Geldausgeben und alles andere auch. Ein Mann würde sich nicht eine Minute lang rechtfertigen müssen, warum also ich? Aber wie das eben so ist: Bald war ich die ‹Lustige Witwe›, und die Leute redeten. Mir war das ja egal, sollten sie doch reden, ich konnte ja nicht ahnen, wie das noch alles weiterging.

Denn dann hab ich Jim kennengelernt und mich sofort in ihn verliebt. Er war anders als die anderen, wobei, so viele waren's ja auch wieder nicht. Jedenfalls bin ich nicht gleich mit ihm mit, sondern wir haben uns erst ein-, zweimal getroffen, und er hat mir Geschenke gemacht, hat es wirklich sehr geschickt angestellt, mit nur einem Abschiedskuss nach dem ersten Treffen und nichts weiter, und so sind wir erst zusammengekommen, nachdem wir uns einige Male gesehen hatten. Im Grunde genommen war alles für mich das erste Mal, denn ich war noch nie in jemanden richtig verliebt gewesen. Ich war jetzt fast dreiunddreißig, stellen Sie sich das mal vor, was war denn das für ein Leben bis dahin, was für ein trauriges Leben hatte ich gehabt, und als Jim mir sagte, dass er in mich verliebt sei, und mich küsste, da fing ich an zu zittern und zu weinen, weil ich so etwas noch nie erlebt hatte – ja weil das so schön war und ganz, ganz anders als alles davor.

Und so ging das einige Monate mit uns, den ganzen Frühling und Sommer '63. Er war Pilot bei der Army, ich hab nicht erfahren, für was, er sagte mal, er könne alles fliegen. Wir haben Rheinfahrten gemacht, sind mit einem Jeep durch die Gegend gefahren, er hat sogar versucht, mir das Golfspielen beizubringen, denn die Amis, die haben so einen riesigen Golfplatz bei

Wiesbaden, und wir waren auch bei ihm. Er wohnte in einem großen Haus in Neuorth, nicht weit von der Stelle, wo noch die letzten Nissenhütten standen, aber ich hab ihm nicht verraten, dass ich mal in so einer gewohnt hab. Er teilte sich das riesige Haus mit einem anderen Offizier, der ein wenig asiatisch aussah, ich glaube, weil der von Hawaii kam und seine Vorfahren Japaner waren oder so was. Ich hab mir damals überlegt, ob ich dem von Kobayashi erzähle, aber ich hab es dann doch gelassen, denn ich kannte ihn ja gar nicht. Er war zwar höflich, aber nicht sonderlich gesprächig, und er war auch nicht so oft da – meistens hatten wir das Riesenhaus für uns alleine.

Ja, und dann bin ich schwanger geworden. Ich wusste schon ziemlich früh, dass ich schwanger geworden bin, wahrscheinlich gleich beim ersten Mal. Aber ich hab's ihm nicht erzählt, denn verliebt sein, das ist eine Sache, aber eine Familie gründen und so was, das ist eine ganz andere. Ich war auch hin- und hergerissen, weil ich einerseits wusste, dass ich das nicht ewig verbergen kann, und Angst davor hatte, was mit uns passieren würde, wenn es rauskam, aber andererseits freute ich mich auch. Ja, ich freute mich, denn dass ich mit dem Frank keine Kinder bekommen hatte, war nicht meine Schuld gewesen. Ich war keine alte vertrocknete Jungfer, die man rumschubsen und schlagen darf, das hatte alles nur der Frank gesagt, damit es so aussieht, als ob's an mir gelegen hätte. Am Ende, da hat er vielleicht sogar gewusst, dass er keine Kinder zeugen konnte, und deswegen hat er so viel rumgehurt.

Wirklich, ich freute mich auf das Kind und malte mir aus, wie das dann sein würde, Jim, das Kleine und ich, wie eine richtige Familie, ja eigentlich noch besser, denn wenn Jim mich heiraten würde, dann würden wir bestimmt in Amerika leben, und das wäre was ganz anderes als dieses ergaunerte Leben in irgend so einem Kaff in Deutschland, wo sie dir deinen Laden niederbrennen, um das Geld von der Versicherung zu erschwindeln, und du keine Zukunft hast.

Ich hab mir also ausgemalt, wie das Leben in Amerika zusammen mit Jim und unserem Kind sein würde, immer wieder hab ich mir das ausgemalt und war ganz glücklich, aber gleichzeitig hab ich ihm nichts gesagt, weil ich Angst hatte, na ja, dass er nicht will. Eine ganze Weile lang hat man ja auch nichts gesehen, ich war nie dick, aber auch nie spindeldürr, und so hat sich niemand was gedacht, aber im Grunde genommen wusste ich, dass ich es ihm irgendwann sagen muss.

Natürlich hab ich mit Effi darüber gesprochen, und die war da sehr, wie soll ich sagen, vernünftig, die hat das nur mit ihrem Verstand gesehen und nicht mit ihrem Herzen so wie ich. Sie hat gesagt, das sei ihr auch mal passiert, und sie habe einen Heidenschreck bekommen, weil ihr Mann ja nichts davon erfahren sollte, aber es gebe Ärzte, die so was wegmachen würden, koste 'ne Stange Geld, aber das solle nicht das Problem sein. Ich hab dann versucht, ihr zu erklären, dass das bei mir was anderes sei, denn erstens sei mein früherer Mann tot, und zweitens würde ich Jim lieben, und ich würde mit ihm gehen – nach Amerika, aber wenn's sein muss, auch an jeden anderen Ort. Und da hat sie mich ganz traurig angeschaut und gefragt, ob Jim das auch will, und als ich sagte, er wisse es noch nicht, da hat sie gesagt, ich soll ihm das so schnell wie möglich sagen, und wenn dann die Antwort nicht so wäre, wie ich mir das vorgestellt hätte, dann könnte ich sie jederzeit anrufen, jederzeit, und dann würden wir schon eine Lösung finden. Das, was Effi gesagt hat, hat mir Angst gemacht, und ich hab für die Entscheidung noch zwei weitere Wochen gebraucht, aber langsam konnte man es schon sehen. Also hab ich allen Mut zusammengenommen, den ich hatte.

Es war ein schöner Tag, der Herbst kündigte sich bereits an, aber es war noch warm, und ein leichter Wind wehte, und die Blätter leuchteten in allen Farben. Wenn man so will, dann war das der letzte Tag in meinem Leben, ja, so fühlt es sich jetzt an, wie der Tag, an dem ich gestorben bin. Aber natürlich bin nicht ich gestorben, sondern jemand anderes, und ich hab mich oft gefragt, wie dieser andere diesen Tag erlebt hat, ob er sich auch gedacht hat: Was für ein schöner Tag – ohne zu ahnen, wie er enden würde.

Jim und ich, wir waren in einem Gartenlokal verabredet, und dort trafen wir uns dann. Ich saß schon am Tisch, als ich ihn kommen sah, und an der Art, wie er ging, konnte ich sehen, dass etwas nicht stimmte, aber so was sagt man hinterher immer, dass man etwas geahnt hat, meine ich. Das Komische war, dass wir beide was zu sagen hatten, aber nicht wussten, wie. Und so saßen wir dann da und tranken Wein, und wir sahen uns an und hielten Händchen, und jeder wollte etwas sagen, aber keiner von uns beiden hat den Anfang gemacht.

Am Ende war ich's dann, die was gesagt hat. Ich hab ihm gesagt, dass ich ein Kind von ihm erwarte und dass ich mich darauf freue, mehr als auf alles andere im Leben, und da wurde er ganz komisch, aber nicht so, dass er sofort gesagt hätte, kommt gar nicht in Frage, du musst es wegmachen lassen oder so. Er war eher … verzweifelt. Hat immer wieder gesagt, das geht nicht, das geht nicht, und dann hat er gesagt, dass sie ihn versetzen würden, weit weg, vielleicht nach Asien, und schließlich, nach einer längeren Pause, hat er dann doch gesagt, dass es besser wäre, wenn ich es wegmachen ließe. Und da hab ich ihm das Glas Wein ins Gesicht geschüttet und bin aufgestanden und gegangen.

So ist das. Gerade eben ist die Welt noch in Ordnung, und dann ist sie es nicht mehr, und das ist das Leben. Ich bin nach Hause gefahren und wäre auf dem Weg fast in einen Baum gerast, und es wäre vielleicht besser gewesen, wenn ich's getan hätte, aber ich hab's nicht getan, und deswegen sind wir jetzt hier, Sie und ich. Ich bin also nach Hause gefahren, was ja nie ein richtiges Zuhause war, nie, und ich hab die Tür aufgeschlossen und an alles und an nichts gedacht, und dann bin ich in die Küche. Und da lagen sie dann. Beide. Tot. Der Mann und der Hund.»

«Der Hund?»

«Hab ich das noch nicht erzählt? Der Frank hatte einen Hund. Eine Art Bullterrier, ein unglaublich hässliches Tier, den er hatte abrichten wollen, damit der seinen Schrott bewacht. Aber der Hund war nicht nur hässlich, er war auch dumm. Er taugte nicht zum Wachhund. Seinem Gemüt nach vielleicht zum Schoßhund, aber dafür war er zu groß. War das einzige Geschöpf, das aufrichtig um den Frank getrauert hat, und obwohl er so hässlich war, hab ich's nicht übers Herz gebracht, ihn einschläfern zu lassen. Der Hund konnte ja nichts dafür. Und weil er langsam alt wurde und manchmal so schrecklich gejault hat in seiner Hundehütte, so schrecklich gejault hat vor lauter Einsamkeit, hab ich ihn ab und zu von der Kette losgemacht und mit ins Haus genommen, wo er dann meistens geschlafen hat. War ein genügsames Tier, hat mich nicht weiter gestört. Und war ja schließlich auch ein Wesen, das ein Recht zu leben hat.»

«Und Ihr Mann, hatte der kein Recht mehr zu leben?»

«So was hat mich der Richter auch gefragt, und leicht fragt sich's, wenn man da so sitzt wie Sie und doch draußen ist und nicht drinnen so wie ich. Aber ich hab keinen anderen Ausweg mehr gesehen, denn wenn ich einen gesehen hätte, dann hätte ich's nicht gemacht, und ich hätte es wahrscheinlich auch nicht gemacht, wenn ich gewusst hätte, dass noch ein Mensch und der Hund deswegen sterben müssen. Aber das hab ich halt nicht gewusst, weil wir alle nicht wissen, was am Ende das Ende ist, was auf das, was wir einmal getan haben oder nicht getan haben, folgt, so wie an dem Tag, als ich nur hätte sagen müssen, dass der Peter mein Bruder ist. Es gibt kein zweites Mal, man kann die Zeit nicht zurückdrehen, und damals, da gab es keinen anderen Ausweg für mich, nicht nach all dem, was der Frank mir angetan hatte.»

«Und was war mit dem Mann, mit dem toten Mann in der Küche, hatte der auch kein Recht mehr zu leben?»

«Ich schwöre, ich hatte den noch nie in meinem Leben gesehen. Noch nie. Ich weiß nicht, warum er im Haus war, warum er da lag und warum er tot war.»

«Weil er von den Pralinen gegessen hatte, genau wie der Hund.»

«Aber die Pralinen waren doch ganz hinten in dem Schrank, wie hat er die denn gefunden, und warum hat er sie da rausgeholt und dann auch noch dem Hund gegeben!»

«Vielleicht hat er sie da gar nicht rausgeholt, sondern Sie haben sie ihm gegeben und dem Hund.»

«Ich schwöre Ihnen, ich schwöre bei meinem toten Vater, dass es nicht so war!»

«Wie war es dann?»

«Ich weiß es nicht. Ich weiß es nicht!»

«Was fühlen Sie jetzt?»

«Wie, was ich fühle?»

«Was Sie jetzt fühlen.»

«Ich bin wütend.»

«Auf wen?»

«Auf Sie.»

«Warum?»

«Weil Sie dasselbe denken wie die Polizei und der Staatsanwalt und der Richter.»

«Ich will Ihnen nur helfen.»

«Indem Sie dasselbe denken und sagen wie die Polizei?»

«Das hier ist kein Verhör und keine Verhandlung. Sie können mir alles erzählen, alles, was Sie wollen. Oder eben nichts. Solange Sie nicht eine nächste Straftat ankündigen, darf ich mit niemandem darüber sprechen. Verstehen Sie? Ich darf nicht. Sonst würde ich das Gesetz brechen. Aber weil das hier kein Gerichtssaal ist, kann ich Sie auch nicht freisprechen. Es hat also keinen Sinn zu lügen. Sie würden nur sich selbst belügen. Was leider sehr viele meiner Patienten tun.»

«Ich belüge weder mich noch Sie, noch sonst wen.»

«Und wissen Sie, warum die Patienten das tun? Weil Sie Angst haben und bestimmte Dinge nicht wahrhaben wollen und sich deswegen einbilden, alles sei ganz anders gewesen. Manche bilden sich so stark ein, dass sie irgendwas gemacht oder nicht gemacht haben, dass sie vergessen, was wirklich geschehen ist. Was aber vergessen ist, kann nicht erinnert werden, und was nicht erinnert werden kann, aber trotzdem geschehen ist, das schleppen wir ein Leben lang mit uns herum, das ist dann wie ein Alb auf unserer Brust, verstehen Sie?»

«Ich erinnere mich sehr gut. Ich habe nichts vergessen von jenem Tag, und ich werde ihn mein ganzes Leben lang mit mir rumschleppen. Es ist mir egal, was Ihre anderen Patienten Ihnen erzählen oder nicht erzählen. Ich kann Ihnen nur eines sagen: Ich bin nach Hause gekommen, und da lagen der tote Polizist und der tote Hund. Und ja, sie sind beide an dem Gift, das in den Pralinen war und das ich in die Pralinen reingetan habe, gestorben, und wenn ich die Zeit zurückdrehen könnte, dann hätte ich die Pralinen weggeschmissen oder meinen Mann mit der Axt erschlagen, aber das kann ich nun mal nicht.»

«Warum, glauben Sie, ist der Kriminalbeamte bei Ihnen gewesen?»

«Das weiß ich nicht. Ich wusste ja in dem Moment noch

nicht mal, dass er von der Kripo war. Vielleicht wollte er mich was über die krummen Geschäfte vom Frank fragen, oder er wollte was rausfinden über seine Freunde.»

«Die Freunde, für die Sie die Pralinen aufbewahrt haben?»

«Ja, genau die!»

«Die ihr Geld mit Betrügereien, Erpressung und Einbrüchen verdient haben?»

«Ja.»

«Aber der Beamte war gar nicht für solche Fälle zuständig. Er war für Tötungsdelikte zuständig, für Mord und Totschlag.»

«Vielleicht hat der ja wegen einem Mord von diesen Spitzbuben ermittelt, von dem man noch gar nichts weiß.»

«Darüber hat man in seinen Aufzeichnungen nichts gefunden.»

«Aber auch nichts über mich.»

«Das stimmt.»

«Das ist wie mit Kobayashi. Nur umgekehrt. Manchmal ist der richtige Mann am richtigen Ort und manchmal der falsche am falschen.»

«Wollen Sie mir diese Geschichte jetzt nicht mal erzählen?»

«Nein. Sie würden sie mir genauso wenig glauben. Hat mir schon damals niemand geglaubt. Ist auch besser so.»

«Wie ging es dann weiter?»

«Ich bin fast verrückt geworden. Erst das mit Jim, dass er weggeht und unser gemeinsames Leben in Amerika nur ein Traum war, ein dummer, alberner Traum von einer dummen Gans, die die Zeit zurückdrehen und glücklich sein wollte, und dann lag da dieser Mann. Ich hab gleich gewusst, dass er tot war, denn der Frank hatte genauso dagelegen und war auch tot gewesen, und dem Mann und dem Hund lief der Schaum aus dem Mund, und die Augen waren so verdreht, da war nichts mehr zu machen. Ich wusste ja nicht, dass der von der Kripo war, sondern ich hab gedacht, das ist einer von Franks Spezis, der mir ans Geld oder an die Wäsche wollte oder beides und der irgendwie in die Wohnung gekommen ist, vielleicht mit einem Dietrich oder einem Nachschlüssel, was weiß ich. Ich konnte kaum klar denken, wusste überhaupt nicht, was ich tun sollte, denn ich konnte ja nicht einfach zur Polizei gehen und sagen, da ist ein Toter, der hat wohl aus Versehen von meinen vergifteten Pralinen gegessen, mit denen ich meinen Mann umgebracht habe, nichts für ungut, aber hiermit hab ich nichts zu tun.

Also hab ich mir überlegt, was ich mit den beiden mache, dem Hund und dem Mann. Das mit dem Hund war noch einfach, den hab ich in einen alten Sack gesteckt, und dann hab ich hinten im Garten ein großes Loch gegraben und ihn da reingelegt und das Loch wieder zugeschüttet und die Erde festgetrampelt. Aber mit dem Mann war das nicht möglich, der war schwer wie ein Ochse. Ich hab versucht, ihn den Flur entlangzuziehen, aber das hab ich kaum geschafft, und dann war da ja auch noch die Frage, wohin mit ihm. In den Fluss? Oder im Wald vergraben? Ich hatte keine Erfahrung mit so was, den Letzten hatten sie einfach abgeholt, in die Kiste und auf Wiedersehen. Aber weg musste er natürlich. Ich hab ihn also ein Stück durch die Wohnung gezogen und eine Pause gemacht und dann wieder ein Stück gezogen und gemerkt, dass er schon ganz steif ist, und so hab ich ihn dann aus dem Hintereingang hinaus und in die Garage gezerrt, wo das Auto stand. Ich wollte ihn in den Kofferraum schaffen, um ihn dann wegzubringen, irgendwohin. Nur als ich ihn in die Garage gebracht hatte, da konnte ich nicht mehr, vor allem konnte ich ihn nicht einfach so in den Kofferraum legen, der war zu schwer und auch schon so steif. Ich hab's ein paarmal versucht, aber einfach nicht geschafft, ich war fix und fertig, und ich wusste ja sowieso nicht, wohin mit ihm.

Und deshalb hab ich ihn in eine Ecke gezogen, neben so einen Stapel Holzpaletten, die der Frank mal für irgendwas gesammelt hatte, und damit hab ich ihn ein wenig eingemauert. Ich hab dann noch eine Plane über ihn gelegt, aber irgendwann hab ich mir gedacht, warum ich ihn überhaupt verschwinden lassen will, warum nicht besser einfach ich verschwinde. Und kurz hab ich noch überlegt, ob ich Jim nicht vielleicht doch überreden könnte, mich zu nehmen und auch das ungeborene Kind, aber dann hab ich mir eingestanden, dass Jim mich und das Kind nicht haben will und zurück nach Amerika oder sonst wohin geht und dass ich wieder alleine bin und allein zurechtkommen muss, wie eigentlich schon mein ganzes Leben lang. Und dann fragte ich mich wieder, was mich denn hier noch hält, in dem Kaff, und dann hab ich entschieden, dass es das Beste und Einfachste ist, wenn ich den Mann da liegen lasse und am nächsten Tag zur Bank fahre, alles Geld abhebe, volltanke und für immer wegfahre, vielleicht in den Süden, nach Spanien, wo mich, wo uns niemand findet.

Da wusste ich noch nicht, dass der Tote Polizist war. Hab ihn doch nicht nach einem Ausweis durchsucht oder so was. Als ich ihn durch die Wohnung geschleift hab, ist er mit etwas an einer Türschwelle hängen geblieben, und das war sein Halfter mit der Pistole, aber dadurch war ich nur noch mehr davon überzeugt, dass das einer von Franks Gaunern sein musste.»

«Und wenn Sie es gewusst hätten?»

«Ich weiß nicht. Vielleicht hätte ich es dann anders gemacht. Ich wusste auch nicht, dass er eine Frau und einen kleinen Sohn hatte. War gerade erst von der Schutzpolizei zur Kripo gewechselt, und die beiden waren so stolz auf ihn gewesen. Und das hat mir leidgetan und tut mir bis heute leid, dass sie durch meine Schuld im Ungewissen waren und warten mussten, eine Nacht und einen Tag.

Jedenfalls hab ich mir keine Gedanken darüber gemacht, dass so schnell jemand nach ihm suchen würde, schon gar nicht bei mir. Aber die Polizei hat sich natürlich sofort gewundert, wo er abgeblieben ist, und als er sich nicht meldete, haben sie nach ihm suchen lassen. Eine Streife hat sein geparktes Auto auf der Straße vor unserem Haus entdeckt, und dann waren sie auch schon da. Am nächsten Morgen, kurz nachdem ich zurück war von der Bank, haben sie geklingelt und höflich gefragt, ob ich den Mann auf dem Foto kennen würde. Ich hab nein gesagt, und sie sind wieder gegangen, und ich hab mich gefragt, was mach ich nur? Jetzt, hab ich mir gesagt, bist du eine echte Verbrecherin geworden und musst Leichen verschwinden lassen, damit deine Tat nicht ans Licht kommt.

Sie sind dann zwanzig Minuten später wiedergekommen, eigentlich waren sie nie weg, denn sie hatten natürlich gesehen, dass ich am Packen war, und haben das Haus beobachtet und auf den Hund gewartet. Den Suchhund. Und als der dann da war, haben die gar nicht mehr geklingelt. Der hat vor dem Garagentor angeschlagen, und das haben sie aufgemacht und drinnen ihren toten Kollegen gefunden, und ich stand wie festgewurzelt in der Küche und schaute aus dem Fenster, und da fiel mir auf, was für ein trostloser Ort das eigentlich war, an was für einem Ort ich all die Jahre gelebt hatte, und ich hab mich gefragt, wie es überhaupt so weit hatte kommen können, was ich falsch gemacht hatte, und damit meine ich nicht das mit meinem Mann, sondern alles – ob ich schon ganz früh etwas furchtbar falsch gemacht hatte und das nun die Strafe dafür war.

Sie sind dann von zwei Seiten in das Haus, ein halbes Dutzend Polizisten, und haben mich auf den Boden geschmissen und mir eine Pistole in den Nacken gedrückt und Handschellen angelegt und all diese Dinge. Merkwürdig, aber die dachten, ich wär eine Professionelle, eine Berufsverbrecherin, Agentin oder

Attentäterin oder so was, und sie haben mich auf das Kommissariat gebracht und verhört, stundenlang, und immer wieder gefragt, wer da noch dahintersteckt, wo meine Komplizen und Mitwisser sind und was für eine Schweinerei wir damit vertuschen wollten, und – das war das Verrückteste – sie lasen mir die Vorstrafen meines Mannes vor und zählten die Ermittlungsverfahren auf, in denen sein Name auftauchte, und ich hab nur genickt. Vielleicht hätte ich ihnen an der Stelle das mit der Bücherei und dem Versicherungsbetrug erzählen sollen, aber das hab ich nicht getan, weil in dem Moment, wo die mich so verrücktes Zeug gefragt haben, bekam ich wieder ein wenig Hoffnung, dass ich vielleicht doch nicht ins Gefängnis muss, weil ich mit den Sachen, die sie mir da vorlasen, nichts zu tun hatte, und den Polizisten hatte ich ja auch nicht umgebracht, das war ein Unfall gewesen. Deswegen dachte ich: Wenn ich nur lange genug sage, dass ich mit all diesen Sachen nichts zu tun habe, was ja auch die Wahrheit war, dann werden die es irgendwann leid sein und mich wieder laufen lassen.

Der Kommissar fragte mich, warum ich all das Geld abgehoben und die Sachen gepackt hätte und so weiter, und ich sagte ihm, dass ich wegwollte, dass ich Auwinkel und die ganze Gegend satthätte, dass ich am Meer geboren sei, in der Regenbogenbucht, und dass ich wieder zurück ans Meer müsse. Da hat er nur genickt und dann geseufzt, und vielleicht dachte er tatsächlich einen Moment lang darüber nach, ob er mich nicht besser laufen lassen sollte, und sei es auch nur, damit ich ihn zu meinen Komplizen führte, von denen nur ich wusste, dass es sie gar nicht gab.

Doch dann ging die Tür auf, und so ein Schutzpolizist steckte den Kopf herein und fragte den Kommissar, ob er einen Moment Zeit habe, und der Kommissar stand auf und ging hinaus. Da saß ich dann alleine in dem Zimmer, Neonlicht, die Wände hatten so Holzpaneele, und an einer Seite gab es einen Spiegel, und als der Kommissar nach fünf Minuten nicht zurückkam und auch nicht nach zehn, da wusste ich, dass sie wussten, wo der Hund begraben lag.

Von da an hab ich nur gewartet, dass die Tage vorübergehen. Tage in einer kleinen, engen Zelle, die unendlich lang waren. Ich wurde zur Gifthexe von Auwinkel, zur Schwarzen Witwe vom Rhein. Eine Zeitung versuchte sogar, über eine Wärterin an mich heranzukommen, damit ich denen für Geld ‹exklusiv› meine Lebensgeschichte erzähle. Die wollten so schmutzige Sachen hören, so Schweinkram eben, aber ich hab da nicht mitgemacht, und später haben die sich ihre Schmutzgeschichten eben selbst ausgedacht. Mein Mann wurde wieder ausgegraben und seziert, und ich bekam einen Verteidiger, einen hektischen, fahrigen Mann mit wenig Haaren und einer dicken Brille. Er riet mir, ich solle nur das mit meinem Mann zugeben, aber das mit dem Polizisten als Unfall darstellen, indem ich sage, ich sei nur mal kurz aus der Küche rausgegangen, und in dieser Zeit habe der versehentlich die präparierten Pralinen gegessen oder so was. Ich sagte, dass das nicht stimme, weil ich gar nicht da gewesen sei und den Polizisten nie zuvor gesehen und auch nicht reingelassen hätte, und bat ihn, sich bei der Army nach Jim zu erkundigen, denn vielleicht könnte der meine Geschichte ja bestätigen.

Natürlich wollte ich auch wegen meiner Schwangerschaft wissen, ob Jim noch da war, und der Anwalt hat nachgefragt, aber die haben ihm nichts gesagt. Die haben ihm noch nicht einmal bestätigt, dass es Jim überhaupt gibt, die haben gesagt, man gebe grundsätzlich keine Auskünfte über alliiertes Militär-Personal, außer es gebe eine richterliche Anordnung, und die konnten wir nicht bekommen, denn die Tatzeit konnte sowohl vor als auch nach meinem Treffen mit Jim liegen, und deswegen war das vor Gericht alles ohne Bedeutung, ob ich ihn getroffen hatte oder nicht, ja ob es ihn überhaupt gab oder nicht, und das mit der Schwangerschaft, das hat die gleich gar nicht interessiert. Es gebe viele solcher Fälle, erklärte mir der Anwalt, Piloten seien als Väter besonders beliebt, aber meistens stimme es dann doch nicht oder sei nicht nachweisbar, weil die Frau mehrere ‹Sexualkontakte› gehabt habe, was ja bei mir, nach allem, was er gehört habe, offenbar auch der Fall gewesen sei, weibliche Intuition gelte nun mal nicht als Beweis.

Ich kann mich noch an die Gerichtsverhandlung erinnern, den ersten Tag, an dem ich aus dem Polizeiauto steige und da überall diese Männer stehen, Zigarette im Mundwinkel, zerknitterter Anzug, die Krawatte schief, den Fotoapparat bereit. ‹He, schau doch mal zu uns›, rufen sie, oder: ‹Stimmt es, dass die Schwarze Witwe nie lacht? Lach doch mal für uns, hier, hier, hier!› Der Bohnerwachsgeruch in den Fluren des alten Gerichtsgebäudes, und dann der Verhandlungssaal, groß, holzgetäfelt und bis auf den letzten Platz besetzt, die Stimme des Richters, streng und gleichzeitig ungeduldig – all das sehe ich noch heute vor mir, nein, ich sehe es nicht nur, ich rieche es, fühle es, höre es, höre die Stimmen, die mir die immergleichen Fragen stellen, und höre mich selbst, wie ich mich in meinen Antworten verliere, höre, wie ich die wenigen Ratschläge, die mir mein Verteidiger mit auf den Weg gegeben hat, nicht beachte, höre mich meine Geschichte wiederholen, die die Wahrheit ist, aber die mir niemand glaubt.

Ja, und ich sehe die Frau und den kleinen Sohn des Polizisten mit versteinerten Gesichtern an der Seite sitzen, und obwohl mich der Verteidiger davor gewarnt hat, entschuldige ich mich, bitte um Verzeihung dafür, dass ich das Gift überhaupt in die Schnapsbohnen gefüllt habe, schwöre, dass ich ihn nicht ins Haus gelassen habe, ihren Ehemann und Vater, dass er da schon lag, schwöre bei Gott, dass ich das nicht gewesen bin, dabei hab ich doch gar nicht mehr an Gott geglaubt. Vielleicht ist das ja das Problem, denn der Verteidiger hat recht: Alles, was ich sage, macht es nur noch viel, viel schlimmer.

Irgendwann, nach mehreren Tagen, in denen die Sitzreihen auf der Zuschauertribüne immer leerer wurden, ist es dann vorbei. Die Stimme des Richters, die Stimme des Volkes, verhängt zweimal lebenslänglich Zuchthaus wegen besonderer Schwere der Schuld, und damit ist mein Leben zu Ende, ohne dass es jemals angefangen hat.

Ich hab meinen Sohn im Gefängnis zur Welt gebracht, auf der Krankenstation, ich hab ihn Hardy genannt, nach dem Schauspieler Hardy Krüger, dessen Filme mochte ich, der hatte immer so was Rebellisches und gleichzeitig Sorgloses, wissen Sie? Als sie mich nach dem Vater gefragt haben, da hab ich meinen toten Mann genannt, weil ich gehofft hab, dass für meinen Sohn dann noch was von dem Geld bleibt, aber später kamen dann die vom Amt und haben gesagt, dass könne ja gar nicht stimmen. Und die Frau vom Jugendamt und noch eine, die aus einem Kinderheim war, die haben dann mit mir gesprochen, haben mir gesagt, dass ich nie wieder aus dem Gefängnis rauskommen werde und das Kind nicht bei mir bleiben kann, dass ich dem Kleinen deswegen nie eine richtige Mutter sein werde. Ich sollte mir überlegen, ob es gut wäre, wenn jeder weiß, dass der Junge der Sohn einer Doppelmörderin ist. Ob ich mir schon mal klargemacht hätte, was das bedeutet für so ein unschuldiges Geschöpf, im Kindergarten, in der Schule und später als Erwachsener, und ob ich wüsste, dass die meisten Kinder von Verbrechern später auch Verbrecher werden. Ob ein sauberer Schnitt nicht das Beste wäre, fragten sie und sagten, dass ich mich jetzt verantwortungsvoll und für das Kindeswohl zu entscheiden hätte.

Ich hatte ihn gerade eine Woche lang bei mir. Eine Woche, das ist nicht lang genug für ein Leben, aber lange genug, um einem das Herz für immer zu brechen. Ich hab dann eingewilligt und ihn zur Adoption freigegeben, aber darauf bestanden, dass er, damit man ihn nicht mit mir und dem Frank in Verbindung bringen kann, meinen Mädchennamen bekommt. Adam Hardy Rohn. Damit wenigstens etwas, ein ganz kleines Etwas, von meinem Vater überdauert.

Und dann hab ich ihm noch seine Tasche gepackt, die alte Tasche, die ich von meinem Vater hatte und mit der ich geflüchtet war, hab die Leibchen und eine Rassel und einen Schnuller reingelegt, und dann hat eine Schwester ihn aus dem Zimmer getragen. Und als sie sich an der Tür noch einmal umgedreht hat, da war mir, als hätte er seine kleine Hand nach mir ausgestreckt und mich angeschaut, und ich hab ganz leise zu ihm gesagt: ‹Jetzt musst du es ohne mich und Jim schaffen, kleiner Mann›, und danach hab ich ihn nie wieder gesehen.»

VIERTER TEIL

DER OZEAN DER STÜRME

Jul 22 1969
135:23:42

Als die Astronauten ihren Sauerstoffvorrat überprüften, das Haupttriebwerk und die Steuerdüsen zündeten und Kurs zurück zur Erde nahmen, als Collins meldete: Houston, wir kommen zurück, und Buzz murmelte: So Gott will, und Neil gar nichts sagte, regnete es.

Der Regen war warm und, wie ihnen schien, ohne Anfang, ohne Ende. Mittlerweile konnten sie sich kaum mehr an einen Tag erinnern, an dem es nicht geregnet hatte. Manchmal, ganz kurz, hörte es auf, aber nicht lange genug, dass es auch aufgehört hätte, von den Blättern der Bäume zu tropfen, großen, breiten fleischigen Blättern, unter denen sie, auf ihrer Suche nach dem Fluss, zuweilen Rast machten und Schutz suchten, bevor sie es nicht mehr aushielten und weiterzogen. Ihnen war, als begänne der Dschungel, sie sich einzuverleiben, sie zu verdauen, sodass, blieben sie zu lange an einem Ort, am Ende nichts mehr von ihnen übrig wäre.

Und so arbeiteten sie sich, halb gehend, halb watend, durch das grüne Meer, ohne auf den Fluss zu stoßen, doch als sie jetzt einen üppigen Farnstrauch vorsichtig zur Seite schoben, um auszukundschaften, was dahinter war, Freund oder Feind oder, wie so oft, gar nichts, nur eine weitere grüne Wand, da erkannte Jim, der sich an Jack festhielt, weil das Fieber ihn abwechselnd durchschüttelte und dann wieder in sich zusammenfallen ließ, wo sie waren, und er fing an zu weinen.

Vor ihnen lag das verlassene Dorf, von dem aus sie vor gut einer Woche aufgebrochen waren. Sie waren im Kreis gegangen.

Jack schwieg, während Jim an ihm herunterrutschte, auf die Knie sank und hemmungslos schluchzte. Er schwieg, erst fassungslos, dann wütend, so wütend, dass er den Stock, den er in der Hand hielt, drohend gegen die verlassenen Hütten erhob, bevor er schreiend auf sie zulief und auf die maroden Bambuswände einschlug.

Es half alles nichts, kein Schreien und kein Schluchzen. Tatsächlich konnten sie von Glück reden, dass niemand in der Nähe war und sie gehört hatte. Jack half Jim auf, und Jim stützte sich auf Jack, und Jack stützte sich auf den Stock, mit dem er gerade eben noch auf die ganze Welt hatte einprügeln wollen, und so schleppten sie sich beide in jene Hütte, die, wie sie wussten, am besten erhalten war. In ihr würden sie vor dem Regen wenigstens halbwegs geschützt sein. Kaum hatten sie sich auf den rissigen Boden gelegt, schliefen sie auch schon ein.

Als Jack erwachte, hatte er Mühe zu sagen, wie spät es war. Die Uhr war mit das Erste gewesen, das man ihm abgenommen hatte, und seitdem hatte er mehr und mehr das Gefühl gehabt, dass ihm die Zeit entglitt oder, schlimmer, dass er der Zeit entglitt und irgendwann zu keiner Zeit an keinem Ort mehr sein würde. Der Regen hatte weder zugenommen noch nachgelassen, das Licht war immer noch dasselbe, und so konnte es sein, dass erst zwei Minuten vergangen waren, seitdem er eingeschlafen war. Oder waren es zwei Tage? Wie immer fühlte er sich nicht erholt, nur der bohrende Hunger war noch bohrender geworden.

Wasser gab es genug, der Schlaf kam irgendwann von selbst, ihre Verfolger hatten sie, zumindest fürs Erste, abgehängt, doch der Hunger blieb ihnen immer auf den Fersen. Denn obwohl alles um sie herum zu keimen, zu sprießen, zu wachsen und zu wuchern schien, hatten sie kaum etwas zu essen, außer ein paar wilden Feigen und Farnblättern, von denen sie gehört hatten, dass sie essbar seien. Einmal hatte Jim die knollenartige Frucht eines Baumes gegessen und sich dann einen Tag lang übergeben, und ab da waren sie noch vorsichtiger und aßen nur noch das, von dem sie wussten, dass es sie nicht umbringen würde.

Jack sah Jim an. Er schlief. Im Schlaf wälzte er den Kopf hin und her und zitterte, Fliegen setzten sich auf sein schweißnasses Gesicht. Jack überlegte, ob die Fliegen den Schweiß tranken wie die Mücken das Blut, und dann fiel ihm ein, dass er genau das schon einmal überlegt hatte, an genau dieser Stelle, in genau derselben Situation, und er fragte sich, ob sie vielleicht in eine Art Zeitschleife geraten waren und sich der Augenblick ihrer Ankunft in dem verlassenen Dorf wieder und wieder wiederholte. Er verscheuchte die Fliegen, so wie er das schon so oft gemacht hatte, und wischte Jim den Schweiß mit einem schmutzigen Tuch ab.

Jim hatte Malaria. Vielleicht hatte er auch noch andere Sachen, aber Malaria war von den vielen Krankheiten, die es hier gab, die einzige, die Jack kannte – nicht nur dem Namen nach, sondern von Angesicht zu Angesicht. Dengue, Cholera, Typhus, das kannte er alles nur aus Büchern und von den Einsatzbesprechungen, an denen er in der öden, ereignislosen Zeit hatte teilnehmen müssen, als die «Enterprise» noch auf der Yankee Station vor der Küste Vietnams gelegen hatte und hin- und hergefahren war. Da hatte er getan, was man in jedem Krieg am meisten tut: warten.

Eines Tages war die Zeit des Wartens vorüber gewesen, und er flog seinen ersten Kampfeinsatz. Er flog den zweiten und den dritten, und bald hatte er ein Dutzend voll. Aufklärungsmissionen, Luftunterstützung für die Bodentruppen und natürlich Angriffe auf Charlie, der sich irgendwo da unten, im grünen Nichts, verborgen hielt und seine Waffen, zu Fuß, auf einem geheimen Weg von Nord nach Süd schaffte. Er hatte immer versucht, sich vorzustellen, was da unten vor sich ging, während er Bomben auf Bäume warf – ob da überhaupt jemand war, denn er sah nie jemanden, selbst die Dörfer und angeblichen Camps des Vietcong, die mit einem Schlag in Flammen aufgingen, schienen verlassen, und vielleicht waren sie es ja auch, weil die Zeit da unten, im Dschungel, anders ablief als in seinem Flugzeug und die kleinen grünen Männchen, so stellte er sich seine Gegner vor, immer schon vorher wussten, dass er kommen würde.

Es war ein eigenartiger Krieg. Er flog morgens los und war vor dem Mittagessen wieder zurück, saß in der Nachbesprechung und dann mit den anderen in der Messe, und sie tranken Bier und aßen Steak und Stampfkartoffeln. Manchmal gab es auch Fisch.

Aber dann, an einem Morgen, der sich in nichts von all den anderen Morgen unterschieden hatte – um vier Uhr Wecken, fünf Minuten für Toilette, Zähneputzen, Duschen, danach Einsatzbesprechung, Betankung, Waffenzuladung, letzter Check, Start, Formationsflug, Zielanflug, Bombenabwurf –, wurde seine Maschine getroffen, rollte sie plötzlich, wie sie wollte, verlor er die Kontrolle. Er wusste, er hatte jetzt nur zwei Möglichkeiten: entweder gleich zu sterben oder später, und nach allem, was er so gehört hatte, war das keine leichte Entscheidung, denn dass er gleich starb, könnte sich als wesentlich besser erweisen, als später zu sterben. Am Ende siegte der Instinkt, und er zog den Hebel des Schleudersitzes, und als er dann an seinem Fallschirm in einem dieser Bäume hing, war klar, dass er seine Zeit verlassen hatte und in einer anderen angekommen war.

Sie waren tatsächlich ziemlich klein und in gewissem Sinne auch grün, denn sie verstanden es meisterhaft, sich zu tarnen, sodass er sie erst entdeckt hatte, als es zu spät war. Dass sie so klein waren, hinderte sie nicht daran, ihn in dem ersten Lager, in das sie ihn brachten, stundenweise kopfüber aufzuhängen und zu schlagen. Eines Tages kam ein Mann, der offenbar ein Offizier war, und der sagte ihm in gebrochenem Englisch mit französischem Akzent, dass man ihn nicht mehr so hinhängen und schlagen werde, wenn er sich bereit erkläre, bei einer Radioshow mitzumachen – so nannte er es, «Radioshow», immer wieder rief er das Wort und lächelte dabei, als wäre es das Tollste auf der Welt. Er sagte, dass Jack sich für die Bomben, die er auf unschuldige Zivilisten abgeworfen habe, entschuldigen solle, und er möge das amerikanische Volk darum bitten, mit dem Krieg aufzuhören und die Soldaten heimzuholen, damit man sie nicht länger verkehrt herum im Dschungel aufhängen müsse, weil es auch ihnen, ehrlich gesagt, nicht mehr besonders viel Spaß mache. Man hatte ihn auf solche Vorschläge vorbereitet, weswegen er nur den Kopf schüttelte und stur seinen Namen und seinen Dienstgrad wiederholte. Er könne es sich ja noch einmal überlegen, sagte der Offizier.

Um sein Nachdenken etwas zu beschleunigen, trieben ihm die Bewacher kleine Bambussplitter unter die Fingernägel. Sie hängten ihn nicht wieder kopfüber auf, dafür wurde er abends in einer Hütte sitzend an eine Bambuswand gefesselt. Die Hütte stand an einem Fluss und, sobald es etwas regnete, halb unter Wasser. Das wusste er nicht, und darum grinsten seine Bewacher so komisch und sagten etwas, das er wie immer nicht verstand. In der Nacht regnete es, und weil er seinen Kopf gerade so über Wasser halten konnte, wurde ihm klar, dass er ertrinken würde, sobald er einschliefe. Nach der ersten Nacht wies er den Offizier darauf hin, dass er, wenn er erst einmal ertrunken wäre, leider nicht mehr an der Radioshow teilnehmen könnte, worauf der nickte und antwortete, dass er nicht der einzige Amerikaner sei, der, früher oder später, in der Radioshow singen wolle.

Nach der dritten Nacht ohne Schlaf wusste Jack, dass er in

der nächsten mit Sicherheit einschlafen würde. Also beschloss er, bei der Radioshow mitzumachen oder wenigstens so zu tun, als ob. Vielleicht, redete er sich ein, ergäbe sich ja eine Gelegenheit zur Flucht.

Doch so weit kam es gar nicht. Am Vormittag wurde das Camp, in dem man ihn festhielt, bombardiert: Explosionen, das Krachen berstender Bäume, eine orange Feuerwand, die aus dem grünen Nichts auf sie zurollte, Menschen, die durch den Himmel flogen, Rauch. Eilig zogen sie ihn aus der Hütte, banden ihm die Hände auf den Rücken, legten einen Eisenring um seinen Hals und schleiften ihn, derart gefesselt, durch den Dschungel. Den Offizier sah er nie wieder.

Sie marschierten von einem Lager zum anderen, immer auf der Hut vor neuen Luftangriffen. Nie blieben sie an einem Ort länger als zwei, drei Tage. Er hatte keine Ahnung, wohin sie gingen, selten sah er den Himmel, die Zeit verstrich in einem grünen Zwielicht. Obwohl er geglaubt hatte, dass er ein guter Navigator sei, verlor er bald die Orientierung. Erst als er – nach Tagen oder Wochen, auch darin war er sich nicht mehr sicher – den Wachtturm und den Stacheldrahtzaun sah, wusste er, dass er am Ziel der Reise angekommen war.

In dem Gefangenenlager waren auch andere Kriegsgefangene: drei Thais – der versprengte Rest einer Fallschirmjägereinheit –, zwei Laoten und ein Amerikaner. Nachts wurden sie, in einer Hütte liegend, an ein und dieselbe Kette gelegt. Jack lag neben dem anderen Amerikaner, Jim, der mit seinem Hubschrauber abgeschossen worden war. Das war anscheinend schon über zwei Jahre her. Jim war der Pilot gewesen. Der Copilot, der Bordingenieur und der Türschütze waren tot.

Wie die übrigen Gefangenen war Jim in einem schlimmen Zustand. Er war unterernährt, hatte Zähne verloren (oder jemand hatte sie ihm ausgeschlagen), und man hatte ihm mehrere Finger gebrochen, die nun schief zusammengewachsen und steif waren. Mit seiner rechten Hand konnte er gerade noch seinen Essnapf halten, in dem sie einmal am Tag gekochte Wurzeln und etwas Reis bekamen. Er sei schon immer Linkshänder gewesen, behauptete Jim, er habe es nur nie gewusst – mittlerweile könne er alles mit links, sogar noch viel besser. Er freute sich, als er Jack sah, denn obwohl einer der Thais englisch sprach, hatte er sich nie richtig mit ihm unterhalten können.

Der Thai, erzählte er, habe zum Beispiel nicht die geringste Ahnung von Baseball, und seine Versuche, ihm das Spiel zu erklären, seien allesamt gescheitert. Mittlerweile habe er den Verdacht, dass der Thai, obwohl er immer freundlich lächle, sich gar nicht für Baseball interessiere. Er selbst habe am College Baseball gespielt und sei einer der besten Spieler gewesen, habe kurz davor gestanden, Profi zu werden, aber es habe dann doch nicht ganz gereicht. Vielleicht, wenn er von Anfang an alles andersherum gemacht hätte, mit der Linken werfen, mit der Rechten fangen?

Als Jack ihm sagte, dass er mit seinem Jet abgeschossen worden sei, nickte Jim. Er habe auch Jet-Pilot werden wollen, aber er sei nur Pilot eines Hubschraubers geworden, irgendwie habe es nie gereicht in seinem Leben. Das sei letztlich auch der Grund, warum er jetzt an diesem entsetzlichen Ort sei, denn wenn es zum Baseballprofi gereicht hätte, dann wäre er nicht hier, und wenn es zum Jet-Piloten gereicht hätte, wahrscheinlich auch nicht.

Die Thais und die Laoten waren in etwas besserer Verfassung als Jim, was auch daran lag, dass sie sich im Dschungel auskannten und wussten, was man essen konnte und was nicht. Tagsüber, wenn sie sich relativ frei im Camp bewegen durften, entdeckten sie manchmal etwas am Stacheldrahtzaun, das genießbar war. Denn das Essen war das Hauptproblem: Es gab immer weniger, selbst ihre Bewacher hatten nicht genug.

Und sie hatten nichts zu tun. Entgegen Jacks Vermutung, dass man Jim und ihn bald einem ausgedehnten Verhör unterziehen werde, geschah nichts dergleichen. Niemand zog sie aus ihrer Gefangenenhütte, auch nicht, um sie in den Bambuskäfig zu stecken, der in der Mitte des Lagers stand. Dort kam man nur hinein, wenn man versucht hatte, Essen zu stehlen, oder wenn ein Flugzeug über das Gebiet geflogen war. Das kam regelmäßig vor, allerdings nie in einer Höhe, dass man sie hätte entdecken können. Trotzdem wurde jedes Mal einer der Gefangenen beschuldigt, dem Piloten Zeichen gegeben zu haben, und verschwand für einen Tag und eine Nacht im Käfig.

Ansonsten ließ man sie in Ruhe. Ihre Bewacher hatten keine andere Beschäftigung, als hungrig zu sein und sich darüber zu ärgern, dass sie hungrig waren, und Gefangene bewachen zu müssen, die am Ende zu nichts nutze waren, denn warum sonst hatte man ihnen die Bewachung übertragen und sie dann vergessen? Jack fragte sich, welcher Einheit ihre Bewacher angehörten, ob sie überhaupt irgendeiner Einheit angehörten oder nicht in Wirklichkeit eine lokale Verbrecherbande waren, die die Nordvietnamesen auf ihre Seite gezogen hatten. Sicher war nur eins: Wie die Gefangenen warteten sie, und wie die Gefangenen wussten sie nicht, worauf.

Jack sah seine Mitgefangenen an und ahnte, dass er in einigen Monaten genauso aussehen würde wie sie. Er musste flüchten, nur wie? Er versuchte, mit Jim darüber zu sprechen, aber der schüttelte den Kopf und murmelte etwas von Strafe.

Eines Tages erzählte ihm der Thai, der gut englisch sprach, aber auch die Einheimischen verstand, dass in der vergangenen Nacht zwei der Wachen darüber geredet hätten, ob es nicht besser wäre, die Gefangenen zu töten, als weiter im Dschungel zu hungern. Man könnte den Nordvietnamesen sagen, die Gefangenen hätten zu fliehen versucht, und schon wären sie alle Sorgen los.

Also beschlossen sie zu fliehen. Jack meinte, die einzige Möglichkeit sei, erst die Wachen zu überwältigen und dann das Lager unter ihre Kontrolle zu bringen. Dann könnten sie der nächsten Maschine, die das Lager überflog, ein Zeichen geben, indem sie Feuer machten oder etwas in der Art, denn für einen Marsch quer durch den Dschungel seien die meisten von ihnen zu schwach. Vielleicht ließen sich alle ihre Bewacher überwältigen, wenn sie mittags beim gemeinsamen Essen ihre Waffen abgelegt hätten.

Es waren sieben. Nicht nur in den Nächten, sondern auch bevor sie ihre Mahlzeiten einnahmen, fesselten sie die Gefangenen in ihrer Hütte mit der großen Kette. Doch schon vor längerer Zeit hatte Jim einen Weg gefunden, heimlich die Kette zu lösen – nicht um zu fliehen, sondern damit sie sich im Schlaf wenigstens umdrehen konnten. Kurz bevor die Wachen morgens kamen, hatten sie die Ketten immer wieder festgemacht. Der Plan war einfach: Wenn die Wachen zur Mittagszeit ihre Gewehre vor der Hütte, in der sie immer aßen, abstellten, würden sie die Kette lösen und die Waffen an sich nehmen.

Alles ging schief. Einer ihrer Bewacher kam zu spät zum Essen, ohne dass es ihnen rechtzeitig aufgefallen war. Er sah, dass sie schon die Waffen in den Händen hatten, und türmte in den Dschungel. Die Thais schossen auf ihn, doch sie erwischten ihn nicht.

Ein anderer hatte sein Gewehr mit in die Hütte genommen und schoss auf sie. Und Jack schoss auf ihn. Er hatte noch nie einen Menschen aus nächster Nähe getötet, und nun stand dieser dünne Mann vor ihm, brüllte etwas und zielte auf ihn. Jack drückte ab, und die Kugeln stießen den Mann hin und her wie eine Puppe, bis er reglos auf der Erde lag. Jack erschrak und dachte: So einfach ist das.

Er erschoss noch zwei weitere, als diese versuchten zu fliehen, und die Thais erschossen auch zwei, aber es war sinnlos: Zwei waren entkommen, und diese beiden würden Verstärkung holen. Einer der Laoten war tot, der andere schwer verwundet, er konnte nirgendwohin mehr fliehen. Das war schlecht, denn die Laoten waren die Einzigen gewesen, die eine Ahnung gehabt hatten, wo sie waren. Sie ließen ihn zurück.

Die Thais waren der Ansicht, dass man getrennt größere Chancen habe, schnappten sich die Schuhe der Toten und verschwanden. Von den verbliebenen zwei Paar Schuhen war eins viel zu klein, also hatten Jack und Jim nur eins, das sie sich teilen mussten, und zwei Gewehre, ein automatisches chinesisches und ein altes noch aus der französischen Kolonialzeit, das so schwer war, dass Jim es schon am ersten Tag an einem Baum stehen ließ. Das andere verloren sie zusammen mit einem Schuh, als sie in strömendem Regen einen Fluss durchquerten. Von da an besaßen sie nur noch ihre zerfetzten Kleider, eine Wasserflasche und einen einzelnen Schuh, den sie abwechselnd trugen.

Jim zitterte im Schlaf, wälzte den Kopf hin und her, und Jack wischte ihm mit einem schmutzigen Tuch den Schweiß ab. Regen prasselte auf das löchrige Dach und floss als Rinnsal an seinen Füßen vorbei. Er nickte ein, und als er aufwachte, war alles genau wie zuvor.

Er stellte die Wasserflasche unter das Loch im Dach. Die Regentropfen tanzten in der Flasche, auf dem zerbeulten Aluminiumboden. Es war lustig anzuhören, wie sie dadrinnen hüpften und sprangen und guter Dinge waren. Wurde der Tanz leiser, trank er einen Schluck und stellte die Flasche wieder hin. Dann konnte er das Regenballett von neuem hören.

Beinahe schlagartig wurde es dunkel. Jack besaß noch vier Streichhölzer. Die hatte er aufgespart, um an einer geeigneten Stelle ein Signalfeuer machen zu können. Er überlegte, ob er eines davon anzünden sollte, um das Regenballett zu sehen. Er tastete nach den Streichhölzern. Er hatte sie in ein Holzkästchen getan, das er mit etwas Stoff abgedichtet hatte, aber sie waren trotzdem nass geworden.

Er war traurig. Er fragte sich, ob es jemals wieder hell werden würde. Er hatte Angst einzuschlafen, denn er fürchtete sich vor der Dunkelheit, vor allem vor den Geräuschen der Dunkelheit. Er hörte auf das Regenballett, damit er die Dunkelheit nicht hören musste. In der Dunkelheit kamen die Ungeheuer, und die wollten ihn fressen. Es gab kleine Ungeheuer, es waren viele. Sie krabbelten auf dem Grund der Nacht herum und fraßen ihn auf, sobald er einschlief, ohne dass er es merkte. Und es gab große Ungeheuer, die verschlangen ihn mit einem Happs, und auch das würde er nicht merken, denn im Inneren der Ungeheuer war es genauso dunkel wie draußen. Die Nacht war die Nacht war die Nacht –

Irgendwann begann Jim zu sprechen. Zunächst sprach er wie im Schlaf, unzusammenhängend und leise. Erst nach und nach bildeten sich Sätze, zeigte sich ein Sinn.

«Wo kommst du eigentlich her, Jack? Ich bin in einem Nest aufgewachsen, einem Kuhkaff. Das ist jetzt nicht die beste Geschichte, ich weiß, aber so war es nun einmal. Mein Vater hat gesoffen, meine Mutter hat im Drugstore gearbeitet, wie gesagt, nicht die beste Geschichte. Auf mich hat das Stahlwerk gewartet, in dem schon mein Vater gearbeitet hat, aber ich wollte weg. Bin eines Nachts abgehauen. Hab mir in einer Autowerkstatt in der nächstgrößeren Stadt das Geld fürs College verdient, und im College war ich dann kurz vor 'ner Karriere als Baseballstar, aber am Ende hat's eben nicht gereicht. Nicht genug Disziplin, verstehst du? Ist mir immer alles zu leicht gefallen. Ist dir auch immer alles zu leicht gefallen?»

Jack dachte nach. «Nein. Ich denke nicht.»

«Besonders mit Frauen. Ich hatte es immer leicht bei Frauen. Ich will nicht sagen, dass sie mir hinterhergelaufen sind, aber ich hatte den Bogen raus. Verstehst du? Im College hatte ich mal drei Freundinnen gleichzeitig. Mann, das war vielleicht was. Hat natürlich meiner Baseballkarriere geschadet. Keine Disziplin. Hab mich dann nach dem College bei der Army verpflichtet, wollte Hubschrauber fliegen. Die Mädchen fanden das auch gut mit dem Fliegen, die stehen auf Piloten, Jack, das kennst du doch, oder? Das war doch bei dir bestimmt nicht anders.»

«Ja, Jim, kenne ich», antwortete Jack.

In Wahrheit kannte er es nicht. Er hatte es nie leicht bei Frauen gehabt, schon in der Highschool war er derjenige gewesen, der allein zum Abschlussball ging, obwohl er nicht hässlich war, auch nicht klein oder dumm. Er war einfach ungeschickt, umständlich, unsicher, und deswegen redete er zu viel und war, wie ihm seine einzige Highschool-Liebe am Ende ihrer gerade mal zweiwöchigen Beziehung gesagt hatte, «trotz des Geredes auf eine bescheuerte Art verklemmt».

«Ich hab so manchem Mädchen vorgemacht, ich wäre Jet-Pilot, Jack. Da standen die drauf, da hat man sie sofort rumgekriegt, das nimmst du mir doch nicht übel, oder?»

«Nein, tue ich nicht», sagte Jack. Er hätte diese Unterhaltung gerne beendet, hätte Jim gerne gesagt, er solle die Klappe halten.

«Mann, ich hab einer Menge Frauen alles Mögliche versprochen, und wenn ich nicht bei der Army gelandet wär, dann hätten die mich irgendwann als Heiratsschwindler und Bigamisten in den Knast gebracht. Ich konnte es einfach nicht lassen. Ich steh auf alle, aber besonders auf Blonde, nicht zu jung, nicht zu groß, sondern knackig, und du?»

Jack wusste nicht, was er antworten sollte. Wahrscheinlich war er doch auf eine bescheuerte Art verklemmt. «Vielleicht hört der Regen bald auf», sagte er.

«Der Regen hört nie auf, Jack. Und selbst wenn, wir werden hier nicht rauskommen. Wir werden hier sterben, in diesem Scheiß-Charlie-Kaff. Im Kaff geboren, im Kaff verreckt, das ist mein Los.»

«Hör auf, sonst –»

«Sonst was?»

«Ich befehle dir aufzuhören.»

«Sei nicht albern, Jack. Ich bin schon tot. Du kannst einem Toten nichts befehlen.» Eine Weile lang schwieg Jim. Dann sagte er: «Bist du verheiratet, Jack?»

«Nein.» Er war einmal drei Monate lang verlobt gewesen, aber dann hatten sie die Verlobung einvernehmlich wieder gelöst. Sie hatte sich nicht vorstellen können, mit einem Mann verheiratet zu sein, der Monate auf einem Flugzeugträger irgendwo auf der Welt stationiert war, und er hatte nicht verstehen wollen, warum das ein Problem sein sollte.

«Ich bin schon ein paar Jährchen verheiratet, Jack. Susan ist schwanger geworden, und jetzt hab ich eine Tochter. Ich hab die Nachricht bekommen, kurz bevor die meine Kiste abgeschossen haben. Am Abend hab ich das mit den Kameraden noch gefeiert, und dann sind wir in diesen Puff in Saigon gegangen. Mann, ich bin schon ein Schweinehund, konnte einfach nicht anders, und das, obwohl ich sie eigentlich ganz gern habe, die Susan. Wenn ich gewusst hätte, dass der Fick in dem Puff der allerletzte meines Lebens sein würde, dann hätte ich mir das erspart, damit das nicht das Letzte ist, was mir an Erinnerung an die Frauen bleibt. Aber ich hab das damals nicht gewusst! Ich hatte Schiss, Jack, denn mein Kommandeur, zu dem ich 'nen ganz guten Draht hatte, der fing schon an, so Sachen zu sagen wie, jetzt, wo du zum ersten Mal Vater geworden bist, kann ich dich vielleicht früher, also vor der Zeit, zurückschicken. Das war's ja einerseits, was jeder wollte, und andererseits hatte ich Angst vor einem Leben neben der Garnison, in einem dieser Häuser, die alle gleich aussehen, mit Kind, Kinderwagen und dem ganzen Alltag drum herum. Tja, jetzt werd ich's nicht mehr erleben.»

«Hör auf, so ein Zeug zu reden, Jim. Versuch zu schlafen.»

Danach war er still, und Jack glaubte, Jim wäre eingeschlafen. Immer noch war es finster, prasselte der Regen auf das löchrige Dach, und alles, was sie umgab und nicht sichtbar war, kam ihm wie ein langer Albtraum vor. Wie schon so oft flüchtete er sich in die Vorstellung, dass er vielleicht tatsächlich träumte, in seinem Jet, der auf dem Flugdeck stand, weil er in seiner Kabine keinen Schlaf gefunden hatte. Er musste nur schnell einschlafen, um in seinem Jet wieder aufzuwachen. Er war beinahe eingenickt, als Jim sagte:

«Vielleicht stimmt es ja gar nicht.»

«Was?»

«Vielleicht bin ich ja schon vorher Vater geworden. Als ich in Deutschland stationiert war, da hatte ich eine deutsche Freundin, Martha. Ein wenig älter, aber was Besonderes eben, wir hatten 'ne gute Zeit. Eines Tages, als ich ihr gerade eröffnen wollte, dass ich bald woanders stationiert werde, da sagte sie mir, dass sie schwanger ist. Und dass wir zusammen nach Amerika gehen könnten und solche Sachen. Ich hab ihr gesagt, dass sie's besser wegmachen soll. Und da hat sie mir Wein ins Gesicht gekippt und ist aufgestanden und gegangen. Hab sie nie wieder gesehen.»

Beim Sprechen war Jim immer leiser geworden, und nun schwieg er. Jack schwieg auch, und wieder war nur der Regen zu hören, der auf das Dach prasselte.

Irgendwann war Jack eingeschlafen, und als er wieder aufwachte, war es hell. Es regnete nicht mehr.

Jim war verschwunden.

Weil es plötzlich so hell war, hatte er zunächst Schwierigkeiten, sich zu orientieren. Vor ihm stand der einzelne Schuh, den Jim und er sich teilten. Beide hatten sie Schnitte und Entzündungen an den Füßen – wo immer Jim auch war, weit konnte er nicht gekommen sein. Nicht ohne Schuh.

Jack hörte ihn rufen: «Na los, trau dich, mach schon, keine Angst, wirf einfach!»

Er trat an eine Fensteröffnung der Hütte und wagte kaum zu atmen.

Draußen, auf dem kleinen Platz vor den im Halbkreis angeordneten Hütten, stand Jim, bärtig, in Fetzen gehüllt wie ein Gespenst, in der Hand einen kurzen dicken Ast, den er wie einen Baseballschläger hielt, und ihm gegenüber ein einheimischer Junge, so dünn, dass es sich schwer sagen ließ, wie alt er war – vielleicht fünf, vielleicht acht Jahre? Er hielt etwas Rundes in der Hand, vielleicht eine kleine Kokosnuss oder eine andere Frucht.

Jim rief: «Ich war der beste Schläger meines Jahrgangs!»

Der Junge konnte nicht allein sein, Jack wusste das. Er wollte hinauslaufen, um sich Jim zu schnappen und ihn wie auch immer in den Busch zu schleppen, aber es war zu spät.

«Sei kein Spielverderber!», rief Jim.

Der Junge rannte weg und schrie dabei das Wort, das Jack auch in ihrer Sprache verstand: «Amerikaner!»

Vielleicht hatten sie hier noch Vorräte vergraben, vielleicht suchten sie in der Umgebung nach Früchten – so oder so, die Dorfbewohner waren zurückgekehrt. Jack sah, wie der Junge und dann die anderen Einheimischen nach wenigen Sekunden des Zögerns schreiend auf Jim zurannten, der, warum auch immer, lachte und seinen Ast schwang, bereit für seinen letzten Schlag, bereit für seinen Homerun. Der Junge versteckte sich hinter den Erwachsenen, und ein Mann rannte auf Jim zu, und Jim grinste, und der Mann schwang eine Machete, und Jim hob seinen Ast, und der Mann hieb ihm den dürren Arm ab, und Jim war ganz still und schaute nur überrascht dorthin, wo sein Arm gewesen war, der den Schläger gehalten hatte, in diesem allerletzten Spiel, bevor der Mann erneut die Machete hob und –

Jack stolperte zur Rückseite der Hütte und sprang durch ein weiteres Fensterloch hinaus. Er rannte in den Wald, in das gierige Grün, von dem er wusste, dass es ihn nicht wieder hergeben würde. Er würde darin verschwinden, ohne Spuren zu hinterlassen, aber er hatte Angst, entsetzliche Angst, dass sie ihn ebenso zerstückeln würden wie seinen Kameraden. Noch während er rannte, glaubte er, ihr Johlen zu hören, ihre Rufe, ihr Gelächter, und alles war besser als das – selbst von einem der zahllosen Viecher im Dschungel zerrissen und gefressen zu werden war besser, denn die würden ihn nicht nackt aufhängen und zur Schau stellen. Er lief durch das Dickicht und zerschnitt sich die Füße, zerschnitt sich den Rest seiner Kleidung und das Gesicht, und Blätter und Zweige schlugen ihn, wieder und wieder schlugen sie ihn, doch nach kurzer Zeit nahm er keinen Schmerz mehr wahr und schloss die Augen. Nun schienen die Zweige und Blätter ihn zu streicheln, wurden zu Freunden des Waldes, die ihn grüßten. Bis er plötzlich ein Grollen hörte, ein himmlisches Heulen, das die Luft erfüllte.

Er drehte sich um. Dem Heulen folgten ein Zischen, ein Jauchzen und dann eine Reihe von Donnerschlägen, aus der Richtung des Dorfes walzte eine Feuerwand auf ihn zu. Da wusste er, dass Jim und die Dorfbewohner und der Junge für immer verschwunden waren, und er drehte sich wieder um und lief und lief und schaute nach oben und rief: «Hier! Hier! Hier!», aber er sah die Flugzeuge nicht, und sie sahen ihn nicht und hörten ihn auch nicht, und er spürte die Hitze des brennenden Napalms und rannte, wie er noch nie in seinem Leben gerannt war, rannte und rannte. Bald hörte er die Jets nicht mehr, spürte nur die Hitze näher kommen, die ihn und den Wald verschlingen würde, und ihm war, als ob da Wesen neben ihm liefen, Bären und Tiger und Hirsche, und über ihm Vögel flögen und sich die Affen von Wipfel zu Wipfel hangelten, und da war ja auch schon Jim, Jim ohne Arm, der neben ihm lief und rief: Schneller, Jack, schneller, verdammt, schneller! Sonst schaffst du es nicht, Jack, schneller, und er lief immer schneller, bis er über einen Ast stolperte und mit dem Gesicht im Wasser lag. Als er den Kopf hob, lag vor ihm eine graubraune, weite Fläche. Das war der Fluss, den sie eine Woche lang gesucht hatten.

Worauf wartest du?, rief Jim. Es brennt! Der ganze verdammte Dschungel brennt lichterloh! Schnell, auf den Baumstamm da!

Und Jack zog sich auf einen schwimmenden Baumstamm und stieß sich mit den Händen vom Ufer ab und trieb hinaus auf den Fluss, und vor ihm paddelte Jim mit einem Kanu, und Jack rief: «Jim, warte! Warte und lass uns zusammen paddeln!»

Das geht leider nicht, Jack, alter Freund, denn erstens ist dieses Kanu nur geliehen. Alles ist nur geliehen, wusstest du das nicht? Und zweitens kann ich dich dahin, wo ich hinfahre, nicht mitnehmen. Beeil dich, damit dich die Flammen nicht doch noch holen!

«Aber du hast nur noch einen Arm, Jim! Lass mich dir helfen!»

Ach was, Jack, keine Sorge, bleib du auf deinem Baumstamm, du weißt doch: Ich mache jetzt alles mit links! Wie du siehst, paddle ich mit einem Arm viel schneller als mit zweien!

«Wohin führt der Fluss überhaupt?», fragte Jack.

Nach Hause, Jack, nach Hause. Aber dich noch nicht.

«Wie meinst du das?»

Du musst noch ein Weilchen bleiben, Jack. Noch ein ganzes Weilchen, um ehrlich zu sein. Die Frau in Deutschland hieß Martha, und meine Frau heißt Susan. Aber was sind schon Namen? Jack und Jim, Jim und Jack, das ist egal, aber einer muss übrig bleiben, denn wer soll die Geschichte sonst erzählen? Du kannst Susan alles erzählen, nur bitte nicht das mit Saigon und auch nicht das mit der Machete und dem Arm, okay, Jack?

«Geht klar, Jim.»

Ruh dich jetzt etwas aus, Jack.

«Aber wenn ich einschlafe, dann rutsche ich vielleicht ins Wasser und ertrinke!»

Klemm dich zwischen die beiden Äste vor dir. Ja, so. Siehst du, jetzt kannst du nicht mehr in den Fluss rutschen.

«Und was ist mit den Krokodilen?»

Jack, Jack, Jack. Und wenn der Eimer ein Loch hat? Du kannst nicht immer in allem ein Problem sehen. Wir führen hier Krieg, Jack. Das ist dumm, denn wir könnten ja auch was anderes machen. Bist du nicht mal dieses Raketenflugzeug, die X-15, geflogen?

«Woher weißt du das?»

Hast 'nen Höhenrekord gehalten.

«Nur kurz.»

Warst Testpilot und solltest Astronaut werden. Das heißt, nein, mit dem Höhenrekord bist du ja sogar Astronaut!

«Der ist international nicht anerkannt. Es fehlen sechs Kilometer.»

Wirklich? Also hat's auch bei dir nicht gereicht. Für das Abzeichen hat's gereicht und für Orden und für einen kurzen Blick auf das Runde der Erde, aber nicht für die Umlaufbahn, nicht für den Mond. Und jetzt bist du hier, wo du nie hättest sein sollen, weil du eigentlich auf den Mond gehörst, so wie ich in ein Baseballstadion gehört hätte, jetzt sind wir hier und –

Bevor Jack das Bewusstsein verlor, sah er neben sich den Mann mit der Machete vorbeitreiben und dann den Jungen, in der Hand einen Baseball, das bleiche, zarte Gesicht zum leeren Himmel gewandt, und schließlich, ganz nah, sodass er fast nach ihm hätte greifen können, Jims Arm.

1982

Wenn Hardy früh genug aufstand, konnte er sie sehen: Scheu und munter zugleich standen die Hirsche auf dem Rasen oder zwischen den Pinien, und wenn er ans Fenster seines Zimmers trat, um sie zu beobachten, reckten sie den Hals, lauschten, und er hielt den Atem an und fragte sich, ob sie ihn auch sehen konnten. Nach ein paar Sekunden wackelten sie mit den Ohren, schüttelten sich kurz, als wäre er nur ein Traum gewesen, und grasten weiter.

Es war der Sommer, bevor er mit dem Studium anfangen sollte. Er hatte einen Platz am Caltech bekommen, dem California Institute of Technology, an dem Einstein gelehrt hatte und Richard Feynman Professor war, und das bedeutete, dass er bald nicht mehr jeden Morgen nach Santa Monica zum Junior College fahren würde, sondern nach Pasadena – ein Weg, der vom Topanga-Canyon normalerweise gut eine Autostunde dauerte, morgens und abends wegen der alltäglichen Staus aber deutlich länger. Deswegen würde er im Wohnheim auf dem Campus wohnen, ein richtiges Studentenleben führen, sich mit Gleichgesinnten das Zimmer teilen. Er wollte, das war seit langem sein Plan, Astronomie und Raumfahrttechnik studieren.

Nicht weit vom Caltech entfernt stand das JPL, das Jet Propulsion Laboratory, eine Mischung aus Raketenschmiede und Forschungslabor, wo die aufsehenerregenden Apparate entwickelt wurden, mit denen die NASA den Weltraum erforschte: die Viking-Sonden, die auf dem Mars gelandet waren und von der roten, kargen Oberfläche die ersten Farbfotos zur Erde schickten, und die Voyager-Sonden, die nicht nur Jupiter und Saturn, sondern auch deren Monde erkundet hatten, Io, Europa, Ganymed, Kallisto und Titan – allein schon die Namen verursachten bei ihm eine Gänsehaut. Es waren fremde Welten, die aus Wirbelstürmen und Wolken, aus Gas und Gestein, aus Eis und Feuer bestanden und die bis dahin noch nie ein Mensch gesehen hatte. Er hatte sich jede Folge von Carl Sagans Fernsehserie «Cosmos» angeschaut und jedes Buch über Astronomie, Planetologie und Raketentechnik, das er in der Stadtbibliothek in Downtown Los Angeles hatte finden können, nach Hause geschleppt und, wie Jessica bemerkt hatte, nahezu verschlungen. Was er nicht in der Bücherei fand, bestellte er sich in einer Buchhandlung in Santa Monica, dem «Moonlight Special Bookshop».

Sein Entschluss stand fest, und zum ersten Mal in seinem Leben sah er so etwas wie eine gerade Straße in die Zukunft vor sich, einen Weg, den er wirklich gehen konnte: Er würde Wissenschaftler werden. Auch wenn er wahrscheinlich nie Astronaut werden und nie den Mond betreten würde, wollte er diesem Universum ein paar seiner unendlich vielen Geheimnisse entreißen, wollte etwas finden, das niemand vor ihm gefunden hatte, wollte etwas denken, was nie zuvor gedacht worden war, wollte dorthin Licht bringen, wo vorher Dunkelheit geherrscht hatte, und vielleicht würden sie ja eines Tages doch einen Menschen brauchen, der auf dem Mars einen Berg hinaufsteigt, einen Stein umdreht oder eine Höhle erkundet, der einen Bohrer in Europas Eispanzer jagt, um nachzuschauen, ob es darunter nicht von Leben wimmelt, der durch die dichten Nebel des Titan fliegt oder die Ringe des Saturn vermisst. Die NASA plante, vor dem Ende des Jahrtausends auf dem Mars zu sein, da wäre er 36 Jahre alt, so alt wie Jessica jetzt, die aber jünger aussah, wie er und nicht nur er, sondern auch einige seiner früheren Highschool-Kameraden fanden. Sie hielt sich mit einem selbst entwickelten Gymnastikprogramm fit, bei dem man zu Disco-Musik schwitzen musste und das so erfolgreich war, dass sie mittlerweile in einer umgebauten Lagerhalle am Ende des Sunset Boulevard, dort, wo er auf den Coast Highway führte und sich jenseits der Straße nur noch die endlosen Weiten des Pazifik auftaten, Kurse für reiche Hausfrauen aus Hollywood gab, die erstaunlich gut besucht waren.

Der Topanga-Canyon, in dem sie seit zwei Jahren ein Haus bewohnten, war einmal ein Sammelpunkt für Hippies, Aussteiger, Künstler und vor allem Musiker gewesen, doch mittlerweile war die Ansiedlung bürgerlicher geworden. Nach einer kurzen Verschnaufpause hatten die Immobilienpreise in Los Angeles wieder angezogen, und die Leute wichen in Gegenden aus, die sie sich noch leisten konnten. An das Haus war Walther über den Verleger der englischen Übersetzungen seiner «Kosmos»-Romane gekommen, der das Nachbarhaus bewohnte, einen etwas korpulenten, weichhäutigen, blassen Mann in den Dreißigern namens Brian Eisenstein, dessen Verlag «E-String Publishers» eigentlich Musikerbiographien, Fotobände über Musiker und Enthüllungsbücher über Musiker herausbrachte – insbesonders Letztere finanzierten seinen Lebensunterhalt.

Aber Brian war auch ein «Space-Aficionado», ein Mann, der sein mickriges, schäbiges Büro am Wilshire Boulevard, dessen einziger Standortvorteil «die relative Nähe zu Marilyn Monroes Grabstein» war, mit Raketenmodellen, Monddioramen und Sternenkarten ausstaffiert hatte und der an den Wochenenden gerne in einer Star-Trek-Uniform vor dem Fernseher saß und sich Wiederholungen von Star-Trek-Filmen anschaute. Zusätzlich zu seinem Musikbuchverlag hatte er einen Verlag im Verlag gegründet, «Interstellar Books», der ein buntes Sammelsurium an Publikationen umfasste. Wer den Katalog durchblätterte, konnte dort Astronauten-Biographien finden (die meisten davon hatte unter verschiedenen Pseudonymen er selbst verfasst), Science-Fiction-Romane, in denen es bemerkenswert häufig um Sex mit Außerirdischen ging, und – für Hardy am interessantesten – Fachbücher über Raketentechnik und Raumfahrt, deren Autoren ehemalige Ingenieure und Testpiloten waren, die keinen anderen Verlag gefunden hatten und nicht selten den Druck aus eigener Tasche finanzierten.

Weder Walther noch sein Verlag in Deutschland hatte sich großen Illusionen darüber hingegeben, dass sich «Captain Ronin» in den USA, dem Reich von Superman, Captain America und inzwischen auch Luke Skywalker, gut verkaufen würde, aber die Serie war in alle möglichen Sprachen übersetzt und in alle möglichen Länder verkauft worden, und die Vereinigten Staaten durften in der Aufzählung nicht fehlen. So hatten sie das Angebot von Brian nach kurzem Zögern angenommen, aber als Hardy ihm zum ersten Mal begegnet war, ahnte er sofort, dass dieser Mann aus eigener Kraft niemals Erfolg haben würde. Er hatte einfach zu viele Ideen, von denen er am Ende nur wenige, und meistens die zum Scheitern verurteilten, realisierte. Fast schien es so, als fürchtete er sich davor, Gewinn zu machen. Er verlor sich in Detailfragen und Schwärmerei und träumte lieber davon, reich zu werden, als jemals reich zu sein. Wenn er erst mal die Filmrechte an Walthers Roman verkauft haben werde, hatte er Hardy erklärt, stünden ihnen goldene Zeiten ins Haus, aber Hardy hatte instinktiv gespürt, dass Brian diese Filmrechte mit hoher Wahrscheinlichkeit nie an den Mann bringen würde. Wöchentlich traf sich Brian mit den Präsidenten von Filmgesellschaften zum Lunch, von denen, wie Walther bemerkte, «noch nie ein Mensch zuvor gehört hatte». Diese Filmproduzenten, die sich im besten Fall die Rechte an Walthers Roman für ein halbes Jahr sicherten, diese Option aber nie bezahlten, waren in gewissem Sinne Brians Brüder im Geiste.

«Man müsste jemanden finden wie George Lucas», sagte Brian oft, «jemanden mit einer Vision.»

«Und Kohle», fügte Hardy hinzu.

«Wie? Ja, das auch.»

Trotzdem war Kalifornien kein Misserfolg. Dass sie dorthin gezogen waren, war für Walther die beste Entscheidung seines Lebens gewesen. In seinem Arbeitszimmer in dem kleinen Holzhaus schrieb er weiterhin alle zwei Monate ein «Captain Ronin»-Heft und einmal im Jahr ein «richtiges Buch».

Allerdings hatte er den Erfolg des ersten «Kosmos»-Romans nicht wiederholen können. Zwar hatten alle Bücher deutlich mehr als den Vorschuss eingebracht, die Verkaufszahlen gingen jedoch von Mal zu Mal zurück, was bei den «Captain Ronin»-Heften nicht anders war. Es ließ sich nicht leugnen: Im Gegensatz zu Ronin, der dank eines ihm von Wesen aus einer anderen Dimension geschenkten «Zeitregenerators» niemals alt wurde, waren seine Fans älter geworden, und wenn Walther die erst stagnierenden, dann langsam sinkenden Auflagenzahlen zugeschickt bekam, schien es ihm, als hätte ein großer Teil der früheren Leser sich anderen Dingen zugewandt – vielleicht einer Karriere im Büro, vielleicht der Erziehung von Kindern.

In jenem Sommer arbeitete Hardy in «Mike's Electrical Dream», einem Laden in der Second Street, der riesige tragbare Radiorecorder vertrieb. Mike, der sich gerne «Master of the Blasters» nannte, verkaufte neben den Ghettoblastern, die den Strand von Venice beschallten, auch Fernsehgeräte, Videorecorder, Stereoanlagen und inzwischen sogar Heimcomputer – wie Orgel-Heinz in Berlin. Überhaupt erschien ihm Mike wie ein amerikanischer Zwilling von Orgel-Heinz. Wie der war Mike immer mürrisch zu seinen Angestellten und gleichzeitig restlos überzeugt von sich und seiner Mission, die darin bestand, elektronische Unterhaltungsartikel zu verkaufen. Er war ein Vollblutverkäufer, der wie ein Seismograph die Wünsche und Einkaufsgewohnheiten seiner Kunden registrierte. Schon vor einiger Zeit war ihm aufgefallen, dass das Interesse an Videospielkonsolen, die man ans Fernsehgerät anschließen konnte, kaum merklich abgenommen hatte. Immer häufiger waren Leute in seinen Laden gekommen und hatten ihn auf Dinge angesprochen, von denen er nicht einmal wusste, dass es sie gab.

«Haben Sie schon den neuen Commodore, den C64?», hatte ihn vor nicht allzu langer Zeit ein Mann gefragt, und dann hatte dessen kleiner Sohn in einem besserwisserischen Ton hinzugefügt, dass sein Dad ja ursprünglich eine Videospielkonsole für ihn habe kaufen wollen, sie sich aber jetzt für den neuen C64 entschieden hätten, der so viel mehr Möglichkeiten biete.

Mike hatte an jenem Tag überlegt, ob er ihnen sagen sollte, dass er keine C64er führe, aber dieser Kunde samt seinem kleinen Klugscheißer war für die Videospielkonsole verloren, die wollten dieses Commodore-Dings und sonst nichts, und er wusste genau, dass er die beiden, wenn er einfach sagte, er habe so was nicht, für immer los sein würde, was ihm die Woche versaut hätte. Ein Kunde war ein Kunde, und ein Kunde bedeutete Profit. Also entgegnete er: «Da haben Sie aber ein Riesenpech. Hab gerade eben erst den letzten verkauft. In zwei Wochen müsste ich wieder welche bekommen.» Auf diese Weise hatte er immerhin Zeit gewonnen.

Was aber tun? Er rief seine üblichen Lieferanten an, erfuhr allerdings nur, dass dieser C64 eine neue Art Heimcomputer war, den sie nicht auf Lager hatten, obwohl ihn die ganze Welt haben wollte. Und kaum hatte er den Hörer aufgelegt, da war doch schon der nächste Knilch in den Laden gekommen, der ihn danach fragte: ein mittelgroßer blonder Kerl, vielleicht sechzehn, siebzehn Jahre alt, nicht unsympathisch, aber er sah nicht danach aus, dass er dieses Commodore-Dings überhaupt bezahlen konnte.

«Haben Sie den neuen C64 von Commodore da?»

«Nein, Junge, habe ich nicht. Aber wenn du mir erklärst, was so Besonderes daran ist und wo wir eventuell einen herbekommen könnten, verkaufe ich dir einen zum Einkaufspreis.»

«Zum halben Einkaufspreis», sagte der Halbwüchsige.

Mike setzte eine verdrießliche Miene auf. Tatsächlich hüpfte sein Herz: Der Junge gefiel ihm. Profitorientiert und nur auf den eigenen Vorteil aus, ein Seelenverwandter!

Seit jenem Tag arbeitete Hardy nach der Highschool in Mikes Elektrotraum. Mike war ziemlich froh darüber gewesen, dass er Hardy gefunden hatte, denn wenn er ehrlich war, hatte er selbst zwar Ahnung von Radiorecordern, aber keine von den Vorzügen eines Apple II gegenüber einem Tandy oder einem Commodore. Wenigstens hatte er sich nicht getäuscht, was den langsamen Niedergang der klassischen Videospielkonsole anging.

«Nur sind Computer eben viel teurer als Konsolen», sagte Hardy.

Das war ja gerade das Tolle daran. Mit einem einfachen Transistorradio konnte Mike kaum noch etwas verdienen, was auch daran lag, dass praktisch jeder schon zwei hatte. Und mit Fernsehern und Ghettoblastern verhielt es sich ganz ähnlich. Die Leute wüssten gar nicht mehr, wohin mit ihrem Geld, erklärte Mike, und deswegen sei der Heimcomputer so eine vielversprechende Erfindung.

Auch nachdem Hardy ihm einiges über die Funktionsweise von Computern erklärt hatte, wusste Mike nicht allzu viel darüber, immerhin reichte es für ein einfaches Verkaufsgespräch. Was er hingegen ziemlich schnell begriffen hatte, war, dass es für diese Computer ständig Verbesserungen gab: Ihr RAM, ihr Gedächtnis, wurde größer, ihre CPU, ihr Gehirn, arbeitete schneller. Damit glichen sie für Mike, verkaufstechnisch gesehen, Autos, von denen ja auch in schöner Regelmäßigkeit neue, schnellere Modelle auf den Markt kamen. Allerdings nahmen Computer nicht so viel Platz ein, im Gegenteil, sie schienen sogar immer kleiner zu werden, je schneller und besser sie wurden. Und wie leicht es fiel, den Kunden einzureden, dass für sie nur das Allerneueste und Schnellste das Richtige war. Und erst das Zubehör – einfach sagenhaft, eine Goldgrube! Diskettenlaufwerke, Festplatten, Tastaturen, Nadeldrucker und die im Vergleich zu einem Fernsehgerät sehr hässlichen, dafür aber teuren Monitore! Ein Radio blieb ein Radio, und ein Fernseher blieb ein Fernseher, und ein Toaster blieb ein Toaster, und die einzige Hoffnung, die man als Händler mittelfristig haben konnte, war, dass so ein Ding kaputtging.

Der Computer war da ganz anders, zumal es neben den bereits erwähnten Vorteilen noch etwas gab, das Mike wie pure Magie erschien: Software. Weiche Ware! Gehirnschmalz! Das Elektronenhirn brauche nämlich, so hatte es Hardy ihm erklärt, Anweisungen, eine Art Befehlskette, auch Programm genannt, das es abarbeiten müsse. Je schneller ein Computer war, desto aufwendiger und komplizierter konnte das Programm sein, und je aufwendiger und komplizierter das Programm war, desto schneller musste der Computer sein, den Mike seinen Kunden verkaufte. Er hatte einen Goldesel gefunden, einen elektronischen Goldesel. Es war einfach zu schön, um wahr zu sein.

Und obwohl seine Computerkenntnisse bescheiden blieben, hatte er nur wenig Zeit gebraucht, um mit einer aggressiven Niedrigpreispolitik die meisten seiner Konkurrenten schon in dieser ersten, frühen Phase des Heimcomputerbooms in die Knie zu zwingen. Dementsprechend betrübt war er, als Hardy ihm an einem Freitagnachmittag eröffnete, dass er von nun an nicht mehr dreimal die Woche, sondern allenfalls in den Semesterferien bei ihm arbeiten könne.

«Was willst du denn in Pasadena? Weißt du, wer in Pasadena wohnt? Schnösel, Rechenschieber, Eierköpfe. Gefällt es dir nicht mehr bei mir?»

«Ich werde dort studieren, Mike. Physik, Astronomie, Kosmologie, solche Sachen.»

Sie hatten dieses Gespräch über seine berufliche Zukunft schon oft geführt. Hardy hatte Mike erklärt, dass er Wissenschaftler werden wolle, dass es sein Traum sei, eines Tages die automatischen Sonden zu konstruieren, die zum Mars, zum Jupiter und noch viel weiter fliegen würden, und wer weiß, vielleicht würde er ja irgendwann selbst in einem Raumschiff mitfliegen, als Wissenschaftsastronaut.

«Anstatt ins All zu fliegen, könntest du eines Tages mein Geschäft übernehmen», bot Mike ihm an, «das ist was Solides. Und was Reales. Schon vergessen: Unser Präsident ist ein Schauspieler. Der wird dir im Death Valley ein schönes Filmset hinstellen, und dann darfst du den Astronauten auf dem Mars *spielen*!» Er machte eine theatralische Geste. «Hier, bei mir, in der wirklichen Welt, könntest du der ‹Prince of the Blasters› werden!»

Hardy lachte. «Tut mir leid, Mike, Ende September geht es los.» Er hielt ihm eine Diskette hin.

«Was ist das?»

«Ein Computerspiel. Hab ich programmiert. Es heißt ‹Planet Explorer›. Man muss mit einem kleinen Raumschiff auf fremden Planeten landen. Wenn man das schafft, kriegt man Geld, space credits, und damit kann man sich dann größere Raumschiffe und bessere Ausrüstung kaufen und auf weiter entfernten Planeten landen.»

«Und was soll ich damit?»

«Verkaufen. Ich habe da so an zehn Dollar gedacht. Pro Kopie.»

«Zehn Dollar für eine Diskette mit ein bisschen Gehirnschmalz drauf?»

«Du hast recht, wir sollten vielleicht noch eine anständige Verpackung dafür finden.»

«Was springt für mich dabei raus?»

«Zwanzig Prozent. Zwei Dollar.»

«Da kannst du mich ja gleich mit space credits bezahlen! Nein, mein Lieber: fünfzig Prozent. Fünf Dollar.»

«Keine Chance. Du hast doch kein Risiko. Ich meine, du kannst das Spiel mit einem Computer gleich mitverkaufen, hast praktisch keinen Aufwand damit, selbst die Disketten besorge ich und mache auch die Kopien.»

«Vierzig Prozent. Vier Dollar. Ansonsten kannst du dich mit deinem Kinderspielchen ja an den Strand stellen und darauf hoffen, dass dir einer dieser Discoheinis auf Rollschuhen im Vorbeifahren eins abkauft.»

«Fünfundzwanzig. Zweieinhalb Dollar. Sonst geh ich an den Strand, darauf kannst du Gift nehmen. Und wer weiß, was mir deine Discoheinis zahlen.»

Es war ein Jammer, dachte Mike. Dieser Junge weiß, was er will, und er geht aufs Ganze. Ein Dealmaker, ein knallharter Verhandler, ein würdiger Nachfolger von ihm. «Na gut, wie viele Kopien hast du schon gemacht?»

«Dreißig.»

«Wenn die länger als drei Wochen hier im Regal Platz wegnehmen, nimmst du sie zurück, und das war's.»

Nach diesem Gespräch fuhr Hardy, wie immer nach der Arbeit bei Mike, mit seinem alten 69er-Mercury Comet nach Hause. Im Topanga-Canyon war es das ganze Jahr über warm, und es roch wie in Südfrankreich, nur war das Blau des Ozeans, den man zuweilen sehen konnte, nicht das Blau des Mittelmeers, sondern des Pazifiks. Alles war groß in Amerika, und alles fühlte sich für Hardy nicht nur neu an, sondern auch jung, voll von Zuversicht und Zukunft.

Sobald er seinen Führerschein gemacht hatte, hatten ihm Walther und Jessica das Auto geschenkt, ein röhrendes, schepperndes Coupé, mit dem er fortan durch die Gegend fuhr. Was die meisten Menschen in Los Angeles hassten, mochte er: Im Auto zu sitzen und zu fahren, und zwar in einer Stadt, die so ganz anders war als die europäischen Städte, die er kannte: groß, ohne Zentrum und irgendwie auch ohne Anfang, ohne Ende. Unterwegs zu sein, die Musik laufen zu lassen und dabei nachzudenken oder, besser noch, an gar nichts zu denken, das war es, was er machte, wenn ihm nichts Besseres einfiel.

Hardy hatte ein paar Freunde in der Nachbarschaft, und einer davon war Jason Woods, ein junger Typ mit Rastazöpfen, dessen Vater ein One-Hit-Wonder war: Er hatte einen Folksong geschrieben, der vor zehn Jahren 22 Wochen lang die Nummer eins gewesen war und im Radio immer noch gespielt wurde. Von den Einnahmen aus diesem einen Song hatten die Woods' sich das Haus gekauft. Als Hardy jetzt daran vorbeifuhr, schaute er, ob die Garage offen war, in der Jason manchmal an seinem Motorrad oder an seinem Computer herumschraubte. Aber die Garage war zu.

Zu Hause angekommen, wunderte er sich, dass Jessicas Wagen schon vor der Tür stand. Eigentlich gab sie freitags immer bis zum späten Abend ihre Kurse.

Er wunderte sich noch mehr, als er das einstöckige Haus betreten hatte und kurz darauf feststellte, dass die beiden Hand in Hand im Wohnzimmer auf der Couch saßen. Sie sahen ihn auf eine Weise an, die ihm sagte, dass etwas passiert war.

«Was ist passiert?», fragte er.

«Nichts», sagte Walther.

«Er war heute beim Arzt», sagte Jessica.

«Und?»

«Die haben was gefunden.»

«Was?»

«Keine Angst. Man kann es operieren. Es gibt da einen Spezialisten. In Texas. Der kann es operieren.»

«Wann?»

«Na ja, so schnell wie möglich.»

«Und dann ist es wieder gut?»

«Ja.»

«Aber?»

«Aber was?»

«Es gibt einen Haken, sonst würdet ihr beide nicht hier so sitzen und mich anschauen.»

«Die Versicherung zahlt nicht alles. Aber das hat nichts mit dir zu tun.»

«Es könnte sein», sagte Jessica, «dass du vielleicht die ersten beiden Semester noch hier wohnen bleiben musst. So könnten wir die Miete für das Wohnheim sparen.»

«Und dann reicht es für den Spezialisten?»

«Wenn es knapp wird, könnten wir zur Bank gehen, wir haben ja immer noch das Haus.»

«Und dann reicht es?»

«Ich könnte auch zurück nach Deutschland gehen», sagte Walther. Er wirkte um Jahre gealtert.

Die Wochen, die Walther in der Klinik in Texas verbrachte, Wochen, in denen Jessica alle Kurse absagte und in einem billigen Motel am Rand von Houston lebte, in Sichtweite des NASA Mission Control Center, dessen Hochhauskomplexe und Antennen wie Erinnerungen an eine andere Zeit in den

Himmel ragten, Wochen, in denen sie praktisch jeden Tag im Krankenhaus bei Walther und Hardy allein in Topanga war, allein mit den Hirschen und den Sternen, diese Wochen gehörten zu den einsamsten seines Lebens. Er hätte in dieser Zeit genauso gut auf einem anderen Planeten leben können. Oder in dem Fass.

Er hatte das Gefühl, dass eine unsichtbare Macht ihn wieder zurückgeworfen hatte, in die Dunkelheit, so wie es ihm damals mit diesem dummen Dorfpolizisten ergangen war, der ihn zurück ins Heim gebracht hatte, und mit dieser Erinnerung stieg Ärger in ihm auf, ein Zorn, der sich nicht besänftigen ließ, weil es niemanden gab, gegen den er ihn richten konnte. Er fühlte sich von der Welt betrogen. Er würde in diesem Herbst nicht am Caltech anfangen können. Er würde nirgendwo anfangen. Er hatte Walthers Krankenversicherungsvertrag gelesen: Walther hatte wie die meisten gesunden Menschen nicht damit gerechnet, krank zu werden. Krank vielleicht schon, aber nicht so krank. Hardy hatte die Kontoauszüge, Honorare und Abrechnungen durchgesehen und erkannt, dass die rosige Zukunft plötzlich nicht mehr rosig war, nur schienen Jessica und Walther das nicht wahrhaben zu wollen. Vor ihrer Abreise hatten sie so getan, als würden sie in den Urlaub fahren. Er hatte ihnen genau vorgerechnet, wie es um die Finanzen stand, und hatte sich gerade noch bremsen können, ihnen in Relation dazu seine Berechnungen zur Erfolgswahrscheinlichkeit der Operation darzulegen, aber selbst das hätte ihnen vielleicht ihre Illusionen nicht genommen. Sie hatten, als hätten sie unter Drogen gestanden, nur milde abgewinkt.

Das hatte ihn nur noch mehr geärgert. Er erwischte sich dabei, wie er, der nicht an Gott glaubte, in einem Moment für Walther betete und sich im nächsten wünschte, er möge noch vor der Operation sterben.

Täglich telefonierte er mit Jessica und fragte sie, wie es Walther gehe und ob er nach Houston kommen solle (und dachte sich insgeheim: um Walther noch ein letztes Mal zu sehen), und sie antwortete, er solle bleiben, wo er sei. Er war erleichtert und wusste im selben Augenblick, dass er am nächsten Tag wieder anrufen würde, obwohl sie sagte, er müsse nicht jeden Tag anrufen. Er konnte nicht anders und tat es trotzdem.

Und beinahe jeden Abend trank er Bier, viel Bier, in einem billigen Diner am Ende der Topanga Canyon Road, einer Bretterbude, in der manchmal heruntergekommene Musiker spielten und die Tacos sehr, sehr scharf waren und noch nie jemand nach seinem oder Jasons Ausweis gefragt hatte. Während ein zahnloser Rentner im Gandalf-Look «Stairway To Heaven» mit einer E-Gitarre coverte, saßen sie am Fenster und tranken schweigend ihre Pints.

Nachdem die OP angeblich erfolgreich verlaufen war («sie haben alles rausgekratzt») und auch die weitere Behandlung sichtbar angeschlagen hatte («ich sehe jetzt aus wie Kojak»), fuhr Hardy zum ersten Mal wieder zu Mikes Laden. Er hatte sich entschlossen, wie früher regelmäßig bei ihm zu arbeiten, hatte ihm diese Überraschung aber noch nicht mitgeteilt. Er fühlte sich wie jemand, der es nicht geschafft hatte, und wusste nicht recht, was er sagen sollte.

«Pass auf, Mike», begann er, nachdem er eingetreten war.

Mike unterbrach ihn. «Stopp! Bevor du weiterredest – hast du noch von diesen Disketten? Die ich für zehn Dollar verkaufen sollte? Sind alle weg. Nach wenigen Tagen schon. Und die Leute wollen mehr.»

Am Abend ging Hardy hinüber zu Brian Eisenstein und fragte ihn, ob es nicht möglich wäre, dass er für das Spiel ein Handbuch und einen Sternenkarte druckt, eine bunte Kartonverpackung herstellen lässt und den Vertrieb übernimmt.

Brian runzelte die Stirn. «Kartons, Handbücher, Vertrieb … das ist ja ziemlich aufwendig. Und so was kostet Geld, viel Geld, und ist riskant – das alles für ein paar Disketten?»

Brian besaß einen Computer, einen Apple, den ihm Hardy günstig beschafft hatte. Er benutzte ihn manchmal für seine Abrechnungen, aber da er nicht wirklich bereit war, sich mit dessen Funktionen weiter zu beschäftigen, benutzte er ihn nur dafür. Hardy drückte ihm eine Diskette in die Hand und erklärte ihm die Funktionsweise des Spiels.

«Na gut», sagte Brian, «ich schau's mir mal an.»

Am nächsten Tag klingelte Hardy wieder bei Brian, aber der öffnete nicht. Er ging durch den Garten zur Terrasse. Die Verandatür stand offen, und er trat ein.

Auf dem Boden lagen wild verstreut leere Burrito- und Burger-Schachteln, auch Coladosen. Brian saß, nur mit einem Bademantel bekleidet, vor dem Computer und fluchte.

«Brian? Alles in Ordnung?»

Brian drehte sich um. Sein Haar hing ihm wirr ins Gesicht, seine Augen waren blutunterlaufen. «Oh, Hardy, du bist's. Hab dich gar nicht gehört. Kannst du mir erklären, wie man auf dem verdammten Neptun landet?»

«Gar nicht. Neptun ist ein Gasplanet.»

«Oh. Also, ist nicht schlecht, dieses Spiel. Bin irgendwie …» Er sah sich um, betrachtete die auf dem Boden verstreuten Schachteln und Getränkedosen, hob etwas ratlos die Arme und ließ sie wieder fallen. «Tut mir leid, wie's hier aussieht. Irgendwie bin ich dran hängengeblieben. Hab gar nicht geschlafen, weiß auch nicht, wie das passiert ist, also … Könnte schon sein, dass sich so was verkauft. Hab mir die ganze Zeit gesagt, noch einen Planeten, und dann ist Schluss, und schon macht man noch einen und noch einen … Irgendwie wird man –», er stockte und sprach dann ganz leise weiter, «süchtig danach.»

«Okay, sehr gut», sagte Hardy. «Lass uns eine Firma gründen und das Spiel verkaufen und reich werden.»

Brian sah ihn verschreckt an. «Also, ich weiß nicht. Für das, was du dir vorstellst, braucht man Kohle, richtig viel Kohle. Vor allem für Werbung und Vertrieb. Und die Kohle hab ich nicht, und, sorry, die gibt mir auch keiner. Weil, also versteh mich jetzt nicht falsch, aber ‹Captain Ronin› war auch nicht gerade der Kracher, und leider, na ja, die Banken sind halt immer komisch, wenn's nur um Kunst geht.»

Am Montagmorgen rief jemand von der First Pacific Savings Bank an und fragte, wann er vorbeikommen könne.

«Vorbeikommen? Wozu?»

«Für die Bewertung des Hauses. Hören Sie, Mister Bishop, auf Ihrem Haus liegt bereits eine Hypothek. Wir können Ihnen den gewünschten Kredit nicht geben, solange wir nicht wissen, was das Haus aktuell wert ist, ich meine, in welchem Zustand es ist. Das müssen wir für den Fall wissen, dass wir es, was wir nicht hoffen, wider Erwarten veräußern müssen.»

«Verstehe.»

«Wann würde es Ihnen passen?»

«Morgen Nachmittag, fünf Uhr.»

Am Abend erreichte er endlich Jessica in Houston. Sie klang müde.

«Tut mir leid, ich hatte die Bank ganz vergessen. Ich dachte, die kommen erst nächste Woche.»

«Wie geht's Walther?»

«Gut, den Umständen entsprechend. Kannst du die von der Bank auf nächste Woche vertrösten? Oder auf übernächste?»

«Mach dir keine Sorgen, ich krieg das hier schon hin.»

Danach rief er erst Jason und dann Brian an.

«Jason, kannst du morgen zu mir kommen?»

«Ja, klar.»

«Gut, bring deinen Computer mit.»

«Ich soll die Kiste rüberschleppen?»

«Ja, genau. Mit allem Zubehör. Wenn du Hilfe brauchst, sag Bescheid.»

«Brian, kannst du morgen zu mir kommen?»

«Warum?»

«Geschäftlich. Und bring deinen Computer mit. Übrigens – du musst dich nicht schick machen oder so, du kannst ruhig wieder diesen Bademantel anziehen.»

Der Mann von der Bank, Mr. Brooker, sah so aus wie Direktor Fritz, wenn er morgens zu seiner Bankfiliale nach Auwinkel gefahren war: grauer Anzug, weißes Hemd, weinrote Krawatte, goldgefasste Brille, ordentlich gescheitelte Haare. Vielleicht, dachte Hardy, sehen alle Bankangestellten gleich aus? Eine stille, unscheinbare Armee des Kapitals, die auf der ganzen Erde die Immobilien bewertete, Kredite vergab, Aktien kaufte und verkaufte?

«Ich bin Hardy», sagte Hardy, «Mr. Bishops Neffe. Mr. Bishop ist im Moment nicht da, aber ich bin ermächtigt, Sie über das Anwesen zu führen.»

Brooker betrachtete das kleine Holzhaus und schaute sich um. «Na gut, Mr. – Hardy. Es wird nicht sehr lange dauern. So groß ist das ‹Anwesen› ja nicht.»

Nach einer halben Stunde stand er auf der Terrasse und legte sein Klemmbrett in den Aktenkoffer.

«Sie können Ihrem Onkel sagen, dass wir nicht über Vierzigtausend gehen können. Er kann natürlich noch einen externen Gutachter zu Rate ziehen, aber der kostet nur Geld und wird ihm auch nichts anderes sagen.»

«Sie haben sich die Garage noch nicht angeschaut.»

«Vierzigtausend. Maximal. Mit oder ohne Garage.»

«Sie sollten sich trotzdem die Garage anschauen.»

Brooker stöhnte. «Natürlich, die Garage.»

Hardy öffnete das Tor. Drinnen saßen Jason und Brian an improvisierten Tischen vor den Computern. Brian tippte wie wild auf seiner Tastatur herum. Über den Bildschirm von Hardys Rechner liefen endlose Zahlenkolonnen. Überall waren Kabel verlegt, Nadeldrucker rasselten, Diskettenlaufwerke surrten.

«Was soll das, Mr. Hardy?»

«Das ist meine Firma, ‹Interstellar Games›. Wir produzieren Computerspiele. Darf ich Ihnen Jason Woods vorstellen, meinen Partner? Sie kennen vielleicht den Song ‹Little Wonders at the Little Creek› von Jimmi Woods?»

«Ja», murmelte Brooker. «Den kennt wohl jeder.»

«Jimmi ist sein Vater.»

«Hi!», rief Jason, hob eine Hand, löste den Blick aber nicht vom Bildschirm.

«Und wer ist der Kerl dahinten im grünen Bademantel? Kermit der Frosch?»

Hardy beugte sich vor und sagte leise: «Kennen Sie Sergej Eisenstein?»

«Sollte ich?»

«War ein berühmter russischer Filmregisseur, ein Genie. Brian ist sein Urenkel – und ebenfalls ein Genie. Ursprünglich war er ein Schachgenie, bis er seine Leidenschaft für Computer entdeckte. Seitdem … Sie sehen ja.»

Brian hackte auf die Tastatur ein und rief beim Tippen immer wieder «Pojechali! Pojechali!», das einzige russische Wort, das er kannte.

«Was soll das?», fragte Brooker.

«Schauen Sie, Mr. Brooker. Wir brauchen keine Vierzigtausend und auch keine Fünfzigtausend. Für das, was wir hier vorhaben, etwas Großes, brauchen wir Hunderttausend. Minimum. Am besten, ohne meinen Onkel da hineinzuziehen.»

«Sie sind ja vollkommen übergeschnappt.»

«Nein. Ich bin mir aber darüber im Klaren, Mr. Brooker, dass Sie und Ihre Bank uns dieses Geld niemals geben werden – denn was könnte ich Ihnen als Sicherheit schon überlassen? Eisensteins Gehirn vielleicht? Ich weiß andererseits, dass Sie Kunden haben, Investoren, die nur zu gerne bereit sind, ihr Geld in eine ebenso riskante wie gewinnversprechende Unternehmung zu stecken, und ich weiß auch, dass die Provision, die Sie für die Vermittlung eines solchen Investments bekämen, nicht unerheblich wäre.»

«Mal angenommen», antwortete Brooker und konnte dabei seinen Blick nicht von Brian abwenden, dessen Bademantel aufgerutscht war, «nur mal angenommen, es gäbe diese Investoren tatsächlich. Wie stellen Sie sich das vor? Soll ich die etwa hier zu dieser –», er zögerte, «Freakshow schleppen?»

«Haben Sie einen Computer in Ihrer Bank, Mr. Brooker?»

Brookers Lippen wurden schmal. «Natürlich.»

«Auch einen Apple?»

«Wir haben ein sehr fortschrittliches EDV-System, dazu gehört auch ein Apple-Gerät.»

Hardy reichte ihm eine Diskette. «Hier, das ist das neue Spiel, an dem wir arbeiten. ‹Planet Explorer›. Die Anleitung steht in der Textdatei. Probieren Sie's einfach aus. Es kostet Sie nichts. Und wenn Sie glauben, es gibt jemanden, der sein Geld in so was stecken möchte, melden Sie sich, und wenn nicht, dann melden Sie sich nicht.»

Es verging eine Woche, und Brooker meldete sich nicht. Es verging auch noch eine zweite Woche, in der nichts passierte, außer dass Jessica anrief und Hardy erklärte, dass es Walther gutgehe, sie aber noch etwas länger in Houston bleiben müssten, wegen der Nachsorge und der Chemotherapie.

«Wie ist das mit dem Bankmenschen gelaufen?», fragte sie noch.

«Gut, sehr gut.»

«Hat er was gesagt?»

«Er will sich melden.»

Zwei Tage später klingelte das Telefon.

«Mr. Hardy?»

«Ja.»

«Brooker hier. Es gibt jemanden, den Sie kennenlernen sollten. Morgen, ein Uhr mittags, ‹The Mountain Lion›, Melrose Avenue?»

«Ich werde da sein.»

Hardy hatte sich ein Jackett angezogen, aber keine Krawatte. Er wunderte sich nicht schlecht, als man ihm am Empfang des «Mountain Lion» eine in die Hand drückte. Er band sie sich um und ging dann zu dem Tisch, an den ihn die Bedienung führte. Brooker saß neben einem großen, braungebrannten Mann Mitte fünfzig, der Hardy entfernt an den Schauspieler Cary Grant erinnerte. Als er näher kam, standen die beiden auf, und Brooker stellte sie einander vor.

«Mr. Hardy, das ist Mr. Green von ‹Greybeard Venture Capital›.»

«Ron Hardy, sehr erfreut, Sir», sagte Hardy und wunderte sich, wie leicht ihm diese Worte über die Lippen kamen.

«Mr. Brooker», begann Green, «hat mir schon viel von Ihnen erzählt. Und auch von Ihrem Projekt, mit dem er sich offenbar eingehend beschäftigt hat.»

Brooker saß ein wenig eingezwängt in der Ecke und lächelte leutselig. Er sah müde aus und hatte dunkle Augenränder.

«Es ist eigentlich nicht ganz unser Geschäftsfeld, aber wir sind interessiert. Sie sagten, Sie brauchen Hunderttausend, um loslegen zu können?»

«Ja, Minimum.»

«Sie bekommen Zweihunderttausend. Das Geld ist unsere Risikobeteiligung, das heißt, wenn Sie am Ende Gewinn erwirtschaften, gehört ein Teil des Gewinns uns, wenn Sie verlieren, ist unser Geld weg. Ich sehe, Sie sind noch sehr jung, Mr. Hardy, deswegen merken Sie sich Folgendes: Zweihunderttausend sind für ‹Greybeard› nicht sehr viel, eigentlich ist es für uns wenig mehr als eine Tüte Popcorn, aber es ist trotzdem kein Popcorn, es ist Geld.»

«Und beim Geld hört der Spaß auf», sagte Hardy und sah Green in die Augen.

Der nickte. «Sie sagen es. Wenn sich das Spiel trotz guter Arbeit nicht verkauft, schade, aber Schwamm drüber. Sollten wir jedoch mitbekommen, dass Sie und Ihre Genies sich von unserem Geld ein süßes Leben leisten, werden wir jeden einzelnen Cent wieder aus Ihnen rausquetschen. Und mit quetschen meine ich quetschen. Wenn Sie irgendwelche Hobbys außer Ihren Computern haben – geben Sie sie auf. Falls Sie eine Freundin haben – sagen Sie ihr, sie soll sich einen anderen suchen. Mädchen, Alkohol, Drogen, Baseball, Pokerrunden, mit all diesen Ablenkungen ist es vorbei. Gehen Sie ans College? An die Universität? Lassen Sie sich beurlauben. Andere Jobs? Kündigen Sie! Wenn wir jemanden haben wollen, dann wollen wir ihn ganz haben, mit Haut und Haar. Vierundzwanzig Stunden am Tag, Ihre Träume eingeschlossen. Haben Sie das verstanden, Mr. Hardy?»

«Vollkommen, Mr. Green.»

«Dann sind wir im Geschäft.»

Vergesst Hardy Kunze, vergesst Hardy Rohn, vergesst Nummer 13, dachte er, als er nach Hause fuhr. Im Radio lief «Eye of the Tiger».

Don't lose your grip on the dreams of the past.
You must fight just to keep them alive …

«It's the eye of the tiger», sang er zusammen mit Survivor, «it's the thrill of the fight!»

In Fairfax hielt er vor einem Laden, der Stempel und Visitenkarten herstellte.

«Was soll draufstehen?»

«Ron A. Hardy, CEO, Interstellar Games.»

1969

«Wo bin ich?»

«Sie sind an Bord der ‹Enterprise›, Sir.»

Der Sanitäter wechselte die Infusion. Jack sah sich um. Er kannte diese Räume. Und er kannte den Geruch. Konnte man in Träumen riechen? War das Jenseits nur eine Verlängerung des Diesseits, weil im Jenseits mehr oder weniger das Gleiche passierte?

Der Sanitäter maß seine Temperatur, ging hinaus. Nach einigen Minuten kam er mit einem anderen Mann zurück.

Jack kannte den Mann, es war einer der Schiffsärzte.

«Bin ich wirklich hier?»

«Orientierungsschwierigkeiten? Schwindelgefühle? Anzeichen von Taubheit? Sehstörungen? Nicht ungewöhnlich. Ja, sind Sie.»

«Ich kann mich …»

«Nicht erinnern, wie Sie hierhergekommen sind? Erinnerungslücken? Amnesie? Filmriss? Völlig normal. Die Erinnerungslücken verschwinden mit der Zeit. Die meisten jedenfalls. Eine Patrouille hat Sie entdeckt. Mitten auf dem Fluss. Auf einem Baumstamm. Sie hatten ein Schweineglück. Nehme an, Sie können sich auch nicht an die drei Tage in dem Lazarett in Saigon erinnern? Besser für Sie. Die hätten Sie fast mitgenommen.»

«Wer hätte mich fast mitgenommen?»

«Was weiß ich. Die Army. Air America. Die CIA. Um Sie auszuquetschen wie eine Zitrone. Aber der Admiral war schneller.»

Der Admiral kam gegen Mittag, setzte sich zu ihm ans Bett und sagte: «Sie müssen mir jetzt alles erzählen. Sonst kommen die und quetschen Sie aus wie eine Zitrone.»

Und deswegen erzählte Jack ihm alles. «Aber warum wurde das verlassene Dorf überhaupt bombardiert?», fragte er schließlich.

«Das war eine Vietcong-Basis.» Der Admiral stand auf und reichte ihm die Hand. «Ich lasse Sie jetzt etwas in Ruhe, und wenn es Ihnen besser geht, schicken wir Sie mit dem nächsten Transport nach Hause.»

«Stimmt es, dass wir auf dem Mond gelandet sind?»

«Ja.»

«Wie war das, auf dem Mond zu sein?»

Der Admiral runzelte die Stirn.

Der Schiffsarzt, der hinzugetreten war, machte eine abwiegelnde Handbewegung.

Der Admiral fragte: «Trauen Sie sich zu, mit der Witwe zu sprechen?»

«Ja, Sir.»

«Erzählen Sie ihr, was Sie wollen, aber vielleicht nicht jede … Einzelheit. Das mit der Machete und dem Arm …»

«Ich weiß, Sir. Das mit Saigon und der Machete und dem Arm soll ich ihr nicht erzählen.»

Zu Hause in Los Angeles wurde er als Held gefeiert. Er bekam einen Orden und wurde von der amtierenden Miss California geküsst. Er trat im Radio und im Fernsehen auf und wurde vom «Playboy» interviewt und zu Pool-Partys eingeladen. Er schlief in der Villa von Hugh Hefner, und danach schlief er innerhalb einer Woche mit einem Playmate, einer Reporterin, einer Psychologin, einer Schauspielerin, der Bedienung eines Diners in Santa Monica und, in einem Motel in der Mojave-Wüste, mit einer Friedensaktivistin, die er auf dem Weg nach New Mexico mitgenommen hatte.

Draußen flimmerte die Leuchtreklame des Motels. Er und die Friedensaktivistin lagen auf dem Bett. Sie rauchte einen Joint.

«Willst du auch mal?»

Er schüttelte den Kopf.

«Willst du reden?»

Er schüttelte den Kopf.

«Du redest nicht viel, stimmt's? Das macht mich scharf, weißt du?»

Am nächsten Tag klingelte er in Cloudcroft an der Tür eines kleinen, einstöckigen Hauses. Im Vorgarten lag ein Kinderdreirad auf der Seite. Niemand öffnete. Er klingelte noch mal, und als nach einer Weile immer noch niemand kam, ging er zurück zu seinem Auto. Da hörte er hinter sich jemanden rufen:

«Warten Sie!»

Er blieb stehen, drehte sich um, und als er die Frau in der offenen Tür stehen sah, wusste er, dass er keine andere mehr kennenlernen musste.

1977

Jennifer war noch keine zwölf Jahre alt, als die Welt für sie zusammenbrach. Oft dachte sie später darüber nach, ob ihre Eltern ihr die Wahrheit nicht auch schonender hätten beibringen können, ob es nicht sogar besser gewesen wäre, ihr nichts zu sagen und einfach so weiterzuleben wie bisher. Sie erinnerte sich an Streitereien zwischen ihren Eltern, in denen ihr Vater hinter geschlossenen Türen darauf drängte, es ihr endlich zu sagen, und ihre Mutter ihn anflehte, es ihr nicht zu sagen, wenigstens jetzt noch nicht. Aber vielleicht bildete sie sich auch nur ein, dass solche Auseinandersetzungen stattgefunden hatten.

Was wirklich stattgefunden hatte, war jener Samstagvormittag, an dem ihre Eltern im Wohnzimmer saßen und auf dem Couchtisch vor ihnen eines der Wissenschaftsmagazine lag, die ihr Vater regelmäßig las. Und daneben ein Foto.

Damals wohnten sie am Rand von Pasadena, in der Nähe des Jet Propulsion Laboratory, in dem ihr Vater arbeitete. In der Schule gab es einen Jungen, Kenneth, der damit prahlte, dass sein Vater Flugkapitän bei Pan Am war, aber über den konnte sie nur lachen. Sie war so stolz auf ihren Vater. Er hatte die X-15 geflogen! Er war Astronaut gewesen! Er hatte im Krieg den Vietcong gejagt! Er war in einem Gefangenenlager gewesen, in dem es nur Käfer zu essen gab!

«Kannst du dir das vorstellen, Kenny – Käfer! Am beliebtesten war der Südostasiatische Fünfhornkäfer, eine echte Delikatesse, der wird so groß wie meine Hand. Sie haben die über dem Feuer gebrutzelt, bis sie außen schön kross und innen schön saftig waren.»

«Igitt», sagte Kenneth.

«Ist auch nicht schlechter als der Fraß bei Pan Am», entgegnete Jennifer.

Jedem ihrer Klassenkameraden, der nach dieser Geschichte noch nicht beeindruckt genug war, erzählte sie, dass man ihrem Vater nach dem Krieg so viele Orden an die Brust geheftet hatte, dass er von ihrem Gewicht Rückenschmerzen bekam, und wenn auch das nicht reichte, fügte sie hinzu, dass er zum JPL gegangen war und mittlerweile die Triebwerke für die vollautomatischen Sonden konstruierte, die zum Mars flogen und bald zum Jupiter und zum Saturn und noch viel *weiter*.

Einige andere Väter ihrer Schulkameraden arbeiteten auch beim JPL und wohnten mit ihren Familien in der Nachbarschaft. Es waren Mathematiker, Computerspezialisten, System- und Prozessanalysten, Luft- und Raumfahrtingenieure, und sie alle lebten in großen, aber nicht zu großen Einfamilienhäusern mit Vorgärten und Doppelgaragen an sauber gekehrten Straßen, die von Palmen oder Pinien gesäumt waren und in denen man nicht schneller als fünfzehn Meilen die Stunde fahren durfte. Ab und zu war sie mit ihren Eltern bei diesen anderen Familien eingeladen gewesen, zu Grill-Partys, zu Thanksgiving, und jedes Mal hatte sie gespürt, dass ihr Vater etwas Besonderes war: Er war anders als diese Physiker, Kosmologen oder Kybernetiker, er war ein Außenseiter, so wie sie eine Außenseiterin in der Schule war, jemand, den die anderen gleichzeitig bewunderten und auch ein wenig fürchteten.

Nachdem er Susan kennengelernt hatte, hatte Jack seinen Abschied bei der Air Force eingereicht. Es folgte ein kurzes Zwischenspiel bei der NASA, wo er Kandidat für die nächste Astronautengruppe gewesen war, bis man ihn aus Gründen, über die er nur spekulieren konnte, von der Kandidatenliste gestrichen hatte. Hatten die psychologischen Tests doch auf eine posttraumatische Störung hingedeutet? Oder war sein Brief an einen befreundeten Senator schuld gewesen, ein Brief, in dem er gefragt hatte, warum in Vietnam Dörfer bombardiert wurden, in denen im besten Fall niemand war, im schlimmsten Fall aber Kinder und Kriegsgefangene, ein Brief, auf den er nie eine Antwort erhalten hatte? Danach war er nach Kalifornien zurückgekehrt, zusammen mit Susan und Jennifer, und hatte beim JPL angefangen. Von da an war sein berufliches Leben nur einer einzigen Sache gewidmet gewesen: dem Voyager-Programm.

Er hatte ganz unten angefangen. Kriegsheldentum und Kampffliegererfahrung interessierten die Kollegen wenig, und das mit der X-15 löste zwar jedes Mal ein anerkennendes Pfeifen aus, aber es war eben auch nur das: ein anerkennendes Pfeifen. Von ganz unten hatte er sich hochgearbeitet, und dabei hatten ihm nicht Beziehungen geholfen, sondern sein uneingeschränktes Interesse an allem, was mit den Sonden zu tun hatte – etwa am Hydrazin-Tank, der den Treibstoff für die Manövrierdüsen enthielt. Er war unter anderem verantwortlich für Berechnungen darüber, wie groß er sein musste, damit der Treibstoff ausreichte, die beiden Sonden, beschleunigt durch die Schwerkraft von Jupiter und Saturn, auf ihre jeweilige Bahn zu bringen und auf ihr zu halten. Zuweilen, wenn auch nicht sehr oft, stellte er eigene Versuche an, startete kleine Versuchsraketen in der Wüste, und ab und zu nahm er Jennifer mit, die jedes Mal zu jauchzen begann, wenn einer der schlanken Metallzylinder in den Himmel jagte.

Aus dem Kriegshelden war ein Tüftler mit gebügeltem Hemd und Krawatte geworden und aus dem angespannten Testpiloten ein freundlicher, etwas schweigsamer Abteilungsleiter, den nicht jeder mochte, aber den alle respektierten. Auch wenn sein früheres Leben zu einer Art Kantinenlegende geschrumpft war, hatte er selbst das Gefühl, an etwas Größerem zu arbeiten, etwas Neuem, Ungewöhnlichem, vor allem Friedlichem, das vielleicht eines Tages dem Wissen und dem Wohl vieler Menschen nutzen konnte.

Manchmal fragte Jennifer ihn, wie es gewesen war, einen Jet zu fliegen und Bomben auf die «Bösen» zu werfen, aber die Antwort ihres Vaters war jedes Mal sehr knapp ausgefallen: Anders sei es gewesen.

«Anders» – das war alles, was er dazu sagte, und so hatte sie von der Vergangenheit ihres Vaters das meiste durch Dritte erfahren: Sie hatte ein altes Fotoalbum gefunden, in dem man ihn als Testpiloten neben der X-15 stehen sah und als Kampfflieger auf einem Flugzeugträger. Zwischen die letzten, leeren Seiten waren ein paar Zeitungsausschnitte gelegt worden, Fotos und Artikel über seine Rettung, nachdem er Monate im Dschungel von Laos Kriegsgefangener gewesen war.

Diese Fotos hatten sie erschreckt. Vor allem das eine, das ihm auf dem Flugzeugträger zeigte, im Krankenbett. Ein Gespenst, dachte sie, er sieht aus wie ein Gespenst! Er trug ein dünnes, weit ausgeschnittenes OP-Hemd, das ihm viel zu groß war. Sein Hals ragte wie ein Besenstiel aus dem Hemd hervor, in dem nichts anderes als ein Gerippe stecken konnte. Er hatte einen Bart, die Haare hingen ihm in die Stirn, und er lächelte oder versuchte es zumindest.

Jennifer gruselte dieses Album, und gleichzeitig zog es sie an wie der Eingang einer Geisterbahn. Mehr als einmal nahm sie es heimlich aus dem Regal, was ihr einen Schauder des Abenteuers und des Verbotenen über den Rücken jagte. Fortan fragte sie ihren Vater nicht mehr danach, wie es gewesen sei, als die «Bösen» ihn gefangengenommen hatten, aber sie beobachtete ihre Eltern sehr genau, versuchte mitzubekommen, ob und wann davon gesprochen wurde, und einmal hatte sie ihre Mutter mit der Frage überrumpelt, wie es für sie gewesen sei, als ihr Papa im Dschungel verschollen gewesen war, und da hatte ihre Mutter sie lange angeschaut, so lange, dass sie immer unsicherer geworden war, bis sie gesagt hatte: «Schlimm, mein Engel, sehr schlimm. Aber nun ist das ja Gott sei Dank alles schon lange vorbei.»

Jennifers Bruder Mark war beinahe sechs Jahre jünger als sie, das heißt, als sie in die erste Klasse ging, hing er noch an der Brust ihrer Mutter, und als sie älter wurde, spielte sie nur Mutter-Kind mit ihm, schob ihn in ihrem Puppenwagen durch das Haus, weil er, wie sie damals meinte, für alles andere zu dumm sei. In ihrer Erinnerung war er nicht dabei, als ihre Welt zusammenbrach, in ihrer Erinnerung schlief er in einem Kinderbettchen, aber er musste schon fünf oder sechs gewesen sein, und wahrscheinlich spielte er in seinem Zimmer oder mit den Nachbarskindern auf der Straße, die in ihrer Erinnerung viel breiter gewesen war als in der Wirklichkeit.

Sie geht auf ihre Eltern zu, und auf dem Couchtisch liegt etwas, und als sie vor dem Tisch steht und ihre Eltern zu ihr aufsehen, sieht sie das Foto: Es zeigt einen jungen Mann. Er trägt eine Baseball-Montur und schlägt gerade einen Ball. Er schlägt ihn mit aller Kraft, die er hat, und sein Gesicht sieht dabei gleichzeitig angestrengt und glücklich aus. Man sieht die Beine nicht richtig, aber dafür den Ball, der in einer perfekten Bahn davonfliegt. Sie betrachtet den Schnappschuss, und irgendetwas kommt ihr an dem Mann bekannt vor, sie kann nur nicht sagen, was.

«Wer ist das?», fragt sie.

«Das ist Foto Nummer 117», sagt ihre Mutter.

«Du weißt doch», sagt ihr Vater, «bald schicken wir diese beiden Sonden zum Jupiter und zum –»

«Die Zwillinge», unterbricht Jenny ihn, «Bruder und Schwester, Voyager 1 und 2, zum Jupiter, zum Saturn und noch viel *weiter!*»

Er lächelt. «Ja, genau. Und du erinnerst dich vielleicht, dass ich dir die goldene Platte gezeigt habe, die goldene Schallplatte, auf der wir – für den Fall, dass eine außerirdische Zivilisation eine der Sonden in Zehntausenden von Jahren findet – Informationen über uns gespeichert haben. Darauf wird unser Sonnensystem beschrieben, ein Brief des Präsidenten ist mit dabei, Musik und eben auch eine Reihe von Fotos vom Alltag auf der Erde, von Menschen beim Essen, von Häusern mit Vorgärten, von Menschen bei der Arbeit. Das hier ist das Foto Nr. 117, ein Baseballspieler.»

Na schön, denkt sie. Zeigen sie mir jetzt noch die 116 anderen Fotos? Moment, das Ganze ist eine Überraschung. Auf dem Foto 118 wird bestimmt sie sein! Foto 118: Mädchen in Kalifornien. Wow, ihre Schulkameradinnen werden grün anlaufen vor Neid, denn sie fliegt zu den Sternen!

«Jennifer», beginnt ihre Mutter, und ihre Stimme klingt dumpf. «Jennifer, Jack und ich müssen dir etwas sehr Wichtiges sagen. Wir haben lange überlegt, ob wir es dir überhaupt sagen, und wir waren hin- und hergerissen. Und deswegen möchten wir, dass du weißt, dass das, was wir dir jetzt sagen, nichts ändert. Verstehst du, es ändert nichts zwischen uns, nichts in unserer Familie, überhaupt nichts.»

Was soll das, denkt sie. Wenn es nichts ändert, warum dann so ein Trara? Sie schaut zu ihrem Vater, der die ganze Zeit auf den Tisch gestarrt hat. Jetzt hebt er den Kopf und schaut sie an. So hat er sie noch nie angeschaut. Hat sie etwas falsch gemacht, ohne es zu wissen?

«Jenny, hör zu. Ich bin dein Vater. Ich liebe dich. Und das wird beides immer so bleiben.»

Pause. Draußen donnert es – in ihrer Erinnerung –, die Lichter der Lampen flackern.

«Aber ich bin nicht dein richtiger Vater.»

Moment, was soll das heißen? Natürlich ist er der richtige!

«Ich meine damit, ich bin nicht dein biologischer Vater, verstehst du? Als deine Mutter und ich uns kennengelernt haben, warst du schon auf der Welt. Dein richtiger Vater hat dich leider nie gesehen. Jim, so hieß er, also Jim und ich, wir waren zusammen in Laos, im Gefangenenlager. Er war krank und verwundet. Er hat es nicht zurückgeschafft, aber er hat mir das Leben gerettet. Er war der Held, nicht ich. Er hat mich auf einen Baumstamm gebunden, und damit bin ich den Mekong hinuntergetrieben, bis sie mich gefunden und gerettet haben.»

Und wer ist bitte schön dieser Jim? Aber das weiß sie ja schon längst. Er ist ja auch mit dabei, bei diesem Familientreffen, liegt auf dem Tisch, schaut jetzt in ihre Richtung: Foto Nr. 117, der Baseballspieler.

Mark konnte für all das natürlich nichts. Und er wusste auch lange nichts, denn Jennifer hatte beschlossen, einen Teufel zu tun, es ihm zu sagen. Das sollten ihre Eltern (Eltern!) mal schön selbst besorgen, an einem Tag mit Gewitterwolken und Donner.

Schon mit sechs war sie ehrgeizig gewesen, aber vom Tag der «Offenbarung» an war sie besessen davon, die Beste zu sein. Nicht länger konnte sie sich vor ihre Schulkameradinnen stellen und damit prahlen, dass ihr Vater Astronaut und Kriegsheld gewesen war, denn er war ja gar nicht ihr *richtiger* Vater. Nein, die Welt sollte wissen, dass sie die Beste war, die Allerbeste der Besten.

Jennifer war kein hässliches Mädchen, und je älter sie wurde, desto schöner wurde sie, doch sie sorgte dafür, dass keiner es mitbekam. Sie trug ihre Zahnspange länger als nötig und mit fünfzehn eine Brille, die sie selbst bezahlt hatte und in der nur Fensterglas war, weil sie das, wie sie ihrer Mutter erklärte, «schick» fand. Unnötig zu sagen, dass kein Junge mit ihr zum obligatorischen Schulabschlussball wollte, aber sie war die mit Abstand beste Schülerin ihrer Klasse, und am Tag der Zeugnisverleihung legte sie ihre Zahnspange ab, schmiss die falsche Brille weg und trug ihre Haare offen. Alle sollten sehen, was sie verpasst hatten.

Die einzige Beziehung (vier Wochen, dreieinhalb Tage, von Liebe konnte man da kaum sprechen) hatte sie am College mit einem Jungen namens Timothy. Er war der mit Abstand schlechteste Student, aber er würde trotzdem das College nicht verlassen müssen, weil er gleichzeitig der mit Abstand beste Baseballspieler war. Sie mochte ihn.

«Wie ist das so», fragte sie, «einen Homerun zu schlagen?»

«Tja, wie ist das so?», sagte er. «Man schlägt ihn halt.»

Vier Wochen, dreieinhalb Tage.

Nach langem Hin und Her hatte sie sich dazu entschlossen, zum Studium ans Caltech zu gehen, wohnte aber in Silver Lake, damals nicht gerade einem der besten Viertel von Los Angeles. Ihre Eltern (Eltern!) waren immerzu in Sorge darüber, dass sie überfallen, stranguliert, ermordet werden könnte, insbesondere da es in einem Vorort von Pasadena ein paar Jahre zuvor den spektakulären Fall eines Serienkillers gegeben hatte, und weil ihr die ständigen Ermahnungen und Sorgen auf die Nerven gingen, betrat sie irgendwann Chos Taekwondo-Schule, die sich in unmittelbarer Nachbarschaft zu ihrer Stammkneipe, dem «Red Baron», befand. Meister Cho war einmal Soldat einer südkoreanischen Spezialeinheit namens «Weiße Tiger» gewesen, die in Vietnam den Ruf gehabt hatten, ihre Gegner mit der bloßen Hand zu erledigen. Er war in der Lage, eine beträchtliche

Anzahl von Brettern, Ziegelsteinen, Betonblöcken und so weiter mit der Handkante, der Faust, dem Ellenbogen, den Füßen oder dem Kopf zu zertrümmern, und er war wenig erfreut, eine Frau in seinem Dojo zu sehen. Jennifer erzählte ihm, dass ihr Vater ein Kriegsheld gewesen sei, den die Nordvietnamesen in einem Gefangenenlager umgebracht hätten. Sie wolle bereit sein, erklärte sie ihm. Ohne nachzufragen, willigte er ein, und es lief, wie es immer bei ihr lief: Um zu beweisen, wie gut sie war, musste sie besser sein und härter trainieren als alle anderen – als alle Männer. Bald war sie in der Lage, eine beträchtliche Anzahl von Brettern, Ziegelsteinen, Betonblöcken und so weiter zu zertrümmern. Feierlich überreichte ihr Meister Cho den schwarzen Gürtel.

«Bereit wofür?», fragte er.

Das Caltech war eine andere Sache. Die Jungs dort konnten mit ihren Händen nichts zertrümmern, außer vielleicht ihren Taschenrechner, doch sie waren alle hochintelligent, das heißt, sie waren mit Zahnspangen, Brillen und guten Noten nicht zu beeindrucken, da sie ja selbst mit Zahnspangen, Brillen und guten Noten aufgewachsen waren. Da musste man schon stärkere Geschütze auffahren. Also machte sie es wieder wie bei Meister Cho: Sie trainierte härter als alle anderen, gönnte sich nichts, keine Partys, keine Verrücktheiten und – natürlich – keine Liebschaften. Manchmal tat sie sich mit ein paar harten Kerlen aus dem «Red Baron» zusammen, die Motorräder fuhren, und begleitete sie am Wochenende in die Mojave-Wüste. Sie besorgte im Baumarkt PVC-Rohre und andere «Zutaten», und aus diesen Utensilien bauten sie Raketen, die ein bis zwei Meter lang waren, länger als jene, die Goddard einst gebaut hatte. Die schossen sie in den Himmel und tranken Bier dabei, und sie machte Fotos, die sie im Caltech aufhängte.

Am Ende gehörte sie zu den besten zehn Prozent ihres Jahrgangs, aber sie bekam keine der drei Forschungsassistenzen, die jährlich von ihrem Institut vergeben wurden. Sie machte ihren Doktor in New Mexico und schlief mit einem verheirateten Professor, was aber zu nichts führte: Weder verließ er seine Frau, noch bekam sie die Juniorprofessur, sodass sie schon überlegte, ob sie zur Air Force gehen sollte. Wahrscheinlich hätte es ihren Stiefvater geärgert, aber vielleicht auch nicht.

«Ich glaube, er macht sich Sorgen», sagte Mark eines Abends.

Sie saßen in einem Restaurant in Los Angeles, es war ihr dreißigster Geburtstag. Außer ihrem Bruder würde niemand in das Lokal kommen, den sie kannte.

«Glaube ich nicht», sagte sie.

Mark war inzwischen Finanzberater. Er trug einen eleganten Anzug, lächelte immer verbindlich-unverbindlich, und wahrscheinlich war das einer der Hauptgründe, warum er in seinem Beruf so erfolgreich war. Er hatte sie in dieses teure Restaurant eingeladen, und sie hatte zögernd eingewilligt, weil sie ihren Geburtstag nicht mit sich allein in New Mexico feiern wollte.

«Doch», widersprach er. «Weil du was Besonderes bist.»

Sie sah sich um. «Ich glaube eher, dass du was Besonderes bist. Ich könnte mir den Schuppen hier nicht leisten.»

«Ich bin nur jemand mit einem dicken Bankkonto, die gibt es hier wie Sand am Meer. Aber du hast ein besonderes Talent, und du bist gerade dabei, es zu vergeuden. Und das macht nicht nur Dad Sorgen.»

«Er hat dich immer mehr gemocht.»

Mark zuckte mit den Achseln. «Nein, bestimmt nicht. Mich haben sie gemocht, das stimmt, weil mich alle immer mögen. So war das schon von Anfang an, aber glaub nicht, dass das nur Vorteile hat. Wenn dich alle mögen, interessiert sich keiner für dich. Du warst immer anders, schwierig, launisch, unberechenbar, und deswegen haben sie sich beide immer für dich interessiert. Wegen mir gab's keine schlaflosen Nächte.»

«Willst du wissen, warum es wegen mir schlaflose Nächte gab?»

«Nur zu. Ich bin wirklich gespannt!»

Sie stockte. Es war, als hätten sich die Wörter in Buchstaben aufgelöst und steckten jetzt in ihrer Kehle.

Mark seufzte. «Weil ich nicht dein ‹richtiger› Bruder bin? Meinst du das?»

«Das weißt du?»

«Schon seitdem ich, mhm, zwölf oder dreizehn bin.»

«Gab's bei dir auch ein Gewitter, und die beiden saßen betreten auf der Couch?»

«Nein. Ich glaube, wir waren Eis essen.»

«Eis essen.»

«Ja.»

«Du hast nie etwas gesagt.»

«Erstens warst du da schon aus dem Haus, und zweitens: wozu? Es hat sich doch nichts geändert! Du bist immer noch du, und ich bin ich, und wir sind Bruder und Schwester, also was soll's?»

«Entschuldigen Sie, Sir?»

Vor ihrem Tisch stand die Empfangsdame, und neben ihr, etwas dahinter, warteten drei Männer. Zwei trugen zum Anzug Hemd und Krawatte, einer hatte unter seinem Jackett lediglich ein Poloshirt an.

«Es tut mir sehr leid, Sir», sagte die Empfangsdame zu Mark, «aber es hat da eine Verwechslung bei der Reservierung gegeben. Wir hatten für Sie den Tisch dahinten ausgewählt.»

Mark machte ein unentschlossenes Gesicht. Er war sich offenbar nicht sicher, ob er protestieren sollte.

Der Mann im Polohemd lächelte. Er war jünger als seine

Begleiter, vielleicht so alt wie Jennifer. «Lassen Sie nur», sagte er zu der Empfangsdame. «Was wir zu besprechen haben, können wir auch an dem Tisch dahinten besprechen.»

«Sind Sie sicher, Sir?», fragte die Empfangsdame.

«Ganz sicher. Entschuldigen Sie die Störung.»

Jennifer sah der Empfangsdame und den drei Männern nach, als sie zum anderen Tisch gingen.

«Wer war das?»

«Keine Ahnung», sagte Mark, «aber der Jüngere muss sehr, sehr reich sein.»

«Wie kommst du darauf?»

Er fasste sich an den Kragen und grinste. «Keine Krawatte.»

Im Jahr darauf fing sie bei der Pacific Rocket Corporation an, einer kleinen Firma in El Segundo, nicht weit entfernt vom Internationalen Flughafen von Los Angeles. PRC hatte es sich zum Ziel gesetzt, Raketen für wenig Geld in niedrige Umlaufbahnen zu schicken, und das erforderte den Bau von Raketen, die nicht viel größer waren als jene, die sie mit der Biker-Gang in der Wüste hochgeschossen hatte. Die Firma wurde von einem Halbkoreaner und ehemaligen Northrop-Mitarbeiter namens Park geführt, und als sie ihm von Meister Cho erzählte, machte er sie sofort zur Abteilungsleiterin. Sie hatte ein überschaubares Team von knapp zehn Leuten unter sich, und sie waren überraschend schnell erfolgreich. Offenbar gab es mehr Kunden für diese Miniraketen, als sie gedacht hatte. Sie kaufte sich einen kleinen Bungalow in Manhattan Beach, der auf einer Anhöhe stand, von der aus man das Meer sehen konnte. Die kommenden drei Jahre lang war sie mit einem Piloten von United Airlines liiert, dessen Ehefrau an der Ostküste wohnte und dessen Flughafenhotelzimmer in Los Angeles immer leer blieb. Vom Flughafen zu ihr brauchte er nur knapp eine Viertelstunde.

Jennifer wurde weder reich noch berühmt, noch unglücklich in dieser Zeit, und vielleicht sind das ja die besten Jahre, in denen man an keinem besonderen Ort ist und in denen nichts Besonderes geschieht.

1969

Am Mittwochabend nach der Mondlandung traf sich Dr. Junge mit einem alten Freund, dem Kriminalkommissar Kessler, in einer Gaststätte am Rhein. Sie saßen draußen, aßen Rumpsteak mit Zwiebeln und Bratkartoffeln und tranken etwas. Der Rhein floss träge dahin, die vollbeladenen Kähne lagen tief im Wasser und schoben sich gemächlich flussabwärts, dem fernen Meer entgegen.

«Wie geht's im neuen Kommissariat?», fragte Dr. Junge, der in der Vergangenheit für das eine oder andere Ermittlungsverfahren, an dem Kessler beteiligt gewesen war, psychiatrische Gutachten erstellt hatte.

«Ist nicht mehr Wiesbaden, aber dafür kann ich selbständiger arbeiten. Mein Chef lässt mich in Ruhe. Und wie geht's bei dir in der Irrenanstalt?» Kessler schnitt sich ein großes Stück Steak ab, steckte es sich in den Mund, kaute.

«Ähnlich wie bei dir – mein Chef macht eine Kur. Sein Rücken. Bis dahin muss ich die Geschlossene alleine schmeißen.»

«Und, interessante Fälle? Ein Serienkiller zum Beispiel? Oder ein Psychopath, der sich für Mao hält?»

Dr. Junge dachte darüber nach, wie er seinen Freund etwas fragen könnte, ohne ihm zu sagen, was er ihm nicht sagen durfte. «Kannst du dich noch an die Giftmörderin von Auwinkel erinnern? Die ihren Mann und einen Polizisten umgebracht hat?»

«Und den Hund. Den Hund hast du vergessen. Wann war das, vor sechs Jahren? Ich war damals noch neu. Es gab eine Sonderkommission, und die ganze Zeit saß uns die Presse im Nacken. Der Staatsanwalt hat mächtig Druck gemacht, wegen des ermordeten Kollegen. Musste wasserdicht sein, die Anklage. Klar kann ich mich daran erinnern. Wieso? Hockt die jetzt bei dir?»

Dr. Junge trank einen Schluck Wein. «Die meisten Menschen», sagte er, «und damit auch die meisten meiner Patienten, haben ein erstaunliches Talent zu verdrängen. Dinge, die sie nicht wahrhaben möchten, blenden sie einfach aus, oder, besser noch, sie erfinden etwas Neues, das die Mauer, die sie um die Wahrheit errichtet haben, schützt. Aber wenn man lange genug mit ihnen spricht, ich meine, wenn man sie lange genug frei sprechen lässt, fällt die Mauer irgendwann in sich zusammen.»

«Das ist bei der Gifthexe nicht der Fall?»

«War es nicht so, dass sie damals den Mord an ihrem Mann eingeräumt hat, den an dem Beamten aber nicht?»

«Na ja, was hätte sie anderes machen sollen, wo sie doch schon mit einem Bein im Kittchen stand. Beim Mord an ihrem Mann hätte das Gericht vielleicht mildernde Umstände gelten lassen können, so wie der sie behandelt hat. Das hat ihr Anwalt ja auch probiert, hat nur nichts genutzt. Aber bei dem Polizisten war klar, dass sie unter lebenslang nicht wegkommt.»

«Und wenn es nun kein Kalkül war?»

«Wie gesagt, der Staatsanwalt wollte damals alles wasserdicht haben, hat Druck von ganz oben bekommen. Und der Fall war auch nahezu wasserdicht. Niemand außer ihr konnte zum Tatzeitpunkt im Haus gewesen sein, es wurden keine Einbruchspuren gefunden, und sie hat versucht, die Leiche verschwinden zu lassen. Da sie so vehement abgestritten hat, mit dem toten Kollegen etwas zu tun gehabt zu haben, haben wir angenommen, dass es vielleicht einen Komplizen gab, den sie decken wollte, weil er ihr vorher beim Mord an ihrem Mann geholfen hat, damit sie die Lebensversicherung kassieren kann. Wir haben eine Freundin von ihr befragt, die kannten sich wohl aus dem Flüchtlingsheim, und die bestätigte nur die Geschichte von dem G.I., mit dem sie ein Verhältnis gehabt haben wollte, allerdings erst nach dem Mord an ihrem Mann. Wir haben versucht, diesen Soldaten zu finden, aber die Amis sind da nicht gerade kooperativ. Die Freundin hätte eine gute Entlastungszeugin abgegeben, und wir fürchteten, der Verteidiger würde ihre Aussage vor Gericht beantragen, aber das hat er nicht gemacht. War einfach ein Depp, der Verteidiger. Also wer kam als möglicher Komplize in Frage? Eine ihrer anderen Liebschaften? Vielleicht jemand von früher? Vielleicht ein ehemaliger Spezi ihres Mannes, mit dem sie mal ein Verhältnis hatte? Wir haben jeden befragt, der mal was mit ihr oder ihrem Mann zu tun hatte. Rausgekommen ist dabei nichts. Und wenn sie einen Komplizen hatte, warum dann für ihn dichthalten, wo sie doch in der U-Haft schwanger war? Glaub mir, um nicht zweimal lebenslang aufgebrummt zu bekommen, hätte sie ausgepackt. Jede Frau packt da aus. Das leibliche Kind ist dann doch meistens wichtiger als irgendein Kerl.»

Kessler aß seine Bratkartoffeln, bestellte sich noch ein Bier und lehnte sich zurück.

«Was bedeutet ‹nahezu›?», fragte Dr. Junge.

«Wie bitte?»

«Du hast vorhin gesagt, der Fall sei ‹nahezu› wasserdicht gewesen. Was hast du damit gemeint?»

Kessler knetete seine Unterlippe. Er sagte lange nichts. Das Bier kam, und er starrte auf das Bier. Schließlich räusperte er sich, nahm einen Schluck und beugte sich vor.

«Also, das bleibt jetzt ganz unter uns, von mir hast du das nicht. Eine Sache war nämlich seltsam und konnte nie richtig geklärt werden. Der Staatsanwalt hat damals genau vorgegeben, was meine Kollegen sagen sollen, wenn vor Gericht die Sprache darauf kommt, und ich war heilfroh, dass ich nur ein kleines Licht war und nicht aussagen musste. Denn genau genommen wär das eine Falschaussage gewesen. Kann dich die Karriere kosten, wenn so was rauskommt.»

Er schwieg erneut, trank einen Schluck, bevor er weitersprach.

«Das Problem war, dass niemand erklären konnte, warum der Kollege, der mit den Pralinen vergiftet wurde, überhaupt zu ihrem Haus gefahren ist. In seinen Notizen stand das Wo, die Adresse, aber nicht das Warum. Wir, das heißt die Kollegen – ich hab da wie gesagt nur eine Nebenrolle gespielt –, haben diesen Frank Zimmermann genau unter die Lupe genommen und auch seine kleinen Gaunereien, aber das hat nirgendwo hingeführt. Der andere Kollege ermittelte bei Gewaltverbrechen, nicht bei Hehlerei oder Betrug. Nur war ja der Giftmord an Zimmermann in keiner Weise aktenkundig. Der war ganz offiziell eines natürlichen Todes gestorben. Warum also so lange nach dessen Tod zur Witwe fahren? Und da hat der Staatsanwalt dann gesagt, dass wir aussagen sollten, der Kollege habe vermutlich einen anonymen Tipp bekommen. War natürlich ziemlich wackelig, so ein vermuteter anonymer Tipp, aber der Staatsanwalt war wie Hans im Glück und der Verteidiger ein Idiot, und diese Frage, warum der Kollege zu dem Haus von der Zimmermann gefahren ist, wurde nie gestellt.»

Kessler verschränkte die Arme, lehnte sich nach hinten und schaute in Richtung Fluss.

«Wir sind dann letztlich davon ausgegangen, dass der Kollege gar nicht hingefahren ist, um den Tod des Ehemannes zu untersuchen, sondern wegen der Gaunereien, auch wenn's nicht in seine Zuständigkeit gehörte. Und was dann passierte, war der Fluch der bösen Tat, die die nächste nach sich zieht. Das ist wie bei Macbeth: Die Witwe hat Angst gekriegt, Angst vor Entdeckung, und da hat sie ihm vor lauter Panik die Pralinen hingestellt. Du hast ja gar keine Ahnung, wie viele Verbrechen nur dadurch ans Licht kommen, dass die Leute sie vertuschen wollen. Verbrechen, von denen du gar nicht wusstest, dass sie sich je ereignet haben. Glaub mir, das ist die einfachste Antwort, alles andere ist viel zu kompliziert. Wer sollte denn da sonst noch auf den Beamten gewartet haben? Und warum? Und wie wäre der in das Haus gekommen? Das ist alles zu unwahrscheinlich.»

«Und der Hund?»

«Der Hund», sagte Kessler und prostete seinem Freund zu, «hatte einfach Pech.»

Dr. Junge schwieg.

«Ist sie bei dir?», fragte Kessler noch einmal. «Also mal angenommen, sie ist bei dir, dann wirst du sie wohl noch eine Weile behalten müssen.»

Dr. Junge sah Kessler fragend an.

«Lebst 'n bisschen hinterm Mond, da auf deinem Auberg, oder? Neuwied wird dichtgemacht. Große Strafrechtsreform. Gibt keine Zuchthausstrafen mehr, also darf's auch keine Zuchthäuser mehr geben. Nur wohin mit den ganzen Zuchthäuslern, die noch für den Rest ihres Lebens einsitzen müssen? Das haben die da oben sich vorher nicht überlegt.»

Am nächsten Morgen fuhr Dr. Junge früher als sonst in die Klinik. Er hatte schlecht geschlafen und war schon im Morgengrauen aufgewacht.

Nachdem er den Wagen abgestellt hatte, begegnete er auf dem Weg zu seinem Dienstzimmer Schorsch. Der hatte in der Nacht der Mondlandung eine schizophrene Episode gehabt, doch nach Dr. Junges Erfahrung verlängerte sich so etwas nur, wenn man jemanden, der alt und harmlos war, länger als unbedingt notwendig in der Geschlossenen behielt. Also hatte er ihn wieder daraus entlassen. «Auf Ihre Verantwortung!», hatte die Pflegedienstleiterin gesagt.

«Guten Morgen, sehr verehrter Herr Kollege Professor Psychiater Junge», begrüßte ihn Schorsch.

«Morgen, Schorsch.»

«Dr. Schorsch, wenn ich bitten darf.»

«Natürlich, Dr. Schorsch.»

«Der Herr Professor sehen ein wenig übernächtigt aus, wenn ich mir diese Bemerkung erlauben darf.»

«Sie dürfen. Ja, ich habe seit Tagen nicht mehr gut geschlafen.»

«Das tut mir leid, Herr Professor.»

«Unter anderem wurde ich während meines Bereitschaftsdienstes von einem Patienten vom Schlaf abgehalten, der sich für den ‹Weißen Riesen› hielt.»

«Der Weiße Riese?», grübelte Schorsch. «Ist das nicht eine Waschmittelmarke?»

«Ja, merkwürdig, nicht wahr? Aber wenn Sie mich nun entschuldigen würden, Herr Doktor? Ich habe leider noch einen Termin, den ich nicht verschieben kann.»

«Mit wem denn, wenn ich fragen darf, Herr Professor? Vielleicht mit einem Mitglied des Planetarischen Wissenschaftsrates? Dann teilen Sie demjenigen bitte mit, dass ich, was mein Konzept eines kompakten Fusionsreaktors angeht, kurz vor dem Abschluss meiner Überlegungen stehe. Könnten Sie das für mich tun?»

«Natürlich.»

«Stellen Sie sich vor, uns gelänge die kontrollierte, kompakte Kernfusion in Ihrem Forschungslabor, dann könnten sich die Ölscheichs ihre Handtücher übers Gesicht ziehen und gute Nacht sagen! Sie dürfen das große Ganze nicht aus dem Blick verlieren, Herr Professor.»

«Sie haben recht, Schorsch.»

«Dr. Schorsch.»

1969

«Durch den Prozess war ich zu einer Berühmtheit geworden. Die Zeitungen brachten Fotos, auf denen ich zu sehen war, wie ich da im Gerichtssaal stehe, in meinem besten Kleid, und mir die Hände vors Gesicht halte. Das war, glaube ich, gar nicht erlaubt, dass die da fotografieren, aber sie haben's trotzdem gemacht. Eine Zeitung hat unter das Foto geschrieben: ‹Ihre Reue kommt zu spät.› Doch schon kurze Zeit nach dem Urteil hatten sie mich vergessen. Niemand fragte meinen Anwalt nach Interviews, niemand wollte mich besuchen, es kamen auch keine Briefe mehr, noch nicht mal mehr die, in denen man mir die Pest an den Hals wünschte. Für die dadraußen hatte ich aufgehört zu existieren.

Und ich existierte ja auch nicht mehr. Nachdem ich dem Kleinen das letzte Mal in meinem Arm sein Schlaflied gesungen hatte, von Kobayashi, der ihn beschützen würde, und er mir am Morgen danach weggenommen worden war, da blieb meine Uhr stehen. Es war plötzlich ganz still in dem Zimmer. Bis dahin hatte ich irgendwo tief in mir drin gehofft, dass sich vielleicht doch noch alles irgendwie zum Guten wenden würde. So wie jemand, der eine tödliche Krankheit hat, bis zum letzten Atemzug hofft, dass ihn etwas rettet, so hab auch ich gehofft, dass ein Wunder geschieht. Aber in dem Moment, in dem ich ganz allein im Zimmer war, wurde mir klar, dass es zu spät war für ein Wunder. Dass die Tür sich nicht wieder öffnen wird und man mir den Kleinen zurückbringt, ja dass niemand kommen wird, um uns zu retten, kein Jim, kein Kobayashi, niemand.

Danach musste ich wieder zurück in den normalen Zellentrakt. Wissen Sie, das ist ein ganz komischer Augenblick, wenn sich das Gefängnistor endgültig hinter einem schließt. Da ist so ein Geräusch, bevor die Tür ins Schloss fällt, ein Windhauch, ganz leis, der ist wie das letzte Geräusch von allem, wie der letzte Atemzug der Welt, und dann ist es ganz still.

Ich hab dann im Zuchthaus versucht, das zu tun, was der Zuchthausdirektor mir gesagt hat, nämlich meine Schuld anzunehmen und Buße zu tun, denn er hat gesagt, sonst würde ich keinen Frieden finden. Also hab ich meine Schuld angenommen, was in einer Zelle nicht sonderlich schwer ist, und ich hab versucht zu büßen, wenn schon nicht für den bösartigen Kerl, der mein Ehemann war, dann doch für den armen Polizisten. Denn auch wenn ich ihn nicht umgebracht hab, hab ich's doch in den Schrank gestellt, das verfluchte Gift, was seine Frau zur Witwe und seinen Sohn zum Halbwaisen gemacht hat, und das alles, wo die doch gar nichts mit alledem zu tun hatten.

Aber Buße hin oder her, wahrscheinlich bin ich keine einfache Gefangene. Der stellvertretende Zuchthausleiter, den sie dann Gott sei Dank bald versetzt haben, der hat mich in der ersten Zeit einmal zu sich ins Büro holen lassen, und als ich dann vor ihm stand, hat er die Wärterin rausgeschickt und gesagt, er komme schon alleine klar, und ich dachte, jetzt will er mir an die Wäsche, jetzt muss ich was Schmutziges mit ihm machen, denn ich hatte so Gerüchte gehört von den anderen, dass die manchmal was für ihn machen mussten, und dann bekamen sie immer ein paar Vergünstigungen, Zigaretten, Schokolade und Besuch. Ich stehe also vor ihm und bin auf das Schlimmste gefasst, als der aus seinem Schreibtisch eine Schachtel Pralinen nimmt und mir einen Stift in die Hand drückt und sagt, ich soll draufschreiben: ‹Mit den besten Empfehlungen von Martha Zimmermann›. Verstehen Sie? Der fand das witzig. Wollte die Pralinen wohl verschenken. Ich hab dann den Karton genommen und gegen die Wand geschmissen, und das fand der nicht mehr so witzig, wie die ganzen Pralinen im Büro rumgekullert sind.

Danach bin ich in eine Einzelzelle gekommen, na ja, wahrscheinlich wär ich sowieso da reingekommen. Es gab ein kleines Waschbecken mit kaltem Wasser und einen gemauerten Vorsprung, der mit grüner Ölfarbe gestrichen war, auf dem lag die Matratze, das war das Bett. Und in dem gemauerten Sockel waren so Aussparungen, in die man seine Sachen reinlegen konnte, aber ich hatte ja nichts mehr.

Wir arbeiteten, als Näherinnen oder in der Küche, und ich war in der Wäscherei. Tag für Tag hab ich dort gearbeitet und dabei immer mal vergessen, was war und was nicht mehr sein würde. Am liebsten hätte ich gar nicht mehr aufgehört zu arbeiten, hätte am liebsten so lange geschuftet, bis ich tot umgefallen wär. Aber irgendwann ging die Sirene, und die haben mich zurück in die Zelle gebracht, und in der Zelle wartete die Vergangenheit wie ein schreckliches, grausames Tier und hat mich verschlungen, und da wurde mir klar, dass ich dort nie wieder rauskomme, weil man die Zeit nicht betrügen kann.

Da hab ich beschlossen, der Zeit ein Ende zu machen, und wollte mich an so einem alten Heizungsrohr hoch oben an der Wand aufhängen. Das heißt, erst konnte man nur so einen Buckel sehen, aber als ich auf meine Pritsche gestiegen bin und ein wenig dran rumgekratzt hab, hab ich gesehen, dass das ein Rohr war, und da hab ich dann jeden Tag was von dem Putz und dem alten Mauerwerk weggeschabt, mit meinen bloßen Händen. Und irgendwann hatte ich so ein gebogenes Stück von dem Rohr freigelegt, und in der Wäscherei ließ ich ein Leintuch mitgehen, und das hab ich zerrissen und daran festgemacht, und dann hab ich mich dran aufgehängt. Das Rohr, das sah eigentlich ganz solide aus, war's aber nicht, sondern es war uralt und durchgerostet. Es war das Abflussrohr vom Waschbecken in der Zelle obendrüber, und ich hab es aus der Wand gerissen, was ein Riesentrara gegeben hat, weil die ganze Brühe rausgelaufen ist. Ich musste dann in den verschärften Vollzug, also in eine noch kleinere Zelle mit gar nichts mehr drin, und ich hatte keine Arbeit mehr und Tag und Nacht Licht an und das Vergangene im Nacken. Das war schon eine schlimme Strafe. Ich hab's danach noch mal probiert und noch mal, und ich würd's jederzeit wieder probieren, um aus diesem Gefängnis rauszukommen, denn das ist der einzige Weg.»

«Ist Ihnen klar, dass ich Sie nicht so schnell hier weglassen kann, wenn Sie mir so was erzählen?»

«Für mich macht das keinen großen Unterschied, wo man mich einsperrt.»

«Was wäre, wenn man Sie eines Tages entlassen würde?»

«Man wird mich nie entlassen. Zweimal lebenslang, und das erste Leben ist noch nicht mal rum.»

«Sie könnten begnadigt werden.»

«Polizistenmörder werden nicht begnadigt, von niemandem, noch nicht mal von einem Sozi.»

«Vielleicht ist es ja auch so, dass Sie gar nicht entlassen werden wollen?»

«Sie haben vielleicht Ideen, Herr Doktor.»

Sie sah hinüber zum Fenster, und für einen Moment war ihm, als ob sie lächelte, dann sah sie ihn wieder ernst und traurig an.

«Herr Doktor, eines müssen Sie mir versprechen.»

«Was?»

«Aber Sie müssen es mir wirklich versprechen und es nicht nur einfach so dahinsagen, wie man es heutzutage macht. Heutzutage verspricht man nämlich viele Sachen, aber die meisten haben gar nicht vor, ihre Versprechen auch zu halten.»

«Zum Beispiel?»

«Ewige Liebe.»

«Ist das denn etwas, was man sich versprechen sollte?»

«Das ist es ja gerade: Die Menschen machen es trotzdem. Sie versprechen sich, was sie nicht halten können, sie lügen einander an, und das ist der Grund für all das Unglück, denn die Lügen und die Enttäuschungen werden immer mehr.»

«Was also soll ich Ihnen versprechen?»

«Dass Sie niemals nach ihm suchen werden.»

«Nach wem?»

«Nach meinem Jungen. Dass Sie niemals Nachforschungen anstellen werden, um zu erfahren, wo er lebt und was aus ihm geworden ist, selbst wenn ich alt und grau bin und im Sterben liege und Sie darum anflehe. Und sollten Sie ihm doch begegnen – dass Sie ihm niemals sagen, wer ich bin. Oder war. Denn die Vergangenheit, Herr Doktor, die ist Ihr Geschäft, aber nicht meins. Mit Ihrer schönen Stimme und Ihren ruhigen Worten holen Sie sie aus den Menschen heraus wie aus einer Erzader. Für mich ist die Vergangenheit eine eingestürzte Mine, ein verschütteter Schacht, und selbst wenn hier keine Gitter vor den Fenstern wären, könnte ich dennoch nie entkommen. Zu mir scheint kein Licht mehr herab. Ich habe einen Menschen umgebracht und trage Mitschuld am Tod eines zweiten, ich habe den kleinen Peter nicht gerettet und mein Kind für immer weggegeben.

Wissen Sie, die Zeit draußen ist eine andere Zeit als die Zeit drinnen. Und während die Zeit drinnen beinahe stillsteht, sodass man sie nur daran bemerkt, dass die Haare wachsen und die Nägel länger werden, vergeht die Zeit draußen rasend schnell. Wenn ich doch eines Tages rauskomme und meinen Sohn treffe, was ist dann mit der Zeit, die draußen vergangen ist? Mit der verlorenen Zeit, die wir nie zusammen gehabt haben? Dann wird meine Vergangenheit ihn am Ende doch noch einholen, und er wird den Rest seines Lebens der Sohn der Giftmörderin sein. Ich will, dass er das nicht ist. Ich will, dass er frei ist. Ich will, dass er eine Chance bekommt. Jeder hat eine Chance verdient. Ich habe keine Zukunft, aber mein Sohn, wo immer er jetzt auch sein mag, hat eine.»

«Und was werden Sie tun, wenn Ihr Sohn eines Tages selbst nach Ihnen sucht und an diese Tür klopft?»

«Dann müssen Sie ihm sagen, dass hinter dieser Tür niemand ist. Denn ich werde dafür möglicherweise nicht stark genug sein.»

«Ich verspreche es Ihnen.»

Eine längere Pause folgte, in der sie aus dem Fenster schaute und Dr. Junge spürte, wie er die Konzentration verlor, wie ihm seine Gedanken entglitten. Plötzlich fielen ihm Schorsch und der verrückte Fusionsreaktor ein, dessen Pläne er auf großen DIN-A3-Blättern wahrscheinlich schon akribisch aufgezeichnet hatte. Schorsch besaß eine ganze Reihe erstaunlicher Fähigkeiten. Er konnte sich unzählige Dinge merken, war zweifellos eine Art Mathematik-Genie, niemand konnte ihn beim Schach oder im Halma oder beim Dame-Spiel schlagen, weil er alle Züge schon lange voraussah, er hatte sie gespeichert, sie waren für ihn jederzeit erinnerbar. Und dann waren da seine Zeichnungen, technische Zeichnungen zu allerhand Erfindungen, die er sich ausgedacht hatte: die Mondrakete natürlich, dann aber auch so etwas wie ein Helm, der die Träume aufzeichnen kann, und eben sein neuester Spleen, dieser Mini-Fusionsreaktor, den er, wie er angekündigt hatte, demnächst in seinem interplanetaren Raumschiff einsetzen wollte. Das Besondere an diesen Zeichnungen war, dass sie nicht nur schön, sondern auch überzeugend aussahen – als hätte ein ganzes Heer von Ingenieuren daran gearbeitet.

Schorsch litt an einer mittelschweren Form von Autismus, wobei er trotz allem bemerkenswert sozial war. Dr. Junge hatte versucht herauszufinden, welche Ausbildung er absolviert hatte, doch ein Großteil der Patientenakten der Zeit vor 1945 war verschwunden, und so musste er sich mit Schorschs schwankenden Selbstauskünften zufriedengeben. Mal beschrieb er sich als vom «Kosmos beschenkter Selbstlerner», dann wieder als den «leitenden Ingenieur, der mit allen wichtigen Koryphäen der Wissenschaft» zusammengearbeitet hatte. Wenn er nicht so alt und allein gewesen wäre, hätte man ihn auch entlassen können, dachte Dr. Junge. Leider gab es da noch diese kurzen, aber heftigen und eigentlich untypischen schizophrenen Episoden, in deren Verlauf er völlig neben sich stand. Als deren Ursprung nahm Dr. Junge eine falsche Behandlung oder Medikation an. Irgendetwas hatte man ihm in der Vergangenheit gegeben, was ihm nicht gut bekommen war.

«Bald kommen sie zurück.»

Er schreckte aus seinen Gedanken auf. «Wie bitte? Wer?»

«Die Astronauten. Die auf dem Mond waren.»

«Ach so. Vielleicht sollten wir morgen weitersprechen.»

«Worüber sollten wir morgen sprechen, worüber wir nicht schon heute oder gestern gesprochen haben? Ist nicht schon alles gesagt? Was könnte ich Ihnen morgen noch erzählen?»

«Sie könnten mir sagen, wer Kobayashi ist.»

1998

«Ich hätte nicht gedacht, dass er so gerissen ist.»

«Ich schon.»

«So hinterhältig, meine ich.»

«Doch, Brian.»

«Und so rachsüchtig.»

«Rachsüchtig?»

«Du hast unsere erste Firma damals verkauft, Hardy, und zwar hinter unserem Rücken. Das hat dir Jason jetzt bei der zweiten Firma heimgezahlt.»

Brian und er sitzen auf festgeschraubten Plastikschalensitzen am Flughafen von Los Angeles. Draußen regnet es, und direkt vor ihnen, hinter der großen Fensterfront, rangiert die Maschine einer arabischen Fluggesellschaft, deren Passagiere gerade eingestiegen sind. Ihr Gate ist noch verwaist, der Flug nach New York noch nicht aufgerufen, und Hardy betrachtet den leeren Counter und die geschlossene Tür, die ihm der Übergang in eine unbekannte Dimension zu sein scheint.

«‹Interstellar Games› war nicht eure Firma, das war vor allem meine Firma. Eure Anteile hab ich ja nicht verkauft, und das weißt du auch.»

Sechs Jahre nach dem Erfolg des Computerspiels «Planet Explorer» und zweier Nachfolger hatte Hardy seine Anteile – 75 Prozent – verkauft, den Investor «Greybeard Venture Capital» ausgezahlt und mit dem Geld die nächste Firma gegründet. Zähneknirschend hatten auch Brian und Jason ihr Geld in dieses nächste Unternehmen gesteckt, allerdings unter der Bedingung gleich großer Anteile.

«Vielleicht hätte ich mein bisschen Geld nicht in diese Sache investieren sollen. Das bringt mich noch um das letzte Hemd.»

«Ist das das Hemd?», fragt Hardy.

Brian trägt ein knallbuntes Hawaiihemd, das überhaupt nicht zum Wetter passen will, insbesondere da es in New York kalt sein soll. «Ja, ja, mach du nur Witze.»

«Weißt du, was ich denke?»

«Wenn ich das wüsste, würde ich wahrscheinlich nicht hier sitzen.»

«Ich meine, was ich *dachte,* als ich dich zum ersten Mal gesehen hab? Ich dachte, so einer wie der wird niemals Erfolg haben, der wird niemals reich.»

«Und?»

«Ich glaube, Brian, du hast Angst vor dem, was jetzt kommt. Vor dem vielen Geld.»

«Noch haben wir's nicht.»

Die neue Firma hatte Hardy «P-X» genannt, und das Produkt war kein Computerspiel, sondern ein Geoinformationssystem – eine Kartensoftware, die lokale Daten integrierte. «City Explorer» war kein simples Programm, sondern lieferte auf den Kartenausschnitten Angaben zu Museen, Behörden, Restaurants samt Öffnungszeiten und Kontaktdaten. Dafür hatte Hardy mit Hilfe verschiedener Anbieter und Institutionen nach und nach riesige Datensätze angesammelt, digitalisiert und in Datenbanken umgewandelt. Jason war es dann gewesen, der die Datenbanken mit dem Kartenprogramm verbunden hatte, und er hatte sogar einen Weg gefunden, sie über das Internet nicht nur auf dem neuesten Stand zu halten, sondern sie auch mit den neuen PDAs zu synchronisieren – den Personal Digital Assistants, ohne die kein Manager, kein Investmentbanker, kein Börsenmakler mehr aus einem Penthouse ging. Der nächste Schritt hatte ein selbstentwickelter PDA sein sollen, auf dem die

Kartensoftware gleich mitinstalliert war. Für die Entwicklung wurde aber eine Kapitalerhöhung nötig, und «P-X» war an die Börse gegangen, sodass jeder der drei jeweils rund ein Fünftel der Aktien gehalten hatte und der Rest am Neuen Markt gehandelt worden war.

Klammheimlich hatte eine Firma in New York, «American Maps», denen «P-X» schon lange ein Dorn im Auge war, die Mehrheit dieses Aktienrestes aufgekauft. Und nach einem etwas unglücklichen Interview von Jason im «Wired Magazine» wussten deren Manager ganz genau, dass er weder mit Hardys Unternehmensführung glücklich war noch an der Entwicklung von PDAs oder Kartensoftware ein gesteigertes Interesse hatte.

«Mr. Woods, stimmt es, dass sich Ron Hardy zum Nachdenken auf das Dach des Firmensitzes setzt, stundenlang über die Stadt schaut und nicht gestört werden darf?»

«Ja, stimmt. Na ja, stimmt nur so ungefähr. Er sitzt da nicht einfach so rum, er meditiert eher. Hat mit so einer Art Schlüsselerlebnis in Asien zu tun, denke ich. Und er schaut auch nicht auf die Stadt, sondern mehr auf den Stau auf dem Freeway, weil der bei uns an der Lagerhalle, also dem Firmensitz, vorbeiführt. Und irgendwann kommt er dann wieder runter und hat eine neue Idee, und die müssen wir dann so schnell wie möglich umsetzen.»

«Aber Sie sind doch auch Anteilseigner?»

«Ja schon, irgendwie.»

«Hat er nicht Ihre letzte Firma, ‹Interstellar Games›, hinter Ihrem Rücken verkauft?»

«Hinter meinem Rücken? Das würde ich so nicht sagen.»

«Aber Sie wussten vorher nichts davon. Wie würden Sie das denn sonst nennen?»

Jason war verbittert gewesen, und Hardy hatte es nicht gemerkt. Das ärgerte ihn, denn er hatte sich für einen Menschenkenner gehalten, zumindest in Bezug auf seine Mitarbeiter, die er auf ebenso bestimmte wie unerbittliche Weise zu immer mehr Leistung antrieb. Er selbst arbeitete zwölf bis vierzehn Stunden am Tag, nicht wegen des Geldes, sondern weil er es wollte. Er fühlte sich unbehaglich, wenn er es nicht tat. Im Grunde erwartete er, dass seine Mitarbeiter ebenso viel arbeiteten wie er. Jason hatte er immer für jemanden gehalten, der sich eher weniger reinkniete, und wenn er nicht Miteigentümer gewesen wäre, hätte er ihn vielleicht sogar gefeuert. Er hatte damit gerechnet, dass er sich, ganz so wie sein Vater, das One-Hit-Wonder, nach der ersten Million zur Ruhe setzen würde, doch Jason war ehrgeiziger, als er gedacht hatte. Er hatte seine Anteile zu einem sehr hohen Preis an «American Maps» verkauft, womit die bei «P-X» praktisch über Nacht das Sagen hatten. Und das Erste, was sie getan hatten, war Hardys Absetzung als CEO.

Hardy hatte dagegen geklagt, und vor einer Woche war er von seiner Anwältin angerufen worden.

«Die streben einen Vergleich an. Sie kaufen Ihre und Eisensteins Anteile und legen für Sie noch eine Bonuszahlung obendrauf.»

«Wie viel?»

«Kommt drauf an. Wie viel wollen Sie denn?»

«Unter zwanzig gehe ich nicht.»

«Dann steigen wir mit fünfzig ein. Die Klage hat gute Chancen, da können wir hoch einsteigen. Außerdem werde ich andeuten, dass es auch noch andere Interessenten gibt. Haben Sie sich mal den Index angeschaut? Der geht rasant nach oben. Der Neue Markt schießt durch die Decke! Die Investoren kaufen alles, Hauptsache, es steht ‹Internet› drauf. Wenn Sie es wünschen, können wir die Sache auch noch ein wenig rauszögern.»

«Wir ziehen das jetzt durch.»

«Gut, ich verabrede einen Termin in unserer Kanzlei in New York. Setzen Sie Ihr Pokerface auf.»

«Ich habe gar kein anderes.»

Ihr Flug wird aufgerufen. Brian erhebt sich seufzend, sie gehen zum Gate, die Bordkarten in der Hand.

«Versuch zu schlafen, Brian», sagt Hardy, als sie ihre Plätze eingenommen haben. «Und pass auf, dass du dir morgen früh nicht Kaffee über dein Hemd kippst.»

«Wie gesagt», brummt Brian, «sehr witzig!»

Die New Yorker Anwaltskanzlei befindet sich im Nordturm des World Trade Centers, im 25. Stockwerk. Holzgetäfelte Zwischenwände, dunkelgrüner Teppichboden, der jedes Schrittgeräusch schluckt, Männer in Maßanzügen, junge Frauen in eleganten Kostümen, leise Stimmen – kein Vergleich zu ihren Firmenräumen in Culver City, die sie in Los Angeles für «P-X» angemietet haben, der ehemaligen Lagerhalle, in der zahllose Kabel auf dem blanken Betonboden liegen und das Rauschen der Rechner rund um die Uhr die Luft erfüllt. Man führt sie in einen großen Besprechungsraum mit einem langen Konferenztisch. Durch die Fenster kann Hardy den Zwillingsturm gegenüber sehen, und er fragt sich, ob dort im 25. Stockwerk jetzt ähnliche Verhandlungen geführt werden. Links neben ihm sitzt Brian, rechts von ihm seine Anwältin mit einem Kollegen. An der anderen Seite des Tisches hat der Manager von «American Maps» mit dessen zwei Anwälten Platz genommen.

«Also, was haben Sie sich vorgestellt?», fragt einer der beiden Anwälte.

Hardys Anwältin hebt ihre rechte Hand hoch, zeigt fünf Finger.

«Sie sind ja verrückt», sagt der Manager.

«So werden wir nicht zusammenkommen», sagt der zweite Anwalt.

Die Anwältin hebt vier Finger.

Der erste Anwalt schiebt zwei Aktenmappen über den Tisch. «Okay, jetzt mal ernsthaft. Hier ist das, was wir uns vorgestellt haben.»

Die Anwältin nimmt die Aktenmappen entgegen, öffnet sie beide und zeigt sie ihrem Kollegen. Dann schiebt sie sie zu Brian und Hardy und flüstert Hardy ins Ohr: «Lassen Sie sich nichts anmerken, aber sagen Sie sofort ja! Sofort! Keine weiteren Diskussionen!»

Hardy schweigt. Er lehnt sich zurück. Er spürt, dass Brian neben ihm zittert. Wahrscheinlich schwitzt er auch. Schließlich sagt er: «Nur unter der Bedingung, dass die Namensrechte bei mir bleiben.»

«Namensrechte?»

«P-X, PlanetX, Planet Explorer et cetera.»

Die beiden Anwälte und der Manager stecken die Köpfe zusammen.

Dann sagt der Manager: «Na gut. Da wir das Produkt sowieso ‹American Scout› nennen wollen, sehen wir da kein Problem.»

Hardy und Brian stehen zusammen mit der Anwältin und ihrem Kollegen im Aufzug und fahren hinauf zum Restaurant im 107. Stock. Es heißt «Windows on the World».

Auf der Höhe des 47. Stockwerks rutscht Brian an der Aufzugwand hinunter und bleibt auf dem Boden sitzen.

«Geht es Ihrem Freund nicht gut?», fragt der Kollege mit gedämpfter Stimme. «Er kann hier nicht einfach sitzen bleiben.»

«Mir geht's bestens», sagt Brian und schaut Hardy an. «Du hast gesagt, wir verlangen Fünfzig und kriegen vielleicht Zwanzig.»

«Ja», antwortet Hardy, «hab mich halt geirrt.»

«Die haben uns aber jeweils 200 Millionen gegeben und dir noch fünfzig obendrauf. Was soll ich denn mit der ganzen Kohle anfangen?»

«Unser Honorar bezahlen, zum Beispiel», sagt die Anwältin, «und wenn dann noch was übrig ist, würde ich mir an Ihrer Stelle ein neues Hemd kaufen.»

Später, nach zwei Flaschen Champagner und als die Anwältin und ihr Kollege gegangen sind, starrt Brian wortlos aus dem Fenster. Unten sind der Liberty State Park, der Hudson River und Ellis Island zu sehen.

Hardy fragt: «Alles klar?»

«Dahinten ist mein Urgroßvater vor über hundert Jahren angekommen. War Schuhmacher, hat dann eine kleine Schuhfabrik aufgebaut, vierzehn Stunden Arbeit jeden Tag. Für Schuhe. Wer macht jetzt unsere Schuhe, Hardy? Und ich sitze hier mit meinen Millionen und schlürfe Austern, die ich noch nicht mal mag, weil die hier keine Hot Dogs haben.»

«Im Turm gegenüber gibt's Hot Dogs.»

«Tut mir leid. Ist nur ein bisschen viel auf einmal.»

«Als ich ein kleiner Junge war, da hab ich mir vorgestellt, wie ich auf einem Schiff als blinder Passagier nach Amerika komme und dann Gold oder einen Indianerschatz finde und als reicher Mann zurückkehre.»

«Was wirst du jetzt machen?»

«Ich weiß noch nicht.»

«Komm schon, Hardy, was ist das nächste große Ding?»

«Es gibt kein nächstes großes Ding.»

«Willst du deine 250 Millionen einfach verjubeln?»

«Vielleicht.»

«Also, was machst du damit?»

«Keine Ahnung.»

«Wirklich gar keine? Wenn du nämlich doch ein ganz klein wenig eine Ahnung hättest, würde ich da gerne reininvestieren, damit wenigstens ein Teil des Geldes nicht bei mir zu Hause rumliegt und ich auf dumme Gedanken komme.»

Hardys Mobiltelefon klingelt. Er nimmt den Anruf an, spricht leise, während Brian ihn misstrauisch beäugt.

«Tut mir leid … Nein, weiß ich noch nicht. Aber wenn es etwas gibt, für das ich Sie benötige, melde ich mich.» Er steckt das Telefon zurück in seine Tasche.

«Diese Dinger», sinniert Brian und deutet auf die Tasche mit dem Handy, «werden uns bald alle verrückt machen. Wenn erst jeder so eins hat, wird gar kein echtes Gespräch mehr zustande kommen.»

«Wenn wir nicht die Idee gehabt hätten, das Kartenmaterial vom Computer auf einen PDA und später auch auf diese ‹Dinger› zu portieren, hätte man uns gerade eben nicht mehrere hundert Millionen Dollar für diese Idee bezahlt.»

«Ja, ich weiß, das ist wie mit der Atombombe. Was man sich einmal ausgedacht hat, verschwindet nicht einfach wieder so. Fühle mich deswegen auch schon die ganze Zeit schuldig.»

«Mit einem Mobiltelefon kann man niemanden umbringen.»

«Wer weiß das schon. Man könnte jemanden fernsteuern damit. Oder du telefonierst beim Autofahren und überfährst jemanden. Wer war denn dran?»

«Mr. Green von ‹Greybeard Venture Capital› fragt nach dem nächsten großen Ding, will unbedingt sein Geld loswerden.»

«Ich sag's ja.»

«Vielleicht sollten wir beide erst mal durchatmen.»

«Du und durchatmen? Das kannst du doch gar nicht.»

«Ich habe jetzt ein Haus mit Pool.»

«Aber keine Liegestühle, in denen du gemütlich eine Margarita schlürfen kannst. Ich geb dir eine Woche, und dann kommst du mit dem nächsten großen Ding.»

«Wenn mir was einfällt, erfährst du's als Erster.»

«Ich bitte darum. Fliegst du heute noch zurück?»

«Ich denke, ja. Du kommst nicht mit?»

«Nein, Hardy. Hab meiner Tante in Philadelphia versprochen, dass ich sie besuche.»

Nach zwanzig Jahren Reise durch den äußeren Spiralarm der Galaxie kehrt Captain Ronin in das Sonnensystem zurück. Drei Jahre hatten ihn die heimtückischen Titonen auf dem Planeten Osygia festgehalten, bevor er ausbrechen, sein Schiff, die «Chronos», zurückerobern und auf Kurs zur Erde bringen konnte. Niemand aus seiner Mannschaft hat überlebt. Er ist allein auf seinem Schiff, nur der Bordcomputer, Alexa, spricht mit ihm, als sie die Heliosphäre und den Kuipergürtel passieren und die Bahn des Planeten Pluto kreuzen.

«Wir müssen abbremsen, Captain.»

«Ich weiß, Alexa, aber ich will die Überraschung nicht durch einen frühen Satellitenkontakt ruinieren. Besser, wir schwirren etwas schneller durch ihren Sensorengürtel, sonst halten sie uns vielleicht für einen Kometen, der die Erde bedroht.»

«Auf der Erde sind inzwischen dreihundert Jahre vergangen, Sir, nicht zwanzig. 2278 gibt es vielleicht gar kein satellitengesteuertes Abwehrsystem mehr.»

Ohne den geringsten Funkkontakt erreichen sie den Erdorbit. Unter ihnen liegt der blaue Planet, der Ronin seltsam dunkel vorkommt. Auf der Nachtseite fehlt das gewohnte Licht der Megastädte in Europa, Afrika und der zentralasiatischen Steppe.

«Was ist da los, Alexa?»

«Ich messe keine Energiesignatur, Sir.»

«Das bedeutet?»

«Vor uns liegt entweder die Erde im Jahre 40 000 vor Christus oder –»

«Oder es ist etwas passiert …»

«Der Scanner zeigt leicht erhöhte Strahlungswerte an, Sir.»

«Ein Krieg mit H-Waffen?»

«Oder ein Asteroideneinschlag.»

«Ein Asteroid wäre nie durch den Sperrgürtel gekommen.»

«Ich brauche noch mehr Daten.»

«Klarmachen zum Landen!»

«Captain, ich benötige wirklich noch mehr Daten!»

«Landen, Alex!»

«Wir sind immer noch zu schnell, Sir.»

«Das ist ein Befehl!»

«Aye, aye, Sir.»

Ein Hüpfen, ein Rumpeln, dann Stille.

«Alexa, was ist da los?»

«Ausfall der Schubumkehrdüsen 3 und 4. Die Landeautomatik ist beschädigt.»

«Kriegst du das wieder hin?»

«Nicht vor dem Aufschlag. Bremsbeschleunigung 3G und steigend.»

«Ohne Automatik landen wir im Nirgendwo. Auf Handsteuerung schalten.»

«Sir, Belastung 5G und steigend. Wenn Sie auf manueller Steuerung das Bewusstsein verlieren …»

«… musst du übernehmen.»

«Sir?»

«Sir?»

«Sir?»

Er hatte seine Sonnenbrille aufbehalten, den Kopf an das

Fenster gelehnt und war kurz nach dem Start in New York eingeschlafen. Draußen war es dunkel. Wie aus großer Entfernung hörte er eine Stimme.

«Turbulenzen, Sir, Sie müssen sich anschnallen.»

Hardy nahm die Brille ab, drehte sich verschlafen um und öffnete die Augen.

Sie sah ihn an und sagte kein Wort. Schließlich beugte sie sich über ihn, schloss den Gurt und strich ihm mit ihrer rechten Hand über die Wange.

«Der Junge vom anderen Stern.»

«Betti.»

1998

«Wo bist du gewesen?»

«Ich war in New York. Geschäftlich.»

«Ich meine all die Jahre.»

«Überall und nirgends. Aber hauptsächlich in Los Angeles.»

«Wie geht es Walther und Jessica?»

«Walther ist vor sechs Jahren gestorben. Ich dachte, das wüsstest du. Wir hatten deinem Vater eine Karte geschickt.»

Betti sah ihn traurig an. «Nein, das wusste ich nicht.»

«Jessica ist fit wie eh und je. Geht jeden Tag im Pazifik schwimmen.»

«Du, ich muss nach den anderen Passagieren schauen.»

«Ich dachte, das ist hier Business-Class, und ich werde bevorzugt behandelt?»

«Nicht bei Turbulenzen. Bei Turbulenzen sind alle gleich. Ich muss die Gurte kontrollieren. Wenn wir gelandet sind, hab ich frei. Was machst du? Musst du arbeiten?»

«Ich musste gerade meine Firma verkaufen. Ich hab jetzt eine ganze Weile frei.»

«Tut mir leid für dich.»

«Muss es nicht, ich hab einen guten Preis bekommen.»

«Ich schulde dir noch Geld.»

«Mir?»

«Von den Nachhilfestunden. Pass auf, wir sind da immer in so einem Hotel, Furama, direkt am Flughafen, ein wenig schäbig, aber mehr zahlen sie nicht. Sparmaßnahmen. Daneben gibt's ein Diner, die machen tolle Huevos Rancheros. Du holst mich morgen früh im Hotel ab, und wir gehen da frühstücken?»

«Ja. Sehr gern.»
«Frag an der Rezeption nach Betti Smith.»
«Du bist verheiratet?»
«Ich war verheiratet.»

Dreizehn Jahre zuvor, 1985, hatte Betti auf dem Apfelweinfest in Neuorth den amerikanischen Soldaten David Smith kennengelernt. Als Mechaniker gehörte er zu einer Unterstützungseinheit, die auf dem nahe gelegenen Luftwaffenstützpunkt den Nachschub organisierte und die Flugzeuge wartete. Er war ein wenig anders als die G.I.s, die sonst auf das Fest kamen, zurückhaltender, höflicher, zumindest am Anfang. Er verabredete sich mit ihr, sie gingen zusammen aus, in Restaurants, ins Kino, einmal sogar in den Zoo.

Betti hatte in Wiesbaden eine kaufmännische Ausbildung abgeschlossen und arbeitete seitdem für die Versicherung, für die Dr. Kunze Generalvertreter war. Sie war nicht besonders glücklich damit. In Abendkursen lernte sie Englisch und Spanisch, und sie hatte vor, der Versicherung besser heute als morgen den Rücken zu kehren. Vielleicht würde sie, so hoffte sie, in einem Reisebüro arbeiten können oder, besser noch, irgendwo im Ausland im Hotelmanagement oder als Reiseleiterin für ein Touristik-Unternehmen. Hauptsache, sie käme raus aus der Provinz und in die weite Welt.

Und dann lief ihr David über den Weg. Sie wohnte damals in einem heruntergekommenen Altbau in Wiesbaden und war zum alljährlichen Apfelweinfest in Neuorth, auf dem sie ihn kennenlernte, eigentlich nur aus Sentimentalität gegangen. Das Geplänkel ging ungefähr zwei Monate, dann waren sie ein Paar.

Ein knappes Jahr später, als sie glaubte, schon alle Höhen und Tiefen mit David durchgemacht zu haben, machte er ihr einen Heiratsantrag. Er stellte es recht romantisch an, mit einem

Kniefall in der Abendsonne auf dem Neroberg, hatte aber, nachdem er sich entschieden hatte, mit ihr zusammenzubleiben, keine Wahl: Er sollte im nächsten Monat versetzt werden, zurück in die Vereinigten Staaten, und sie zu heiraten schien ihm da ebenso einfach wie konsequent.

Warum nicht den direkten Weg gehen?, dachte sie sich. Warum nicht alles hinter sich lassen und ganz woanders ein neues Leben anfangen? In Amerika!

Sie zogen nach Alamogordo, New Mexico, wo David auf der Holloman-Basis seinen Dienst versah. Anfangs war alles neu und gewaltig und wunderbar: das weite, endlose Land, das traumartige Licht, ihre Spuren im weißen, feinen Sand der Dünen im White Sands Nationalpark oder die Stille in den längst verlassenen Lehmhäusern der Indianer von Bandelier. Doch nach einer Weile zeigte sich, dass es auch in Amerika die Provinz gab und dass die Provinz in New Mexico ziemlich groß, aber nicht wesentlich anders als in Hessen war. Sie hatte eine Kleinstadt gegen eine andere Kleinstadt eingetauscht, und statt für eine Versicherung arbeitete sie jetzt im Büro eines Immobilienmaklers. Sie hatte nicht neu angefangen, sondern da weitergemacht, wo sie aufgehört hatte. Das Wetter war besser, immerhin, und die Autos und Kühlschränke waren größer.

Einer der Kunden des Immobilienmaklers war früher einmal Zivilpilot gewesen und wollte sich jetzt ein Häuschen in Mayhill kaufen, um dort seinen Lebensabend mit seinen Hobbys zu verbringen: Jagen und Sternebeobachten. Sie erinnerte sich an den amerikanischen Soldaten, den sie, Hardy und Fritz einst auf dem Dorffest getroffen hatten, und fragte ihn, wie man Flugbegleiterin werden könne. Er erklärte es ihr.

«Aber ich sage Ihnen gleich, das ist nicht mehr wie früher, in den goldenen 60ern, wo Stewardessen wie Topmodels behandelt wurden und sich auf einer permanenten Vergnügungsreise um die Welt befanden. Jetzt ist das ein Knochenjob. Es wird nicht mehr so gesiebt, aber es wird hart gearbeitet. Weniger Ruhezeiten, weniger Geld. Und bilden Sie sich nicht ein, dass die Sie gleich Interkontinentalflüge machen lassen. Sie werden von Philadelphia nach Houston fliegen und von Houston nach Tuscon und von Tuscon nach Denver und von Denver nach Chicago und so weiter und so fort.»

Sie bekam dann tatsächlich eine Anstellung als Flugbegleiterin bei Midland Pacific Airways. David war nicht begeistert. Er hatte sich das Eheleben so vorgestellt, dass seine Frau auf ihn wartete, wenn er abends vom Dienst nach Hause kam, und er war eifersüchtig, sehr eifersüchtig, beinahe schon paranoid. Er, der Pilot hatte werden wollen, aber Mechaniker geworden war, war geradezu manisch eifersüchtig auf alle Piloten und Copiloten, mit denen Betti flog, obwohl er nie einen kennenlernte. In seiner Vorstellung sahen sie alle aus wie in der Fernsehwerbung, braungebrannte, glattrasierte Beaus in schicken Uniformen, die buchstäblich nur mit dem Schwanz wedeln mussten, um eine der Stewardessen ins Bett zu kriegen.

Die Ehe wurde nach knapp fünf Jahren geschieden, kinderlos. Danach war Betti eine Weile lang wirklich mit einem Piloten zusammen und anschließend mit einem Unternehmensberater, der zwischen Philadelphia und Houston, Houston und Tuscon, Tuscon und Denver, Denver und Chicago hin und her flog, um Unternehmen zu zerschlagen und häppchenweise weiterzuverkaufen.

«So wie in ‹Pretty Woman›, dem Film», sagte Betti, «aber das hielt auch nicht lange. Tja, und jetzt bin ich ein spätes Mädchen.»

Sie saßen in dem Diner, von dem sie gesprochen hatte. Hardy trank einen Schluck Kaffee, nachdem die Bedienung ihm nachgeschenkt hatte.

«Und du bist jetzt ‹Ron A. Hardy› oder wie?»

«Ja. So steht's auf meiner Visitenkarte und inzwischen auch auf meinem Führerschein und im Reisepass. Klingt hierzulande einfach besser.»

«Mister Ron Hardy, CEO.»

«CEO bin ich nicht mehr, ich hab meine Firma ja verkauft.»

«Das Frühstück hier geht auf meine Rechnung, okay?»

Hardy lächelte und schwieg.

«Was hat die Firma gemacht, die du verkaufen musstest?»

«Kartensoftware. Geoinformationssysteme.»

Sie sah ihn fragend an.

«Na ja, stell dir vor, du machst in deinem Hotelzimmmer einen PC an, und auf dem Bildschirm siehst du eine Karte von L. A., und du gibst ein: ‹Suche Diner mit den besten Huevos Rancheros›, und er zeigt dir das auf der Karte an. Wir hatten vor, die Software über das Internet ständig auf dem neuesten Stand zu halten, auch mit Hilfe der Nutzer, die Bewertungen zum Beispiel für das Diner hier abgeben könnten, aber die Idee war leider so gut, dass ein paar Leute nervös wurden, und deshalb haben sie uns aufgekauft. Um uns als Konkurrenten auszuschalten.»

«Wolltest du nicht mal Kosmologie oder so was studieren? Und Astronaut werden?»

«Ja, stimmt. Hätte ich auch fast gemacht, aber … es ist dann anders gekommen. Ich hab ein Computerspiel programmiert, und das war sofort ziemlich erfolgreich, und dann hab ich noch zwei Jahre nebenher an der UCLA studiert, aber das war's dann mit Studium.»

«Und jetzt?»

«Das fragen mich alle. Ich weiß nicht. Vielleicht setze ich mich ja zur Ruhe.»

«Du hast mit dem Verkauf dieser Firma so viel Geld verdient, dass du dich damit zur Ruhe setzen kannst?»

Hardy zuckte mit den Achseln. Tatsächlich spürte er in diesem Moment so etwas wie Leere. Einen Tag und eine Nacht hatte sie angehalten, die Euphorie, und jetzt kam der Katzenjammer. Das Einzige, was er noch zu tun hatte, war das: Er musste am Nachmittag zu der umgebauten Lagerhalle in Culver City fahren und den verbliebenen Mitarbeitern erklären, dass er die Firma verkauft hatte. Wie es danach weiterging, wusste er nicht. Es fiel ihm nichts ein. Irgendwie hatten ihn die Jahre erst mit «Interstellar Games», dann mit «P-X» ausgelaugt.

Er sah Betti an. Sie kam ihm jetzt schöner vor als am Abend zuvor im Flugzeug, wo ihn das Make-up und die Uniform irritiert hatten.

«Wieso bist du jetzt ein spätes Mädchen?», fragte er. «Du siehst gar nicht wie eines aus.»

«Oh, der große Schweiger hat doch noch gelernt, Frauen Komplimente zu machen, gratuliere. Gibt's eigentlich eine Misses Hardy? Oder eine, die gerne Misses Hardy wäre?»

«Ich hab noch nicht mal eine Sekretärin.»

«Ich bin jetzt über dreißig, Hardy, da ist man in meinem Job ein spätes Mädchen. Ewig kann ich das nicht mehr machen.»

«Wie wär's, wenn du dir ein paar Tage freinimmst?»

«Ein paar Tage freinehmen? Wie stellst du dir das vor?»

«Wir könnten was zusammen unternehmen. Genau wie früher.»

«Du meinst, im Gebüsch rumkriechen und sich die Knie aufschlagen und so was?»

«Oder ins Kino gehen. Du könntest bei mir wohnen.»

«Bei dir wohnen?»

«Ja, *bei* mir wohnen, nicht *mit* mir wohnen. Ich habe ein großes Haus, also ein ziemlich großes Haus, in Pacific Palisades.»

«Okay, warte hier.»

«Wo gehst du hin?»

«Telefonieren.»

«Du kannst mein –», begann er und hielt sein Mobiltelefon hoch, aber da war sie schon hinter der Theke in einem Gang verschwunden.

Er blickte sich um. An den Nachbartischen saßen Truckfahrer, Flughafenarbeiter, Rentner, die bedächtig ihre Pastrami-Sandwiches aßen und ab und zu aus dem Fenster sahen und den startenden Flugzeugen nachschauten. Draußen, vor einem Laden für Gartengeräte und Heimwerkerbedarf, hielt ein Polizeiwagen, und zwei große, breitschultrige Polizisten stiegen aus. Er sah auf die Uhr und wunderte sich, was Betti so lange machte. Sie hatte ihre Handtasche mitgenommen, und die Kellnerin hatte schon abgeräumt, und so deutete nichts darauf hin, dass ihm gegenüber gerade noch jemand gesessen hatte. Kurz fragte er sich, ob das Treffen mit ihr nicht ein Traum gewesen war. Als sie an dem Kartenprojekt gearbeitet und angefangen hatten, Objekte auf diese Karten zu stellen – Schulen, Kindergärten, Supermärkte, Einkaufszentren und auch Diner wie das, in dem er gerade saß –, als sie Datenbanken und Algorithmen eingesetzt hatten, um das Verkehrsaufkommen, die Besucherzahlen, die Verweildauer in Restaurants vorherzusagen, als die Karten aufgehört hatten, einfach nur Karten zu sein, sondern zu einer Art digitalen Miniatur des Lebens geworden waren, da war er in einer der wenigen Pausen, die er sich gegönnt hatte, in einem Wissenschaftsmagazin auf einen Artikel mit dem Titel «Leben wir in einer Computersimulation?» gestoßen. Der Verfasser hatte die Frage aufgeworfen, ob es angesichts der rasanten Entwicklung der Computertechnologie nicht wahrscheinlich sei, dass man eines Tages ganze Gesellschaften mit Hilfe eines Computers simulieren könne, was zur Folge hätte, dass es nicht bei einer Simulation bleiben würde, sodass die Wahrscheinlichkeit, in einer Simulation zu leben, mathematisch um einiges höher wäre als –

«Träumst du?»

Er hob den Kopf. Betti stand vor ihm.

«Also, ich hab mit einer Kollegin getauscht. Heute ist Donnerstag, am Sonntag muss ich wieder auf die Maschine. Und ich wohne nicht bei dir. Die Kollegin hat eine Wohnung in Silver Lake, da kann ich bis Sonntag bleiben.»

«In Silver Lake?»

«Ja. Hast du ein Problem damit?»

Am ersten Abend gingen sie ins Kino – in «Die Truman Show». Den ganzen nächsten Tag fuhren sie den Pacific Coast Highway hinauf, bis nach Big Sur, und dann wieder zurück. Später trafen sie Jessica und Brian in einem Restaurant in Los Feliz, das – warum auch immer – «The Dresden» hieß. Sie lachten viel, und Jessica weinte auch ein wenig, als sie von Walther erzählte.

«Immerhin, er hatte noch zehn Jahre. Zehn gute, verdammt gute Jahre.»

Dann sprachen sie über die Zeit, als Hardy und Betti Kinder gewesen waren. Betti hatte ein Foto dabei, das Walther, Jessica, Dr. Kunze und sie mit anderen bei Walther auf dem Sofa zeigte.

«Sieht aus, als ob es gestern gewesen wäre», sagte Jessica.

«Wo schauen die alle hin?», fragte Brian.

«Zur Glotze, nehme ich an», sagte Jessica, «das war in der Nacht der Mondlandung. Da waren wir alle bei Walther versammelt.»

«Oder zu der Glastür», sagte Betti zu Hardy. «Zu der Tür, hinter der du gleich auftauchen wirst.»

Es war merkwürdig, aber als sie das sagte, hatte Hardy zum

ersten Mal seit langer Zeit, vielleicht zum ersten Mal überhaupt, das Gefühl, Teil einer Familie zu sein.

«Okay», rief Brian, «genug in der Vergangenheit geschwelgt! Es wird Zeit, an die Zukunft zu denken. Ich lade euch alle ein, morgen mit mir auf die ‹California Space Convention› zu gehen.»

Jessica winkte ab. «Sei mir nicht böse, Brian, aber ohne mich. Ich war mit Walther auf einem Dutzend dieser ‹Conventions›.»

«Kein Problem. Die Karten für die Tische ganz vorne – für die sehr teuren Tische ganz vorne – sind sowieso rar. Also, was ist mit euch?» Er sah Betti und Hardy aufmunternd an.

«Was soll das sein, eine ‹Space Convention›?», fragte Betti.

«Alle werden kommen – Captain Kirk, Luke Skywalker, Prinzessin Leia und echte Astronauten, ich meine die ersten Menschen auf dem Mond, Buzz Aldrin und Neil Armstrong!»

«Vergiss es», sagte Jessica, «Armstrong kommt nie. Er wird immer eingeladen, er wird immer angekündigt, aber er kommt nie zu so was. Mach den beiden keine falschen Versprechungen.»

«Dann kommt er eben nicht. Aber die anderen kommen! Das wird ein Mordsspaß! Also, seid ihr dabei?»

Am Samstagvormittag klopfte Hardy an das Fliegengitter der Apartmenttür in Silver Lake, und als Betti ihm die Tür öffnete, musste er kurz innehalten: Sie trug ein einfaches, aber elegantes, recht kurzes rotes Kleid und dazu hohe, schwarze Stiefel.

«Ich dachte, das passt vielleicht.»

Er nickte nur. Dann warf er einen Blick in ihre Bleibe und schüttelte den Kopf.

«Was hast du?», fragte Betti. «Ich fühle mich hier ganz wohl. Na ja, letzte Nacht haben welche auf dem Nachbargrundstück Schießübungen gemacht. Und manchmal kreist ein Polizei-Helikopter über dem Haus, zumindest sieht es so aus, als würde er über dem Haus kreisen, und ein Mann namens Martinez, der im Erdgeschoss wohnt, soll vor kurzem von einer Klapperschlange gebissen worden sein. Mitten in der Stadt.»

«Zahlen die euch so wenig, dass ihr in solchen Löchern wohnen müsst?»

«Meine Kollegin hat noch eine andere Wohnung in New Jersey. Sie ist wie ich geschieden, ihr Ex zahlt nicht, und ihr Sohn soll auf eine Privatschule.»

Als sie draußen waren, fiel ihr sofort der kleine Menschenauflauf auf, der sich unten auf der Straße gebildet hatte. Und natürlich das Auto. Es war nicht Hardys alter Mercury Comet. Es war schwarz, tiefergelegt, hatte Flügeltüren und sah aus wie der Wagen eines Zuhälters. Die Bewohner der umliegenden Apartmenthäuser hatten sich um das Sportcoupé geschart und betrachteten es mit einer Mischung aus Staunen und Verachtung.

«Toll, was?», sagte Hardy. Der Menschenauflauf schien ihn nicht zu stören.

«Was ist denn das für eine Kiste?»

Hardy sah sie überrascht an. «Das siehst du nicht? Das ist der DeLorean DMC-12 aus dem Film ‹Zurück in die Zukunft›, der auch eine Zeitmaschine ist und den Helden zurück in die fünfziger Jahre katapultiert! Cool, was?»

«Wenn man so was braucht.»

«Findest du es kindisch?»

«Ist es das Original?»

«Nein. Leider nicht. Jemand im Valley baut Filmwagen nach und vermietet sie dann.»

Er hielt eine Fernbedienung in der Hand und drückte darauf herum. Die Flügeltüren des Wagens hoben sich zischend, die kleine Menge Schaulustiger wich ein paar Schritte zurück.

«Sei ehrlich, du findest es albern, stimmt's?»

«Na ja», antwortete Betti, «ein bisschen vielleicht.»

Sie sah ihn an. Das Auffälligste an Hardy war immer gewesen, dass er jünger wirkte. Auch jetzt sah er mindestens fünf Jahre jünger aus, als er tatsächlich war. Sein Lächeln war freundlich, schüchtern, ja beinahe naiv, und wenn er etwas sagte, hinkten die Worte wie früher den Gedanken manchmal hinterher. Doch Betti waren auch sein Selbstbewusstsein und seine Entschiedenheit aufgefallen, beides hatte sie schon damals an ihm gemocht.

«Was ist mit deinem Freund Brian?», fragte sie, als sie einstiegen.

«Ist schon vorausgefahren. Außerdem», er deutete in den Innenraum, «wäre für ihn sowieso kein Platz gewesen, wegen dem Flux-Generator.»

Betti blickte sich um. Überall waren Kabel verlegt, und hinter den Sitzen befand sich ein futuristischer Zylinder. Kopfschüttelnd starrte sie auf die digitale Anzeige der Zeitmaschine gleich neben dem Tachometer, auf der das «Zieldatum» einzugeben war.

Ein braungebrannter, pockennarbiger alter Mann in Shorts, der einen gräulichen Verband in Höhe des Schienbeins trug, näherte sich humpelnd dem Auto. Es war Klapperschlangen-Martinez, der nun den Kopf zur Fahrertür hereinsteckte und mit rauchiger, tiefer Stimme fragte:

«Will it really bring you back?»

Hardy stellte die Anzeige ein: July 21, 1969.

«I hope so.»

Die ‹Space Convention› fand in einem Resort am Highway 10 statt, einem riesigen Komplex mit Spielcasino, Veranstaltungszentrum, Hotels, Restaurants und einer Bar, mit Bowling-Bahn, Showbühne, Spa und mehreren Swimmingpools, der von einem lokalen Indianerstamm betrieben wurde. Von Silver Lake aus war es bis dorthin über eine Stunde Autofahrt.

Brian, den sie in der Empfangshalle trafen, war aufgeregt wie ein kleines Kind. Er bereute es, sich nicht verkleidet zu haben, denn viele Besucher trugen Kostüme. Er zwängte sich an einer Gruppe Mr. Spocks vorbei, die zu einem Tisch wollten, an dem ein Asiate saß und Autogrammkarten unterschrieb.

«Mister Zulu!», rief Brian.

Eine Frau mit einer Prinzessin-Leia-Frisur verteilte Programmzettel. Auf ihnen wurden ein Dutzend Veranstaltungen angekündigt, darunter weitere Autogrammstunden, ein gemeinsamer Auftritt von Mark Hamill alias Luke Skywalker und William Shatner alias Captain Kirk sowie ein Look-Alike-Wettbewerb.

«Tja, alles sehr interessant, aber das Wichtigste steht nicht drauf», erklärte Brian. Er trug wieder eines seiner bunten Hemden, hatte aber ein Jackett darübergezogen.

«Und was ist das Wichtigste?»

«Das V. I. P.-Abendessen, bei dem ich für uns Plätze an einem Tisch ganz vorne besorgt habe.»

An einem Stand kaufte er Betti ein «Raumschiff Enterprise»-Abzeichen.

«Darf ich?», fragte er, ohne die Antwort abzuwarten, und heftete ihr das Abzeichen an die Brust.

Sie lächelte und schüttelte amüsiert den Kopf.

«Mein Gott, Lieutenant Uhura!», rief Brian begeistert.

Später, nach einem Vortrag über die technische Realisierbarkeit des Warp-Antriebs, der von einem Caltech-Professor und Star-Trek-Schauspielern gehalten wurde, bestellten sie sich an der «Starlight Bar» etwas zu trinken und beobachteten das Treiben der Menge, die sich durch die Halle von Veranstaltung zu Veranstaltung schleppte. Betti fiel ein älterer Mann auf, der hinter einem Tisch saß, auf dem ein Stapel Autogrammkarten lag. Manchmal blieb jemand davor stehen, doch niemand fragte ihn nach einem Autogramm.

«Wer ist das?», fragte sie.

«Keine Ahnung», sagte Brian.

«Fragen wir ihn doch einfach», sagte Hardy.

Sie gingen auf den Mann zu. Auf den Autogrammkarten, die auf dem Tisch lagen, konnte man ihn als jüngeren Mann im Raumanzug sehen. Ohne Helm lächelte er in die Kamera. Im Hintergrund der Fotomontage sah man die Oberfläche des Mondes, darüber die aufgehende Erde.

«Sie waren auf dem Mond!», sagte Betti.

Der Mann lächelte verschmitzt. «Nein, tut mir leid. Bin nur drum herum geflogen. Das ist nicht dasselbe.»

«Ich hätte gerne ein Autogramm von Ihnen.»

«Natürlich», sagte der Astronaut und unterschrieb eine seiner Karten.

Sie schob ihm noch eine Karte hin. «Für eine Freundin von mir. Sie hat einen kleinen Sohn.»

«Wenn Sie an einer der Abendveranstaltungen teilnehmen, dann werden Sie bestimmt auf Kameraden von mir treffen, die auf dem Mond waren, und die werden Ihnen bestimmt auch Autogramme geben.»

«Ich will aber von Ihnen ein Autogramm», sagte Betti, «nur von Ihnen.» Sie schob ihm noch eine Karte hin.

«Ist die für Ihren Sohn?»

«Ich habe keine Kinder, aber sollte ich eines Tages welche haben, werde ich sie ihnen geben.»

Nachdem sie sich von dem Astronauten verabschiedet hatten, sagte Betti, sie müsse mal kurz verschwinden. Brian sah ihr nach, wie sie in ihrem roten Kleid und mit den schwarzen Stiefeln zwischen den Besuchern hindurchging.

«Wenn du die mal hast», sagte er zu Hardy, «dann darfst du sie nie wieder gehen lassen.»

In den V. I. P.-Bereich des Resorts hinter der Kongresshalle kam man nur mit speziellen Zugangskarten, die Brian zuvor gekauft hatte. Der Fußboden war aus Marmor oder sah nach Marmor aus, und über ihnen wölbte sich eine runde blaue Deckenkonstruktion, auf die mittels versteckter Projektoren Phantasiesternbilder und Phantasieplaneten geworfen wurden. Inmitten der breiten Gänge, an deren Wände Fotos von Berühmtheiten hingen, waren Sitzinseln aus dunkelbraunem Leder aufgestellt. Niemand, der darauf saß, sich unterhielt oder gelangweilt zum künstlichen Himmel schaute, war verkleidet. Die Männer trugen teure Anzüge und die Frauen, meistens etwas jünger als die Männer, Cocktailkleider.

«Mir scheint», sagte Betti, «dass wir auf dem falschen Planeten gelandet sind.» Sie drückte auf ihr «Enterprise»-Abzeichen. «Außenteam an Enterprise. Beam uns rauf, Scotty!»

Brian grinste. «Tja, Captain, sieht so aus, als ob wir keinen Kontakt zum Schiff mehr haben.»

Eine Hostess bot ihnen ein Glas Champagner an, eine andere verteilte das Abendprogramm, auf dem die V. I. P.-Veranstaltungen aufgelistet waren. Bis zum Galadinner war noch Zeit.

Sie spazierten umher, bis sie vor dem Eingang zu einem Saal stehen blieben, vor dem ein Aufsteller für eine Firma namens «Orbital Adventures» warb:

Orbital Adventures macht Ihre Träume wahr!
Treten Sie in Gagarins Fußstapfen!
(Wenn Sie das nötige Kleingeld haben.)

Davor standen ein paar Neugierige, die durch die offene Tür hineinschauten.

«Kommt, lasst uns mal sehen, was da los ist», sagte Brian.

Ein Sicherheitsmann hielt sie auf. «Tut mir leid, nur für ausgewählte Gäste.»

«Wir sind auserwählt», sagte Brian.

«Stehen Sie auf der Liste?»

«Stehen wir auf der Liste?» Hardy war neben Brian getreten, sah aber an ihm vorbei.

Aus dem Raum war eine Stimme zu hören: «He, Iwan, die gehören zu mir!»

Der Sicherheitsmann drückte sich seinen Ohrhörer etwas fester ins Ohr, als bekäme er gerade einen Befehl. Mit einer mürrischen Geste winkte er sie durch.

Drinnen war es dunkel wie in einem Kinosaal. Am anderen Ende des Raums wurde eine Art Podest mit Punktscheinwerfern angestrahlt. Auf dem Podest stand eine konische, schwarzweiße Raumkapsel. Die Luke stand offen, man sah etwas vom grün-grauen Interieur.

Zwei Männer standen zwischen ihnen und der Kapsel. Als sie näher kamen, rief einer:

«Mr. Hardy! Mr. Eisenstein!»

Und Hardy sagte: «Guten Abend, Mr. Green.»

«Darf ich Ihnen Mr. Achmatov von ‹Orbital Adventures› vorstellen? Und wer ist Ihre reizende Begleiterin?»

«Das», antwortete Hardy, «ist Ms. Smith, meine wichtigste Mitarbeiterin und Vertraute.»

Green verneigte sich leicht, nahm Bettis Hand und deutete einen Handkuss an. «Das ist mit Sicherheit kein leichter Job, gerade jetzt, wo Mr. Hardys Kapital auf neue Ideen wartet!» Er drehte sich zu Achmatov um. «Lassen Sie sich nicht von diesen schlabbrigen Sakkos, dem Poloshirt und diesem grellbunten

Hemd täuschen. Das sind zwei Dotcom-Millionäre, jeder hat gerade fast 300 Millionen Dollar verdient.»

Betti verschluckte sich an ihrem Champagner.

Hardy sagte: «Mr. Green übertreibt.»

Achmatovs bis dahin beinahe maskenhaftes Boxergesicht verzog sich zu einem breiten Lächeln. «Meine lieben amerikanischen Freunde!», sagte er und geleitete sie zu einem Tisch.

«Was Mr. Achmatov uns anbieten will», erklärte Green, als sie sich gesetzt hatten, «ist ein Flug mit den Russen ins All, Erdumkreisung inklusive.»

Achmatov nickte. «Wir planen eine kommerzielle Nutzung der Raumstation Mir.»

«Kostet allerdings ein bisschen was», fuhr Green fort.

Achmatov nickte. «25 Millionen Dollar, Training ist dabei. Aber wenn Sie krank werden vor dem Flug, ist alles», er machte eine Wurfgeste, «futsch.»

Green schob Hardy eine der Broschüren zu, die auf den Tischen lagen, und beugte sich vor. «Tja, bei den Brüdern sollte man das Kleingedruckte schon genau lesen. Er sagt, wenn sich während des Trainings herausstellt, dass man aus medizinischer Sicht physisch oder psychisch nicht geeignet ist oder es sonst irgendwelche Gründe gegen einen Raumflug gibt, nehmen sie einen nicht mit, behalten aber das Geld. Was denken Sie, bin ich vielleicht schon zu alt? Soll ich mein Geld für so was ausgeben oder doch lieber ins Internet stecken?»

«Das Internet», sagte Hardy, «kommt mir sicherer vor.»

«Unsere Raumschiffe sind sehr sicher. Sind schon Hunderte Male geflogen», betonte Achmatov. «Wollen Sie vielleicht einen Blick hineinwerfen?» Er stand auf und deutete auf die Raumkapsel.

In der Kapsel war schon jemand. Eine Frau mit asiatischen Gesichtszügen saß zusammengekauert darin. Kurz sah sie zu

Hardy, musterte ihn, und als sich ihre Blicke trafen, hatte er den Eindruck, sie schon einmal gesehen zu haben, doch ihm wollte nicht einfallen, wo.

«Wenn Sie sich einen Moment gedulden wollen, bis Ms. Kapoor wieder aussteigt …»

«Nein, danke», sagte Hardy und ließ die Frau in der Kapsel, die ihn jetzt spöttisch anlächelte, nicht aus den Augen. «Heute nicht.»

«Was sollte das mit ‹meine wichtigste Mitarbeiterin und Vertraute›?», fragte Betti, als sie den langen Flur zum Saal des Galadinners entlanggingen.

«Wenn ich gesagt hätte, du wärst eine Freundin, wäre Green nur auf falsche Gedanken gekommen und hätte dich nicht für voll genommen.»

«Kommt das öfter vor, dass du Freundinnen hast, die nicht für voll genommen werden?»

«Gelegentlich.»

«Und das mit den 300 Millionen, die jeder von euch verdient haben soll?»

«Maßlos übertrieben.»

«Ich würde sogar sagen», sagte Brian, «völlig schamlos übertrieben.»

Sie kamen beinahe als Letzte in den Saal. Eine junge Frau, die einen Astronauten-Overall trug, geleitete sie zu einem Tisch. An dem saß außer ihnen ein Ehepaar, Stewart und Grace aus Denver, Colorado, wo Stewart eine Firma leitete, die Bergbauausrüstung herstellte. Ständig sah er sich um, als könnte sofort etwas Bedeutsames geschehen.

«Mein Mann ist völlig aus dem Häuschen», sagte seine Frau zu Betti. «Er hofft, Neil Armstrong zu treffen, weiß der Himmel, was er sich davon verspricht. Redet seit Tagen von nichts anderem. Na ja, ich finde das hier ja eher langweilig. Ist Ihr Mann auch so?»

«Oh, bei uns ist es genau umgekehrt. Er langweilt sich immer bei diesen Conventions», antwortete Betti, nahm Hardys Hand und zwinkerte ihm zu, «stimmt's, Schatz? Aber ich kann's jedes Mal kaum erwarten! Raketen, Raumschiffe und kleine grüne Männchen – das ist meine Welt. Als was haben Sie sich eigentlich verkleidet?»

Die Frau verzog das Gesicht.

Am Nachbartisch entdeckte Hardy die Asiatin aus der Raumkapsel. «Weißt du, wer das ist?», fragte er Brian. «Sie kommt mir bekannt vor.»

«Tara Kapoor? Eine steinreiche Unternehmerin, kommt eigentlich aus Indien oder so. Ihr Mann ist ein berühmter Hodenkrebsspezialist. Ihr gehört Xanadu.com.»

«Xanadu.com?»

«Ein Online-Versandhandel. Da kann man beinahe alles kaufen. Radiowecker, Kugelschreiber, Schokolade, CDs, Klamotten. Ich hab da mein Hemd her.»

Grace aus Denver sah Brian entsetzt an, als hätte der sich aus der Altkleidertonne bedient, sagte aber nichts.

«Wundert mich, wie sie mit so etwas reich werden konnte», sagte Betti schmunzelnd.

«Ja, ja, das hat viele gewundert, und die meisten haben sie auch ausgelacht, als sie vor fünf Jahren damit angefangen hat. Aber jetzt lacht niemand mehr.»

Vorne auf der Bühne trat ein Mann im Smoking, den niemand kannte, an das Rednerpult. Er begrüßte die Gäste, wünschte ein wundervolles Dinner und einen wundervollen Abend, durch den er sie jetzt gerne führen werde. Er machte ein paar Witze über Star-Trek-Fans und Astronauten und erzählte eine kurze Anekdote aus seiner Kindheit.

«Ich freue mich besonders», sagte er dann, «heute Abend hier ein paar von jenen mutigen Männern begrüßen zu dürfen, die auf dem Mond waren. Und lassen Sie sich keinen Mist erzählen, sie waren wirklich da oben und nicht nur nebenan in Hollywood!»

Gelächter.

«Wenn wir Glück haben und es seine Zeit erlaubt, wird vielleicht auch der erste Mann auf dem Mond heute Abend mit uns zusammen sein. Aber ich habe eine Bitte: Er gibt keine Autogramme mehr. Wirklich gar keine. Zu Ihrer eigenen Sicherheit sage ich Ihnen, versuchen Sie gar nicht erst, eines zu bekommen. Ich hatte das letzte Mal meinen Parker in der Brust stecken!»

Noch mehr Gelächter.

«Ich weiß, jeder von Ihnen hat vor fast dreißig Jahren, an jenem Tag, als die ersten Menschen den Mond betraten, etwas Besonderes erlebt. Erzählen Sie sich heute Abend Ihre Geschichten während des Essens oder wenn Sie in der sternenklaren Nacht nach Hause gehen, aber bitte erzählen Sie sie nicht Neil – er musste sich heute schon meine anhören!»

Gelächter, Applaus.

Der erste Gang des Essens wurde aufgetischt. Vorne hielt ein ehemaliger CAPCOM der Nasa, ein ausgebildeter Astronaut, der aber niemals geflogen war, sondern im Kontrollzentrum den Kontakt zu den Astronauten im All gehalten hatte, einen Vortrag darüber, wie schwierig, wenngleich befriedigend es sei, ausgebildet zu werden, aber niemals zu fliegen und am Ende ein CAPCOM zu sein. Dann wurden zwei Veteranen des Apollo-Sojus-Programms aus den Siebzigern vorgestellt. Sie erzählten etwas über den Weltfrieden im All.

Es folgte ein Vortrag über zukünftige Antriebssysteme. Der Hauptgang kam. Man zeigte einen Film über die Entwicklung und Nutzung des Mondrovers, und es gab noch einen Vortrag über die Zukunft der bemannten Raumfahrt, an dessen Ende man zu dem Schluss kommen musste, dass in zwanzig Jahren alles möglich sein würde: die erste bemannte Landung auf dem roten Planeten und ein Flug zu den Jupitermonden.

«Das haben sie uns vor zwanzig Jahren auch schon erzählt», brummte Stewart aus Denver. «Ist wie mit der Kernfusion.»

Dann reichte man das Dessert, und es wurde still. Buzz Aldrin, der zweite, und Eugene Cernan, der letzte Mann auf dem Mond, betraten die Bühne. Sie begrüßten einander und das Publikum, machten ein paar Witze, und Buzz sprach davon, wie traurig er manchmal darüber sei, dass er nie mehr die Gelegenheit haben werde, zum Mond zurückzukehren, und Gene sagte, dass er nie gedacht hätte, er könnte der Letzte sein, nicht der Letzte für immer, aber doch der Letzte für eine sehr lange Zeit, als ein Raunen durch die Tischreihen ging, einige Gäste aufstanden und niemand mehr auf das hörte, was Gene und Buzz erzählten. Alle Blicke waren auf die gegenüberliegende Seite gerichtet, wo ein unscheinbarer Mann sich einen Weg durch die Menschen bahnte, und während einige noch zweifelten, waren die meisten doch schon sicher, wer es war.

Er kam genau auf ihren Tisch zu. Stewart aus Denver wollte sie zurückhalten, aber seine Frau hatte plötzlich einen Kugelschreiber und den Programmzettel in der Hand und stellte sich dem Mann in den Weg. Der schob den Kugelschreiber zur Seite wie einen störenden Farnzweig im tiefsten Dschungel am Amazonas. Betti hatte noch nie so viel Verachtung im Blick eines Mannes gesehen wie jetzt bei Stewart, dessen Frau daraufhin mit den Schultern zuckte und sich wieder hinsetzte.

Vorne auf der Bühne standen immer noch Buzz und Gene, die Nummer zwei und die Nummer elf, und warteten darauf, dass Neil Armstrong sie unter tosendem Applaus begrüßte.

Der Handschlag war knapp, die Begrüßung noch knapper, alle lächelten, und Buzz sagte etwas zu Neil, was niemand verstand, und Neil sagte etwas zu Buzz, was jeder anders verstand, und dann bedankte sich Neil und winkte und trat ein, zwei Schritte zurück. Plötzlich war der Mann im Smoking, den niemand kannte, wieder im Scheinwerferlicht und leitete zum nächsten Programmpunkt über. Und da, wie beim Bühnentrick eines Zauberers, genügte ein Moment der Ablenkung, und Neil Armstrong war verschwunden.

Das Handy von Stewart aus Denver brummte, und er zog es hervor, ging aber nicht dran, sondern starrte es mit einer Mischung aus Überdruss und Mutlosigkeit an, bevor er es auf den Tisch fallen ließ und sagte: «Ich war damals acht. Sie haben uns Kolonien auf dem Mars versprochen, und nur das haben wir bekommen.»

«Wir sollten noch wo hingehen», sagte Betti nach dem Dinner. «Auf ein Bier oder so. Das finde ich sonst alles ein bisschen deprimierend.»

Die ‹Space Convention› war zu Ende. Die meisten Gäste waren schon müde nach Hause gefahren oder auf ihre Zimmer gegangen, einige saßen noch an der Bar.

«Wir könnten das Casino ausprobieren», schlug Brian vor.

Das Casino gab sich Mühe, ein echtes Casino zu sein, zumindest gab es einen Roulette- und zwei Blackjack-Tische sowie endlose Reihen von Slot-Machines. Das Licht war unfreundlich und der Teppichboden abgewetzt.

Sie holten sich ein Bier und schlenderten an den Automatenreihen entlang. Die Spieler, meistens ältere Männer, sahen aus, als hätten sie vor, mit den einarmigen Banditen ihren Lebensabend zu verbringen. Sie hielten große weiße Plastikbecher in der Hand, um den Gewinn aufzufangen, der nicht kam. Brian,

Betti und Hardy probierten mal diesen Automaten aus, mal jenen, hofften auf drei Erdbeeren, drei Herzen, drei Teufel.

Und da saß er dann. Er hielt einen Becher in der Hand, und genau in dem Moment, als sie ihn bemerkten, drückte er den roten Knopf, und die Maschine spuckte eine erstaunliche Anzahl Münzen aus. Er wog seinen Gewinn, spürte, dass man ihn beobachtete, drehte sich um und sah sie an.

Man solle ihm nicht die eigenen Geschichten erzählen, hatte der Mann, den niemand kannte, gesagt. Aber wovon sollte man Neil Armstrong sonst erzählen, wenn nicht von dem, was geschah, als er und Buzz auf dem Mond waren?

1969

Der VW-Käfer fuhr durch das Tor, die Auffahrt hinauf und hielt genau vor der Tür, durch die Hardy keine 24 Stunden zuvor entkommen war. Der Schleicher hatte recht gehabt. Es hatte nicht mal einen Tag gedauert, nun hatten sie ihn wieder.

Sie warteten schon. Direktor Wassermann und Herr Martin standen auf der Treppe vor der Tür. Sheriff Becht, der Dorfpolizist, schnaufte, wischte sich die Schnupftabakreste von der Nase und stieg aus. Er ging zur anderen Seite des Wagens, öffnete die Tür und zog Hardy am Jackenkragen nach draußen, zerrte ihn vor das Standgericht auf der Treppe.

«Da haben Sie Ihren Ausreißer wieder!», sagte er.

Sofort erging sich Dr. Wassermann in ausführlichen Lobpreisungen der örtlichen Ordnungskräfte und sagte, er werde diesen schnellen Fahndungserfolg an höchster Stelle melden.

Wie hatte der Polizist ihn so schnell finden können?, fragte sich Hardy. Hatten ihn diejenigen angerufen, die ihn aufgenommen hatten? Hatte ihn jemand gesehen und den Polizisten alarmiert? Aber das alles war jetzt nicht mehr wichtig. Wenn er erst durch diese Tür gegangen wäre, konnte er genauso gut in der Hölle sein oder in einem Schneesturm am Südpol oder in einer Höhle voller Monster. Die Abendsonne schien ihm ins Gesicht, während der Direktor seine kleine Rede hielt. Er schloss die Augen, genoss für einen Moment die Wärme. So muss es in den alten Zeiten gewesen sein, dachte er, kurz bevor sie dich für immer in den Kerker geworfen haben.

«Mein Junge, was machst du nur für Sachen!», rief Dr. Wassermann jetzt. «Einfach abzuhauen! Als ob du dadraußen irgendwo hinkönntest, als ob dich irgendjemand haben wollte! Das hier ist doch dein Zuhause, Junge!»

Der Polizist schüttelte ihm und Herrn Martin zum Abschied die Hand und sagte zu Hardy: «Dass ich dich nicht noch mal hier abliefern muss!» Dann stieg er in seinen Käfer, fuhr die Auffahrt hinab und verschwand durch das Tor.

Dr. Wassermann schob Hardy durch die Tür, Herr Martin ging voran. An der Stelle, an der es links weiter in den Flur ging und rechts hinab in den Keller, blieben die beiden Männer stehen.

«Herr Martin, Sie kennen meine Prinzipien: keine unnötige Härte! Strenge und Gerechtigkeit sollen unsere Leitlinien sein.» Mit diesen Worten ging Dr. Wassermann an seinem Mitarbeiter und Hardy vorbei und war bald schon in dem dunklen, langen Flur verschwunden.

Herr Martin drehte sich um und schlug Hardy mit der flachen Hand ins Gesicht. Einmal links, einmal rechts. Als das erledigt war, öffnete er die Tür und schubste ihn auf die Treppe.

Die erste Station war die Waschküche. Er musste sich ausziehen und in die Mitte des Raumes über den Abfluss stellen. Dann fing Herr Martin an, ihn mit dem großen Schlauch abzuspritzen. Das Wasser war kalt, der Strahl war hart, und Hardy versuchte sich, so gut es ging, davor zu schützen. Schließlich glitt er aus.

«Steh auf!», brüllte Herr Martin.

Also stand er auf.

Aber als Herr Martin ihn weiter abspritzte, glitt er aufs Neue aus, und Herr Martin brüllte wieder: «Steh auf!»

So ging es eine ganze Weile. Am Anfang zuckte er noch zusammen, wenn ihn das kalte Wasser traf, er fror und zitterte. Dann aber fühlte er sich wie betäubt, stand auf, wenn er angebrüllt wurde, oder fiel um wie eine Puppe.

Als er wieder zusammengekauert auf dem Abfluss lag, stellte Herr Martin das Wasser ab und fragte: «Wohin ist der Schleicher gegangen?»

«Ich weiß es nicht.»

Diesmal befahl Herr Martin nicht, er solle aufstehen, sondern stellte das Wasser wieder an und spritzte ihm damit ins Gesicht. Hardy lag auf den Fliesen, war aber zu kraftlos, um aufzustehen.

Wasser aus.

«Wo ist der Schleicher?»

«Ich weiß es nicht. Er hat mir nicht sagen wollen, wo er hingeht.»

Wasser an.

Wasser aus.

«Wo ist der Schleicher?»

«Ich weiß es nicht. Ich –»

Wasser an.

Wasser aus.

«Wo ist der Schleicher?»

«Weiß ich nicht, Herr Mar–»

Wasser an.

Wasser aus.

«Wo ist der Schleicher?»

«Ich, ich –»

Wasser an.

Er schluckte Wasser, atmete Wasser ein, krümmte sich zusammen, hustete, schnappte nach Luft. War es so, wenn man gleich ertrank? Vielleicht war es ja besser zu sterben. Dann war man tot, und es gab kein kaltes Wasser mehr, keinen Herrn Martin und kein Heim.

Wasser aus.

Herr Martin packte ihn unter dem Arm, setzte ihn auf eine

Bank neben den großen Waschmaschinen, reichte ihm einen harten, rauen Wischlappen. «Hier, trockne dich damit ab. Dann ziehst du dich an.»

Nachdem er sich angezogen hatte, schob ihn Herr Martin weiter durch den Keller. Sie kamen an eine Eisentür.

Hardy ahnte, was dahinter war. Alle Kinder hatten davon gehört, alle hatten darüber gesprochen, jeder hatte Angst davor. Herr Martin schloss die Tür auf, die in den Keller der Brüder führte. Er drehte den Lichtschalter neben der Eisentür. Nur eine einzige, fahle Lampe beleuchtete das alte Gewölbe. Rechts in der schrägen Wand war ein Lichtschacht, der zu einem vergitterten Fensterchen führte. Links, halb im Schatten, sah Hardy die großen, dunklen Umrisse des Fasses. Vor dem Fass war eine Art Rinne, die zu einem Abfluss führte. Es roch nach Kot und Urin.

«Bleib hier stehen!», befahl Herr Martin. «Rühr dich nicht!»

Das große Fass lag auf Stützen, und dort, wo in früheren Jahrhunderten die Mönche den Wein gezapft hatten, war jetzt eine kleine Tür mit einem noch kleineren Fenster darin. Herr Martin öffnete die Tür, die mit einem schweren Vorhängeschloss gesichert war, und steckte den Kopf hinein.

«Komm raus! Na mach schon! Den Eimer kannst du stehen lassen.»

Aus dem Fass trat der kleine Schröder, der sich trotz des nur schwachen Lichts einen Arm vor das Gesicht hielt. Er hatte noch sein Nachthemd an. Anscheinend hatten sie ihn gleich früh am Morgen aus dem Bett geholt.

«Kannst ruhig den Arm runternehmen, Schröder!», höhnte Herr Martin. «Kannst ihm ruhig in die Augen sehen, dem Verräter! Schau ihn dir an, da steht er, Nummer 13, der Besserwisser, der Klugscheißer, der sich eingebildet hat, er wäre anders als du, als ihr alle, hat sich für was Besseres gehalten, aber hier ist jeder gleich, sieh's dir an, das Häufchen Elend, den Nichtsnutz, das Kameradenschwein! Seinetwegen hast du ins Bett gemacht, seinetwegen bist du im Fass gelandet, aber du hast Glück. Wir haben ihn schnell wieder eingefangen, die kleine Ratte. Hier, schau ihn dir an!»

Der kleine Schröder nahm den Arm herunter, blinzelte, sah ihn mit seinen großen Augen an.

«Tut mir leid», flüsterte Hardy.

Dann musste er ins Fass. Drinnen waren nur eine Holzpritsche und eine Blechkanne mit Wasser und ein Eimer, aus dem es stank.

Er hörte, wie Herr Martin dem kleinen Schröder befahl voranzugehen, wie der Lichtschalter knackte und die Eisentür ins Schloss fiel. Es wurde stockfinster. Er legte sich auf die Holzpritsche und schlief sofort ein.

Als er wieder aufwachte, wusste er, dass er nicht wissen konnte, wie spät es war oder wie lange er geschlafen hatte. Er hatte von Forschern gelesen, die tagelang in Höhlen festgesessen hatten, von Bergsteigern, die von Lawinen verschüttet oder in Gletscherspalten gefallen waren. Sie verloren ihr Zeitgefühl, sie drohten verrückt zu werden, aber sie wurden es nicht. Shackleton hatte es geschafft, achthundert Meilen durch das tosende Eismeer zu segeln in einem offenen Boot.

Aber Scott hat es nicht geschafft. Er ist mit seinen Kameraden in einem Zelt neben dem Südpol erfroren.

Und du bist nur ein kleiner Junge.

In seiner Phantasie ging er zurück in das Haus der Familie, die ihn für kurze Zeit aufgenommen hatte. Er hätte wissen müssen, dass irgendwann ein Polizist kommen würde, er hätte es wissen müssen. Er stellte sich vor, wann der geeignete Moment dafür gewesen wäre, sich irgendwo zu verstecken oder erneut abzuhauen. Er stellte sich vor, wie er den Inhalt des Kühlschranks in seine Tasche gepackt und wie er sich dann heimlich davongemacht hätte, um so lange in den Wäldern zu leben, bis die Luft rein war und er seinen ursprünglichen Plan weiterverfolgen konnte, nämlich auf einem Flussdampfer anzuheuern und über kurz oder lang nach Amerika zu fahren.

Aber nach einer Weile stellte er sich nur noch vor, was er mit Herrn Martin machen würde, wenn er erst erwachsen und reich wäre, so reich, dass er sich alles kaufen könnte, auch einen Revolver. Er würde ihm in seinem Zimmer auflauern, und dann würde er ihn an einen Stuhl fesseln und ihn quälen. Er fragte sich, wie er das machen könnte, vielleicht mit glühenden Eisen? Davon hatte er in einem Buch über die Ritterzeit gelesen. Und danach würde er ihn hier unten in den Keller werfen, aber nicht die Tür zuschließen, sondern zumauern lassen. Und dann würde er alle Kinder befreien und das Heim niederbrennen.

Das wird niemals passieren.

Warum nicht?

Weil es nicht passieren wird, darum. Alle sind viel stärker als du. Niemand wird dir helfen.

Aber die Astronauten sind mit ihrem kleinen Raumschiff doch bis zum Mond geflogen.

Das hier ist nur ein Holzfass, das in einem Keller steht.

Keiner weiß vorher, ob er es schafft. Wer aufgibt, hat verloren.

Du weißt nicht, ob die Astronauten es zurückschaffen. Vielleicht fliegen sie an der Erde vorbei, hinaus ins All, wo sie entweder ersticken oder erfrieren. Oder sie verglühen in der Luft oder ertrinken im Ozean. Vielleicht sind sie schon tot?

Er schlief aufs Neue ein und erwachte erst wieder, als er hörte, dass jemand die Tür öffnete.

Zunächst erkannte er ihn nicht, das wenige Licht blendete auch ihn.

Dann sagte eine Stimme: «Raus da! Eimer ausleeren!»

Und da wusste er, dass es der Kurt war.

Nachdem er den Eimer ausgeleert hatte, bekam er von Kurt frisches Wasser und eine Blechschüssel mit Haferbrei. Dann schloss Kurt ihn wieder ein, und es wurde so dunkel wie zuvor.

Er aß den Haferbrei und versuchte, sich zu erinnern, was ihm der Schleicher über das Fass erzählt hatte. Hatte er nicht davon gesprochen, dass er sich die ganze Zeit vorgestellt hatte, woanders zu sein? An Bord eines Schiffes? In einem U-Boot? Hardy wollte lieber der Kommandant einer Expedition zum Mars sein, wollte als erster Mensch den Mars betreten. Wie lange dauerte die Reise zum Mars? Das wusste er nicht genau. Im «Atlas der Entdeckungen» hatte im letzten Kapitel über die Zukunft der Raumfahrt zwar gestanden, dass eines der nächsten Ziele nach dem Mond der Mars oder die Venus sein müsste, aber es war nicht gesagt worden, wie lange die Reise dauern würde.

Die Venus war näher, aber auch heißer. Und weil die Venus fast genauso groß wie die Erde war, käme man vielleicht nicht mehr so einfach von ihr weg. Auf der Venus könnte man mit seiner Rakete in einem Sumpf landen oder in einem Dschungel mit riesigen, fleischfressenden Pflanzen, und das war es dann.

Besser also zum Mars. Aber der war weiter weg. Und kälter. Dafür nicht so groß. Man konnte landen und nach den Marsmenschen schauen und wieder zurückfliegen. Na ja, wahrscheinlich gab es gar keine Marsmenschen. Wahrscheinlich gab es auch keine Marskanäle, die waren alle ausgetrocknet und die Marsmenschen längst tot. Was hatten sie getan, was war passiert, dass durch die Ruinen ihrer Städte jetzt nur noch der Wind wehte, waren ihre Schätze und fremdartigen Maschinen vielleicht noch dort? Im «Atlas der Entdeckungen» hatte gestanden, dass man mit einer Atomrakete schneller hinkäme, aber es würde auch damit bestimmt mindestens eine Woche dauern. Oder zwei oder drei.

Er war der Kommandant der ersten Marsmission, und leider war der Strom in seiner Kapsel ausgefallen, aber das machte nichts. Sobald er in der Marsumlaufbahn wäre, würde er, Commander Hardy, aussteigen und nachschauen, was passiert war. Jetzt konnte er nichts tun, denn die Atomrakete beschleunigte so stark, dass er fürchtete, ins All geschleudert zu werden, wenn er jetzt aussteigen und nachschauen würde. Also musste er sein Essen rationieren und mit dem Nötigsten bis zur Reparatur zurechtkommen. Wenigstens funktionierte der Funk noch.

Hier Houston. Geht es Ihnen gut, Commander Hardy?

Hier Commander Hardy, danke, es geht mir gut. Allerdings ist es etwas langweilig hier oben.

Irgendwann ging die Tür wieder auf. Es war Herr Martin.

«Und, ist dir wieder eingefallen, wo der Schleicher hin ist?»

«Ich weiß es nicht», sagte Hardy, «wirklich nicht. Er hat mich im Wald einfach stehen lassen und ist verschwunden.»

«Und du weißt nicht, in welche Richtung er verschwunden ist?»

«Nein.»

Das stimmte nicht ganz. Hardy wusste ungefähr, in welche Richtung der Schleicher verschwunden war. Er erinnerte sich daran, dass der Schleicher immer von «der Stadt» gesprochen hatte, in der es «Weiber und Schampus» gebe und wo man «untertauchen» könne. Er hatte also nicht vorgehabt, auf einem Flusskahn anzuheuern und als blinder Passagier nach Amerika zu fahren. Wahrscheinlich gab es einige dieser Städte mit «Weibern und Schampus» in nächster Nähe, Wiesbaden oder Mainz kamen da in Frage, aber welche der Schleicher gemeint hatte, das hatte er für sich behalten.

«Mir scheint», sagte Herr Martin, «dass du noch ein bisschen länger nachdenken musst.»

Hier Houston. Ist die Stromversorgung wiederhergestellt?

Hier Commander Hardy. Nein, leider nicht.

Das tut uns leid, Commander. Wenn Sie sich weiterhin so schlimm langweilen, dann könnten Sie ja in der Zwischenzeit ein paar Knobelaufgaben lösen.

Ich habe bereits alle Knobelaufgaben gelöst, die mir eingefallen sind. Auch das kleine Einmaleins hab ich aufgesagt, das ich noch gar nicht können darf.

Dann zählen Sie die Primzahlen auf! Sie wissen ja, das sind die merkwürdigen Zahlen, die sich nur durch eins und sich selbst teilen lassen. Unsere Wissenschaftler wüssten gerne, wie viele es davon gibt.

Auf geht's! 1 … 2 … 3 … 5 … 7 … 11 … 13 … 17 … 19 … 23 … 29 … 31 … 37 …

«Wach auf! Wach endlich auf und komm da raus, Nummer 13!»

Hardy war wieder eingeschlafen und wusste im ersten Moment nicht, wo er war. War es Tag oder Nacht, und wie lange war er schon hier? Da fiel Licht in seine Behausung, und Herr Martin zerrte ihn aus dem Fass.

«Und wie lange warst du so eingesperrt?»

Sie fuhren zurück durch die Nacht. Hardy saß am Steuer des umgebauten Sportwagens, Betti neben ihm auf dem Beifahrersitz. Riverside und Pomona lagen hinter ihnen, vor ihnen flimmerten im Smog die Lichter von Downtown Los Angeles.

«Drei Tage. Ja, drei Tage, glaube ich. Bis die Astronauten zurückkamen.»

«Das hast du so nie erzählt. Nur das mit den Primzahlen.»

«Warum auch.»

«Das Kinderheim haben sie übrigens geschlossen.»

«Wann?»

«Vor ein paar Jahren schon. Haben niemanden mehr gefunden, der es leiten wollte. Der Ruf war sowieso dahin, seit der Sache mit dem Raubmord, da wollte das Land wohl nichts mehr mit zu tun haben.»

«Hat man den Mörder denn gefunden?»

«Von diesem Herrn Martin? Nein, ich glaube nicht. Nie.»

Hinter dem Dodger-Stadion bog er Richtung Glendale ab, und schon standen sie vor dem Apartmenthaus in Silver Lake.

«Morgen geht's wieder los?»

«Ja. Morgen Abend.» Sie deutete auf das Armaturenbrett und die Leuchtziffern. «Schade, dass das keine echte Zeitmaschine ist.»

«In welches Jahr würdest du denn gern zurück?»

«1978.»

«Wieso?»

«Nur so», sagte sie und stieg aus.

«Betti!», rief er.

Sie drehte sich um. «Ja?»

«Willst du –»

«Will ich was?»

«Für mich arbeiten?»

«Wie bitte?»

«Ich meine es ernst. Ich habe tatsächlich niemanden. Keine enge Vertraute, keine persönliche Assistentin. Und Brian ist nur ein guter Freund. Ich zahle dir das Doppelte von dem, was du jetzt bei deiner Airline bekommst, und wenn dir's nicht gefällt, bezahl ich noch ein halbes Jahr weiter, bis du was Neues gefunden hast.»

«Ich ruf dich an.»

Was machte man mit 250 Millionen Dollar?

Hardy saß auf der Terrasse seines Hauses in Pacific Palisades, das er noch in der Annahme, er würde durch den «P-X»-Deal nicht mehr als 25 Millionen bekommen, auf Drängen seines Finanzberaters erst vor zwei Monaten gekauft hatte. Der Kauf war ihm riskant vorgekommen, jetzt aber hatte er zehnmal mehr Geld, als er erwartet hatte, und wusste nicht, was er damit anfangen sollte. Die letzten Jahre hatte er fast wie ein Asket gelebt – wie einer, dessen gesamter Besitz in eine Tasche passte, sodass er, falls etwas schiefging, leicht verschwinden konnte. Er hatte bei einem seiner Angestellten zur Untermiete gewohnt, einem Mann, der mit diesen Nebeneinnahmen das Haus abbezahlte. In seinem Zimmer hatten ein Bett, ein Sofa, ein großer Fernseher, ein Tisch und ein Computer gestanden, aber statt eines Schranks war da nur ein langer Kleiderständer gewesen, an dem seine Jeans und Polohemden und, für geschäftliche Termine, ein Sakko gehangen hatten. Er trug Tennisschuhe, von denen er drei Paar besaß. Die Bücher, die er gerade las, waren neben dem Bett auf dem Boden aufgestapelt gewesen.

Die Firma, die er hatte verkaufen müssen, war in einem alten Lagerhaus untergebracht gewesen, und die rund einhundert Angestellten, beinahe ausnahmslos Softwareentwickler, hatten alle in einem großen Raum gearbeitet, der lediglich durch Glaswände unterteilt gewesen war. Hardy hatte nie ein eigenes Büro gehabt, dadurch war er immer einer von ihnen gewesen, einerseits als sein erster und bester Angestellter, andererseits als sein gnadenloser Chef. «Falls ihr irgendwelche Hobbys außer diesen Computern habt – gebt sie auf», hatte er den Frauen und Männern in der Firma gesagt. «Affären, Alkohol, Drogen, Pokerrunden, all diese Ablenkungen hören auf.» Freilich, nach der Arbeit, zumeist erst spätabends, war er manchmal mit einigen Mitarbeitern in eine Bar gegangen, in der sie Billard gespielt und Bier getrunken hatten. Die Bar hieß «The Pit», und ab und zu hatte er mit einer Frau geschlafen, die dort als Aushilfskellnerin arbeitete.

Jetzt, zum ersten Mal seit langer Zeit, hatte er nichts zu tun. Und im Gegensatz zu den Jahren davor, in denen er hatte Geld verdienen müssen, nicht aus Gier, sondern aus der vagen Furcht heraus, es könnte ihm wieder weggenommen werden, hatte er so viel Geld verdient, dass die Angst, es gleich wieder zu verlieren, ausblieb. Aber was machte man mit 250 Millionen Dollar?

Natürlich war es weniger. Er würde Steuern zahlen müssen, und wenn er nicht aufpasste und nicht wenigstens einen Teil des Geldes investierte, würde er sogar ziemlich viele Steuern zahlen müssen. Er musste die Anwälte bezahlen, und er musste einige Angestellte, die nun ehemalige Angestellte waren, abfinden. Es empfahl sich außerdem, den einen oder anderen Betrag zu spenden. Doch selbst dann würde noch eine dreistellige Millionensumme übrig bleiben – also, was tun?

Er betrachtete die helle Fassade seines neuen Hauses. In den vergangenen zwei Monaten war er kaum hier gewesen. Er hatte die meiste Zeit in der Firma verbracht, häufig hatte er dort sogar geschlafen. Oder er war ins «Pit» gegangen und hatte mit etwas Glück die Aushilfskellnerin getroffen und dann bei ihr geschlafen. Sie wohnte in einem winzigen Apartment in North-Hollywood, aber das war ihm egal gewesen. Er hatte ihr nie verraten, dass er mittlerweile Villenbesitzer war.

Das Haus beunruhigte ihn. Erst am Tag des Umzugs, als er seine alte Tasche und die wenigen Kartons gepackt und das alles spielend leicht in seinen Mercury Comet gepasst hatte, war ihm der Gedanke gekommen, dass er vielleicht immer noch unterwegs war. Er schaute auf den verlassen daliegenden Swimmingpool. Tatsächlich, er besaß nur einen Liegestuhl. Die Vorbesitzer des Hauses hatten zwei Liegestühle zurückgelassen, aber einer davon war kaputt. Er überlegte, ob er nicht im Internet neue Liegestühle bestellen könnte. Er könnte auch in die Stadt fahren und in einer der Shopping-Malls Liegestühle kaufen, aber er mochte Shopping-Malls nicht. Er fuhr gerne rum, doch er hielt nicht gerne an. Allein die Vorstellung, in eines der Parkhäuser fahren zu müssen, war grauenhaft für ihn.

Am Vortag hatte er in seiner ehemaligen Firma eine Ansprache gehalten und den neuen CEO vorgestellt. Der hatte den Mitarbeitern ein Angebot zur Weiterbeschäftigung gemacht, das die meisten wohl ablehnen würden. Einige waren nach Hardys Ansprache zu ihm gekommen und hatten gefragt, was er als Nächstes plane, denn beim «nächsten großen Ding» wollten sie unbedingt dabei sein. Die Enttäuschung stand ihnen ins Gesicht geschrieben, als er ihnen sagte, es gebe kein nächstes großes Ding.

Er ließ den Blick schweifen. Hinter dem Pool begann eine

großzügige Rasenfläche, und jenseits der Rasenfläche ragte eine über zwei Meter hohe Hecke auf.

«Was ist hinter der Hecke?», hatte er die Maklerin gefragt.

Die hatte ihn erstaunt angeschaut und gesagt, dass die Hecke schon nicht mehr seine sei, sondern auf dem Grundstück der Nachbarn stehe. «Sehr ordentliche, wohlhabende Leute, die ihre Privatsphäre schätzen. Keine Kinder oder kläffenden Köter, kein Lärm, falls Sie verstehen, was ich meine. Das ist ein weiterer Pluspunkt!» Und sie hatte einen Haken auf dem Blatt gemacht, auf dem sie anscheinend alle Pluspunkte aufgelistet hatte.

Das Telefon klingelte. Bevor er abhob, sah er einen Moment lang auf den Apparat.

«Heute Morgen hat mir ein Passagier auf die Hände gekotzt», sagte Betti, die dran war.

«Das tut mir leid.»

«Muss es nicht. Also – ich bin dabei. Für das Doppelte. Und wenn es nichts wird mit uns, und davon gehe ich aus, zahlst du ein ganzes Jahr lang drauf.»

«Wo ist mein Büro?», fragte sie, nachdem er sie vom Flughafen abgeholt hatte. «Doch nicht etwa hier?»

«Fürs Erste wohl doch. Da gibt's so eine Art Studierzimmer, da könntest du anfangen.»

«Anfangen womit?»

«Tja, das ist die Frage. Ich bräuchte ein paar neue Liegestühle. Und es muss was mit dem Geld passieren. Übermorgen kommt Brian und mit ihm jemand von der Bank, der wird mir ein paar Vorschläge machen. Außerdem melden sich hier dauernd Leute mit irgendwelchen Ideen, die ich ihnen finanzieren soll, aber die meisten sind nicht gut. Ach so, und jemand müsste den Rasen mähen.»

«Hast du keinen Gärtner?»

«Ich finde es unangenehm, wenn ständig jemand in meinem Garten rumläuft. Ich denke dann immer, ich müsste mit ihm reden, obwohl ich das gar nicht will.»

«Er will das vielleicht auch nicht.»

«Na ja, eben.»

Die Vorschläge der Bank bestanden darin, dass er den Hauptteil des Geldes in die Firmen der früheren Konkurrenten investiert, natürlich auch in Aktien von «American Maps».

«Der Markt wird in den kommenden Jahren weiter expandieren», sagte der Bankangestellte. «Was sage ich! Explodieren!»

«Ich glaube, du musst deinen Finanzberater wechseln», sagte Betti, nachdem er gegangen war. «Der Markt wird implodieren. Du kennst doch die Typen, die in diesen Läden mit rot unterlaufenen Augen vor dem Bildschirm sitzen – würdest du nur einem von ihnen dein Geld geben? Oder auch nur hundert Dollar leihen?»

«Mir hat man damals auch Geld geliehen, als die meisten dachten, das wird sowieso nichts.»

«Ja, aber damals hattest du eine großartige Idee. Schau sie dir an – die haben alle die gleiche Idee. Oder gar keine! Die müssen nur ‹Internet› auf ihre Unternehmensbroschüre schreiben, und Männer wie der kriegen feuchte Höschen. Er hat uns gerade die Start-ups empfohlen, die am meisten Geld durch den Kamin jagen. ‹Cash-Burn-Rate› nennt er das! Das ist ein Schneeballsystem. Mit dem Gewinn aus dem Verkauf eines unnötigen Start-ups wird der Kauf des nächsten Blödsinns finanziert, aber irgendwann ist Schluss, da bin ich mir sicher.»

«Wow», sagte Brian und sah sie bewundernd an. «Woher hast du das alles?»

«Du hattest recht, Hardy», sagte sie zu ihm gewandt, «es ist alles Mathematik. Mathematik und Gier.»

«Was schlägst du also vor?»

Betti ging zurück ins Haus und kam mit einem großen grauen Karton zurück. Darin war ein kreisrunder schwarzer Gegenstand von etwa einem halben Meter Durchmesser, der wie eine fliegende Untertasse aussah.

«Sagt guten Tag zu Mr. Wiggles!»

«Was ist das?»

«Da Mr. Hardy ja keinen Gärtner erträgt, hab ich ihm einen Rasenmäherroboter besorgt. Die Firma heißt ‹Common Robotics›, und sie wollen Roboter für den Alltag produzieren: vollautomatische Rasenmäher, Laubbläser, Poolreiniger, Staubsauger, kurz: Dinge, die jeder gebrauchen kann. Geringe Cash-Burn-Rate, solides Management. Kleines Liquiditätsproblem. Miserables Marketing.»

Mr. Wiggles begann, mit kreisenden, symmetrischen Bewegungen den Rasen neben dem Pool zu mähen.

«Wie oft muss das Ding an die Steckdose?»

«Ich glaube, so nach einer halben Stunde.»

Hardy überlegte. «Wenn man den Schriftzug und die hässlichen großen Knöpfe da oben wegließe, könnte man Solarzellen einbauen, und immer wenn Mr. Wiggles die Puste ausgeht, bleibt er einfach in der Sonne stehen und verschnauft etwas. Oder man entwirft eine Solarstation, an die er sich automatisch andockt. Man könnte den Akku aufrüsten und gleichzeitig das Gewicht verringern. Und die Software optimieren.»

«Amerika!», rief Brian. «O du Land der Villenbesitzer und Golfplätze und versifften Swimmingpools, wir kommen! Bleibt nur noch eine Frage –»

«Die da wäre?»

«Was wird aus den Gärtnern?»

Betti wohnte in einem Apartment in Westwood und fuhr jeden Morgen hinauf nach Pacific Palisades, setzte sich in das kleine Zimmer mit Ausblick auf den Pool, erledigte die Korrespondenz, verwaltete das Geld und die Termine und wimmelte aufdringliche Anrufe und Besucher ab. Doch letztlich hatte sie wenig zu tun. Hardy programmierte Software, unter anderem für die «autonomen» Rasenmäher. Er investierte auch in eine Firma, die sich mit künstlicher Intelligenz beschäftigte, und in ein Unternehmen, dessen fünf Mitarbeitern er auf den Kopf zusagte, dass er sie für ausgemachte Spinner hielt. Die Fusion Boys, wie Brian sie nannte, hatten vor, in einer ehemaligen Radiowerkstatt in Culver City einen Fusionsreaktor zu konstruieren, der «nicht größer als ein Wohnmobil» sein sollte.

«Dann können die Scheichs einpacken», sagte der Leiter des Projekts.

«Sie wissen ja, ich halte Sie und diese vier Gestalten hier für ausgemachte Spinner», antwortete Hardy, «aber meine Assistentin hat mir gesagt, die Brüder Wright habe man auch mal für verrückt gehalten, und deswegen bekommen Sie etwas von meinem Geld.»

Der größte Teil des Geldes «arbeitete», wie es Hardys neuer Finanzberater beschrieb, und während es arbeitete, wurde es langsam und auf unheimliche Weise immer mehr.

«Es könnte noch viel mehr als mehr werden, Ms. Smith», jammerte der Finanzberater. «Wäre es nicht vielleicht möglich, dass Sie noch einmal mit Mr. Hardy reden? Wenn er bloß nicht so risikoavers, so entsetzlich konservativ wäre. Er legt sein Geld an wie mein Opa im Jahr 1980! Kapital kann heute mehr, inzwischen gibt es ganz neue Möglichkeiten: Terminoptionen, Devisenswaps, Kreditderivate, CDOs! Wenn wir wenigstens in den Neuen Markt investieren würden, dann –»

«Wir *sind* der Neue Markt», unterbrach ihn Betti.

Hardy vertrieb sich unterdessen die Zeit mit Beschäftigungen wie Paragliding und Heliskiing, die ihn schnell langweilten. Dann und wann ging er zu Partys von Hollywood-Berühmtheiten, und immer mal wieder hatte er kurze Affären, die er sorgsam vor Betti verbarg. Sie war sein einziger Lichtblick. Manchmal, wenn sie sehr früh kam und offenbar glaubte, er schlafe noch, schwamm sie im Pool, den er selbst kaum nutzte. Von einem Fenster im ersten Stock beobachtete er sie dabei.

«Worauf wartest du eigentlich?», fragte Brian ihn einmal, als er beobachtete, wie Hardy sie beobachtete.

«Worauf wartest du eigentlich?», wurde Betti von Trudy gefragt, ihrer ehemaligen Kollegin, mit der sie sich noch ab und zu in einer Bar in Silver Lake traf. «Ich meine, er ist stinkreich.»

Am liebsten fuhr er mit ihr zu irgendwelchen Terminen in seinem alten Mercury Comet, weil ihn das an die glücklichen Tage der Kindheit im Simca erinnerte. Aber dann ging der Wagen kaputt, und er brachte ihn zu einer Werkstatt, die ihn für viel Geld reparieren und originalgetreu restaurieren sollte. Mehr aus Neugier kaufte er sich für die Zwischenzeit einen roten Ferrari, den Betti «die Mafiakarre» nannte, und raste damit durch die Nacht. So auch an jenem Abend, an dem er auf dem Mulholland Drive aus der Kurve flog, die Leitplanke und den Zaun der Villa eines früheren Oscar-Preisträgers durchbrach, über dessen Pool und zahlreiche Liegestühle hinwegsegelte und an einem Abhang zwanzig Meter weiter auf dem Dach liegen blieb.

«Das ist jetzt das zweite Mal, dass ich die Augen aufmache und du vor mir stehst», sagte er, als er die Augen aufmachte und sie vor ihm stand.

«Kannst du atmen?»

«Anscheinend.»

«Durch die Nase, meine ich. Sie ist bandagiert.»
«Tut ein bisschen weh.»
«Du hast saumäßiges Glück gehabt», sagte Betti.
«Hab ich das?»
«Ja, hast du. Was ist los mit dir? Willst du dich umbringen?»
«Ich weiß nicht. Ich wäre gerne wieder im Jahr 1978.»
«Warum?»
«Weil wir uns da geküsst haben.»
«Wenn's nur das ist», sagte sie.

Sobald er aus dem Krankenhaus entlassen wurde, zog sie zu ihm. Er hatte sich die Nase und eine Rippe gebrochen, und deswegen war das erste Mal, dass sie miteinander schliefen, ein vorsichtiges Aneinanderschmiegen, ein sanftes Ertasten des anderen, der so vertraut war und fremd zugleich. Später schliefen sie jeden Tag miteinander, mehrmals, als wollten sie all die versäumten Jahre nachholen.

«Wenn wir wüssten», sagte sie einmal, «wann im Leben wir am glücklichsten sind, wie könnten wir danach weiterleben?»

Ein Jahr verging, in dem sie das machten, was Verliebte machen, die zu Liebenden werden wollen, ein langes Jahr ohne Pläne, ohne Angst vor der Zukunft, ein Jahr im Frieden, wenn der Frieden jemals mehr gewesen sein sollte als nur die Abwesenheit von Krieg.

Als Hardy am 2. Januar 2000 aufwachte, nieselte es ganz leicht. Draußen vor den Fenstern sah er grauen Dunst, der vom Pazifik aufstieg und den Hügel einhüllte. Betti schlief noch, und er legte ihr die Decke über die nackte Schulter und ging die Treppe hinunter in das große Wohnzimmer, an das sich ein ebenso großes Esszimmer anschloss. Ratlos sah er hinaus zum Pool. Mr. Wiggels hatte aufgehört zu mähen, kraftlos stand er mitten auf dem

Rasen. Das Haus war jetzt ganz von Nebel umgeben, man hätte glauben können, es schwebe in einer Wolke davon.

Zum ersten Mal seit über einem Jahr spürte er die alte Unruhe wieder in sich aufsteigen. Ihm war, als würde etwas ihn wegziehen oder als wäre er außerhalb seiner selbst und könnte nicht zurück. Er wollte das nicht. Er wollte sich wieder so fühlen wie noch fünf Minuten zuvor. Auf einmal hatte er Angst, der größte Teil seines Lebens könnte schon hinter ihm liegen.

Wenig später frühstückten sie, und dann fuhren sie zu einer Benefizveranstaltung im Getty Museum. Eine Journalistin wollte ihn dort interviewen, aber Betti lehnte ab.

«Mr. Hardy ist privat hier. Als Philanthrop. Er gibt keine Interviews.»

Eine Weile lang war sein Foto durch die Presse gegangen, weil er den bisher höchsten Preis für den Verkauf einer Dotcom-Firma erzielt hatte, doch irgendwann hatte jemand einen Laden für noch eine Handvoll Dollar mehr verkauft, und es war stiller um ihn geworden.

«Du hättest nicht so streng sein dürfen», sagte Hardy später, «die war doch ganz süß.»

«Die war vor allem jung, jung und dumm.»

Der Februar verging wie der Januar, und der März wäre wahrscheinlich wie der Februar vergangen, wenn am 10. März nicht die Dotcom-Blase geplatzt wäre. Betti hatte recht behalten: Die Kurse der neuen Internetunternehmen stürzten ins Bodenlose, und wer gestern noch ein gefeierter Start-up-Unternehmer gewesen war, war heute arbeitslos. Für Hardy bedeutete es vor allem, dass er mit dem «nächsten großen Ding», was auch immer es sein würde, noch warten musste.

Ebenfalls im März war die Oscar-Verleihung, und Brian hatte Einladungen für eine Party besorgt, die eine Gruppe von

CGI-Firmen ausrichtete. Sie hatten am Computer die Spezialeffekte für «The Matrix» programmiert, und beinahe jeder auf der Party, die trotz der Krise laut, lärmend und voll war, hielt «The Matrix» für den besten Film, obwohl sie damit rechneten, dass er nicht als bester Film ausgezeichnet werden würde, sondern allenfalls für die besten visuellen Effekte.

«Bester Film wird ‹American Beauty›», sagte Brian kategorisch. «Mann in der Midlife-Krise, der der Teenie-Freundin seiner Tochter nachstellt, so was ist seit ‹Lolita› nicht zu toppen. Da können irgendwelche fliegenden Typen mit Sonnenbrillen und albernen Ledermänteln nicht mithalten.»

«Der beste Film ist ‹Magnolia›», sagte Betti.

«Der wird nichts gewinnen», sagte Brian.

«Ich weiß, aber es ist trotzdem der beste.»

«Das mit dem Froschregen hab ich nicht verstanden.»

«Musst du auch nicht.»

«Wenn man's nicht verstehen muss, was soll das dann?»

«Es bedeutet», erklärte Betti, «dass jederzeit das Unwahrscheinlichste passieren kann.»

Irgendwann sagte jemand, dass Keanu Reeves und Laurence Fishburne aufgetaucht seien, und Brian und Betti ließen sich mit der Menge in den Teil der alten Flugzeughalle ziehen, in der man die beiden vermutete.

Hardy stand abseits und ein wenig verlassen an einem Stehtisch. Ein Kellner kam mit einem Tablett Margaritas und stellte eine vor ihn hin. Er nippte daran, und als er sich umblickte, sah er sie an einem der Nachbartische stehen. Er erkannte sie sofort wieder: Tara Kapoor, die Gründerin, Präsidentin und Vorstandsvorsitzende von xanadu.com, aber wieder kam er nicht darauf, an wen sie ihn erinnerte oder wo er sie, noch vor der «Space Convention», schon einmal gesehen haben könnte. Sie hatte mandelförmige Augen wie eine indische Prinzessin und rief etwas in ihm wach, das lange zurücklag. Immer wieder fiel ihm Walther ein. Plötzlich glaubte er zu wissen, wo er sie schon einmal gesehen hatte, vielmehr, wo er schon einmal jemanden gesehen hatte, der ihr ähnlich sah: Sie ähnelte der Dejah Thoris vom Mars, mit der Walther damals zu einem Kostümfest gefahren war. Als ob es gestern gewesen wäre, erinnerte er sich, wie sie ihm vom Motorrad aus zugerufen hatte:

«Die Frage ist, ob du den Mumm hast, Kleiner! Den Mumm, das Unmögliche möglich zu machen! Wenn du den Mumm hast, kannst du viele Dinge tun, aber ich glaube, du hast den Mumm nicht!»

Tara Kapoor hatte offenbar gemerkt, dass er sie beobachtete, und drehte den Kopf in seine Richtung. Er seufzte, dann ging er zu ihr hin.

«Damit das gleich klar ist», sagte sie, «ich gebe keine Interviews.»

«Das trifft sich», erwiderte er. «Ich nämlich auch nicht.» Er stellte sich vor: «Ron Hardy, wir haben uns schon einmal gesehen. Bei dieser ‹Space Convention›. Sie saßen in einer russischen Raumkapsel.»

«Ich erinnere mich. Sie standen vor der Kapsel. Wollten nicht warten. Warum eigentlich nicht? Es wäre Platz für uns zwei dadrin gewesen.»

«Hatten Sie wirklich vor, mit einer dieser Kapseln ins All zu fliegen?»

«Habe ich immer noch.»

«Warum?»

«Schon als kleines Kind in Kathmandu habe ich die Sterne angeschaut und davon geträumt, zu ihnen hinzufliegen.»

«Sie kommen nicht aus Indien?»

«Nein, aus Nepal. Mein Mann ist Inder.»

«Glauben Sie nicht, dass dieser Achmatov ein Schwindler ist?»

«Nennen Sie mir jemanden, den Sie für seriöser halten. Ich habe mich informiert. Es gibt eine Reihe von Unternehmen, die ganz großartige Konzepte von suborbitalen Raketenjets, Raumgleitern und so weiter haben – auf dem Papier. Bei denen heißt es dann, in fünf Jahren, in zehn oder noch später sei es so weit, dass sie ihr Vorhaben realisieren könnten. Die Russen haben die Rakete und das Raumschiff schon jetzt, und damit fliegen sie seit dreißig Jahren ins All. Bei denen ist das keine Frage von Ideen oder Konzepten, sondern allein des Preises. Und ich bin bereit zu zahlen.»

Brian und Betti kamen zurück. Hardy stellte ihnen Tara Kapoor vor.

«Ah, und Sie sind bestimmt die wichtigste Mitarbeiterin und Vertraute?», sagte Tara Kapoor.

Betti verzog die Lippen zu einem schmalen Lächeln, sagte aber nichts.

Drei Tage später suchte er in einer Schreibtischschublade nach der Broschüre von «Orbital Adventures». Er blätterte darin, betrachtete die Raumkapsel, in der Tara Kapoor mit angezogenen Beinen gesessen hatte. Laut dem Prospekt war es eine Original-Kapsel, eine von zweien, die die Firma gekauft hatte – überzählige Raumschiffe, die ursprünglich einmal zum Mond hatten fliegen sollen, für die aber, nachdem die Sowjetunion ihr Mondlandeprogramm aufgegeben hatte, keine Verwendung mehr bestand.

Betti spürte, dass etwas mit ihm anders war. Anfangs versuchte sie, dieses Gefühl zu ignorieren, und redete sich ein, dass es doch ganz normal sei, wenn sich einer ein Stück entfernte – er werde ja zurückkehren.

Es fing damit an, dass er plötzlich meinte, Flugstunden nehmen zu müssen.

«Hat es dir nicht gereicht, mit deinem Angeberauto über den Pool eines Filmstars hinwegzufliegen?»

«Es geht um richtige Flugstunden. Ich will eine kleine Maschine fliegen können. Entschuldige, aber ich kann's mir leisten. Ein bisschen Millionär sein darf ich doch wohl auch mal. Ich will ja nicht gleich Testpilot werden.»

«Aber was willst du werden, Hardy, was?»

Dann belegte er einen Tauchkurs, er ging an den Wochenenden Fallschirmspringen, er fuhr mit einem ehemaligen «P-X»-Programmierer den Colorado hinunter, und eines Tages eröffnete er ihr, dass er am nächsten Morgen für zehn Tage in ein Astronauten-Überlebenscamp in der Mojave-Wüste gehen werde.

«Ich muss sehr früh aufstehen. Kann sein, dass du dann noch schläfst und wir uns nicht mehr sehen.»

«Wir sehen uns nicht mehr?»

«Zum Frühstück, meine ich.»

«Was soll das sein, ein ‹Astronauten-Überlebenscamp›?»

«Na ja, das ist so: Am Ende seiner Ausbildung wird jeder Astronaut mit anderen zusammen auf einen Geländemarsch geschickt, auf dem sie eine Aufgabe lösen müssen. Eigentlich ist es mehr ein Kurs für Manager. Sie sollen lernen, wie man Schwierigkeiten im Team überwindet, wie man den Weg gemeinsam findet.»

Er lächelte sein jugendliches, unbefangenes Lächeln, das er sich trotz allem, was ihm widerfahren war, bewahrt hatte. Sie liebte dieses Lächeln. Es erinnerte sie an den Tag, an dem er von der Birke gestiegen war, und für einen Moment war alles beinahe wie zuvor.

Nach dem Überlebenstraining kam der Parabelflug.

«Man ist ein paarmal für zwanzig, dreißig Sekunden schwerelos. Wie im Weltall. Das ist bestimmt einmalig. Komm schon, Betti, mach doch mit.»

«Nein. Mir ist schon während meiner Zeit als Flugbegleiterin bei jeder Turbulenz übel geworden, da muss ich jetzt nicht auch noch dafür bezahlen.»

«Ich lade dich ein! Komm schon, denk an unsere Tage im Simca.»

«Manchmal, wenn du mich an früher erinnerst, da habe ich Angst, dass diese alten Tage alles sind. Alles, was wir noch haben.»

«Was soll denn das schon wieder heißen? Weißt du, es gefällt mir nicht, dass wir in letzter Zeit nichts mehr miteinander unternehmen. Was ist eigentlich los mit dir?»

«Was mit mir los ist? Ich bin vorgestern achtunddreißig geworden, das ist mit mir los!»

«O verdammt, das hab ich ganz vergessen! Verzeih mir bitte, ich mach's wieder gut», sagte er und wollte sie in den Arm nehmen.

Sie wandte sich ab. «Es geht nicht darum, ob du an meinen Geburtstag gedacht hast oder nicht. Es geht darum, dass ich achtunddreißig Jahre alt bin.»

Er sah sie ratlos an. «Du siehst aus wie dreißig.»

Sie drehte sich um. «Du verstehst es nicht, mhm? Sei mal einen Moment lang ganz still. Na? Was hörst du?»

Sie standen im Flur des Hauses, neben der Treppe, die zum oberen Stockwerk führte. Hardy zuckte mit den Achseln.

«Nichts. Ich höre nichts.»

«Eben. Ich bin in einem Haus mit sechs Kindern aufgewachsen, mit zwei Schwestern und drei Brüdern, mit Geschrei und Gelächter und mit –»

«– der Katze.»

«Ja», sagte sie sanft, «und mit der Katze. Hier ist es einfach zu still, Hardy, verstehst du das nicht? Hier sind nur wir beide, und das ist mir zu wenig.»

Nach dem Parabelflug rief Hardy bei «Orbital Adventures» an. Er traf sich mit einem Mann, der Gregory Pines hieß.

«Was ist aus Mr. Achmatov geworden?»

«Die Firma gehört zu vierzig Prozent amerikanischen Investoren, der Rest den Russen. Achmatov war von den Russen und als Verkäufer nicht sehr geschickt. Ehrlich gesagt, glaube ich, manche Kunden hielten ihn für einen Betrüger. Wir haben das jetzt geändert. Die Russen stellen die Verbindung zu den russischen Behörden, der russischen Weltraumagentur und so weiter her. Wenn Sie so wollen, vermitteln wir an Sie das Ticket, das Sie von den Russen kaufen. Wir Amerikaner sind sozusagen das Reisebüro. Alles ganz transparent, fair und sicher.»

«Was müsste ich tun, um so ein Ticket zu bekommen?»

«Nun, Sie leisten erst einmal eine kleine Anzahlung, zehn Prozent, also 2,5 Millionen, und damit kommen Sie auf die Liste. Es gibt ja mehrere Interessenten, müssen Sie wissen. Und wenn die Russen Ihnen einen Termin nennen, zahlen Sie den Rest, und es geht los. Ach so, und einen Gesundheitstest sollten Sie vorher machen. Sind Sie dabei?»

«Du hast was?»

«Ich habe einen Raumflug gebucht.»

«Du bist verrückt.»

«Was ist daran verrückt, Betti? Was soll ich mit dem ganzen Geld anfangen, das immer mehr wird? Lass mich doch machen, was ich schon als kleiner Junge in diesem Fass machen wollte. Astronaut werden, Raumfahrer. Ich habe mir überlegt, ich könnte etwas von Walthers Asche mitnehmen und im All verstreuen, wenn das möglich ist.»

«Was sagt Jessica dazu?»

«Jessica? Ich denke, sie findet es gut.»

«Sie weiß gar nichts davon, stimmt's?»

Zwei Tage später, als er am Nachmittag nach Hause kam, standen im Flur Koffer. Betti kam die Treppe herunter.

«Du verreist?», fragte er.

«Nein», antwortete sie und fügte nach einer längeren Pause hinzu: «Ich verlasse dich.»

Er starrte sie an.

«Es ist besser zu gehen, solange es noch weh tut», sagte sie. «Glaub mir, ich habe Erfahrung damit. Mit niemandem war ich glücklicher als mit dir, doch wenn ich jetzt noch länger hierbleibe, wird die Zeit, in der ich unglücklich bin, nach und nach länger sein als die, in der ich glücklich war. Deswegen ist es besser, wenn ich jetzt gehe, solange ich mich noch an unser Glück erinnern kann, und nicht später, wenn mir alles gleichgültig sein wird.»

«Es ist wegen diesem Raumflug.»

«Nein, nicht deswegen. Wenn es nur das wäre – geschenkt. Es ist wegen der Zeit danach. Wirst du dann aufhören, weg zu sein? Wird diese Stille hier dann aufhören? Was kommt als Nächstes? Eine Mount-Everest-Besteigung ohne Sauerstoff? Eine Antarktis-Durchquerung? Eine Tiefsee-Expedition? Du bist damals aus dem Heim abgehauen, und manchmal denke ich, du bist immer noch auf der Flucht.»

Er sah sie wütend an. «Und ich denke manchmal, du hockst immer noch in deinem Kaff.»

«Siehst du, so fängt es an. Und dann werden die Verletzungen tiefer und die Narben auch. Und deswegen ist es besser, wenn ich jetzt gehe. Ich wünsche dir Erfolg und ein langes Leben, Hardy.»

FÜNFTER TEIL

DER SEE DER ZEIT

Jul 24 1969
195:03:05

Als die Kapsel in die Erdatmosphäre eintrat und Neil, Buzz und Collins durchgeschüttelt wurden – was, wenn wir den falschen Winkel berechnet haben, wenn der Schutzschild versagt? –, als die Funken an den winzigen Fenstern vorbeistoben und die Verbindung abbrach und sie dachten: Wenn es jetzt schiefgeht, wenn es unser kleines Schiff zerreißt und wir verglühen, dann ist alles vorbei, als sich mit einem Ruck die Fallschirme öffneten und das Raumschiff dem Ozean entgegentaumelte, da begann Max seine Runde.

Eigentlich hatte Herr Martin ihn rausschmeißen wollen, nachdem er die beiden, den Schleicher und den Knirps, hatte ausreißen lassen. «Suspendiert» hatte man ihn, aber nur für drei Tage, und dann hatte Dr. Wassermann, der Heimleiter, ihn angerufen und unter Bedingungen, die keine waren, wieder eingestellt, denn Ersatz war auf die Schnelle schwer zu finden. Der gichtkranke Kurt hatte sich schon nach einem Tag erneut krankschreiben lassen, und der Bekannte, der ihn vertreten sollte, war nie aufgetaucht, sodass sich Herr Martin zeitweise selbst in die Pförtnerloge hatte setzen müssen – ein «unhaltbarer Zustand», wie Dr. Wassermann hatte zugeben müssen, der einst, als er noch nicht so vereinnahmt gewesen war von der Führung des Heims und dem Trost des Cognacs, aktives Mitglied im selben Judo-Club gewesen war, in dem jetzt Max trainierte und für den er im Schwergewicht Medaillen gewann. Einem verdienten Vereinskameraden gibt man doch immer eine zweite Chance, dachte Dr. Wassermann, der Max' Anwesenheit beruhigend fand, denn er war schwach, und wenn Max nicht da war, dann fühlte er sich immer noch ein wenig schwächer.

Als er aufstand, zeigte Kurts Zauberspiegel die Kapsel, schwankend und tanzend auf den Wellen des Pazifiks, und einen Hubschrauber, der über ihr kreiste. Max hätte gerne noch gesehen, wie sie die Luke öffneten und die Astronauten aus dem Raumschiff zogen, hätte gerne gewusst, ob sie überhaupt noch lebten, doch es war schon spät, und er musste seine Runde gegangen sein, bevor das Abendessen beendet wäre.

Er nahm den großen Schlüsselbund aus dem Schrank, verschloss die Pförtnerloge und die Außentür, durch die die beiden Strolche vor drei Tagen entwischt waren. Er hatte gehört, den Kleinen hätten sie wieder eingefangen, doch der Größere, den sie den Schleicher nannten, der sei verschwunden geblieben.

Er ging den Flur zurück, durch den sie an ihm vorbeigeschlichen waren, betrat den ehemaligen Kreuzgang, stieg von da aus die Treppe hoch zum Schlafsaal der Jüngeren und schritt durch die Bettenreihen. Auf jedem Bett war das Laken akkurat gefaltet, das Kissen aufgeschüttelt und wieder glatt gezogen, das Nachthemd dreimal zusammengelegt und unter die Decke geschoben, und alle Habseligkeiten, seien es nun Teddybären, Ansichtskarten, Bilderbücher oder Geschenke interessierter Ehepaare, die aber nur ein Mal und dann nie wieder gekommen waren, fanden sich, ordentlich in eine Kiste gepackt, darunter auf dem Fußboden, neben den Pantoffeln und Sonntagsschuhen. Er kam auch am Bett des kleinen Schröder vorbei, das sich von den anderen nur dadurch unterschied, dass an einem der Bettpfosten ein selbstgemaltes Schild hing, auf das der kleine Schröder hatte schreiben müssen:

NUR WER ARTIG UND GEHORSAM UND SAUBER IST,
KOMMT IN DEN HIMMEL.

Am Ende des Saales bediente er dort, wo Martha Rohn ihre erste Nacht verbracht hatte, eine Art Stechuhr, dann durchquerte er den Raum und ging an jener Stelle vorbei, an der der unbekannte Soldat gestorben war und sich Adam und Eva an den Händen gehalten hatten, bis er wieder die Treppe erreichte und wenig später erneut im Flur des Erdgeschosses stand. Dort musste er kontrollieren, ob die Türen der Unterrichts- und Werkräume verschlossen waren, zog an jeder der alten Türklinken, bis er sich schließlich am Ende des Flures befand, wo es ein kleines ehemaliges Studierzimmer gab, das nur noch als Rumpelkammer diente. Er musste in diese Kammer, was ihm nicht sonderlich gefiel, aber dort drinnen hing die nächste Kontrolluhr, und wenn Dr. Wassermann etwas wichtig nahm, dann waren es diese Uhren. In die Kammer, in die durch ein dreckblindes Fenster nur wenig Licht drang, hatte man über die Jahre alles gebracht, was irgendwie im Weg stand, aber nicht weggeworfen werden durfte, weil das gesamte Inventar des einstigen Klosters immer noch der Landesverwaltung gehörte. Jedes Jahr aufs Neue stellte sie eine langwierige Inventur in Aussicht, die dann jedoch nie stattfand.

Es war der Raum der vergessenen Dinge, die einst einen Sinn und Zweck gehabt hatten, jetzt aber nicht mehr beachtet wurden. Ihr einziger Lichtblick war der abendliche Rundgang des Pförtners, und wenn sich die Tür öffnete und ein Schwall frischer Luft in die Kammer drang, dann schienen ihm die Äbte und Chorherren von ihren achtlos in die Ecke gestellten Ölporträts aus zuzurufen: Hier sind wir! Gedenke unser! Bring uns zurück ans Licht, denn wer möchte schon für immer vergessen sein!

Nur einer schien sich nicht für den Pförtner zu interessieren. Das war der Heiland, der auf einer Karte der Welt, wie sie früher einmal gewesen war, über dem himmlischen Jerusalem thronte und seltsam greisenhaft aussah, als hätte er, der Überlieferung zum Trotz, doch viel länger auf Erden gelebt, als die Gläubigen glauben mochten. Zum Verdruss der Äbte und Chorherren betrachtete Max ihn immer lange und studierte die auf eine große Tierhaut gemalte Karte, und jedes Mal entdeckte er neue Einzelheiten, die ihm allerdings auch nicht verständlicher machten, wozu diese Karte gut gewesen war.

Doch immer wenn er kurz vor einer Antwort stand, musste er weiter, denn erst wenn er den benachbarten Hospitaltrakt kontrolliert hatte, konnte er zu seiner Pförtnerloge zurück. Um Zeit zu sparen, nahm er eine Abkürzung durch einen staubigen, düsteren Kellergang, der ihn unter anderem am Heizungsraum, am Öltank und am Keller der Brüder vorbeiführte, dem ehemaligen Weinkeller der Mönche. Er hatte den Öltank gerade hinter sich gelassen, da hörte er neben sich, hinter der Eisentür zum Brüderkeller, merkwürdige Geräusche.

Das Erste, was er hörte, war ein Zischen, das klang, als sauste eine Peitsche durch die Luft.

Dann hörte er eine leise Stimme, die Zahlen aufsagte:

«17 … 19 … 23 …»

Und dann wieder das Zischen.

«29 … 31 … 37 …»

Wovor konnte einer wie Max, hessischer Judomeister im Schwergewicht, schon Angst haben? Vor dem Unbekannten vielleicht? Aber sei's drum, sagte er sich und stieß die Eisentür auf, die, aus welchen Gründen auch immer, nicht verschlossen war.

1987

An einem regnerischen Tag Ende 1987 wurde Hauptkommissar Kessler von seinem Assistenten darüber informiert, dass auf einer Bank im Flur jemand warte und mit ihm sprechen wolle. In Gedanken schon in der Mittagspause, stand Kessler auf und öffnete die Tür.

Auf der Bank saß ein groß gewachsener, dicker älterer Mann, rauchte Zigarre und aschte ab und zu in den Blecheimer, der daneben stand. Er trug einen Hut, was völlig aus der Mode war, und sah, fand Kessler, ein wenig aus wie Ludwig Erhard, nur dass der ja nicht bei ihm auf dem Kommissariat sitzen konnte. Kessler stellte sich vor, und der Mann stand auf, lupfte den Hut und reichte ihm die Hand.

«Mein Name ist Kunze. Dr. Kunze. Ich habe Ihnen einen Hinweis zu machen im Hinblick auf eine Straftat, die sich mal ereignet hat.»

«Die sich wann mal ereignet hat?»

«Vor einiger Zeit. Hier. Aber auch anderswo. Genau genommen. Im Ausland. Weswegen ich mit Ihnen in aller Vertraulichkeit sprechen muss. Könnten wir in Ihr Büro gehen?»

«Vielleicht sagen Sie mir erst mal, um was für eine Straftat es sich handelt.»

«Um was für eine Straftat? Tja, das ist nicht so einfach. Das Kinderheim ist geschlossen worden. Das im ehemaligen Kloster Aubach.»

«Ich weiß.»

«Wo vor neun Jahren der Leiter umgebracht wurde.»

«Um den Raubmord von 1978 geht es?»

«Ja. Auch.»

«Gehen wir in mein Büro.»

Draußen, auf dem Platz vor dem Kommissariat, war es Herbst geworden. Durch das Fenster betrachtete Dr. Kunze die gelben und roten Blätter der Ahornbäume mit einem Gefühl unendlicher Traurigkeit. Kessler saß ihm gegenüber.

«Meine Frau hat mich verlassen», begann Dr. Kunze. «Vor einigen Jahren. Ist mit dem Nachbarn durchgebrannt und hat den Jungen mitgenommen.»

Er griff in seine Tasche und zog ein Stück Stoff hervor. Ein oranges Stück Stoff, von dem Kessler zunächst dachte, es sei ein Taschentuch, aber für ein Taschentuch war es zu groß.

«Ein toller Junge, kann ich Ihnen nur sagen. Wissen Sie, was das ist? Das ist ein Fallschirm, den hat er gebaut. Ganz allein. War kaum dreizehn, als er den gebaut hat. Ist für eine Rakete gewesen, eine Modellrakete, nicht so einen Silvesterknaller, verstehen Sie? Die fliegen richtig hoch, und dann landen sie am Fallschirm, wie die großen Dinger, so landen die dann, und mein Junge hat das gebaut. Ich nehm's ihm nicht übel, dass er mitgegangen ist. Na ja, ein bisschen vielleicht. Er wollte immer in die weite Welt, und deswegen ist er mit, und am Ende war es sicher das Beste für ihn.

Sind Sie verheiratet? Haben Sie Kinder? Ich hatte eine schwere Zeit, als meine Frau und der Junge weg waren. Und am Anfang hab ich ziemlich gesoffen, aber dann hab ich mir einen Hund gekauft, so einen Labrador, nettes Tier, aber auch ein wenig dumm, und mit dem ist es besser. Trinke jetzt fast gar nichts mehr und gehe viel mit ihm raus, vor allem am Wochenende. Der Hund ist jetzt langsam alt, so wie ich. Früher hab ich gejagt, hab einen Jagdschein gehabt und zwei wirklich gute Flinten, aber jetzt mach ich das nicht mehr. Es ist schöner, morgens ganz früh mit dem Hund über die Wiese und in den Wald zu gehen und von einem Hochstand aus die Tiere zu beobachten, wie sie einfach da sind. Einfach da sind und mit allem nichts zu tun haben.

Den Fallschirm von meinem Jungen, den hab ich eines Tages bei so einem Spaziergang in einem umgestürzten Baum gefunden. Da war ihm eine Rakete durchgegangen, der Wind war zu stark gewesen, und sie hatten sie nicht wiedergefunden, er und seine Freunde. Und da hing der Fallschirm also, im Geäst. Ist aus Nylon, das verrottet nicht. Und ich hab ihn zu Hause aufgehoben, für den Fall, dass er mal vorbeikommt, der Junge, kam er aber nicht. Na ja, wie das so ist mit diesen Dingen, man stopft sie in eine Schublade, und da liegen sie dann und warten auf ihre Stunde.

Und gestern, da hab ich nach einem Schraubenzieher gesucht, um eine Lampe zu reparieren, und irgendwann hab ich die Schublade aufgezogen, und da lag er dann. Und als ich das Ding sah, da wurde mir, entschuldigen Sie, ganz schwer ums Herz. Ich hab dem Hund zu fressen und zu saufen gegeben und die Zeitung aus dem Briefkasten geholt und mir einen Kaffee gemacht, und da liegt dieser orange Fallschirm auf dem Tisch, und ich schlage die Zeitung auf, und auf Seite fünf steht: ‹Aubach-Heim wird geschlossen.› Und da dachte ich mir, was für ein Zufall.

Sie müssen nämlich wissen, unser Junge, der war nicht unser richtiger Junge, also nicht leiblich, sondern er war aus dem Heim. Den haben wir da rausgeholt, 1970 war das, da war er sechs Jahre alt, und dann war er erst unser Pflegekind, und dann haben wir ihn adoptiert. Und in der Zeitung stand ein langer Artikel mit Fotos aus der Geschichte des Heims, das ja ganz früher ein Kloster und dann eine Irrenanstalt und später auch mal ein Lazarett und ein Flüchtlingsheim gewesen war. Und da sah ich dann auch ein Foto von dem Erzieher, der später zum Heimleiter wurde und den man '78 für ein paar hundert Mark umgebracht hat. Und von Anfang an – denn wir haben den Jungen ja erst ein paarmal besucht, bevor wir ihn mitnehmen durften –, also von Anfang an, da hab ich mir gedacht, verflixt, den kennst du doch, aber woher nur? Ich bin nicht drauf gekommen. Doch jetzt, in dem Zeitungsbericht, das Foto von ihm – das war ein Foto, auf dem der noch viel jünger war. Und da ist es mir wie Schuppen von den Augen gefallen. Heidewitzka! Wie Schuppen von den Augen!

War ein ganz komischer Moment. Der hat mich nicht erkannt, weil ich früher nicht diesen Umfang hatte, Sie verstehen, früher war ich eine Bohnenstange, ja, da staunen Sie, und deswegen hat er mich nie erkannt, wenn wir in dem Heim gewesen sind, und mich immer nur komisch angeschaut, weil ich ihn komisch angeschaut habe, denn ich bin einfach nicht drauf gekommen, wer er war. Aber jetzt weiß ich es wieder.

Das war nicht der Herr Martin, sondern der Martin Thomas, Rottenführer Thomas, und wir waren in derselben Einheit, bis ‹Il Lupo›, der Wolf, mir eine verpasst hat, eine Kugel in den Hintern, meine Rückfahrkarte. Und wenn sie den Wolf nicht kurz darauf erwischt hätten und er noch leben würde, dann würde ich ihm heute noch die Füße küssen für seine Kugel in meinen Hintern, denn wenn ich mir die nicht eingefangen hätte, dann wär ich vielleicht dabei gewesen bei der Sache, dann hätte ich vielleicht bei der Sauerei mitgemacht, bei der der Thomas mitgemacht hat. Keine Ahnung, ob Sie das verstehen, aber wenn ich ehrlich bin, weiß ich einfach nicht, ob ich die Kraft gehabt hätte, nein zu sagen.»

«Von was für einer Sache reden Sie?»

«Partisanenbekämpfung. Die Roten jagen.»

«Sie waren im Krieg an der Ostfront?»

«Nix Ostfront. Stella Rossa, der Rote Stern, Norditalien,

Gotenlinie, südlich von Bologna. Einige von den alten Hasen, die waren vorher an der Ostfront gewesen, und als wir den Befehl bekamen, den Berg samt dem Dorf darauf zu ‹säubern›, da haben die uns erzählt, wie sie das in Russland gemacht haben, wenn es hieß, dass ein Dorf Partisanen beherbergt hat. Da haben sie nämlich die Leute in der Kirche oder im Gemeindehaus eingepfercht und dann Handgranaten reingeworfen und es angezündet, oder sie haben sie auf dem Dorfplatz oder dem Friedhof zusammengetrieben und dann mit dem Maschinengewehr erschossen oder, wenn's nur ein paar waren, aufgehängt. Zur Abschreckung, hieß es. Aber wenn man alle umbringt, wen will man dann noch abschrecken?

Trotzdem weiß ich nicht, ob ich nein gesagt hätte. Heute sagt sich's leicht nein, aber damals war's leichter, ja zu sagen, und ich frage mich, ob ich den Mut gehabt hätte, die Granate nicht zu werfen oder den Abzug nicht zu drücken. Der Martin war auch kein mutiger Kerl, aber eifrig und, wie soll ich sagen, grausam. Komisch, die mit dem wenigsten Mumm sind immer die Schlimmsten. Wollte sein wie die alten Hasen, der Martin, war ganz scharf aufs ‹Ausräuchern›.

Ich weiß, Herr Kommissar, Sie haben viel mit Mord und Totschlag zu tun, aber Sie sind auch viel jünger als ich, Sie kennen das nicht, Gott sei Dank, Sie wissen nicht, wie das ist. Für die einen ist der Krieg wie ein Albtraum, aus dem sie aufwachen wollen, aber nicht aufwachen können, und für die anderen ist er wie ein Fieber, wie eine Sucht. Er macht ihnen Spaß, und je länger er dauert, desto weniger können sie aufhören.

Sie hatten am Morgen schon die Granaten an uns ausgeteilt und Extra-Munition für das Maschinengewehr, und da hab ich nicht etwa gesagt: Nein, die nehm ich nicht mit. Stattdessen bin ich mit meinen Kameraden losmarschiert, aber die Partisanen waren nicht mehr in dem Dorf, die waren schon weg. Ein paar haben in den umliegenden Hügeln ihren Fluchtweg gesichert, und einer von denen, ich behaupte immer, es war ‹Il Lupo›, aber am Ende war er's vielleicht gar nicht, ein Scharfschütze, der hat mich in den Hintern getroffen, und das war mein Glück, denn so musste ich mich nie entscheiden. Die haben mich sogar frontuntauglich geschrieben, und nur in den letzten Tagen, da musste ich mit so ein paar Dummköpfen vom Volkssturm noch mal raus, aber wir haben uns gleich ergeben, als der erste Ami mit Gewehr um die Ecke kam.

Da war ich dann auf den Rheinwiesen, im Gefangenenlager von den Amis, und dort hab ich den Martin und den Rest von unserem Zug wiedergetroffen. Und siehe da – die hatten alle Marine-Uniformen an. Nix mehr Waffen-SS. Und haben mich auch ganz freundlich begrüßt, Mensch, der Horst, und dann haben sie mir erzählt, was passiert ist, nachdem man mich in das Lazarett bei Mailand gebracht hatte. Die ganze Schweinerei haben sie mir erzählt, wie sie die Leute alle umgebracht haben, in ihren Häusern, Granate rein und peng! Oder auf dem Friedhof, MG niedrig eingestellt, damit sie auch die Kinder erwischen. So was haben die mir erzählt, ich bin ja einer von ihnen gewesen. Und wenn ich mir wegen dem Durchfall nicht die Seele aus dem Leib geschissen hätte und kurz vorm Abkratzen gewesen wär, vielleicht wär ich ja zur Militärpolizei von den Amis gegangen und hätte sie verpfiffen. Aber ich hab's nicht gemacht.

Später ist einigen dann doch mulmig geworden, dem Martin zum Beispiel, und da hat er wohl auf irgendeinem Amt einfach Vor- und Nachname vertauscht, und niemand hat's gemerkt.

Kennen Sie Italien? Ich war nie mehr da. Meine Frau wollte immer mal hin, aber ich nicht.»

«Weil Sie Angst hatten, man würde Sie festnehmen?»

«Ja, so was.» Dr. Kunze griff wieder in seine Aktentasche und holte ein Foto hervor, auf dem mehrere Waffen-SS-Soldaten vor einem Lastwagen zu sehen waren. «Hier. Da ist er drauf. Dritter von links.»

«Wer hat das aufgenommen?»

«Ich.»

«Kennen Sie noch andere auf dem Foto?»

«Na ja, ein paar fallen mir vielleicht noch ein.»

«Zum Beispiel?»

«Der da heißt Peters. Heinrich Peters. Und der da Federling – oder war es Federring? Weiß ich nicht mehr. Den da kenne ich nicht, aber das da ist, lassen Sie mich mal überlegen. Der heißt, glaube ich, Frank … Zimmerer? Nein. Ah … jetzt erinnere ich mich, Frank Zimmermann, genau, hat im Lager eine Infektion im Bein gekriegt, hat immer erzählt, das wäre von einer Schussverletzung, stimmte aber gar nicht, war vom Stacheldraht, die mussten ihm das Bein fast abnehmen –»

«Moment, wie hieß der?»

«Zimmermann, Frank Zimmermann.»

«Kann ich das Foto haben?»

«Ja.»

«Können Sie mir die Namen dazuschreiben?»

«Ja. Natürlich.»

Zwei Wochen später fuhr Kessler an einem Nachmittag hinauf zur Klinik auf dem Auberg. Er ging ins Hauptgebäude und fragte am Empfang nach Dr. Junge.

Der kam nach einer Viertelstunde.

«Tut mir leid, hat länger gedauert. Schön, dich zu sehen. Du hast am Telefon so geheimnisvoll getan. Also, worum geht's?»

«Lust auf eine kleine Spritztour?»

Sie gingen die Eingangstreppe hinunter. Ein uralter Mann schlurfte ihnen entgegen. Er hielt etwas in der Hand und war sehr aufgeregt.

«Was ist denn los, Schorsch?»

«Dr. Schorsch, wenn ich bitten darf. Hier, schauen Sie, Herr Professor. Meine Mütze! Sie ist es wirklich! Fiel mir heute Morgen vor die Füße. Jetzt wird alles gut, jetzt klärt sich alles auf!»

Sie nahmen Kesslers Wagen. Es war kalt, der erste Schnee kündigte sich an, die Sonne stand schon tief. Nach einer längeren Fahrt auf Nebenstraßen hielten sie vor einem alten Haus. Es war grau und halb verfallen, die Wände verschwanden hinter hohen Brombeerranken, und die Fenster, die nicht zugewachsen waren, waren eingeschmissen worden. Moos wuchs auf den Dachschindeln und der Regenrinne.

«Was machen wir hier?», fragte Dr. Junge.

«Das ist das Hexenhäuschen», sagte Kessler, «das frühere Haus der Gifthexe Martha Zimmermann, du hast mich doch damals nach dem Fall gefragt. Ihr Haus hat sich als unverkäuflich erwiesen. Na ja, die Leute hier in der Gegend sind abergläubisch. Wer an den Butzemann glaubt, glaubt auch an den Fluch der Gifthexe. Wir kriegen laufend Beschwerden, weil Jugendliche manchmal durch die Fenster steigen und dadrinnen rumlungern. Die Nachbarn haben Angst, dass es mal einen Brand gibt, und gleichzeitig wünschen sie sich nichts sehnlicher, als dass die Hütte endlich abbrennt. Tja, was habe ich hier?»

«Schlüssel?»

«Vielleicht die Schlüssel zum Hexenhäuschen? Wollen mal sehen!»

Dr. Junge war irritiert. Kessler, der für seine manchmal derben Witze bekannt war, schien die Inszenierung zu genießen. Er steckte einen Schlüssel ins Schloss – er passte. Dann drehte er ihn um und öffnete die Tür.

«Sesam, öffne dich! Keine Angst, wir müssen nicht reingehen. Ehrlich gesagt, hab ich den Schlüssel schon vor ein paar Tagen ausprobiert. Ich konnte es kaum glauben, nach all den Jahren.»

«Und was soll das alles?»

«Den Schlüssel haben wir beim Leiter des Kinderheims in Auwinkel gefunden, der vor ein paar Jahren ermordet wurde. Wir konnten den Schlüssel nie zuordnen. Tja, und nun passt er ins Hexenhäuschen. Und jetzt ist die große Frage: Wo ist da die Verbindung? Die beiden – Zimmermann und Martin, der eigentlich Martin Thomas hieß – waren in derselben Waffen-SS-Einheit und haben in Italien ein Dorf dem Erdboden gleichgemacht, haben gebrandschatzt und gemordet, Frauen, Kinder, Alte, kein Pardon.»

«Du meinst, der Zimmermann hat den anderen erpresst?»

«Möglich wär's.»

«Und der andere war am Tag des Mordes in diesem Haus, weil er fürchtete, dass Zimmermann Beweise gegen ihn versteckt hat?»

Kessler hielt den Schlüssel hoch. «Der Kollege, den die Pralinen umgebracht haben, der hatte zwei Tage zuvor mit der Frankfurter Generalstaatsanwaltschaft telefoniert.»

«Warum?»

«Lässt sich nicht mehr feststellen. Aber warum telefoniert einer mit der Frankfurter Generalstaatsanwaltschaft während der Auschwitzprozesse?»

«Du meinst, der Anruf war der Grund, warum er hierhergefahren ist? Weil er ermitteln sollte – zu einem Kriegsverbrechen?»

Kessler nickte. «Gehen wir ein Bier trinken?»

Wenig später, wieder in dem Lokal am Rhein, waren die Scheiben beschlagen, draußen war es dunkel. Kessler steckte sich eine Zigarette an.

«Ich hab mit unserem Staatsanwalt gesprochen. Da wird nichts neu aufgerollt. Zu wenige Beweise, zu unwahrscheinlich, zu lange her. Zimmermann und Thomas sind tot, die Mörderin des einen lebenslang im Knast, also was soll das. Und an die Italien-Geschichte will sowieso niemand ran. Man wolle die guten Beziehungen zu Italien nicht belasten, haben die gesagt. Hast du sie noch mal gesehen?»

«Ja. Sie hat noch zweimal versucht, sich umzubringen. Aber inzwischen hat sie die Vergangenheit akzeptiert. War viel Arbeit bis dahin. Sehr viel Arbeit. Sie ist jetzt in der JVA in Frankfurt.»

«Die Staatsanwaltschaft und das Ministerium, die haben eine Heidenangst vor der Presse. Dass da jemand was ausgraben könnte und so. Strafaussetzung auf Bewährung oder sogar eine Begnadigung ist beides drin, würde ich sagen.»

«Ich weiß gar nicht, ob sie das wollen würde. Die letzte Anhörung hat sie platzenlassen, ist einfach nicht erschienen. 23 Jahre sind eine lange Zeit. Manche, die so lange drin sind, wollen irgendwann nicht mehr raus. In Frankfurt leitet sie die Gefangenenbibliothek, aber wenn sie erst mal draußen ist – was erwartet sie da?»

Kessler wischte das Fenster neben sich mit einer Serviette frei. Die Lichter eines Lastkahns zogen auf dem Fluss vorbei. Er erinnerte sich daran, dass er als Junge davon geträumt hatte, von zu Hause abzuhauen, unter falschem Namen auf einem dieser Kähne anzuheuern und später als Matrose an Bord eines Vollschiffs um die Welt zu segeln. «Ein anderes Leben», sagte er.

2001

Spätestens als sich abzeichnete, dass die Russen die Mir abstürzen lassen würden, hätte Hardy gewarnt sein müssen. Es hatte schon vorher Ärger gegeben, denn der NASA hatte nicht gefallen, dass sich die russische Raumfahrtbehörde durch Weltraumtouristen finanzieren wollte. Als Hardy in einem ungeschickt gegebenen Interview auch noch Walthers Asche erwähnte, führte das zu weiteren negativen Schlagzeilen in der Presse: «Crashprofiteur will Asche von Schundautor um die Erde blasen!»

«Wenn die Russen die Raumstation abstürzen lassen», sagte er am Telefon zu Mr. Pines, «wie soll ich dann zu der Raumstation fliegen?»

«De-Orbiting», sagte Pines, «es heißt De-Orbiting. Sie stürzt nicht ab, sie wird, wie soll ich sagen, kontrolliert stillgelegt –»

«Ich bitte Sie! Sie bricht auseinander und verglüht in der Atmosphäre. Und mit ihr mein 25-Millionen-Dollar-Ticket! Ich fürchte, ich will mein Geld zurück, Mr. Pines!»

«Sie wissen doch, Sicherheit hat für uns höchste Priorität. Die Raumstation Mir war nicht mehr sicher genug, die Bahn, auf der sie sich befand, war instabil, und die Kosten, die Bahn zu stabilisieren, waren zu hoch. Auch die Russen können rechnen, und deswegen hat man sich in Moskau dazu entschlossen, die Station kontrolliert, mhm, also man hat sich für einen kontrollierten Wiedereintritt entschieden. Natürlich können Sie jetzt Ihr Geld zurückfordern, Mr. Hardy, ich hätte vollstes Verständnis dafür, und Sie würden es auch, abzüglich der bereits entstandenen Kosten, damit meine ich die Kosten für die vorbereitenden Trainingseinheiten, die wir mit Ihnen bereits durchgeführt haben –»

«Sie hatten mir ein richtiges Kosmonautentraining versprochen. In einem alten Raumanzug durch die Mojave-Wüste zu stapfen ist nicht dasselbe.»

«Wie gesagt: Sie können jetzt stornieren wie bei einem ganz normalen Flug, sagen wir, von New York nach San Francisco, oder –», hier legte er eine kleine Pause ein, «Sie können umbuchen.»

«Wie meinen Sie das?»

«Wir stehen in Verhandlungen mit der Russischen Raumfahrtagentur, dass wir unsere Kunden von der Mir auf die ISS umbuchen können – kurz, dass Sie wie geplant als zahlender Passagier mit zwei Kosmonauten in einem Sojus-Raumschiff mitfliegen, nur eben nicht zur Mir, sondern zur ISS, die nebenbei bemerkt etwas größer und komfortabler ist. Zudem können und sollen Sie dort ein eigenes, wenn auch einfaches Experiment Ihrer Wahl durchführen. Sie wären fast ein vollwertiges Crewmitglied.»

«Und wo ist der Haken?»

«Nun, von Haken würde ich nicht sprechen, es handelt sich eher um zwei Sachen, die Sie bedenken sollten. Die eine Sache ist die, dass natürlich, wie bei jedem Flug, gewisse Umbuchungskosten entstehen –»

«Wie viel?»

«So etwa fünf Millionen, schätzen wir.»

«Schätzen Sie.»

«Bestimmt nicht mehr als sieben. Ich kann Ihr Zögern verstehen, und ich würde Ihnen gerne sagen: Denken Sie in Ruhe darüber nach. Nur ist leider schon etwas von unserem geplanten Joint Venture durchgesickert, und inzwischen gibt es noch mehr Interessenten als zuvor. Das bedeutet, dass Sie, wenn Sie jetzt zu lange warten oder gar stornieren, wieder ganz unten auf der Warteliste landen. Und, lassen Sie mich das noch ergänzen, es ist völlig unklar, ob es nach diesem Flug in absehbarer Zeit noch einen nächsten geben wird.»

Hardy war alarmiert. Kaum war das Telefonat beendet, rief er Brian an und erzählte ihm, was er gehört hatte. Sollte er seine Anzahlung zurückverlangen?

«Glaubst du, du bist der Einzige, dem er dieses Märchen erzählt hat, Hardy? Der will verhindern, dass du dein Geld abziehst», sagte Brian. «Wenn das Ganze seriös wäre und du mit dem Spaceshuttle da hochfliegen würdest, hätte ich nichts dagegen. Aber ich hab kein gutes Gefühl. Ich glaube nicht, dass die NASA oder die ESA oder die Japaner oder sonst wer davon begeistert sind, wenn windige Geschäftsleute wie Pines ihre Millionäre auf die ISS schießen. Sie haben schon gesagt, dass sie die Russen für jeden Schaden haftbar machen werden, der durch solche ‹Passagiere› entsteht.»

«Was sollten das für Schäden sein?»

«Keine Ahnung. Vielleicht, wenn du die Toilette verstopfst. Das kostet dich dann gleich die nächste Million. Willst du meine ehrliche Meinung hören, Hardy?»

«Nein.»

«Ich sage sie dir trotzdem: Das sind Betrüger. Und wenn du noch immer der ausgebuffte Verhandler wärst, den ich mal kennengelernt habe, wüsstest du das auch. Aber du bist völlig meschugge geworden durch diese Idee, mit so einer Kapsel zu fliegen, und willst nicht sehen, was jeder andere sehen kann.»

«Du verstehst das nicht.»

«O doch, ich verstehe das sehr gut. Schon vergessen? Ich bin der Mann, der in einem Star-Trek-Kostüm fernsieht. Ich hatte auch diese Träume von Raumschiffen, Mondkolonien, Flügen zum Mars. Aber es waren eben nur Träume.»

Einige Wochen nachdem die Raumstation Mir abgestürzt war, versuchte Hardy, sich erneut mit Mr. Pines zu verabreden, doch der war nach Moskau geflogen. Die Verhandlungen, hieß es, zögen sich leider die Länge. Dafür rief ihn Tara Kapoor an.

«Ich bin gerade in der Stadt. Im Beverly Hills Hotel. Wollen Sie sich mit mir vielleicht zum Abendessen treffen? Es geht um unseren gemeinsamen Freund, Mr. Pines.»

Als sie sich wenig später gegenübersaßen, trug sie eine bauchfreie Kombination aus Sari und Business-Kostüm. Sie wirkte besorgt.

«Ehrlich gesagt, habe ich ein wenig die Befürchtung, dass unser Freund uns über den Tisch ziehen will», sagte sie. «Die Raumstation ist ins Meer gefallen, wohin will er uns jetzt fliegen?»

«Er deutete an, es gäbe die Möglichkeit ‹umzubuchen›.»

«Ja, auf die ISS. Klingt verrückt, nicht wahr? Das hat er mir auch erzählt, kann man das ernst nehmen? Da sind ziemlich viele Wenns und Abers im Spiel. Für mich zumindest, Sie sind ja Amerikaner. Ich wohne zwar hier, habe aber nur einen nepalesischen und einen indischen Pass. Sie wissen, mein Mann –»

«Der Arzt –»

Sie nickte. «Es heißt, die Amerikaner sind nicht sehr begeistert von der Idee, dass auf ‹ihre› Raumstation jemand Fremdes kommt. Fremde sind ein Problem. Und noch dazu eine Frau. Frauen sind auch ein Problem.»

«Warum?»

«Frauen sind immer ein Problem für die. Wenn ich eine US-Kampfpilotin oder wenigstens eine -Raumfahrtingenieurin wäre, wahrscheinlich nicht, aber na ja, Sie wissen schon.»

«Sie meinen, eine Frau wie Sie könnte den Rest der Crew auf den Kopf stellen?»

Sie prostete ihm zu. «Vielleicht sind sie ja auch abergläubisch. Wie Seeleute. Meine Güte, besonders die Russen sind ja so was von abergläubisch. Wussten Sie, dass man vor dem Abflug an einen bestimmten Reifen des Busses pinkeln muss, der einen zum Startplatz bringt, weil das Gagarin auch gemacht hat? Wie soll ich das machen, mhm? Und stellen Sie sich mal vor, was das für eine Publicity gibt, wenn mich dabei ein Paparazzo fotografiert. Wie dem auch sei: Ich glaube, ich bin auf Pines' Warteliste ziemlich weit unten.»

«Sie? Die Kumari? Eine frühere Göttin?»

Tara Kapoor stutzte. «Wo haben Sie das her?»

«Ich habe mir Ihre Biographie besorgt.»

«Die einzige Biographie, die je über mich geschrieben wurde, habe ich per Gerichtsurteil aus dem Verkehr ziehen lassen, was mich einen großen Batzen Geld gekostet hat.»

«Ich weiß, aber ein paar Exemplare gehen einem immer durch die Lappen.»

«Und eins davon haben Sie in die Finger bekommen? Ob ich jetzt vielleicht Sie verklagen soll?»

«Ich war knapp fünfzehn, als ich mit meinen Eltern in Nepal war, 1978. Wir fuhren mit einem Kleinbus durch halb Asien und kamen schließlich auch nach Kathmandu. Im Herbst. Als dort dieses Fest war.»

«Das Dashain-Fest.»

«Genau. Ich hatte Sie bei den Prozessionen verpasst, weil ich krank im Hotel lag, im Pilgrims Guest House. Und dann habe ich einen ganzen Tag lang auf dem Platz vor dem Palast gesessen, unter dem hölzernen Fenster.»

«Das haben Sie in dieser erlogenen Biographie gelesen. Dass ich einsam hinter so einem Fenster Tag für Tag das Leben auf dem Durbar Square beobachtet hätte und noch anderen Unfug, nehme ich an.»

«Ich weiß nicht, wo Sie waren, aber ich war da.»

Sie sah ihn misstrauisch an. «Vielleicht. Ab und zu saß jemand auf der Steinbank und schaute herauf. Oder habe ich mir eingeredet, dass er raufschaute? Ach, was habe ich mir nicht alles ausgedacht! Ein Prinz aus Europa, der mich befreit, und solchen Unsinn.» Sie nahm seine Hand, ließ sie aber gleich wieder los und lachte geringschätzig. «Und jetzt sitzen wir hier? Nein, tut mir leid, ich bin ein rationaler Mensch. Das ist einfach zu unwahrscheinlich.»

«Vieles ist unwahrscheinlich», sagte Hardy, «aber wenn wir nur an das Wahrscheinliche glauben, dann kommen wir nicht weit. Wie sind Sie zum Beispiel aus dem Palast hierhergekommen?»

Sie schien mit den Gedanken woanders zu sein, antwortete dann aber doch. «Als ich fünfzehn war, lag meine Zeit im goldenen Käfig schon hinter mir. Ich habe eine Ausbildung als Krankenschwester gemacht und dann angefangen, im Krankenhaus zu arbeiten. In diesem Krankenhaus gab es einen einzigen Computer, und da die meisten nichts damit anfangen konnten, habe ich mich daran gesetzt und eine Patientendatenbank aufgebaut, habe erste, kleine Programme geschrieben, die Materialverwaltung optimiert und so weiter. Im Krankenhaus habe ich auch meinen späteren Mann kennengelernt, der für seine Arbeit dort praktisch nicht bezahlt wurde. Er war damals ein Idealist und hat mir geholfen, dass ich studieren konnte. Dann sind wir in die USA, und hier bin ich geworden, was ich bin.»

«Ist Ihr Mann heute kein Idealist mehr?»

Sie zuckte mit den Achseln. «Er ist in Dschidda, operiert einen Scheich.»

«Ich bin beeindruckt, wirklich.»

«Von meinem Mann?»

«Nein, von Ihnen.»

«Das sind die meisten, aber davon habe ich nichts. Was ist

mit Ihnen? Ich habe gehört, Sie sind in einem Kinderheim aufgewachsen.»

«Ja, die ersten Jahre. Bevor mich ein Ehepaar adoptiert hat.»

«Sie hat man also auch eingesperrt.»

«Mehr oder weniger. Richtig eingesperrt wurden wir eigentlich nur, wenn wir was angestellt hatten.»

«Und, hat man Sie mal richtig eingesperrt?»

«Ein Mal, ja. In einem alten Weinfass.»

«In einem Weinfass! Kaum zu glauben!» Sie sah ihn nachdenklich an. «Ob ich mein Investment bei ‹Orbital› zurückziehen sollte? Was denken Sie? Andererseits habe ich gehört, dass ein, zwei Kunden das schon gemacht haben und Pines in Liquiditätsschwierigkeiten kommen könnte. Wenn er pleitegeht, fliegt niemand ins All, fürchte ich.»

Hardy nickte. «Ich denke, wir sollten noch abwarten. Wenn er nicht liefert, können wir ihn und seine russischen Freunde immer noch verklagen.»

Die Zeit nach diesem Treffen verstrich in merkwürdiger Ruhe. Hardy und Brian bezogen endlich ein Büro, ein mittelgroßes Geschäftshaus in der Romaine Street, das aus den vierziger Jahren stammte und früher einmal dem Milliardär Gerald G. Hodges gehört hatte.

«Aber das weiß heute beinahe niemand mehr», erklärte Brian. «Ich finde es ganz standesgemäß.»

Nach Bettis Kündigung war er zu so etwas wie Hardys rechter Hand geworden, aber er war nicht unbedingt glücklich mit seiner Position. Zwar hatte er, trotz seines ihm immer noch unbegreiflichen Reichtums, auf diese Weise etwas zu tun, andererseits hatte er von vielen Geschäftsdingen wenig, von einigen überhaupt keine Ahnung.

«In Wahrheit bin ich immer noch der Leiter eines Kleinverlages, der seine Buchhaltung von Hand machen würde, wenn du es ihm nicht verboten hättest», sagte er zu Hardy. «Du solltest wieder jemanden einstellen. So jemanden wie Betti.»

«Nein», antwortete Hardy, «für die Details haben wir Berater. Ich brauche jemanden, dem ich vertrauen kann. Mit oder ohne Managementfähigkeiten. Du kannst morgen aufhören, wenn du willst, du bist zu nichts verpflichtet. Aber wie gesagt: Ich brauche dich.»

Und so blieb Brian bei Hardy. Die Firma «Common Robotics», die inzwischen ihnen gehörte, boomte. Die Roboterrasenmäher, -laubbläser, -poolreiniger und -staubsauger verkauften sich auf der ganzen Welt.

Eines Tages, als Hardy gerade nach Hause gekommen war, klingelte sein Mobiltelefon, und Pines war dran.

«Sitzen Sie, Mr. Hardy?», fragte er.

«Nein. Sollten Sie pleite sein, kann ich mir das auch im Stehen anhören.»

«Pleite! Hahaha! Sie sind gut!» Sein Lachen klang verzerrt. «Okay, da Sie sich nicht setzen wollen, bekommen Sie die Neuigkeit eben im Stehen serviert! Aber ich habe Sie gewarnt!»

«Also?»

Kurz war es ganz still, und Hardy dachte schon, dass die Verbindung unterbrochen wäre. Durch die offene Verandatür sah er hinaus. Das Wasser des Pools war spiegelglatt.

«Nehmen Sie sich für den 2. März 2002 besser nichts vor!»

«Haben Sie da Geburtstag?»

«Hahaha! Nein. Das ist der Tag, an dem Sie mit einem Sojus-Raumschiff ins All fliegen werden!»

Hardy setzte sich.

Pines redete und redete. Er sagte, es habe in Moskau noch viel zu regeln gegeben. Diese Russen, dauernd gehe es hin und her, hü und hott, aber die eigenen Leute seien auch nicht besser.

Am Ende sei es ihm allerdings gelungen, sowohl mit den Russen als auch mit der NASA eine Vereinbarung zu treffen. «Sie, als zahlender Passagier, sollten nur nichts kaputt machen, wenn Sie da oben sind. Die Vereinbarung beinhaltet nämlich, dass im Zweifelsfall Sie für die Schäden aufkommen müssen, wenn Sie zum Beispiel –»

«– auf der Raumstation die Toilette verstopfen.»

Pines lachte wieder. «Ja, genau! Der war gut! Ich freue mich für Sie, wirklich!»

«Und da kann nichts mehr schiefgehen?»

«Nein. Es sei denn, Sie wollen jetzt nicht mehr. Haben Sie es sich etwa anders überlegt? Das wäre keine Schande. Also, ich würde nicht da hochfliegen, keine zehn Pferde brächten mich in so eine Höllenmaschine. Wollen Sie lieber doch nicht? Dann sagen Sie es besser gleich, Ms. Kapoor wird sich freuen.»

«Nein», sagte Hardy, «ich habe es mir nicht anders überlegt. Was ist mit Ms. Kapoor?»

«Ms. Kapoor war nicht gerade erfreut, als ich ihr mitgeteilt habe, dass sie die Nummer 2 ist. Sie ist Ihr Ersatz, und Sie sind so was wie unser Testpassagier. Wenn es mit Ihnen gut läuft, bekommt Ms. Kapoor später auch ein Ticket. Vielleicht. Die NASA will erst mal sehen, wie es sich anlässt. Also, wir hoffen mal nicht, dass sich alle über Sie beschweren und man Sie vorzeitig mit dem Spaceshuttle zurückfliegen muss!» Wieder lachte Pines. «Denn dann wird Ms. Kapoor wohl für immer auf der Erde bleiben.»

«Wie geht es nun weiter?»

«In gut zwei Monaten müssen Sie nach Moskau fliegen, dort werden noch einige Tests gemacht.»

«Was denn für Tests?»

«Medizinische Tests, nehme ich an.»

«Aber ich habe mich doch hier schon von Ihren Ärzten untersuchen lassen. Sogar mehrmals. Ich bin kerngesund.»

«Eine reine Formsache, Sie müssen das verstehen. Bei den Russen muss alles genau so laufen, wie es immer gelaufen ist. Und wenn wir denen eine Ganzkörper-Computertomographie schicken, werden die Sie dort immer noch mit einem uralten Stethoskop abhören wollen.»

«Und dann?»

«Im Anschluss an die Untersuchung ist geplant, dass Sie nach Kasachstan fliegen, um beim Start eines unbemannten Versorgungsraumschiffes in Baikonur dabei zu sein. Sie müssen da nicht hin, allerdings sind solche ‹Launch-Touren› immer ein Ereignis, und Sie könnten sich gleich mal den Startkomplex anschauen. Außerdem wäre das auch eine gute Gelegenheit, die Sache offiziell an die Presse zu geben, wenn Sie nichts dagegen haben. Schließlich ist das was Besonderes. Unser erster Weltraumtourist! Und danach beginnt dann das Kosmonautentraining für Sie!»

Irgendwie bekam die Presse schon früher davon Wind. Journalisten riefen an, weil sie Hardy interviewen wollten. Andere waren an seine E-Mail-Adresse gekommen und überschütteten ihn auf diesem Weg mit Fragen. NBC brachte eine Doku über Dotcom-Millionäre, von der mindestens zehn Minuten ihm gewidmet waren. Weitere Artikel über das Leben des «Selfmade-Milliardärs Ron A. Hardy» erschienen, darunter einer in einem Gesellschaftsmagazin, der schon kurz danach im Internet kursierte. Der Verfasser beschrieb Hardys Aufstieg vom mittellosen Einwandererjungen zum Multimillionär. Im letzten Absatz spekulierte er über seine «mysteriöse» Herkunft. Zwar heiße es, schrieb er, seine Eltern seien tot, doch warum seien dann nicht wenigstens Informationen über sie aufzufinden? Angeblich seien Akten vernichtet worden oder aus dem deutschen Kinderheim verschwunden – oder habe Ron Hardy sie mittels einer großzügigen «Spende» verschwinden lassen? Jenes Kinderheim, das hauptsächlich die Kinder von Kriminellen, Alkoholikern und Drogensüchtigen aufgenommen habe, sei in den fünfziger und sechziger Jahren für seine brutalen Erziehungsmethoden berüchtigt gewesen, denn rebellische Kinder habe man in einer Art Isolationshaft gehalten. Prompt wurde in einer E-Mail-Newsgroup die Frage diskutiert, ob jemand, der als Kind eingesperrt und/oder misshandelt worden sei, für einen Raumflug und den längeren Aufenthalt auf einer Raumstation aus medizinischer Sicht überhaupt in Frage komme.

«Ich sollte die alle verklagen», sagte Hardy.

«Das wird die Sache nur weiter am Kochen halten», antwortete Brian. «In ein paar Wochen ist das Schnee von gestern. Schau dir das Internet an, heute ein Star, morgen ein Penner, und umgekehrt.»

In jenem Jahr entschied der Erste Präsident Kasachstans, dass er in der neuen Hauptstadt seines Landes, Astana, auch einen neuen Palast brauche. Er war ein Mann des Fortschritts, und so hatte ihm die Idee, dass die beinahe 4000 Quadratmeter Repräsentations- und Bürofläche von den hochmodernen Saug-, Wisch- und Polierrobotern der Firma «Common Robotics» gepflegt würden, von Anfang an gefallen.

«Und der will unsere Roboter für seinen Palast?», fragte Hardy.

«Er ist interessiert», sagte Brian. «Du könntest sozusagen das Angenehme mit dem Nützlichen verbinden, indem du, bevor du von Moskau nach Baikonur zu diesem Raketenstart fliegst, noch einen Abstecher nach Astana machst.»

«Stimmt eigentlich. Kommst du mit?»

Nachdem Hardy in Moskau gelandet war, wurde er von einem breitschultrigen Mann mit Sonnenbrille empfangen, der ein «Mr. Hardy»-Schild hochhielt. Neben ihm stand ein Dolmetscher, der vorgab, englisch zu sprechen, es aber nur gebrochen tat. Hardy hatte versucht, zu Hause etwas Russisch zu lernen, doch er hatte sich nicht konzentrieren können, so unruhig war er vor der Abreise gewesen. Jessica hatte ihn besucht, und als sie in der Tür stand und ihn besorgt anschaute, hatte er sich einen Moment lang wieder wie der Junge gefühlt, der auf die hohen Birken gestiegen war.

Vom Flughafen aus ging es in halsbrecherischer Fahrt durch Moskau.

«Night Rrrrider!», rief der Fahrer. «Rrrider!»

«Goff!», erklärte der falsche Dolmetscher. «Goff!»

«Knight Rider und ‹The Hoff›.» Hardy nickte. «Schon klar.»

Er wurde vor einem grauen Kasten abgesetzt, dem Biomedizinischen Institut. Drinnen musste er einen Fragebogen ausfüllen, der Dolmetscher saß stumm neben ihm. Auf dem Fragebogen standen alle Fragen auf Englisch.

Man wollte wissen, ob er in der Vergangenheit eine schwere Infektion gehabt habe, die medikamentös habe behandelt werden müssen, ob es chronische Leiden gebe, welche Kinderkrankheiten er gehabt habe, ob ihm beim Fliegen schlecht werde, ob er schon einmal ohnmächtig geworden sei, ob er schon einmal einen Unfall gehabt habe und so weiter und so fort. Man nahm ihm Blut ab. Er musste Dauerläufe absolvieren, nach denen man mehrere EKGs machte.

«Die meisten dieser Fragen habe ich schon früher mal beantwortet, und den meisten dieser Tests musste ich mich auch schon unterziehen, bevor ich den Vertrag unterschrieben habe», sagte er zu einem Arzt, der einen Schnauzbart hatte und ein eigentümliches weißes Mützchen trug.

«Ja, ja, aber das hier Russia, nix Amerika», antwortete der Arzt und besah sich den Ausdruck der EKGs. Plötzlich hieb er Hardy auf den Rücken. «Hahaha!», brüllte er, und dann brüllte er noch etwas anderes hinterher.

«Du Herz wie Büffel!», sagte der falsche Dolmetscher.

Man nahm ihm ein weiteres Mal Blut ab und machte einen Sehtest. Seine Lunge wurde geröntgt, an seinen Gelenken gezogen. Ein anderer Arzt untersuchte seine Leber.

«Blinddarm noch da?»

«Soweit ich weiß, ja.»

Er bekam Injektionen, trank farbige Flüssigkeiten und musste in diverse Röhrchen und Becherchen pinkeln. Nieren und sein Unterleib wurden sonographiert.

Am dritten Tag wurde er in ein Zimmer gebracht, in dem eine ältere Ärztin saß, die er noch nie zuvor gesehen hatte. Sie schickte den falschen Dolmetscher weg.

«Was machen Sie beruflich?», fragte sie auf Deutsch. Vor ihr lag der Fragebogen, den er am Anfang ausgefüllt hatte.

«Steht das nicht da?», entgegnete er.

«Bitte beantworten Sie nur meine Fragen.»

«Ich bin Unternehmer.»

«Welche Branche?»

«Computer. IT. Software. So was eben.»

«Sie haben viel Geld mit dem Verkauf Ihrer letzten Firma verdient. Wie fühlen Sie sich jetzt – mit so viel Geld?»

«Das ist eine etwas seltsame Frage, finden Sie nicht?»

Die Ärztin machte eine Notiz auf einem Block. «Wir haben hier in Russland einige Leute, die haben noch viel mehr Geld als Sie. Aber von denen ist noch keiner auf die Idee gekommen, in den Kosmos zu fliegen.»

«Ich wollte das schon als Kind.»

«Wie war Ihre Kindheit?»

«Ich bin in einem Vorort aufgewachsen. Wie das halt so ist.»

«Haben Sie Geschwister?»

«Nein.»

«Hatten Sie viele Freunde?»

«Normal viele, denke ich. Einige.»

«Wie war Ihre Schulzeit?»

«Ohne Probleme.»

«Sie waren ein guter Schüler?»

«Ich war immer der Klassenbeste, habe zwei Klassen übersprungen.»

«Hat das Ihre Mitschüler geärgert?»

«Nein.»

«Sie hatten trotzdem Freunde?»

«Ja.»

«Haben Sie sich in der Schule geprügelt?»

«Geprügelt? Na ja, vielleicht ein-, zweimal.»

«Was war der Anlass?»

«Das weiß ich nicht mehr.»

«Das wissen Sie nicht mehr?»

«Nein.»

«Wie war das Verhältnis zu Ihrer Mutter?»

«Gut, sehr gut. Ist es immer noch.»

«Und zu Ihrem Vater?»

«Auch sehr gut.»

«Obwohl sie nicht Ihre leiblichen Eltern sind?»

«Ja.»

«Wie war es für Sie, nach Amerika zu gehen?»

«Großartig.»

«Sie haben sich schnell eingewöhnt?»

«Ja.»

«Freunde gefunden?»

«Ja.»

«Sie haben keine Geschwister?»

«Nein.»

Die Ärztin sah ihn völlig ausdruckslos an, machte sich weitere Notizen.

«Wurden Sie als Kind misshandelt?»

«Wie bitte?»

«Wurden Sie als Kind geschlagen?»

«Meine Eltern haben mich nie geschlagen.»

«Und im Kinderheim, wurden Sie da geschlagen?»

Hardy starrte die Ärztin an. Er spürte Wut in sich aufsteigen. Am liebsten wäre er aufgestanden und aus dem Raum gestürmt.

«Was fühlen Sie jetzt?»

«Ich ... wundere mich ein wenig über Ihre Fragen.»

«Neigen Sie zu impulsiven Handlungen?»

«Nicht übermäßig.»

«Sind Sie schnell wütend?»

«Nein!»

«Haben Sie sich als Kind oft geprügelt?»

«Das habe ich doch schon beantwortet!»

«Wurden Sie einmal eingesperrt?»

«Nein!»

«Nein?» Die Ärztin machte sich wieder eine Notiz, dann fragte sie: «Sind Sie glücklich?»

Hardy schwieg, sah die Ärztin an.

Sie ließ ihren Kugelschreiber klicken. «Danke, das war's.»

Astana, die neue Hauptstadt Kasachstans, hatte in der Vergangenheit viele Namen gehabt, die Hardy alle nicht kannte. Früher einmal hieß die Stadt Zelinograd, und davor hatte sie Akmolinsk geheißen, und in der Nähe von Akmolinsk hatte es das Gefangenenlager 330 gegeben, dessen Wachtürme und Baracken einschließlich der Krankenstation und des Friedhofs von Sand und Steppe längst zurückerobert worden waren und über das Walther Bischoff nie gesprochen hatte, obwohl er doch beinahe fünf Jahre dort gewesen war. In einem kleinen Dorf in der Nähe von Akmolinsk hatte der Wolgadeutsche Alwin Völkle gelebt, der Gärtner von Neuorth, der dort mit allem, was aus dem Boden wuchs, so geschickt umgegangen war, dass man ihm die Leitung der örtlichen Kolchose übertragen hatte, eine Aufgabe, der er so lange nachgekommen war, bis er sich, in einem historisch günstigen Moment, dazu entschieden hatte, mitsamt seiner Familie und der noch ungeborenen Bettina, die nach ihrer Geburt nur Betti genannt werden sollte, in die alte Heimat der Vorväter und Vorvorväter überzusiedeln.

Von alldem wusste Hardy nichts, als er sich im Landeanflug auf Astana befand. Alles, was er aus dem Fenster der kleinen, nicht sehr vertrauenerweckenden Tupolew der Air Kazakhstan erkennen konnte, waren Steppe, ein trockengelegtes Sumpfgebiet und eine riesige Baustelle. Dabei war das da unter ihm ein Stück Heimat, wenn auch nicht von ihm, so doch von den meisten, die er liebte.

Die Tupolew setzte kreischend auf, hüpfte, bremste, quietschte, und jene Passagiere, die sich eben noch dem Tode nahe geglaubt hatten, klatschten.

«Wir wollen», sagte der Emissär des Ersten Präsidenten, «auf Solarzellen oder komplizierte Bedienelemente oben auf den Robotern verzichten. Stattdessen wäre es wichtig, wenn sie alle das Staatswappen und den Samruk, den Wappenvogel, zeigen könnten.»

Sie saßen in einem kleinen, separaten Konferenzzimmer des Hotels: Hardy, Brian, der nach Astana nachgekommen war, der Emissär des Ersten Präsidenten und eine Dolmetscherin. Brian war übermüdet, die Zeitverschiebung setzte ihm zu.

«Wir verstehen», sagte Hardy.

«Ausgezeichnet», sagte der Emissär. «Wäre es darüber hinaus möglich, gewisse Sonderfunktionen in die Staubsauger zu integrieren?»

«An was hatten Sie gedacht?»

«Mikrophone, Kameras.»

Hardy räusperte sich. «Diese Roboter werden dafür gebaut, Ihren Marmor von Staub zu befreien, und nicht, um Leute zu bespitzeln.»

«Es geht nicht ums Bespitzeln, es geht um Sicherheit.»

«Wir geben Ihre Wünsche an die Entwicklungsabteilung weiter und werden sehen, was wir tun können. Stimmt's, Brian?»

Brian schlug die Augen auf. «Wie? Ja, klar. Natürlich.»

«Ausgezeichnet.»

Der Emissär des Ersten Präsidenten sagte dieses Wort noch mehrfach, wobei er wenig Zweifel daran ließ, dass der Präsident das Interesse an den Robotern verlieren könnte, sollten sie weder das Staatswappen zeigen noch über Mikrophone und Minikameras verfügen. Er sagte, ein chinesisches Konsortium habe ihnen all diese Extras für einen günstigen Preis bereits angeboten, aber er traue der Zuverlässigkeit chinesischer Staubsauger nicht, und der Präsident hasse nichts mehr als technische Spielereien, die schon nach ein paar Wochen kaputtgingen.

«Wie viele Personen werden benötigt, um die Roboter zu steuern?», fragte er.

«Im Prinzip keine.»

Der Emissär lächelte unsicher. «Was meinen Sie damit?»

«Es sind autonome Einheiten», erklärte Hardy, «wobei wir sie bei so einer großen Anzahl wohl mit einem zentralen Server verbinden werden. Aber im Prinzip *lernen* diese Staubsauger, wie der Palast aussieht und wie sie auch noch in die letzte staubige Ecke gelangen. Und sie geben diese Informationen an ihre, wenn Sie so wollen, ‹Kollegen› weiter. Schwarmintelligenz. Sie benötigen allerdings jemanden, der regelmäßig die Staubfangbehälter leert, die mechanischen Teile wartet, die Akkus kontrolliert. Und dann noch jemanden, der den Server betreut, gegebenenfalls die Programmierung justiert oder den einen oder anderen Sauger zurücksetzt, falls der mal verrücktspielt.»

«Falls der mal verrücktspielt», wiederholte der Emissär langsam. «Also, Ihre Staubsauger sind selbständig? Sie lernen? Sie sind – frei?»

«Was das Staubsaugen und Bodenwischen angeht, ja.»

«Mhm. Ausgezeichnet. Ich werde das dem Präsidenten detailliert beschreiben. Wir melden uns dann bei Ihnen.»

«Warum», sagte Brian, als der Emissär aus der Hotellobby verschwunden war, «habe ich nur den Eindruck, dass die Chinesen bald eine Menge ferngesteuerter Staubsauger verkaufen werden?» Er gähnte.

«Dann wird aus dem Geschäft eben nichts, was soll's. Du fliegst wie geplant heute Nacht wieder zurück, und ich treffe morgen einen Reiseführer oder Übersetzer oder so was und fliege nach Baikonur. Hoffentlich ist die Maschine etwas größer.»

Obwohl er nicht wie Brian unter der Zeitverschiebung litt, schlief Hardy unruhig und stand kurz nach Mitternacht wieder auf. Das Hotel war wie fast jedes Gebäude, das er seit der Landung auf dem eher provisorischen Flughafen gesehen hatte, neu, es war ein großer, von einem albanischen Baumagnaten hingestellter Klotz. Sein Zimmer befand sich in der 18. Etage und ging hinaus auf eine Baustelle, deren Lichter sich im Dunst über der Steppe verloren. Alles wirkte traumhaft und unwirklich, und es hätte ihn nicht verwundert, wenn die gesamte, im Werden befindliche Stadt in einem Sandsturm verschwunden wäre. Er nahm sich ein Bier aus der Minibar und sah CNN bis drei Uhr morgens. Dann schlief er drei Stunden, stand auf, duschte sich und sah noch etwas fern, bevor er seinen Laptop aufklappte, das Netzwerkkabel in die Buchse steckte und seinen E-Mail-Account abfragte.

An: ronhardy@planetx.com
Von: booking-office@orbitaladventures.com
Betrifft: Ihre Buchung

Sehr geehrter Mr. Hardy,
wir bedauern, Ihnen mitteilen zu müssen, dass die Kommission, die die Tauglichkeit der Sojus-Besatzungen feststellt, Sie aufgrund einer Vorerkrankung bis auf weiteres von der Teilnahme an einem Raumflug ausschließen musste.
Ein detaillierter Untersuchungsbericht folgt an Ihre Postadresse.
Mit freundlichen Grüßen,
C. Gumirov

An: pines@orbitaladventures.com
Von: ronhardy@planetx.com
Betrifft: Fwd: Ihre Buchung

Pines,
habe versucht, Sie anzurufen, aber Sie scheinen ja wie vom Erdboden verschluckt. Bin in Astana, Kasachstan.
Was soll das (s. u.) – ist das ein Witz? «Vorerkrankung» – sind die verrückt geworden? Ich habe 25 Millionen Dollar für diese «Buchung» bezahlt! Sollten Sie wirklich versuchen, mich auf diese Weise abzuzocken, können Sie sich wirklich warm anziehen. Ich hole mir jeden Cent von Ihnen zurück!

An: ronhardy@planetx.com
Von: legaldepartment@orbitaladventures.com
Betrifft: Re: Fwd: Fwd: Ihre Buchung

Sehr geehrter Mr. Hardy,
Ihre Nachricht an Mr. Pines wurde an mich weitergeleitet. Es hat einen Wechsel bei den Eigentümern von Orbital Adventures gegeben und infolgedessen auch eine Umstrukturierung der Geschäftsführung. Mr. Pines ist nicht mehr Anteilseigner und CEO und auch in keiner anderen Funktion mehr für das Unternehmen tätig. Wir bedauern die Entscheidung der unabhängigen Kommission, auf die wir leider absolut keinen Einfluss haben. Wir sind lediglich der Vermittler der Leistung.
Da Sie uns eine Vorerkrankung verschwiegen haben, muss ich Sie auf § 14 unseres Vertrages hinweisen, der ausdrücklich regelt, dass eine Erstattung von bereits geleisteten Zahlungen ausgeschlossen ist, wenn der Kunde uns wichtige Tatsachen, die der Erfüllung des Vertrages entgegenstehen, verschweigt. Und da mit Ihrer Unterlassung eine Störung des Vertrauensverhältnisses zwischen den Vertragsparteien eingetreten ist, kündigen wir hiermit mit sofortiger Wirkung den Vertrag. Das heißt, dass Sie von weiteren Vertragsleistungen bis zur Klärung etwaiger gegenseitiger Ansprüche ausgeschlossen sind.
Hochachtungsvoll,
C. Gumirov

«Wo bist du, Brian?»

«In Amsterdam. Warte auf meinen Anschlussflug.»

«Die haben mich abgezockt.»

«Ich sage jetzt besser nicht: Ich hab's dir ja gesagt.»

«Besser nicht.»

«Was soll ich tun?»

«Unsere Anwälte informieren.»

«Und du?»

«Ich versuche, den nächsten Flug zurück zu nehmen.»

Einige Anrufe später wusste Hardy, dass Tara Kapoor in «Orbital» investiert hatte. Sie war nun Kundin und Teilhaberin in einer Person.

«Es ist mitten in der Nacht», sagte sie, als er sie ans Telefon bekam.

«Ich bin in Kasachstan.»

«Ich weiß.»

«Sie haben sich in die Firma eingekauft und den Russen Geld gezahlt, damit die mich rausschmeißen.»

«Ich habe Geld gezahlt, damit ich fliege. Offenbar mehr Geld, als Sie zu zahlen bereit waren. Wissen Sie, in der Kapsel war nie Platz für uns zwei. Es konnte immer nur einer fliegen. Und das werde nun ich sein. Warum sollte der Traum eines Mädchens aus Nepal weniger wert sein als der eines Jungen aus dem Westen?»

«Sie haben sich nur deshalb mit mir zum Abendessen getroffen, damit ich nicht mein Geld von ‹Orbital› zurückverlange!»

«Nehmen Sie es nicht persönlich, alles – das ganze Leben – ist nur ein Geschäft. Vor dem Kumari-Palast saß jede Woche ein anderer Weißer und starrte zu dem Holzgitter hinauf, hinter dem er die fleischgewordene Göttin vermutete, und dachte sich wer weiß was für Geschichten aus. Er hatte ja dafür bezahlt. Aber vielleicht war hinter dem Gitter nur die Besenkammer? Ich war nie in diesem Palast. Sie, Mr. Hardy, sollten an Ihrer Geschichte arbeiten. Der Junge aus dem Weinfass, du meine Güte! Wer weiß, was man in Zukunft noch über Sie ausgraben wird. Wussten Sie, dass eine Lüge, die man verbietet, Wahrheit wird? Deswegen habe ich diese Biographie über mich verboten, nachdem ich sie habe schreiben lassen. Leben Sie wohl.»

2009

An seinem letzten Arbeitstag beim Jet Propulsion Laboratory betrachtete Jack die Fotos, die die neue Mondaufklärungssonde geschossen hatte. Sie war in Maryland entwickelt worden, das JPL hatte damit wenig zu tun gehabt, aber ein Kollege hatte ihm eine E-Mail mit den Aufnahmen geschickt und als Betreff «Und wo warst du?» dazugeschrieben. Jack hatte sich die Fotos erst am Bildschirm angeschaut, und dann hatte er sich eins davon ausgedruckt und an die Wand gehängt.

Den übrigen Vormittag hatte er damit zugebracht, sein Büro aufzuräumen. Er hatte auf das Mittagessen mit den Kollegen verzichtet, denn sie hatten für den Nachmittag etwas für ihn vorbereitet, eine Überraschungsabschiedsparty, von der er natürlich schon längst wusste. Danach würde er das letzte Mal in seinem Leben von der Arbeit nach Hause fahren, und am Abend würden Mark und ein paar Freunde aus der Nachbarschaft vorbeikommen, ehemalige Kollegen, die den Tag, der für ihn heute angebrochen war, bereits hinter sich hatten.

Beinahe vierzig Jahre hatte er beim JPL gearbeitet, und er wunderte sich, wie wenige persönliche Dinge er im Vergleich zu anderen angesammelt hatte. Natürlich hatte er nicht vierzig Jahre im selben Büro gesessen, er war mehrmals in den verschiedenen Gebäuden umgezogen, aber trotzdem schien ihm das ein letztes, unzerstörbares Relikt aus seiner Zeit beim Militär zu sein, aus den Tagen auf dem Flugzeugträger, wo er mit seinen Habseligkeiten in einer winzigen Kabine mit schmalem Spind untergekommen war.

In einen Pappkarton legte er mehrere noch gute Bleistifte,

zwei teure Kugelschreiber mit Gravur, seinen alten Rechenschieber, den er schon seit Jahren nicht mehr benutzte, als heimlichen Glücksbringer aber in der Schreibtischschublade verwahrt hatte, den Texas-Instruments-Taschenrechner, den er bis zuletzt benutzt hatte, auch wenn die jüngeren Kollegen darüber lachten, einen Terminplaner von Boeing für das kommende Jahr, den er nun nicht mehr brauchen würde, sein DIN-A4-Notizbuch, in dem er alle Dinge notierte, die er nicht vergessen wollte – Kopierpapierbestellungen, Geburtstage, komplizierte Berechnungen zum Verbrauch bestimmter Vakuum-Steuertriebwerke, Kostenkalkulationen und Ideen, die er nach Wochen, in denen ihm für ein bestimmtes Problem keine Lösung eingefallen war, plötzlich gehabt hatte.

Obenauf legte er schließlich zwei gerahmte Fotos: Das eine zeigte ihn und Susan mit Jennifer und Mark während eines Urlaubs in Florida. Jennifer ist vielleicht dreizehn, Mark trägt schon seine Zahnspange, und im Hintergrund sieht man das Meer glitzern, und alle lachen.

Das andere Foto hatte ihm der Leiter des Voyagerprogramms geschenkt. Es war eine Collage mit dem Titel «Familienporträt», die eine Reihe von Aufnahmen zeigte, die Voyager 1 aus rund sechs Milliarden Kilometern Entfernung von den Planeten des Sonnensystems gemacht hatte. Die Erde war ein kleiner blauer Punkt, schwer zu erkennen, wenn man nicht wusste, was die Fotos darstellten.

Jack hatte jahrelang nicht mehr an Jim gedacht – erst als ihm von seinem Chef diese Collage geschenkt worden war, auf die er mit wasserfestem Filzstift «Das sind wir!» geschrieben hatte. Da war Jack klargeworden, dass die Sonde, die Jims Bild mit sich trug, nun, wollte man die Sache so sehen wie sein Chef, ein Foto von *ihm* gemacht hatte.

Das Telefon klingelte.

«Dad?»

«Jennifer! Wo bist du? Schon wieder auf der Insel?»

«Genau so ist's. Wieder auf der Insel. Tut mir leid, wirklich, aber ich hoffe, du verstehst, dass ich heute Abend nicht dabei sein kann. Der Boss hätte dafür überhaupt kein Verständnis.»

«So, so, der Boss. Du kannst ihm sagen, ich nehme es ihm sehr übel, dass meine Kleine heute Abend nicht mit mir und ein paar anderen langweiligen alten Knackern meine Pensionierung feiern kann.»

«Kann ich machen, aber du kennst ihn ja», erwiderte sie und verstellte ihre Stimme: «‹Abschiedspartys, Jenny? Sie wissen doch noch, was ich Ihnen gesagt habe, als Sie bei mir angefangen haben: Falls Sie irgendwelche Hobbys außer den Raketen haben – geben Sie sie auf. Falls Sie einen Kerl haben – sagen Sie ihm, er soll sich eine andere suchen. Kerle, Alkohol, Motorräder, Drogen, Pokerrunden, all diese Ablenkungen hören auf. Wenn ich jemanden haben will, dann will ich ihn ganz haben, mit Haut und Haar. 24 Stunden am Tag, Ihre Träume eingeschlossen.›»

«Wann ist der Start?»

«In sechs Stunden.»

«Und wenn … ich meine nur, wenn …»

«Die Rakete wieder explodiert, ins Meer stürzt, die Umlaufbahn nicht erreicht? Dann ist mein Boss definitiv pleite, und ich muss mir einen neuen suchen.»

«Könnt ihr den Start nicht vorverlegen? Wenn sie eh wieder ins Meer fällt, schaffst du's vielleicht noch zu meiner Party!»

Sie lachte gurgelnd. Das war genau ihre Art von Humor. Es hatte lange gedauert, aber irgendwann hatten sie wieder zueinandergefunden, waren seitdem so wie früher, Vater und Tochter.

Ab und zu, in immer größeren Abständen, hatte er überlegt, ob er ihr eines Tages nicht die ganze Geschichte erzählen sollte. Doch die Erfahrung, die er machen musste, nachdem Susan und er ihr damals gesagt hatten, dass er nicht ihr leiblicher Vater sei, hatte ihn gelehrt, dass es unter Umständen besser war, wenn man über bestimmte Dinge schwieg – wenn man die Vergangenheit Vergangenheit sein ließ.

«Sie wird aber nicht ins Meer fallen, denn ich habe sie gebaut. Sag das deinen Sesselfurzern, wenn du sie heute Abend siehst, oder blas die ganze Party einfach ab und komm hierher, auf die Insel, zu *unserer* Party. Die wird nämlich um einiges größer und aufregender werden als dein Rentnertreffen.»

«Viel Glück, Jenny.»

«Danke, aber das brauche ich nicht. Ich schaffe es auch so.»

Nach dem Gespräch betrachtete er wieder das Foto, das ihm der Kollege per E-Mail geschickt hatte und dessen Ausdruck nun vor ihm an der Wand hing. Es war erst vor kurzem aus etwas mehr als zwanzig Kilometern Höhe von der neuen Mondsonde, dem «Lunar Reconnaissance Orbiter», aufgenommen worden und zeigte den Landeplatz von Apollo 11. Man konnte die Unterstufe der Mondfähre erkennen, die Kamera, den Laserreflektor und zwischen diesen Apparaten, als dunkle Pfade im Mondstaub, die Fußspuren von Buzz und Neil. Als hätte die Zeit dort oben stillgestanden, war alles noch so, wie die beiden es vor vierzig Jahren zurückgelassen hatten – an einem Tag, an dem Jim und er durch den Dschungel geirrt waren.

2001

«Mr. Hardy?»

Hardy saß zusammengesunken auf einem Sessel in der Hotellobby. Schon lange hatte er sich nicht mehr so niedergeschlagen gefühlt.

Der Mann, der vor ihm stand, war ein Riese. Er war sonnengebräunt, hatte schmale Augen, dunkle Haare und ein dünnes schwarzes Oberlippenbärtchen. Das helle Hemd, das er trug, spannte um Bauch und Brust, und seine Hosen waren ein, zwei Zentimeter kürzer, als sie hätten sein sollen. Er hielt eine blaue Schirmmütze in der Hand, auf die etwas in Kyrillisch gestickt war. Er grinste.

«Ich bin Baurzhan Aubakirov. Aber da sich das sowieso kein Fremder merken kann, können Sie mich auch Balu nennen.»

«Balu?»

«Ja, genau. So nennen mich die meisten. Und keine Angst, ich kenne den Film. Es macht mir nichts aus, im Gegenteil. Ich freue mich sehr.»

«Worüber?»

«Dass ich Sie kennenlernen und nach Baikonur begleiten darf.»

«Daraus wird nichts werden. Die Baikonur-Tour wurde abgesagt.»

«Abgesagt? Aber man hat mich doch schon gebucht und bezahlt.»

«Ist mir egal. Behalten Sie das Geld.»

«Das wäre nicht richtig, wenn die Tour gar nicht stattfindet.»

«Nehmen Sie es mir bitte nicht übel, Mr. … Balu, aber ich muss mich leider mit ganz anderen Dingen herumschlagen. Wer Ihre Dienste bezahlt oder auch nicht bezahlt, ist mir …», ihm fiel die Wendung auf Englisch nicht ein, und deshalb sagte er es auf Deutsch – «scheißegal.»

«Scheißegal!», wiederholte Balu auf Deutsch und ließ sich auf die Couch neben Hardy plumpsen. «Die Sprache meiner frühen Jahre, die Sprache der ersten Abenteuer! Ich habe mal eine Zeitlang in Berlin gelebt. Waren Sie auch mal in Berlin?»

«Ja.»

«Wann?»

«1979.»

«1979, was für ein Zusammenspiel! Da war ich Portier im Intourist-Hotel ‹Niewa› in der Invalidenstraße. Kennen Sie das?»

«Nein. Ich bin im –»

«Im Westteil der Stadt gewesen, natürlich!», fuhr Balu auf Deutsch fort. «Wenn man bedenkt, dass uns nur ein paar Kilometer getrennt haben, und jetzt treffen wir uns hier in Astana wieder!»

«Wir treffen uns hier nicht *wieder.*»

«Stimmt, wenn man's genau nimmt. Trotzdem – sehr interessant. Warum wurde Ihre Baikonur-Tour gestrichen?»

«Das ist eine längere Geschichte.»

«Ich habe mir extra freigenommen.»

«Freigenommen wovon?»

«So von diesem und jenem. Was halten Sie davon, statt Baikonur etwas anderes zu besichtigen? Sie haben doch jetzt Zeit. Haben Sie Interesse an Mädchen?»

«An Mädchen?»

«Ja, an Mädchen, die man anruft und die dann auf Ihr Hotelzimmer kommen.»

«Nein, an so etwas habe ich überhaupt kein Interesse.»

«Sehr gut! Ich nämlich auch nicht, und deshalb mache ich bei so was auch nicht mit. Ich habe meine Prinzipien. Nicht, dass unsere Frauen nicht schön wären, aber es gibt noch sehr viel mehr zu sehen. Tiefe Canyons! Singende Dünen! 7000 Meter hohe Berge! Die endlose Steppe! Und das Besondere dabei: Kaum irgendwo ein Mensch! Sie werden mehr Pferde und Kamele als Menschen sehen, das verspreche ich Ihnen!»

Balu war überzeugt davon, dass man Kasachstan am besten mit der Eisenbahn bereiste. Das sei für die weiten Strecken vielleicht nicht das schnellste, aber zweifellos das komfortabelste und sicherste Verkehrsmittel. «Und billiger obendrein.»

Den Bahnhof von Astana zierten auf seiner Vorderseite zwei große Fliesenmosaike aus den Tagen, als es noch der Bahnhof von Zelinograd gewesen war. Eine Mutter mit einem Kind im Arm war dort zu sehen, ein Traktorfahrer, ein Bauarbeiter und ein Kosmonaut in einem Raumanzug, der in einer Hand seinen roten Raumhelm hielt, als wäre er gerade von einer Reise ins All zurückgekehrt. Lächelnd winkte er ihnen zu, als Hardy dem Kasachen in das Bahnhofsgebäude folgte.

Drinnen verschwand Balu plötzlich, ließ Hardy inmitten der Menschen stehen. Sie beäugten ihn neugierig, einige steckten die Köpfe zusammen, und jedermann schien sich darüber zu wundern, dass ein Westler wie er mit dem Zug fahren wollte.

In Los Angeles wurde er manchmal erkannt als derjenige, der seine Dotcom-Firma für eine Viertelmilliarde verkauft hatte, oder als der schwerreiche Junggeselle, dessen Foto in der einen oder anderen Frauenzeitschrift in der Rubrik «Noch zu haben» zu finden war. Hier kannte ihn niemand. Männer taxierten ihn, Frauen warfen ihm Seitenblicke zu, kleine Kinder drückten sich an ihre Eltern oder huschten kichernd hinter Taschen und Bündel, wenn er zu ihnen hinübersah. Selbst Balu schien nicht wirklich zu wissen, wer er war, als er triumphierend mit den Fahrkarten vom Schalter zurückkehrte.

«Ha!», rief er und haute ihm auf den Rücken. «Ein Schlafwagenabteil ganz für uns allein! Wenn das nicht gemütlich wird. Und ich habe uns auch noch etwas Proviant besorgt.» Er hielt eine Tüte hoch. «Wasser, zwei Fläschchen Bier und Kazy!»

«Kazy?»

«Pferdewurst.»

Langsam, wie ein allmählich erwachendes, prähistorisches Tier, setzte sich der Zug in Bewegung. Hardy und Balu standen an den geöffneten Fenstern und ließen sich die kühle Abendluft in die Gesichter wehen, und bald schon, als der Zug an Fahrt gewann und hinaus in die rostrote Dämmerung fuhr, rochen sie den Geruch der Steppe.

Schakschak, schakschak – das Geräusch hatte eine beruhigende Wirkung. Trotzdem lag Hardy noch eine Weile wach, während auf dem Bett gegenüber Balu, dessen massiger Körper hin und her geschaukelt wurde, ruhig und fast geräuschlos schlief. Mehrmals hielt der Zug in der Nacht, Menschen stiegen aus, und Menschen stiegen ein, gingen am Abteil vorbei, manche boten Waren an, und einmal, es war noch dunkel, und draußen auf dem Bahnsteig beleuchteten blanke Glühbirnen Gemüse- und Obststände, öffnete Balu schlaftrunken die Abteiltür und kaufte eine Melone.

Am nächsten Morgen waren sie immer noch unterwegs. Zunächst schien es Hardy so, als ob sich die Zeit verlangsamte, dann hatte er den Eindruck, dass sie rückwärts lief. Mit jeder Minute, die verging, fühlte er sich ein Stückchen mehr in die Zeit zurückversetzt, in der er mit Jessica und Walther auf Reisen gewesen war.

Er wusste nicht, dass auch Walther dieses Land früher in

einem Zug durchquert hatte. Auch Walther hatte das Schakschak gehört, und wenn er ab und zu rausgespäht hatte, durch die Ritzen der Brettertür des Viehwaggons, in dem die Gefangenen eingepfercht gewesen waren, hatte auch er Steppe und Himmel und Endlosigkeit gesehen. Das Merkwürdige war gewesen, dass es ihm keine Angst gemacht hatte. Walther war damals noch jung gewesen, er war mit Begeisterung und der Aussicht auf Abenteuer und Heldentum in den Krieg gezogen, doch der hatte ihn bald und gründlich eines Besseren belehrt. Aber trotz des Grauens, das er bis dahin gesehen hatte, hatte er nicht geahnt, was ihm im Lager 330 noch alles bevorstehen sollte: Zwangsarbeit, Unterernährung, Ruhr, Typhus, vierzig Grad Hitze und 20 Grad Kälte und, was das Schlimmste sein würde, der Tod der Kameraden, der bösen wie der guten, und die Einsamkeit dessen, der am Leben blieb. Es war auch besser so. Er hatte sich, während er durch die Ritzen hinaus in die Morgendämmerung sah, geschworen, wegen der Schönheit der Welt zu überleben.

Balu war, wie er Hardy erzählte, sein halbes Leben lang unterwegs gewesen. Sein Vater, der als junger Mann im Krieg gewesen war und dessen Vorfahren, als Teil der Mittleren Horde, einst die Steppe vom Rücken ihrer Pferde aus beherrscht hatten, hatte ihm, seinem jüngsten Sohn, einen Rat gegeben: Man könne in dieser späten Zeit die Welt nur noch auf zwei Arten erobern – in voller Fahrt im Turm eines Kampfpanzers oder als Tourist. Und weil seine Familie nicht reich gewesen war und auch nicht privilegiert und weil schon sein älterer Bruder den Dienst bei der Armee angetreten hatte – später eroberte er mit einem Kampfpanzer Afghanistan und kam nie mehr von dort zurück –, hatte Balu Sprachen gelernt, sehr viele Sprachen, und schon früh angefangen, bei Intourist, dem staatlichen sowjetischen Reisebüro, als Hotelportier, Reiseleiter oder Fremdenführer zu arbeiten. Einmal hatte er das Glück, mit einer

Gruppe Parteifunktionäre sogar in die USA zu fahren. Sieben Tage Ostküste, Disneyland, «sehr interessant». Doch kurz darauf wurde die Sowjetunion aufgelöst, die Partei verboten und die Firma privatisiert, und er musste sich notgedrungen auch privatisieren, musste auf eigene Faust weitermachen, was ihm mehr recht als schlecht gelang. Er baute von seinen Ersparnissen für sich und seine Familie ein geräumiges Haus, anders als sein Vater, dessen wertvollster Besitz bis zu seinem Tod eine Standuhr gewesen war.

«Die größte Uhr, die er im Großen Krieg hatte finden können. Ach, mein Papa! Alle anderen haben sich kleine Uhren, am besten teure goldene Armbanduhren, eingesteckt, aber er meinte, je größer, desto besser, und brachte eine Standuhr mit.»

Am Abend erreichten sie Almaty. Balu stellte eine Ausrüstung zusammen, und zwei Tage später brachen sie in die Berge auf. Sie wanderten zum Großen Almaty-See und kamen zu einem Observatorium, zwei weißen Kuppeln und einer rostigen Radarschüssel inmitten der Berglandschaft oberhalb des smaragdgrünen Sees, und als es Nacht wurde und klar, sah Hardy über sich die Sterne, wie er sie schon sehr lange nicht mehr gesehen hatte, eine riesige Menge an Sternen – mit bloßem Auge war der Andromedanebel zu sehen, die Nachbargalaxie der Milchstraße, zweieinhalb Millionen Lichtjahre entfernt. Das letzte Mal, fiel es ihm ein, hatte er so einen Himmel auf dem Dach der Herberge im Tal von Bamiyan gesehen.

Früher einmal sei das Observatorium ein wichtiger Außenposten der Wissenschaft gewesen, erklärte Balu. Von hier aus habe man am Himmel Forschung betrieben, bis dahin noch unbekannte Asteroiden entdeckt, die Milchstraße vermessen, die Bahnen der Satelliten und den Flug der Raumschiffe verfolgt. «Sehr interessant.» Doch inzwischen fehlten das Geld und die Ersatzteile.

Drinnen trafen sie auf einen alten Mann und eine alte Frau, und als Balu sagte, er habe Essen mitgebracht, und ihnen etwas Geld gab, durften er und Hardy in einem Nebengebäude ihre Schlafsäcke ausbreiten. Der alte Mann lud sie ein, ihm in eine der Kuppeln zu folgen, und dann fuhr er das Dach auf, das sich quietschend und schnarrend öffnete. Er richtete das Teleskop aus, und Hardy sah den Mond wie zum Greifen nah, sah an der Tag-Nacht-Grenze die weiß-golden leuchtende Sichel der Regenbogenbucht und danach auch den Mars, rötlich und mit verschwommenen hellen und dunklen Strukturen, die man, sah man nur lange genug hin, tatsächlich für Kanäle halten konnte.

Sie brachen am nächsten Tag wieder auf, wanderten am Ufer des Sees entlang, und Balu bezahlte ein paar Zöllner, damit sie über einen Pass nach Kirgisien gehen durften. Märsche durch feuchtgrüne Wälder, vorbei an einsamen Seen, zwischen schneebedeckten Gipfeln, deren Namen Hardy noch nie zuvor gehört hatte. Stille. Der Schrei eines Adlers. Das Rauschen eines Gebirgsbaches. Sie begegneten außer ein paar Hirten niemandem, schliefen im Zelt, in Hütten oder in einfachen Bauernhäusern, und einmal holte Hardy sein Handy hervor, weil ihm eingefallen war, dass er niemandem gesagt hatte, wo er war.

Da lachten der Bauer und Balu.

«Schauen Sie sich um, mein Freund, schauen Sie sich um. Sehen Sie hier irgendwo einen Sendemast?»

Am Abend saßen sie beim Essen im Haus des Bauern, der dort mit seiner Frau und seinen fünf Kindern wohnte. Balu hatte im winzigen Laden des Dorfes eine Flasche Wodka ergattert, und beim Wodkatrinken kamen sie ins Reden.

Was er in Amerika mache, wollte der Bauer wissen. Ob seine Frau hübsch sei, und wie viele Kinder er habe und wie groß seine Familie sei.

«Ich bin», begann Hardy, «nun, es ist schwierig zu erklären. Ich mache etwas mit Computern. Mit dem Internet.»

«Internet!» Balu nickte. «Groß im Kommen! Sehr interessant.»

Er habe noch keine Frau, gestand Hardy, und er habe infolgedessen auch noch keine Kinder. Und seine Familie sei nicht sehr groß.

Erstaunt schüttelte der Bauer den Kopf. Hardy müsse doch eine Familie haben! Jeder in Kasachstan kenne seine Ahnen mindestens bis ins siebte Glied. Obwohl seine Frau ihn zurückzuhalten versuchte, verschwand er für einen Moment und kam mit einem dicken Buch zurück. Darin war in einer fremden Schrift der Stammbaum seiner Familie aufgezeichnet, verschlungene Linien führten über mehrere vergilbte Seiten durch die Jahrhunderte zurück zu den Anfängen in der Großen Horde, berittenen Nomaden und Kriegern, zu denen seine Ahnen einst gehört hatten. Wer Hardys Vorfahren gewesen seien, wollte er wissen.

«Ich weiß es nicht», antwortete Hardy. «Ich war … ein Waisenkind.»

Der Bauer nickte. Nachdenklich klappte er das Buch zu und schenkte Hardy und sich noch Wodka nach, legte ihm den Arm um die Schultern und murmelte etwas, das Hardy nicht verstand.

Nach mehreren Tagen der Wanderung reisten sie mit Pferd und Bus zurück nach Almaty. Hardy hätte vom Hotel aus jemanden anrufen können, aber er tat es nicht. Balu führte ihn in ein Restaurant am Grünen Markt, in dem es sehr scharfe Hammelspieße und kühles Bier gab. Als Hardy zurück im Hotel war, schaute er in seinem Zimmer aus dem geöffneten Fenster, das auf den Hinterhof eines Wohnblocks hinausging. Es war ein warmer Abend, Kinder jagten einem zotteligen Hund hinterher, jemand sang zu Gitarrenmusik, und in der Mitte des Hofes spielte eine Gruppe Jugendlicher Fußball. Ohne Pause versuchten sie, sich gegenseitig auf dem kleinen Feld auszudribbeln, und obwohl sie keine großen Talente waren, bewunderte Hardy ihre Unermüdlichkeit. Begleitet von den Geräuschen des Hofes, schlief er bald ein.

Am nächsten Morgen, als Balu zum Frühstück erschien, hatte er in der Hand Zugfahrkarten und mehrere Plastiktüten mit Einkäufen.

«Packen Sie zusammen, mittags geht es los!»

«Ich nehme an», sagte Hardy, «wir haben wieder ein Abteil für uns alleine, und es wird sehr gemütlich?»

«Diesmal», antwortete Balu augenzwinkernd, «wird es sogar besonders gemütlich.»

Schakschak, schakschak. Schu, Taraz, in der Nacht die Lichter von Schymkent. Am nächsten Morgen fuhren sie vorbei an der einst uneinnehmbaren Stadt Sauran, an die jetzt nur noch ein paar Lehmwälle und ein leeres Tor in der Steppe erinnerten. Der Himmel von endlosem Blau, darunter, in der Ferne, der Fluss Syrdarja, hinter dem die riesige Wüste Kysylkum begann.

«Das war früher der Grund eines Meeres», sagte Balu, «Dinosaurier wateten in dieser Ebene, kann man sich das vorstellen? Ist nur wenige Millionen Jahre her, sehr interessant. Aber jetzt, Sie sehen ja, nur noch ein paar Kamele.»

Hardy trank etwas Tee, den ihnen die Zugbegleiterin gebracht hatte, und sah aus dem Fenster in die karge Landschaft, die gemächlich an ihnen vorüberzog. Zuweilen fanden sich Streifen von Grün und Gelb darin, als ob dort Blumenwiesen in einem verborgenen Bachbett wüchsen. Manchmal sah er ein mageres Pferd oder einen Esel in der Landschaft stehen, aber meistens sah er nur Steppe, Steine, braunen Sand. Diese Eintönigkeit störte ihn nicht, im Gegenteil: Er wunderte sich darüber, dass er eine solche Fahrt nicht schon viel früher unternommen hatte. Es war nicht wichtig, wo sie endete. Er war unterwegs, und darauf kam es an.

Trotzdem fragte er Balu: «Wohin fahren wir eigentlich?»

«Nach Baikonur. Wohin sonst? Da wollten Sie doch hin, nicht wahr?»

Balu redete mit einem Posten und steckte ihm etwas Geld zu, und sie kamen vom Bahnhof aus ohne Kontrolle in die Stadt. Die Häuser in Baikonur waren in schlechtem Zustand, an vielen Stellen blätterte der Putz ab. Einige Wohnungen, deren Fensterscheiben eingeworfen waren, standen leer. Straßen und Wege hatten Schlaglöcher, der Asphalt war brüchig, zwischen den Wegplatten wuchs Unkraut. Sie bezogen in einem Hotel, das auch schon bessere Zeiten gesehen hatte, ihr Quartier. Auf dem großen Platz davor zeigte eine Statue Lenins ins Nirgendwo. Der ehemalige Offiziersclub war zu einer billigen Diskothek geworden, dahinter verrostete das Riesenrad eines ehemaligen Vergnügungsparks.

«Kein Geld», erklärte Balu. «Die Russen haben kein Geld mehr. Deswegen kommen sie auch auf so komische Gedanken, Ausländer gegen Dollars in den Weltraum zu schießen. Wenn das so weitergeht, dann werden sie die Stadt und das Startgelände bald aufgeben, weil ihnen die Miete zu hoch ist, und dann haben auch wir Kasachen kein Geld mehr, und die Stadt und das ganze Drumherum werden verschwinden, weil sich die Steppe alles wiederholt. Nur noch ein paar Ruinen werden aus dem Sand ragen, wie die Mauern der Stadt Sauran, und in ein paar hundert Jahren werden Wissenschaftler hier vielleicht Ausgrabungen machen und die alten Denkmäler, Gedenktafeln,

Inschriften und Mosaike freilegen und sich fragen, was das wohl für ein Zeitalter war, das Zeitalter der Raumfahrt, wo es Menschen gab, die eigenartige Helme trugen und auf Feuersäulen zum Himmel flogen.» Er lachte. «Wissen Sie, mein Freund, in der Sowjetunion haben wir immer gedacht, dass es nur vorangeht, zwar langsam, aber voran. Wir haben geglaubt, dass auf schlechte Zeiten zwar noch schlechtere folgen können, aber eines Tages gewiss bessere kommen werden, ja dass es immer eine Zukunft gibt, eine schöne Zukunft, irgendwann. Und die Kosmonauten und die Raketen und das alles gehörten dazu. Aber jetzt? Fast ist es so, als ob es bald gar nichts mehr geben wird. Keine Zukunft, keine Vergangenheit, nur noch das Heute.»

Sie standen vor der Skulptur eines Raumfahrers, der die Arme weit ausgebreitet hatte.

«Er will uns umarmen, sehen Sie! Aus der Vergangenheit ist er hergekommen, uns willkommen zu heißen. Wenigstens er glaubt noch an die Zukunft. Aber was sollen diese trübsinnigen Gedanken, wo wir doch schon mal hier sind? Kommen Sie.»

Sie gelangten in ein Gebäude, das Hardy zunächst für ein Museum hielt, es war aber eine Schule. In den Fluren standen Modelle von Raketen und Satelliten, Schüler waren nicht zu sehen. Balu sprach mit einem Mann, der offenbar der Direktor war.

«Hier werden die zukünftigen Raketentechniker ausgebildet», sagte Balu.

«Ich sehe keine Schüler», sagte Hardy. «Ist heute schulfrei?»

«O nein, im Gegenteil. Heute ist die große Abschlussvorstellung. Hier entlang!»

Sie folgten dem Schulleiter und verließen das Gebäude durch den Hintereingang. Da sahen sie sie. Die Schüler standen auf einem großen, flachen Stück Brachland, auf dem nur ein paar Sträucher und Disteln wuchsen. Auf der anderen Seite, weit entfernt, wurde es von dem Zaun begrenzt, der die Stadt umgab.

Die Jungen und Mädchen trugen kleine Raketenmodelle in den Händen, jedes anders bemalt, manche wie das reale Vorbild, manche knallbunt, mit Blitzen und Drachen auf der Seite. Sie zeigten dem Direktor ihre Modelle, und der Direktor nickte und sagte etwas, bevor jeder Schüler seine Rakete auf eine der selbstgebauten Rampen stellte, die Zündkabel befestigte, das Startgerät in die Hand nahm, den Sicherungsstift hielt und dann den Startknopf drückte. Zischend erhob sich die jeweilige Abschlussarbeit in die Lüfte.

Später führte der Direktor sie zurück ins Schulgebäude, in einen separaten Raum, in dem eine einzelne Raumkapsel stand. Er lächelte, während er sprach.

«Mit der wollten wir eigentlich vor euch zum Mond fliegen», übersetzte Balu, «aber am Ende hat es nicht ganz gereicht. Wir haben sie nur unbemannt in der Erdumlaufbahn getestet. Setzen Sie sich ruhig hinein.»

Und so stieg Hardy am Ende des Tages in eine jener Kapseln, mit der die sowjetischen Kosmonauten über drei Jahrzehnte zuvor gehofft hatten, vor den Amerikanern den Mond zu erreichen. Er musste die Beine anziehen, um in einem der Schalensitze Platz zu finden. Vor ihm befanden sich Schalter und Hebel, als hätte die Zeit stillgestanden, als hätten die Instrumente die ganze Zeit nur darauf gewartet, dass sie jemand endlich bedient. Ohne ein weiteres Wort schloss der Direktor hinter ihm die Luke. Nur durch ein kleines Bullauge drang noch etwas Licht zu ihm.

1969

«Wach auf! Wach endlich auf und komm da raus, Nummer 13!»

Er war wieder eingeschlafen und wusste im ersten Moment nicht, wo er war. War es Tag oder Nacht, und wie lange war er schon hier?

Ein Lichtstrahl fiel herein. Herr Martin hatte die Tür geöffnet und zerrte ihn aus dem Fass, hin zur Kellerwand, in der ein Eisenring steckte.

«Da dir nach so langer Zeit immer noch nicht einfallen will, wo der Schleicher ist, müssen wir deiner Erinnerung wohl nachhelfen.»

Blinzelnd und benommen stand Hardy auf dem unebenen Steinboden, während Herr Martin einen Strick hervorholte und ihm die Hände am Eisenring festband, Gesicht zur Wand. Er zog den Strick um die Handgelenke fest, dass es schmerzte. Dann riss er ihm die Hosen runter und schlug mit einem Gürtel zu, einmal und noch einmal und immer wieder.

«17 … 19 … 23 …»

Herr Martin war außer sich vor Wut. Was sollte diese dämliche Zählerei? Der Gürtel sauste durch die Luft.

«… 29 … 31 … 37 …»

«Jetzt spuck's endlich aus! Wo ist der Schleicher?»

Hardy versuchte, sich auf die Zahlen zu konzentrieren. Was war die nächste Primzahl nach 37? Es fiel ihm nicht ein. Vielleicht war er zu schwach. Er konnte nicht mehr. Er hatte die Augen geschlossen und erwartete den nächsten Schlag auf seinen Hintern. Er schämte sich, dass er nackt war. Gleich würde er es sagen, das wusste er.

«Beim Schampus und den Weibern.»

Jetzt hatte er es gesagt.

«Was?»

Einen Augenblick lang war Herr Martin verwirrt. Eine Tür quietschte, aber er hörte es nicht. Ganz andere Dinge beschäftigten ihn. Wollte ihn der kleine Strolch veräppeln? Das wollte schon was heißen, wenn einer nach drei Tagen im Fass und einem halben Dutzend Hieben mit dem Lederriemen auf den blanken Arsch immer noch Kraft für Zahlenspiele und dumme Witze hatte. Ein fünfjähriger Pimpf, das musste man sich mal vorstellen! Das konnte nichts Gutes bedeuten! Wenn so einer groß werden würde, der würde jedem widersprechen, keinen Gehorsam gegenüber niemandem kennen, aber auf den Gehorsam, auf den kam es doch an! Das war es doch, was man fürs Leben zu lernen hatte, die unbedingte Treue, die Gefolgschaft, selbst wenn man nur Schwester Ursula treu war und ihm selber folgte, *Führer, wir folgen dir*, das würde schon reichen, um ihn zu versöhnen, aber bei diesem Knirps war Hopfen und Malz verloren. War ja klar, der Vater ein Verräter und Erpresser, die Mutter eine Mörderin, was sollte man da erwarten? Nein, da half kein Lederriemen mehr, er würde mit dem kleinen Ungeziefer das machen müssen, was er schon mit dem dummen Gustav gemacht hatte. Nummer 13 musste die Wand küssen, um zur Besinnung zu kommen. Konnte sein, dass er das nicht überstand – der dumme Gustav, der vorher ein Schlaumeier gewesen war, war damals um einiges älter und kräftiger gewesen, ein echter Dickschädel buchstäblich. Aber jetzt hieß es, im Interesse der Volksgesundheit die Zähne zusammenzubeißen. Man musste tun, was getan werden musste.

Er ließ den Gürtel fallen und packte Hardy bei den Haaren. «Ist gleich vorbei», sagte er leise.

Hardy hatte die Augen geschlossen. Er roch den Stein der

Wand, uralten Stein, modrig und vertraut. Eins mit dem Stein werden, eins mit dem kühlen Stein, das wäre jetzt das Beste. Und dann gar nichts mehr.

«Aufhören.»

Er sah ihn nicht. Da war nur eine Stimme.

«Wie?» Herr Martin ließ seine Haare los.

Er konnte nicht sehen, was passierte, er hörte die beiden nur: Herrn Martin und den anderen, der in den Keller gekommen war.

«Du hast mich genau verstanden.»

«Verschwinden Sie! Das geht Sie gar nichts an!»

«Du gehst jetzt von dem Jungen weg.»

«Hören Sie, Sie machen jetzt Ihre Runde weiter, einfach weiter, und Sie dürfen Ihre Arbeit behalten.»

Der andere sagte nichts, aber Hardy spürte, wie er näher kam.

«Lassen Sie mich los! Sind Sie verrückt, Blohfeld? Sie, Sie … brechen mir ja die Hand!»

Und dann wieder die Stimme. Tief und leise und ohne die mindeste Furcht.

«Und wenn du mich heute rausschmeißt, dann kann ich sie dir morgen immer noch brechen, deine Dreckshand, und übermorgen den Rest deiner Knochen. Du weißt, dass ich das tun werde, denn es ist mir egal, ob ich meine Arbeit verliere oder im Knast lande, du weißt, dass ich das tun werde, wenn du den Jungen noch einmal anrührst, du weißt es, oder? Weißt du es?»

Es war vorbei. Kein Wort fiel zwischen den beiden Männern mehr. Hardy hörte die Eisentür quietschen, und dann waren da nur noch er und der andere, der ihn losband und auffing, als er das Gleichgewicht verlor, und dann sah er auf zu dem riesenhaften Mann, dessen große Hände ihn vorsichtig hielten.

«So eine Schweinerei. So eine Riesenschweinerei.»

«Sie sind der Max Schmeling, stimmt's?»

«Wer bin ich?»

«Ich weiß, nicht der richtige Max Schmeling, aber alle Kinder nennen Sie so, weil Sie doch Boxer sind.»

«Ich bin gar kein Boxer. Hab nichts mit Boxen am Hut. Ich mache Judo.»

«Das ist die Kampfkunst der Samurai.»

Max Blohfeld richtete Hardy auf, stellte ihn hin wie eine Puppe, klopfte ihm die Kleider ab. «Na ja, nicht ganz, wenn man's genau nimmt. Aber es kommt daher.»

«Die Samurai haben in Japan früher die Bösen gejagt und die Guten beschützt, wegen der Ehre und weil einer das ja tun musste.»

«Ja, stimmt, einer muss das tun.»

«Können Sie mir ein paar Griffe beibringen?»

«Morgen vielleicht. Wie heißt du?»

«Nummer 13.»

«Ich meine, wie ist dein richtiger Name.»

«Hardy Rohn.»

«Du musst duschen, Hardy, du stinkst.»

Er nahm ihn bei der Hand, und gemeinsam gingen sie langsam durch den Keller, wo durch die schmalen Fenster, die den langen Flur säumten, das Abendlicht fiel, und dann die Treppe hinauf.

«Haben sie es geschafft? Sind sie wieder zurück? Ist alles gutgegangen?»

«Wen meinst du?»

«Die Astronauten.»

«Ja. Die sind wieder zurück.»

1969

«Ich hab Ihnen doch schon von meiner Großmutter Emma erzählt? Die ich ein paarmal im Sanatorium besucht habe, bevor sie dort gestorben ist? Sie war an einem Ort wie diesem hier, mit einem großen Park drum herum und mit Blick auf einen Fluss, der in der Abendsonne funkelte. Um an den Fluss zu gelangen und mit dem Fluss zum Meer, das meiner Großmutter so sehr fehlte, hätte man aber erst an den Wärtern vorbei hinaus in den Park und dort über den Zaun gemusst, und als ich ihr vorschlug, doch gemeinsam türmen zu gehen, da hat sie mich nur traurig angesehen.

Sie kam von der Nehrung, war in Nidden geboren, und ihre Eltern, meine Urgroßeltern, waren Fischer gewesen. Sie hatten noch diese Kurenkähne mit den großen viereckigen Segeln, und die Geschichten, die mir meine Großmutter erzählt hat, die waren verrückt, aber auch voller Wunder.

Sie hat mir zum Beispiel von dem Dorf erzählt, das eines Nachts unterm Sand begraben wurde, weil die Dorfbewohner im Inselwald einen Baum gefällt hatten, den sie nicht hätten fällen dürfen, sodass die Fischer am Morgen von ihrer Fahrt zurückkamen und da nichts mehr war außer einer großen weißen Düne, unter der das Dorf begraben war. Und sie hat mir auch erzählt, dass ihre Großeltern, meine Ururgroßeltern, zu den wenigen aus dem Dorf gehört hatten, die der Düne hatten entkommen können, und seitdem immer auf der Flucht waren und sich an immer neuen Stellen auf der Nehrung niederließen, bevor die Düne sie wieder einholte und das nächste Dorf begrub und sie wieder weitermussten.

‹Aber hier ist es doch sicher, Oma?›, hab ich sie damals im Sanatorium gefragt, und sie hat gesagt:

‹Sicher ja, aber nicht schön.›

Und als ich die Geschichte dann meiner Mutter erzählt hab, da hat sie nur gesagt: ‹Diese verrückte Alte, erzählt dir solche dummen Schauermärchen, dass du nicht schlafen kannst und mich wieder die ganze Nacht wach hältst.›

Doch mir gefielen solche Geschichten, und immer wenn wir auf der Nehrung waren, dachte ich mir selbst so welche aus.

Sie kennen den Wald dort nicht, und jetzt kann man ja nicht mehr hin, an viele Orte kann man nicht mehr hin, aber vielleicht will man ja gar nicht an die Orte, wie sie heute sind, zurück, sondern in die Vergangenheit – an die Orte, wie sie waren, als wir da waren.

Der Wald war ein Zauberwald mit seinem Feenlicht und dem Wind, der einem Geheimnisse erzählt hat, und wir Kinder haben darin gespielt, und ich hab mir Märchen ausgedacht, mit Zauberern und Dünengeistern und einmal auch eins mit einem Indianer, den eine Windhose den ganzen Weg von Amerika bis zu uns getragen hat, und als er in dem Wald aufgewacht ist, mussten wir ihm erst mal erklären, wo er war. Meine Mutter schüttelte nur den Kopf, wenn sie von so was hörte, aber mein Vater hat gelacht und dann gesagt, er dürfe mich wohl nicht mehr so oft an den Kurzwellenempfänger lassen, sonst würde mit der nächsten Windhose vielleicht ein Chinese oder ein Australier bei uns landen!

Ich hab Ihnen sicher schon von dem Strand auf der Nehrung erzählt, dem endlosen weißen Sand, der tagsüber die Farbe der Sonne hatte und nachts die des Mondes? Das Meer konnte mal graugrün sein und mal blau, war mal glatt wie ein Teich oder aufgewühlt mit hohen Wellen, in die wir lachend und kreischend reingesprungen sind. Im Sommer war das Wasser meist warm, aber manchmal zogen Strömungen an der Küste entlang, und dort war das Wasser dann schwarzblau und eiskalt wie der Tod. Und diese Strömungen waren gefährlich, denn wie so manche Wellen konnten sie einen rausziehen, und es gab Gerüchte von verschwundenen Schwimmern, die sich zu weit hinausgewagt hatten und deren Leichen erst nach Wochen am Strand gefunden worden waren.

Ich konnte schon als Neunjährige richtig gut schwimmen. Und ich wollte immer weit hinaus, so weit wie möglich, und eines Tages war da dieser dunkle Streifen im Meer, wie der Fangarm eines Seeungeheuers, und ehe ich michs versah, spürte ich, wie das eiskalte Wasser meine Beine umschlang und dann meinen ganzen Körper. Ich hab den Menschen am Strand zugewinkt, und vielleicht hab ich auch etwas gerufen, aber sie waren kleine Figuren im Sand, die mich nicht hören konnten. Und sosehr ich auch kämpfte, die Strömung hielt mich fest und zog mich hinab, und ich spürte, meine Kraft würde nicht reichen, niemals reichen, mich wieder hinaufzubringen. Ich merkte, wie sich das Wasser über mir und meinem Leben schloss, und dachte daran, wie traurig mein Vater sein würde, wenn er mich irgendwann tot am Strand finden müsste. Ich hatte die Augen geschlossen und sagte mir, wie sonderbar es doch ist – gerade eben sitzt du noch am Strand, und wenig später bist du tot.

Aber so weit kam es nicht. Ich bin auf dem Strand aufgewacht, und neben mir kniete ein Mann, der seinen Mund auf meinen drückte, doch als ich die Augen öffnete, wich er erschrocken zurück. Noch nie hatte ich so einen Mann gesehen. Er war jung, nicht sehr groß, aber schlank und muskulös. Er hatte gelbbraune Haut, und seine Augen waren schmal, mandelförmig, wie bei einem Chinesen. Er kniete neben mir und sah mich unsicher an. Ein paar Leute näherten sich, und an ihren Mienen konnte ich erkennen, dass nicht jedem gefallen hat, dass der junge Mann da neben mir kniete. Und er sah das auch. In einem altertümlichen, förmlichen Deutsch hat er mich gefragt:

‹Geht es Ihnen wieder gut, mein Fräulein?›

Ich nickte.

‹Ich bin Kobayashi Toshiro›, sagte er, ‹Sekretär des japanischen Gesandten. Sie sind zu weit hinausgeschwommen, ich musste Sie zurückholen. Sie sollten nicht so weit hinausschwimmen.›

Ich nickte nochmals, sagte aber nichts.

Die Leute kamen immer näher, und der Mann stand auf. Jemand fragte mich, ob mir etwas fehle und wo meine Eltern seien.

Später glaubte niemand mir diese Geschichte, nicht mal mein Vater. Alle hielten den Mann für eine meiner Phantasiegestalten. Ich aber war überzeugt davon, dass mir von nun an nichts Schlimmes mehr passieren konnte und mein Retter wiederkommen würde, wenn ich ihn eines Tages bräuchte. Er ist nicht wiedergekommen, trotzdem denke ich oft an ihn.

Wer ist wichtiger – die uns das Leben schenken oder die uns das Leben retten? Alles, was geschah, wäre ohne ihn nicht geschehen, und wir beide, Sie und ich, wir säßen jetzt nicht hier.

Wissen Sie, wenn ich die Augen schließe und ganz still bin, dann ist es beinahe so, als wäre ich immer noch am Strand. Ich liege im Sand und drehe meinen Kopf und schaue dorthin, wo Kobayashi eben noch war, aber da ist niemand. Nur der weiße Strand, das Blau des Himmels und das Meer.»

2001

Der Mond ist versunken, die schwarze Nacht ist da, die Nacht in der Steppe. Von einem kleinen Weiler aus, unweit der Stadt, sind sie auf Pferden hierhergeritten, Pferde, die jetzt ruhig irgendwo in der Dunkelheit stehen. Balu hat eine Decke ausgebreitet, und sie sitzen auf dem Boden, eine Flasche Wodka und ein Fernglas zwischen sich.

«Was wollen wir hier?», fragt Hardy.

«Ist der Sternenhimmel nicht schön? Unsere letzte gemeinsame Nacht, mein Freund, danach müssen Sie wieder zurück. Morgen Abend geht Ihr Flug von Kyzylorda nach Almaty und dann weiter nach Amerika. Was werden Sie tun, wenn Sie wieder zu Hause sind? Werden Sie nach Ihren Ahnen suchen? Werden Sie eine Familie gründen, oder was werden Sie tun?»

«Ich weiß es nicht.»

«Manchmal denke ich, das Leben ist wie eine lange Zugfahrt. Nur ist der Zug die Zeit. Eben noch hat er gehalten, an einem besonders schönen Moment, doch dann fährt er weiter, und wir können ihn nicht stoppen. Wir können ans Zugende rennen und dann durch das Fenster im letzten Wagen auf die Gleise blicken: Das Schöne ist immer noch da, aber es liegt hinter uns, und wir können nicht zurück.»

«Das Schöne», sagt Hardy, «und das Schreckliche.»

«So habe ich das noch nicht gesehen. Aber Sie haben recht. Es war ein großes Glück für mich, dass wir uns auf dieser Wegstrecke getroffen haben.»

«Ja, das war es auch für mich.»

Balu sieht auf seine Armbanduhr, greift nach dem Fernglas

und hält es Hardy hin. «Schauen Sie in diese Richtung. Dorthin, wo die kleinen Lichter sind.»

Hardy nimmt das Fernglas hoch. «Was ist dort?»

«Geduld.»

Es ist still, bis auf das gelegentliche Schnauben der Pferde, und sie warten, ohne dass etwas geschieht. Balu trinkt einen Schluck aus der Flasche, schaut noch einmal auf die Uhr.

Dann das grelle Aufblitzen von Licht, Licht, das sich lautlos, erst zitternd und zögernd, zum Himmel hebt und einige Sekunden später von einem lauten Röhren begleitet wird, das in ein stetiges, gedämpftes Grollen übergeht.

Balu springt auf, reißt seine Mütze vom Kopf. «Hurra!», ruft er, «hurra!», während die Rakete immer höher fliegt, eine Kurve beschreibt, kleiner und kleiner wird und schließlich, am Rand der Nacht, ein Glitzern von Myriaden gefrorener Treibstofftröpfchen zurücklassend, verschwunden ist.

Am 10. September 2001, einem Montag, landete Hardy in Los Angeles. Er legte seinen Pass dem Beamten an der Passkontrolle vor, der kaum den Kopf hob und mit monotoner Stimme fragte, was er in Kasachstan gemacht habe.

«Staubsauger verkauft», antwortete Hardy.

Als er die Flughafenhalle verließ, sah er auf den großen Fernsehbildschirmen Venus Williams, die zwei Tage zuvor, am Samstag, bei den US Open in New York das Finale gegen ihre Schwester Serena gewonnen hatte. Zwei schwarze Mädchen aus Compton, Los Angeles, wo auf hunderttausend Einwohner pro Jahr fünfzig Morde kamen, wer hätte das gedacht?

Ansonsten schien während seiner Abwesenheit nichts Besonderes geschehen zu sein.

Er rief Brian an.

«Bin zurück.»

«Wo zur Hölle warst du?»

«Da und dort.»

«Bist du verrückt? Ich habe mir Sorgen gemacht! Alle haben sich Sorgen gemacht!»

«Alle?»

«Was denkst du denn! Was hast du gemacht?»

«Ich bin mit dem Zug gefahren, habe nachgedacht. Ich weiß jetzt, was wir machen werden, was das nächste große Ding ist.»

«Und – was ist das nächste große Ding?»

«Wir bauen unsere eigenen Raketen. Und mit denen fliegen wir zum Mond und zum Mars.»

«Moment mal ... du meinst das ernst, stimmt's? Gott sei Dank!», jubelte Brian. «Ich hatte schon Angst, ich müsste als reicher Mann sterben!»

Hardy nahm ein Taxi und ließ sich nach Santa Monica in ein Einkaufszentrum fahren, in dem es einen Spielzeugladen gab. Er brauchte nicht lange, bis er gefunden hatte, was er suchte.

«Da wird sich Ihr Junge bestimmt freuen», sagte der Verkäufer. «Das ist das Einsteigerset. Ein Klassiker. Soll ich es Ihnen einpacken?»

«Nein, es ist für mich.»

«Ah», sagte der Verkäufer.

Das Haus wirkte noch verlassener als sonst. Als er es betrat und die Tür hinter ihm ins Schloss fiel, blieb er einen Moment lang im Vorraum stehen. Es war vollkommen still.

Er nahm das Telefon, wählte ihre Nummer, hörte ihre Stimme:

«Hier ist Betti Smith. Leider bin ich nicht zu Hause, aber Sie können eine Nachricht hinterlassen.»

«Ich war unterwegs», sagte er, «aber jetzt bin ich wieder da.»

Dann ging er in den Garten. Die Wasseroberfläche des

Pools war glatt und bis auf ein paar tote Insekten unberührt. Mr. Wiggles begann, beinahe geräuschlos den Rasen zu mähen. Hardy setzte sich an den Tisch neben dem Pool und öffnete das Paket.

Er brauchte knapp eine Dreiviertelstunde, bis er alles zusammengebaut hatte. Es war tatsächlich noch das gleiche Modell, nur das Plastikkästchen mit dem elektronischen Zünder war nicht mehr grau, sondern leuchtend orange. «Alpha 1» stand seitlich auf der kleinen roten Rakete. Er setzte sie auf die Startvorrichtung, hielt einen Finger in die Luft: Es ging so gut wie kein Wind. Er schloss die Kabel an, steckte den Sicherungsstift in die Zündvorrichtung, drückte ihn hinunter.

Fünf – vier – drei – zwei – eins – Zündung.

Die schmale Pappröhre schoss in den karminrot schimmernden Abendhimmel wie eine andere vor vielen Jahren – an einem Tag am Ende des Sommers, über dem Acker hinter der Neuen Siedlung, als wir noch träumten und die Welt groß und grenzenlos war.

Der Autor verdankt unter anderem folgenden Büchern und Filmen wichtige Informationen und Anregungen:

Jim Bell: *The Interstellar Age – The Story of the NASA Men and Women Who Flew the Forty-Year Voyager Mission*, New York 2015

Ernst Klee: *Christa Lehmann – Das Geständnis der Giftmörderin*, Frankfurt am Main 1977

Andreas Kossert: *Kalte Heimat – Die Geschichte der deutschen Vertriebenen nach 1945*, München 2008

Little Dieter needs to fly, Dokumentarfilm, Regie: Werner Herzog, Deutschland / Großbritannien / Frankreich 1997

Norman Mailer: *MoonFire – The Epic Journey of Apollo 11*, Köln 2009

K. H. Scheer, Clark Darlton (Walter Ernsting): *Perry Rhodan – der Erbe des Universums*, verschiedene Hefte, z. B. Nr. 1: *Unternehmen Stardust*, Rastatt 1961

Andrew Smith: *Moondust – In Search of the Men Who Fell to Earth*, London 2005, deutsche Ausgabe: *Moonwalker – Wie der Mond das Leben der Apollo-Astronauten veränderte*, Frankfurt am Main 2009

Peter Wensierski: *Schläge im Namen des Herrn – Die verdrängte Geschichte der Heimkinder in der Bundesrepublik*, München 2006

Tony Wheeler: *Lonely Planet – Across Asia on the Cheap*, 1973

Das Zitat auf Seite 111 stammt aus *Meyers Handbuch über das Weltall*, bearbeitet von Karl Schaifers und Gerhard Traving, Mannheim 1973

MIX
Papier aus verantwortungsvollen Quellen
FSC® C083411
www.fsc.org

Das für dieses Buch verwendete Papier ist FSC®-zertifiziert.